外国文学名著丛书

〔俄〕列夫·托尔斯泰/著

列夫·托尔斯泰
中短篇小说选

草 婴/译

"外国文学名著丛书"编委会

人民文学出版社
PEOPLE'S LITERATURE PUBLISHING HOUSE

Л. Н. ТОЛСТОЙ
ИЗБРАННЫЕ ПОВЕСТИ И РАССКАЗЫ
根据 Л. Н. ТОЛСТОЙ, СОБРАНИЕ СОЧИНЕНИЙ В 22－Х ТОМАХ
（ХУДОЖЕСТВЕННАЯ ЛИТЕРАТУРА, МОСКВА, 1978—1985）
译出。

图书在版编目（CIP）数据

列夫·托尔斯泰中短篇小说选/（俄罗斯）列夫·托尔斯泰著;草婴
译.—北京:人民文学出版社,2020(2024.9重印)
（外国文学名著丛书）
ISBN 978-7-02-015085-4

Ⅰ.①列… Ⅱ.①列…②草… Ⅲ.①中篇小说—小说集—俄罗
斯—近代②短篇小说—小说集—俄罗斯—近代 Ⅳ.①I512.44

中国版本图书馆 CIP 数据核字(2019)第 041989 号

责任编辑　李丹丹
装帧设计　刘　静
责任印制　王重艺

出版发行　人民文学出版社
社　　址　北京市朝内大街 166 号
邮政编码　100705

印　　刷　北京盛通印刷股份有限公司
经　　销　全国新华书店等

字　　数　523 千字
开　　本　850 毫米×1168 毫米　1/32
印　　张　24.625　插页 3
印　　数　17001—19000
版　　次　2020 年 3 月北京第 1 版
印　　次　2024 年 9 月第 6 次印刷

书　　号　978-7-02-015085-4
定　　价　79.00 元

如有印装质量问题,请与本社图书销售中心调换。电话:010-65233595

列夫·托尔斯泰

出版说明

　　人民文学出版社自一九五一年成立起，就承担起向中国读者介绍优秀外国文学作品的重任。一九五八年，中宣部指示中国科学院文学研究所筹组编委会，组织朱光潜、冯至、戈宝权、叶水夫等三十余位外国文学权威专家，编选三套丛书——"马克思主义文艺理论丛书""外国古典文艺理论丛书""外国古典文学名著丛书"。

　　人民文学出版社与中国科学院文学研究所，根据"一流的原著、一流的译本、一流的译者"的原则进行翻译和出版工作。一九六四年，中国社会科学院外国文学研究所成立，是中国外国文学的最高研究机构。一九七八年，"外国古典文学名著丛书"更名为"外国文学名著丛书"，至二○○○年完成。这是新中国第一套系统介绍外国文学作品的大型丛书，是外国文学名著翻译的奠基性工程，其作品之多、质量之精、跨度之大，至今仍是中国外国文学出版史上之最，体现了中国外国文学研究界、翻译界和出版界的最高水平。

　　历经半个多世纪，"外国文学名著丛书"在中国读者中依然以系统性、权威性与普及性著称，但由于时代久远，许多图书在市场上已难见踪影，甚至成为收藏对象，稀缺品种更是一书难求。在中国读者阅读力持续增强的二十一世纪，在世界文明交流互鉴空前频繁的新时代，为满足人民日益增长的美好生活的需要，人民文学出版社决定再度与中国社会科学院外国文学研究所合作，以"网罗经典，格高意远，本色传承"为出发点，优中选优，推陈出新，出版新版"外国文学名著丛书"。

值此新版"外国文学名著丛书"面世之际，人民文学出版社与中国社会科学院外国文学研究所谨向为本丛书做出卓越贡献的翻译家们和热爱外国文学名著的广大读者致以崇高敬意！

"外国文学名著丛书"编委会

二〇一九年三月

编委会名单

（以姓氏笔画为序）

1958—1966

卞之琳	戈宝权	叶水夫	包文棣	冯　至	田德望
朱光潜	孙家晋	孙绳武	陈占元	杨季康	杨周翰
杨宪益	李健吾	罗大冈	金克木	郑效洵	季羡林
闻家驷	钱学熙	钱锺书	楼适夷	蒯斯曛	蔡　仪

1978—2001

卞之琳	巴　金	戈宝权	叶水夫	包文棣	卢永福
冯　至	田德望	叶麟鎏	朱光潜	朱　虹	孙家晋
孙绳武	陈占元	张　羽	陈冰夷	杨季康	杨周翰
杨宪益	李健吾	陈　燊	罗大冈	金克木	郑效洵
季羡林	姚　见	骆兆添	闻家驷	赵家璧	秦顺新
钱锺书	绿　原	蒋　路	董衡巽	楼适夷	蒯斯曛
蔡　仪					

2019—

王焕生	刘文飞	任吉生	刘　建	许金龙	李永平
陈众议	肖丽媛	吴岳添	陆建德	赵白生	高　兴
秦顺新	聂震宁	臧永清			

目　次

译 本 序

　　《战争与和平》、《安娜·卡列尼娜》和《复活》这三部长篇小说广阔地反映了历史上一个罕见的矛盾重重的世纪，写出了形形色色人物在历史大动荡、大变革中的生活遭遇和心灵感受。这三部艺术杰作奠定了列夫·托尔斯泰作为不朽的艺术巨匠的地位，也充实了人类精神财富的总宝库。不过，托尔斯泰在艺术上的贡献远不止这三部长篇小说，他一生还写了几十篇优秀的中短篇小说。本选集就是从中挑选出来的各个时期最有代表性的部分作品，我们相信，通过这些作品，读者对这位十九世纪俄国文化巨人的思想风貌和艺术特色可以获得进一步的了解。

　　托尔斯泰的文学天才很早就表现出来了。他在二十四岁（一八五二年）时发表了震动文坛的自传体小说《童年》，接着又陆续发表《少年》和《青年》。一八五四年十一月他从多瑙河部队调到克里米亚，担任炮兵连长，几乎从头至尾参加了塞瓦斯托波尔保卫战。他在炮火连天的环境中，一边指挥炮兵连，一边写作塞瓦斯托波尔故事。

　　塞瓦斯托波尔故事最先表现出托尔斯泰作品的基调：歌颂美好的事物，批判虚伪和谎言。他在《五月的塞瓦斯托波尔》的结尾中写道:"这个故事里的英雄是我全心全意热爱的。我要把他的美尽量完善地表达出来,因为不论过去、现在和将来他永远都是美的。这英雄不是别的,就是真实。"这几句话可以说是托尔斯泰一生的"文学宣言",表明他始终把生活的真实看作文学创作的信条。

托尔斯泰以他特有的洞察力观察克里米亚战争,清楚地看到了事物的本质,尽管这三篇小说写法不同,侧重点各异。在《十二月的塞瓦斯托波尔》中,作者着重描写了俄国士兵的群像,赞美他们在时刻与死神打交道的战争环境中沉着、镇定、刚强而朴实的性格。一个瘦骨嶙峋的老兵淡然谈论自己在别人听来是惊心动魄的负伤经过:"一看:腿没有了。"别人问他难道不觉得疼吗?他继续说:"不觉得什么,只觉得腿上好像被什么东西烫了一下。"他还反过来劝别人:"最要紧的是,先生,别想得太多。你不去想它,就没什么。痛苦多半是因为想得太多。"是的,无论战争进行得多么残酷,这些普通的士兵总是镇定沉着,临危不惧。在《五月的塞瓦斯托波尔》和《一八五五年八月的塞瓦斯托波尔》中,托尔斯泰继续颂扬俄国士兵的英雄气概:忍受着非人的苦难,奋不顾身地战斗,而又团结友爱,以诚相待。这些平时默默无闻、毫不起眼的普通士兵和下级军官在危急关头英勇无畏,视死如归,一个个成了真正的英雄。作者指出,鼓舞这些军人的不是虚荣心,不是对勋章或头衔的追求,而是另种崇高的东西,也就是"俄罗斯人深藏在心里难得流露出来的感情——热爱祖国的感情"。在这里,我们看到托尔斯泰深刻地反映了生活的真实,而这真实就蕴藏着美。他热爱这样的真实,并且怀着真挚的感情,尽量完美地把它表现出来。

托尔斯泰越是赞赏俄国士兵的英雄气概和爱国热忱，就越是憎恨残酷的血腥战争，同情普通士兵在战争中遭受的屈辱和苦难。那些贵族军官专横跋扈，欺凌士兵，他们"为了满足个人的野心而去毁灭上百万的生灵……他们个个都是小拿破仑，都是小魔王，因为只要能多获得一枚星章，增加三分之一军饷，他们也会立刻去挑起战争，去杀害成百个生灵"。他们和那些忠诚、勇敢而又腼腆的普通士兵毫无共通之处。在这里，托尔斯泰的爱憎十分分明。但托尔斯泰不了解战争的根源，因而不可能提出切实可行的制止战争的方案，他只能从善良的愿望出发，向基督徒的良知呼吁：人和人都是兄弟，停止战争吧！托尔斯泰还以动人心魄的艺术笔触描绘大自然的雄浑壮丽，以衬托人间战争的愚昧、野蛮和罪恶。他不可能知道，他所痛心疾首的战争有着错综复杂的社会原因和政治背景，单靠人道的呼吁是制止不了战争的。

但是，正如别林斯基所说的："才华不是华丽的外表，不是娱乐，而是看到生活深处的能力。"托尔斯泰毕竟看出了克里米亚战争一些本质的东西，那就是：不论俄国士兵奋不顾身的爱国精神，还是他们忠厚淳朴的高尚品质，都不能决定塞瓦斯托波尔的命运。而贵族军官的猥琐自私、庸碌无能，说到底，都反映了沙皇制度的腐败。谁也无法消除官僚机构的重重积弊、普遍流行的阿谀奉承和对士兵的百般欺凌。沙皇制度早已决定了克里米亚战争非败不可。"俄国必须或者垮台，或者完全改变。目前一切都是颠倒混乱的。"托尔斯泰当时在日记里这样写道。

特别值得指出的是，托尔斯泰还看到克里米亚战争的失败对俄国士兵感情上的重大触动。他们有"一种更加沉重的蚀骨的感情：又像是悔恨，又像是羞耻，又像是愤怒"。这种感情，应该说已远远超过一般的爱国热忱，而反映出一种主人公的英雄气概。无怪托尔斯泰意味深长地写道："这部保卫塞瓦斯托波尔的史诗，将久远地在俄罗斯留下伟大的影响，而史诗中的英雄就是俄罗斯人民……"

　　塞瓦斯托波尔故事在托尔斯泰的创作历程上具有重要意义，这是不言而喻的。贯穿于作品之中的托尔斯泰对俄国人民的挚爱、对他们力量的信念、炽烈的爱国热情和善良的人道感情，描写战争时气势雄伟、挥洒自如的艺术魄力，惊人的思想深度，执着的探索精神，对沙皇制度的严厉批判——这一切形成了托尔斯泰创作的特色，并于日后贯彻到《战争与和平》的创作中去。如果说，托尔斯泰写塞瓦斯托波尔故事在艺术上只是小试锋芒，那么，创作《战争与和平》就是大显身手了。

　　塞瓦斯托波尔故事反映的是克里米亚战争和普通士兵的爱国热情，但多少已涉及当时的中心问题：废除农奴制，改善农民境况。所以，托尔斯泰从战场归来，就特别关心农民问题。他试图深入了解农民的生活情况和思想情绪。他迫切希望改善同农民的关系，在自己的庄园里改革经营管理的方法。农民同地主的对立状态既使他感到恐惧，又使他觉得羞耻。但托尔斯泰同农民的接近、协商和建立信任关系的尝试彻底失败了。农民的固执使托尔斯泰感到恼火，但他们的淳朴厚道却越来越引起托尔斯泰的钦佩，同时身为地主更加感到自卑。托尔斯泰这一重要的生活经历和内心矛盾生动地反映在《一个地主的早晨》里，也是这部作品的价值所在。

《一个地主的早晨》对俄国农民的境遇和心理作了真实细致的描写。为此车尔尼雪夫斯基曾大为赞扬："托尔斯泰伯爵以卓越的技巧不仅再现了农民生活的外部环境，而且更为重要的是，再现了他们对事物的见解。他善于钻到农民的心灵中去，他笔下的庄稼汉非常符合他们自己的本性。在他的庄稼汉的语言中没有夸张，没有动听的空谈，托尔斯泰伯爵所表达出来的农民的观念是如此真实而深刻，就像我们的士兵的性格一样。"《一个地主的早晨》是俄罗斯文学中直接描写人民形象的一部重要作品。

　　的确，俄国农民一贫如洗的悲惨生活无法使任何一个有起码同情心的人无动于衷。农民楚里斯老两口住的"是一座破败不堪的小木屋，四角潮湿霉烂，房子倾斜，陷进地里，肥料堆上面露出一扇打破的红色小天窗，另一扇窗更小，用破棉絮堵住。圆木造的门廊里，门槛肮脏，门很矮，另一座小屋比门廊更破旧更低矮，大门和树枝编成的棚子都靠着正屋。这些房屋以前都有高低不平的屋顶，如今屋檐上只剩下一层厚厚的发黑的烂麦秆；上面有几处还露出桁条和屋架"。俄国农奴制还使农民头脑愚钝，使个别农民道德败坏。农民达维德对生活绝望，仇视任何劳动。"这时候，不管六月的炎热，达维德却蜷缩在炕上一角，用皮袄蒙着头呼呼大睡。"他不希望有任何人来打扰他，破坏他瞌睡的安宁，为此甚至情愿让人家动手打他一顿，"哪怕重重地打他浮肿的脸也行，只要快点让他安宁。"这件事说明他的本性被苦难绝望的生活摧残到什么程度！

　　而尤赫万卡则是个"十足的无赖，懒鬼，小偷，撒谎成性，虐待亲娘，总之是个不可救药的无赖"。他不盖院子顶棚，不给田地施肥，也不修理歪倒的篱笆，光知道坐在家里抽烟。母亲把全部家业交给了他,他却连一块面包都不给她吃,还纵容自己的老婆殴打老母。农民尤赫万卡的胡作非为是愚昧无知造成的,也是痛苦绝望的结果。铅一般沉重的生活真理使他不知不觉形成这样的观念:勤勤恳恳,循规蹈矩,逆来顺受,像楚里斯老两口那样,一点儿也不比他幸福,好人过不上好日子!

《一个地主的早晨》成功地塑造了一批俄国农民形象,他们个性不同,习气各异,但却有一种共同的心理特征:痛恨地主老爷,绝对不相信地主老爷的言行。就拿楚里斯老头儿来说,他聪明,和蔼,富有幽默感,不论家境多么贫困,始终平心静气,充满自信,甚至带有几分含嘲带讽的淡漠。可是他一听说少东家要白送东西给他,顿时惊恐万状,失去精神上的平衡。他坚决拒绝少东家的这种行动。其他农民也是这样,包括精明能干、善于经营的富裕农民杜特洛夫在内。总之,在农民看来,地主老爷的任何建议、方案都是骗局和陷阱,绝对不能相信。这种心理状态似乎有失偏颇,但毕竟是俄国宗法制农民所相信的最高真理。托尔斯泰还写出了俄国农民对土地、对新生活的强烈憧憬。他们不相信地主,只相信自己,凡事都有自己的看法。这种自信心是固执的,但却是可贵的,也是他们后来争取自由不可缺少的一种力量。

《一个地主的早晨》在托尔斯泰创作中占有重要地位,还因为成功地塑造了主人公聂赫留朵夫的形象。在托尔斯泰的小说中多次出现一种被称为探索者的艺术形象,他们个性不同,遭遇各异,但却有一个共同点:不愿太太平平地过他们养尊处优的贵族生活,而力图了解人生的意义,使自己成为一个道德完善的人;他们苦苦地探索社会,探索时代,探索自己。

这些人物在一定程度上带有作者自画像的色彩，因此作者能真实而深刻地挖掘他们的灵魂，密切结合社会环境和历史条件来描写他们的精神世界和探索活动。《一个地主的早晨》里的聂赫留朵夫是托尔斯泰笔下探索者的最早形象，同以后塑造的奥列宁（《哥萨克》）、列文（《安娜·卡列尼娜》）、聂赫留朵夫（《复活》）都有不同程度的联系，因此特别值得我们注意。

聂赫留朵夫在俄国文学人物画廊中别成一格，他不是"多余的人"，不是"新人"，也不是"小人物"。他有不少缺点和错误思想，使当时的进步人士革命民主主义者大为失望，但他又有使人肃然起敬的民主思想和人道感情。他身为贵族，经常为本阶级的深重罪孽而感到惶惑不安。对于农民，他不仅把农民当人看待，而且把农民看得比贵族高尚千百倍！他认为，农民最无愧于人的称号，因为农民不剥削人，不伤害他人性命，农民凭自己的劳动养活自己，他们有最淳朴的品德。聂赫留朵夫不仅有这种思想，而且有具体行动。他是庄园的全权主人，但他不想从农民身上榨取更多的财富，而且毅然中断自己的学业，放弃光辉的前程，回到家乡来从事改善农民生活的活动。单从这一点看，聂赫留朵夫这种人在贵族中间真是凤毛麟角，绝无仅有，他的行动远远超出贵族阶级的常轨。他接近人民，同情人民，确实是贵族中罕见的优秀人物。

然而，聂赫留朵夫的探索活动很不顺利。他的失败当然不是由于他的心不够诚，也不是因为"地主的专横造成了农民的专横"，而是因为他那代役租和部分土地转移的赎买方式基本上并没有脱离贵族占有土地的思想——顺便提一下，这个思想托尔斯泰直到八十年代世界观发生激变时才彻底抛弃。再说俄国农民，他们在别的问题上都可以商量，唯独土地归属问题绝对不能让步，正如车尔尼雪夫斯基所明确表示的，"一切土地都是农民的，要赎买，根本谈不上！"屠格涅夫分析聂赫留朵夫改革计划破产的原因更为透彻："只要农奴制存在一天，双方就不可能接近和彼此理解，哪怕具有最无私、最诚恳的接近决心也没有用。"不论农民怎样勤劳、顽强和忍耐，也不论贵族中的优秀人物怎样善良、宽宏和改革，都改变不了根深蒂固的农奴制度，俄国农民和聂赫留朵夫们所渴望的新生活只能是水中月，镜中花！

托尔斯泰写作塞瓦斯托波尔故事和《一个地主的早晨》的时候，是俄国废除农奴制的前夜。托尔斯泰不可能不受到俄国国内第一次民主主义高潮的影响。但民主主义高潮毕竟不是现代工人运动，而现代工人运动所必需的经济和社会条件只有在资本主义发展到一定程度时才能出现。列宁把托尔斯泰伟大天才的出现归结于俄国当时发生的那场大灾难：宗法农民和封建贵族在咄咄逼人的资本面前惊恐败退、奄奄待毙。托尔斯泰凭他敏锐的艺术感受，把俄国农民的痛苦、疑惑、绝望和褊狭化为艺术形象并加以表现，他传达的是宗教虔诚、消极受苦和痛恨资本主义的农民的情绪。短篇小说《卢塞恩》就是这样的作品。

一八五七年托尔斯泰第一次出国。在瑞士的一个小城里，一群英国旅游者兴致勃勃地听一个流浪歌手唱歌，临了却连一个小钱也不给。托尔斯泰看了十分气愤，后来就根据这件事写了《卢塞恩》。《卢塞恩》带有强烈的政论色彩。托尔斯泰认为，那群英国旅游者听唱歌不付钱，已不只是吝啬自私，他们心安理得地享受别人提供的艺术，而对艺术家的困难处境却漠然置之,这是道德败坏,是一种耻辱。托尔斯泰揭露资本主义社会的所谓"自由",只是践踏人权、迫害艺术的自由;而资本主义社会大肆标榜的"平等"则是十足的虚伪。托尔斯泰厉声责问:如果说,一个侍者穿得比歌手好,就可以任意侮辱歌手;一个有钱有势的人,可以对没钱没势的人嗤之以鼻,这样还有什么平等可言?托尔斯泰通过一件平凡的事,对资本主义制度作了无情的批判。托尔斯泰衷心敬爱那位流浪歌手,尽管资本主义社会任意凌辱他的人格和他的艺术,他却认为他是一个精神高尚的真正艺术家。听众拒不肯为他的表演付钱,他还是向这些曾聚精会神欣赏过他的艺术的听众鞠躬致意,然后悄悄离去。歌手不但不责怪听众,反而自我反省,以为他的艺术没能打动人家的心。歌手沉醉在自己创造的艺术意境中,而对凌辱他的社会却不怀丝毫敌意。在托尔斯泰看来,这是一种至高无上的精神境界。

《卢塞恩》发表后引起广泛的注意,特别是其中火一般炽烈的批评激情,对资本主义社会和国家机器的深刻仇恨。这些特点分明是后期杰作《复活》的先声,但我们在《卢塞恩》中也看到了后来成为托尔斯泰主义的萌芽,看到了托尔斯泰对"永久的道德原则和永久的宗教真理"的信念。这一切正如列宁所分析的:在《卢塞恩》(写于一八五七年)里,列夫·托尔斯泰宣称:认为"文明"是幸福,这是"虚假的知识",它"扑灭了人性中最本能最幸福的对善的要求"。"我们有一个,只有一个,绝对正确的指导,"托尔斯泰叫喊道,"那就是毫无例外地渗透在我们每一个人心灵中的世界精神。"可见,托尔斯泰对资产阶级文明的抗议不仅带有自发的无政府主义倾向,而且带有深刻的悲观的禁欲主义性质。不过,资本主义社会虽然虚伪冷酷，它毕竟没有封建宗法制那么野蛮专制，对农奴实行肆意的横征暴敛，甚至掠夺残杀。《卢塞恩》的发表证明托尔斯泰确实如别林斯基所说，"具备着很多客观上极其有趣的特点。不管是好是坏，它们总是重大的，表现得很鲜明的。"

中篇小说《哥萨克》是托尔斯泰创作史上又一重要作品，从构思动笔到最后写成，历时十一年（1852—1863）。同《一个地主的早晨》一样，《哥萨克》是俄国十九世纪五十年代末民主主义思潮高涨时期的产物，是俄罗斯文学中直接描写人民生活的珍品。《哥萨克》显示了托尔斯泰创作中批判激情的进一步增长。《哥萨克》中的主人公奥列宁跟《一个地主的早晨》中的聂赫留朵夫一样，愿意接近人民，走平民化的道路，可是贵族和资产阶级的教养却使奥列宁煞费苦心的探索终于失败。然而，托尔斯泰在作品中对贵族社会的谴责，对人民的热爱，却清楚地显示出这位伟大作家才华中最可贵的特点。

拿奥列宁同聂赫留朵夫进行比较是很有意思的。这两个贵族青年，前者思考的是如何尽快结束自己无所事事的无聊生活，去高加索过健康的新生活；后者却全心全意考虑怎样改善农奴制度下俄国农民的贫困境遇。他们两人所接触的下层人民也不一样：奥列宁遇到的是自由自在的哥萨克，他们有着独特的习俗和传统观念，整个身心都与苍茫浑厚的大自然融为一体；而聂赫留朵夫接触的却是被农奴制压得喘不过气来的精神麻木、情绪消沉的俄国宗法农民。不过，奥列宁和聂赫留朵夫却有共同之处：他们都为自己所过的寄生生活而感到羞耻,对自己所属的特权阶级感到气愤和不满,急于要在生活中给自己找一个适当的位置,过一种扪心无愧的生活。从这一点上看,《哥萨克》确实具有深刻的人民性。

《哥萨克》中展开了高加索捷列克河畔哥萨克五光十色的生活,读者能明显地感到果戈理表现人民生活的强大影响。的确,那洋溢着诗情画意的大自然,那透露出质朴淳厚的"自然之子"的心灵,无不具有动人的魅力。但即使在这种世外桃源的自然怀抱里,托尔斯泰还是毫无顾忌地反映了尖锐的社会冲突和贵族阶级与人民大众在精神上的较量。这种冲突和较量在奥列宁同哥萨克姑娘玛丽雅娜的爱情关系上表现得尤其清楚。

玛丽雅娜是个平民女性,但她具有一种非凡的美。这是托尔斯泰认为劳动人民远比贵族高尚的具体表现。玛丽雅娜生活在充满阳光和清风的高加索大自然环境中,常年辛勤劳动,是人民纯洁感情的象征。她受到周围人们普遍的喜爱和尊重,是哥萨克世界矜持而快活的女皇。玛丽雅娜身上焕发着女性青春的美,她的心灵尤其纯洁而高尚。她始终忠于养育她的那个环境,忠于她的乡亲和朋友,并以此自豪。玛丽雅娜不像都市妇女那样向往物质享受,追求虚荣,而始终保持人格尊严。譬如,她即使同哥萨克勇士鲁卡沙恋爱,也显出强烈的自尊心。她深深地爱上鲁卡沙,却不容许他专横地把她看成私有物,而且直率地对他说:"我高兴爱就爱,不高兴爱就不爱。你又不是我爸,又不是我妈。你要干什么呀?我高兴爱谁就爱谁。"这是多么痛快的自由性格!而玛丽雅娜和奥列宁产生友谊并发展为爱情,其中有不少原因,但有一点值得指出:奥列宁身上确有一种引人入胜的不平凡的东西,使玛丽雅娜也不能不多少有点着迷，尽管他不可能脱胎换骨，成为一个哥萨克平民。

奥列宁不像聂赫留朵夫那样具有明确的生活目标，他到高加索去是因为在上流社会中糊里糊涂挥霍掉一半产业，处境很狼狈。他毅然抛下从小过惯的浮华世界，一头扎进边远的高加索山区，投身于壮丽的大自然和质朴的哥萨克平民之中。这样的探索者形象在托尔斯泰的作品中也是绝无仅有的。奥列宁在高加索越来越感到自己原来的生活庸俗无聊，而现在"一天比一天自由自在，越来越像个人"。他发现幸福的秘诀在于牺牲自己的利益。尽管他一开始就欢喜上了"哥萨克女皇"玛丽雅娜，但为了让鲁卡沙能顺利娶走他心爱的姑娘，奥列宁甚至把坐骑都送给了自己的情敌。然而，当奥列宁发现自己无法摆脱对玛丽雅娜的一片痴情，他又收回原来的想法。"美一出现，就把艰苦卓绝的内心活动的全部成果化为乌有了。但我对这样的损失并不感到愧惜！自我牺牲纯粹是胡说八道，谎言谬论。……如今我不再希望别人幸福，不再希望鲁卡沙幸福了。"奥列宁真的抛弃了自我牺牲的想法，大胆地追求起玛丽雅娜来。奥列宁的恋爱终于失败，这倒不是偶然的：奥列宁爱上玛丽雅娜，无非因为玛丽雅娜的外貌和心灵都具有一种光艳照人的美。但形成玛丽雅娜这种美的环境、玛丽雅娜跟哥萨克乡亲休戚与共的感情，奥列宁却是无法理解的。所以，奥列宁才会在哥萨克乡亲哀悼本村骑手鲁卡沙的悲痛时刻忘乎所以地去向玛丽雅娜求婚。即使撇开这一层，奥列宁也不该这么做，因为死者毕竟是他的情敌。奥列宁的自私有时真是有悖于人的常情。

托尔斯泰塑造奥列宁这一形象，怀有两种互相矛盾的感情。首先他痛恨奥列宁身上那种贵族和资产阶级的文化教养，那种剥削阶级自私自利的思想意识。这种感情出自托尔斯泰的内心，绝不是虚情假意。奥列宁的自私，正像高尔基所说的，"阶级特征不是黑痣，而是一种非常内在、深入神经和脑髓的生物学的东西。"其次，托尔斯泰又同情和欣赏奥列宁探索生活真理、追求道德自我完善的勇敢精神和真诚态度。小说中有许多细节和篇章，与其说是作家在表现主人公性格上的优柔寡断、软弱动摇，不如说是作家在展示托尔斯泰式探索主人公复杂艰辛的内心历程。奥列宁虽然自私，但精神风貌高于《一个地主的早晨》中的聂赫留朵夫。聂赫留朵夫发现农奴制下宗法农民拒绝他热情的关怀，从而也拒绝他与农民建立信任和友好关系的一片好心时，他感到的是沮丧和痛苦。而奥列宁在失败时则认识到自己的思想意识、自己的社会地位是不光彩的，而人民的思想则是公正合理的。奥列宁还认识到，人民不承认他是他们中间的一员，这使他感到惶惶不可终日。奥列宁即使在懊丧痛苦的时刻，对人民也没有怨言，依然是那么一往情深。我们清楚地看到，奥列宁前面的道路还很长，他还有很多有意义的事要做，他也不会中止向人民靠拢的"探索历程"。

在《哥萨克》里有一个人物值得注意，那就是耶罗施卡大叔。奥列宁性格上的特点和他接近人民的愿望，一般哥萨克包括玛丽雅娜在内，都无法理解，唯独耶罗施卡大叔是个例外。耶罗施卡大叔凭他的才智和经验认识到奥列宁和别的贵族老爷有重大差别。因此，奥列宁和耶罗施卡多少有些共同语言。耶罗施卡大叔是一个人道主义者，一个多神教徒，一个无师自通的唯物主义者。他信奉"人和人是弟兄"。他反对杀生,谴责战争。他年轻时也做过不少错事,如今常常感到悔恨。耶罗施卡大叔的人品和友情像一股清风吹进奥列宁的心坎,使他增强探索平民化生活道路和道德自我完善的决心。耶罗施卡大叔在托尔斯泰笔下是个完美的平民形象。

《哥萨克》标志着托尔斯泰创作道路上的一个重要阶段。他的现实主义艺术更加成熟,他对人民力量的信念更加坚定,他对贵族和资产阶级的批判更加尖锐。就托尔斯泰的世界观来说,一方面,民主主义成分大大增长,另一方面,种种偏见、谬误和幻想也不断扩展,最后自然地形成错误的托尔斯泰主义。但不论怎样,托尔斯泰早期犹如泉水飞迸的艺术才华,经过《哥萨克》的汇聚和激扬,汹涌奔腾,直泻《战争与和平》的宽阔河床,从而掀起冲天的波浪,造成人类艺术上的一大奇迹。

一八六〇至一八八〇年是托尔斯泰创作生涯中最为重要的年代。他的天才在这个时期充分发挥出来,艺术技巧达到炉火纯青的地步。他先后创作了不朽的杰作《战争与和平》和《安娜·卡列尼娜》。他的世界观开始发生变化,到八十年代初完成了这种激变。八十年代,托尔斯泰的文学活动仍十分繁忙,写出了《霍斯托密尔》《伊凡·伊里奇的死》《克鲁采奏鸣曲》等著名中篇小说。托尔斯泰用政论和论文,也用艺术作品广泛阐述自己世界观激变的原因和过程。他在一八八四年五月写给姑妈的信中说:"……知道这事(政府的暴行)不可能平静。当我年轻不懂事的时候,我愤慨,我谴责,现在我要弄明白,这种形势对我有什么要求,我应该怎么办?我应该有所行动!"

《霍斯托密尔》的初稿早在六十年代初就已写成，那时托尔斯泰只不过想通过"一匹马的身世"来表现自然和文明之间的矛盾。可是，到了八十年代，托尔斯泰将《霍斯托密尔》初稿作了彻底的改写，主题也转为无情揭发和批判人剥削人的资本主义社会，并集中抨击这种社会的基础——私有制。《霍斯托密尔》主题的变奏不是出于什么创作上的考虑，而是深刻反映作者世界观的激变。

　　《霍斯托密尔》的情节并不复杂。花斑骟马霍斯托密尔原是骠骑兵军官谢普霍夫斯科依的坐骑，它把最美好的青春年华奉献给了自己的主人。可是主人并不珍惜它，在一次追赶逃跑情妇的狂奔中，彻底毁了它的健康。在垂暮之年，花斑骟马和骠骑兵军官又相遇了，并先后死去。尽管霍斯托密尔死得很惨，但它的遭遇透露出一种崇高而悲壮的美，而骠骑兵军官的死却显得十分丑恶。托尔斯泰着重描写一个又一个主人对霍斯托密尔的折磨摧残，而对它在骠骑兵军官谢普霍夫斯科依家的遭遇花费的笔墨最多。托尔斯泰无情揭露骠骑兵军官对霍斯托密尔的摧残，指出它在这样的环境中无法避免被毁灭的命运。作者揭露的是个人的残酷和罪恶，但更重要的是揭露私有制的残酷和罪恶。他把私有制称为人类的"低级的没有理性的本能"。霍斯托密尔是被私有制的生活环境毁灭的，它的主人同样是被私有制的生活环境毁灭的。在最后几章，托尔斯泰以大量笔墨刻意描写骠骑兵军官谢普霍夫斯科依"肮脏的老年"，揭示了这具行尸走肉的末路。在六十年代的初稿中，托尔斯泰曾这么构思：一，谢普霍夫斯科依只是一个堕落的浪荡子。他晚年有一次拜访朋友，年轻的主人不识时务地送了他一大把雪茄，伤了他的自尊心，他痛苦地回想过去穷奢极侈的生活,对照现在的窘迫处境,不禁脸红了,话也说不下去了。二,谢普霍夫斯科依还有点羞耻心,对自己的处境感到害臊。他受到主人的冷落,在卧室里独自踱来踱去。"我是个混蛋,我要用枪自杀。不……来点伏特加……"而在八十年代的改写稿里,托尔斯泰把谢普霍夫斯科依对自己所作所为感到后悔这一情节干脆全部删去。当主人吹嘘自己的养马场时,他这个客人却一心想大谈自己煊赫一时的往事。接下来,托尔斯泰又删去谢普霍夫斯科依羞愧得想自杀的细节描写,而推出他那流氓腔的内心独白:"我好像吹了不少牛,"他想。"哼,管他的。酒真不错,可他是个大混蛋。身上一股铜臭。我也是个大混蛋。"他自言自语,接着哈哈大笑,"过去我养女人,如今女人养我。是啊,文克列尔莎养我,我向她要钱。……"就这样,托尔斯泰把谢普霍夫斯科依"肮脏的老年"描写得淋漓尽致,使读者对他产生一种无法克制的憎恶。

托尔斯泰怀着满腔热情描写霍斯托密尔的美、力气、公正、勤劳、对人们生活的贡献,其实他是在譬喻俄国庄稼汉,借一匹马的身世来反映千百万庄稼汉的悲惨遭遇。托尔斯泰同情霍斯托密尔,控诉对它的摧残迫害,其实也就是在控诉地主、资产阶级对千百万农民的血腥剥削和压迫。托尔斯泰借霍斯托密尔的嘴说:"人家享乐我吃苦,这已经不是什么新鲜事儿了。"这句话非常典型地反映出托尔斯泰所代表的俄国宗法农民的天真,"他们对政治的漠视,他们的神秘主义,他们逃避现实世界的愿望,他们的'对恶不抵抗',以及他们对资本主义和'金钱势力'的无力咒骂。"托尔斯泰分明也在赞扬霍斯托密尔逆来顺受、乐天知命、对恶不抵抗的可悲性格。

至于霍斯托密尔说："我甚至觉得这里面还有一种做马的乐趣呢。"即心甘情愿地为主人卖命效劳的乐趣,这就更加清楚地反映出霍斯托密尔身上严重的奴性,同时也进一步暴露了托尔斯泰思想中落后的甚至反动的一面。总之,《霍斯托密尔》鲜明地反映出托尔斯泰晚年思想上和创作上的特点。

《伊凡·伊里奇的死》最初发表于一八八六年,是托尔斯泰晚期的又一力作。这篇作品完成后不久,他就着手创作最后一部巨著《复活》。《伊凡·伊里奇的死》和《复活》在思想感情上存在着一定的内在联系,难怪有人把前者看作后者的序曲。

伊凡·伊里奇是沙皇政府里一名典型的官员。他官运亨通,步步高升,踌躇满志。他一生平庸,心灵空虚,只追求轻松、愉快和体面的生活,不思考人生的意义。在突然得了不治之症以后,他除了肉体上饱受折磨外,精神上感到异常孤寂,渐渐看透所谓朋友、妻子、女儿的虚伪和自私,发觉周围是一片谎言,这才恍然大悟:他终生忙碌,成家立业,浮沉宦海,追名逐利,其实都是"不对头"的,他虚度了一生。但当他觉悟到这点时,死神已经临头了。

托尔斯泰通过伊凡·伊里奇的悲剧,把贵族资产阶级社会人与人之间的冷酷关系解剖得淋漓尽致:朋友们所关心的是他死后谁来接替他的位置,由此而引起的人事更动对他们自己和他们的亲属将会有什么影响;妻子、女儿不仅毫不同情他的痛苦,反而把他看作累赘,巴不得他早一点死去以摆脱麻烦,而等他一死,妻子最关心的则是怎样可以多领到些抚恤金;医生对像他这样患不治之症的病人也毫无同情心,正像他作为法官对待被告那样铁面无情。在揭露当时上流社会这些虚伪和假面具的同时，托尔斯泰还以庄稼汉盖拉西姆同他们作对照。盖拉西姆淳朴善良，诚心诚意服侍主人，不辞辛劳，不怕肮脏，对病人的苦难满怀同情。从托尔斯泰所塑造的这些人物上，我们可以清楚地看出，作者世界观转变后对劳动人民和贵族阶级更加爱憎分明。

《伊凡·伊里奇的死》还反映了托尔斯泰长期苦苦思索的一个问题——生死之谜到了晚年怎样更执拗地萦回在他的脑子里，使他惶惶不可终日，而这样的问题从托尔斯泰的世界观出发，自然是无法解答的。

《伊凡·伊里奇的死》的艺术手法就托尔斯泰后期创作而言也很有代表性。用墨更加集中，文字更加简朴，全篇虽着眼于主人公的一生，但只写决定他命运的几个关键时刻。内心活动也限于主人公一人，在涉及其他人的心理活动时，目的也只是揭露他们的表里不一，外表给人的印象和内心活动是两回事。

《伊凡·伊里奇的死》的发表引起非常强烈的反响。法国作家莫泊桑读了这篇小说，深深为之折服，感叹说："我看到，我的全部创作活动都算不上什么，我的整整十卷作品分文不值。"

八十年代末创作的中篇小说《克鲁采奏鸣曲》又一次表现了托尔斯泰一向关注的家庭主题。《克鲁采奏鸣曲》讲的是一出悲剧：主人公波兹德内歇夫杀死了妻子，事后他才明白酿成悲剧的原因不是他的病态嫉妒，也不是妻子的不贞，而是那个腐蚀人心的社会。主人公波兹德内歇夫说："上流社会荒淫无耻的生活……简直是一座彻头彻尾的大窑子。"托尔斯泰在这里处理家庭主题同过去一样,着眼点不是爱情或婚姻本身,而是对资产阶级上流社会伦理道德的揭露和批判。这种社会摧毁了被宗教神圣化了的家庭基础,家庭已名存实亡。那里不可能有美好的感情,不可能有真诚和诗意,只有假仁假义和放纵情欲。托尔斯泰对资产阶级婚姻道德的否定是激烈而彻底的。

《克鲁采奏鸣曲》的揭发性质作者最初就确定了,政论色彩则是在一遍遍的修改稿中逐渐形成的,而强烈的政论色彩是《克鲁采奏鸣曲》的一大特点。在初稿里,托尔斯泰没有涉及波兹德内歇夫婚前的放荡生活,没有猛烈抨击贵族家长和"关怀备至"的政府对荒淫无耻行为的纵容和鼓励,没有揭露那些把女儿嫁给有钱的放荡老爷的父母们沾沾自喜的丑态,没有指出"短期卖淫的妓女通常被人歧视,而长期卖淫的妓女却受到尊敬"的怪现象,也没有论述"下流的情欲始于四体不勤的懒惰"。而在定稿中,托尔斯泰则厉声痛斥上流社会的婚姻犹如商品买卖,妇女进入上流社会犹如"市场上待价而沽的奴隶或者陷阱里的诱饵",斥责"大多数人到教堂举行婚礼,都认为只不过是去占有一个女人罢了",其情形"等于做一笔买卖,把一个天真无邪的姑娘卖给一个浪子"。托尔斯泰坚决反对那种"妇女始终是被凌辱、被摧残的奴隶,而男人则始终是荒淫无度的奴隶主"的家庭关系,他把这种家庭中妇女不自由的奴隶地位比作建立在被迫劳动基础上的私有制。

不过,《克鲁采奏鸣曲》毕竟是一部文学作品,它的政论插话并不给人以沉闷累赘的感觉。在开头两章里,好几个人热烈地进行辩论,各抒己见,气氛活泼。从第三章起,实际上只有一个人，一个涉世不深的年轻人，时而插嘴，时而引导，时而挑战，时而支持波兹德内歇夫愤激的言论。有问有答的谈话充满了托尔斯泰式的激情、才智和思索，用契诃夫的话来说，这场精彩的谈话"将思想激扬到无以复加的地步"。然而，这场谈话也最大程度地暴露了托尔斯泰思想上的局限和弱点。托尔斯泰在这里攻击资本主义社会的科技进步与成就，攻击工业发展——在托尔斯泰看来，发展工业不过是为了增加生产有闲阶级妇女所需的奢侈用品；他甚至谴责性爱，宣扬禁欲主义。托尔斯泰对人欲横流的社会现象感到悲观绝望。正如列宁指出的那样，托尔斯泰主义的历史内容实际上是一种东方的亚洲制度的意识形态。

再有，《克鲁采奏鸣曲》还显示了托尔斯泰晚期创作中心理描写上的变化。我们读《复活》时明显地感到，聂赫留朵夫的心理活动与作家早期和中期作品主人公的心理活动有所不同。其实这种变化在《伊凡·伊里奇的死》和《克鲁采奏鸣曲》里就已出现了。托尔斯泰揭示人物内心活动，不再是心理过程的每一环节、它的具体表现、它的详情细节，而是跳跃式地把注意力放在人物心理活动的关键时刻和最终结果，注重人物心理活动的逻辑性，尤其注重阶级特征对人物心理活动的有机联系，始终紧紧把握富于倾向性的叙述口吻。譬如，《克鲁采奏鸣曲》中主人公波兹德内歇夫明知特鲁哈切夫斯基道德败坏，感情卑下，与他交往不仅无益，而且十分危险，但波兹德内歇夫摆脱不了他，甚至还维持跟这个可能毁了自己家庭的恶棍的友谊。托尔斯泰揭示了主人公这种矛盾心理的根据：他的家庭名存实亡，夫妻之间同床异梦，捍卫这个家庭不仅不可能，也没有意义。但他天生自尊心很强，不得不自己欺骗自己以求内心平衡。托尔斯泰把波兹德内歇夫这种心理的成因揭示得清清楚楚,合情合理,使人折服。

托尔斯泰直到暮年创作力始终很旺盛。他在一九〇四年以七十六岁的高龄又写出了中篇小说中的杰作《哈吉穆拉特》。这种超人的精力使高尔基都惊羡不已。高尔基在写给契诃夫的信中说:"我望着这位老人,就像望着一道大瀑布,一位天生的文学巨人。他雄伟得惊人,他蓬蓬勃勃的生命力简直使你望而生畏,以至于你会产生这样一种想法:世上决不可能还有谁能像他这样。"高尔基的这段话也适用于《哈吉穆拉特》给人的印象。

哈吉穆拉特是俄国历史上一个真实的人物。这个高加索伊斯兰教山民副帅归顺沙皇,又被沙皇追兵所杀,都是事实。托尔斯泰忠于历史的真实,没有回避哈吉穆拉特原先跟沙皇军队作战、后来又叛变沙米里的真实动机:他有称霸的领袖欲,有强烈的复仇心理,也有其他自私的打算。托尔斯泰并没有把他描写成肝胆照人的民族英雄,却笔墨酣畅地表现了他性格上的特点。哈吉穆拉特是高加索苍莽大山中养育出来的一位"自然之子",他天真淳朴,心怀坦荡,一身是胆而又骄傲自负。他热爱生活,眷恋家庭,同时又嫉恶如仇,爱憎分明。这种性格正好是托尔斯泰所特别欣赏的,因此他对哈吉穆拉特一生的遭遇寄予深刻的同情。

哈吉穆拉特之死是一出性格的悲剧,更是一出环境的悲剧。他归顺沙皇并非改变信仰。作为高加索山民的一个起义首领,他对沙皇军队残杀同胞怀着无法消除的刻骨仇恨,而教主沙米里又因忌才而要消灭他。面临这样的形势,他不得不权其轻重而做出抉择。这是无可奈何的抉择，其中包含许多难以言传的屈辱、痛苦和悲哀，但他这人自尊心太强，绝不肯轻易流露这样的心情。哈吉穆拉特讲信用，重感情，而荣誉心和责任感又特别强，沙米里正是摸透了他这些特点，才扣留他的家眷做人质，来对他进行讹诈。这一手收效了，哈吉穆拉特终于受到沙米里的惩罚。如果说，哈吉穆拉特输了这一回合，那他是输在光明磊落的性格上，输在真挚强烈的感情上。这是诗情洋溢的悲壮的失败！哈吉穆拉特同时也输给了沙皇政府。这个政府是一台冷酷残忍的官僚机器，不讲信义，横行不法。尽管哈吉穆拉特放下架子前来投诚，表示愿为击败沙米里卖命效劳，沙皇政府却并没设法营救他的家眷，而在他亲自冒险上山探望妻儿时，竟又派追兵把他惨杀了。不过，话又得说回来，沙皇政府这种暴行绝不是只加在哈吉穆拉特一人身上，这个政府本身就是一个杀人如麻的专政机构，因此哈吉穆拉特的悲剧也不是什么意外的事。

托尔斯泰尽管毫不留情地指出哈吉穆拉特的错误，但对这样一个富有人性美的英雄还是情不自禁地倾注了真挚的感情。作家开篇就热情洋溢地歌颂了牛蒡花的性格：它被大车辗轧，枝叶破碎，花瓣沾泥，却依然不屈不挠，始终捍卫着自己的生命和尊严，直到最后一息。这是多么坚毅刚强的精神品格！而作品结尾则是对哈吉穆拉特壮烈牺牲的一曲悼歌：他竭力反抗，镇定沉着，视死如归！这个结尾惊心动魄，把故事引到高潮，它同开篇前后呼应，悲壮感人，反映出托尔斯泰对哈吉穆拉特的一片崇敬和深情。

托尔斯泰在《哈吉穆拉特》中描写的不仅仅是哈吉穆拉特一个人的命运，这个中篇小说可以说是一部小型的史诗，一部气象万千的全景小说,反映出十九世纪中期俄国社会的各个侧面:俄国人民的深重苦难,病入膏肓的沙皇政府,泛滥成灾的贪污腐化,冷酷残忍的官僚制度,沙皇军队的烧杀抢掠,高加索战争逆水行舟的形势,尼古拉一世和沙米里的荒淫昏庸,等等,等等。这一切经过托尔斯泰五色彩笔的艺术点染,组成一幅波澜壮阔、精彩纷呈的历史画卷,使你形象地看到江河日下的沙俄帝国是怎样裹挟着无数美丽的生命走向灭亡的。

几乎和《哈吉穆拉特》同时创作的短篇小说《舞会之后》,也是托尔斯泰晚期创作的一篇精品。小说情节简单,却扣人心弦,发人深思。一位老上校头天晚上还在舞会上跟女儿跳玛祖卡舞,他那潇洒矫健的舞姿赢得一片赞扬,也赢得热恋女儿的年轻人的敬爱。不料第二天早晨,这位年轻人无意间看见老上校在残酷地执行监刑官的职务,他对女友一家人的感情顿时变了,他们的爱情也就此断送了。不仅如此,他从此不再担任军职,不再在政府机关任职,对沙皇军队和沙皇政府从此怀着无法消除的憎恨。读这篇作品,我们又一次体验到托尔斯泰对沙皇制度不共戴天的仇恨。专制制度毁灭世上一切美好的事物,包括年轻人水晶般纯洁的爱情,这现实实在是惊心动魄,正如托尔斯泰在日记中写的那样:"我们的老爷的生活真是丑恶之至,就是孩子出生我们也高兴不起来。因为出生的不是人民的公仆,而是人民的敌人,好吃懒做的寄生虫。"

《舞会之后》也具有托尔斯泰晚期创作的特点:强烈的政论色彩,同时充满气势夺人的艺术魅力,使人读时心潮激荡。我们面前仿佛出现了一位义愤填膺的老人,振臂疾呼,声嘶力竭,号召大家打倒沙皇制度,把它脸上的假面具一层层剥下来。

托尔斯泰为彻底摆脱贵族生活而离家出走,终于在一九一〇年十一月七日病逝于阿斯塔波伏车站。他六十年的文学创作活动结束了,但留给世界人民一笔无价的文学遗产。他所创作的一幅幅"无与伦比的俄国生活的图画",深刻地反映了十九世纪俄国历史重大发展时期的本质。

读托尔斯泰的中短篇小说,也像读他的三部长篇巨著一样,时刻可以感觉到,作者那颗火热的心一直在为人民的命运剧烈地搏动,他的喜怒哀乐是那么分明,他的爱憎又是那么难以克制。托尔斯泰一向主张艺术要以情动人,他自己的创作就始终贯彻着这一原则。因此,他的每篇作品,不论题材,不问长短,总是能强烈扣动读者的心弦,产生巨大的艺术效果。其次,尽管托尔斯泰创作了那么多艺术杰作,他的作品从无重复现象,每一篇都有不同的写法,每一篇都有自己的特色。如果说,"百花齐放,万紫千红"的譬喻适用于许多艺术家共同创造的艺术园地,那么,托尔斯泰六十年来辛勤耕作的"私人花园"也可以说呈现这种瑰丽多姿的景象。就拿本书所收的十一篇小说来看,我们能从其中找出两篇雷同或近似的作品来吗?不过,作为艺术巨匠的托尔斯泰,尽管拥有丰富多彩、挥洒自如的艺术手法,还是具有始终如一的创作特色,那就是以一颗晶莹透彻的赤子之心真实地反映耳闻目见的生活,表达亿万人民的心声,也就是一辈子忠于青年时代在《五月的塞瓦斯托波尔》里所确立的文学宣言。

草 婴

一九八六年一月

十二月的塞瓦斯托波尔

曙光刚刚染红萨崩山上的天空,暗蓝的海面已揭开黑色的夜幕,只等第一道阳光射到,就将闪出欢乐的光芒。从海湾那儿飘来寒气和迷雾,地上没有积雪,周围一片黑土,但是早晨凛冽的寒气刺着人脸,薄冰也在脚底下咯咯发响。只有远处永不停息的涛声(偶尔被塞瓦斯托波尔的隆隆炮声打断),打破清晨的寂静。从舰船上隐约地传来八击钟的响声。①

在北岸,白天的活动正逐渐代替黑夜的宁静:这儿士兵碰响着步枪在换岗;那儿一个医生匆匆赶往医院;这儿有一个士兵从掩蔽壕里爬出来,用冰水洗洗黝黑的脸,然后转身对着红艳艳的东方,迅速地画着十字,做着祷告;那儿一辆高大笨重的驼车②嘎吱嘎吱响着驶往墓地,去埋葬那些几乎装到车顶的血淋淋的尸体……你要是走近码头,鼻子里就会冲进一股煤炭、马粪、潮气和牛肉的怪味儿。码头上堆积着成千件五花八门的东西:木柴、肉、土筐、面粉、铁等等。各个团的士兵有的背着袋子,掮着步枪,有的空着双手,都挤在这里。他们抽着烟,骂着人,把笨重的东西拖到那艘靠在码头旁边冒烟的轮

---

① 照船上习惯,每逢四点半、八点半、十二点半都打钟一记,以后每过半小时递增一记,因此到四点、八点、十二点正好打八记,称为八击钟。

② 原文为斜体。以下凡加着重号者,原文均为斜体,不再一一加注。

船上。摆渡船满载着形形色色的人物——士兵、水手、商人、妇女，不断地靠拢码头，又驶离码头。

"先生，到伯爵码头吗？请上船!"两三个退伍水兵从划子上站起来，向您招揽生意。

您挑定那只离你最近的划子，跨过陷在船旁泥泞中的那匹已在腐烂的枣红色死马，上船向舵那边走去。于是您离了岸。您的周围已是一片在朝阳下闪耀的大海；您的前面，那个穿驼毛外套的老水兵和那个亚麻色头发的男孩子，正在默默地使劲划桨。您望望海湾，海湾里遍布着漆成条纹的舰船，有的近，有的远，还有那些小艇，好像一个个黑点，在一片熠熠发亮的蔚蓝色海面上移动；您望望对岸，岸上漂亮的都市建筑抹上了玫瑰红的朝阳；您望望那条由水栅和沉船形成的泡沫翻腾的白线，以及那些凄凉地露出水面的沉船的黑色桅顶；您望望呈现在远处水晶般澄澈的水天之际的敌舰，您再瞧瞧那被船桨激起的浪花，浪花里冒着汩汩的水泡。您听听节拍匀调的划桨声和从水面上飘送过来的人语声，以及塞瓦斯托波尔雄壮的炮声，您会觉得，那炮火似乎越来越猛了。

想到您也处身在塞瓦斯托波尔，心里就不能不充满一种勇敢自豪之情，您血管里的血液就不能不奔腾得更加迅速……

"先生！从康士坦丁号①下面一直过去吧，"老水兵回过头来对你说，同时看看你掌舵的方向对不对，"把舵往右转一点。"

---

① 康斯坦丁号，指"康士坦丁"号军舰。——原注

"上面的大炮倒没动过呢。"①划子从军舰旁边经过时，亚麻色头发的孩子凝视着它说。

"哦，当然，这是条新军舰，柯尔尼洛夫②原来就在上面指挥过。"老头儿也打量着战舰说。

"你瞧，那边在爆炸了！"那孩子沉默了好一阵之后说，眼睛盯着那团突然出现在南湾上空又渐渐扩散的白烟。接着就传来了一阵猛烈的炮弹爆炸声。

"这是他在新炮台开的炮，"老头儿若无其事地往手里吐了口唾沫，又说，"喂，米施卡，加把劲，让我们赶上那条驳船。"于是划子就更快地在海湾宽阔的波浪上前进，真的赶上了那条满载着一袋袋货物而由几个笨拙的士兵划着的驳船，穿过停泊在那儿的各式各样的船只，在伯爵码头靠了岸。

码头上熙熙攘攘地来往着灰制服的陆军、黑制服的海军和穿着杂色衣衫的妇女。乡下女人在这儿出售面包，俄罗斯农民带着茶炊大声喊着："吃热蜜汤啊！"码头的最初几级台阶上就狼藉着生锈的炮弹、炸弹、霰弹和各种口径的铁炮。稍远就是一片大广场，场上横着几根木头和几座炮架，有几个士兵在那里睡觉；还有马匹、车辆、绿色的大炮和弹药车，以及一堆堆架着的步枪；陆军、海军、军官、妇女、孩子和商人，熙来攘往；装着干草、袋子和木桶的大车，络绎不绝；偶尔还有骑马的哥萨克兵和军官，或是坐马车的将军经过广场。右边是一条筑有防寨的街道，防寨的炮眼里安着几尊小炮，有个水兵坐在

---

① 大部分战舰上的炮，都拆下来用到要塞上去了。

② 柯尔尼洛夫（1806—1854），俄国海军将领，历任黑海舰队和港口参谋长，一八五四年克里米亚战争中指挥俄军防守塞瓦斯托波尔，同年十月负伤牺牲。

旁边抽烟斗。左边是一座漂亮的房子，墙上刻着罗马数字，门前站着几个士兵，摆着几副血迹斑斑的担架——处处都可以看到军营令人不快的迹象。你最初得到的印象准是最不愉快的：军营生活和都市生活、漂亮的城市和肮脏的野营奇怪地混杂在一起，不仅不漂亮，而且乱七八糟，叫人看了不舒服；你还会觉得人人都饱受惊吓，东奔西窜，不知所措。但你要是走近去仔细瞧瞧周围人们的脸，你就会得到截然不同的印象。就拿这个辎重兵来说吧，他正拉着三匹枣红马去饮水，怡然自得地哼着歌曲，显然这杂乱的人群并没有使他眼花缭乱，仿佛他们根本就不存在似的——饮马也罢，拖大炮也罢，他都干得那么从容，那么自信，那么沉着，仿佛他现在是在图拉或者萨兰斯克。而且，在那位戴着洁白手套的过路军官的脸上，在那个坐在防塞上抽烟的水兵的脸上，在那些带着担架守候在原俱乐部门口的士兵的脸上，在那个怕弄脏粉红色衣裳、在穿过街道时从这块石头跳到那块石头的少女的脸上，你都可以看到同样的神情。

是的，您要是第一次来到塞瓦斯托波尔，您准会大失所望！不论从哪一个人的脸上，您都找不到惊慌和狼狈的神情，甚至找不到热烈、果断或者准备牺牲的神色——您根本看不到这些表情。您看到的只是些平凡的人，镇定地干着平凡的事，因此您也许会责备自己过分兴奋，同时怀疑你凭北岸所得的见闻而构成的关于塞瓦斯托波尔保卫者如何英雄豪迈的概念，是否真实可靠了。但您别急于怀疑，还是先到棱堡那儿去一趟，到现场看看塞瓦斯托波尔的保卫者，或者，最好干脆就到对面那座大厦去一下，就是门口站着抬担架的士兵、原先做过塞瓦斯托波尔俱乐部的那座房子。那里您可以看到塞瓦斯托波尔的保卫者,那里您可以看到可怕而又可悲、庄严而又好玩、惊心动魄而又鼓舞人心的景象。

您走进巨大的俱乐部里去吧。一推开门,您就会看到一片触目惊心的景象,闻到一股腥臭难当的气味:里面有四五十个断手丢足和伤情严重的伤员,其中一部分躺在床上,但大部分都躺在地板上。您的脚也许会在门口停住,可您别让这种恶劣的感情支配您。进去吧,别不好意思瞧瞧受难的人们,别不好意思走近去跟他们谈谈:不幸的人喜欢看到人们同情的脸色,他们喜欢谈谈他们的痛苦,听听亲切安慰的语言。您从一排排的病床中间走过去,您就找一张比较和蔼而不太痛苦的脸,大胆去跟他谈谈吧。

"你伤在什么地方啊?"您怯生生地问一个瘦骨嶙峋的老兵,他坐在床上,用和善的目光盯着你,仿佛在请你走拢去。我之所以说"您怯生生地问",是因为眼看着别人的痛苦,除了深切同情之外,您还会产生一种既怕冒犯他又很尊敬他的感情。

"腿上。"那士兵回答,你立即会从毯子的折痕上看出,他的一条腿膝盖以下部分没有了。"感谢上帝,如今我可要出院了。"他补充说。

"你负伤好久了吗?"

"有五个多礼拜了,先生!"

"怎么样,现在还疼吗?"

"不,现在不疼了,没什么;只有逢到天气不好时有点儿疼,平时没什么。"

"你是怎么负伤的?"

"在第五棱堡,先生,就在第一次炮轰的时候。我瞄准好大炮,正向第二个炮眼走去,这时候他就打中了我的腿,我好像掉到一个窟窿里去了。一看,腿没有了。"

"开头你难道真的不觉得疼吗?"

"不觉得什么,只觉得腿上好像被什么东西烫了一下。"

"那么后来呢?"

"后来也没什么;只有皮肤被拉拢来的时候,仿佛有点儿刺痛。最要紧的是,先生,别想得太多。你不去想它,就没什么。痛苦多半是因为想得太多。"

这时候,一个穿灰条子衣服、包黑头巾的女人走了过来,并且参加您跟那水兵的谈话。她开始给您讲他的事,他的痛苦,以及四个礼拜中他经历的危险状态,还讲到他在负伤之后怎样叫担架停下来让他瞧瞧我们炮台打排炮,亲王怎样跟他谈话,还赏给他二十五卢布,他怎样对亲王说,他还要回棱堡去,如果他自己干不了,就去教练年轻人。这女人一口气讲了这些事,眼睛一会儿对您望望,一会儿对水兵瞧瞧。那水兵转过脸去,扯着枕头上的棉线,仿佛不在听她说话。而她的眼睛里却闪出一种兴奋的光芒。

"她是我的老婆,先生!"水兵带着抱歉的口吻说道,仿佛是说:"您可得原谅她。娘儿们就是爱说蠢话。"

现在您有点了解塞瓦斯托波尔的保卫者了,您在这个人面前不知怎的觉得有点惭愧。您本想说许许多多话来向他表示同情和钦佩,可是您找不到恰当的字句来表达,而对那些想到的话又觉得极不满意。这样,面对着这种不居功自傲而又坚毅顽强的精神,面对着这种因自身的崇高反而感到羞愧的态度,您就会默默地低下头来。

"好吧,愿上帝保佑你早日恢复健康。"您对他说。接着您走到另一个病人跟前,那人躺在地板上,显然是在难以忍受的痛苦中等待着死亡。

这是个淡黄头发的人,脸色苍白而浮肿。他伸开左臂仰天躺着,显出极度痛苦的样子。他那干枯的张开的嘴,困难地喘着气;他那死气沉沉的蓝眼睛向上翻着;而他那条截剩下来的右臂,裹着绷带,弓起在打皱的毯子下面。一股垂死的人身上的恶臭强烈地冲进您的鼻子,而贯穿在伤员四肢的内热仿佛也侵入了您的身体。

"怎么,他失去知觉了吗?"您问那女人,她跟在你的后面,像亲人一样亲切地瞧着您。

"不,他还听得见,可是很危险了,"她又低声说,"我刚才给他点儿茶喝——尽管是个陌生人,也怪叫人心疼的——可是他简直一点也喝不下。"

"你觉得怎么样?"您问他。

负伤的人听到您的声音,翻了一下眼珠,可是他既看不见您,也不太明白您的意思。

"心头在发烧唯。"

稍微过去一点,您可以看见一个老兵在换衬衫。他的脸和身体都是黄褐色的,瘦得只剩下一副骨头架子了。他少了一条手臂:齐肩膀截掉了。他身体已经复原,精神饱满地坐着;但从他那死气沉沉的眼神上,以及他那可怕的消瘦和脸部的皱纹上,您可以看出,这个人生命中最好的东西已经被痛苦折磨尽了。

在他对面的床上,您可以看见一张女人的苍白柔弱、充满痛苦的脸,双颊上浮现着发烧的红晕。

"这个水兵的老婆五号那天被炮弹炸伤了腿,"那个给您做向导的女人告诉您,"当时她正好上棱堡去给丈夫送饭。"

"腿截掉了?"

"是的,一直截到膝盖上。"

现在,要是您的神经够坚强的话,您可以从左边的门走到那个房间里去,那儿正在包扎伤口和施行手术。您在那儿可以看到脸色苍白神情阴郁的医生,两臂上溅满鲜血,在病床旁边忙碌。上了麻药的伤员躺在床上,睁着眼睛,嘴里像梦呓般说着些莫名其妙但有时却朴实动人的话。医生们给人做截肢手术,他们正干着令人嫌恶而又崇高的工作。您会看到锋利的弯刀怎样切进白净的皮肉里。您会看到伤员怎样忽然苏醒过来,发出惨不忍闻的叫喊和咒骂。您会看到助医怎样把截下的手臂扔在角落里。在这个房间里,您还会看到担架上躺着另一个伤员,他眼看着伙伴动手术,忍不住浑身痉挛,哼个不停,但主要不是由于肉体上的创痛,而是由于精神上的折磨。总之,您会看到种种惊心动魄的景象。您在这儿看到的战争,不是军容整齐的队伍、激昂的军乐、咚咚的战鼓、迎风飘扬的旗帜和跃马前进的将军,而是战争的真实面目——流血、受难、死亡……

离开这所充满痛苦的房子,您准会觉得如释重负,您会深深地吸几口新鲜空气,因为意识到自己的健康而高兴,但一想到这些苦难,您又会觉得自己的渺小,您也就会毫不犹豫地泰然向棱堡走去……

"跟这么多的死亡和这么多的痛苦比起来,我这个渺小得像虫子的人的死亡和痛苦又算得了什么呢?"但是,明朗的天空,灿烂的太阳,漂亮的城市,大门敞开的教堂和熙来攘往的军人,这种种景象很快就会使您的心情又像平时一样轻松愉快,您又会关心起琐碎的事情,热衷于现实的生活了。

您也许会碰上一个军官的出丧行列正从教堂里出来,粉红色的棺材由乐队和飘扬的旗帜伴送着。您也许会听见棱堡那边传来的炮声,但这并不会唤起您原先的想法。您会觉得出丧是个很壮观的场面,炮声是种很雄壮的声音,而您在救护站所得的关于痛苦和死亡的鲜明印象,也绝不会跟这种场面和这种声音联系在一起。

过了教堂和防寨,您就进入城市里最热闹的地区。街道两边挂着商店和酒馆的招牌;商人、戴帽子的女人、包头巾的女人、军装笔挺的军官——一切都说明居民的坚强、自信和镇定。

您要是想听听水兵们和军官们的谈话,那就走进右边那家酒馆里去吧;那边准有人在谈昨天晚上的事,谈芬尼卡姑娘,谈二十四号那天的战事,还会谈到肉饼怎样又贵又不好吃,也会谈到伙伴中某人是怎样牺牲的。

"活见鬼,今天我们那边糟透了!"一个淡黄色头发的年轻海军军官声音低沉地说,他脖子上围着一条绿色的羊毛围巾,嘴上没有胡子。

"'我们那边'指什么地方啊?"另一个军官问。

"第四棱堡。"年轻的军官回答。您听到"第四棱堡"几个字,准会特别注意这个淡黄色头发的军官,甚至对他抱几分敬意。他那过分洒脱的姿态,指手画脚的样子,以及高声的谈笑,在以前您也许会觉得粗鲁无礼,现在看来却是一种情绪特别昂扬的表现——这种情绪是一般青年人在经历危险之后所常有的。但您总以为他会告诉您,第四棱堡怎样被枪炮打得一塌糊涂。根本不是那么一回事！一塌糊涂是由于地上的泥泞。"炮台那边简直走不过去。"他指指靴筒上溅满泥浆的靴子说。"我那个最好的炮手今天牺牲了,正好打中脑门。"另一个军官说。"哪一个呀？米玖兴吗？""不……你到底给不给我小牛肉哇？混蛋！"他回头对堂倌说,"不是米玖兴,是阿勃罗西莫夫。他是个好汉,参加过六次突击呢。"

　　餐桌的另一角坐着两个步兵军官:一个年轻的穿红领大衣,肩章上有两颗星;一个年老的穿黑领大衣,肩章上没有星。他们面前放着几盘肉饼拼豌豆和一瓶叫"波尔多"的克里米亚酸葡萄酒。年轻军官正在给老军官讲阿尔玛战役的经过,他已经有几分酒意了,说话时断时续,目光迟疑不决,表明他在怀疑人家是不是相信他的话,而这主要是因为他把自己在这场战役中的作用说得太过分了,情况也讲得太可怕了。不过,从他的神态上看得出来,他的话离开事实的确很远。但您没有心绪去听这些故事,反正往后您在俄罗斯各地都可以经常听到。您急于想到棱堡那边去,特别是人家给你讲得那么多、讲法又那么不同的第四棱堡。谁要是说他到过第四棱堡,总会显出特别兴奋和骄傲的神气。谁要是说"我上第四棱堡去",总会流露出微微的激动,或者过分的淡漠。谁要是开人家玩笑,往往说:"真该把你送到第四棱堡去！"当您遇到抬担架的,问"从哪儿来？"——回答多半是从第四棱堡来。对这座可怕的棱堡存在着两种截然不同的看法:那些从来没有到过棱堡的人,深信凡是去的人准得送命;而那些生活在棱堡里的人,譬如那个淡黄色头发的海军准尉吧,要是谈到第四棱堡,却会告诉您,那边地上干燥还是泥泞,掩蔽部里是冷还是热,等等。

您在酒馆里只待了半小时,天气却已起了变化:海面上迷蒙的雾霭凝聚成潮湿的灰云,把太阳都遮没了;空中落着愁人的毛毛雨,打湿了屋顶、人行道和士兵的大衣……

再经过一座防寨,出了大门,向右拐弯,您就来到另一条大街上。过了这座防寨之后,街两边的房子都空着没有人住,也没有招牌,门上钉着木板,窗子打得粉碎,这儿有个墙角被炸掉了,那儿又有个屋顶给打穿了。看上去,建筑物好像饱经忧患的老兵,用骄傲而又带点轻蔑的神气瞧着您。您一路走去,不时会被地上狼藉的炮弹绊到,或者跌进石子地上积水的弹坑里。您会在街上遇见和赶上成群结队的士兵、哥萨克和军官;偶尔也会碰到一个女人或者孩子,但不会是那种戴帽子的太太小姐,而是穿旧外套着军靴的水兵的婆娘。您顺着街道继续往前走,走下一个小山坡,周围看到的就不再是房子,而是一堆堆奇形怪状的瓦砾、石头、木板、泥土和圆木。您看见前面那座陡峭的山上,有一片壕沟纵横的黑色烂泥地。这该就是第四棱堡了吧……这儿更难得遇到人了,女人根本看不见,士兵们都急急地赶着路,地上到处是血迹,而且您准会在这儿遇见四个兵抬一副担架,担架上往往可以看到一张蜡黄的脸和血迹斑斑的外套。您要是问:"他伤在哪里?"抬担架的也不向您回过头来,只气冲冲地回答说伤在腿上或者臂上——如果抬的是个轻伤员的话。不然他们就板着脸不作声,而担架上也看不见脑袋,说明那人不是死了,就是负了重伤。

在您上山的时候听到炮弹或者榴弹在附近呼啸,您会感到浑身不舒服。此刻听到的声音,跟您在城里听到的声音,在感觉上完全不同。您的头脑里会突然闪过一阵宁静愉快的回忆;对个人得失的考虑,会超过您对外界事物的观察;您开始不太注意周围的一切,忽然产生了一种讨厌的犹豫不决的情绪。尽管在面临危险时您内心里会发出这种卑鄙的呼声,您还是能把它压下去(特别是因为您看到一个士兵,挥动两臂,顺着泥泞滑下山去,嘻嘻哈哈地从您旁边经过),而且会情不自禁地挺起胸膛,昂起头,向这座泥泞滑溜的山上爬去。您爬了没有多少路,就有来复枪弹在您左右嗖嗖飞过,您也许会考虑,还是走那条跟道路平行的壕沟吧;可是壕沟里充满又臭又黄的泥浆,深可没膝,这样您就非走大路不可了,何况大家都在走大路呢。走上两百步光景,您就来到一片挖得很深的泥泞地,周围是堆起的土筐、土堤、火药库、炮床、掩蔽壕,上面摆着一尊尊巨大的铁炮,放着一堆堆整齐的炮弹。您会觉得这一切都像是偶尔凑在一起的,并没有什么目的、联系和秩序。这儿,炮台上坐着一群水兵;那儿,场地中央横着一尊被击毁的大炮,炮身一半陷在泥泞里;那儿,有个扛枪的小兵吃力地在泥泞中拖动脚步,越过炮台。四面八方,到处您都看到炮弹的碎片,没有爆炸的榴弹、炮弹,营地遗下的垃圾,而这一切都陷在又稀又黏的泥浆里。您似乎觉得炮声不远,四面都飞着子弹——有的嗡嗡响着,像蜜蜂振翅,有的嘘嘘飞过,有的急促而尖厉,像琴弦的颤动。您会听到轰然一声巨响,使您浑身震动,觉得真有点魂飞魄散了。

"哦,这就是第四棱堡了,真是个可怕的地方!"您心里这样想,同时感觉到微微的自豪和竭力克制着的极度恐怖。可是您错了:这还不是第四棱堡。这是亚索诺夫多面堡,是个相当安全、根本没有什么可怕的地方。上第四棱堡,您得再向右拐弯,沿着那条有个小兵弯腰走去的狭小壕沟前进。

在这壕沟里，您又会遇见担架、水兵和带铲子的步兵。您会看见地雷的导线、没在泥泞中的掩蔽部——这种掩蔽部里只能爬进两个人。您还会看到黑海大队的哥萨克步兵在那儿换鞋，吃东西，抽烟，过他们的日子。您会看到处处都是发臭的泥浆、营地遗下的垃圾和各种各样的废铁。再走三百步光景，您又来到一座炮台上——一块布满坑坑洼洼的场地，周围是装满泥土的土筐、摆在炮床上的大炮和土垒。您会在这儿看见四五个水兵，躲在胸墙后面打牌；还会遇到一个海军军官，他发现您是个好奇心很重的外来人，就会兴致勃勃地带您参观他们的工事，以及一切您可能感兴趣的东西。这军官会那么镇静地坐在大炮上，拿着一片黄纸卷烟卷，那么沉着地从这个炮眼走到那个炮眼，跟您说话又那么从容不迫，一点也不做作，因此，您头上飞过的子弹虽然越来越密，您却变得镇定起来。您会向那军官问长问短，并且用心听他解说。他会告诉您五号那天炮轰的情况（但一定要您问他，他才肯说）。他会告诉您，当时他的炮台上只有一门大炮能用，炮手只剩下八个，可是到了第二天，六号早晨，他还是把门门炮都打①响了。他会告诉您，五号那天有颗炮弹落在水兵的掩蔽部上面，炸死了十一个人。他会从炮眼里指给您看，敌人的炮台和壕沟就在七八十米开外的地方。我只是担心，您在嘘嘘叫的子弹下，从炮眼里探出头去窥察敌人，会什么也看不见。但要是看见了，您准会大吃一惊，因为那堵离您那么近、上面冒着白烟的白色石墙，原来就是敌人，就是我们的士兵们所说的他了。

——————

① 海军都说"打"（палить）而不说"射"（стрелять）。——原注

那海军军官出于虚荣或者单纯戏谑的心情,很可能开儿炮给您瞧瞧。"叫炮手们来发炮!"于是就有十四五个水兵,有的把烟斗放进口袋里,有的将面包干塞进嘴里,全都生气勃勃、快快活活地踏着打过铁掌的皮靴,跑到大炮旁边,动手装上炮弹。您仔细瞧瞧他们的脸,瞧瞧他们的姿态和行动吧:黑里透红的高颧骨脸上的每条皱纹,每块肌肉,这些宽阔的肩膀,穿着巨大靴子的粗腿,每一个沉着稳重、从容不迫的动作,一切都显示出俄罗斯人力量的主要特征——淳朴而顽强。不过,在每个人的脸上,除了显示出危险、愤怒和战争的痛苦这些主要征象之外,您还可以看到流露着自尊心以及高尚的理想和感情。

突然,一声天崩地裂的巨响,不但震撼您的耳朵,而且震撼您的全身,您不禁打了个寒噤。接着就听到了炮弹呼啸远去的声音,同时一团浓烟把您的身体、炮床和走动着的水兵的黑影都笼罩住了。您会听到水兵们对我们这一炮发表不同的意见,您会看到他们情绪激昂,并且流露出一种您也许完全没有料到的感情——这是深藏在每个人心里的报仇雪恨的感情。"正好打中炮眼,我看打死了两个……喏,抬出来了!"您会听到这样的欢呼声。"这下子他可火了,马上就会还手的。"有人这么说。果然,一会儿您就看到前面火光一亮,冒出一团硝烟,那个站在胸墙上的哨兵喊道:"大——炮!"接着就有一颗炮弹从您旁边呼啸而过,轰的一声落在地上,把泥土和石子炸得飞溅开来。炮台指挥官被这颗炮弹激怒了,他命令把大炮一门一门装上炮弹,敌人也开始向我们还击。这时您就会体会到一种有趣的感觉,听见和看见一幕有趣的情景。于是哨兵又会叫喊:"大炮!"您又会听到同样的呼啸声和爆炸声,以及泥土和石子的飞溅声,或是哨兵的叫声:"臼炮①!"于是您会听见一阵均匀的炮弹呼啸声。这声音相当悦耳,很难使人联想到恐怖。这呼啸声越来越近,越来越快,接着您就会看到有个黑色的球撞在地上,发出清楚而响亮的爆炸声。随后,弹片带着尖叫声向四方飞溅开来,石子在空中沙沙直响,您身上也会溅满污泥。听见这些声音,您会产生一种又痛快又恐怖的奇异感觉。在炮弹向您飞来的这一刹那间,您准会想到您要被它打死了;但自尊心支持着您,谁也没发觉您其实是心如刀割。不过,等炮弹没有碰到您而飞过去之后,您清醒过来,刹那间,您会感到喜不自胜,您也就领略到在生死关头所特有的一种壮美之感,于是您希望炮弹更近地落在您旁边。这时哨兵又用他那洪亮而重浊的声音喊道:"臼炮!"接着又是炮弹的呼啸声、落地声和爆炸声,但在爆炸声中还夹着一个人的呻吟,使您大吃一惊。您向负伤的人走过去,正好担架也赶到了。这个负伤的水兵浑身都是血和泥,样子怪得简直不像个人了。他的胸膛被撕去了一块。开头几分钟,他那溅满污泥的脸上,只露出恐惧的神色和一种好像预先装出来的痛苦表情(处在这种境地的人往往有这样的表情),但是,当担架抬过来,他侧着那没受伤的半边身子躺下时,您就发现他的表情起了变化:脸上热情洋溢,透露出一种没说出口的崇高思想,眼睛更加明亮,牙齿咬得紧紧的,并且吃力地把头昂得更高。当他被抬起来的时候,他止住担架,声音哆嗦地对伙伴们说:"别了,弟兄们!"他显然还想说些什么,说些使人感动的话,但结果只重复道:"别了,弟兄们!"这时候,有个水兵

---

① 臼炮,炮身短,后发展为迫击炮。——原注

走过来,把军帽戴在伤员昂起的头上,接着又沉着地摆动两臂,回到大炮那儿去。"每天总有七八个人这样牺牲。"海军军官看到您脸上惊惧的神色,会这样向您说明。他一面打哈欠,一面又拿黄纸卷烟卷……

…………

现在,您可在阵地上看到塞瓦斯托波尔的保卫者了。您回去的时候,不知怎的不再理会一路上(直到那座击毁的戏院)呼啸着的炮弹和枪弹,您将怀着一种宁静而高尚的心情回去。主要是您获得了一个愉快的信念:塞瓦斯托波尔绝不会被人家占领,不但塞瓦斯托波尔绝不会被人家占领,而且俄罗斯人民的力量在任何地方都不会动摇。这种信念的确立,不是由于您看到了无数遮弹障、胸墙、纵横交错的壕沟、坑道和重重叠叠的大炮(这些东西您一点也不懂),而是由于您看到了他们的眼神、举止,听到了他们的谈吐,也就是所谓塞瓦斯托波尔保卫者的精神。他们的举动是那么利落,那么起劲,又那么从容不迫,使您相信即使繁重百倍的工作,他们也能胜任……他们是什么都干得了的。您明白,鼓舞他们干劲的,不是您自己体验过的猥琐、虚荣、健忘之类的情绪,而是另一种有力得多的感情——这种感情使他们能泰然地处身在枪林弹雨之下,面对着比常人多百倍的死亡危险,并且在无休止的劳动、睡眠不足和泥泞之中过活。人不可能为了一个十字勋章、一个头衔或者受到威胁而忍受如此可怕的生活条件;一定另有一种崇高的东西在鼓舞他们。这就是俄罗斯人深藏在心里难得流露出来的感情——热爱祖国的感情。只有现在,塞瓦斯托波尔被围攻初期的故事——当时,那里没有工事,没有军队,没有保卫它的物质条件,但没有人怀疑它会向敌人屈服;

当时,那位可以跟古希腊英雄媲美的柯尔尼洛夫,在检阅军队时说:"弟兄们,我们宁可牺牲生命,决不放弃塞瓦斯托波尔!"而我们的不善言辞的俄罗斯人就回答:"我们宁可牺牲生命!乌拉!"——只有现在,这个城市被围攻初期的故事,对您才不再是美丽的历史传说,而是活生生的事实。通过刚才看见的人物,您可以清楚地认识到那些英雄,他们在艰苦的日子里绝不垂头丧气,而是斗志昂扬,并且高高兴兴地准备献出自己的生命,不是为了一座城市,而是为了祖国。这部保卫塞瓦斯托波尔的史诗,将久远地在俄罗斯留下伟大的影响,而史诗中的英雄就是俄罗斯人民……

黄昏降临了。即将下山的夕阳,从蔽天的灰云后面豁露出来,一下子射出灿烂的红光,照亮了紫色的阴云,照亮了舰艇林立、波涛起伏的灰绿色海面,也照亮了城市的白色建筑物和街上熙来攘往的人们。团的乐队在林荫道上演奏古老的圆舞曲,它的旋律在水面上荡漾,跟棱堡上隆隆的炮声奇妙地融成一片。

一八五五年四月二十五日于塞瓦斯托波尔

五月的塞瓦斯托波尔

一

自从第一颗炮弹从塞瓦斯托波尔的棱堡里打出去,把敌人工事上的泥土炸得飞溅开来,已经有六个月了。从那时起,成千上万的炮弹、榴弹和子弹,不停地从棱堡飞向壕沟,从壕沟飞向棱堡,而死神也不停地在双方阵地的上空盘旋飞翔。

在这期间,千万人的虚荣心受到挫折,千万人的虚荣心得到满足,因此骄傲自负,而千万人已安息在死神的怀抱里。多少人挂上星章,多少人摘下星章,多少人得到安娜勋章,多少人得到弗拉基米尔勋章,又有多少人得到了粉红色的棺材和亚麻布的棺衣!而棱堡里依旧传出同样的炮声。在晴朗的晚上,法国兵依旧怀着情不自禁的战栗和出于迷信的恐惧,从他们的营地上眺望塞瓦斯托波尔棱堡弹痕累累的黄褐色土地,我们的水兵在棱堡上走动的黑影,并且数着愤怒地从炮眼里伸出来的炮筒。我们的信号兵依旧守在信号塔上,用望远镜观察服装斑斓的法国兵、他们的炮台、帐篷、在绿山上移动的纵队和那从壕沟里升起来的硝烟。各种各样的人物,怀着各种各样的希望,依旧那么情绪热烈地从四面八方奔向这个生死搏斗的场所。

然而，外交家们解决不了的问题，用火药和鲜血更难解决。

我脑子里常常出现一种古怪的想法：假使交战的一方向对方建议各自裁减一个士兵，结果又会怎么样呢？这愿望似乎有点古怪，但为什么不能试一试呢？然后，每一方再裁去一个，然后，裁去第三个、第四个……一直裁到双方军队各剩下一个士兵为止（假定双方军队力量相等，数量上的相等又转变成为质量上的平衡）。这样，假使在有理性的人们的有理性的代表之间确实发生了复杂的政治问题，非用战争来解决不可，那就让这两个士兵去搏斗吧：让一个去攻城，一个去守城。

这种议论听来似乎荒唐，却是有道理的。真的，一个俄国兵对联军的一个代表作战，那跟八万人对八万人作战，又有什么不同呢？为什么不是十三万五千人对十三万五千人作战呢？或者两万人对两万人呢？或者二十人对二十人呢？为什么不是一个人对一个人呢？这个办法并不见得比那个办法更合乎逻辑。而最后一个办法可说更合乎逻辑，因为更合乎人道。或者说，战争就是疯狂；或者说，如果这种疯狂是由人造成的，那么人就根本不像我们所设想的那样是一种有理性的动物。二者必居其一。

二

在被围攻的塞瓦斯托波尔城里，团的乐队正在大帐篷附近的林荫道上奏乐。成群的军人和妇女悠闲地在小径上散步。灿烂的春天的太阳,一早升起在英军阵地上,渐渐移到棱堡上空,然后又照到城市和尼古拉耶夫兵营,把欢乐的光芒投向每个人,此刻又斜挂在远处银光熠熠的蔚蓝色大海上。

　　一个背有点驼的高个子步兵军官从滨海街左边海军宿舍的一座小房子里出来。他一边走,一边戴上一双虽不十分洁白但还算干净的手套。他若有所思地瞧瞧脚下的地面,向山上林阴道走去。这军官额角很低,相貌平常,样子并不聪明,但是老成持重,十分正派。他的外表也不好看:两腿细长,举动笨拙,而且有点畏缩。他戴一顶还算新的帽子,穿一件颜色紫得出奇的薄外套,衣襟里露出一条金表链,下身穿一条裤脚口上有套带的长裤,脚上套着一双虽然磨损了后跟、却擦得干净发亮的小牛皮靴。凡是有经验的军人,一眼就能看出,他不是个普通的步兵军官,而是个地位较高的军人(倒不是从他那种与众不同的装束,而是从他整个风度上看出来)。要不是他生有一副纯粹俄罗斯人的脸型,人家可能把他当作德国人。他可能是个副官,或是团的军需官(但这一来,他的靴子就该装上马刺),也可能是战时从骑兵队或近卫军调来的军官。他确实是从骑兵队调来的。此刻他正向林阴道走去,心里想着刚才接到的一封信,那是一个退伍的旧同事(T①省的地主)和他的妻子(脸色苍白、眼睛浅蓝的娜塔莎,他的好朋友)写来的。他想起信里的一段话:

　　　　每当《残废者报》一到,普波卡(退伍的枪骑兵这样
　　称呼他的妻子)就奔进穿堂,拿了报纸跑到亭子里 S 形
　　的椅子边,或者跑进会客室(你可记得,你们的团驻在我

---

　　①　T,俄文字母,音类似拼音"dai"。

们城里时,咱们怎样在这会客室里一起愉快地度过冬天的黄昏),那么兴奋地读着你们的英雄事迹,你真不能想象啊。她常常提到你,说:"你看哪,米哈依洛夫真是个可爱的人,等我看见他,我要好好吻吻他。他在棱堡上作战,一定会获得乔治十字章,一定会上报的。"诸如此类的话,弄得我大吃你的醋。

他在另一个地方写道:

> 我们这儿报纸到得很迟,传说很多,但不能全信。譬如,你认识的那几位弄音乐的小姐昨天告诉我们:拿破仑被我们的哥萨克俘虏,并且解送到彼得堡去了。不过你该明白这话我能相信几分。彼得堡来了一个人(他从大臣那儿来,负有特殊使命,人极可爱。现在城里没有什么人,你真不能想象,他对我们来说是个多么重要的消息来源)很有把握地告诉我们,我们的部队已经占领了叶夫帕托里亚,因而切断了法军跟巴拉克拉瓦的联络,①在这次战役中我们牺牲了二百人,而法军损失却达一万五千人。我妻听了高兴万状,通宵狂饮,说她料想你一定参加了这次战役,并且打得很英勇……

从我特地着重书写的字句上,从全信的语气中,一个眼界很高的读者准会对这位靴跟磨损的米哈依洛夫上尉,对他那个别字连篇和缺乏地理知识的同事,对他那位脸色苍白爱坐S形的椅子的女友(读者很可能想象这位娜塔莎还留着肮脏的指甲呢),总之对那个被他鄙视的肮脏懒散的外省社会,产

---

① 叶夫帕托里亚,巴拉克拉瓦,都在克里米亚,当时都在俄军手里。

生一种正确的不良印象。但米哈依洛夫上尉却怀着说不出的忧郁心情，想念着他那个脸色苍白的外省女友，想起他怎样跟她在亭子里共度黄昏，互诉感情。他想起那个善良的枪骑兵同事，想起他们怎样在书房里赌一分一戈比的纸牌，枪骑兵怎样生气和输钱，他妻子又怎样嘲笑他。他一想起这些人对他的友谊（也许他认为脸色苍白的女友对他有着超过友谊的感情），他们的容貌和环境就带着异常甜蜜的快乐光辉，浮现在他的脑海里。想到这里，他满面笑容地伸手到口袋里摸了摸这封可爱的信。这些回忆对米哈依洛夫上尉具有特殊的魅力，因为现在他在步兵团里的生活圈子远不如他以前所处的那个圈子。当时他是个骑兵军官，是太太们的宠儿，在 T 城处处受到欢迎。

他以前的生活圈子比现在的确实高多了，因此，在推心置腹的时刻，他会对他的步兵弟兄们说：他有过自备马车，在省长家的舞会上跳过舞，跟穿便服的将军打过纸牌。他们将信将疑地听着他说，但不想反驳他或者跟他争论，仿佛说："让他吹吧！"至于他对弟兄们的狂饮胡闹（喝伏特加，下四分之一戈比的赌注），对他们举动的粗鲁无礼并不公开表示鄙夷，那是因为他的性情特别随和而又通情达理。

米哈依洛夫上尉不由自主地从回忆转为幻想和希望。"要是娜塔莎在《残废者报》上读到我第一个冲到敌人的大炮上，因而获得乔治勋章，她会怎样又惊又喜啊！"他踏着后跟磨损的靴子，在小巷里边走边想，"凭以前的保荐书我该升为大尉了。再说，按照资历我很可能今年就被提升为少校，因为已经牺牲了许多人，而在这一仗里一定还会牺牲许多人。以后还有战斗，而我这个有了名望的人会奉命去指挥一个团……这就成了中校……挂上安娜勋章……然后是上校……"接着他已经把自己想象成将军了,他将走访孀居的娜塔莎,因为在他的幻想中那时候他那位同事已经去世了……正在他胡思乱想的当儿,林阴道上的音乐声更加清楚地传到他的耳朵里,人群出现在他的眼前,他这才醒悟过来,他依旧是个渺小、笨拙而胆怯的步兵上尉罢了。

三

他先走到大帐篷旁边,那儿排列着乐队,团里的几个士兵手拿翻开的乐谱站在乐师前面,代替乐谱架。一群司书、士官生、保姆和孩子,以及穿旧外套的军官站在他们周围,这些人与其说是在听演奏,不如说是在看热闹。在大帐篷四周站着的、坐着的和散步的,多半是海军军官、副官和戴白手套穿新外套的陆军军官。在林阴大道上来往的,有形形色色的军官和形形色色的女人。偶尔有几个女人戴着帽子,大部分包着头巾,也有既不包头巾也不戴帽子的,但妙就妙在都很年轻,没有一个上了年纪的。再下去,在浓荫蔽天、芳香四溢的种满刺槐的小径里,三三两两的人群,有的在散步,有的在闲坐。

在林阴道上遇到米哈依洛夫上尉,谁也不觉得特别高兴,只有他团里的奥勃若果夫大尉和苏斯里科夫大尉也许是例外,他们热烈地跟他握手。但是,奥勃若果夫穿着驼毛裤子,不戴手套,外套破破烂烂,脸色通红,满头大汗,苏斯里科夫则粗野地大叫大嚷,因此,跟他们走在一起有点失面子,特别是在那些戴白手套的军官面前。米哈依洛夫上尉对这些军官中的一个(一位副官)鞠了个躬,对另一个(一位校官)他也可以鞠躬致意,因为他们在一个共同熟识的人家里见过两次面。再说,他跟奥勃若果夫和苏斯里科夫这两位仁兄一天要见面和握手六次,同他们一起散步还有什么趣味呢?他来听音乐又不是为了这个。

他很想走到他鞠过躬的那位副官跟前去,同那些大人先生们谈谈话,这倒不是为了要在奥勃若果夫大尉、苏斯里科夫大尉和帕施捷茨基中尉等人面前炫耀一番,而只是因为这些先生都很可爱,消息又十分灵通,也许还会告诉他一点新闻……

可是,米哈依洛夫上尉为什么不敢去接近他们呢?他想:"万一他们不向我还礼,或者虽然还礼,却继续谈他们的话,就当没有我这个人似的,或者干脆不理我,让我一个人孤独地留在上等人中间,叫我怎么办呢?"上等人这个名词(意思是指各阶层中出类拔萃的人物)近来在俄罗斯十分流行(也许有人认为在俄罗斯不该出现这种情况),深入到了凡是虚荣心能渗透到的一切地区和一切社会阶层(在什么时候什么情况下这种丑恶的欲望才不会渗透呢),不论在商人中间,在文官中间,在司书中间,在军官中间,也不管是在萨拉托夫,在马马迪什,或者文尼察,总之,只要是有人生活的地方。在被围攻的塞瓦斯托波尔,既然有许多人,自然也就有不少虚荣心,因而也有上等人,虽然死神一刻不停地在人们头上飞翔,不管他是上等人,还是非上等人。

在奥勃若果夫大尉的心目中,米哈依洛夫上尉是个上等人,因为他的外套和手套都很干净。奥勃若果夫虽然对他这副打扮看不顺眼,却还是对他抱着几分敬意。在米哈依洛夫上尉的心目中,卡卢金副官是个上等人,因为他是副官,跟别的副官谈话用"你"相称,米哈依洛夫听来觉得有点刺耳,但还是有点怕他。在卡卢金副官的心目中,诺尔多夫伯爵是个上等人,但卡卢金常常在心里骂他和鄙视他,因为他是将军的副官。上等人真是个可怕的名词。当卓波夫少尉从一个同事身边走过,看见那同事跟一位校官坐在一起,他为什么要冷笑呢?为了要让他们看看,他虽然不是个上等人,却一点不比上等人差。为什么那个校官说话这样死样怪气呢?就是为了要使对方明白他是个上等人,肯跟少尉说话是宽宏大量的表示。那士官生跟住一个素不相识的太太,又不敢去接近她,但他为什么这样摆动两臂挤眉弄眼呢?就是为了向军官们表示,他虽然见了他们脱帽致敬,但他毕竟是个上等人,而且心里很快乐。那炮兵大尉为什么对性情温和的传令军官态度这样粗暴呢?就是为了要让大家知道,他从来不巴结什么人,并且不把上等人放在眼里,等等,等等。

虚荣心!虚荣心!到处都是虚荣心!就连一只脚踏进棺材的人,为了崇高理想准备献出生命的人,都免不了虚荣心。虚荣心!这简直是我们这个时代的特征和通病。怎么从前没有人像提到天花或者霍乱那样提到这种欲望呢?为什么在我们的时代只有这样三种人:一种人认为虚荣心是必须存在的,因此它是合理的,就心甘情愿地屈服了;另一种人把虚荣心看作一种不幸而又无法避免的东西;再有一种人不知不觉地受它支配,好像奴隶一般。为什么荷马和莎士比亚等人的作品都描写爱情、荣誉和苦难,而我们当代的文学却无穷无尽地叙述"势利"和"虚荣"呢?

米哈依洛夫上尉在那伙他心目中的上等人旁边迟疑地走过两次之后,直到第三次才鼓足勇气向他们走去。这伙人共有四个军官：一个是副官卡卢金，米哈依洛夫早就认识了；一个是副官加尔青公爵，他在卡卢金的心目中多少是位上等人；一个是聂斐尔陶夫中校，是所谓"一百二十二个"上流人物中的一个（他们都是退伍后重新来服役的，来的动机部分出于爱国热情，部分出于功名心，但主要是因为大家都在服役），又是莫斯科单身汉俱乐部的老成员，他在这里属于不满现状派（这派人什么也不干，什么也不懂，却总是对上级的命令横加批评）；还有一个是骑兵大尉普拉斯库兴，也是"一百二十二个"中的一个。算米哈依洛夫走运，卡卢金此刻情绪很好（将军刚才以十分信任的态度跟他说过话，而且加尔青公爵从彼得堡一到，就住在他那里），因此跟米哈依洛夫上尉握手，并不觉得有失身份。然而，普拉斯库兴却不愿跟米哈依洛夫握手，虽然他在棱堡那边常常遇到米哈依洛夫，而且不止一次喝过他的葡萄酒和伏特加，在打牌上还欠他十二个半卢布。普拉斯库兴跟加尔青公爵还不太熟，他不愿让公爵看到他认识一个普普通通的步兵上尉，因此对米哈依洛夫只微微点了点头。

"哦，上尉，"卡卢金说，"几时再上棱堡哇？那次我们在施华卓夫多面堡上见面，您还记得吗？当时打得好激烈，是吗？"

"是啊，很激烈。"米哈依洛夫说，同时懊丧地想起那天夜里他那副狼狈相：他弯着身子顺壕沟向棱堡跑去，正好遇见卡卢金佩着铿锵作响的军刀，威风凛凛地走过来。

"照规矩我该明天去的，"米哈依洛夫继续说，"可是我们那边有个军官病了，因此……"他想说明本来还没轮到他去，可是八连的连长病了，连里只剩下一个准尉，他认为去代替聂普希特舍茨基中尉的职务义不容辞,因此今天就上棱堡去,但卡卢金没有听完他的话。

"我觉得这两天会出什么事的。"他对加尔青公爵说。

"哦,今天不会出什么事吧?"米哈依洛夫怯生生地问。他一会儿瞧瞧卡卢金,一会儿瞧瞧加尔青。谁也没有搭理他。加尔青公爵只莫名其妙地皱起眉头,眼光从米哈依洛夫的帽子旁边滑过去,沉默了一会儿才说:"那个包红头巾的姑娘长得挺不错。您不认识她吧,上尉?"

"她是水兵的女儿,就住在我的宿舍附近。"

"来吧,让我们过去好好瞧瞧她。"

于是加尔青公爵就一手挽着卡卢金,一手挽着上尉,他相信这样一定会使米哈依洛夫大为高兴——结果果然如此。

上尉这人很迷信,他认为作战之前跟女人调情十分罪过,但在目前这场合他却装得像个浪荡鬼。加尔青公爵和卡卢金看了显然不以为意,包红头巾的姑娘却觉得非常惊奇,因为她不止一次注意到,上尉平时从她窗前走过,总是脸涨得通红。普拉斯库兴走在他们后面,一路上不断碰碰加尔青公爵的手臂,用法语说长道短。但是,由于小径上四人不能并肩同行,他只得一个人独走,直到第二圈他才挽住走近来跟他谈话的谢尔维亚金。谢尔维亚金是个以勇敢著称的海军军官,也急于加入上等人的一伙。这位著名的英雄高高兴兴地用他那砍杀过许多法国人的强壮手臂,挽住普拉斯库兴的手臂,虽然大家(包括谢尔维亚金在内)知道普拉斯库兴的人品并不太好。普拉斯库兴要说明他认识这位海军军官,就低声告诉加尔青公爵,他是一位著名的英雄。可是加尔青公爵昨天到过第四棱堡,亲眼看见炮弹在二十步外开花,就认为自己的勇敢不下于这位英雄，并且觉得许多人都是徒有虚名，因此根本没把谢尔维亚金放在眼里。

跟这些人一起散步，米哈依洛夫上尉觉得十分愉快，他甚至忘记了那封可爱的 T 城来信，忘记了又得去棱堡的忧虑，而主要是忘记了他得在七点钟赶回家里。他跟他们待在一起，直到他们避开他的视线，只顾自己说话，暗示叫他走开，并且终于丢下他走掉为止。但上尉还是心满意足，因此，当士官生彼斯特男爵半路上向他敬礼时露出傲慢不逊的神气，他也满不在乎。士官生彼斯特男爵昨天在第五棱堡的掩蔽部里待了一夜，这是他生平第一遭，因此就自认为是个英雄，傲慢自大起来了。

四

不过，上尉一踏进他的住所，头脑里就产生了截然不同的思想。他看见他的小房间：高低不平的泥地、糊纸的歪斜窗子、他那张旧床、靠床的壁上钉着骑马女人图的花毯、毯子上挂着的两支图拉手枪，以及跟他同住的士官生的肮脏床铺和床上的花布被子。他看见他的仆人尼基塔头发蓬乱而油腻，一边挠痒，一边从地上爬起来。他看见他那个旧外套、那双平时穿的靴子和一个包裹，包裹里露出一块肥皂似的干酪和一只盛有伏特加的酒瓶的颈子。这些东西都是准备好让他带到棱堡上去的。他带着一种近乎恐惧的心理忽然想到，今天他就得跟他的一连人在战壕里待上一个通宵。

"我今天准要死在战场上了，"上尉想，"我有这样的预感。主要是因为本来不该我去，我却主动要求去。自愿上阵的人,往往会牺牲。该死的聂普希特舍茨基究竟生什么病啊?也许他根本没有什么病,可人家却要替他去送命,非送命不可。但我要是能保住性命,那就准能被提升了。我刚才对团长说:'既然聂普希特舍茨基病了,那就让我去吧!'那时,我看见团长是多么高兴啊。即使不能升做少校,得个弗拉基米尔勋章准不成问题。我去棱堡,这已经是第十三次了。哦,十三!这是个不吉利的数字。我肯定要死,我觉得一定会给打死的,可是总得有人去呀,总不能让准尉带一连人哪。万一出什么事,就会影响全团的名誉,影响全军的名誉。去,这是我的责任……是的,是我的责任。可是我有一种预感。"上尉忘记了,他每次去棱堡多少都有这样的预感;他不知道,每个上阵作战的人也多少有这样的预感。这种责任感(他也像一般智力不很发达的人那样,责任感特别强)使上尉稍稍平静点儿,他在桌旁坐下来,给父亲(最近他因经济问题跟父亲搞得不太愉快)写诀别信。十分钟以后,他写好信,眼泪汪汪地站起来,一面默念着他所知道的各种祈祷文(他不好意思在仆人面前大声祷告上帝),一面动手穿衣服。他还想吻吻米特罗凡圣像(这是他母亲临死前给他的祝福,他特别信仰它),但不好意思当着尼基塔的面这样做,就把圣像拉到上衣外面,这样到了街上不解纽扣就可以拿到它。喝得醉醺醺的粗鲁的仆人懒洋洋地把新军服(上尉平时上棱堡去穿的那件旧军服还没有补好)递给他。

"军服怎么还没补好?你这家伙就知道睡觉!"米哈依洛夫怒气冲冲地说。

"哼,睡觉!"尼基塔嘀咕道,"整天像条狗似的东奔西跑,累得精疲力竭的,还不让人家睡觉。"

"你又喝醉了,我看得出来。"

"又不是喝您的钱,咕噜什么!"

"闭嘴,畜生!"上尉大喝一声,几乎要动手打人了。他本来情绪不好,如今又被尼基塔无理顶撞,他终于按捺不住了。尼基塔跟他已经过了十二年,是他所喜欢的仆人,甚至有点被他宠坏了。

"畜生?畜生?"尼基塔回嘴说,"老爷,您干吗骂我畜生?您知道现在是什么时势?不兴骂人了。"

米哈依洛夫想到他要去什么地方,不禁害臊起来。

"你要知道,尼基塔,谁都会被你弄得受不了的。"他口气婉转地说。"桌子上这封信是给我父亲的,你别去动它。"他红着脸补充说。

"是,老爷。"尼基塔说。他喝了"用自己的钱"买的酒,变得十分感伤,眨眨眼睛,简直要哭了。

上尉走到大门口,说了声:"别了,尼基塔!"这时,尼基塔终于失声痛哭起来。他扑过去吻主人的手,呜咽着说:"别了,老爷!"

水兵的老寡妇正好站在大门口。一个妇道人家看到这种场面是无法不伤心落泪的。她用肮脏的袖子擦擦眼睛,哭着说,连老爷先生们都要吃这样的苦,难怪她这个苦命女人要当寡妇了。她给喝醉酒的尼基塔讲她的苦难,这已经是第一百遍了:她的丈夫怎样在第一次炮击时被打死,她那座郊区的小屋(她现在住的不是自己的房子)怎样被炸毁,等等,等等。老爷走后,尼基塔就抽起烟来,又叫房东的女儿去买酒,他很快就停止了哭泣,甚至为了一个桶跟老太婆吵起嘴来,说她把他的桶压坏了。

"也许我只会受点儿伤。"黄昏时分,上尉带着一连人到棱堡去,心里想。"可是伤在哪里?伤得怎么样?伤在这里,还是伤在这里?"他心里指的是腹部和胸膛。"要是伤在这里呢?"他想到他的大腿,"即使从旁边擦过,也不好受哇。要是弹片直穿进去,那我就完蛋了!"

上尉弯下身子顺着战壕前进,终于平安地到达了阵地。在一片漆黑中,他跟工兵军官一起给士兵们布置好任务,自己就在胸墙后面的一个坑里坐下来,炮打得很少,只偶尔在我们这边或他那边闪起一点火花,榴弹的导管在黑暗的星空划出一道弧形的火光。但所有的炮弹都远远地落在阵地后面和右边,因此上尉坐在那坑里觉得安心些了,就喝了点伏特加,吃了点肥皂般的干酪,抽了一阵纸烟,做过祷告,想打一会儿盹。

五

加尔青公爵和聂斐尔陶夫中校在林阴道上碰到士官生彼斯特男爵,又碰到普拉斯库兴(谁也没有招呼他,谁也没有跟他说话,可他还是紧紧跟着他们),就一起离开林阴道,到卡卢金的住所去喝茶。

"哦,你还没给我讲完华斯卡·孟德尔的事呢,"卡卢金脱去外套,在靠窗那只柔软舒服的安乐椅上坐下来,解开浆过的荷兰衬衫的洁白领子,说,"他到底是怎么结婚的?"

"老兄,真可笑!老实告诉您吧,彼得堡有一个时候大家就光谈这件事。①"加尔青公爵笑着说,从坐着的钢琴凳上跳

<hr>

① 原文为法语。凡排楷体者,除非另注,原文均为法语,不再一一加注。

起来,坐到卡卢金旁边的窗台上,"简直笑死人了。这件事我知道得挺详细。"于是他就娓娓动听地讲出一个恋爱故事来,可我们对它不感兴趣,因此这里就从略了。

不过,值得注意的是,此刻不仅加尔青公爵,而且屋子里所有的大人先生(一个坐在窗台上,一个跷起两腿,一个坐在钢琴旁),跟他们在林阴道上时都大不相同了。他们不再装模作样,像在步兵军官面前那样摆架子。这里,在自己人中间,他们恢复了本来面目,特别是卡卢金和加尔青,显得都很天真活泼,善良可爱。他们谈的也无非是彼得堡的同事和熟人。

"马斯洛夫斯基怎么样了?"

"哪一个马斯洛夫斯基? 是近卫枪骑队的,还是近卫骑兵队的?"

"他们两个我都认得。近卫骑兵队的那一个,我看到他时还是个孩子,刚从学校里出来。年纪大的那一个,该是骑兵大尉了吧?"

"哦! 早就当上了。"

"怎么样,还是跟他那个吉卜赛女人搞在一起吗?"

"不,扔了。"以及诸如此类的话。

后来,加尔青公爵在钢琴前坐下来,边弹边唱地表演了一支吉卜赛歌曲。普拉斯库兴不经人家邀请,自动和唱起来。他唱得那么好,大家就请他再和唱,他十分得意。

仆人端着一只银盘进来,盘子里盛着茶、奶油和甜面包。

"端去给公爵。"卡卢金说。

加尔青拿起一杯茶,走到窗口说:"想想真有点奇怪,我们处在这个被围攻的城市里,却又是钢琴,又是奶油红茶,还有这样漂亮的公寓。我真希望在彼得堡也能有一套这样的公寓呢。"

"要是连这些个都没有的话,我们这种老是提心吊胆的生活怎么叫人受得了哇……"对什么事都不满意的老中校说,"眼看着天天都有人被打死,永远没完没了的,要是再在泥泞里过日子,没有一点舒服的话……"

"可是我们的步兵军官跟士兵一起住在棱堡里,睡在掩蔽部里,吃着士兵吃的汤,他们又怎么生活呢?"卡卢金说。

"这我可不了解了,"加尔青说,"老实说,我无法相信那些衬衣邋遢、双手肮脏、生满虱子的人打起仗来会很勇敢。要知道,他们是不可能具有贵族的高尚勇气的。"

"他们根本不懂得这种勇气。"普拉斯库兴说。

"你别乱说,"卡卢金生气地打断他的话,"我在这儿见到的军官比你多。我总是认为,我们的步兵军官尽管生满虱子,十天不换衬衣,他们可是了不起的英雄。"

这时候,有个步兵军官走进房间里来。

"我……我奉命……我奉××将军之命,可以见……见将军大人吗?"他一边鞠躬,一边怯生生地问。

卡卢金站了起来,也没向那军官还礼,脸上勉强露出笑容,假装殷勤地问对方能不能等一下。接着,也没请那军官坐下,就不再理他,却转身对加尔青说起法国话来,弄得那个可怜的军官站在房间中央,不知道该怎么办才好,他那两只没戴手套的手,伸在前面,也没有地方可摆。

"事情紧急得很哪,先生。"那军官停了一会儿,说。

"哦!那么走吧。"卡卢金脸上仍勉强露出笑容,穿上外套,陪那军官走出门去。

"先生们,今天晚上看来有一场激战了。"卡卢金从将军那儿回来,说道。

"啊?什么?什么?是突击吗?"其余的人问。

"这我可不知道了,你们自己会看到的。"卡卢金带着神秘的微笑回答。

"你就告诉我吧,"彼斯特男爵说,"要是有什么事的话,那我就得跟T团一起去打先锋了。"

"那你就去吧,上帝保佑你。"

"我的长官也在棱堡上,所以我也得去。"普拉斯库兴一边说,一边佩上军刀,但谁也没有回答他,该不该去。他自己应当明白。

"我觉得什么事也不会有的。"彼斯特男爵说,心惊胆战地想着面临的战斗,但还是神气活现地歪戴上帽子,跟普拉斯库兴和聂斐尔陶夫一起大踏步走出屋子。普拉斯库兴和聂斐尔陶夫也提心吊胆地向各自阵地跑去。"别了,先生们!""再见,先生们!今儿个晚上再见!"卡卢金从窗口叫道,看见普拉斯库兴和彼斯特伏在哥萨克鞍桥上,沿着大路小步跑去。他们显然把自己想象成哥萨克了。

"哦,回头见!"士官生没有听清卡卢金的话,大声嚷道。哥萨克小马的蹄声很快就在黑暗的街上消失了。

"不,您倒说说,今天夜里真的会出什么事吗?"加尔青说。他跟卡卢金一起伏在窗台上,眺望着棱堡上空飞起的炮弹。

"我可以告诉你。你到过棱堡吧?"加尔青点点头,虽然他总共只到过第四棱堡一次。"你知道,在我们的眼镜堡对面有一条壕沟。"于是卡卢金就摆出虽非军事专家、却自认为对军事很有见解的神气,讲述敌我双方工事的形势和当前战斗的计划,但讲得颠三倒四,而且乱用军事术语。

"瞧,他们在战壕附近噼噼啪啪干起来了。嚯!这炮弹是我们的还是他的?瞧,开花了!"他们伏在窗台上,一边说,一边望着空中炮弹划成的交叉火线、刹那间照亮深蓝天空的开炮的闪光和白色的硝烟,同时倾听着越来越激烈的炮声。

"多美的景象!是吗?"卡卢金说,叫他的客人注意这委实美丽的景象,"有时候简直分不出哪是星星,哪是炮弹了。"

"是啊,我以为是星星,它却落下去了,开花了。可那颗大星呢——叫什么名字啊?简直像颗炮弹。"

"说实在的,我已经看惯这些炮弹了。将来回到俄罗斯去,我准会在繁星满天的晚上把星星当作炮弹的。我看得太多了。"

"可我要不要去参加这次突击呢?"加尔青公爵沉默了一会儿说。他一想到在这样可怕的炮战中待在那边,不禁战栗起来,但接着想到绝不会派他夜里到那边去,又转悲为喜了。

"别提了,老兄!别胡思乱想了,再说我也不会放你去的,"卡卢金回答,明明知道加尔青绝不会到那边去,"去的机会有的是,老兄!"

"真的吗?你认为不用去吗?呃?"

这时候,就从这两位先生望着的那个方向,在隆隆的炮声中传来一阵猛烈的步枪声,成千朵火花接连不断地迸发出来,在整条战线上闪闪发亮。

"这下子可真的干起来了!"卡卢金说,"我听见这样的枪声就沉不住气,好像把我的心都揪住了。你听:'冲啊!'"他一面继续说,一面用心细听远方几百个人拖长的喊声:

"啊——啊——啊——啊!"这是从棱堡那边传来的。

"谁在喊'冲啊'?是他们还是我们?"

"我不知道,现在已经在肉搏了,枪炮声都停了。"

这时候,有个传令军官带着一个哥萨克骑马经过窗口,在门口下了马。

"从哪儿来?"

"从棱堡来。要见将军。"

"来吧。有什么事?"

"敌人冲过来,把阵地给占领了……法国人调来大批后备军攻打我们……可我们只有两个营。"军官(就是晚上来过的那一个)气喘吁吁地说,虽然上气不接下气,但还是大模大样地向门口走去。

"那么,我们撤退了吗?"加尔青问。

"没有,"军官生气地回答,"另一个营赶到,把敌人打退了,可是团长牺牲了,还牺牲了许多军官。我奉命来请求援军……"

说到这儿,他走进将军的房间里,那里面我们就不便进去了。

五分钟以后,卡卢金又骑在他那匹哥萨克马上(又装出那种冒牌哥萨克的怪样儿,我发现凡是副官不知怎的都特别喜欢这种姿势)向棱堡驰去,传达将军的命令,并且等待这场战斗的结局。加尔青公爵呢,情绪非常激动(一个不参加战斗的旁观者,看到战事逼近,往往会产生这样的激动),忍不住走出屋子,漫无目的地在街上走来走去。

六

一群群士兵,有的抬着担架,有的扶着伤员,在街上走过。街上完全黑了,只有从医院的窗子里,从深夜未睡的军官的住所窗子里,偶尔漏出灯光来。从棱堡那儿仍传来隆隆的炮声和步枪的交火声,黑漆漆的天空中仍旧火光闪闪。间或听到传令军官驰过的马蹄声、伤员的呻吟声、担架兵的脚步声和说话声,以及在门口观看炮战的受惊的女人的谈话声。

在观看炮战的人间,有我们已经认识的尼基塔、水兵的老寡妇(他已经跟她和好了)和她那个十岁的女儿。

"主哇,圣母娘娘啊!"老太婆眼看炮弹像火球似的不断飞来飞去,低声感叹着,"哟,吓死人了! 哎——哟——哟! 第一次打炮也没有这么厉害。瞧这死鬼在哪儿开花了——就在村子里我们房子那边哪。"

"不,还要远,老是落在阿林卡婶婶的花园里!"女孩子说。

"我们家老爷这会儿在什么地方啊?"尼基塔拖长声音说,他还有几分酒意。"哦,我多么爱我们家那位老爷,简直自己也说不上来。他打我,可我还是那么喜欢他。我实在喜欢他,万一他有个三长两短,哦,婶婶,不瞒你说,我简直自己也说不上来,我会干出什么事来的。真的! 这样好的老爷,没话说的! 那些在打牌的家伙难道能跟他比吗?呸! 没话说的!"尼基塔指指主人房里灯火通明的窗子说。士官生日瓦特契斯基利用上尉外出的机会,请了两个客人在那边狂饮,以庆祝他这次获得十字勋章。这两个客人,一个是乌格罗维奇少尉,一个就是因为患牙龈脓肿而没有去棱堡的聂普希特舍茨基中尉。

"哦,小星星,小星星飞来飞去,"女孩子望着天空说,打破了尼基塔说话后的沉默,"看,看,又是一颗飞过去了！这是干什么呀？妈!"

"要把我们的房子炸光了。"老太婆叹息说,没有回答女儿的问题。

"妈,今儿个我跟舅舅到那边去,"女孩子开了话门,尖声尖气地说下去,"那边屋里有一颗老大老大的炮弹,就在那柜子旁边,多半是从穿堂飞到屋子里去的。老大老大的,搬也搬不动。"

"人家有丈夫有钱的全跑了,"老太婆说,"可我这个苦命的呀,就剩下这么一座小房子,都给炸掉了。瞧吧,那恶鬼打得好狠心！老天爷! 老天爷!"

"我们刚刚走到大门口,就有一颗炮弹飞过来,轰的一声开花了,炸得我们身上全是土,我和舅舅差这么一丁点儿就让弹片给炸了。"

"为了这个应该奖给她一个十字勋章。"士官生这时同军官们到门口来看炮战,说。

"你去见见将军吧,老婆婆,真的!"聂普希特舍茨基中尉拍拍她的肩膀说。

"我到街上去看看,有没有什么新鲜事儿。"①他一边走下台阶,一边用波兰话说。

① 原文为作者用波兰语拼写的俄语。

38

"咱们还是去喝点烧酒吧，心里可实在害怕呢。"①愉快的士官生日瓦特契斯基也笑着用波兰话说。

七

加尔青公爵碰到的伤兵越来越多。那些伤兵，有的躺在担架上，有的互相搀扶着，一边走，一边大声谈话。

"哦，弟兄们，他们奔过来，嘴里叫着：'阿拉！阿拉！'"②一个个儿很高的兵扛着两支步枪，声音低沉地说，"一个个争先恐后地爬过来。你打死一批，又来一批，真是拿他们没办法。数也数不清……"

他说到这里，被加尔青打断了。

"你是从棱堡来的吗？"

"是的，大人。"

"嗯，那边情况怎么样？你讲讲。"

"那边情况吗？大人，他们派大批兵力，向堡垒爬来，什么都完了。我们完全被他们压倒了，大人！"

"怎么被压倒了？你们不是把他们打退了？"

"他们出动了所有的兵力，怎么打得退？我们的人都打光了，可是援军又不来。"（这兵搞错了，因为阵地依旧在我们手里，但谁都可能遇到这样的怪事：一个作战负伤的士兵往往以为打了败仗，而且伤亡惨重。）

---

① 原文为作者用波兰语拼写的俄语。
② 我们的士兵在跟土耳其人作战时，听惯敌人这样叫喊，因此现在他们总是说，法国人也是叫"阿拉"的。——原注
土耳其人多信伊斯兰教，崇敬"阿拉"。

"怎么人家告诉我已经把敌人打退了呢?"加尔青恼怒地说。

这时候,聂普希特舍茨基中尉在黑暗中从白帽子上认出加尔青公爵,想利用机会跟这样一位要人谈谈,就走上前去。

"请问,您知道那边的情况吗?"他举手行礼,毕恭毕敬地问道。

"我也正在打听啊,"加尔青公爵说,接着又问那个扛着两支步枪的兵,"会不会在你走后把敌人打退了? 你离开阵地好久了吗?"

"刚来呢,大人!"那个兵回答,"不见得能打退吧,阵地多半落在他们手里了,他们把我们全压倒了。"

"放弃阵地,你们怎么不害臊哇。这太不像话了!"加尔青看到士兵这种若无其事的样子,愤愤地说。"你们怎么不害臊哇!"他又说了一遍,就撇下那个兵。

"哦! 这些家伙糟透了! 您大人还不了解他们呢,"聂普希特舍茨基中尉随声附和道,"让我告诉您吧,您别指望这些人会有自尊心、爱国心或者别的什么感情。您就瞧瞧吧,路上走着这么些人,可是真正负伤的连十分之一都不到,其余都是送伤员来的,其实是想逃避战斗。这些卑鄙的家伙! 弟兄们,你们干出这种事来真丢脸,真丢脸! 竟把我们的阵地丢了!"他又对士兵们说。

"人家兵力强,有什么办法!"一个士兵咕哝道。

"唉! 大人!"这时候,一副担架抬到他们旁边,上面躺着的伤兵开口说,"敌人把我们的人快打光了,怎么能不放弃阵地呢? 要是我们力量够的话,说什么也不会放弃。可现在你有什么办法呢? 我用刺刀干掉了一个,我自己也挨了一下……哎——哟,轻点儿,弟兄们,走稳点儿,弟兄们,稳点儿……哟——哟——哟!"伤兵呻吟起来。

"是的,没负伤的人确实回来得太多了。"加尔青说。转身又问那个扛两支步枪的高个儿士兵,"你回来干什么? 喂,站住!"

那士兵站住,左手摘下帽子。

"你到哪儿去? 干什么去?"他声色俱厉地对他嚷道,"你这混……"可是就在这当儿,他走到那士兵的紧跟前,发现他的右臂露在袖子外,直到臂肘的地方浸透了血。

"我负伤了,大人!"

"伤在哪里?"

"大概这儿中了颗子弹,"那兵指指手臂说,"可是脑袋这儿不知道被什么东西打的。"他说着低下头来,让公爵看看他后脑勺上被血凝住的头发。

"那么还有一支枪是谁的?"

"是一支法国来复枪,我夺下来的,大人。要不是为了这个家伙,我也不下来了,他没有人护送会摔倒的。"他指指前面一个兵说——那个兵用步枪撑着身子,勉强拖动左腿,一步一步地走着。

"那你往哪儿走,混账东西!"聂普希特舍茨基中尉想讨好地位显赫的公爵,喝住另一个迎面走来的士兵。那个兵也负伤了。

加尔青公爵忽然替聂普希特舍茨基中尉大为害臊,但更为自己害臊。他觉得自己脸红了(这在他是很难得的),就撇下中尉,不再向伤兵问什么,也不再向他们瞧一眼,径自向救护站走去。

加尔青好容易从那些徒步的伤兵和担架兵（他们抬着伤员进去，抬着死人出来）中间穿过，挤上大门口的台阶，走进第一个房间。他往里一瞧，不由得立刻返身奔到街上。里面的景象实在太可怕了！

八

高大黑暗的大厅里只点着四五支蜡烛（医生们就凭烛光诊查伤员），十足地挤满了人。担架兵不断地抬着伤员进来，把他们一个个并排放在地板上，又回去抬新的伤员。地板上已经躺满了人，不幸的伤员们挤在一起，流出来的血水把彼此的身体都浸湿了。在地板的空隙处可以看到一摊摊的血迹；几百个发烧的人吐出来的气和担架兵的汗臭，使空气中弥漫着一种特别浓重刺鼻的臭味；大厅的四角阴惨惨地点着四支蜡烛。整个大厅里充满各种各样的呻吟声、叹息声和咽气声，偶尔还有一阵撕裂心肺的惨叫压倒了其他各种声音。护士们手里拿着药品、水、绷带和棉线团，跨过伤员，在血迹斑斑的外套和衬衫之间走来走去。她们脸色安详，流露出来的不是一般女性那种无济于事的含着眼泪鼻涕的怜悯，而是切实有效的积极的同情。医生们脸色阴沉，卷起袖子，跪在伤员旁边，在助手擎着的蜡烛照耀下，用手指探摸伤口，把伤员的被打断而虚悬着的手脚转来转去，根本不理他们凄惨的呻吟和哀求。一个医生坐在门口小桌子旁边，加尔青走进去的时候，他已经登记到五百三十二号了。

"伊凡·包加耶夫，C①团三连列兵，股骨复杂性挫

---

① C，俄文字母，音似英文字母"S"。

伤①，"另一个医生在大厅的一端摸弄着一条打坏的腿，大声报道，"把他翻过来。"

"喔唷！我的爹呀，我的爹呀！"士兵喊道，恳求别去动他。

"颅骨刺穿②。"

"谢苗·聂斐尔陶夫，H③步兵团中校。您稍微忍着点儿，中校，这样不行，要不然我只好不管了。"再有一个医生一边说，一边用一只钩形的器械在那不幸的中校的脑袋里探索着。

"哎哟，别弄了！喔唷，看在上帝面上，快点儿！快点儿！啊——啊——啊——啊！"

"胸膛刺穿④……谢华斯基扬·谢列达，列兵……哪个团的？嗯，不用登记了，快死了⑤。把他抬出去吧。"医生说，撇下那个已经翻着眼珠在断气的士兵……

大约有四十个担架兵站在门口，等着把包扎好的伤员送往医院，把死人抬到礼拜堂去，他们默默地瞧着这景象，只偶尔发出一声长叹……

…………

九

到去棱堡的路上，卡卢金遇见许多伤员，但他凭经验知

---

① 原文为拉丁语（fractura femoris complicata）。医生诊断时一般都说拉丁语，免得被病人知道。
② 原文为拉丁语（perforatio capitis）。
③ H，俄文字母，音似英文字母"N"。
④ 原文为拉丁语（Perforatio pectoris）。
⑤ 原文为拉丁语（moritur）。

道,看了这种景象会使人精神沮丧,因此不但不停下来向他们打听什么,而且故意不去注意他们。他在山脚下遇见一个传令军官从棱堡飞驰而来。

"卓勃金! 卓勃金! 等一下。"

"哦,什么事?"

"您从哪儿来呀?"

"从阵地上来。"

"那边怎么样? 打得厉害吗?"

"厉害极了! 简直像座地狱!"

传令军官继续向前跑去。真的,枪声虽然稀些,炮战却变得更加猛烈了。

"哦,糟透了!"卡卢金想,觉得有点儿不愉快。他也产生了一种预感,一种不足为奇的念头——死。但卡卢金可不是米哈依洛夫上尉,他这人自尊心很强,天生一副健全的神经,换句话说,就是胆子很大。他不屈服于最初的感觉,而是打起精神来。他想起拿破仑的一个副官的事,那副官在迅速传达了命令之后,满头是血,骑马奔回拿破仑跟前。

"你负伤了吗?"拿破仑问他说。

"陛下恕罪,我被打死了。"那副官说着从马上滚下来,当场死了。

他觉得这很壮烈。他甚至把自己想象成那个副官,然后扬鞭策马,摆出一副更加雄赳赳的哥萨克骑马姿势,回头望望那个站在马镫上跟着他疾驰的哥萨克,威风凛凛地向下马的地方跑去。到了目的地,他看见有四个兵坐在石头上抽烟斗。

"你们在这儿干什么?"他对他们喝道。

"刚抬走了一个伤员,在这儿坐着歇会儿,大人。"其中一个把烟斗藏到背后,脱下帽子,回答说。

"歇会儿! 快回到岗位上去,不然我就去报告团长。"

于是他就跟他们一起顺着战壕往山上走去,每走一步都碰到伤员。上山以后,他转到左边的壕沟里,又走了几步,发现周围就只剩下他一个人。一块弹片从他身边嘘的一声飞过,打在战壕里。另外一颗炮弹在他前面升起,似乎对准他直飞过来。他忽然觉得有点害怕,急急地跑了五六步,扑倒在地上。看到炮弹在离他很远的地方爆炸,他对自己大为生气。他爬起来,向周围望望,看有没有人看见他跌倒。幸亏周围一个人也没有。

恐惧一旦袭上心头,就不会很快让位给别的感情。他一向自夸从来不弯腰曲背,这会儿脚顺着战壕拼命奔跑,身子俯得简直像爬行一般。他绊了一跤,心里想:"哦,糟了! 我准没命了。"他呼吸困难,浑身出汗,这情形使他自己也觉得奇怪,可是他不想再控制他的感情了。

忽然前面传来一阵脚步声。他连忙挺直身子,抬起头来,神气活现地震响军刀向前走去,步伐不再那么急促了。他觉得自己完全变了。他碰到一个工兵军官和一个水兵。那军官指着一颗越来越亮、越来越快地飞过来的炮弹,对他嚷道:"卧倒!"他只在这惊慌的喊声下不自觉地低了一下头,又向前走去。那炮弹终于轰的一声在战壕附近爆炸了。

"瞧,好大的胆量!"那水兵说,十分镇静地望着那落下来的炮弹。他那双经验丰富的眼睛,一下子断定弹片打不到战壕,因此他也不愿意卧倒。

卡卢金只要再走几步,就可以通过一块空地,来到棱堡司令官的避弹室。就在这时候,他又觉得丧魂落魄,被这种愚蠢的恐怖压倒了。他的心又怦怦乱跳,血冲到脑袋里,他好容易才跑到掩蔽部。

"您怎么喘成这个样子?"等卡卢金把指令报告完毕,将军问。

"我走得太快了,将军大人!"

"要不要喝一杯酒啊?"

卡卢金喝了一杯酒,点了一支烟。战斗已经结束了,只有双方猛烈的炮击还在继续着。掩蔽部里坐着棱堡司令官 N 将军和另外六个军官,其中一个是普拉斯库兴。他们在谈论战斗的种种细节。这个小房间的壁上钉着蓝色的花纸,有沙发、床、桌子,桌上放着文件,壁上挂着挂钟和神像,神像前点着小油灯。坐在这个舒服的小房间里,瞧着这些生活用具和粗大的梁木搭成的顶棚,听着在掩蔽部里听来很微弱的炮声,卡卢金实在弄不懂,他怎么会两次被不可饶恕的怯懦所支配。他生自己的气。他希望再遇到什么危险,好重新考验一下自己的胆量。

"哦,在这儿碰到您我很高兴,上校。"他对一个留大胡子的海军军官说。那军官穿一件校官外套,挂着乔治勋章,这时候刚走进掩蔽部,请求将军派给他几个人去修理他炮台上两个被堵塞的炮眼。"将军要我问一下,您的炮能用霰弹打到敌人的战壕吗?"等那个海军军官跟将军谈完话,卡卢金继续说。

"只有一门能打。"海军上校垂头丧气地回答。

"咱们还是去瞧瞧吧。"

上校皱了皱眉头,生气地哼了一声。

"我在那边已经待了一个通宵了,到这儿来歇会儿,"他说,"您一个人去不行吗?我的助手,卡尔茨中尉在那边,他会把一切指给您看的。"

上校指挥这座最危险的炮台之一,已经有六个月了。围攻开始的时候,掩蔽部还没有造好,他就一直坚守在棱堡里,寸步不离,因此他在海军军官中间是以勇敢出名的。也因为这个缘故,他的拒绝使卡卢金感到格外惊奇。

"出名的勇敢原来是这么一回事。"他心里想。

"那么,要是您答应的话,我就一个人去了。"他带点嘲弄的口吻对上校说,上校听了他的话却毫不介意。

但卡卢金没有想到,几次加起来,他在棱堡上总共只待了大约五十小时,而上校在那边守了可有六个月了。卡卢金还受着虚荣心的鼓舞:想出风头,希望得奖和出名,幻想冒险的乐趣;上校呢,他已经经历过这一切了——开头他也爱慕虚荣,卖弄胆量,喜欢冒险,希望得奖和出名,而且也达到了目的,可是现在这些刺激对他已经不起作用,他看待事情也跟以前不同了。他认真完成自己的任务,但在棱堡上待了六个月之后,他深深懂得保全生命极不容易,除非万不得已,决不随便冒险。因此,那个来到炮台上才一星期的年轻中尉(此刻他正陪着卡卢金视察阵地,两人毫无必要地从炮眼里探出头去,爬上踏垛),看来似乎比上校勇敢十倍。

卡卢金看过炮台之后,就走回掩蔽部,在黑暗中正好碰到将军带着传令军官到瞭望台去。

"普拉斯库兴大尉!"将军说道,"请您到右边阵地上去,叫在那边修工事的 M 团二营停工,悄悄离开那儿,跟驻在山脚下做后备队的团会合。明白吗?您亲自把他们带到那儿去。"

"是,将军。"

于是，普拉斯库兴就向阵地飞快跑去。

炮火越来越稀了。

十

"这是 M① 团二营吗？"普拉斯库兴跑到目的地，碰到一个背着一口袋泥土的士兵，问他说。

"是的。"

"指挥官在哪儿？"

米哈依洛夫以为是在问连长，就从他的掩蔽壕里爬出来。他把普拉斯库兴当作长官，一面举手敬礼，一面向他走去。

"将军命令……你们……赶快……撤离……最要紧的是悄悄地……往后，不是往后，是往后备队那边撤。"普拉斯库兴一面说，一面斜眼瞅着敌人炮火的方向。

米哈依洛夫一认出是普拉斯库兴，放下手，弄明情况，立刻把命令往下传达。于是一营人就快活地行动起来，大家拿起枪，穿上外套，出发了。

在三小时的炮击之后，离开像阵地那样危险的地方，这时心头的轻松愉快，凡是没有亲身体验过的人，是无法想象的。在这三小时里，米哈依洛夫几次三番以为自己必死无疑，几次三番狂吻带在身上的那几个圣像，最后他想：他肯定会被打死，他已经不属于这个世界了。这样想着，他觉得心头稍微宽了些。虽然如此，当他同普拉斯库兴并肩带着一连人离开阵地的时候，他好容易才控制住，不让两腿急急忙忙地逃跑。

<hr>

① M，俄文字母，音类似英文字母"M"。

"再见！"那个留在阵地上指挥另一个营的少校对他说，他们曾经一起坐在胸墙后面的掩蔽壕里，吃着肥皂般的干酪。"一路平安。"

"祝你顺利守住阵地。现在看来平静些了。"

但他的话音刚落，敌人就更加密集地打起炮来，大概已经发觉了阵地上的行动。我方也开炮还击，于是一场猛烈的炮战又展开了。星星高挂在空中，但是暗淡无光。夜黑漆漆的，只有炮火和炮弹爆炸的闪光照亮周围的景物。士兵们默默地迅速走着，争先恐后，你追我赶。除了隆隆不停的炮声之外，只听得士兵们走在干燥大路上的整齐脚步声、刺刀碰撞的铿锵声，或者胆怯的士兵的叹息和祷告声："主哇，主哇，这是怎么一回事啊！"有时还可以听见伤员的呻吟和喊担架的声音（米哈依洛夫指挥的连里，那天夜里光是被炮弹炸死的就有二十六人）。遥远的黑暗的地平线上一闪起火光，棱堡上的哨兵就喊道："大炮！"接着就有一颗炮弹从一连人的头上呼啸而过，落在地上，炸得石子飞溅开来。

"真见鬼！他们走得好慢哪，"普拉斯库兴走在米哈依洛夫旁边，一边想，一边不住地往后瞧，"真的，我最好是先跑回去，反正已经把命令传达了……不，不行，这畜生将来会说我是个胆小鬼，就像我昨天讲他那样。听天由命吧，我跟他并排走就是了。"

"他干什么老是跟着我啊？"米哈依洛夫心里也在琢磨着，"我发现他是个灾星。看，又是一颗炮弹，好像往这儿直飞过来了！"

他们走了几百步路，碰到卡卢金。卡卢金佩着铿锵作响的军刀，正雄赳赳地向阵地走去。他是奉将军之命到那边去了解工事修筑情况的。但是一遇到米哈依洛夫,他心里就想:何必亲自冒着这样可怕的炮火到那里去呢?况且命令也没有指定要他直接到那里去,还不如向到过那里的军官问个详细吧。米哈依洛夫果然把修筑工事的情况详详细细对他说了一遍,但说的时候,每逢有炮弹飞过,哪怕落在很远的地方,他总是蹲下身子,低下头,并且使对方相信"这下子要打到这儿来了"。这使卡卢金觉得很好笑,因为他似乎根本不理那炮火。

"当心哪,上尉,这下子要打到这儿来了!"卡卢金推推普拉斯库兴,开玩笑说。他跟他们又走了一段路,就转到通向掩蔽部的壕沟里去了。"这个上尉可说不上很勇敢。"他走进掩蔽部的时候想。

"嗯,有什么新闻吗?"一个军官独自坐在那里吃晚饭,问他道。

"没什么,看样子不会再有什么战斗了。"

"怎么不会有了?正好相反,将军刚才又上瞭望台去了。又来了一个团。喏,听见吗?枪声又响了。您别走。您去干什么?"那军官看出卡卢金要走的样子,又加一句。

卡卢金想:"照理我是应该待在那边的,可是今天这一天我冒的险已经够多了。我希望,除了当炮灰,我还有别的用处。"

"对,我就在这儿等他们吧。"他说。

果然,过了二十分钟,将军带着随从军官回来了。士官生彼斯特男爵也在其中,却不见普拉斯库兴。敌人被打退了,我们重新占领了阵地。

卡卢金听了战斗的详细汇报之后,就同彼斯特一起走出掩蔽部。

十一

"你的外套沾满了血,难道你参加肉搏了吗?"卡卢金问他。

"哦,老兄,可怕极了! 你想象一下吧……"于是彼斯特就开始讲到连长怎样牺牲,他怎样指挥一连人作战,怎样亲手刺死一个法国人,要是没有他,仗就会打得一败涂地,等等。

连长牺牲了,彼斯特刺死一个法国人,他讲的这些主要事件是真实的,但在讲到一些细节的时候,士官生却凭空吹起牛来了。

他倒不是存心吹牛,因为在这场战斗中他一直精神恍惚,所遭遇的一切事情,仿佛发生在另外一个地方,发生在另外一个时间,发生在另外一个人身上。这样,当他重新讲述那些细节的时候,自然就竭力讲得对自己有利些。其实事情的经过是这样的:

士官生临时被调去参加突击的那个营,紧挨着一道矮墙,在炮火下待了两小时光景。然后,营长在前面说了些什么,连长们接着忙起来,一营人从胸墙后面出来,走了一百步光景,又排成连纵队站住。彼斯特奉命排在二连的右翼。

士官生一点也不明白他在什么地方,怎么会来到这个地方。他不由自主地屏息站在那儿,觉得背上掠过一阵阵寒战,眼睛茫然望着黑漆漆的远方,等待着什么可怕的事情。他主要倒不是害怕,因为并没有炮火,主要是想到他竟处身在要塞外面的战场上,实在有点不可思议。营长又在前面说了些什么。军官们又低声传达了命令,于是一连那堵黑压压的人墙忽然倒塌了。他们奉命卧倒。二连也卧倒了。彼斯特趴下来的时候，一只手被刺刺伤了。只有二连连长没有卧倒，他个儿矮小，手里挥动长剑，不断地说着话，在连队前面走来走去。

"弟兄们注意，大家都得像个英雄好汉！别打枪，叫那些流氓挨刺刀。我喊'冲啊！'大家就跟我冲，别掉队……最要紧的是要齐心协力……我们要显一显身手，我们决不丢脸，对不对，弟兄们？为了沙皇爷！"他边说边骂，两臂拼命乱挥。

"我们的连长姓什么？"彼斯特问卧倒在旁边的士官生说，"他好勇敢哪！"

"是啊，他打起仗来总是不顾死活的，"那士官生回答，"他姓李辛科夫斯基。"

这时候，连的正前方忽然蹿起一道火焰，发出惊心动魄的爆炸声，简直把一连人的耳朵都震聋了，只听得石子和弹片在高空中哗啦啦直响（至少过了五十秒钟，一块石头落下来，砸断了一个士兵的腿）。这炮弹是从高角炮架上打出来的。炮弹打中这个连，证明法国人已经发现队伍了。

"哼，打起炮来了！狗杂种……等到一交手，叫你尝尝俄国三刃刺刀的滋味，混蛋！"连长骂得那么响，使营长不得不命令他住口，叫他别这样吵闹。

接着，一连站起来，随后二连也站起来。他们奉命斜端着步枪，一营人向前冲锋。彼斯特害怕极了，他根本不明白经过了多久，往哪儿去，向谁冲去。他像喝醉酒一样向前跑。忽然四面八方闪现出成千上万个火花，响起了嘘溜溜的啸声和噼噼啪啪的炸裂声。他一边喊叫，一边往前跑，因为大家都在喊叫，都在奔跑。他绊了一跤，摔倒在什么东西上面。原来是连长。他跑在一连人前面，负伤了，错把士官生当作法国人，因此抓住他的一条腿。彼斯特把腿挣脱了,站起来,在黑暗中有个人跑过来撞在他的背上,差点儿又把他撞倒,另外有个人嚷道:"戳死他! 干吗不动手?"接着就有人提起枪,用刺刀刺进一件软东西里。"哦,主哇!"一个人用法国话尖声惨叫着,彼斯特这才明白他刺的是个法国人。

他浑身上下冒出冷汗来,身子哆嗦得像发高烧,把枪也丢了。但这只是一刹那的事,他立刻想到他是个英雄。他又抓起步枪,丢下那个被他刺死的法国兵(那个法国兵的皮靴当场被一个士兵剥掉了),跟着人群一起喊着"冲啊"向前跑去。他跑了二十步光景,来到一条战壕里。我们的弟兄和营长已经在那边了。

"我可刺死一个了!"他报告营长说。

"真是个好样的,男爵……"

…………

十二

"你知道吗,普拉斯库兴牺牲了。"彼斯特在伴送卡卢金回家的路上说。

"不会的!"

"真的,我亲眼看见的。"

"哦,再见,我得赶回家去了。"

卡卢金赶回家去,一路上想:"好极了,我值班第一次碰上这样的好运气。真是太好了,我平平安安回去,上级的褒奖也错不了,我准能获得一把金刀。是的,我确实有资格得奖。"

他把一切重要情况向将军做了报告之后，回到自己的房间里。加尔青公爵早已回来，坐在那里等他，正在读着在卡卢金桌上看到的《娼妓盛衰记》①。

卡卢金平安回到家里，觉得异常高兴。他穿上睡衣，躺在床上，开始给加尔青讲战斗的详情细节。十分自然，他想通过这些细节，让人家相信他卡卢金是个既能干又勇敢的军官。可我觉得他这种暗示是多余的，因为这一层人人知道，谁也没有权利和理由怀疑，也许只有死去的普拉斯库兴大尉例外。普拉斯库兴虽然认为挽着卡卢金散步挺有面子，昨天却私下里对一个朋友说，卡卢金为人倒是不错，但说句不足为外人道的话，他是极不愿意上棱堡去的。

普拉斯库兴跟卡卢金分开以后，就同米哈依洛夫并肩走向一个比较安全的地方，心里刚觉得轻松一些，忽然看见背后升起一道耀眼的闪光，听见哨兵叫道："臼炮！"还听见背后有个士兵说："正好向棱堡打过来了！"

米哈依洛夫回头一看，一颗明亮的炮弹仿佛停留在天心，根本无法判断它的方向。但这只是一刹那的事：那颗炮弹越飞越快，越来越近，已经看得见雷管上的火花，听得见不祥的啸声，接着就向营的中心落下来。

"卧倒！"有人惊慌地嚷道。

米哈依洛夫扑倒在地上。普拉斯库兴不由自主地把身子缩成一团，眯细眼睛；他只听得炮弹砰的一声落在旁边的硬地上。度过一秒钟，就像度过一小时，而炮弹却没有爆炸。普拉

---

① 《娼妓盛衰记》，近来流传极广、受人喜爱的书之一，这些书不知怎的在我国青年中间特别流行。——原注
巴尔扎克的长篇小说。

斯库兴心慌了,他是不是受了一场虚惊啊——也许炮弹落在远处,而雷管的咝咝声只是他的错觉吧。他睁开眼睛,沾沾自喜地看到米哈依洛夫(他还欠米哈依洛夫十二个半卢布呢)一动不动地趴在地上,肚子贴住地面,紧挨着他的两脚。但就在这一刹那,他看见一颗炮弹在离他不到一米的地方乱转,炮弹上的雷管闪闪发亮。

一阵恐怖,压倒其他一切思想感情、冷彻骨髓的恐怖,控制了他的全身。他双手蒙住脸,跪了下来。

又过了一秒钟,在这一秒钟里,各种各样的思想、感情、希望、回忆,同时涌上他的心头。

"会打中谁呢?我,还是米哈依洛夫?还是两个人?要是打中我,打在哪里?打在脑袋上,那就完了;要是打在腿上,就得截掉,那我一定要求大夫用麻药,而我还可以活下去。也许只打中米哈依洛夫一个人,那我就可以告诉人家,我们怎样在一块儿走路,他牺牲了,我也溅了一身的血。不,离我更近——会打中我。"

这当儿他想起他还欠米哈依洛夫十二个半卢布,想起他在彼得堡也有一笔早该偿还的债,以及那天晚上他唱过的吉卜赛小调。他的脑海里浮现出他心爱的女人,戴着一顶紫色缎带的帽子,接着又出现了那个五年前侮辱过他而他还没有报复过的人。然而,脑子里尽管翻腾着这些和其他许许多多往事,现实的感觉——等待死亡的恐怖,却一刻也没有离开过他。"也许不会开花吧?"他抱着不顾死活的决心想睁开眼睛看看。但就在这一刹那,一道红光射进他那双还没有睁开的眼睛,有一样东西发出可怕的破裂声钻进他的胸膛。他撒腿狂奔,可是被夹进两腿之间的军刀绊了一下,侧身倒了下来。

"感谢上帝！我只是受了点挫伤。"这是他最初的想法。他想用手摸摸胸膛，可是他的两臂好像被绳子缚住，他的脑袋也仿佛被老虎钳夹紧。他的眼前掠过士兵们的影子，他无意识地数着："一个，两个，三个士兵，还有一个军官，翻起外套。"接着，一道闪电在他眼前一亮。他琢磨着这是从什么炮打出来的，臼炮还是大炮？大概是大炮吧。又打了一炮，又是士兵——五个，六个，七个士兵，全都从旁边走过。他忽然害怕起来，怕被他们踩死；他想叫喊：他负伤了，可是嘴干得要命，舌头在上颚上粘住了，难受的口渴折磨着他。他觉得胸膛上湿漉漉的，这种感觉使他想到水，他简直想喝这湿东西了。"大概是我倒下时摔出血来了。"他想。他越来越害怕被跑过的士兵踩死，他拼着所有的力气想喊："带我走！"可是他喊不出来，只发出悲惨的呻吟，连他自己听了都心惊胆战。随后，红色的火焰在他的眼睛里跳动起来，他觉得士兵们在拿石头往他身上堆。火焰越来越少，可是堆到身上来的石头却越来越多。他拼命推开石头，挺直身子，接着就再也看不见，再也听不到，再也没有思想，再也没有感觉了。他被弹片打中胸膛，当场牺牲了。

十三

米哈依洛夫一看见炮弹，就扑倒在地，也像普拉斯库兴那样，眯缝起眼睛，也是两次睁开眼睛又闭上，并且在炮弹爆炸之前的两秒钟里也胡思乱想，百感交集。他暗暗反复祷告上帝："上帝呀，你做主吧！"同时他想："我为什么要进军界呀？为什么还要转到步兵来打仗啊？留在T城的枪骑兵团里，跟我的朋友娜塔莎一块儿过日子,不是更好吗?……这下子可倒霉了!"他开始数着:一,二,三,四……同时心里盘算着,要是炮弹在他数到双数时爆炸,他可以保住性命;要是在数到单数时爆炸,他就会被炸死。"完了!我给炸死了!"当炮弹爆炸的时候,他这样想(他记不清是数到双数还是单数了)。他觉得头上挨了一下,痛得厉害。"主哇,饶恕我的罪孽吧!"他双手一拍,喃喃地说,撑起身来,又失去知觉,仰天倒下了。

他苏醒后的第一个感觉是,血在顺着鼻子往下流,头上的疼痛却轻多了。他想:"这是灵魂在出窍了。那边是个什么样的地方?主哇,让我的灵魂安息吧!"接着又想:"奇怪的是我快死了,怎么还这样清楚地听见士兵的脚步声和枪炮声呢?"

"来担架呀!喂,连长中弹了!"有人在他头上喊着。他听出这是鼓手伊格纳基耶夫。

有人抱住他的肩膀。他用力睁开眼睛,看见深蓝色的天空,成群的星星,还有两颗炮弹争先恐后地从他头上飞过。他看见伊格纳基耶夫,看见背着枪抬着担架的士兵,看见战壕的土垒,他恍然大悟:他还在人间。

他只是脑袋上被石子擦伤了一点儿。最初他似乎有点懊恼:原来平平静静地准备到那边去的,不料又回到充满炮弹、壕沟、士兵和鲜血的现实世界上来,他觉得不痛快。接着又不知不觉地感到高兴,因为他还活在人间。随后又感到恐怖,想赶快离开棱堡。鼓手用手绢给连长包扎好脑袋,扶着他的手臂,把他送到救护站去。

"可是我上哪儿去?去干什么呢?"上尉稍微清醒点儿,想,"我的责任是同连队留在一起,而不该撇下连队自己走掉,何况炮火快要打不到了。"接着有个声音在他耳边低低地说:"带伤留在火线上,准能得奖。"

"不用了,老弟,"他一边说,一边挣脱这位忠心耿耿的鼓手的手(其实主要是鼓手自己想赶快离开阵地),"我不上救护站去,我要留在连队里。"

他说着转身就走。

"您还是好好包扎一下吧,大人,"胆怯的伊格纳基耶夫说,"这是您一时兴奋觉得没什么,回头会恶化的。您看,现在打得多激烈……真的,大人。"

米哈依洛夫站着犹豫了一下,要不是想起几天前他在救护站里看到的一幕,他就会听从伊格纳基耶夫的劝告。那天,一个军官手上稍微有点擦伤,来到救护站包扎。医生们都笑嘻嘻地向他瞧瞧,其中有个留络腮胡子的甚至对他说,他绝不会因为这点伤而牺牲,因为用叉子戳一下,也许还要厉害些。

"说不定他们看到我的伤也会讥笑我,也许还会说些闲话。"上尉想了想,就不理鼓手的劝告,断然向连队走去。

"刚才跟我走在一起的传令军官普拉斯库兴,他在哪里呀?"当他遇到正在带领这一连人作战的准尉时,问道。

"我不知道,大概牺牲了。"准尉勉强回答。他看见上尉回来,老大不高兴,因为这使他不能得意地说,他是留在连里的唯一军官。

"牺牲了还是负伤了?您怎么不知道?他不是跟我们一起走的吗?您为什么不把他救出来?"

"仗打得这么激烈,哪里顾得上救人?"

"哦,您这是怎么搞的,米哈尔·伊凡内奇?"米哈依洛夫怒气冲冲地说,"要是他活着,您怎么能把他丢下?就算是牺牲了,也得把尸体带回来呀!不论怎么说,他到底是将军的传令官,而且说不定还活着呢。"

"我不是对您说了,我走到他跟前,亲眼看见的,他哪里还活着!"准尉说。"老天爷!我们自己好容易才逃了命。哼,狗杂种!这下子打起炮来了!"他一边说,一边蹲下身子。米哈依洛夫也蹲下身子,两手抱住头,因为一动头就疼得厉害。

"不行,一定得把他找来,也许他还活着呢,"米哈依洛夫说,"这是我们的责任,米哈尔·伊凡内奇!"

米哈尔·伊凡内奇没有回答。

"如果他是个好军官,当时就会把伙伴抢救回来的,如今可得派几个士兵去找了。可是怎么派法呢?在这样猛烈的炮火下会白白送命的。"米哈依洛夫想。

"弟兄们!得回去把那个在壕沟里负伤的军官抬回来。"他声音不太响,也不用纯粹命令的口气说。他明白,士兵们执行这命令是不会高兴的。果然,因为他没有指定叫谁去,没有一个主动出来应命。

"中士!到这儿来。"

中士仿佛没听见,继续走他的路。

"对,也许他真的已经死了,那就犯不着叫别人去冒这样的险,都是我不好,没照顾他。我自己去一下吧,看看他是不是还活着。这是我的责任。"米哈依洛夫自言自语着。

"米哈尔·伊凡内奇!你把连队带去吧,我会赶上你们的。"他说着,一手提起外套,一手不断地摸着他特别信仰的米特罗凡圣像,浑身哆嗦,简直像爬一般顺着战壕跑去。

米哈依洛夫确信普拉斯库兴已经牺牲,就气喘吁吁地拖着步子走回来，不时蹲下身子，捧着头上松弛的绷带，而头却疼得更厉害了。当米哈依洛夫追上一营人的时候，他们已经来到山脚下，差不多已在大炮射程之外了。我说"差不多"，因为偶尔还有流弹飞到这儿来（那天夜里，有个大尉坐在海军的泥屋子里，在战斗时被弹片炸死了）。

"明天可得到救护站去挂个号，"当救护兵替他裹伤的时候，他心里想，"这样做会帮助我得奖的。"

十四

几百具血淋淋的士兵尸体，两小时前他们还怀有形形色色、大小不同的理想和欲望，此刻却四肢僵硬，直挺挺地躺在棱堡和战壕之间繁花沾露的谷地里，躺在塞瓦斯托波尔墓地礼拜堂的光滑地板上。几百个伤兵，枯焦的嘴唇里吐出咒骂的祷告，在那里爬行着，折腾着，呻吟着，有的处在鲜花盛开的谷地的尸体之间，有的躺在担架上，有的躺在救护所的床上或者血迹斑斑的地板上。然而，跟往常一样，萨崩山的上空渐渐露出一抹曙光，闪烁的星星逐渐暗淡下去，白蒙蒙的迷雾从涛声阵阵的黑暗海面上扩散开来，东方出现了红艳艳的朝霞，一长缕一长缕的红云飘在浅蓝的天际，跟往常一样，光辉灿烂的太阳升起来了，又给整个苏醒过来的世界预示了欢乐、爱情和幸福。

十五

第二天晚上，猎骑兵的乐队又在林阴道上演奏，军官、士官生、士兵和年轻女人又在大帐篷周围,在芳香扑鼻的刺槐夹峙的小径上悠闲地散步。

卡卢金、加尔青公爵和一位上校手挽手在帐篷附近走着,谈论着昨天的战事。谈话的主题,也像平日在这种场合一样,不是战事本身,而是谈话的人参加作战的情况和他们的英勇行为。他们的脸色和语调是严肃的,几乎是沉痛的,仿佛昨天战斗的损失深深地打击了他们,使他们感到伤心,但是说句实话,由于他们之中谁也没有丧失一个亲近的人(在战争生活中会有亲近的人吗),这种沉痛的表情完全是表面文章,他们只是认为有责任这样表示一下罢了。事实上,卡卢金和上校但愿天天都有这样的战斗,只要他们自己能获得金刀、当上少将就行,虽然他们都是些出色的人物。我喜欢把这样的侵略者称为魔王,因为他们为了满足个人的野心而去毁灭上百万的生灵。可你要是让彼得鲁肖夫准尉、安东诺夫少尉这些人讲句心里话,你会发现他们个个都是小拿破仑,都是小魔王,因为只要能多获得一枚星章,增加三分之一军饷,他们也立刻会去挑起战争,去杀害成百个生灵。

"不,对不起,"上校说,"是从左翼先打起来的。当时我就在那边。"

"也可能,"卡卢金回答,"我多半在右翼。我到那儿去过两次:一次去找将军,另一次去视察阵地。那儿打得可凶啦。"

"对啊,卡卢金是知道的,"加尔青公爵对上校说,"还有,今天 B① 对我说,你是个好汉。"

<hr>

① B,俄文字母,音类似拼音"wei"。

"可是损失啊，损失真可怕，"上校装出沉痛的语气说，"我的团损失了四百人。说来奇怪，我居然能活着回来。"

这时候，在林阴道的另一端，出现了米哈依洛夫的淡紫色身影。他穿着破旧的靴子，头上扎着绷带，向他们走来。他看到他们有点不好意思：他想起昨天怎样当着卡卢金的面蹲下身来躲避炮弹，生怕此刻他们会以为他是假装负伤。要是这几位先生没有看见他，他就会转身跑回家去，并且在家里一直待到绷带解掉为止。

"我昨天在炮火下看到他的那副样子，可惜你们没有看到。"当他们相遇的时候，卡卢金笑了笑说。

"怎么，您负伤了，上尉？"卡卢金说的时候脸上露出微笑，那笑的意思是："嘿，您昨天没看见我吗？我表现得怎么样？"

"嗯，一点儿轻伤，石子打的。"米哈依洛夫红着脸回答，他脸上的表情等于说："我看到的，说实话，您真了不起，我可太丢人了。"

"难道停战的旗帜已经降下了吗？"加尔青公爵又露出目中无人的神气，眼睛看着上尉的帽子，却又不是专对哪一个人说。

"还没有降下呢。"米哈依洛夫回答，他想表示他听得懂法国话，而且自己也能讲。

"难道还在停战吗？"加尔青客气地（上尉有这样的感觉）对上尉讲俄国话，仿佛在说："你讲法国话一定很吃力，不如干脆讲俄国话吧！"说着，两个副官走开了。

上尉跟昨天一样，觉得自己非常孤独。他跟形形色色的大人先生（有几个他不愿意去接近，有几个他又不敢去接近）

鞠躬敬礼以后，就在卡萨尔斯基纪念碑旁坐下来，点着了一支烟。

彼斯特男爵也来到林阴道上。他讲到他参加了停战谈判，还跟法国军官说过话。他提到，有个法国军官对他说："要是天再黑上半小时，我们就会再度攻占阵地了。"他就回答他说："先生，我不反对你的话，只因为我不愿跟你争论。"他自夸回答得很聪明，又说了些诸如此类的话。

事实上，他虽然参加了停战谈判，并且极想跟法国人谈谈话（跟法国人谈话真是太有意思了），他却没讲过什么特别聪明得体的话。他在分界线上来回走了好一阵，老是问接近的法国兵说："您是哪一团的呀？"人家回答他以后，就不再说什么了。当他越过分界线太远的时候，法国哨兵绝没想到他也懂得法国话，就用第三人称骂道："他是来偷看我们的工事的，这混蛋……"结果，士官生彼斯特男爵对停战谈判再也不感兴趣，就转身回家去，路上编造了刚才讲的那几句法国话。在林阴道上散步的，还有高谈阔论的卓波夫少尉、不修边幅的奥勃若果夫大尉、不奉承任何人的炮兵大尉、情场得意的士官生，以及昨天来过的所有人物，而且个个都是尽说假话，举止轻浮，爱慕虚荣。只少了普拉斯库兴、聂斐尔陶夫等几个人，但此刻谁也没有想起他们来。虽然他们的尸体还没有洗净、收殓和埋葬；而他们的父母妻儿（如果有的话）过了一个月之后同样会把他们忘记，要是没更早把他们忘记的话。

"我可认不出这老头儿来。"一个在收殓死尸的士兵一面说，一面抓住肩膀抬起一具尸体来，那尸体胸膛打碎，脑袋肿大，脸庞又黑又亮，眼珠往上翻起。"抓住他的脊背，莫罗兹卡，不然他要折断了。呸，臭死了！"

"呸,臭死了!"——这就是那人在人间留给人的唯一印象了……

十六

我们的棱堡上和法军的战壕上都挂着白旗,中间鲜花盛开的谷地里堆满血肉模糊的尸体,有穿灰军服的,有穿蓝军服的,可是脚上都没有靴子。工人们抬起尸体,把它们装到车上。空气里弥漫着死尸的冲鼻恶臭。人群从塞瓦斯托波尔和法国军营里涌出来看热闹,他们全都带着不怀恶意的好奇心,争先恐后地跑来。

请听听这些人的谈话吧。

这儿,一群俄国人和法国人围着一个年轻的俄国军官,他正在察看一个法国近卫兵的皮囊,他讲的法国话虽然很差,但人家还能听懂他的意思。

"这上面有一只鸟儿为什么?"他问。

"因为这是近卫团的皮囊,上面有帝国的鹰徽。"

"您是近卫团的吗?"

"不,先生,我是第六常备军的。"

"这东西在哪儿买的?"军官指指一个法国人正在抽着的黄色木头烟嘴,问道。

"在巴拉克拉瓦买的,先生! 普通得很,棕榈木做的。"

"漂亮!"军官说,他谈话不能完全随心所欲,只能使用他知道的词。

"请您赏光把这东西收下,作为我们这次见面的纪念。"彬彬有礼的法国人吹掉烟头,微微鞠了一躬,把烟嘴递给那军官。军官也把自己的烟嘴给了他。在场的人，不论法国人或者俄国人，全都笑眯眯的很高兴。

这儿有个机灵的步兵，穿一件粉红衬衫，身上披着外套。另外有几个士兵，倒背着两手，脸上露出快乐而好奇的神气，跟在他后面。他走到法国人跟前，问他借个火抽烟斗。法国人把火吸旺，搅了搅里面的烟，把火倒在俄国兵的烟斗里。

"烟顶好！"穿粉红衬衫的士兵说，旁边的人都笑了。

"是啊，好烟，土耳其烟，"法国人说，"你抽的是俄国烟吗？好不好？"

"俄国的顶好。"穿粉红衬衫的士兵说，在场的人都哈哈大笑。"法国的不好，先生，您好。"穿粉红衬衫的士兵，一下子把肚子里的法国话全倒了出来，说着又拍拍法国兵的肚子，高声笑起来。法国人也哈哈大笑。

"他们长得真丑，这些俄国畜生！"一个非洲籍的法国兵说。

"他们笑什么呀？"另外一个带意大利口音的黑皮肤法国兵一边说，一边向我们走来。

"外套顶好。"那个机灵的士兵一面察看着非洲籍法国兵的绣花外套，一边称赞说。大家又笑了。

"不要走过分界线，各就各位！真见鬼……"一个法国班长吆喝道，士兵们露出不满意的神气，散开了。

这儿，在一圈法国军官中间，我们一个年轻的骑兵军官正在用法国理发师的行话滔滔不绝地讲着什么。他们谈到一位萨宗诺夫伯爵。"我跟这位伯爵很熟，先生，"一个佩单肩章的法国军官说，"他是我们所敬爱的那些真正俄国伯爵中的一个。"

"我倒认识一个叫萨宗诺夫的，"骑兵军官说，"但据我所知，他不是伯爵，个儿不高，黑头发，年纪跟您差不多。"

"一点不错，就是他。哦，我真想见见这位可爱的伯爵呢。您要是见到他，务必替我向他问好。我是拉杜尔大尉。"他一边说，一边鞠躬。

"我们干的事不是太惨了吗？昨天夜里打得可真凶，对不对？"骑兵军官想继续谈下去，指着一些尸体说。

"哦，真可怕！可是你们的士兵真了不起，真了不起！跟这样了不起的英雄打仗，真过瘾！"

"说实话，你们的士兵也不含糊。"骑兵军官一边鞠躬一边说，自以为回答得十分得体。好吧，这事就谈到这里为止。

让我们来瞧瞧那个十岁的男孩子吧。他戴着一顶大概是他父亲的旧帽子，光脚上套着一双鞋，那条黄色土布短裤用一条背带吊着。一停战，他就从壁垒后面走出来，一直在谷地里走来走去，怀着茫然的好奇心瞧瞧法国人，瞧瞧横在地上的尸体，同时采着盖满这个不祥谷地的蓝色野花。他捧着一大束鲜花走回家去，掩住鼻子，不愿闻到随风飘扬的臭气。他在一堆尸体旁边站住，久久地瞧着一具离他最近的可怕的无头尸体。他一动不动地站了好一阵，然后走得更近一点，用脚碰碰死尸的僵硬手臂。那手臂微微动了动。他又碰了碰，碰得更使劲一点。那手臂抖了抖，又落到原来的地方。孩子忽然大叫一声，把脸埋在花束里，没命地向要塞跑去。

是的，棱堡上和战壕上都挂着白旗，鲜花盛开的谷地充满发臭的尸体，灿烂的太阳正往蔚蓝的大海落下去，蔚蓝的大海呢，微波荡漾，在金色的夕阳下熠熠发亮。成千个人聚集在一起，观察着，谈论着，彼此交换着微笑。但这些人，这些宣扬爱和自我牺牲的伟大教义的基督徒,面对着他们一手造成的罪孽,却没有怀着悔恨的心情跪下来,跪在赐给他们生命、并把害怕死亡和热爱善与美的感情输入他们心里的上帝面前,也没有流着快乐幸福的眼泪,像兄弟一般相互拥抱!没有!白旗卸下来了,散布死亡和苦难的大炮又在怒吼了,纯洁无辜的鲜血又在流淌了,周围又是一片呻吟和咒骂。

我已经把要说的话全说出来了,可是我们依旧在苦苦思索。也许我不该说这些话吧。也许我所说的是那种残酷的真理,它们不知不觉地潜藏在每个人的心里,但不该说出口来,免得引起坏的作用,正像不该搅动酒里的沉淀,免得把酒弄浑一样。

在这个故事里,哪些是应该避免的恶?哪些是值得模仿的善?谁是故事里的坏蛋,谁是故事里的英雄?个个都是好的,个个又都是坏的。

具有出众的勇气(上流社会的高尚勇气)而一切行为又受虚荣心支配的卡卢金也罢,虽无聊但也无害的普拉斯库兴(尽管他为了信仰、君主和祖国而牺牲在战场上)也罢,天生胆怯而又目光短浅的米哈依洛夫也罢,没有坚定信心和原则、孩子气十足的彼斯特也罢,在故事里他们没有一个是坏蛋,也没有一个称得上英雄。

这个故事里的英雄是我全心全意热爱的。我要把他的美尽量完善地表达出来,因为不论过去、现在和将来他永远都是美的。这英雄不是别的,就是真实。

一八五五年六月二十六日

一八五五年八月的塞瓦斯托波尔

一

八月底，在杜凡卡①和巴赫契萨拉依之间穿越许多峡谷的大道上，在浓密而灼热的尘土里，一辆军官坐的马车正缓缓向塞瓦斯托波尔行进。这是一种在别处见不到的特别马车，样子介乎犹太式四轮马车、俄国式大车和柳条篮子之间。

马车上，前面蹲着一个勤务兵，身穿黄土布上衣，头戴一顶旧得不成样子的军官制帽，手里拉着缰绳；后面，在盖着马衣的行李堆上，坐着一个穿夏季制服的步兵军官。这个军官，从他坐着的姿态上看来，个儿并不高，但非常强壮，肩膀不算宽，胸膛却厚得出奇。他确实长得健壮：脖子和后脑勺紧鼓鼓的，十分厚实，他没有腰身，但也不是大腹便便的，相反，倒是比较瘦削，特别是他那张被太阳晒成黄褐色的带点病容的脸。他的脸上有点儿浮肿，还有些跟年龄不相称的松弛宽阔的皱纹，损害了脸部的轮廓，并且使整个神气显得粗俗而萎靡，不然的话，他的相貌倒是挺漂亮的。他那双淡褐色的眼睛并不

① 到塞瓦斯托波尔去的最后一个驿站。——原注

大，却非常灵活，甚至有点傲慢不逊；他的小胡子很浓，但并不宽阔，胡子尖端被铰掉了；下巴上，特别是颧骨上，长满又硬又密的黑胡子，有两天没有刮了。这个军官五月十日那天被弹片击伤头部，直到现在还扎着绷带，但一礼拜前他觉得身体复原了，就离开辛菲罗波尔的医院回团。团部驻扎在炮声隆隆的战区，但究竟是在塞瓦斯托波尔，还是在北岸，还是在英克尔曼，他却无从知道。炮声已经听得见了，在没有山岭挡住或者顺风的时候，听来格外清楚，频繁，似乎很近：一会儿爆炸声惊天动地，不由得使人浑身战栗；一会儿响声比较微弱，好像急促的战鼓，连续不断，偶尔被惊心动魄的轰隆声打断；一会儿这些声音又汇成隆隆的响声，好像雷电交加、暴风雨初降时的雷鸣。大家都说炮击十分猛烈，如今确实已经听得分明了。军官催着勤务兵，似乎急于想赶到目的地。迎面来了一长列俄罗斯农民的大车，原来是送军粮到塞瓦斯托波尔去的，此刻正载运伤病员回来，其中有穿灰军服的陆军，着黑外套的水兵，戴红色土耳其帽的希腊志愿兵，也有留大胡子的民兵。军官的马车只得停下来。路上扬起浓密的尘土，像云雾般悬在空中，也落到军官的眼睛和耳朵里，粘在他那汗涔涔的脸上。军官眯细眼睛，皱起眉头，老大不高兴地冷冷望着从他身边经过的伤病员的脸。

"那个虚弱的小兵是我们连里的。"勤务兵向长官转过身去，指指一辆走到他们旁边的满载伤员的大车说。

马车的前面侧身坐着一个戴羔皮帽的大胡子俄罗斯人，他用臂肘夹住马鞭柄，正在编鞭子。后面车上乘着五六个士兵，姿势个个不同，但都被颠簸得摇摇晃晃。有一个士兵，身上的衬衫十分肮脏，外面披着一件外套，一条手臂用带子吊着,脸庞虽然消瘦苍白,却神气活现地坐在车子中央。他一看见军官,想要举手敬礼,可是大概记起自己是个伤员,就顺势装作只想挠挠头皮。大车底上,在他旁边躺着另一个士兵,只露出两只抓住车沿的瘦骨嶙峋的手和一双拱起的左右摇晃像韧皮般的膝盖。还有一个士兵,面目浮肿,头上扎着绷带,上面覆着一顶军帽。他坐在大车的边上,两腿垂向车轮,双肘搁在膝盖上,像是在打瞌睡。那军官就向他喊道:"陀尔日尼科夫!"

"有!"那个兵睁开眼睛,脱下帽子回答,声音洪亮而急促,仿佛有二十个士兵同时在喊叫。

"你是什么时候负的伤,老弟?"

士兵的那双眼皮浮肿、暗淡无光的眼睛发亮了:他显然认出了自己的长官。

"您好,长官!"他用同样急促的低音叫道。

"团现在驻在哪里?"

"驻在塞瓦斯托波尔。礼拜三就要转移了,长官!"

"转移到哪儿?"

"不知道……大概是转移到北岸吧,长官! 今天敌人开始全面打炮,用的多半是榴弹,长官,连海湾里都有炮弹落下,今天打得可凶啦……"他一边戴上帽子,一边拖长声音补充说。

接下去就听不清那个士兵说些什么了,但从他脸部的表情和姿势上看来,这个苦恼的人愤愤地诉说的,不是什么使人宽心的事。

车上的柯捷尔卓夫中尉是位杰出的军官。有些人这样生活,这样行动,就因为别人也这样生活,这样行动,他可不是那种人。他心里想干什么就干什么，而别人往往会学他的样，并且相信这样干是对的。他很有点儿才气，人也聪明；歌唱得很好，吉他也弹得不错，能说会道，文笔老练，而在当团副官的时期更练得一套办公文的本领；但他性格中最突出之点是自尊心很强。他的自尊心，虽说多半是因为有点才气，却异常强烈。这样的自尊心一般只有在男人身上，特别是在军人身上才能见到。它已经贯穿到他的日常生活中，使他遇事总是抱着不领先毋宁死的态度。自尊心甚至成了他内在的推动力：他老是拿自己跟别人比较，喜欢抢在人家的前面。

"哼，我才不理那小兵的胡言乱语呢！"中尉喃喃地说，心头感到十分淡漠，脑子里觉得模模糊糊。这种思想感情是他看到车上的伤员和听了士兵的话之后产生的，而隆隆的炮声自然使这些景象和语言越发显得意味深长了。"这家伙真可笑……喂，尼古拉耶夫，走了……你怎么睡着了！"他拉拉外套的下摆，埋怨勤务兵说。

尼古拉耶夫拉动缰绳，咂了咂嘴，马车就向前走动了。

"今天我们只停一下喂马，喂好马就继续赶路。"军官吩咐说。

二

当马车来到杜凡卡，进入两边都是鞑靼式石头房子的断垣残壁的街上时，柯捷尔卓夫中尉又被一列运炮弹前往塞瓦斯托波尔的车辆挡住了去路。马车只得停下来。

有两个步兵坐在路旁一堵断墙的石头上，在飞扬着的尘土中吃西瓜和面包。

"赶远路吗,老乡?"其中一个嘴里塞满面包,问那背着个小口袋在他们旁边停下来的士兵。

"回连队去。"那士兵回答,目光避开西瓜,拉拉背上的口袋,"我们在省里给连队办干草,办了差不多有三个礼拜,现在又叫我们全部归队,可就是不知道我们的团这会儿驻在哪里。听说上个礼拜转移到柯拉别尔那亚去了。朋友,你们没听到什么吗?"

"在城里,老弟,驻在城里。"另外一个上了年纪的辎重兵,正在兴致勃勃地用小刀挖着一个没有成熟的白瓤西瓜,回答说,"我们中午刚离开那儿。太可怕了,老弟,你还是别去,还是在这干草堆里躺它一两天吧。"

"那是为什么呀,朋友?"

"难道你没听见今天到处都在打炮?打得一块完整的地方都没有了。至于打死了多少弟兄,那简直说不上来!"

说话的人摆摆手,把帽子拉拉端正。

那过路的兵心事重重地摇摇头,咂咂嘴,然后从靴筒里取出烟斗,并不装烟,只是挖挖烟斗里的残烟,从抽烟的士兵那儿点着一小片火绒,举起帽子说:"听天由命吧,朋友!再见了!"他把口袋甩到背后,沿着大路走去。

"哎,你还是等一下的好!"那个挖着西瓜的人语重心长地说。

"还不是一样,"那过路的士兵从挤在一堆的车辆中间穿过去,嘴里喃喃地说,"听他们这么说,看来我也只好买个西瓜当晚饭了。"

三

柯捷尔卓夫到达驿站的时候,站里挤满了人。他在门口首先遇到一个面容瘦削、年纪很轻的人,那就是驿站长。驿站长正同两个紧跟住他的军官吵嘴。

"别说三天三夜,就是十天十夜你们也得等啊!就是将军也得等啊,先生!"驿站长说,存心挖苦挖苦这些旅客,"总不能叫我来给你们拉车吧?"

"既然没有马,那就谁也别给嘛……可为什么又给了那个带行李的仆人呢?"两个军官中年纪较大的一个,手里拿着一杯茶,大声说。他显然故意不用人称代词,但让人家感觉到,他很可能对驿站长使用不客气的称呼。

"站长先生,您倒想想,"那个年轻的军官结结巴巴地说,"我们赶路又不是为了去作乐。既然叫我们去,就说明那边用得着我们。说实话,我一定要把这事报告克拉姆彼尔将军。这算什么呀……这说明,您简直不尊重军官的身份。"

"您老是坏事!"年纪较大的军官恼怒地打断他的话,"您只会妨碍我,跟他们说话可得有本领。可他就是不尊敬人家。我说,立刻给我马!"

"我倒是很愿意效劳的,先生,可是到哪儿去弄啊?"

站长沉默了一会儿,忽然恼怒起来,挥动双臂说:"先生,这些道理我也明白,完全明白,可是我有什么办法?只要让我(军官们脸上顿时露出希望的神色)……只要让我拖到月底,我就一走了事。与其留在这儿,还不如到马拉霍夫陵去。真的!他们爱怎么办就怎么办吧,反正现在整个站里没有一辆结实的马车,马也有三天没有吃到一束干草了。"

站长说完就躲进门里去了。

柯捷尔卓夫跟别的军官们一起走进候车室。

"算了吧,"年纪较大的军官心平气和地对年轻的那个说,虽然刚才他还是怒气冲冲的,"已经走了三个月了,再等等也行。不要紧,赶得到的!"

烟雾腾腾、肮脏不堪的候车室里挤满了军官,堆满了手提箱,柯捷尔卓夫好容易在窗台上找到一个位子坐下来。他一边打量人们的脸,倾听他们的谈话,一边动手卷烟。门的右首放着一张歪斜的油腻桌子,桌上摆着两把铜绿斑驳的茶炊和用各种纸头包着的食糖。大多数人就坐在桌子周围。一个没有胡子的年轻军官,身穿一件大概是用女式睡衣改的新棉袄,正在倒茶。另外四个同样年轻的军官,分布在房间的各个角落里:有一个睡在长沙发上,拿一件皮外套当枕头;另一个站在桌子旁边,给一个坐在桌旁的断臂军官切烤羊肉。还有两个军官坐在土炕旁边,其中一个穿副官外套,另一个穿步兵薄制服,肩上挂着皮囊。从他们瞧人的那副神气和那个挂皮囊的军官抽雪茄的姿势看来,他们不是亲临前线作战的步兵军官,他们也因此而很得意。从他们的态度上倒看不出轻视别人的样子,但有一种洋洋自得的泰然神气(一半是因为钱多,一半是因为跟将军们关系密切)。他们洋溢着优越感,连自己也觉得必须掩饰一下。还有一个厚嘴唇的年轻军医和一个相貌像德国人的炮兵军官,他们差不多就坐在那个躺在长沙发上的青年军官的脚上,正在数钱。还有四五个勤务兵,有的在打瞌睡,有的在门口忙着整理包裹和皮箱。柯捷尔卓夫在这些人中间没有一个熟人,但他却兴致勃勃地听着他们谈话。

他单从外表上就立刻断定,那些青年军官是刚从中等武备学校出来的。他很喜欢他们,主要是因为他们使他想起他的弟弟来:他弟弟也刚从中等武备学校毕业,这几天里该可以到达塞瓦斯托波尔的一座炮台了。但他觉得那个挂皮囊的军官(他曾经在哪儿见到过他)傲慢无礼,有点讨厌。他甚至于想:"他要是敢说出什么不中听的话来,我就叫他下不了台!"并且从窗口转移到炕边坐下。柯捷尔卓夫是个亲临前线作战的好军官,他十分厌恶那些待在参谋部里的军官,而这两个军官却一眼就可看出正是这种人物。

四

"这可实在太气人了,离这么近还到不了。"一个青年军官说,"今天晚上也许有战事,我们却不能参加。"

他说话尖声尖气,青春的脸上泛起娇嫩的红晕,流露出年轻人可爱的羞怯,仿佛老是在担心别说错了话。

那个断臂军官笑嘻嘻地望望他,说:"还赶得上,真的。"

青年军官怀着敬意望望断臂军官突然现出笑容的瘦脸,不再说什么,又忙着倒茶。的确,这位军官的脸色、姿势,特别是那只虚垂的袖子,都充分显示出一种满不在乎的沉着神气,仿佛不论对什么事,对什么话,他都在回答:"这一切都很好,这一切我都知道,只要我愿意,我什么都能干!"

"那么我们到底怎么办呢?"青年军官又开口对穿棉袄的同伴说,"在这儿过夜,还是骑我们自己的马赶去?"

同伴不同意继续赶路。

"您倒想想,大尉,"倒茶的青年军官继续对断臂军官说,同时替他拾起落在地上的小刀，"听人家说，马在塞瓦斯托波尔贵得要命，我们两人就在辛菲罗波尔合买了一匹马。"

"你们是不是给人家狠狠敲了一记竹杠啦？"

"那我可不知道，大尉，连马带车子，我们一共花了九十卢布。这很贵吗？"他转身向大伙儿说，连眼睛盯着他的柯捷尔卓夫在内。

"如果是匹新马，不算贵。"柯捷尔卓夫说。

"真的吗？可是人家对我们说，买贵了……就是腿有点儿瘸，据说会好的。马倒是挺强壮的。"

"你们是从哪一个军校来的？"柯捷尔卓夫问。他想打听弟弟的消息。

"我们这会儿是从贵族团来的，一共六个人，都是志愿上塞瓦斯托波尔去的，"爱说话的年轻军官说道，"可我们不知道我们的炮台在哪儿。有人说在塞瓦斯托波尔，可他们说在敖德萨。"

"难道在辛菲罗波尔打听不出来吗？"柯捷尔卓夫问。

"谁也不知道……您倒想想，我们有个同伴跑到公署去打听，倒挨了他们一顿骂。您倒想想，多么气人哪！您愿意抽支现成烟吗？"他对正在掏出烟盒来的断臂军官说。

他体贴入微地伺候着这位残废军官。

"您也是从塞瓦斯托波尔来的吗？"他继续说，"哦，老天爷，多么了不起呀！在彼得堡，我们大家都在想念你们，想念所有的英雄们！"他又恭敬又亲切地对柯捷尔卓夫说。

"也许你们还得回去呢，您说会不会？"中尉问。

"我们就是怕这一层。您倒想想，我们买了马，办了一切需要的东西——酒精灯啰，咖啡壶啰，还有各种零星用品，把钱都花光了,"他低声说,同时回头望望他的同伴,"因此,如果要我们回去,我们就不知道该怎么办了。"

"难道你们没有领到盘缠吗?"柯捷尔卓夫问。

"没有,"他声音极低地回答,"可是答应我们到这儿发。"

"你们有证件吗?"

"我知道证件最最重要;可是莫斯科的一位枢密官(他是我的舅舅,我在他家里待过)告诉我说,这里会发的,要不的话,他自己就发给我了。这里到底发不发呀?"

"一定会发的。"

"我想也许会发的。"青年军官说,那语气表明:他在沿途的三十个驿站上总是向人家提出这个问题,而得到的回答却各个不同,因此他对谁的话也不很相信。

五

"怎么会不发呢?"刚才在门口跟站长吵架的军官,这时已经走到谈话的人们跟前,忽然插嘴说。他的话同时也是对坐在旁边的参谋部军官说的,因为他们是更值得重视的听众。"我跟这几位先生一样,也是自愿来参加作战部队的,我甚至于放弃了好差事,要求上塞瓦斯托波尔来。可我从 П① 地出发,除了领到一百三十六卢布驿马费之外,什么也没有到手,我自己的钱倒花掉一百五十多卢布了。你们只要想一想,八百里地,走了两个月还多。跟这几位先生一起也走了一个多月了。幸亏我自己有几个钱,要不然叫我怎么办呢?"

---

① П,俄文字母,音接近拼音"bai"。

"真的有两个多月了?"有人问。

"有什么办法!"那人继续说,"要是我自己不愿意上前线,我也不会放弃好差事参军了;因此我在一路上耽搁,可不是因为害怕……实在是没有办法。譬如说,我在彼列科普待了两个礼拜,站长连话都不愿意跟我说。他一开口就是:'哼,你高兴什么时候走,就什么时候走!看,光是急差申请书就有这么一大堆。'看来是命该如此了……我真想走,可是命运不答应。我倒不是因为那边在打炮,而是因为不论你怎么焦急,反正是一回事,可我心里真希望……"

这位军官那么起劲地解释他耽搁的原因,像是在给自己辩解,结果只能使人觉得他是个胆小鬼。他打听他的团驻在什么地方,那边危险不危险,这样就越发显得胆小了。后来,跟他同团的独臂军官告诉他,这两天光是军官就牺牲了十七个,他简直吓得面无人色,话也说不下去了。

这位军官如今可真的变成一个无可救药的胆小鬼了,虽然半年以前他绝不是这样的人。他在感情上起了变化,这种变化以前在许多人身上发生过,以后也会在许多人身上发生。他原来生活在省城里,那里有一所中等武备学校,他自己也有一个牢靠的好差事,但当他从报上和私人信件中读到老同学在塞瓦斯托波尔的英雄事迹时,他突然功名心发作,但更主要的是突然燃起了一股爱国的热情。

为了这种感情他牺牲了许多东西:优裕的职位,积八年心血挣得的一套带舒服家具的公寓、所交往的一批熟人,以及跟有钱女人结婚的希望。他抛下这一切,远在二月里就申请参军,梦想获得不朽的荣誉和将军的肩章。在提出申请两个月之后,司令部来信问他是不是需要政府津贴。他回信说不需要,继续耐心等候分配,虽然在这两个月里他的爱国热情已大为减退。又过了两个月,他又接到来信,问他是不是共济会①会员,以及诸如此类的问题。他又回信否认,直到第五个月才得到任命。在这段时间里,他的朋友们以及那种在调动工作时常常产生的对新职务的反感,使他逐渐明白,参加现役是最愚蠢不过的事。当他患着胃灼热,满面风尘地独自来到第五驿站的时候(为了等马他在站里待了十二小时),他遇到一个从塞瓦斯托波尔来的急差。那急差给他讲了一些战争的可怕情景,他就十分后悔自己的轻率决定,带着朦朦胧胧的恐怖心理想象着未来的局面,茫茫然像去送命似的继续往前走。三个月中间,他不断地从这个驿站赶到那个驿站,差不多站站都得耽搁,并且站站都能遇到从塞瓦斯托波尔来的军官。他们跟他说了许多恐怖的故事,弄得他越来越懊丧。这个可怜的军官,在Ⅱ地自认为是个敢于赴汤蹈火的英雄,到了杜凡卡,终于变成一个十足的懦夫了。一个月以前,他碰上了几个从中等武备学校出来的青年,他就竭力走得慢一点,认为这是他为人在世的最后日子。他每到一站都要搭起行军床,打开食物箱,玩玩纸牌,看看意见簿,来消磨时间。驿站不给他马,他反而觉得高兴。

他要是离开老家一下子来到棱堡,确实能成为一位英雄,可现在他还得经历许多精神上的磨炼,才能在劳苦和危险中成为一个沉着和忍耐的军人,像我们所习见的一般俄罗斯军

①　共济会,十八世纪产生于欧洲的一种宗教神秘运动,提倡道德的自我修养和博爱。入会的主要是贵族和资产阶级上层分子。十八世纪三十年代出现在俄国,一八二二年十二月被沙皇政府查禁,但部分会员仍进行秘密活动,也有一些人参加了一八二五年十二月党人起义。

79

官那样。但要使他心头的热情复燃,那可就很困难了。

六

"哪一位要的红菜汤?"老板娘,一个四十岁上下又胖又脏的女人,端着一大碗菜汤走进房间,高声问道。

谈话顿时停止了,房间里的人都把目光集中在老板娘身上。从Π地来的军官甚至对着她向一个青年军官挤挤眼。

"噢,这是柯捷尔卓夫要的,"青年军官说,"得把他叫醒。喂,起来吃饭吧!"他一边说,一边走近长沙发,推推那个睡着的人的肩膀。

一个十七八岁的小伙子,生着一双快乐的黑眼睛和红润的面颊,敏捷地从沙发上跳下来,擦擦眼睛,站在房间当中。

"哦,对不起!"他用银铃般清脆的声音对那个被他跳下来时撞了一下的军医说。

柯捷尔卓夫中尉立刻认出这个就是他弟弟,走了过去。

"不认得了吗?"他笑眯眯地问。

"啊——啊——啊!"弟弟叫道,"真是没想到!"说着就吻起哥哥来了。

他们亲吻了三次,但在吻第三次时彼此都犹豫了一下,仿佛两人都想到了:为什么一定要吻三次呢?

"啊,我真高兴!"哥哥仔细端详着弟弟,说,"我们到门口去谈谈吧。"

"走吧,走吧。汤我不要了……费德森,你吃吧!"他对一个同伴说。

"你刚才不是想吃的吗?"

"我现在什么也不想吃了。"

他们来到门口,弟弟不断地问哥哥:"嗳,你讲讲,情况怎么样?"并且反复说他看见哥哥真高兴,他自己的事却只字不提。

他们默默无言地过了五分钟,哥哥才问弟弟,他为什么没像大家所期望的那样进近卫军。

"哦,是的!"弟弟回答,一想起往事,他就脸红了,"这实在叫我伤心,我万没料到会出这样的事。你准想不到,就在毕业前不久,我们三个人去到门房后面的小房间(你该记得那房间,你们当时怕也去过吧)……到那里去抽烟,没想到被那混账门房看见了,他就跑去报告值日军官(我们还给过那门房几次酒钱呢),值日军官就偷偷跑来。我们一看见他,那两个就把烟卷丢了,从边门溜掉,可我却来不及。值日军官当场把我训斥了一通,我当然不肯认输,结果他就去报告学监,事情就闹大了。为了这件事,我的操行没有得到满分,虽然除了机械学得十二分外,别的成绩都是优等。结果把我分派到常备军里,答应将来再调往近卫军,可我不想调动,就申请上前线来了。"

"噢,原来如此!"

"真的,我不是对你说着玩的,我对什么都感到厌恶,只想早日到达塞瓦斯托波尔。再说,在这里要是运气好的话,还可以比在近卫军里提升得快些,那边,要十年才能当个上校,在这儿呢,托特列宾①只有两年就从中校升做将军了。哦,要

---

① 托特列宾(1818—1884),俄国将军,在一八五五至一八五六年的克里米亚战争中领导修建塞瓦斯托波尔防线,起过显著作用。

是牺牲了，那也没有办法!"

"你这人原来是这样的!"哥哥微笑着说。

"可主要的是，哥哥，"弟弟红着脸含笑说，仿佛要说出什么难为情的话来，"那些都是小事情，主要的是，人家都在为国牺牲，自己待在彼得堡总有点不好意思。再说，我想跟你在一起。"他越发害臊地补充说。

"你这人多可笑!"哥哥一边说，一边掏出烟盒，眼睛并不看他，"可惜我们不会待在一起。"

"你跟我说实话，棱堡那边可怕吗?"弟弟忽然问。

"开头有点可怕，后来也就习惯了。你自己会明白的。"

"哦，还有一个问题:塞瓦斯托波尔会不会落到敌人手里? 我认为不会的。"

"只有天知道。"

"有一件事很气人，你准想不到有多倒霉! 我们在路上被偷去了整整一大包东西，里面有我的一顶军帽。这下子可把我弄得狼狈透了，叫我怎么去见人呢? 你要知道，这次发的是新军帽。总之，变化很大，许多事都在改进。这些我都可以讲给你听……我跑遍了莫斯科。"

柯捷尔卓夫老二名叫弗拉基米尔，相貌很像他哥哥米哈依尔，但他好比一朵盛开的玫瑰，哥哥却仿佛是一朵开败了的野蔷薇。他的头发也是淡褐色的，但比哥哥浓密，而且两鬓卷曲。在他那白净的后颈上还覆着一小绺淡褐色的头发，照保姆们的说法，这是一种福相。他那白嫩的脸蛋上，不是浮现着而是洋溢着青春的红晕，透露出他内心的活动。他那双眼睛也有点像哥哥，但更大更亮，而且看上去总是水汪汪的。他的面颊和鲜红的嘴唇上面都长出淡褐色的茸毛，嘴唇上时常浮起羞怯的微笑,嘴里露出一排洁白发亮的牙齿。他站在哥哥面前,身材挺拔,肩膀宽阔,敞开的外套里露出斜领红衬衫。他手里拿着烟卷,双肘搁在门口栏杆上,脸上和姿态上都流露出天真的快乐神气。他真是个可爱的美少年,谁见了都想多看他几眼。他遇到哥哥非常高兴,又恭敬又自豪地瞧着他,把他想象成英雄。但在某些方面,也就是上流社会的教养(其实他自己也不具备),说法国话的能力,应酬达官贵人的功夫和跳舞等等,他又有点替哥哥害臊,瞧不起他,甚至于想教教他。他满脑子想的还是彼得堡和莫斯科的那一套:在彼得堡,一位喜欢漂亮青年的贵妇人常常请他到家里去过节;在莫斯科,他在一位枢密官家里参加过一次盛大的舞会。

<h2 style="text-align:center">七</h2>

哥儿俩畅谈了一番,接着就好一阵不开口。两个虽然感情很好、但却缺乏共同之处的人,见面后往往会发生这样的情况。

“那么你去收拾收拾东西,我们现在就动身吧。”哥哥说。

弟弟忽然脸红了,犹豫起来。

“直接上塞瓦斯托波尔吗?”他停了一会儿问。

“是啊,反正你东西不多,我想装得下的。”

“好极了! 现在就走。”弟弟叹了一口气说,接着向房间走去。

他没有打开门,却在穿堂里站住,垂头丧气地想:“现在就直接上塞瓦斯托波尔,到那个地狱里去,太可怕了! 但早晚总得去。现在至少可以跟哥哥一起……”

想到一坐上马车就不能再下来,只好直达塞瓦斯托波尔,而且再不会有什么意外拦住他,他这才明确地认识到他所追求的危险。他一想到临近危险,就心慌意乱,害怕起来。他勉强定下心来,走进房间,可是过了一刻钟还不见他出来。哥哥只得打开门去叫他。柯捷尔卓夫老二好像做了错事的小学生,在跟那个从Π地来的军官谈着什么。哥哥推门进去,他立刻慌了手脚。

"哦,我马上就来,马上就来!"他向哥哥摆摆手说,"请你在外面等一下。"

过了一会儿,他果然从屋里出来,深深地叹了一口气,走到哥哥跟前。

"真是想不到,哥哥,我不能跟你一起走了。"他说。

"什么? 别胡闹了!"

"我把实话全对你说了吧,哥哥! 我们几个人全都没有钱了,全都问那位从Π地来的上尉借了债。真丢脸哪!"

哥哥皱起眉头,好一阵不作声。

"你欠的债多吗?"他皱着眉头盯住弟弟问。

"多吗……不,不太多,可是真丢脸。三站的费用都是他替我付的,糖也都吃他的……因此我真不知道……我们还赌过牌……我也欠了他一些钱。"

"真糟糕,弟弟! 你要是没遇见我,怎么办呢?"哥哥眼睛不瞧弟弟,严厉地说。

"我想过,哥哥,等我在塞瓦斯托波尔领到盘缠就还他。这是办得到的,所以我想还是明天跟他一起走吧。"

哥哥掏出钱包,手指哆嗦着从里面取出两张十卢布钞票和一张三卢布钞票。

"我的钱全在这儿了，"他说，"你欠了多少？"

柯捷尔卓夫老大说他的钱全在这儿，并非全是实话：他还有四个金币缝在翻袖里，以备不时之需，并且决心不随便动用。

原来柯捷尔卓夫老二在赌牌和食糖上总共只欠那个从 Π 地来的军官八个卢布。哥哥给了他钱，只责备他没有钱不该赌牌！

"你下了多少赌注？"

弟弟没有回答。他觉得哥哥问这话，是怀疑他不诚实。他恨自己，对自己做出这种使人怀疑的事感到害臊，而他所挚爱的哥哥这样对待他，也使他觉得委屈。这一切都在他敏感的心灵上引起强烈的痛苦，他觉得克制不住涌上喉头的呜咽，因而什么也没回答。他瞧也不瞧地拿了钱，就往同伴们那儿走去。

八

尼古拉耶夫在杜凡卡喝了两杯烧酒（在桥头上向一个士兵买的）之后，精神振作多了。他拉动缰绳，马车就沿着培尔贝克河，在通往塞瓦斯托波尔间或覆盖着绿荫的石子路上颠簸前进。哥儿俩摇摇晃晃地坐在车上，腿撞着腿，心里一直想着对方，却都固执地不开口。

"他为什么要弄得我这样难堪呢？"弟弟想，"难道他非这样做不可吗？他简直把我当作小偷，现在怕还在生气呢，我们闹翻了。可我们俩要是一块儿上塞瓦斯托波尔该多好！哥儿俩亲亲密密地并肩跟敌人作战：一个年纪大些，虽然教养较差,可是个勇敢的军人;一个年纪轻些,也是个好样的……过一个礼拜,我就会让人家知道,我可并不太年轻!我再不会脸红了,脸上会现出男子汉大丈夫的气概。胡子呢,虽然不太多,但到那时也会长得像个样子的,"想到这里他拔拔嘴角上的毫毛,"说不定今天一到,马上就得跟哥哥一起投入战斗。我相信他一定非常坚强非常勇敢,一定是话说得不多,活儿可干得比谁都好。我真想知道他是不是故意把我往车子边上挤?他一定知道我坐得不舒服,却假装没注意。"他身体紧挨着车子边缘,一动也不敢动,怕哥哥发觉他坐得很不舒服,心里却继续想:"今儿个我们一到那边,就直接上棱堡,我带着大炮,哥哥带着一连人,我们一块儿出发。法国人突然向我们猛扑过来。我拼命开炮,开个不停,打死了许许多多敌人;但他们还是向我直冲过来。这时已经不能再开炮,我自然没有生路了。这当儿,哥哥突然拿着刀奔过来,我就抓起步枪,我们就一块儿带着士兵冲过去。法国人向哥哥扑来。我就跑上去,杀死一个法国人,又杀死一个法国人,救出哥哥。我的一条胳膊负伤了,我就用另一只手抓起枪,继续向前冲,不料哥哥在我旁边被一颗子弹打死了。我站了一会儿,十分伤心地向哥哥望望,又挺起身来喊道:'跟我来,我们要报仇!哥哥是我天底下最心爱的人,可如今我失掉了哥哥。我们要替他报仇,不把敌人消灭干净,情愿全体牺牲!'大家都大声呐喊,跟着我冲去。这时法国人的兵马全部出动了,连贝里西安①都亲自出马。我们把他们杀个落花流水;可是我又负伤了,接

① 贝里西安(1794—1864),一八五五年参加克里米亚战争的法国第一军团司令官。

着又负伤了一次，终于负了致命伤倒下来。这时大家全赶到我跟前，高尔察科夫①也来了，他问我有什么要求。我说我什么也不要，只要让我待在哥哥身边，让我跟他死在一起。他们就把我抬到哥哥的血肉模糊的尸体旁边。我撑起身来，只说道：'啊，你们不认识这两个忠心耿耿的爱国志士的价值，现在他们一块儿牺牲了……愿上帝饶恕你们！'说完我就死了。"

谁知道这些胡思乱想会实现多少！

"那么，你参加过肉搏吗？"他忽然问哥哥，根本忘记他原是不高兴跟他谈话的。

"没有，从来没有，"哥哥回答，"我们一团丢了两千人，都是在工事上牺牲的；我也是在工事上负的伤。打仗可根本不是你所想象的那个样子，伏洛嘉！"

听到哥哥叫他的小名"伏洛嘉"，弟弟心里很感动。他想跟哥哥解释一番，消除误会，其实哥哥根本没想到已经得罪了弟弟。

"你没生我的气吧，米沙？"他停了一分钟问。

"生什么气呀？"

"不，没什么。就是为刚才的事。这没什么。"

"一点也没有。"哥哥向他转过脸去，拍拍他的腿，回答说。

"那么，米沙，要是我使你心里难过，你就原谅我吧。"

弟弟说完扭过头去，免得让哥哥看见他眼睛里涌出的泪水。

<hr>

① 高尔察科夫(1793—1861)，一八五五年防守塞瓦斯托波尔的俄国司令官。

九

"难道这就是塞瓦斯托波尔?"当他们爬上山时,弟弟问。展开在他们面前的是:桅樯林立的海湾,远远地排列着敌舰的大海,海滨白色的炮台、兵营、输水管、船坞、城市建筑物,以及从环抱全城的黄色山岭上不断升起的白蒙蒙和紫糊糊的烟云。烟云在玫瑰红的斜晖映照下停留在蔚蓝色的天空中,灿烂的夕阳正在向苍茫的海洋沉落下去。

伏洛嘉望着这思慕已久的可怕地方,一点也不觉得惊悸;他甚至怀着悠然神往和慷慨激昂的心情,欣赏着这片委实壮丽的景色,因为再过半小时他就可以到达那里了。他聚精会神地眺望着,直到他们来到北岸,遇见了哥哥团里的辎重车队,那儿也就是他们应该打听团部和炮兵连所在的地方了。

负责辎重队的军需官住在所谓新镇(水兵家属们盖的木头房子)附近的一个帐篷里,帐篷跟一所相当大的棚子连接着;那棚子是用新鲜栎树枝搭成的,还没有完全干枯呢。

哥儿俩进去的时候,军需官身穿一件脏得发黄的衬衫正坐在一张活动桌子旁边,用一把大算盘数着一大堆钞票。桌上摆着一杯浮着烟灰的冷茶,一只放有烧酒瓶、吃剩的干鱼子和面包的盘子。在说到军需官的为人和他的谈吐之前,先得仔细看一下他棚子里的摆设,并且知道一些他的生活方式和工作。这所新棚子盖得宽敞、坚固而舒服,里面摆设着野草编成的小桌子和小凳子,好像是替将军和团长之类的人物准备的。棚子顶上和壁上挂着三条毯子,防止枯叶掉下来。那几条毯子虽然难看,却是崭新的,而且价钱一定很贵。那条织有骑马女人图的最大毯子,挂在铁床旁边的壁上,床上摆着一条鲜红的毛毯,一个肮脏破旧的皮枕头和一件貉绒皮外套。桌上放着一面银框镜子,一只很脏的银柄刷子,一把嵌满油腻头发的断角梳,一个银烛台,一瓶贴有金色和红色大商标的甜酒,一只描有彼得大帝像的金表,两只镶宝石的金戒指,一盒药丸,一块面包,以及一些散乱的旧纸牌。床底下放着一些空的和满的啤酒瓶。这位军需官负责全团的辎重和马匹的饲料。跟他同住的是他的老朋友——一个包揽生意的商人。当哥儿俩进去的时候,承包商正在帐篷里睡觉,军需官正在赶在月底之前结算账目。军需官长得一表人才:个儿高大,体格强壮,留着浓密的胡子。唯一美中不足的是,他那张汗津津的浮肿的脸,几乎埋没了他那双灰色的小眼睛(仿佛他全身都灌满了啤酒)。再有就是,从稀疏而油腻的头发起,直到套着银鼠皮便鞋的光脚止,浑身上下都邋遢得出奇。

"钱,好多的钱!"柯捷尔卓夫老大一走进棚子就说,目光不由得贪婪地盯住那堆钞票,"华西里·米哈依洛维奇,只要借一半给我就好了!"

军需官好像在偷东西给抓住一样,全身弓起来,一看见客人,慌忙收拾钞票,只点点头,并不站起来。

"哦,如果是我自己的钱就好了。朋友,是公家的钱哪!跟您一起来的这位是谁啊?"他一边说,一边把钱放进身边的钱箱里,眼睛直盯着伏洛嘉。

"这是我弟弟,从军校来的。我们是来向您打听一下,我们的团在什么地方?"

"请坐,先生们。"他一边说,一边站起来,也不理客人们,径自往帐篷里走去。"你们要喝点酒吗?来点啤酒怎么样?"

他在帐篷里问道。

"喝点儿也行,华西里·米哈依洛维奇!"

军需官的豪华气派,他的洒脱风度,以及哥哥对他说话时的恭敬态度,都使伏洛嘉感到惊奇。

"他准是他们中间的一位好军官,很受大家的尊敬;他一定没有架子,并且十分勇敢和好客。"他一边想,一边怯生生地在沙发上坐下来。

"那么我们的团驻在哪儿啊?"哥哥向帐篷那边问。

"什么?"

他又问了一遍。

"齐斐尔今天到我这儿来过,他说昨天转移到第五棱堡去了。"

"可靠吗?"

"我这么说,大致上是可靠的;不过,到底怎么样,只有鬼才知道! 他这人撒谎也不当一回事。喝点啤酒怎么样?"军需官依旧在帐篷里说。

"好吧,我喝一点。"柯捷尔卓夫说。

"您也喝点吗,奥西普·伊格纳基奇?"军需官在帐篷里继续说,大概是问那个在睡觉的承包商,"睡得够了,已经七点多了。"

"您跟我纠缠什么呀? 我又没有睡着。"一个咬音不准的尖细声音懒洋洋地回答。

"喂,起来吧,没有您我实在太冷清了。"

这时军需官回到客人跟前来了。

"拿啤酒来,要辛菲罗波尔的黑啤酒!"他嚷道。

一个勤务兵(伏洛嘉觉得他这人神气活现)走进棚子,甚至于推开军需官，从床底下取出一瓶啤酒来。

"是啊，朋友，"军需官一边倒酒，一边说，"今天我们这儿来了个新团长。得花些钱替他办东西。"

"我想这该是个截然不同的新人物吧。"柯捷尔卓夫彬彬有礼地举起酒杯，说道。

"哼，新人物！照样是个吝啬鬼。他做营长时老是大叫大嚷，如今唱起另一个调子来了。不行啊，朋友。"

"说得对。"

弟弟完全听不懂他们在谈些什么，但他模模糊糊地感觉到，哥哥说的不是真心话，他所以这样说，只是因为喝了军需官的黑啤酒。

一瓶啤酒已经喝完，类似的话又继续了好一阵。接着，帐篷里边的门帘掀开来，一个精神饱满的矮个儿男人从那里走出来。他身穿一件带穗子的蓝缎晨衣，头戴一顶有红帽圈和帽徽的军帽。他捻着乌黑的小胡子走出来，眼睛望着地毯，稍微耸耸肩膀来回答军官们的敬礼。

"让我也喝一杯吧！"他在桌旁坐下来，说道，"年轻人，你是从彼得堡来的吗？"他亲切地问伏洛嘉。

"是的，先生，我上塞瓦斯托波尔去。"

"是自愿去的吗？"

"是的，先生。"

"你们这是何苦呢，先生们？我真不明白！"承包商继续说，"我呀，要是放我走，我真情愿走回彼得堡去呢。说实话，我可实在过腻这种倒霉的生活了！"

"您有什么事不称心的？"柯捷尔卓夫老大对他说，"您在这儿过的生活还嫌不好吗？"

承包商对他望望,扭转头去。

"这么危险(柯捷尔卓夫想:'坐在北岸谈得到什么危险?')、艰苦,什么东西也弄不到,"他继续对伏洛嘉说,"你们这是何苦呢,我可压根儿不明白,先生!要是有什么好处,倒也罢了。嗯,在您这样的年纪,一旦搞成终生残废,有什么好处呢?"

"有人贪图钱财,可也有人是为了荣誉!"柯捷尔卓夫老大怒气冲冲地又插嘴道。

"如果吃的东西都没有,还谈得上什么荣誉!"承包商鄙薄地冷笑着,对也在笑着的军需官说。"你放个《路茜亚》给我们听听吧,"他指着留声机说,"我喜欢这曲子……"

"你说,华西里·米哈依洛维奇这人好吗?"当哥儿俩在暮色苍茫中走出棚子、奔赴塞瓦斯托波尔时,伏洛嘉问哥哥。

"还可以,就是吝啬得要命!要知道,他至少每个月有三百卢布收入,可是生活过得像头猪一样。你不是也看到了?至于那个承包商,我可实在瞧不惯,总有一天我要收拾他的。要知道,这流氓从土耳其搜刮了一万二千卢布回来……"于是柯捷尔卓夫老大就大谈贪污行为,而且表示深恶痛绝,但说句实话,他之所以痛恨,倒不是因为贪污是一种罪恶而是因为有人靠贪污发财。

十

他们乘车来到横跨海湾的大桥时,天色已快黑了。伏洛嘉虽然没有垂头丧气,但是觉得心情沉重。他所看到和听到的一切,跟他不久前的经历实在太不相同了。他记起明亮宽敞、铺着镶木地板的考试厅,同学们亲切愉快的谈笑,崭新的制服,以及七年来经常见到的敬爱的沙皇——沙皇在送别他们的时候眼里含着泪水,还把他们称为他的儿女。而现在他所见到的一切,跟他彩虹般美丽和崇高的梦想,距离实在太远了。

"好了,我们到了!"他们在米哈依洛夫炮台前下了车,做哥哥的说,"要是让我们过桥,我们马上就可以到达尼古拉耶夫兵营了。你在那边过夜,我到团部去打听一下,你的炮兵连驻在什么地方,我明天来接你。"

"那又何必呢? 还是一起去吧,"伏洛嘉说,"我现在就跟你上棱堡去。反正早晚总会习惯的。既然你能去,我也能去。"

"还是不去的好。"

"不,让我也去,至少我可以知道怎样……"

"我劝你不要去,不过……"

天空洁净而昏暗;星星、不断飞过的炮弹和炮火的闪光照亮了昏暗的天空。庞大的白色炮台和大桥的一端在昏暗中轮廓分明。炮声和爆炸声接二连三地响个不停,一秒钟里就有好几次,而且越来越响,越来越清楚。从海湾里传来波涛的忧郁絮语,仿佛在应和这隆隆的炮声。海面上吹来阵阵微风,空中充满潮气。哥儿俩走到桥边。一个民兵笨拙地端起枪来,喝道:"什么人?"

"军人!"

"不许过去!"

"为什么? 我们有事。"

"去问长官。"

一个军官坐在锚上打瞌睡，欠了欠身，命令让他们过去。

"去可以，来不行。一下子都往哪儿跑哇！"他对着那些挤在桥头高堆着土筐的军用货车吆喝道。

哥儿俩走到第一只浮桥船上时，碰到几个士兵高声谈着话，从对面走来。

"他要是领到装备费，就会还清欠债了，是的……"

"哦，弟兄们！"另一个声音说，"到了北岸，真是重见天日了！连空气都两样。"

"别提了！"第一个人说，"几天前就有颗该死的炮弹飞到这儿来，把两个水兵的腿都炸断了，所以我说还是别提的好。"

哥儿俩走过第一只浮桥船，在第二只浮桥船上停下来，等待马车。那只浮桥船有几处已经灌水了。风在田野上似乎很温和，在这儿却非常猛烈；浮桥摇摇晃晃，波浪哗啦啦地冲击着圆木，被铁锚和锚链划破，直涌到板上。右边是汹涌澎湃的黑魆魆的大海；一条无比平整的黑线把海洋同星光灿烂的淡灰色天空划分开来。敌舰的灯火在远处闪闪发亮。左边是一只我方军舰的黑色剪影，还传来波浪拍打船舷的声音；有一只汽船噗噗响着从北岸飞快驶来。一颗炮弹在汽船附近爆炸，刹那间照亮了甲板上高堆着的土筐、船上站着的两个人，以及汽船划破浅绿色波浪溅起的白色浪花。浮桥边上坐着一个水手，光穿一件衬衫，两脚浸在水里，用斧头砍着什么。前面，在塞瓦斯托波尔的上空，同样炮火连天，而且可怕的轰击声越来越响。海上一股巨浪冲上浮桥的右边，打湿了伏洛嘉的脚，两个士兵哗哗地踩着水，从他身旁走过。忽然发出一声巨响，闪光照亮了桥的前部、桥上的一辆货车和一个骑马的人，弹片嘘溜溜地落在水里,溅起了水花。

"啊,米哈依尔·谢苗内奇!"骑马的人在柯捷尔卓夫老大面前勒住马,说:"怎么样,完全好了吗?"

"是啊。您上哪儿去?"

"到北岸取弹药去。我现在代理团副官的职务……我们时时刻刻都在等着敌人的进攻,可是每人弹药盒里连五发子弹都没有。安排得太妙了!"

"马尔卓夫哪里去啦?"

"昨天他被炸断了一条腿……当时他在城里,正在自己房间里睡觉……您也许会碰到他,他在救护所里。"

"我们团在第五棱堡,对吗?"

"是啊,我们接替了马……卓夫团。您到救护所去一下吧,那边有我们团里的人,会带您去的。"

"那么,滨海街上我那个住所没事吧?"

"嘿,老兄!早就被炮弹打光了。塞瓦斯托波尔如今可认不出来了。没有一个女人,没有一家酒馆,没有一点儿音乐。最后一家铺子昨天也搬走了。现在的光景可凄凉呢……再见吧!"

那军官策马走了。

伏洛嘉忽然感到非常恐怖:他老觉得马上会有颗炮弹或者弹片飞来,打中他的脑袋。这湿滋滋的夜色,各种各样的声音,特别是波涛的澎湃声,仿佛全在劝他:不要再往前走,这儿没有什么好事在等着他,不然他的脚再也不能踏上海湾那边的俄罗斯土地了,他应该立刻回去,尽可能离开这可怕的死地远一点。

"但也许已经太晚,如今命运已经定了!"他想着,浑身哆嗦,一半因为想到他的处境,一半因为水渗透了他的靴子,把他的脚浸湿了。

伏洛嘉深深叹了一口气,从哥哥身边走到一旁。

"主哇! 难道真要把我打死吗? 打死的就是我吗? 主哇,饶了我吧!"他低声说,画着十字。

"喂,伏洛嘉,我们走吧,"马车来到桥上时,做哥哥的说,"看见炮弹了吗?"

哥儿俩在桥上遇见一些载运伤员和土筐的大车,以及一辆装家具的货车。这辆货车由一个妇女赶着,过了桥就再也没有人阻挡他们了。

他们本能地挨着尼古拉耶夫炮台的墙壁,默默地听着头上炮弹的爆炸声和弹片的呼啸声,走到炮台里挂圣像的地方。到了这里,才知道伏洛嘉该去报到的第五轻炮兵连驻在郊区柯拉贝尔,因此他们一起决定,让伏洛嘉先跟哥哥到第五棱堡(虽然那里很危险)过一夜,明天再到炮兵连去。他们走进过道,跨过睡在炮台墙脚下的士兵们的腿,终于来到了救护所。

十一

他们走进第一个房间,遇见两个护士朝门口走来。房间里摆满躺着伤员的病床,弥漫着那种难闻的医院气味。

一个护士,年纪五十上下,黑眼睛,神情严肃,手里拿着绷带和棉线团,正在对她后面的一个小伙子——助理医生吩咐着什么;另一个护士才二十岁左右,长得很漂亮,脸蛋儿又白又嫩,头发淡黄,戴着白帽子,显得格外妩媚,她两手插在围裙口袋里,垂下眼睛,紧跟着那个老护士,唯恐落在后头。

柯捷尔卓夫老大问她们可知道昨天炸断一条腿的马尔卓夫在什么地方。

"是不是 Π 团的？"老护士问他，"怎么，您是他的亲戚吗？"

"不，是同事。"

"哼！带他们去吧。"她用法语对年轻的护士说，"这儿走。"她自己却带着那助理医生向一个伤员走去。

"走吧，你看什么呀？"柯捷尔卓夫对弟弟说，伏洛嘉正扬起眉毛，神情痛苦地瞧着伤员。"走吧！"

伏洛嘉跟着哥哥走去，但还是连连回头张望，并且无意识地反复说："啊，天哪！啊，天哪！"

"他该是个新来的吧？"护士指着伏洛嘉问柯捷尔卓夫，伏洛嘉跟着他们在走廊里一边走，一边唉声叹气。

"刚来的。"

漂亮的护士对伏洛嘉望望，忽然哭起来。

"天哪，天哪！这一切几时才会了结呀！"她悲恸欲绝地说。

他们走进军官病房。马尔卓夫仰天躺着，两手抱着头，露出筋脉毕露的下臂，蜡黄的脸上现出痛苦的表情，但他咬紧牙关不吭一声。那条完整的腿，穿着袜子，从毯子里伸出来，但见脚趾在痉挛地抖动。

"您觉得怎么样？"护士一边问，一边用细长的嫩手指（伏洛嘉看见一只手指上戴着金戒指）托起他那微秃的脑袋，理理枕头，"您的朋友看您来了。"

"当然疼啰，"他怒气冲冲地说，"别弄了，我好得很！"袜子里的脚趾抖得更快了。"您好！请问，您贵姓？"他对柯捷尔卓夫说。"啊,是的,对不起,待在这儿把什么都忘记了。"听见柯捷尔卓夫说出自己的姓,他又说道。"我们在一起住过的。"他毫无兴致地补了一句,疑问地瞅着伏洛嘉。

"这是我弟弟,今天刚从彼得堡来的。"

"哼!你瞧,我可弄得永远退休了。"他皱起眉头说,"啊,疼死了……还不如早点完结的好。"

他缩起腿来,嘴里呻吟着,双手掩住脸。

"得让他安静,"护士眼里含着泪,低声说,"他伤得很重。"

哥儿俩在北岸还打算一起到第五棱堡去;可是,从尼古拉耶夫炮台出来的时候,他们仿佛有默契,认定不必冒无谓的危险,还是各走各的路好。

"可是你怎么找得着呢,伏洛嘉?"做哥哥的说,"对了,让尼古拉耶夫送你到柯拉贝尔区去,我一个人走,明天再去看你。"

哥儿俩最后一次分手的时候,再没有说一句话。

十二

炮火仍旧那么猛烈,叶卡德琳娜大街却冷清清的,十分荒凉。伏洛嘉在大街上走着,尼古拉耶夫一言不发地跟在后面。伏洛嘉在黑暗中只看见宽阔的街道,许多高楼大厦的白色断垣残壁,以及他正行走着的石板人行道。他偶尔遇见几个士兵和军官。当他循着左边的街道经过海军部时,凭着一道从房子里透出来的明亮灯光,他看见种在人行道上用绿色桩子撑着的刺槐和积满尘土的萎靡的树叶。他清楚地听见自己的脚步声和气喘吁吁地跟在后面的尼古拉耶夫的脚步声。那个漂亮的护士，马尔卓夫穿着袜子的独腿和抖动的脚趾，黑暗、炮弹和形形色色的死相，这一切都朦朦胧胧地在他眼前浮动，但他没有去细细琢磨。只身处在危险之中而又得不到任何人的关怀和同情，这使他那颗年轻敏感的心觉得痛苦难当。"我会被打死的，我将吃苦受难，没有一个人会为我掉一滴眼泪！"这一切取代了他原来的美梦：过一种充满生气和同情的英雄生活。炮弹的爆炸声和弹片的呼啸越来越近，尼古拉耶夫叹气的次数也越来越多，但他始终不开口。当他们经过通向柯拉贝尔区的大桥时，他看见有样东西带着啸声掉到附近的海湾里，刹那间把紫色的波浪照得通红，接着消失了，但又带着水花从那里升起来。

"看，还没有熄灭呢！"尼古拉耶夫说。

"是啊！"伏洛嘉应着说，他的声音那么尖锐刺耳，连他自己也觉得意外。

他们遇到运送伤员的担架和装着土筐的军用大车，在柯拉贝尔区碰到某团的队伍，以及一些骑马而过的人。其中有个军官带了一名哥萨克兵。他跑得很快，但一看见伏洛嘉就勒住马，仔细瞧瞧他的脸，接着又扭转身，策马向前跑去。"一个人，孤零零的一个人！世界上有没有我这个人，谁也不在乎！"这可怜的小伙子痛苦地想着，他真想痛哭一场。

他上了山，经过一道白色的高墙，来到一条不断被炮弹闪光照亮的街道，街道两旁的小房子都炸毁了。一个披头散发的喝醉酒的女人跟一个水兵从栅栏门里出来，正好撞在伏洛嘉身上。

"他若是个上等人的话……"她喃喃地说，"对不起，军官阁下!"

这可怜的小伙子心里越来越痛苦;在漆黑的地平线那边,闪光却越来越频繁,在他周围呼啸和爆炸的炮弹也越来越多。尼古拉耶夫深深地叹了一口气,突然用伏洛嘉觉得阴森可怕的声调说:"哼,他一个劲儿从省里赶来。走哇,走哇,一口气赶回来!人家聪明的老爷,稍微受了一点儿伤,就安安稳稳地待在医院里。真是再惬意也没有了。"

"可是哥哥身体好了,总得回来呀。"伏洛嘉回答,希望用谈话来驱散心头的愁闷。

"好了!他病成这个样子,怎么说得上好了!人家身体确实好了的,那些聪明朋友,这种时候也都待在医院里呢。这儿有什么好玩的?不是给打掉一条胳膊,就是给打断一条腿——就是这样!随时都会遭殃的!即使在这城里也够叫人害怕的了,棱堡那边更不用说了。你一边走,一边不断地做祷告。看,那混账东西就从你身边掠过呀!"他细听着附近飞过的一块弹片的啸声,加了一句。"如今呢,"尼古拉耶夫继续说,"叫我给您先生带路。当然啰,上头有命令,下面就得照办,这是我们的本分。可问题是,你只好把马车丢下让小兵看管,车上的包裹又没有结好。'去吧,去吧,'万一丢了什么东西,可又要我尼古拉耶夫负责了。"

他们又走了几步,来到广场上。尼古拉耶夫一言不发,只唉声叹气。

"先生,那边就是您的炮兵连了!"他忽然说,"您问问哨兵,他会指给您看的。"伏洛嘉又走了几步,就不再听见后面尼古拉耶夫的叹息了。

他忽然觉得自己极其孤独。这种单独落入险境、面对着死亡的感觉，像一块又冷又重的石头，压在他的心上。他在广场中央站住，回头望望，看有没有人看见他；他抱住头，恐怖地喃喃自语道："主哇！难道我真的是个胆小鬼，是个卑鄙、下流、无耻的胆小鬼吗？难道我就不能为祖国为沙皇而光荣牺牲吗？不久以前我不是还甘心为沙皇牺牲吗？唉！我真是个天生不幸的可怜虫！"伏洛嘉怀着消极悲观和对自己感到绝望的心情，向哨兵打听了炮兵连长的住所，就一直向那里走去。

十三

哨兵指给他看的炮兵连长的住所，是一座两层楼的小房子，房子前面的院子里有个门。从一扇糊纸的窗子里，透出微弱的烛光。一个勤务兵坐在台阶上抽烟。他先进去报告连长，然后把伏洛嘉领进房间里。房间里面，在两扇窗子中间的一面破镜子下，放着一张堆满公文的桌子，几把椅子，一张被褥洁净的铁床，床旁还铺着一条小地毯。

门口站着一个留有浓密小胡子的漂亮男子——司务长。他佩着长剑，外套上挂着十字勋章和匈牙利战役纪念章。一个身材不高的军官，年纪四十上下，穿一件薄薄的旧外套，一边面颊浮肿，扎着绷带，在房间里踱来踱去。

"准尉柯捷尔卓夫第二，奉命参加第五轻炮兵连，特来报到。"伏洛嘉一进去，就说出预先背熟的字句。

连长冷冷地点头还礼，没有跟他握手，就请他坐下。

伏洛嘉怯生生地在写字桌旁的椅子上坐下，顺手拿起一把剪刀摆弄起来。炮兵连长反背着手，低着头，继续默默地在房间里踱来踱去，好像在回想什么事情，只偶尔瞧瞧伏洛嘉摆弄剪刀的双手。

炮兵连长身体相当肥胖，头顶上秃了一大块，浓密的小胡子简直盖没嘴巴，那对淡褐色的大眼睛露出快活的神气。他的双手又白又胖，很好看，两只脚向外撇，步伐稳健而潇洒，说明他是个有魄力的人。

"是的，"他在司务长面前站住，说道，"从明天起军马的饲料得加一点儿，我们的马太瘦了。你看怎么样？"

"是，长官，可以加一点！如今燕麦便宜了，"司务长回答，他那贴住裤缝的手指在微微抖动，他显然喜欢用手势来帮助说话，"还有，长官，我们的饲料管理员弗兰苏克昨天从辎重队给我送来一张条子，他说我们一定得在那边买些车轴，据说价钱不贵。长官，您能下个命令吗？"

"好吧，买吧，反正他手里有钱。"接着炮兵连长又在房间里踱起步来。"那么你的行李在哪里？"他忽然在伏洛嘉面前站住，问道。

可怜的伏洛嘉想到自己是个胆小鬼，并且在人家的每个眼光和每句话里都察觉到对他的蔑视，就像对待一个无可救药的胆小鬼那样，他痛苦极了。他觉得连长已经识破他的秘密，并且在嘲笑他。他窘态毕露地回答说，行李在伯爵码头，哥哥答应明天给他送来。

可是中尉不等他说完，就问司务长："我们把准尉安顿到哪儿去呀？"

"准尉吗？"司务长说，匆匆地向伏洛嘉瞥了一眼，那眼光仿佛在问："他算什么准尉呀？也值得把他安顿到哪儿去吗？"——这就使伏洛嘉更加难堪了。

"哦,长官,可以把准尉安顿到楼下上尉的房间里,"司务长想了一下继续说,"上尉眼下在棱堡,他的床空着。"

"那么,暂时就这么安顿一下怎么样?"炮兵连长说,"我想您一定很累了,明天我们再来好好安排吧。"

伏洛嘉站起来,鞠了一躬。

"喝点儿茶好吗?"伏洛嘉走进门口时,炮兵连长说,"可以烧茶炊的。"

伏洛嘉又鞠了一躬,走了出去。勤务兵把他领进楼下一间毫无陈设的肮脏房间。房间里放着乱七八糟的东西,摆着一张没有被单没有毯子的光铁床。床上睡着一个穿粉红衬衫的人,身上盖着一件厚外套。

伏洛嘉以为他是个士兵。

"彼得·尼古拉伊奇!"勤务兵推推睡着的人的肩膀,说道。"准尉要睡到这儿来……这位是我们的士官生。"他转身对伏洛嘉说。

"啊,不用费心了,您睡着吧!"伏洛嘉说,可是那士官生(一个高大结实的青年,生着一副漂亮而很愚蠢的相貌)从床上爬起来,披上外套,显然还没有清醒,就走出房间,嘴里嘟囔着说:"不要紧,我睡到院子里去好了。"

十四

当伏洛嘉独自沉思的时候,他首先觉得自己混乱沮丧的心情十分可憎。他很希望睡着,好忘掉周围的一切,特别是忘掉自己。他吹灭蜡烛,躺到床上,把脱下的外套蒙在头上,因为他从小就害怕黑暗。可是他忽然想到,也许会飞来一颗炮弹,打穿屋顶,把他炸死。他就仔细倾听,只听得炮兵连长的脚步声在他头上响着。

"不过,炮弹要是打过来,"他想,"那就先打死楼上的人,然后才打死我;至少不会光打死我一个人。"这个想法使他宽慰了些,他迷迷糊糊地差不多要睡着了。"哦,万一今天夜里敌人占领塞瓦斯托波尔,法国人冲到这儿来怎么办?我拿什么来自卫呢?"他又爬起来,在房间里踱来踱去。对现实危险的恐惧,压倒了对黑暗虚幻的恐惧。房间里除了一副马鞍和一个茶炊之外,就没有别的硬东西了。"我是个混蛋,我是个胆小鬼,卑鄙的胆小鬼!"他忽然这样想,又对自己产生了一种鄙夷甚至厌恶的痛苦感觉。他重新躺下来,竭力不胡思乱想。然而,炮声不断地震得室内唯一的一扇玻璃窗琅琅作响,白天的印象不禁又浮上他的脑际,使他又想到了危险。他在幻觉中忽而看见负伤的人和鲜血,忽而看见炸弹和弹片飞进房间里来,忽而看见那个漂亮的护士在给垂死的他扎绷带,并且对着他放声痛哭,忽而看见母亲在县城里给他送行,还老泪纵横地跪在灵验的圣像前热烈地祷告着。于是他又睡不着了。他忽然又想到仁慈而万能的上帝,想到倾听一切祷告、满足各种愿望的上帝。他跪下来,画了十字,像小时候人家教他的那样合上手掌,做起祷告来。这姿势使他产生了早已生疏的轻松感觉。

"如果我必须死去,必须离开人间,主哇,那就让我早点离开吧!"他默默地祷告说,"如果我必须勇敢和坚强,求你赐给我所缺少的这些素养吧!求你别再让我忍受难以忍受的耻辱!你教导我怎样来执行你的意志吧!"

他那幼稚狭隘、惊惶不安的心灵豁然开朗,变得刚强起来,看到了光明辽阔的崭新远景。在这样的境界中,他在短时间里又产生了许多思想和感情,但在连续不断的大炮隆隆和玻璃琅琅声中,不多一会儿他就安宁地睡着了。

万能的主哇!在这恐怖的死地上,从将军到小兵都在向你做祷告。他们这种简单、热情而又绝望的祷告,这种充满愚蠢、痛苦和模糊的忏悔的祷告,只有你才能听到,只有你才能了解。将军一会儿之前还想到早餐和乔治勋章,忽然惶恐地感觉到你的来临;士兵呢,又饥又渴,一身虱子,精疲力竭地横在尼古拉耶夫炮台的光地板上,恳求你为了他一切不该承受的痛苦,快赐给他不自觉地指望着的恩典!是的,你总是不倦地倾听着你孩子们的祷告,到处给他们派去抚慰精神的天使,把忍耐、责任感和希望的欢乐灌注到每一个人的心灵里。

十五

柯捷尔卓夫老大在街上遇见他团里的一个士兵,就跟他一起直奔第五棱堡。

"挨着墙壁走,长官!"士兵说。

"为什么?"

"危险哪,长官!您看,打我们头上飞过!"那士兵一边说,一边倾听着一颗炮弹呼啸而过,落在大街对面的硬地上。

柯捷尔卓夫不听士兵的话,大胆地在街心走着。

依旧是那些街道,依旧是炮声隆隆,火光闪闪(甚至于更加频繁),依旧是一片呻吟声,街上依旧时常可以遇到伤员,依旧是那些炮台、胸墙和堑壕,就跟春天他在塞瓦斯托波尔时一样;可是这一切不知怎的现在显得更加凄凉,同时也更加肃穆了。房子上的窟窿更多了;除了做医院用的库辛大楼外,窗子里已没有一点灯光,街上也不见一个女人。过去那种悠闲自在的气氛消失了,笼罩在这地方的只是疲劳、紧张和沉重的期待。

他们终于来到最后一条堑壕上,听到Π团一个士兵认出老连长时的招呼声,看到第三营的士兵们在黑暗中挨墙站着,时常被一瞬间炮火的闪光照亮,还听见低声的谈话和步枪的碰撞声。

"团长在哪儿?"柯捷尔卓夫问。

"在海军掩蔽部里,长官!"一个殷勤的士兵回答说,"来吧,我带您去。"

那个兵领着柯捷尔卓夫走过一条堑壕,最后来到一条横壕里。有个水兵坐在那里抽烟斗,他后面有一道门,门缝里漏出一线灯光。

"可以进去吗?"

"我这就去通报。"水兵说着走进门去。

门里传出两个人的谈话声。

"要是普鲁士能坚持中立,"一个人说,"那么奥地利也……"

"奥地利有什么道理,"另一个人说,"当斯拉夫的土地……哦,请他进来。"

柯捷尔卓夫以前从没到过这座掩蔽部。它那豪华的气派使他吃了一惊。室内铺着镶木地板,门口摆着一架屏风,靠墙放着两张床,角落里挂着一个巨大的金身圣母像,像前点着一盏玫瑰色的油灯。一张床上和衣睡着一个海军军官;另一张床上坐着两个谈话的人——新来的团长和副官,他们前面的桌上放着两瓶刚打开的酒。柯捷尔卓夫虽然绝不是一个胆小鬼，他也根本没有什么对不起政府、对不起团长的地方，可是一看见上校（这位不久以前的战友）那么目中无人地站起来，听取他的报到，他不禁有点畏缩，甚至于双膝直打哆嗦。那个坐着的副官呢，他那种姿态和目光也使柯捷尔卓夫感到局促不安，仿佛在说："我只是你们团长的朋友。您不是来找我的，我不能也不愿接受您的敬意。""真奇怪，"柯捷尔卓夫瞧着团长想，"他当团长才七个礼拜，可他身上的一切——服装、态度、眼光，都已经显出团长的权威来了。而这种权威的树立，主要不是靠年龄大、资格老、功勋卓著，而是由于当上团长发了财。"他又想："这个巴特里晓夫跟我们一起大喝大闹，身上那件深色布衬衫往往几个礼拜不替换，天天吃炸肉饼和甜馅饺子，从来不请客，这还是不多久以前的事呢！可是现在呢！身上穿着宽袖子的厚呢制服，里面露出讲究的细麻布衬衫，指缝里夹着十卢布一支的雪茄，桌上放着六卢布一瓶的红葡萄酒。这一切都是由军需官出惊人高价从辛菲罗波尔买来的。而他眼睛里那副有钱贵族的冷冷的傲慢神气仿佛在说：'虽然我是个新派团长，也是你的战友，可是你别忘了，你四个月的薪水才六十卢布，而我手里经过的钱就有几万卢布。老实说，我知道，你要爬到我的地位，还得花半辈子时间呢。'"

"您的伤治了好久哇。"上校冷冷地瞧着柯捷尔卓夫，说。

"是啊，上校，我负过伤，到现在伤口还没有痊愈呢。"

"那您何必赶回来！"上校怀疑地瞧着军官结实的身体，说道，"再说，您能担当职务了吗？"

"当然能，长官。"

"那很好。您就去接替扎依采夫准尉指挥的第九连吧——就是您原来的那个连;您马上就会接到命令的。"

"是,长官。"

"您出去的时候,请费心叫团副官到我这儿来一下。"团长说完点点头,表示接见已经完毕。

柯捷尔卓夫走出掩蔽部,几次三番自言自语,耸耸肩膀,仿佛觉得有点痛苦、不舒服或者气恼——不是生团长的气(没有理由对他生气),而是生自己的气,并且对周围的一切仿佛都感到不满。纪律和维持纪律的条件——服从,也像一切法定关系那样,除了上下级共同认识它的必要性之外,它的基础应该是:下级承认上级经验丰富,功勋卓著,或者光是德高望重;但是,如果纪律的基础是建立在偶然机会或者金钱关系上,像我们这儿常见的那样,那么,上级往往会变得妄自尊大,而下级就会变得暗中嫉妒和愤愤不平。这样,不仅不能达到把群众团结成为一个整体的目的,而且会产生完全相反的效果。一个人自知不能靠真才实学去获得人家的尊敬,就往往会本能地害怕跟下级接近,并且竭力装出一副不可一世的样子,以避免人家的批评。下级呢,只看到这种讨厌的表面现象,也就往往不公正地把上级看得一无是处。

十六

柯捷尔卓夫在到同他一起战斗的军官们那儿去之前,先去看看他那个连队的驻地,并向连里的士兵们问好。土筐堆成的胸墙、纵横交错的战壕、一路上看到的大炮,甚至使他绊跤的炮弹和弹片,这一切不断地被炮火的闪光照亮,都是他十分熟悉的。三个月之前,他在这座棱堡里一连待了两个礼拜,这些景象都生动地铭刻在他的记忆里。虽然有许多往事回想起来使他胆战心惊,但同时也夹杂着一种令人神往的魅力。他兴致勃勃地认出熟悉的地方和熟悉的东西,仿佛在这里度过的那两个礼拜是很愉快的。连队分布在通向第六棱堡的防御墙下。

柯捷尔卓夫走进一座入口敞开的长形掩蔽部,因为据说九连就驻在这里。从入口处起,掩蔽部里挤满了士兵,真是连插足的地方都没有了。掩蔽部的一边点着一支弯曲的蜡烛,由一个躺在地上的士兵拿着。另外一个士兵凑近烛光,一个字一个字地读着一本书。在烟气弥漫的昏暗的掩蔽部里,可以看到一个个仰起的脑袋,津津有味地听着朗诵。读的是识字课本,柯捷尔卓夫走进掩蔽部,听见这样的字句:

"死的恐惧……是人类……天生的感情。"

"剪一下烛花,"一个人说,"真是本好书。"

"我的……上帝……"那人继续念道。

柯捷尔卓夫一问起司务长,朗诵就停止了,士兵们开始转动身体,咳嗽,擤鼻涕——在紧张地沉默了一阵之后往往如此。司务长一边扣纽扣,一边从听朗诵的人群旁边站起来,跨过人家的腿,甚至踩在那些无法挪动的人腿上,走到军官跟前。

"你好,老兄!我们的一连都在这儿吗?"

"您好,长官!欢迎您回来!"司务长快乐而亲热地瞧着柯捷尔卓夫,回答道,"身体好了吗,长官?哦,感谢上帝!您不在,我们真想您哪。"

一下子就看得出来,柯捷尔卓夫在连里很得人心。

从掩蔽部深处传出来各种声音："老连长回来了！""上次负伤的连长。""柯捷尔卓夫。""米哈依尔·谢苗内奇。"等等。有几个人甚至向他靠过来，鼓手也向他问好。

"你好，奥班楚克！"柯捷尔卓夫说。"活着没事？弟兄们，你们好！"他接着提高声音说。

"长官好！"掩蔽部里响起一片喊声。

"日子过得怎么样，弟兄们？"

"很糟哇，长官。法国人占了便宜，他们躲在工事里向我们猛轰，可是不出来，有什么办法！"

"也许我走运，他们会出来的，弟兄们！"柯捷尔卓夫说，"我跟大家一起干可不是第一回了，让我们再狠狠地揍他们一下。"

"我们一定狠狠地揍，长官！"几个人同声说。

"是的，他确实很勇敢，我们的长官确实是勇敢哪！"鼓手对另一个士兵说，声音很低，但听得出来，仿佛是在肯定连长的话，并且使对方相信，连长的话一点不夸大，一点不吹嘘。

柯捷尔卓夫从士兵们那儿出来，就到防御兵营去找那些同他一起战斗的军官们。

十七

兵营的大房间里挤满了人，有海军军官、炮兵军官和步兵军官。有几个在睡觉，有几个坐在箱子上和要塞炮的炮架上谈话，但多数坐在拱门后面铺在地上的两件斗篷上，喧闹地喝着啤酒，打着纸牌。

"啊！柯捷尔卓夫，柯捷尔卓夫！你回来了，好极了，真是好样的！你的伤怎么样?"从各方面传来招呼声。显然,他在这里也很得人心,大家看到他回来都很高兴。

柯捷尔卓夫跟熟人们握了手,就加入吵吵闹闹地打着纸牌的军官中间,其中有好多是他的熟人。一个相貌漂亮的瘦瘦的黑发男子,鼻子细长,浓密的小胡子跟络腮胡子连成一片,正在用他那双白净干瘦的手发牌,他的手指上戴着一只带纹章的大金戒指。他发牌发得很快很马虎,显然有什么事使他焦急不安,但他却装得若无其事。他的右边侧卧着一个头发灰白的少校,手臂支着上半身,已经很有几分酒意,却故作镇定地每次下半卢布的注,并且当场清账。庄家的左边蹲着一个汗光满面的红发军官,逢到输牌的时候,就勉强装出笑容,说着笑话;他不断地用一只手在空无所有的马裤袋里摸索着,注却下得很大,显然已经不用现钱赌。这使漂亮的黑发男子感到老大不高兴。一个消瘦苍白的秃头军官,嘴巴又大又凶,没有蓄胡子,手里拿着一大叠钞票在房间里踱来踱去。他常常把现钱孤注一掷,但总是赢钱。

柯捷尔卓夫喝了点烧酒,在赌牌的军官旁边坐下。

"您押点儿吧,米哈依尔·谢苗内奇!"庄家对他说,"我想您一定带来不少钱吧。"

"我哪来的钱哪？正好相反,我在城里把仅有的几个钱都花光了。"

"怎么会？您准是在辛菲罗波尔把人家的钱悉数赢到手了。"

"我确实没有多少钱。"柯捷尔卓夫说,但显然也不指望人家相信他的话。接着解开制服纽扣,拿出一副旧牌来。

"试一试也行,什么样的结局不会有啊！不是说蚊子也会打胜仗吗？可是得喝点儿酒壮壮胆。"

不多一会儿，他又喝了三杯烧酒和几大杯黑啤酒。接着他就跟大伙儿打成一片，醉醺醺地忘了一切，把剩下的最后三个卢布都输掉了。

那个满面流汗的矮小军官已经输得挂了一百五十卢布的账了。

"不行，不走运哪。"他说，满不在乎地又去拿一张牌。

"请您把输掉的钱拿出来。"庄家说，眼睛紧盯着那军官，暂时停止发牌。

"让我明天送来吧。"满面流汗的军官答应着，同时站起身，拼命在空口袋里摸索着。

"哼！"庄家不高兴地说，恶狠狠地把牌东一张西一张乱丢，"这样可不行啊，我这庄家不干了。"他放下分剩的牌，又说："这样不行，扎哈尔·伊凡内奇，我们赌现钱，不记账。"

"怎么，难道您不相信我吗？真是奇怪！"

"您叫我问谁拿呀？"少校喃喃地说，这时他已经酒意十足，并且赢了八九个卢布，"我已经输掉二十多卢布了，可是赢了钱，却一个子儿也拿不到手。"

"桌子上没有现款，叫我打哪儿弄钱来付给您呢？"庄家说。

"我可不管这个！"少校站起来，嚷道，"我是跟您赌钱，跟规矩人赌钱，可不是跟他赌钱。"

汗流满面的军官忽然冒火了："我说明天付就是明天付，你怎么敢出口伤人？"

"我爱怎么说就怎么说！规矩人是不来这一手的，就是这样！"少校嚷道。

"算了，费多尔·费多雷奇！别说了！"大家都劝阻少校。

但少校仿佛就在等人家劝阻他，好尽情发一通脾气。他霍地一下蹿起来，摇摇晃晃地向流汗的军官走去。

"我出口伤人？你大还是我大？我为沙皇效劳二十年了，我会出口伤人？哼，你这小子！"他忽然尖声尖气地嚷起来，越说越激动，"混蛋！"

但我们还是赶快结束这个令人不快的场面吧。不是明天就是今天，说不定他们个个都会雄赳赳气昂昂地去迎接死亡，都会坚强而从容地死去；但在这种连最冷静的人都感到恐惧、绝望的残酷处境中，生命的唯一慰藉就是忘却和糊涂。人人的灵魂深处都藏着一朵可以使他成为英雄的崇高火花，但这火花并不经常在明亮地燃烧，只有到了紧要关头才会变成熊熊的烈焰，把伟大的事业照得光辉灿烂。

十八

第二天，炮击仍旧十分激烈。上午十一点左右，伏洛嘉·柯捷尔卓夫和炮兵连军官们坐在一起，他跟他们已熟识了。他仔细打量着一张张陌生的脸，同时观察着，打听着，讲述着。炮兵军官们朴素而带点学问的谈吐引起他的敬意，使他觉得可亲。而伏洛嘉那副腼腆、天真而英俊的模样也使军官们喜欢。炮兵连一个军衔较高的军官，身材不高的褐发大尉，留着一簇额发，两鬓梳得精光，受过旧式的炮兵教育，善于跟女人交际，看上去很有点学问。他向伏洛嘉问长问短，考考他的炮兵知识，打听打听最新的发明，亲切地取笑他的年轻貌美。总之，他像父亲般对待伏洛嘉，这使伏洛嘉感到很高兴。嘉登科少尉是个青年军官,头发蓬乱,穿件破外套,说话带乌克兰口音。他说话粗声粗气,老是抓住机会跟人死争活辩,举动也很粗鲁,可伏洛嘉还是喜欢他,因为伏洛嘉看出他虽然外表粗野,心地却很善良。嘉登科一直照顾伏洛嘉,并且要他相信,塞瓦斯托波尔的炮位全都安得不合规则。只有契尔诺维茨基中尉不讨伏洛嘉的喜欢。他眉毛老是扬得高高的,穿一件虽不很新却相当干净并且补得整整齐齐的上衣,缎子背心上还露着一条金链子,态度显得比谁都客气。他不断向伏洛嘉打听皇帝和陆军大臣的情况,装出一副兴高采烈的样子给他讲塞瓦斯托波尔的英雄事迹,并且对爱国精神不足和命令措施失当表示遗憾。总之,他处处显示学识渊博,智慧超群,感情高尚;但不知怎的,伏洛嘉却觉得他这一切都有点装模作样,很不自然。伏洛嘉特别注意到,军官们差不多都不跟契尔诺维茨基说话。昨夜被他弄醒的士官生符兰也在这儿。他一句话不说,谦恭地坐在角落里,碰到什么好笑的事情,跟着人家笑笑,人家忘记了什么,他帮着回想回想,替军官们向勤务兵要酒,并且给所有的军官卷烟。伏洛嘉待他像待军官一样,并且不拿他当小孩子那样任意支使。不知是伏洛嘉的和蔼态度,还是他的漂亮外貌,把符兰嘉(士兵们都叫他"符兰嘉",故意把他的名字改成女性的名字)迷住了,弄得符兰那双善良迟钝的大眼睛怎么也离不开这位新来军官的脸。他不断地捉摸伏洛嘉的心意,并且始终处在心醉神迷的状态。这情景自然逃不过军官们的眼睛,并且引起他们的嘲笑。

午餐之前,上尉从棱堡下班回来,加入了这一伙。克劳特上尉是个相貌漂亮、精神饱满的军官,淡黄头发,留着浓密的褐色小胡子和络腮胡子;他说俄国话说得很出色,但在俄罗斯人听来，却觉得太标准太地道了。他在服役和日常生活方面也像说话一样：出色地执行任务，是个极好的伙伴，在金钱方面最讲信用，但正因为各方面都太完善了，作为一个人来说，他似乎缺少点什么。也像一切俄国化的德国人那样，跟纯粹的德国人正巧相反，他是个极端讲究实际的人。

"啊，他来了，我们的英雄来了！"当克劳特挥动两臂，马刺叮叮响着兴冲冲走进房间的时候，大尉说道，"弗里德里希·克列斯季扬诺维奇，您想喝什么，茶还是烧酒？"

"我已经要了茶了，"克劳特回答，"但先喝点酒提提神也行。我很高兴跟您认识，请多多指教，"他对站起来向他鞠躬的伏洛嘉说，"我是克劳特上尉。在棱堡上炮长告诉我，说您昨天就驾到了。"

"我很感谢您，我在您床上睡了一晚。"

"睡得舒服吗？有一只床脚断了，可是在这被围困的地方没有人修理，得用什么东西把它撑住才行。"

"怎么样，您值班运气好吗？"嘉登科问他道。

"没什么，就是斯克伏尔卓夫中了弹。昨天我们还修好了一座炮架。台架被打得粉碎了。"

他站起身，在房间里踱起步来。显然，脱离险境之后，他感到一身轻松。

"哦，德米特里·加夫里雷奇，"他摇摇大尉的膝盖说，"日子过得怎么样，老兄？您的提升还没有消息吗？"

"还一点也没有。"

"不会有什么下文的，"嘉登科说，"我早就对您说过了。"

"为什么不会有下文呢？"

"因为呈文写得不好。"

"哦,您这人真好争辩,真好争辩!"克劳特笑嘻嘻地说,"真是个固执的乌克兰佬。瞧着吧,偏要气气您,您会升中尉的。"

"不,不会的。"

"符兰,请把烟斗给我拿来,再装上烟草。"克劳特对士官生说,士官生立刻高高兴兴地跑去拿烟斗。

克劳特讲着炮击的经过,问起他不在这儿时的情况。他跟每个人说话,使大家都很高兴。

十九

"嗯,怎么样? 您在我们这儿安顿好了吗?"克劳特问伏洛嘉,"对不起,可以请教您的名字和父名吗? 您知道,这是我们炮兵的习惯。您弄到马了吗?"

"没有,"伏洛嘉说,"我不知道该怎么办才好。我对大尉说过,我没有马,也没有钱,因为我没有领到饲料费和盘缠。我想问炮兵连长要一匹马,但又怕他拒绝。"

"问阿波隆·谢尔盖耶维奇吗?"克劳特嘴里啧啧响着,表示十分怀疑,同时望望大尉,"不见得有希望!"

"即使拒绝,也没关系,"大尉说,"其实这儿也用不着什么马,但也不妨一试。我今天就向他要去。"

"哼! 您不了解他,"嘉登科插嘴说,"别的也许会拒绝,马是不会不答应的……要不要打个赌?"

"谁不知道您这人总爱跟人家抬杠!"

"我不同意,因为我知道他尽管在别的方面吝啬,马是会给的,因为扣着马不发,对他没有好处。"

"怎么没有好处,每匹马可以收八卢布的燕麦费呢!"克劳特说,"不多养一匹额外的马就有好处!"

"弗拉基米尔·谢苗内奇,您问他要那匹'椋鸟'吧,"符兰拿着克劳特的烟斗回来,说道,"那是一匹好马!"

"就是您在索罗基从它背上跌到沟里的那一匹吗?啊?符兰嘉!"上尉笑着问。

"哼,您说要收八卢布燕麦费吗?那有什么关系?他报账报十个半卢布,这当然有好处。"嘉登科继续争辩说。

"他会不揩一点油吗?您要是当上炮兵连长,恐怕不会让人家骑马进城了!"

"等我当上炮兵连长,老兄,每匹马只要吃四袋燕麦就行。我决不揩油,您可以放心。"

"我们等着瞧吧!"上尉说。"您也会捞点好处的。等他指挥一个炮兵连时,他也会把剩下的钱往口袋里塞的。"他指指伏洛嘉,补充说。

"您为什么认为他也会揩油呢,弗里德里希·克列斯季扬诺维奇?"契尔诺维茨基插嘴说,"也许他自己有钱,那何必揩油呢?"

"啊,不,我……对不起,大尉,"伏洛嘉脸红到耳根,说道,"我认为这种行为是不高尚的。"

"嗨——嗨!瞧他说得好大方!"克劳特说,"等他当上大尉,说话就两样了。"

"那倒没有什么区别;我只是认为,不是我的钱,我就不该拿。"

"让我来讲些事给您听听,年轻人,"上尉语气比较严肃地说,"您要知道,当您指挥一个炮兵连的时候,您要是经营得好,在平时准能攒下五百卢布,在战时就有七八千——这还光是马匹一项呢。得了,士兵的粮食连长是管不着的,这一点在炮兵中从古以来就是如此。您要是不会经营,那是一个钱也不会多的。此外,您还得掏腰包给马打掌子,这是一(他弯下一个手指);还得付医药费,这是二(他又弯下一个手指);还得付文具费,这是三;训练好的马,每匹得整整五百卢布,但新马的补充费每匹只有五十卢布,您得设法,这是四。给士兵们换制服领子,付超过规定的煤炭费,给军官们准备会餐,都得掏腰包。您要是当上炮兵连长,就得过体面的生活:您需要一辆马车,需要一件皮外套,您需要这个,您需要那个……谈也谈不完……"

"主要的是,弗拉基米尔·谢苗内奇,"一直沉默不语的大尉接着他的话说,"您可以想象一下,就拿我这样的人来说吧,在部队里干了二十年,年俸先是两百卢布,后来是三百卢布,手头总是很紧。承包商一个礼拜就赚上几万卢布。像我这样的人,干了一辈子,到老年难道连一口饭也吃不上吗?"

"哎!还有什么话说呢!"上尉又说,"您别忙着下结论,活下去,干下去再说吧。"

伏洛嘉因为自己说话那么轻率,感到非常惭愧和狼狈。他喃喃地说着什么,接着又默默地听嘉登科激烈地反驳人家的意见。

上校的勤务兵走来请大家去吃饭,就把争论打断了。

"您今天跟阿波隆·谢尔盖耶维奇说说,让他给大家喝点酒,"契尔诺维茨基一边扣纽扣,一边对大尉说,"他何必那么小气呢?要是我们牺牲了,就谁也喝不到了!"

"您自己向他说吧。"大尉回答。

"不。您是连里最大的军官，一切都得按规矩办。"

二十

就在伏洛嘉昨天向上校报到的房间里，桌子已经从靠墙放着的地方挪开来，并且铺上了一块肮脏的台布。炮兵连长今天跟伏洛嘉握了手，还向他打听彼得堡的消息和他一路上的情况。

"喂，诸位，谁想喝酒，请自己动手吧！准尉们可不许喝。"他对伏洛嘉笑笑，加了一句。

总之，炮兵连长今天绝不像昨天那样严厉；相反，他好像一个好客的主人和忠厚的长者。虽然如此，所有的军官，从上了年纪的大尉到喜欢争辩的嘉登科，对他还是十分敬畏。这一点，从他们谈话时殷勤地看着连长的眼色，以及一个个挨着墙壁走到桌子跟前来喝酒的那副拘谨神气上，都看得出来。

午餐有三道：一大碗卷心菜汤，里面浮着几块肥牛肉，还有大量胡椒和桂叶；一客波兰式芥末米馅肉卷；一客黄油不太新鲜的小饺子。没有餐巾，匙子是木头的和铁皮的，只有两只玻璃杯，还有一只断颈的灰色水瓶；但这顿饭吃得并不沉闷，谈话始终没断过。先是谈到英克尔曼战役（炮兵连参加了这场战役），人人都讲了自己的印象，分析失败的原因，可是等连长一开口，大家就不作声了。后来，自然而然地谈到野炮的口径太小，又谈到新式的轻便炮，这使伏洛嘉有机会显示他的炮兵学知识。但他们没有谈到塞瓦斯托波尔当前的严重局面，仿佛大家对这件事考虑太多了，反而不想提到它。关于伏洛嘉应该担当的任务，也根本没有谈到。这使他感到又惊奇又失望,并且觉得他来到塞瓦斯托波尔,仿佛就是为了谈谈轻便炮,在炮兵连长那里吃顿饭。正在吃饭的时候,有颗炮弹落在房子附近,地板和墙壁像遇到地震似的晃动起来,窗子也被硝烟遮住了。

"我想您在彼得堡是看不到这种景象的,可我们这儿却常常碰上这样的意外,"炮兵连长说,"符兰,您去看看,炸在什么地方。"

符兰出去看了一下,回来报告说落在广场上。以后就再也没有人提到那炮弹了。

午餐快结束的时候,一个小老头儿,炮兵连的司书,拿着三封封好的信走进房间里来,把信交给连长。"这封信极其重要,是炮兵司令派哥萨克刚刚送来的。"军官们不禁都急不可待地注视着,看着连长熟练的手指怎样拆开信封,抽出那份极其重要的公文。"究竟什么事啊?"人人心里都这样问着。可能是命令完全撤离塞瓦斯托波尔,进行休整,也可能是命令炮兵连全部开上棱堡。

"又是那一套!"炮兵连长生气地把公文往桌上一扔,说。

"什么事啊,阿波隆·谢尔盖耶维奇?"大尉问道。

"要一个军官带几个炮手去支援臼炮队。我这里总共只有四个军官,也没有一整套炮手,还来问我要人。"炮兵连长抱怨说,"但总得去个人哪,诸位。"他歇了一会儿又说,"命令七点钟到达罗加特卡……把司务长叫来! 到底谁去? 诸位,大家来商量一下。"

"他还哪儿也没有去过呢。"契尔诺维茨基指指伏洛嘉说。

炮兵连长没作声。

"是的,我倒是愿意去的。"伏洛嘉说,感到背上和脖子上都渗出了冷汗。

"为什么叫他去?"大尉插嘴说,"当然,谁也不会拒绝去,但谁也不必要求去;既然阿波隆·谢尔盖耶维奇让我们自己决定,我们就像上次那样抓阄吧。"

大家都同意了。克劳特把纸裁开,一张张卷起来,放在帽子里。大尉说着笑话,甚至请求上校在这场合让大家喝点酒,照他的说法是"以壮士气"。嘉登科闷闷不乐地坐着,伏洛嘉不知为什么脸上浮起微笑,契尔诺维茨基说他一定抓中,克劳特显得十分镇定。

大家让伏洛嘉先抓。他先捡了一个较长的纸卷,但立刻又换了一个较短较粗的纸卷,打开来读道:"去。"

"该我去。"他叹了一口气说。

"好吧,上帝保佑您! 您马上就可以领教领教炮火生活了,"炮兵连长一边说,一边笑眯眯地瞧着准尉困惑的脸,"可是得赶快收拾行装。为了让您热闹些,我叫符兰当炮长,跟您一起去。"

二十一

符兰对他的任务非常满意。他立刻跑去收拾行装,自己穿戴好了,又去帮助伏洛嘉。他竭力劝伏洛嘉把床铺、外套、旧的《祖国纪事》、酒精灯、咖啡壶和其他一些用不着的东西全都随身带走。大尉却劝伏洛嘉先读一下《手册》中有关臼炮射击的部分,并且赶快把射角表抄下来。伏洛嘉立刻研读起来。他又惊又喜地发现:对危险的恐惧,以及那种唯恐自己成为懦夫的更大的恐惧,虽然仍使他觉得有点不安,却远不如昨夜那样厉害了。这一方面是由于当时正在白天,而且忙于活动,另一方面(主要的)是由于任何强烈的感情都不可能长久维持同等强度,恐惧也是如此。总而言之,他已经熬过最恐惧的时刻了。七点钟光景,太阳刚落到尼古拉耶夫兵营后面,司务长就来通知说,士兵们准备好了,正等待出发。

"我已经把名单交给了符兰嘉。长官,您问他要好了!"司务长说。

大约有二十个炮兵,只佩着短剑,站在屋角外面。伏洛嘉跟士官生一起走到他们跟前。"要不要对他们说几句话,还是光说一句'弟兄们,你们好!'还是什么也不说?"他心里琢磨着,"可是又何必不说'弟兄们,你们好'呢?这是应该说的。"于是他就用洪亮的声音勇敢地叫道:"弟兄们,你们好!"士兵们听到这青年人朝气蓬勃的声音,都高兴地回答。伏洛嘉雄赳赳地走到士兵们面前,他的心虽然跳得像一口气跑了几里路似的,他的脚步却很轻松,脸上也喜气洋洋。当他们走到马拉霍夫陵爬上山去的时候,他发现跟着他寸步不离的符兰,在房子里显得那么勇敢,此刻却不停地东躲西闪,弯腰曲背,仿佛连续不断地呼啸而过的炮弹都是直对着他打过来的。有几个士兵也这样躲躲闪闪,总之大部分人脸上的神色,要不是提心吊胆,就是焦虑不安。这种情况反而使伏洛嘉心境平静,精神抖擞了。

"这下子我也来到马拉霍夫陵了,原来绝不像我所想的那样可怕!而且我一路上走来,可以不躲避炮弹,甚至远不像别人那样胆怯!这样看来,我不是个胆小鬼啰?"他高兴地想,简直有点沾沾自喜了。

不过,黄昏时分,当他在柯尔尼洛夫炮台找寻棱堡司令时,他所看到的景象立刻动摇了他这种无畏和自得的心情。四个水兵站在胸墙旁边,抓起一具没有靴子没有外套的血迹斑斑的尸体的手脚,摇了几下想把他扔到胸墙外面去(炮击的第二天,还来不及把棱堡上的尸体清除干净,就把尸体扔在沟里,免得留在炮台上碍事)。伏洛嘉看到尸体在胸墙顶上撞了一下,然后慢慢地滚到壕沟里去,他愣了一会儿。这当口,幸亏棱堡司令来了,给了他命令,并派一个向导带他到炮台和士兵掩蔽部里去。那天晚上,我们的主人公还经历了多少恐惧、危险和绝望,这里且按下不说。我们只想指出,他希望在这里看到的,原是他在伏尔科夫田野上看惯的那种配备完善、秩序井然的炮击,结果却只找到两尊没有瞄准器的损坏的臼炮,其中一尊的炮口被炮弹打瘪了,另外一尊搁在打得一塌糊涂的炮架上。直到天亮他都找不到人来修理炮架,炮弹也没有一颗是合乎《手册》上规定的重量的,他手下的两个士兵又负了伤,而他自己也遭遇到二十次千钧一发的危险。幸亏派定帮助他的是个体格魁伟的海军炮手。这位水兵从围城开始就管理臼炮,他使伏洛嘉相信这些炮都可以使用。他提着灯,领着他夜里走遍整个棱堡,就像参观自己家里的菜园一样,并且答应伏洛嘉到明天把一切都安排好。向导领他去的掩蔽部,是个挖在岩石间的长方形地坑,约莫二十立方米大小,上面盖着两尺厚的栎树圆木。他和他手下的士兵全都走了进去。符兰一看见避弹室两尺多高的短门,首先冲进去,差点儿在石头地上碰破脑袋。他钻到角落里,再也不出来。等士兵们全都在墙脚下安顿好了,有几个还点着了烟斗,伏洛嘉才在角落里搭起床,点亮蜡烛,吸着烟,躺下来。掩蔽部上面不断传来炮击声,但不太响,只有摆在近处的一尊炮,剧烈地震撼着掩蔽部,震得顶上的泥土纷纷落下来。掩蔽部里面却很静,只有在新来的军官面前还有点拘束的士兵们在那儿偶尔交谈两句,请别人让开一点,或者借个火点烟斗;再有就是,一只老鼠在石头缝里东抓西扒,或是惊魂未定、仍然恐惧地瞧着四周的符兰突然发出一声沉重的叹息。在这由一支烛光照亮的挤满人的角落里,伏洛嘉躺在床上,感到非常舒服。他小时候也有过类似的感觉,那时候他和孩子们捉迷藏,他常常躲在柜子里或者母亲的裙子下,屏息静听,一方面对黑暗有点害怕,一方面又觉得十分有趣,此刻他也是既有点心惊肉跳,又感到很兴奋。

二十二

过了十分钟光景,士兵们胆子大了,谈起话来。最靠近烛光和军官床铺的地方,坐着两个比较重要的人物——两个炮长:一个上了年纪,头发花白,身上挂满各种奖章和勋章(只缺乔治勋章);一个年纪轻的,是个世袭兵,吸着自己卷的纸烟。鼓手照例负责伺候军官。接下去是炮手和得过奖章的人,小兵们坐在门口阴暗处。谈话就是从他们那边开始的,引起谈话的原因是有个人冲进掩蔽部里来。

“喂,老兄,不愿意待在外面了吗?是不是姑娘们唱得不够欢啊?”一个人说。

“这种曲子唱得真怪,在乡下从来没听到过。”跑进来的人笑着说。

“嗬,华兴不喜欢炮弹,可不喜欢呢!”掩蔽部深处有人说。

"得了吧！如果有必要,那就是另一回事了!"华兴慢吞吞地说,他说话的时候,大家都不作声,"至少二十四号那天我们都狠狠地轰过一阵的。再说,我们这种人就是给打死了,上级也不会说声谢谢的。"

听到华兴说这话,大家都笑了。

"还有梅尔尼科夫,他怕还坐在外边吧?"有人说。

"去把梅尔尼科夫叫到这儿来,"老炮长应声说,"他真的会白白牺牲的。"

"梅尔尼科夫是干什么的?"伏洛嘉问。

"哦,长官,这个人哪,是我们这儿的一个傻头傻脑的士兵。他真是天不怕地不怕,一直在外边走来走去。您该见见他,他长得活像一只狗熊。"

"他会念咒哩。"华兴在另一个角落里慢声慢气地说。

梅尔尼科夫走进掩蔽部。他身体肥胖(这在士兵中间是非常少见的),红头发,红脸庞,天庭饱满,鼓着一双淡蓝色的眼睛。

"怎么,你不怕炮弹吗?"伏洛嘉问他。

"炮弹有什么可怕?"梅尔尼科夫耸耸肩膀,搔搔头皮,回答说,"炮弹打不死我,我知道的。"

"这么说来,你愿意住在这儿啰?"

"当然愿意。这儿挺快活!"他说,忽然哈哈大笑起来。

"哦,应该让你参加突击! 要不要让我去跟将军说一声?"伏洛嘉说,虽然这儿的将军他一个也不认识。

"怎么不要! 要!"

接着梅尔尼科夫藏到别人背后去了。

"弟兄们,让我们来玩'刮鼻子'吧! 谁有纸牌?"只听得他急急忙忙地说。

不多一会儿,后面角落里真的有人打起纸牌来了,听得见刮鼻子的声音,笑声和叫"王牌"的声音。伏洛嘉从茶炊里喝着鼓手给他的茶,又请两个炮长喝茶。他说说笑笑,想得到他们的好感。他们向他表示敬意,他也觉得高兴。士兵们发现长官没有架子,话也就多了。一个士兵说,塞瓦斯托波尔的被围不久就可以解除,因为舰队上有个可靠的人告诉他,沙皇的兄弟康斯坦丁跟美国舰队正赶来支援我们;还说不久将签订协定,停战两个礼拜,好让大家休息一下,谁要是开火,每打一发子弹,要罚款七十五戈比。

伏洛嘉看到,华兴这人身材矮小,生着络腮胡子和一双善良的大眼睛。他讲着他上次回家休假,家里人看到他起初都很高兴,后来父亲打发他去干活,林务官助手竟派马车来接他的老婆。大家听着他讲这些事,先是鸦雀无声,后来就哄堂大笑起来。伏洛嘉觉得这一切非常有趣。他不仅一点也不感到恐惧,或者掩蔽部里太挤,空气太浑浊,而且觉得心情舒畅,十分愉快。

许多士兵已经在打鼾了。符兰也伸开手脚睡在地上。那个年老的炮长,摊开外套,画了十字,喃喃地做着临睡前的祷告。这时候,伏洛嘉想到掩蔽部外面去看看情况。

"把脚缩起来!"伏洛嘉一站起来,士兵们就互相嚷道。于是大家都把脚缩起来,给他让路。

仿佛已经睡着的符兰突然抬起头,一把抓住伏洛嘉外套的下摆。

"别去! 别去! 你怎么可以出去?"他苦苦哀求说,"您还不知道这儿的情况呢,炮弹一刻不停地落着,还是待在这儿好……"

但是,不管符兰怎样恳求,伏洛嘉还是走出掩蔽部,在门槛上坐下来;梅尔尼科夫也坐在那里,正在重新裹包脚布。

空气很新鲜,从掩蔽部里出来尤其觉得清爽;夜色清朗而宁静。在隆隆的炮声中,只听得运送土筐的大车的辘辘声和那在地下火药库里干活的人们的说话声。头顶上是一片高高的星光灿烂的天空,空中川流不息地飞着明亮的炮弹。左边是另一个掩蔽部,通过两尺多高的入口,可以看见里面水兵的腿和脊背,听见他们酒意十足的声音。前面望得见地下火药库的顶,旁边不时闪过弯着身子的人影;在火药库顶上,有个穿黑外套的高个子,两手插在口袋里,在密集的炮弹和枪弹底下,两脚踩着别人用袋子运来的沙土。常常有炮弹飞过,在离火药库极近的地方爆炸。运沙土的士兵们不时弯下身子,避开炮弹;可是那黑高个子却若无其事地踩着沙土,始终保持着同样的姿势。

"那个黑影是谁呀?"伏洛嘉问梅尔尼科夫。

"我看不出,让我过去看看。"

"你别去,不必去了。"

可是梅尔尼科夫不听话,站起身来向穿黑外套的人走去,并且在那人旁边同样满不在乎地站了半天。

"是管火药库的,长官!"他回来报告说,"火药库被炮弹打坏了,步兵们正在运土修筑呢!"

有时炮弹直飞过来,好像要打中掩蔽部的门。

伏洛嘉躲到角落里,过一会儿又探出身来向上望望,看是不是再有炮弹飞来。符兰在掩蔽部里虽然再三恳求伏洛嘉回去,伏洛嘉还是在门口坐了三小时光景,在经受生死考验和观察炮弹横飞中,尝到一种乐趣。到快入夜的时候,他已经弄明白,炮弹是从哪儿打出来的,以及落在什么地方。

二十三

第二天,二十七日清早,在睡了十小时觉之后起来,伏洛嘉觉得神清气爽,来到掩蔽部门口。符兰嘉跟着他爬出来,可是一听到子弹的啸声,就低下头冲开人群,跑回掩蔽部,引得许多来到户外的士兵哄然大笑。只有华兴、老炮长和另外几个人难得到外边战壕里来,其余的人都待不住了,纷纷从恶臭的掩蔽部跑到清晨的新鲜空气中来。虽然炮击像昨天一样猛烈,他们还是坐在掩蔽部门口,或者躲在胸墙后面。梅尔尼科夫一早起来就在几个炮台之间溜达,若无其事地抬头望望天空。

门口坐着两个老兵和一个年轻的鬈发士兵,那年轻的看上去是个犹太人。他从地上捡起一枚子弹壳,用炮弹片把它敲平,又用刀把它刻成乔治勋章的样子。另外几个兵一面谈话,一面看着他干活。这勋章确实刻得很美。

"看光景,要是我们再在这儿待下去,"其中一个兵说,"等到停战,大家都可以退伍了。"

"可不是!再过四年我就可以退伍了,这回在塞瓦斯托波尔就待了五个月。"

"我看,这段时间是不会算到退伍账上去的。"另一个兵说。

就在这时候,一颗炮弹从谈话的人们的头上掠过,落在离梅尔尼科夫两尺远的地方——梅尔尼科夫正顺着战壕向他们走去。

"差点儿没把梅尔尼科夫炸死。"一个兵说。

"炸不死的。"梅尔尼科夫应声说。

"你这么勇敢,喏,奖给你这个勋章。"那个年轻的兵一边说,一边把做好的勋章交给梅尔尼科夫。

"不,老兄,在这儿一个月可以抵一年,有过命令的。"谈话继续下去。

"不论怎么说,等战争结束,沙皇准会在华沙举行阅兵典礼。到那时候,就算不能退伍,也可以无限期休假了。"

这当口,有一颗子弹嘘溜溜地从他们头上飞过,打在石头上。

"当心哪,不然用不着等到天黑你就可以永远退伍了。"一个士兵说。

大家都笑了。

其实也不用等到天黑,过了两小时,就有两个人永远退伍了,有五个人负了伤,其余的人却照样开着玩笑。

到了早晨,两尊白炮果然修得可以射击了。九点多钟,伏洛嘉遵照棱堡司令的命令,召集他的队伍向炮台进发。

士兵们一开始行动,昨天流露出来的恐惧就消失得干干净净了。只有符兰不能克服他的惊惶,仍旧东躲西藏,缩头缩脑,华兴也有点沉不住气,手忙脚乱,不断蹲下身去。伏洛嘉却情绪激昂,一点儿也没有想到危险。他心里愉快,因为他在很好地执行任务,因为意识到自己不但不是个胆小鬼,而且很勇敢;他感到自豪,因为他在指挥二十个人,而这二十个人都在好奇地望着他。这种愉快和自豪感使伏洛嘉变得格外英勇。他甚至于卖弄胆量,在士兵们面前装模作样,爬到踏垛上,故意解开大衣,使自己的目标更明显。棱堡司令这时正在巡察他的领地(照他自己的说法),八个月来他尽管见惯了各种勇敢行为,却还是情不自禁地欣赏起这个漂亮的小伙子来:他敞开外套,露出领子紧扣着白嫩脖子的红衬衫,脸涨得通红,眼睛闪闪发亮,拍着双手,声音洪亮地喊着口令:"一,二!"接着又兴冲冲地爬到胸墙上,看他们的炮弹落在什么地方。十一点半,双方停止了打炮;十二点整,对马拉霍夫陵、第二、第三和第五棱堡的强攻就开始了。

二十四

中午时分,海湾北岸,在英克尔曼和北堡之间的电报局山上站着两个海军军官:一个正用望远镜瞭望塞瓦斯托波尔,另一个带了一名哥萨克兵,刚骑马来到大信号柱跟前。

太阳灿烂地高悬在海湾的上空,给停泊在那儿的兵舰轮船和行驶着的帆船小艇抹上一层欢乐而温暖的光彩。微风吹动电报局旁栎树上的枯叶,鼓起船上的风帆,吹拂着海湾里的波浪。塞瓦斯托波尔景色如故:未完工的教堂、柱廊、滨海街、山上苍翠的林阴路、建筑典雅的图书馆、桅樯林立的蔚蓝色小港、自来水总管的优美剪影,以及有时被炮火红光照亮的蓝色硝烟;一边是烟雾弥漫的黄山,一边是阳光闪烁的蓝海,在山色水光中,塞瓦斯托波尔依旧显得那么美丽、悠闲和傲岸。在水天交接处飘着一片片绵长的白云,预告着快要起风;海面上飘荡着一缕从轮船上冒出来的黑烟。在整条战线上,特别是在左边山上,一团团浓密的白烟不断升起,扩散开来,有时带着在中午的阳光下都看得分明的闪光,变成各种形状,升腾到空中,在高空中显得更加暗淡了。在山岭上,在敌人的炮台里,在城市里,在高空中,忽而这里,忽而那里,到处都出现这样的硝烟。爆炸声一刻不停,此起彼落,震荡着空气……

近十二点钟的时候,硝烟越来越稀少,被炮声震荡的空气也比较宁静了。

"第二棱堡根本不还击了,"一个骑在马上的骠骑兵军官说,"全部被击毁了!糟啦!"

"马拉霍夫陵差不多也是他们打三炮才还一炮,"用望远镜瞭望着的军官应声说,"可把我气坏了,我们这边老是不还击。喏,又是一颗炮弹落在科尔尼洛夫棱堡上了,可是仍旧不还击。"

"我说嘛,他们总是在十二点钟之前停止开炮的。今天又是这样。我们还是吃饭去吧……他们在等我们呢……没什么好看的了。"

"等一下,别打搅我!"那个用望远镜瞭望的人说,他正聚精会神地观察着塞瓦斯托波尔。

"那边怎么样?有什么情况?"

"壕沟里有活动,纵队密密麻麻地在前进。"

"是啊,就这样也看得见了,"水兵说,"纵队在推进。得发个信号。"

"看!看!他们从壕沟里出来了。"

真的,肉眼也能看出,许多黑点从山上法军炮台那儿下来,通过峡谷,向棱堡移动。在这些黑点前面,有几条黑带子已经逼近我们的阵线了。在棱堡上,一团团硝烟从各处争先恐后地冒起来。风送来密集的枪声,好像雨点打着玻璃窗。

那几条黑带子在硝烟中移动,越来越近了。射击声越来越猛烈,汇合成一片连续不断的轰响。硝烟也越来越多,迅速地扩展到整条战线上,终于合成一片越来越大的紫云,中间还夹杂着闪闪的火光和斑斑的黑点,各种声音混合成一个天崩地裂般的巨响。

"他们进攻了!"军官脸色发白,把望远镜递给水兵,说道。

哥萨克们在大路上奔驰,军官们骑着马,总司令坐在车上,带着随从,纷纷从旁边驰过。人人脸上都露出焦急和恐怖的神色。

"不可能被占领的!"一个骑马的军官说。

"啊呀,旗子! 你看! 你看!"另外一个军官撇下望远镜,上气不接下气地说,"马拉霍夫陵上扯起法国旗来了!"

"不可能!"

二十五

柯捷尔卓夫老大夜里刚捞回本钱,接着又把钱输光,连缝在翻袖里的几个金币都输掉了。黎明之前,他正躺在第五棱堡的守备兵营里,睡得很熟,但梦魂颠倒。这当口,忽然传出一声不祥的叫喊,接着就有几个声音跟着喊道:

"警报!"

"您怎么还在睡觉,米哈依尔·谢苗内奇! 敌人进攻了!"有人喊道。

"准是哪一个开玩笑。"他睁开眼睛,怀疑地说。

但他忽然看到一个军官,脸色吓得发白,茫无目的地东奔西窜，他立刻明白是怎么一回事。一想到人家可能把他当作胆小鬼，在紧要关头不肯下连队，他紧张极了。他一口气跑到连队里。炮击已经停止，但步枪声非常激烈。子弹不是一颗颗地嘘嘘飞着，而是一大批一大批地从头上呼啸而过，好像秋天的鸟群。他的营昨天驻扎的地方弥漫着硝烟，听得见敌人的呐喊和呼叫声。一路上他遇到一群群负伤的和没负伤的士兵。又跑了三十步光景，他看见他的一连人贴墙排列着，还看见一个士兵吓得脸色发白。其他的人也一样。

柯捷尔卓夫不禁也感染了恐惧的感觉，浑身上下掠过一阵寒战。

"施华尔茨被占领了。"一个青年军官说，他的牙齿碰得咯咯发响，"全完蛋了！"

"胡说！"柯捷尔卓夫怒气冲冲地说。他拔出短小的钝铁刀以壮声势，接着大声喊道，"前进，弟兄们！冲啊！"

他的声音很威武很洪亮，使他自己也受到了鼓舞。他沿着避弹障向前冲去；约莫有五十名士兵嘴里呐喊着，跟在他后面。他们跑出避弹障，向一片开阔的野地跑去。这里子弹密得简直像冰雹一样；有两颗子弹打中了他，但中在哪里，伤得怎么样，是挫伤还是打伤，他可没工夫琢磨。就在前面，在硝烟中，他看见许多穿蓝军服和红裤子的人，听到非俄国话的呐喊；一个法国人站在胸墙上，挥着帽子，嚷着什么。柯捷尔卓夫相信这回他免不了一死，这种想法反而增添了他的勇气。他一直向前冲，向前冲。有几个士兵赶上了他；另外有几个在旁边出现了，也冲上去。穿蓝军服的兵纷纷回头向自己的战壕跑去，始终同他们保持一定的距离，可是脚下到处都是伤兵和尸体。当他们跑到外围的壕沟时，柯捷尔卓夫觉得眼前一片模糊,什么也看不清。他感到胸口一阵疼痛,在踏垛上坐下来。透过炮眼,他满心欢喜地看到,穿蓝军服的人群乱糟糟地往他们自己的战壕跑去,整个战场上横满穿蓝军服红裤子的尸体和在地上爬行的伤兵。

半小时以后,柯捷尔卓夫躺在尼古拉耶夫兵营附近的担架上,知道自己负伤了,但几乎一点也不觉得痛。他只想喝一点凉东西,躺得更舒服些。

一个满脸黑色络腮胡子的矮胖医生走到他跟前,把他的外套解开。柯捷尔卓夫垂下眼睛,瞧医生怎样检查他的伤,又打量着医生的脸,但还是一点也不觉得痛。医生用他的衬衫盖住伤口,手指在外套前襟上擦了擦,也不向柯捷尔卓夫瞧一眼,默默无言地向另一个伤员走去。柯捷尔卓夫无意识地看着眼前的一切。他记起第五棱堡上的战斗,十分快慰地想,他已经出色地尽了他的责任,而这是他服役以来第一次干得那么漂亮,他觉得问心无愧。医生一边给另一个军官包扎伤口,一边指指柯捷尔卓夫,对拿着十字架站在旁边的留着红色大胡子的神父说了几句话。

"怎么,我要死了吗?"神父走近时,柯捷尔卓夫问道。

神父没回答什么,做了祷告,把十字架递给他。

死亡并没有吓倒柯捷尔卓夫。他伸出软弱的双手接住十字架,把它贴在嘴唇上,哭了起来。

"怎么样,法国人全部被打退了吗?"他问神父。

"我们处处都胜利了。"神父回答,故意不让他知道马拉霍夫陵上已经飘扬着法国旗,免得他难过。

"感谢上帝! 感谢上帝!"柯捷尔卓夫喃喃地说,也没感觉到眼泪簌簌地在颊上滚动。他想到自己干了一番英雄事业,心里有说不出的快活。

他有一刹那也想到了弟弟,心里默念道:"但愿上帝也赐给他这样的幸福!"

二十六

伏洛嘉遭到的可不是那样的命运。他正在听华兴讲故事,忽然有人喊道:"法国人来了!"血一下子涌到伏洛嘉的心脏里,他感到面颊顿时变凉发白了。他木然不动地站了一秒钟;接着向周围扫了一眼,看见士兵们相当镇静地扣上外套,一个挨着一个爬出去。其中一个人,大概是梅尔尼科夫吧,还开玩笑说:"弟兄们,带点面包和盐去吧!"

伏洛嘉带着寸步不离的符兰嘉,爬出掩蔽部,向炮台跑去。双方都不打炮了。激发伏洛嘉勇气的,主要不是士兵们的镇定沉着,而是这士官生的难以掩饰的胆怯狼狈。"难道我能像他一样吗?"他心里想,高高兴兴地向白炮旁边的胸墙奔去。他清楚地看见法军打空旷的田野上向棱堡冲来,成群的法国兵拿着在阳光下闪闪发亮的刺刀,在距离极近的战壕里走动。一个身材矮小、肩膀宽阔的敌人,穿着法属非洲兵军服,手拿长剑,跳过地上的弹坑,在前面带头跑着。"打霰弹!"伏洛嘉一边喊,一边从踏垛上跑下来;但士兵们不等他命令就准备好了,两尊白炮打的霰弹,先后发出金属的啸声,从他头上飞过。"一! 二!"伏洛嘉一边喊口令,一边在硝烟弥漫的两尊白炮中间跑来跑去,把危险完全置诸脑后。旁边不远处传来我方掩护部队的步枪声和激动的呐喊声。

忽然从左边传来一声惊心动魄的狂叫,接着就有几个声音跟着喊道:"包抄过来了!包抄过来了!"伏洛嘉应声回过头去。大约有二十个法国兵出现在后面。其中一个,五官端正,留着黑色大胡子,戴着红色土耳其帽,在前面带头,但他跑到离炮台十步远的地方停下来,开了一枪,然后又往前冲。伏洛嘉刹那间愣住了,简直不相信自己的眼睛。他定了定神,看见前面胸墙上出现了穿蓝军服的士兵,其中一个甚至跳下来,把大炮的火门堵住。伏洛嘉身边,除了梅尔尼科夫和符兰之外,再没有别人。梅尔尼科夫已经被子弹打死,倒在他的旁边;符兰忽然抓起一根火绳杆,垂下眼睛,怒气冲冲地向前冲去。"跟我来,弗拉基米尔·谢苗内奇!跟我来!我们糟啦!"符兰气急败坏地喊道,拿火绳杆向后面逼近来的法国兵乱挥。士官生这副狂怒的样子把敌人吓坏了。他打中前头一个敌军的脑袋,其余的人都不由自主地收住脚步。符兰继续向周围望望,没命地喊道:"跟我来,弗拉基米尔·谢苗内奇!你怎么站着不动!跑哇!"同时朝埋伏着步兵的战壕奔去——步兵正趴在里面向法国兵开枪。他跳进战壕,重新探出头来,看看他心爱的准尉究竟怎样了。在伏洛嘉原来站着的地方,横着一个裹着外套的东西。法国兵完全占领了这个地区,还在向我军开枪。

二十七

符兰在第二道防线上找到他的炮兵连。连里的二十个士兵只剩下八个了。

晚上八点多钟,符兰随着炮兵连乘汽船到北岸去,船上挤满了士兵、大炮、马匹和伤员。枪炮声哪儿也听不到了。星星跟昨夜一样光辉灿烂,风却刮得更猛烈,海上波涛起伏。在第一和第二棱堡那边,地面上亮起了一道道闪光;爆炸声天崩地裂,爆炸的火光照亮四周形状古怪的黑魆魆的东西,照亮空中飞溅的石子。船坞附近有什么东西在燃烧,通红的火焰倒映在水中。浮桥上挤满了人,被尼古拉耶夫炮台的大火照得通明。在遥远的亚历山大炮台所在的小岬上,一大片火焰仿佛漂浮在水面上,照亮了空中烟云的底部;远处的敌舰上,沉着而大胆的灯光,像昨天一样照耀着海面。清新的风吹拂着海湾。在大火的照耀下,可以看见我方渐渐下沉的船只的桅樯。渡船甲板上听不见人语声,在匀调的破浪声和放蒸汽声中,只听见马匹打着响鼻,马蹄叩击着船底的铺板,间或还听见船长在发号令,伤员在不断呻吟。符兰一整天没有吃东西,这时从口袋里掏出一块面包咀嚼起来,可是忽然想到伏洛嘉,就放声痛哭起来,哭得旁边的士兵都听到了。

"瞧,一边吃面包,一边哭,我们的符兰嘉就是这样的。"华兴说。

"真滑稽!"另外一个士兵接着说。

"瞧,我们的兵营也着火了,"他叹着气继续说,"多少弟兄在那边牺牲了,法国人却不费什么代价就把它占领了!"

"至少我们算活下来了,这也该感谢上帝呀。"华兴说。

"到底叫人难受啊!"

"有什么难受的?难道他们能在这儿逍遥下去吗?办不到!你瞧着吧,我们会夺回来的。不论得牺牲多少弟兄,只要皇上一声令下,我们准能把这地方夺回来!难道我们肯就这样把地方让给他们吗?办不到!"接下去他又朝法国人那边说,"好吧,给你们几堵精光的墙壁,工事可被我们炸光了。

你们能把你们的旗子插到山岗上,可是你们进不了城。等着吧,等时机一到,就要跟你们好好算账。"

"账一定要算!"另一个兵信心十足地说。

在塞瓦斯托波尔棱堡组成的整条战线上,这许多月来一直沸腾着热火朝天的战斗生活,这许多月来不断涌现着前仆后继的英雄,这许多月来经常使敌人恐惧、憎恨以至钦佩,如今却一个人影也不见了。一切都死气沉沉,荒凉得可怕,但并不是寂静无声:破坏还在继续着。在不久前被炮击过的松散的土地上,到处是击毁的炮架、被压扁的俄罗斯人和敌人的尸体、一半陷在泥里的沉重的铁炮(被惊人的力量抛到坑洼里,再也发不出声音来了)、炮弹、弹片,又是尸体、弹坑、木头的碎片、掩蔽部的残迹,又是穿灰军服和蓝军服的默默无声的尸体。这一切还不时被震撼,并且被惊天动地的爆炸的鲜红火焰照得清清楚楚。

敌人看到,在森严的塞瓦斯托波尔正在发生难以理解的事。棱堡上不断的爆炸和死一般的沉默使敌人胆战心惊;白天里顽强而沉着的反击给敌人印象太深,使他们无法相信坚定不屈的对方已经撤退。他们默默无言,一动不动,提心吊胆地盼望黑夜快些过去。

塞瓦斯托波尔的军队,好像黑夜里波涛起伏的大海,聚合拢来,分散开去,在海湾的岸上,在浮桥上,在北岸乱糟糟地紧挤在一块儿,在伸手不见五指的黑暗中慢慢地移动着,离开这个牺牲了那么多英勇伙伴的地方,离开这个洒遍了鲜血的地方,离开这抵抗人数超过自己一倍的顽敌达十一个月之久、如今却奉命不战而退的地方。

每一个俄罗斯人听到这命令,首先觉得有说不出的沉痛,同时也感到被迫害的恐惧。人们一离开那战斗惯了的地方，就觉得无法自卫。在黑暗中，他们心慌意乱地挤在被大风吹得摇摇晃晃的浮桥头上。刺刀跟刺刀撞击得铿锵作响，部队、车辆、民兵挤成一团，步兵蜷缩着身子，骑马的军官带着命令从人缝里挤过去，居民和带着不准携带的行李的勤务兵在苦苦哀求；炮兵推着辘辘震响的炮车，匆匆向海湾撤退。虽然各人忙着各人的事，可是人人心里都希望保全性命，想赶快离开这个可怕的死地。不论是那个负了致命伤、躲在巴甫洛夫码头石板地上五百个伤兵中间向上帝祈求一死的士兵，不论是那个拼命挤开人群为骑马的将军开路的民兵，不论是那位坚决命令大家渡过海湾并且制止士兵们急躁行为的将军，不论是那个落在向后撤退的营里、被挤得喘不过气来的水兵，不论是那个躺在担架上、由四个士兵抬着、但为人群阻住而被放在尼古拉耶夫炮台地上的负伤的军官，不论是那个在大炮旁边服务了十六年、如今却遵照上级难以理解的命令在伙伴们帮助下把大炮从绝壁上推下海湾去的炮兵，还是那些刚凿沉军舰、此刻正敏捷地划着小艇离开沉舰的水兵，人人都有这样的愿望。一过了桥，来到北岸，几乎每个士兵都脱下帽子，画了十字。但除了这种保全性命的愿望之外，还有一种更加沉重的蚀骨的感情：又像是悔恨，又像是羞耻，又像是愤怒。从北岸回顾已放弃的塞瓦斯托波尔，几乎每个士兵心里都感到说不出的沉痛，他们一边叹气，一边向敌人那边挥动拳头。

一八五五年十二月二十七日于彼得堡

一个地主的早晨

一

聂赫留朵夫公爵念完大学三年级，一个人回到家乡度暑假。当时他才十九岁。秋天，他以稚嫩的笔迹写了一封法文信给姑妈别洛列茨基伯爵夫人。他把这位姑妈看作自己最好的朋友，是天下最有才华的女人。全信如下：

亲爱的姑妈：

我做了一个同我这辈子命运攸关的决定。我要离开大学到乡下去居住，因为觉得自己生来是属于农村的。亲爱的姑妈，看在上帝分上，您别取笑我。您一定会说我太年轻；也许我确实还是个孩子，但这并不妨碍我意识到自己的天职，我希望做点好事，热爱这样的事业。

我曾经写信告诉您，我发现这里的情况糟得简直无法形容。我很想整顿一下。后来通过深入调查，发现主要的不幸在于农民的处境实在太贫困可怜了。而要消除这种不幸的状况，只能依靠工作和耐心。您只要看我的两个农民，达维德和伊凡，看到他们和他们一家人所过的生活，我相信，光他们的模样就会比我向您所做的任何解释更富有说服力。关心这七百人的幸福,难道不是我在上帝面前义不容辞的神圣责任吗?为了贪图个人享受和功名,把他们交给粗暴的村长和总管任意支使,这难道不是一种罪孽吗?既然我的面前摆着这样高尚、光荣和直接的责任,我又何必再到别的地方去寻求有益于人的行善机会呢?我觉得我能成为一个好东家;而要做一个真正的好东家,既不需要大学文凭,也不需要官衔,像您对我所期望的那样。亲爱的姑妈,请您别为我的功名操心吧,您要明白,我走的是一条与众不同的道路,但我认为这条路是美好的,它将把我引向幸福。我反复思考过今后的责任,给自己订了行动准则,只要上帝赐我健康和长寿,我会在我的事业上取得成功的。

这信不要给华夏哥看,我怕他会嘲笑我;他总是自以为比我高明,而我也惯于听命于他。凡尼亚即使不赞成,也会理解我的意图的。

伯爵夫人回了他一封信,也是用法文写的:

亲爱的德米特里,你的来信毫无意义,它只证明你有一颗善良的心,而这一点我是从来没有怀疑过的。不过,亲爱的朋友,在实际生活里,善良的品性往往比恶劣的品性对我们更有害。我不想说你在干傻事,你的行为使我发愁,但我要竭力向你说清道理。让我们来探讨一下吧,我的朋友。你说你认为过农村生活是你的天职,你要使你的农民幸福,你希望做个好东家。首先,我得告诉你,我们往往只有在做了错事以后才能认识自己的天职;其次,为个人谋幸福要比为别人谋幸福省力得多;再次,要成为好东家,必须做一个冷静而严格的人,你尽管竭力想装成这样,却很难做到。

你自以为你的论断不容置辩,甚至把它当作生活的准则;不过,我的朋友,像我这样上了年纪的人,既不相信论断,也不相信准则,只相信经验,而经验告诉我,你的计划是幼稚可笑的。我快五十岁了,认识不少德高望重的人,可是从来没有听说过,一个有声望有才能的年轻人借口行善而隐居乡下。你总是喜欢标新立异,显得与众不同,但你的标新立异无非是一种过分的自负罢了。哦,我的朋友,你最好还是走一条踏踏实实的路,因为走一条踏踏实实的路更容易成功,你即使不指望个人的成功,但为了实现你所希望的行善,也需要取得成功。

有些农民的贫困是一种无可奈何的不幸,或者说是一种可以补救的不幸,但不能因此忘记你对社会应负的种种责任,你对亲人和对自己应负的种种责任。凭你的聪明才智,凭你的善良和行善的热情,不论干什么事你都会成功的;但你至少应选择值得你干并会给你带来荣誉的事业。

你说你没有功名心,我相信你说这话是诚恳的;但其实你是在欺骗自己。功名心,就你的年龄和你的财富来说是一种美德;但一个人在这方面如永不知足,那么,功名心就会成为缺点,变得庸俗了。你要是不改变你的计划,你就会落得这样的结局。再见了,亲爱的德米特里。知道了你那种荒唐可笑而又高尚慷慨的计划,我觉得更喜欢你了。照你的认识干吧,但说句实话,我是无法赞同你的思想的。

年轻人收到这封信,考虑了好久,终于断定:即使才华出众的女人也可能犯错误,自己就毅然向大学申请退学,从此留在乡下。

二

年轻的地主,正如他在给姑妈的信里所说的那样,制定了管理庄园的章程,他的全部生活和工作都按钟点、日子和月份做了规定。礼拜天规定接待求见的人、家仆和农民,视察贫困的农家,并通过村社给他们帮助。村社每礼拜天晚上开会,商量决定给谁帮助,给什么样的帮助。年轻的地主从事这项工作已有一年多了,他在实践上和理论上都已不是新手了。

六月间一个晴朗的礼拜天,聂赫留朵夫喝过咖啡,匆匆看了法文小说《农场》中的一章,把笔记本和一叠钞票放进薄大衣口袋里,走出有廊柱和露台的乡下大邸宅——他只在里面占用楼下一个小房间——穿过没有打扫过的杂草丛生的古老英国式花园,向一个坐落在大道两边的村子走去。聂赫留朵夫身材高大挺拔,生有一头浓密的深棕色鬈发,两只乌黑的眼睛炯炯有神,脸颊滋润,嘴唇鲜红,唇上刚刚长出一些柔软的茸毛。在他的举动和步态里处处显出青春的活力、精神和温厚的自信。穿着杂色衣服的农民一群群从教堂回来。老头们、姑娘们、孩子们、怀抱婴儿的娘儿们穿着节日的服装,都分散回家,低低地向东家鞠躬,然后从他身边绕过去。聂赫留朵夫走到街上站住,从口袋里掏出笔记本。在笔记本的最后一页上,稚嫩的笔迹写满了农民的名字和事项。他读到"伊凡·楚里斯——要柱子",就走到街右边的第二户农家。

楚里斯住的是一座破败不堪的小木屋,四角潮湿霉烂,房子倾斜,陷进地里,肥料堆上面露出一扇打破的红色小天窗,另一扇窗更小,用破棉絮堵住。圆木造的门廊里,门槛肮脏,门很矮,另一座小屋比门廊更破旧更低矮,大门和树枝编成的棚子都靠着正屋。这些房屋以前都有高低不平的屋顶,如今屋檐上只剩下一层厚厚的发黑的烂麦秆;上面有几处还露出桁条和屋架。院子前面有一口井,井架倒塌,只剩下断桩和辘轳,一潭被牲口踩脏的水洼,里面有几只鸭子在戏水。井旁有两棵老柳树,树干断裂,上面稀稀落落地挂着几根嫩绿的枝条。这两棵柳树说明以前有人想到过美化这里的环境。在一棵柳树下坐着一个八九岁、头发淡黄的女孩子,她听任一个两三岁的小姑娘在自己周围爬来爬去。有条看门狗在她们旁边玩着,一看见地主老爷,立刻冲到大门口,从那里惊慌地尖声吠叫。

　　"伊凡在家吗?"聂赫留朵夫问。

　　大女孩听到问话,仿佛愣住了,眼睛越睁越大,什么也没有回答;那个小姑娘张开嘴想哭。一个小老太婆,身穿破旧的方格裙子,腰里低低地系着一根淡红腰带,从门里探出头来,也没有吭声。聂赫留朵夫走到门口,又问了一遍。

　　"在家,老爷。"小老太婆声音哆嗦地说,低低地鞠着躬,越发惊慌不安了。

　　聂赫留朵夫向她问了好,穿过门廊走进狭窄的院子。老太婆一手托着下巴,走到门边,目不转睛地瞧着老爷,慢慢地摇摇头。院子里满目荒凉;里面还有一堆没运走的发黑的厩肥;厩肥上胡乱放着一块烂木头、一把草杈和两把耙。院子四周的板棚几乎都没有顶,一边放着木犁、没有轮子的大车和一堆废弃的空蜂箱；另一边倒塌了，因此横梁不是搁在柱子上，而是横在厩肥堆上。伊凡·楚里斯正在用斧刃和斧背劈着被棚顶压住的篱笆。他是一个五十岁光景的农民，个儿矮小，椭圆形的脸晒得黑黑的，深褐色大胡子有点花白，一头浓密的头发也是这样的颜色。他的整个模样很好看，而且富于表情。他那双深蓝色的眼睛半开半闭，现出聪明、善良和无忧无虑的神色。他的嘴不大，但很端正，嘴上留着稀疏的淡褐色小胡子，每当他微笑的时候，就显出镇定自若和对周围一切略带嘲弄的淡漠神态。从他的脖子、脸庞、粗糙的手、深深的皱纹和暴绽的青筋，从他身体畸形的佝偻，从他弯曲的罗圈腿上都可以看出，他干了一辈子难以胜任的重活。他穿着一条膝上有蓝色补丁的白麻布裤，一件同样料子、背部和袖子撕裂的脏衬衫。衬衫上低低地系着一根腰带，腰带上挂着一把铜钥匙。

"上帝保佑！"东家走进院子说。

楚里斯回头望了望，继续干活。他使劲把篱笆从棚子下拉出来，这才把斧子劈在木头上，整整腰带，走到院子中央。

"礼拜过得好，老爷！"他说，低低地鞠了一躬，把头发往后一甩。

"谢谢，乡亲。我来瞧瞧你们过得怎么样，"聂赫留朵夫打量着农民的衣着，带着孩子般亲切和羞涩的神态说，"告诉我，你在会上问我要柱子，准备做什么用。"

"柱子吗？当然是用来支撑啰，老爷。哪怕马马虎虎撑一下也好，老爷您看吧，前几天屋顶塌了一角，还得感谢老天爷，当时牲口不在里面。都快要全部塌下来了，"楚里斯轻蔑地瞧着没有顶的倒塌的棚说，"如今已没有一根完整的叉梁、斜面板和横梁了，您摸一摸就知道。如今到哪儿去弄木料啊？老爷,这事您一定知道。"

"你的一个棚子已经倒塌了,另外几个也快倒了,五根柱子管什么用?你需要的不是柱子,而是叉梁、横梁和大柱,而且都要新的。"东家说,显然在炫耀自己这方面的知识。

楚里斯不作声。

"这么说,你需要的是木料,而不是柱子。那你应该直说呀。"

"需要是需要,可是没地方去弄,总不能什么都到老爷院子里去要呀! 要是我们养成习惯,什么东西都要求您老爷施舍,那我们还算什么农民呢? 但您老爷要是开恩,能给我们几根您老爷搁在谷仓里没用的麻栎梢头就好了。"他一边说,一边鞠躬,两脚倒换着,"那我就可以截掉几根旧的,换上新的,利用旧料凑合着用了。"

"怎么利用旧料? 你刚才不是说你的棚子都旧了,朽烂了? 今天塌这个角,明天塌那个角,后天还会塌第三个角。既然要修,就得全部重新修过,要不就会白白浪费人工。你倒给我说说,你这座房子今年过得了冬吗?"

"谁知道呢!"

"不,你看怎么样? 它会不会塌?"

楚里斯想了一会儿。

"全部都会塌下来的。"他忽然说。

"啊,你瞧,你在会上就该说,你的整座房子都要重盖,而不是换几根柱子。要知道我是很愿意帮助你的……"

"多谢老爷开恩,"楚里斯眼睛不望东家,不信任似的回答,"我只求老爷赏我四根圆木和几根柱子就行,修我自己会修。只要换掉一些没用的木料,再用几根柱子马马虎虎撑住就行了。"

"那么,你的住房也不行吗?"

"我跟我那婆娘早晚会给压死的,"楚里斯若无其事地说,"前不久我那婆娘就被天花板上掉下来的横梁砸伤过!"

"伤得怎么样?"

"啊,老爷,是这样的:砸在脊梁上,砸得她直挺挺地躺到晚上才醒来。"

"怎么样,现在好了吗?"

"好是好了,但老是犯病。她从小就闹病。"

"你怎么样,身体不舒服吗?"聂赫留朵夫问女人。她一直站在门口,一听到丈夫说到她,立刻呻吟起来。

"喏,这儿一直很难过,我完了。"她指指她那肮脏干瘪的胸部,回答说。

"又是这样!"年轻的东家耸耸肩膀,愤愤地说,"你既然有病,为什么不到医院去看?办医院就是给你们看病的。难道你们不知道吗?"

"知道,老爷,就是没工夫:又要服劳役,又要忙家里的活,还有那些孩子,全靠我一个人! 什么事都得自己干……"

三

聂赫留朵夫走进屋子。在黑角①里,被烟熏黑的毛糙的墙上挂满破衣烂衫;在红角②里,果然有许多红蟑螂麇集在圣

---

① 黑角,俄国农舍里睡觉和堆放杂物的部分。
② 红角,俄国农舍里供圣像和招待客人的部分,正对入口处。

像和长凳周围。在这间光线暗淡、臭气熏天的六尺①见方小屋里,天花板上有一条大裂缝,尽管用两根柱子撑住,但看上去随时都会塌下来。

"不错,这房子很糟。"聂赫留朵夫打量着楚里斯的脸说。楚里斯似乎不愿谈这事。

"会把我们给压坏的,孩子们也会被压坏的!"那女人身子靠着炉子边的高板床,哭诉说。

"你别多嘴!"楚里斯严厉地说,接着,动动小胡子,依稀可辨地微微一笑,对东家说,"老爷,真不知道该拿它怎么办才好,我是说那房子;柱子用上了,垫板也用上了,可是不顶事!"

"叫我们在这儿怎么过冬呀?唉——唉!"女人说。

"啊,要是加上几根柱子,铺上新顶板,"丈夫沉着地打断她说,"再换上几根横梁,我们就可以凑合着过一冬了。住是可以住的,就是屋子里都是柱子,就是这样;还有,不能碰,一碰就没有一块完整的木板了,不碰还能撑一阵子。"他结束说,显然对自己的分析很满意。

聂赫留朵夫看到楚里斯弄到如此境地,却没有开口向他求助,感到又气又恼,因为他回乡以来从没拒绝过农民的要求,总是竭力鼓励他们直接去找他。他对楚里斯简直有点恨,生气地耸耸肩膀,皱起眉头;但周围那种贫困的光景和楚里斯处身其中而怡然自得的神气,却使他的恼怒变为忧郁和绝望。

"啊,伊凡,你以前怎么没对我说呢?"他在歪斜的脏长凳上坐下来,带着责备的口气说。

---

① 尺,此处指俄尺,1 俄尺合 0.71 米。下同。

"我不敢,老爷。"楚里斯又带着依稀可辨的微笑回答,同时在坑坑洼洼的泥地上倒换着两只发黑的光脚;不过他说得那么大胆和沉着,使人很难相信他会不敢去找东家。

"我们是庄稼人,我们怎么敢!"女人又抽抽搭搭地说。

"哼,别瞎扯!"楚里斯对她吆喝道。

"这屋子你不能住了;简直不像话!"聂赫留朵夫沉默了一会儿,说,"我们这么办吧,乡亲……"

"是,老爷。"楚里斯回答。

"你看到我在新村盖的有夹墙的砖房子吗?"

"怎么没有看到?"楚里斯笑得咧开嘴,露出一排雪白的牙齿,回答,"大家都弄不懂是怎么盖的,那房子真稀奇!大伙都笑了,说会不会是盖铺子,睡在夹墙里就不怕老鼠了。那房子高高大大的!"他摇摇头,露出嘲弄和怀疑的神气,结束说,"简直像牢房。"

"是啊,那房子挺好,又干燥又暖和,又不怕火烧。"东家皱起眉头反驳说,显然对农民的嘲笑很不满意。

"是座好房子,没话说的,老爷。"

"那么,我跟你说,有一座房子已经全盖好了。有十尺见方,有门廊,有贮藏室,都是现成的。我可以按造价赊给你,等你有钱的时候还我,"聂赫留朵夫说,一想到自己做了好事,忍不住得意地笑了,"你把旧房子拆了,可以拿它盖仓房;我们把院子也搬过去。那边的水很好,我会从荒地上划一块地给你种菜,再在那一带划一块三角地给你种庄稼。你的日子就可以过得很好了!怎么,难道你不喜欢这样吗?"聂赫留朵夫问,发现一谈到搬家,楚里斯就站在那里一动不动,脸上收起笑容,眼睛望着地面。

"随您老爷的便。"楚里斯回答,没有抬起眼睛来。

老太婆身子往前挪了挪,仿佛被刺痛似的。她正要开口,就被丈夫制止了。

"随您老爷的便,"他又坚决又驯顺地重复说,向东家瞧瞧,把头发往后一甩,"新村我们可不去住。"

"为什么呀?"

"不,老爷,您要叫我们搬到那里去,可我们在这里都过不好,一到那里,就再也不能好好给您当农民了。我们到了那里还像什么农民呢?那里没法过日子,不过随您的便吧!"

"这究竟是为什么呀?"

"因为会彻底破产的,老爷。"

"为什么没法在那里过日子呢?"

"那里怎么能过日子呢?您想想:那地方没有人住,水不知道怎么样,牧场也没有。我们这儿的大麻地自古以来就很肥,可是那里怎么样呢?那里会怎么样呢?一片荒地!没有篱笆,没有烤干房,没有仓房,什么也没有。我们要破产了,老爷,要是把我们往那儿赶,我们就要彻底破产了!那里是个新地方,谁也不知道……"他若有所思地重复说,坚决地摇摇头。

聂赫留朵夫劝导农民,搬到那里去对他只有好处,篱笆和仓房都会搭起来,那里的水也很好,等等,但楚里斯那种迟钝的沉默使他发窘,他以为他不该讲那些话。楚里斯没有反驳他;不过,等东家说完了,他微微一笑说,最好还是让那些老家仆和傻子阿廖沙搬到新村去,叫他们在那里看守庄稼。

"那样就好啦!"楚里斯说,又哧地一笑,"这事没意思,老爷!"

"没有人住有什么关系?"聂赫留朵夫耐心地劝导说,"再说,就是这地方以前也是没有人住的,但现在有人住了。你第一个搬到那里去,那是你运气好……你一定要搬过去住……"

"啊,我的好老爷,这怎么好比呢!"楚里斯连忙回答,仿佛怕老爷做出最后决定,"我们这里靠近村社,地方挺好,已经住惯了:道路也有,池塘也有,娘儿们洗衣服也方便,还可以饮牲口;这里一切都是我们庄稼人的,自古以来就有了,又有谷仓,又有菜园子,还有我爹妈种的柳树;还有,我爷爷和我爹都是在这里归天的,老爷,我只求在这里过完一辈子,再没有别的要求了。您老爷只要发善心帮我修好这座房子,我们就感激不尽啦;要不就让我们在这房子里凑合着过到老。我们情愿一辈子为您老爷祷告,"他深深地鞠着躬,继续说,"只求您别把我们从老窝里赶出去,老爷!"

在楚里斯说话的时候,从他老婆站着的高板床下面传来了越来越响的啜泣声。等丈夫叫了最后一声"老爷",他老婆就突然蹿出来,泪流满面地扑倒在东家脚下。

"别毁了我们,恩人哪! 您是我们的亲爹娘! 叫我们住到哪儿去啊? 我们都是上了年纪的人,无依无靠。您跟上帝一样……"她放声痛哭起来。

聂赫留朵夫霍地从长凳上站起来,想拉起老太婆,可是老太婆情绪激动地拼命在泥地上叩头,把东家的手推开。

"你怎么啦! 快起来! 要是你们不愿意,那就不搬好了;我不来强迫你们。"聂赫留朵夫一边说,一边摆动两手向门口退去。

聂赫留朵夫又在长凳上坐下来,屋子里一片沉默,接着那婆娘回到高板床下,用衬衫袖子擦着眼泪,又发出嘤嘤的哭声。这时年轻的地主才懂得,破败的小屋、井架倒塌的水井、井边的水洼、朽烂的畜棚、小棚子和歪斜的窗子外面的柳树,这一切对楚里斯夫妇来说具有多大意义。他因而感到心情沉重、忧郁和歉疚。

"伊凡,上礼拜天村社开会,你为什么不说你需要房子?我现在不知道该怎样帮助你才好。我在第一次会上就对你们说过,我搬到乡下来住是要把我的一生都献给你们;我自己准备牺牲一切,只要你们能满意和幸福。我在上帝面前发过誓,我要信守诺言。"年轻的地主说,不知道他这种热情并不能赢得人家的信任,特别不能赢得俄罗斯人的信任,因为俄罗斯人不尚空话而重行动,而且不善于表达感情,哪怕是美好的感情。

但我们这位心地单纯的年轻地主因这种感情而十分快活,无法不让它流露出来。

楚里斯歪着头,慢慢地眨着眼睛,无可奈何地听着东家说话,因为,尽管他觉得东家的话不很中听,跟自己也毫无关系,但又不能不听。

"不过你要知道,我不能答应凡是来找我的人的要求。如果人家向我要木料,我有求必应,那么我自己的木料很快就会用光,我就无法满足真正需要的人。因此我把一部分木料划开,规定专门用来修理农民的房子,并完全交给村社处理。这批木料现在已不归我所有,而属于你们农民了。我现在已无权处理这批木料,只能由村社处理。你今天来参加大会吧。我把你的要求对村社说一说。要是村社答应给你修房子,那最好了,我现在已没有木料了。我一心一意想帮助你,但你不愿意搬家,这就不是我的事了,只能让村社来替你办。你懂得我的意思吗?"

"您老爷的恩典我们非常感激,"楚里斯尴尬地回答,"您要是能赏给我们木料修房子,我们的日子就可以对付过去了。至于村社吗? 谁都知道是怎么回事……"

"听我说,你一定要来。"

"是,老爷。我会来的。干吗不来呢? 只是我不打算向村社提什么要求。"

四

年轻的地主显然还想向这家主人问些什么。他坐在长凳上没有站起来,犹豫不决地一会儿望望楚里斯,一会儿望望没有生火的空炉灶。

"那么,你们吃过饭吗?"他终于问道。

楚里斯胡子底下现出嘲弄的微笑。他似乎感到好笑,东家怎么会提出这样愚蠢的问题。他什么也没有回答。

"吃什么饭,老爷?"那婆娘深深地叹了口气,说,"吃了点面包,这就是我们的饭。今天没工夫割野菜,就没法烧菜汤,还有点克瓦斯①,都给孩子们吃了。"

"今天我们守斋,老爷,"楚里斯补充老婆的话说,"面包加大葱,这就是我们庄稼人的伙食。感谢上帝,我们靠您的恩典至今还有粮食,可是好些农民弟兄连粮食都没有了。今年各地大葱都歉收。前天我们到种菜的米哈伊尔那里去,他的

---

① 克瓦斯,用面包发酵制成的饮料。

大葱一把要一个铜板,这样我们就没法买了。从复活节到现在,我们还没有上过教堂,因为没有钱买支小蜡烛给米古拉圣像上供。"

聂赫留朵夫早就知道他的农民生活过得极其贫困。他知道这一点,不是根据传闻,也不是听信别人的话,而是确实了解。但这个事实跟他的教养、他的思想和生活方式那么格格不入,以致他往往有意不去想它。每次像现在这样清楚地想到这件事,他的内心就十分沉重和感伤,仿佛想到一件没有赎过的罪孽而感到痛苦难当。

"你们怎么会弄得这样穷啊?"年轻的地主情不自禁地问。

"唉,我们怎么能不穷呢,老爷?我们种的是什么地,这您也知道:都是黏土,坡地。还有,我们准是得罪上帝了,从闹霍乱那年起庄稼就不长了。草地和耕地也越来越少,有的指定做农庄,有的划到老爷的田里去了。干活只有我一个人,可我老了……我也很想卖力干,可是没有力气。老太婆有病,差不多年年都要生一个丫头,个个都得喂啊。您瞧,一个人干活,七个人吃饭。说来罪过,我心里常常想,但愿上帝快点把她们收回几个,我也可以好过些,这样,她们也比待在这世界上活受罪好些……"

"唉——唉!"婆娘大声叹气,仿佛证实丈夫的话。

"您瞧,这就是我唯一的帮手。"楚里斯指指一个七八岁的男孩说。这男孩生着一头蓬乱的淡黄头发,鼓着一个大肚子,这时正轻轻推开门,怯生生地走进来。他皱起眉头,惊讶地盯住东家,一双小手抓住楚里斯的衬衫。"您瞧,这就是我唯一的帮手。"楚里斯粗糙的手摸摸孩子的头发,继续大声说，"还得等他多久哇？可我已经干不动了。年纪大不去说它，那个疝气病真叫我受不了。逢到阴雨天真要喊救命，照我的年纪早就该免除劳役了，我老了。您瞧，叶尔米洛夫、焦姆金、齐亚勃列夫，他们的年纪全比我小，可早就都免除劳役了。但我没有一个替身，苦就苦在这里。我们得吃饭，只好拼着命干，老爷。"

"我真愿意减轻你的负担，真的。可是该怎么办？"年轻的地主同情地瞧着农民，说。

"怎样减轻呢？当然啰，既然领了土地，就得给老爷服劳役，这规矩大家都知道。我只能等这孩子长大。只是请您老爷发发善心，免了他上学吧。前两天民兵来通知，说您老爷要他去上学。老爷，您这就免了他吧！您知道他的脑筋怎么样吗？他还小，还什么也不懂呢。"

"不，乡亲，不论你怎么说，"东家说，"你的孩子已经懂事，他应该念书了。要知道我说这话是为你好。你倒想想，等他将来长大成人，当家做主，他就能读会写，还能在教堂里读经，到那时靠上帝保佑，你们一家就会好过些了。"聂赫留朵夫说，竭力把话说得明白些，但不知怎的涨红了脸，显得很窘。

"那还用说，老爷，您是不会要我们坏的，可是我们家里没有人，我跟老伴都得服劳役。这孩子小虽小，到底还可以帮点忙：看看牲口，饮饮马。不论怎么说，到底是个庄稼人。"楚里斯脸上浮起微笑，用粗壮的手指捏住男孩的鼻子，替他擦去鼻涕。

"不管怎么样，逢到你自己在家或者他有空的时候，你就叫他来，听见吗？一定叫他来。"

楚里斯深深地叹了口气，什么也没有回答。

五

　　"对啦,我还要问你,"聂赫留朵夫说,"你干吗不把肥料运走?"

　　"我有什么肥料哇,老爷! 根本没有东西好运。我有什么牲口吗? 只有一匹小母马和一匹马驹,一头小牛秋天卖给客栈老板了。我就只有这两头牲口。"

　　"既然你的牲口那么少,为什么还要把小牛卖掉呢?"东家惊讶地问。

　　"叫我拿什么喂它呢?"

　　"难道你的干草连喂一头牛都不够吗? 人家怎么就有办法呢?"

　　"人家的地肥,我的地全是黏土,毫无办法。"

　　"只要加点肥料黏土就可以改良,土地长了庄稼,就有东西喂牲口了。"

　　"可是没有牲口,哪来肥料哇?"

　　"这真是可怕的恶性循环。"聂赫留朵夫想,但实在想不出怎样才能说服这个农民。

　　"再说,老爷,长庄稼不是靠肥料,而要靠上帝,"楚里斯继续说,"去年我在没有施过肥的地里割了六堆干草,可是在施过肥的地里却连一束草也没有割到。谁也比不过上帝!"他叹了一口气,补充说:"再有,我们家的牲口也长不大。没有一头牲口活满过六岁。去年死了一头小牛,另一头也被我卖了,因为没有饲料喂;前年死了一头挺好的母牛,从牧场赶回来的时候还是好好的,啥事也没有,突然它的身子摇晃起来,晃啊晃啊,接着就倒下了。我这人真倒霉!"

"啊,乡亲,你以后别再说,你没有牲口是因为没有饲料,没有饲料是因为没有牲口了。喏,这你拿去买头母牛,"聂赫留朵夫涨红了脸,从马裤口袋里掏出一叠揉皱的钞票,把它理好,说,"我帮助你,你去买头母牛,饲料到打谷场去拿,我会对他们说的。你记住:下个礼拜天你家里就该有一头母牛了,我要来看的。"

楚里斯脸上现出微笑,好一阵两脚交替站着,没有伸手去接钞票。聂赫留朵夫只好把钱放在桌角上,脸涨得更红了。

"老爷,您的恩典我们真是感激不尽。"楚里斯现出惯常的嘲弄的微笑,说。

老太婆站在高板床旁深深地叹了几口气,好像在祷告。

年轻的地主有点窘,匆匆从长凳上站起来,走到门廊里,叫楚里斯跟他出去。楚里斯得到帮助,露出十分高兴的样子,聂赫留朵夫真舍不得马上跟他分手。

"我很高兴帮助你,"聂赫留朵夫站在井边说,"我可以帮助你,因为我知道你这人并不懒。你只要好好干活,我还会帮助你的。上帝保佑你日子逐渐好起来。"

"日子好起来,那可办不到,只要不完全破产就算不错了,老爷,"楚里斯说,脸色突然变得认真甚至严厉了,仿佛东家说他的日子会变得好起来,他听了很不高兴,"从前跟我爹和兄弟住在一起,根本不知道什么叫穷苦。等到我爹一死,我们分了家,日子就一天不如一天。我们变得孤孤单单了!"

"你们为什么要分家呢?"

"全是婆娘们闹出来的,老爷。那时您爷爷已过世了,要是他在,大家也不敢那样。他老人家在世的时候,一切都照着规矩办。他老人家也跟您一样,什么事都亲自过问,谁也不敢想到分家。他老人家可不喜欢让农民乱来。您爷爷去世后,就叫安德烈·伊里奇来管我们,我真不愿提到他,他是个酒鬼,办事马马虎虎。我们一次又一次向他要求:为了那些婆娘我们没法在一起过,让我们分家吧。他先是训斥我们,训斥我们,到头来还是听了婆娘们的话,叫我们分开过。可是谁都知道,独立门户是怎么一回事!再说,没有什么章程:安德烈·伊里奇高兴怎样管我们,就怎样管我们。他说:‘你要什么有什么。’可是庄稼人怎么才能弄到需要的东西,他就不管了。后来人头税增加了,储备粮收得多了,土地却更少了,庄稼也不再生长。后来,重新划分土地,他把肥地都划到老爷名下,那强盗把我们抢个精光,哪怕死人他也不管!您家老太爷——愿他在天上安息——是个好东家,可我们看不到他,因为他一直待在莫斯科。当然啰,往那儿运东西的大车也越来越多了。有一次,天气不好,道路泥泞,我们没有饲料,可是还得运。东家那边总不能没有饲料哇。这事我们也不敢抱怨,可就是没有个章程。现在您老爷开恩,我们庄稼人个个都可以直接找您,管家也跟从前不一样了。现在我们至少知道我们有个东家了。我们庄稼人真是说不出有多么感激您老爷的恩典。从前您老爷还受监护的时候,我们没有个真正的东家,却有不少人来管我们:监护人老爷管我们,伊里奇老爷管我们,他老婆那老太太管我们,警察局来的书记官老爷也来管我们。唉,管我们的人实在太多啦!庄稼人受的罪真是太多啦!”

聂赫留朵夫又一次产生一种近乎羞愧和内疚的感觉。他举了举帽子,走了。

六

"怪人尤赫万卡要卖马。"聂赫留朵夫在笔记本上看到这句话,就穿过村街,向怪人尤赫万卡家走去。尤赫万卡的房子,顶上整齐地盖着从东家打谷场上弄来的干草,屋架用浅灰色新鲜白杨木(也是从东家林地里砍来的)搭成,每个窗子上都有两扇红板窗,门口台阶上搭着遮檐,还配上别致的薄板镂空的栏杆。门廊和没生火的房子也都很完整;不过这种富裕丰足的景象却被大门旁的披屋破坏了。披屋旁的篱笆还没有编好,披屋的屋檐也没有盖。聂赫留朵夫走近台阶,看见两个农妇抬着一个装得满满的大木桶从另一边走来。一个是怪人尤赫万卡的老婆,另一个是他的母亲。他老婆身体强壮,脸颊红润,胸脯异常丰满,颧骨阔大厚实。她身穿领口和袖子绣花的干净衬衫、同样绣花的围裙和格子毛料裙,脚穿暖鞋,脖子上挂着项链,头戴有红棉纱绣花和缀着亮片的漂亮四角帽。

扁担的末端并不摇晃,而是稳稳当当地压在她那宽阔厚实的肩上。她那红润的脸上现出轻松的神气,脊背微微弯曲,手脚动作匀调,处处都表明她身体非常健康,力气大得像男人。尤赫万卡的母亲扛着扁担的另一头,模样正好相反,她显得老态龙钟,像风中残烛。她骨瘦如柴,穿着一件破旧的黑衬衫和一条本色裙子,身子佝偻,因此扁担不是搁在她的肩上,而是压在她的背上。她的双手黑得像土,畸形的手指抓住扁担,似乎已不能弯曲;她的头上包着一块破布,使她显得格外贫困和衰老。她的前额狭窄,上面布满交错的深深的皱纹;额下一双红红的眼睛没有睫毛,暗淡无光地瞧着地面。她的一颗发黄的门牙从凹陷的上唇里露出来,不停地晃动,有时触到尖尖的下巴。她的脸的下半部和喉咙上的褶皱像口袋般挂下来,不断地摆动。她沉重地呼噜呼噜喘着气;她那双畸形的光脚费力地在地上拖着走,但脚步还很匀调。

七

年轻的农妇几乎跟东家撞了个满怀。她连忙放下水桶,垂下眼睛,鞠了一躬,然后皱起眉头,用她那双炯炯有神的眼睛瞧了瞧东家,竭力用绣花衬衫袖子掩住微笑,急急地跑上台阶,发出响亮的脚步声。

"妈妈,你把扁担还给纳斯塔霞婶婶。"她在门口站住,对老太婆说。

年轻的地主一向平易近人,这会儿却严厉而关注地瞧了瞧脸颊红润的农妇,皱起眉头,转身招呼老太婆。老太婆正顺从地用畸形的手指抽出扁担,把它搁在肩上,向邻居家走去。

"你儿子在家吗?"东家问。

老太婆身子弯得更低,鞠着躬,想说什么,可是双手捂住嘴,剧烈地咳嗽起来。聂赫留朵夫不等她开口,就走进屋子。尤赫万卡坐在圣像旁的长凳上,一看见东家,就奔到炉前,仿佛想躲开他,把一样东西塞到高板床上。他牵动嘴巴和眼睛,身子贴在墙上,仿佛给东家让路。尤赫万卡三十岁光景,身材修长,头发浅褐,留着青年式山羊胡子。要不是他那双深褐的小眼睛骨碌碌地从紧蹙的眉毛下打量人,要不是他嘴唇短而又动个不停,使人一望而知他缺了两个门牙,他的外貌是相当漂亮的。他身穿前襟有鲜红镶条的节日衬衫和有条纹的印花布裤,脚穿靴筒起皱的长筒靴。尤赫万卡的屋子不像楚里斯的屋子那样狭小和阴暗,虽然里面同样气闷,充满烟味和羊皮味,衣服和杂物同样堆得乱七八糟。这里有两样怪东西引人注目:一个放在搁板上的凹瘪的旧茶炊;一个玻璃肮脏破碎、镶着身穿红色军服将军像的黑色镜框,挂在圣像旁边。聂赫留朵夫不愉快地望望茶炊、将军像和高板床——床上的破被下露出一根镶黄铜的烟管——招呼农民。

"你早,尤赫万卡。"他盯着农民的眼睛说。

尤赫万卡鞠了一躬,喃喃地说:"贵体健康,老爷。"他称呼"老爷"时声音特别温柔,目光迅速地扫过东家的全身、房子、地板和天花板,没有在任何一处停留;然后他匆匆地走到高板床跟前,从那里拖下一件棉袄,穿在身上。

"你穿衣服干吗?"聂赫留朵夫说,在长凳上坐下来,竭力摆出严肃的神气打量着尤赫万卡。

"哦,老爷,这样怎么行呢? 我们当然懂得……"

"我是来向你打听一下:你为什么要卖马,你是不是有很多匹马,你要卖掉一匹什么样的马?"东家冷冷地说,显然是把准备好的问题说了一遍。

"老爷不嫌脏,来到我们农家,我们真是感激不尽,"尤赫万卡目光迅速地扫了一下将军像、炉灶、东家的靴子和别的东西,就是避而不看聂赫留朵夫的脸,"我们一直在为您老人家祷告呢……"

"你为什么要卖马?"聂赫留朵夫咳嗽几声清清嗓子,提高声音又问。

尤赫万卡叹了一口气,把头发往后一甩(他的目光又把屋子扫了一遍),接着发现猫躺在长凳上安安稳稳地打呼,就对它吆喝道:"滚开,死猫!"然后匆匆地转身对东家说:"老爷,那匹马不好……要是马好,我也不会卖了,老爷。"

"你总共有几匹马?"

"三匹,老爷。"

"有没有马驹?"

"那当然有,老爷! 马驹也有一匹。"

八

"走吧,带我去看看你的马。你的马在院子里吗?"

"是,老爷。您老爷怎么吩咐,我就怎么办。难道我们可以不听您老爷的吩咐吗? 雅可夫·伊里奇叮嘱我们,明天不要放马下地,因为公爵要来视察。我们就没有放。我们可不敢违抗老爷的命令。"

趁聂赫留朵夫走出门去,尤赫万卡从床上抓起烟管,把它放到炉灶后面。东家不看他的时候,他的嘴唇仍旧不安地拼命抽动。

一匹青灰色的小母马在屋檐下翻动腐烂的干草;一匹两个月的长腿马驹紧贴着母马粘满牛蒡刺的细尾巴,身上的毛色还看不出来,但腿和嘴脸都是浅青色的。院子中央站着一匹大肚子枣红骟马,眯缝着眼睛,若有所思地垂下头,看样子是匹干农活的好马。

"你的马都在这儿了?"

"不,老爷;喏,还有一匹母马,还有一匹马驹。"尤赫万卡回答,指指那两匹马——其实东家是不会看不见的。

"我看见了。那么你想卖的是哪一匹呢?"

"喏，就是那一匹，老爷。"他回答，拿短褂前襟向那匹睡意惺忪、不停地眨眼睛、翕动嘴唇的骟马挥了挥。骟马睁开眼睛，懒洋洋地把尾巴转到他这边来。

"这马看样子不老，还挺结实，"聂赫留朵夫说，"你捉着它，让我看看它的牙，我就知道它老不老了。"

"一个人怎么也捉不住它，老爷。这牲口一个钱也不值，性子躁，咬人踢人什么都来，老爷。"尤赫万卡回答，快乐地微笑着，眼睛骨碌碌地乱转。

"胡说！跟你说，把它捉住。"

尤赫万卡嬉笑了好一阵，两脚交替站着，直到聂赫留朵夫愤怒地喝道："哼，你这算什么？"他才跑到屋檐下，拿起笼头，威吓它，从后面而不是从前面接近它。

年轻的东家显然看得不耐烦了，但也许想显显自己的本领。

"把笼头给我！"他说。

"求老爷饶恕！您老爷怎么可以呢？您千万别……"

但聂赫留朵夫从正面走到马跟前，一下子抓住它的双耳，拼命把它往地上按。那是一匹驯顺的农家马，这时也摇摆着身子，嘶叫着，竭力要挣脱聂赫留朵夫的手。聂赫留朵夫这才发现根本不用费这样大的劲。他抬头一望，看见尤赫万卡嬉笑个不停，不禁想到尤赫万卡准是在嘲笑他，把他看作孩子，而对于他这样年纪的人来说，这是莫大的屈辱。他涨红脸，放下马耳朵，不用笼头就扳开马的嘴，瞧了瞧它的牙齿：犬牙完整，双尖牙齐全。年轻的东家立刻知道，这匹马岁数不大。

这当儿尤赫万卡走到屋檐下，发现铁耙没有放在原位，就把它捡起来，靠在篱笆上。

"你过来!"聂赫留朵夫带着孩子般恼怒神气,委屈得仿佛要哭出来似的嚷道,"这匹马怎么能算老呢?"

"说实在的,老爷,很老啦,总有二十岁了……那匹马……"

"闭嘴!你这人净撒谎,真是个无赖,规矩的庄稼汉是不兴撒谎的,干吗撒谎!"聂赫留朵夫愤怒得要哭出来,喉咙里哽住,气喘吁吁地说。他闭上口,竭力不在庄稼人面前掉泪,丢脸。尤赫万卡也不作声,现出一副哭脸,吸着鼻子,微微抽动脑袋。"哼,你把马卖了,拿什么来耕地呢?"聂赫留朵夫已平静下来,能像平常一样说话了,"我们特地派你去干些别的活,好让你的马休整一阵,以后好耕地,可你却要把最后一匹马都卖掉,是不是? 主要的是你为什么要撒谎?"

东家一平静下来,尤赫万卡也放心了。他仍旧直挺挺地站着,抽动嘴唇,眼睛忽而瞧瞧这个,忽而望望那个。

"我们替您老爷干活,绝不会比人家差。"尤赫万卡回答说。

"可你拿什么来耕地呢?"

"您放心好啦,老爷,我们会把活干完的,"尤赫万卡回答,同时吆喝着把马赶开,"要不是缺钱,我们怎么会卖呢?"

"你怎么会缺钱呢?"

"我们没有粮食啦,老爷,还要还人家的债,老爷。"

"怎么会没有粮食? 人家有儿女的都还有粮食,你没有儿女,怎么会没有粮食? 粮食都到哪儿去了?"

"吃掉了,老爷,如今一颗粮食也没有了。马我到秋天就去买回来,老爷。"

"卖马,你就别想了!"

"要是不卖,老爷,叫我们怎么过呢? 粮食又没有,又不许卖东西,"尤赫万卡身子转向一边回答,抽动嘴唇,突然大胆地直对着东家的脸望了一眼,"这样,我们就只好饿死了。"

"听我说,乡亲!"聂赫留朵夫脸色发白,对尤赫万卡怀着满腔怒火,大声嚷道,"像你这样的农民我可不想收留。你不会有好下场的。"

"要是我不称老爷的心,那就听凭老爷发落好了,"尤赫万卡闭上眼睛,装出一副恭顺的样子,"不过,我好像还没有做过什么错事。当然啰,我要是不能讨老爷的欢心,那就听凭您发落好了。可我不知道为什么该受处分。"

"那是因为,你的院子没有盖上顶棚,地里没有施肥,篱笆又都倒了,可你却坐在家里抽抽烟,不干活;还因为你母亲把全部家业都交给了你,你却连一块面包都不给她吃,还纵容你老婆打她,逼得她来向我告状。"

"您行行好吧,老爷,我连烟管是什么样的都不知道呢,"尤赫万卡窘态毕露地回答,显然说他抽烟最使他伤心,"如今什么话都可以说人家。"

"哼,你又撒谎啦! 我亲眼看见的……"

"我怎么敢在老爷面前撒谎呢!"

聂赫留朵夫不再说什么,咬咬嘴唇,在院子里来回踱步。尤赫万卡站在一边,没有抬起眼睛,一直注视着东家的脚步。

"听我说,尤赫万卡!"聂赫留朵夫突然在他面前站住,竭力掩饰内心的激动,像孩子般温和地说,"不能再这样过日子了,你会把自己毁掉的。你好好想想。你要是想做个正正经经的庄稼人,就得改变生活,把你那些坏习惯都改掉,不要撒谎,不要喝酒,要孝顺你的母亲。你的事我全知道。好好干活,不要盗窃公家树木,不要上酒店。你想想,像你现在这样过日子有什么好处!你要是需要什么,就来找我,干脆告诉我你要什么,为什么要,可不许撒谎,只能说实话,这样我就不会拒绝你,只要我能办到。"

"说实在的,老爷,您老爷的意思我们是懂的!"尤赫万卡傻笑着回答,仿佛完全懂得东家这番话的奥妙。

聂赫留朵夫原想感动尤赫万卡,使他回到正道上来,可是尤赫万卡的笑容和回答使他大为失望。再说,他觉得他身为东家,虽然有权任意对待农民,但对他们说话很不客气,而且说得也很不得体。他闷闷不乐地垂下头,走到门廊里。老太婆坐在门槛上唉声叹气,表示非常赞同东家的话。

"这给你买面包吃,"聂赫留朵夫把钞票塞在她手里,对着她的耳朵说,"你自己去买,不要给尤赫万卡,不然他又会把钱都喝光的。"

老太婆用骨瘦如柴的手抓住门柱,想站起来谢谢东家,她的头不断晃动着。不过,等她站起来,聂赫留朵夫已经走到村街的另一头了。

九

"白人达维德要粮食和木柱。"——在聂赫留朵夫的笔记本里,紧接着尤赫万卡之后记着这样一句话。

聂赫留朵夫走过几户,在小巷转角处遇见管家雅可夫。雅可夫老远看见东家,就摘下漆布便帽,掏出一块绸手帕,擦擦红红的胖脸。

"把帽子戴上,雅可夫!雅可夫,我对你说,把帽子戴上……"

"老爷,您到哪儿去了?"雅可夫问,拿帽子挡住阳光,没有把它戴到头上。

"我在怪人那儿。你倒说说,他怎么会变成这个样子?"东家一边往前走,一边说。

"什么,老爷?"管家答应着,彬彬有礼地跟在东家后面,同他保持一定距离,戴上帽子,抚平小胡子。

"什么?他是个十足的无赖,懒鬼,小偷,撒谎成性,虐待亲娘,总之是个不可救药的无赖。"

"老爷,我不知道他竟这样叫您生气……"

"他老婆看上去也是一个坏透的女人,"东家打断管家的话说,"老太婆穿得比叫花子都不如,又没有东西吃,可是儿媳妇却打扮得漂漂亮亮,儿子也穿得不错。我真不知道该拿他怎么办才好。"

聂赫留朵夫谈到尤赫万卡老婆的时候,管家显得很不自然。

"是啊,老爷,他这样无法无天,是得采取措施,"管家说,"他确实像一般没有儿女的庄稼人那样,日子过得很穷,不过他比起别人来,还算守本分。他这个庄稼人还算聪明,能读会写,也还算老实。人头税他总是按时去收。自从我在这里管事以来,他已当了三年村长,没见他有什么错处。三年来您的监护人要他服劳役,他也都完成了。不过,他有时待在城里邮站,就会喝得酩酊大醉,那时就得采取措施了。有时候他胡闹,你只要拿鞭子吓唬吓唬他,他就会清醒过来。这样对他有好处,家里也就太平了。可是您不许我们采取这样的措施,那我就不知道该拿他怎么办了。他确实无法无天。叫他去当兵又不合适,因为少了两颗门牙,您老爷大概也注意到了。老爷,不瞒您说,这样做①的不光是他一个人,他们都是无法无天的……"

"你别说了,雅可夫,"聂赫留朵夫微笑着回答,"这事我跟你谈过,谈过不止一次。你也知道我的想法。不管你怎么说,我都不会改变主意的。"

"当然,这一切您老爷都是知道的。"雅可夫耸耸肩膀说。他从后面望着东家,仿佛知道不会有什么好事。"至于那个老太婆,您为她操心,那可不必了。不错,她把这个没有父亲的孩子带大,让他成了家,这是事实。但一般在农民家里,做母亲的或者做父亲的把家业交给儿子以后,那就由儿子和儿媳妇当家,老太婆就得靠自己的力气挣饭吃。他们当然不会很亲热,但在农民家里一般都是这样的。所以恕我冒昧说一句,您可不用为那个老太婆操心。她这人聪明,又很能干,您老爷何必为她操心呢?是啊,她跟儿媳妇吵了一架,儿媳妇说不定还推了她一下——这些都是娘儿们的事!不过,不等您想出什么办法来,说不定她们已经和好了。您老爷也实在太关心这类事了。"管家说,又殷勤又和蔼地望着在他前面默默地大踏步沿街走去的东家。"您回家吗?"他问。

"不,我去看看白人达维德……他是不是叫这个名字?"

"哦,这又是个懒鬼,让我来告诉您。达维德一家都是那种货。不论你用什么办法对付他,都没有用。昨天我坐车经过他们的地,看到他连荞麦都还没有播种。您说,对这种人有什么办法?真该像老子教训儿子那样好好教训教训他,要不

---

① 这样做,指农民为了逃避服兵役,故意敲掉门牙。

对这种懒鬼真是毫无办法。他既不种自己的地,也不种老爷的地,老是那样稀里糊涂过日子。您的监护人和我不论怎样对付他:把他送警察局也罢,在家里自己处罚他也罢——当然您老爷不赞成这样办……"

"处罚谁呀?难道处罚这个老头子吗?"

"处罚这个老头子。您的监护人多少次当众处罚过他,可是老爷您想怎么样?没有用,他晃晃身子走了,到头来还是老样子。说实话,达维德倒是个安分守己的庄稼人,人不笨,也不抽烟——我是说他不喝酒,"雅可夫解释道,"可是比那些喝酒的还要坏。我看只有一个办法,叫他去当兵,或者送他去充军,没有别的办法了。他们一家人都是这样的。还有马特留施卡住在没有窗的屋子里,也是他们家的人,也是个该死的懒鬼。老爷,我没有事了吧?"管家发觉东家不在听他,就补了一句。

"没有事了,你走吧。"聂赫留朵夫心不在焉地回答,同时向白人达维德家走去。

达维德的小屋歪歪斜斜,孤零零地坐落在村头。屋旁没有院子,没有干燥房,也没有谷仓;只有肮脏的牲口棚紧挨着房子的一边;房子另一边堆着些修院子用的干树枝和木柱。废弃的院子长满高高的野草。屋旁不见一个人影,只有一头猪躺在门口泥浆里尖叫。

聂赫留朵夫敲敲破玻璃窗,没有人答应。他走到门口喊了一声:"有人吗?"也没有人回答。他走到门廊里,望了望空荡荡的牲口棚,走进门户敞开的屋子。一只红毛老公鸡和两只母鸡竖起脖子上的羽毛,爪子拍打着地面,摇摇摆摆地在地上和凳子上乱闯。鸡一看见人,咯咯狂叫,往墙上飞扑,其中一只跳上灶头。六尺见方的小屋里有一个烟囱断裂的火炉、一台到夏天也没有搬走的织布机和一张桌面歪斜裂开的黑桌子，显得很拥挤。

尽管院子是干的，门槛旁边却有一摊污水，那是由屋顶和天花板裂缝里漏进来的雨水积成的。屋子里没有床。很难想象这是住人的地方，因为里里外外是一片凄凉杂乱的景象，但白人达维德一家的确是住在这里。这时候，不管六月的炎热，达维德却蜷缩在炕上一角，用皮袄蒙着头呼呼大睡。一只受惊的母鸡跳到炕上，还没有定下神，就在达维德背上走来走去，但这样也没有把他弄醒。

聂赫留朵夫以为屋子里没有人，正想走，忽然听见一声拖长的叹息，说明主人在家。

"喂，这里有人吗？"他大声问。

炕上又传来一声长叹。

"谁啊？过来！"

随着东家的叫喊，又传出一阵叹息和哈欠声。

"喂，你这是怎么啦？"

炕上有一样东西慢慢地动起来，现出破羊皮袄的前襟。接着，一只穿破树皮鞋的大脚露出来，然后又是一只，最后出现了白人达维德的全身。他不高兴地坐在炕上，懒洋洋地用一只大拳头擦着眼睛。接着他慢慢垂下头，打着哈欠，向屋子里瞧了一眼，这才看见东家。他的动作稍微快了一点，但聂赫留朵夫在那摊水和织布机之间来回走了三次，达维德还没有从炕上下来。白人达维德的确很白：他的头发、身体和脸都白得出奇。他又高又胖，而且像一般农民那样，不是肚子胖，而是整个身体胖。不过，他胖得有点虚，显出病态。他的脸相当漂亮,生有一双浅蓝色的安详的眼睛,蓄着一把浓密的大胡子,但也带有病态。他的脸没有被太阳晒黑,也不红润,而显得苍白、发黄,眼圈有点紫,仿佛浑身都是脂肪,或者说有点浮肿。他的双手又肿又黄,就像水肿病人那样,上面长满白色的汗毛。他睡得糊里糊涂,怎么也睁不开眼睛,身子不断摇晃,连连打哈欠。

"哼,你怎么不害臊?"聂赫留朵夫说,"院子等着要修,粮食又没有,你怎么好意思大白天睡觉?"

达维德一清醒过来,立刻明白站在他面前的是东家。他双手放在肚子上,垂下微微歪着的头,手脚一动也不动。他没有作声;但脸上的表情和全身的姿势仿佛在说:"我知道,我知道,这话我又不是第一次听到。嗯,您打吧,要是非打不可的话,我能够忍受。"他似乎希望东家不要再说下去,还是赶快动手打他,哪怕重重地打他浮肿的脸也行,只要快点让他安宁。聂赫留朵夫发觉达维德不了解他,拼命提出各种问题,想打破农民这种顽固的沉默。

"你向我要木料做什么?木料在你这里整整放了一个月,而且现在正是农闲。你倒说说!"

达维德顽固地不作声,身子一动不动。

"喂,你回答我呀!"

达维德嘴里咕噜着什么,眨着他那白睫毛。

"人活着就得干活,老兄。不干活怎么行呢?你看,你现在已经没有粮食了,这是什么缘故?就是因为你的地耕得很糟,又不肯再耕一遍,也不及时下种,而这都是因为你太懒。你问我要粮食,我可以给你一点,因为总不能眼看着你饿死,但这样下去不行。我能拿谁的粮食给你呢?你看拿谁的好

171

呢？你倒说说,叫我拿谁的粮食给你呢?"聂赫留朵夫固执地一再问。

"老爷的粮食。"达维德喃喃说,胆怯而试探地抬起眼睛来。

"那么老爷的粮食又从哪儿来呢?你自己想,是谁耕的地?是谁耙的地?谁下种?谁收割?还不是农民吗?是不是?因此你瞧:要是把老爷的粮食分给农民,那么,谁活干得多,谁就可以多分些;你只能比别人少分些。要不人家就会发牢骚,说你活干得最少。可是向老爷要粮食却最多。为什么要给你而不给别人呢?要是人人都像你这样睡大觉,大家早就饿死了。你得干活,老兄,像现在这样可不行。听见吗,达维德?"

"听见了,老爷。"他慢吞吞地从牙缝里挤出一声来。

十

这时候,窗外闪过一个挑麻布的乡下女人,接着达维德的母亲走进了屋子。她身材很高,五十上下,精神奕奕,动作灵活。她的脸布满麻子和皱纹,并不好看,但挺直的鼻子、紧闭的薄嘴唇和灵活的灰眼睛却显得聪明和精神。她肩膀瘦削、胸脯干瘪、双臂精瘦、黑黑的光腿肌肉发达,这些都表明她早已不像一个女人,而像个干粗活的男人。她轻快地走进屋子,关上门,解下围裙,怒气冲冲地对儿子瞅了一眼。聂赫留朵夫想对她说话,她却背过身去,对着织布机后面黑色木雕圣像画十字。她画过十字,整了整肮脏的方格头巾,低低地向东家鞠了一躬。

"礼拜天好,老爷,"她说,"上帝保佑您,您是我们的爹……"

达维德一看见母亲,立刻局促不安起来,腰弯得更厉害,头垂得更低。

"谢谢,阿林娜,"聂赫留朵夫回答,"你瞧,我正在跟你儿子谈你们的家业呢。"

阿林娜——她年轻的时候,乡亲们就唤她纤夫阿里施卡——左手托住右臂肘,右手拳头撑着下巴,不等东家说完,就声音洪亮而尖锐地讲起来,使整个屋子充满她的声音,从外边听,好像有几个女人同时在说话:

"我的爹啊,您跟他有什么可说的!他这人连话都不会说。他站在那儿,简直像个白痴,"她向达维德笨重可怜的身子扬扬头,继续说,"老爷,我们谈得上什么家业啊!我们是穷光蛋,村子里再也找不到比我们更穷的人家了,我们对自己对老爷庄院都毫无用处,真是丢脸哪!这都是他害的。我生他,奶他,养他,好不容易才把他拉扯大。但拉扯大了有什么用?饭他要吃,可是叫他干活,就像一块废料。他就知道在炕上睡大觉,要不就是站着搔搔他的傻脑袋瓜,"她说,学着他的模样,"老爷,你就吓唬吓唬他吧。我做娘的自己恳求你,看在上帝分上,你就惩罚惩罚他,或者送他去当兵。我实在拿他没有办法。"

"唉,达维德,你把你亲娘害成这个样子,你就不怕罪过吗?"聂赫留朵夫责备他说。

达维德站着一动不动。

"他要是有病,倒不去说他,"阿林娜又激动地做着手势说下去,"可是您瞧瞧他那副模样,胖得简直像磨坊里的烟筒。这样结实的汉子,总该干点活吧!不,他成天躺在炕上,十足是个懒鬼。他要是多少干点什么,我也不会这样盯住他了。他哪怕起来走动走动,随便干点什么事也好哇,"阿林娜难看地扭动瘦骨棱棱的肩膀,拖长声音说,"你瞧,老头子今天自己到树林里捡柴去了。叫他挖挖坑,可他连铲子都不碰一碰……"(她停了一会儿。……)"他害得我好苦,弄得我简直像个孤老婆子!"她突然尖叫起来,挥动双臂,向儿子威胁着走去。"你这个丑八怪!上帝饶恕我!"(她鄙夷而绝望地转过身子,吐了一口唾沫,又挥动双臂,神情激动,含着泪水,继续跟东家说话。)"家里就靠我这个苦命的老婆子。我那老头子有病,年纪又大,也没有什么用处,这就剩下我一双手,一双手。就是石头也要磨坏的。还不如死了的好,反正是死路一条。那混蛋,真把我折磨死了!唉,我的老爷!我没有力气啦!我的儿媳妇已经累得送了命,我也活不长了。"

十一

"怎么送了命?"聂赫留朵夫将信将疑地问。

"累坏的,老爷,真的,累得送了命。去年我们才把她从巴布林那儿娶来,"老太婆继续说,恼恨的神色突然变得悲伤而且眼泪汪汪了,"唉,老爷,她原来是个鲜嫩鲜嫩的好姑娘,脾气也挺好。她在娘家有兄嫂照顾,日子过得自在,没有尝过贫困的滋味,可是来到我们家,就得不停地干活,又是给老爷庄园干,又是给自己家干,老是干不完的活。总共只有我同她两个人,两双手。我吗?我是干惯了的,可是她呀,我的好老爷,肚子里有了孩子,这就受罪啦!总是干过了头,伤了身子,这个可怜的人。真倒霉,去年圣彼得节①上她生了一个男孩,可是没有东西吃,就胡乱吃一点,急急忙忙去干活了。唉,老爷,结果她的奶干了。这是个头生儿,又没有奶牛,我们乡下人也没有奶瓶,怎么喂呢!当然,她也有女人家那种傻里傻气的天性,心里就特别难受。孩子一死,她哭得死去活来,哭个不停,又是闹穷,又得干活,情况就越来越糟,过了夏天,到圣母节②这个苦命人自己也死了。就是他,这个畜生,害了她!"她又恶狠狠地骂起儿子来……"我对你有什么要求吗?老爷!"她停了停,压低嗓子,鞠着躬又说。

"什么呀?"聂赫留朵夫听了她讲的事,心里很激动,脱口问。

"他年纪还轻。总不能尽靠我一个人干,我今天还活着,说不定明天就死了。没有老婆,他可怎么过呢?要他给你老爷干活也不行。你就替我们想想吧,我的好老爷。"

"你的意思是要给他讨个老婆,是不是?这倒是个主意!"

"老爷,你就发发慈悲吧,您是我们的再生父母。"老太婆对儿子暗示了一下,就同他一起在东家脚边扑通一声跪下来。

"你干吗下跪啊?"聂赫留朵夫不高兴地抓住她的肩膀把她拉起来,说,"难道你就不能站着说吗?我可不喜欢这样。你就给他讨个老婆吧。只要找得到合适的姑娘,我也很高兴。"

老太婆站起来,用衣袖擦擦干枯的眼睛。达维德学她的

---

① 圣彼得节,俄历六月二十九日。
② 圣母节,俄历十月一日。

样,也用胖拳头擦擦眼睛,仍旧那么驯顺而耐心地站着,听他母亲说话。

"姑娘有是有的,怎么会没有呢!譬如说华秀特卡·米海依金娜,这姑娘不错,但没有你帮忙是办不成的。"

"难道她不答应吗?"

"哦,老爷,要她答应,事情就难啦!"

"那该怎么办呢?我又不能强迫人家;你们另外找一个吧,本村找不到,就到外村去找。我可以出钱替她赎身,不过要她自愿,不能强迫她嫁人。法律不允许啊,这样做可是太罪过啦。"

"唉,老爷!谁要看到我们过的日子,看到我们这样穷,怎么肯嫁到我们家来啊?就是大兵的老婆,也不愿意来过这样的穷日子啊。哪个庄稼人愿意把女儿嫁给我们这种人家?再苦也不肯嫁的。要知道我们是穷光蛋,叫花子。人家会说,他们家已经饿死一个媳妇了,我的女儿嫁过去也会饿死的。没有人肯嫁的。"她不相信地摇摇头,添上说,"老爷,你想想吧。"

"可我有什么办法?"

"老爷,你就替我们想一想吧,"阿林娜又恳切地说了一遍,"叫我们怎么办呢?"

"我能想出什么办法来呢?这事我也无能为力。"

"你要是不能替我们做主,还有谁能替我们做主呢?"阿林娜垂下头,无可奈何地摊开双手,说。

"喏,你们要粮食,我可以叫他们发给你们一点,别的我就无能为力了。"东家沉默了一会儿说,阿林娜不断叹气,达维德也跟着她叹气。

聂赫留朵夫走出屋子。母子俩鞠着躬,跟着他出去。

十二

"唉,我的命好苦哇,没依没靠的!"阿林娜深深地叹
息说。

她停住脚步,怒气冲冲地对儿子瞅了一眼。达维德立刻
转过身,提起那双穿着又大又脏树皮鞋的胖脚,沉重地跨过门
槛,走进去了。

"老爷,叫我拿他怎么办哪?"阿林娜继续对东家说,"你
也看到他是个怎样的人!他这人并不坏,不喝酒,脾气挺好,
也不打骂孩子。老实说,他没有什么地方不好,可是天知道怎
么搞的,他竟成了个无赖。其实他自己也不乐意这样。不瞒
你说,老爷,我一看见他那种受罪的模样,就心疼。不管怎么
说,总是我肚子里的一块肉啊!我真为他伤心,为他伤心!他
不是跟我作对,不是跟他爹作对,也不是跟长官作对。他这人
胆子小,小得像个孩子。他这样打光棍,怎么过呢?你替我们
想想吧,老爷,"阿林娜显然想冲淡吵骂给东家留下的印
象……"唉,我的好老爷,"她继续亲切地低声说,"我翻来覆
去想了不知多少遍,总弄不懂他怎么会变成这个样子。准是
什么恶人咒了他。"她停了停,"真想找个人来把他治一治。"

"你真是胡说八道,阿林娜!怎么有人咒了他呢?"

"哦,我的好老爷,恶人咒了他,他这辈子就永远好不了
啦!天下恶人有的是!有人出于恶意抓走他脚下踩过的一撮
土……或者别的什么……他就永远好不了啦!人要造孽还不
容易吗?我有时心里想,要不要去找找董杜克老头?他住在

伏罗比约夫克,懂得各种咒语,也识药草,会祛邪,会求圣水,说不定他有办法治好达维德的病。"阿林娜说。

"唉,这都是贫穷和愚昧造成的结果!"年轻的地主忧郁地垂下头想,大踏步沿着村道走去。"叫我拿他怎么办呢?总不能抛下他不管,不论为了我自己,还是为了给别人做个样子,或者为了他本人,我都不能不管。"他自言自语,同时屈指数着种种理由。"我不能眼看他这样下去,但怎样才能挽救他呢? 他使我在农庄上最好的计划落空了。要是农民都像他这样,我的理想就永远无法实现。"他想,对达维德破坏他的计划感到十分恼恨。"我要像雅可夫说的那样,如果他不学好,那就拿他充军,或者叫他去当兵。这样行不行? 不错,至少我可以摆脱他,拿他去代替好的农民当兵。"他考虑着。

聂赫留朵夫得意地想着,但心里又模模糊糊地意识到,这样单方面考虑问题不对。他站住了。"慢着,我想到哪儿去了,"他自言自语,"拿他充军,让他去当兵。凭什么呀? 他是个好人,比许多人都好,而且我怎么知道……让他自由怎么样?"他不再单方面考虑问题,"那也不对,那也办不到。"但他突然有了一个好主意,不禁微微一笑,仿佛解决了一个难题。"我让他到我家里来当仆人,"他自言自语,"我要亲自监督他,用感情、劝告和合适的工作来培养他,改造他。"

十三

"就这么办!"聂赫留朵夫得意扬扬地自言自语。他想起他还得去看望富裕的农民杜特洛夫,就向村中心那座有两个烟囱的高大宽敞的房子走去。他走近这座大房子,迎面遇见一个衣着朴素、年约四十岁的高个子女人从旁边小屋走出来。

"礼拜天好,少爷。"这女人毫不拘束地说,在他旁边站住,笑眯眯地鞠着躬。

"你早,奶妈,"聂赫留朵夫回答,"身体好吗?我现在到你邻居家去一下。"

"噢,少爷,那很好。可是您怎么不到我们家坐坐?您去,我们老头子准会高兴的!"

"好,我去,去同你聊聊,奶妈。这是你的房子吗?"

"是的,少爷。"

奶妈跑在前头。聂赫留朵夫跟着她走进门廊,在木桶上坐下,掏出一支烟来抽。

"里面热,我们就坐在这儿谈吧。"奶妈请聂赫留朵夫到屋子里去,他这样回答。奶妈年纪还轻,长得也好看。她的面庞,特别是那双乌黑的大眼睛,很像东家。她把两手放在围裙下,大胆地瞅着东家,不停地晃动脑袋,说了起来:"哦,少爷,您光临杜特洛夫家有什么事啊?"

"我要他租我的地,租这么三十来亩①,搞个农场,再跟我一起买座树林子。既然他有钱,何必这么白白放着呢?奶妈,你看怎么样?"

"那有什么不好呢?少爷,大家都知道,杜特洛夫一家人精明能干,他是全领地第一号农民,"奶妈摇晃着脑袋,回答,"去年他用自己的木料添了一座房子,也没有来麻烦过东家。他们有不少马,除了马驹和小马外,总共有十八匹。至于牲口,就是牛羊,从田野上回来时,婆娘都走到街上来赶,简直把

① 亩,指俄亩,1亩合 1.09 公顷。

大门都堵住了。他们至少还养了两百箱蜜蜂。他这个庄稼人可能干了,钱肯定有的。"

"你认为他有很多钱吗?"东家问。

"大家都说这老头子钱不少,也许只是出于嫉妒。他自己从来没有说过,也没有向儿子公开过,但钱是一定有的。他干吗不经营一片树林子呢?准是怕把有钱的名声传开去。五年前,他跟客栈老板施卡利克一起经营牧场,不知是施卡利克骗了他还是什么缘故,老头子亏了三百卢布,从此就不干了。少爷,他们怎么会不发财呢?"奶妈继续说,"他们有三份地,家里人口又多,个个都能干活,老头子本人,说实在的,可是个精明的当家人。他处处走运,真叫人奇怪:种庄稼也好,养马也好,养牲口也好,养蜂也好,都很顺利,还有他那几个儿子,个个都很争气。如今几个儿子都成了亲。原来他在我们这种人家①姑娘中挑儿媳妇,如今他给伊柳施卡娶了个自由的农家姑娘,是他自己替她赎的身。这姑娘也挺不错。"

"他们一家人过得和睦吗?"东家问。

"家里只要有个好当家,一家人就和睦。拿杜特洛夫家来说吧,尽管妯娌姑嫂之间免不了有点争吵,但那是婆娘们的事,有老头子当家,几个儿子还是过得和和睦睦的。"

奶妈沉默了一会儿。

"听说,如今老头子要让长子卡尔普当家。他说:'我老了,只能养养蜂了。'哦,卡尔普也是个好庄稼人,很本分,至于当家,恐怕就远不如老头子了。他没有老头子那么精明!"

"那么,土地和树林子说不定卡尔普都会经营的。你看

---

① 这种人家,指农奴家庭。

怎么样?"东家问,希望从奶妈嘴里打听到她邻居的情况。

"恐怕不见得,少爷,"奶妈说下去,"钱财方面的事,老头子一点也不向儿子公开。只要老头子在世一天,钱就一天掌握在他手里,一切都得由他做主。他们主要是搞拉脚。"

"老头子怕不会答应经营土地和树林子吧?"

"他有点担心。"

"担心什么呀?"

"少爷,做底下人①的怎么敢向东家公开他的钱财呢? 万一运气不好,就会丢了全部钱财! 过去他跟客栈老板合伙办事,结果吃了亏。叫他到哪儿去跟他打官司呢? 就这样丢了一笔钱。要是跟地主老爷合伙,那就会彻底完蛋了。"

"噢,原来如此……"聂赫留朵夫红着脸说,"再见,奶妈。"

"再见,少爷。我们衷心感谢您。"

十四

"是不是回家去?"聂赫留朵夫走到杜特洛夫家门口,感到一种莫名的忧郁和精神上的疲劳,这样思考着。

但就在这时候,两扇新板门嘎的一下在他面前打开来,门口出现了一个十八九岁的漂亮小伙子。他脸色红润,头发淡黄,身穿驿站马车夫号衣,牵着三匹腿力强健、鬃毛蓬乱、汗沫淋漓的马,麻利地甩了甩头发,向东家鞠了一躬。

"伊里亚,你父亲在家吗?"聂赫留朵夫问。

---

① 底下人,这里指农奴。

"他在院子后面养蜂场里。"小伙子把马一匹一匹从半开的门里牵出来，回答说。

"啊，我要沉住气，尽量说服他，叫他同意我的计划。"聂赫留朵夫想。他让马过去，走进杜特洛夫家宽敞的院子。院子里显然刚运过肥料：地面又黑又湿，这儿那儿，特别是近门的地方，还狼藉着一块块红色纤维般的畜粪。院子里和高高的敞棚下，整整齐齐地放着许多大车、木犁、雪橇、木桶和其他农具。几只鸽子在宽阔结实的木梁阴影里飞来飞去，咕咕地叫着。这里散发出一股畜粪和柏油的味儿。卡尔普和伊格拿特正在角落里给一辆三驾大马车装新坐垫。杜特洛夫的三个儿子相貌都很相像。在大门口遇见聂赫留朵夫的伊里亚，排行第三，没留胡子，比两个哥哥身材矮小些，脸色红润些，衣着漂亮些。老二伊格拿特个儿比较高，脸色黝黑，留着山羊胡子。他也穿着长靴和马车夫衬衫，戴一顶羔皮帽，却不像弟弟那么开朗和潇洒。老大卡尔普个儿更高，穿一双树皮鞋和一件灰长袍，衬衫上没有镶条，留着褐色大胡子。他的模样不仅严肃，而且有点忧郁。

"您要找爸爸来吗，老爷?"卡尔普走到东家跟前，笨拙地微微鞠着躬，说。

"不用了，我自己到养蜂场去找他，看看他那边弄得怎么样。我有话要跟你谈谈。"聂赫留朵夫说着走到院子另一边，使伊格拿特听不见他跟卡尔普的谈话。

这两个青年农民现出志得意满和自命不凡的神气，奶奶刚才又说了那么一番话，这就使年轻的地主感到很不自在，下不了决心跟他们谈要谈的事。他觉得自己仿佛犯了什么过错，还是单独同一个兄弟谈，不让另一个听见，比较自然。卡尔普觉得很奇怪,不知东家为什么把他领到一边,但还是跟着他走去。

"我说,"聂赫留朵夫支支吾吾地说,"我想问你,你们是不是有好多匹马?"

"能配成五套三驾马车,马驹也有几匹。"卡尔普搔搔脊背,放肆地说。

"你两个弟弟都在赶驿车吗?"

"我们赶三辆三驾驿车。伊里亚有时去拉脚,这会儿他刚回来。"

"怎么样,干这一行很有利吗?干这一行你们可以挣多少钱?"

"挣得到多少钱吗,老爷?能养活自己和那几匹马,就算不错了。"

"那你们为什么不干些别的行当呢?譬如说,你们可以买一片树林子,租一块地种种。"

"老爷,租一块地种种当然可以,要是有机会的话。"

"我现在就是要向你们提出:你们干拉脚这种行当,也只能糊口,还不如向我租三十亩地去种种。我愿意把萨波夫那边的一块三角地租给你们,这样你们就可以办一个大农场。"

聂赫留朵夫一心想办农民农场,老是在考虑这事,这会儿就毫不犹豫地把这个设想告诉卡尔普。

卡尔普细心地听着东家的话。

"我们非常感谢您的好心,老爷。"卡尔普说。聂赫留朵夫默默地听着,眼睛瞧着他,等待他的回答。"这事当然没有什么不好。庄稼人种田总比拿鞭子赶车强。像我们这样在陌生人中间来来往往,什么样的人都会碰到,自己只会被带坏。

庄稼人种田,那再好也没有了。"

"那么你对这事有什么想法呢?"

"现在老头子健在,我能有什么想法呢? 得由他拿主意。"

"你带我到养蜂场去,我要跟他谈谈。"

"您这里走。"卡尔普说,慢吞吞地向后面板棚走去。他打开通养蜂场的矮栅门,让东家过去,又把门关上,自己回到伊格拿特跟前,默默地干起中断的活来。

十五

聂赫留朵夫弯下身子,通过遮阴棚矮门,来到院子后面的养蜂场。六月炎热的阳光照耀着一块不大的空地,它的四周围着麦秆和树枝编成的篱笆,上面对称地放着一排排木板钉成的蜂箱,蜂箱周围嘤嘤嗡嗡地飞舞着金色的蜜蜂。一条踩实的小径从矮门直通场地中央的一个木头神龛,神龛里贴金的神像在阳光下熠熠闪光。几株小菩提树树干挺拔,枝叶繁茂的梢头伸出在邻居小屋之上,它那深绿色的嫩叶伴随着蜜蜂的喧闹发出沙沙的响声。篱笆、菩提树和蜂箱都在蜂箱之间的杂草上投下黑色的阴影。菩提树中间有一座新铺上干草的小木棚,门前站着一个老头儿,弯着腰,灰白的秃头在阳光下闪闪发亮。老头儿听见矮门吱嘎一声,回过头,拉起衬衫前襟擦擦汗淋淋的晒黑的脸,快乐而亲切地笑着向东家走去。

养蜂场里那么宁静、光亮、愉快和舒服;头发花白的老头儿,眼睛周围布满细密的鱼尾纹,赤脚穿一双宽大的软鞋,脸上露出和善而自满的微笑,身子摇摇晃晃地在他的小天地里欢迎东家,他的神情又是那么和蔼可亲,这就使聂赫留朵夫忘记了一早晨不愉快的印象,头脑里又生动地浮现出他那心爱的理想。他仿佛看见他的农民个个都像杜特洛夫那样富裕和善良,个个都向他亲切而快乐地微笑,因为他们的财富和幸福都是他赐予的。

"老爷,您要不要用个网罩? 如今蜂子可凶啦,要蜇人,"老头儿从篱笆上取下一个散发出蜜香的脏网罩递给东家。"蜜蜂认得我,不会蜇我。"他露出温顺的微笑补充说,这笑容一直没有从他那晒黑的好看的脸上消失。

"那我也不需要。蜜蜂在分群吧?"聂赫留朵夫问,自己不知道为什么也笑了。

"就算是分群吧,德米特里老爷,"老头儿回答时这么称呼,显得特别亲切,"也才刚刚开始。您也知道,今年春天冷得很。"

"我在一本书里读到过,"聂赫留朵夫挥开一只扑向他的头发、在耳朵边嗡嗡叫的蜜蜂,说道,"要是蜂房固定在木杆上竖着放,蜜蜂分群就早。因为这个缘故,蜂房要用十字交叉的木板做……"

"老爷,您不要用手挥动,这样更糟,"老头儿说,"您不要用个网罩吗?"

聂赫留朵夫被蜂蜇得很痛,但出于一种孩子气的自负不愿承认。他再次拒绝用网罩,继续把他从《农场》一书里读到的蜂房构造讲给老头儿听,并且认为这样蜜蜂会分群两次;但这时一只蜜蜂蜇他的脖子,使他痛得讲不下去。

"对啊,德米特里老爷,"老头儿眼睛瞧着东家,带着一种长辈的宽厚态度说,"书本里是这么写的。是啊,书本里有时写得很糟,他们会说:让人家照我们写的那么办,以后我们就可以取笑他们。就是有这样的事!人怎么能教会蜂子往哪儿造蜂房呢?它们在蜂箱里随意造,有时候交叉,有时候竖直。老爷,您看,"他抽出手边的一个蜂房,从小孔里张望爬满嗡嗡叫的蜂子的蜂房,"这是一窝新蜂,头上的雌蜂就是王,它们就是顺着一边竖直地筑蜂房,认为这样最合适。"老头儿说,显然陶醉于他所心爱的东西里,也不顾旁边站着东家。"今天它们脚上都沾满了蜜,因为天气暖和,什么都看得清楚。"他补充说,关上蜂箱,拿一块破布压住一只爬着的蜜蜂,接着用粗手掌从起皱的后颈上抓下几个蜜蜂。蜜蜂并不蜇他,但聂赫留朵夫几乎想从养蜂场逃走,因为蜜蜂已蜇了他三处,并且围着他的脑袋和脖子嗡嗡乱飞。

"你有好多箱蜂吗?"他问,同时向门口退去。

"那都是天老爷赐给的,"杜特洛夫笑着回答,"老爷,数可不用数,蜜蜂不爱被人家数。老爷,我可有个事要求您,"他指着篱笆旁的几个空蜂箱,继续说,"就是为了奥西普,您奶妈的那个丈夫,您最好对他说说,本乡本土的,这样对待邻居可不好。"

"他干了什么坏事?……哦,它们真蜇人!"东家抓住门把手,说。

"哼,他年年都把自己的蜂箱放在我的新蜂旁边。新蜂正需要调养,可是他的蜜蜂却飞来偷蜜。"老头儿没有注意到东家皱紧眉头,说个不停。

"好,这事以后再说,现在我……"聂赫留朵夫说,再也忍不住了,就挥舞双手,拔腿往门外跑去。

"用泥巴擦擦就好了,不要紧。"老头儿说,跟着东家走到院子里。东家用泥巴擦擦蜇过的地方,脸涨得通红。他迅速地看了一眼没有注意他的卡尔普和伊格拿特,生气地皱起眉头。

十六

"老爷,我有点事要求您,是我那两个孩子的事。"老头儿说,仿佛没有发觉东家不快的神色,但也许是真的没有发觉。

"什么事?"

"至于马,感谢天老爷,我们养得还不错,雇工也有一个,劳役我们也从不耽误。"

"那你有什么事?"

"要是您老爷开恩,免去孩子们的劳役,那么伊里亚和伊格拿特一夏天就可以赶三辆三驾马车去拉脚,也许可以多挣几个钱。"

"他们到哪儿去?"

"那得看情况,"伊里亚这时把马拴在屋檐下,走到父亲跟前,插嘴说,"卡德明家几个孩子用八辆三驾马车到罗门拉脚,据说吃饱不算,每辆车回来还挣到三十卢布;再有,据说敖德萨饲料很便宜。"

"哦,这事我正要跟你谈谈,"东家转身对老头儿说,想自然而然地引他谈农场的事,"你倒说说,难道干拉脚比在家里种庄稼更有利吗?"

"有利得多了,老爷,"伊里亚麻利地把头发往后一甩,又插嘴说,"待在家里,马连饲料都没有吃的。"

"那么,你一个夏天可以挣多少钱呢?"

"打从春天起,尽管饲料价钱贵,我们运货到基辅,在库尔斯克又装粮食到莫斯科,我们自己吃饭不算,让马也吃饱肚子,还带了十五卢布回家。"

"不论干哪一行,只要正当,就没有害处,"聂赫留朵夫又对老头儿说,"我认为你们还有别的事可干。干拉脚这一行,让小伙子到处跑,什么样的人都会碰到,自己也会被带坏的。"东家重复卡尔普的话说。

"我们这种乡下人不拉脚,还有什么活好干呢?"老头儿露出温顺的微笑,不以为然地说,"拉脚好,自己吃得饱,还可以把马喂饱,至于说到变坏,我那几个孩子也不是第一年干这活了,我自己也干过,感谢天老爷,可从来没有碰到过什么坏人,都是好人。"

"你们在家里不是也有好多活好干吗?种庄稼啰,养牧草啰……"

"这怎么行,老爷!"伊里亚兴奋地插嘴说,"我们生来就是干这一行的,什么规矩都懂,老爷,我们弟兄几个就喜欢赶车!"

"哦,老爷,您能光临我们的小屋吗?您还没有来过我们的新房子呢!"老头儿说,深深地鞠着躬,向儿子使了个眼色。伊里亚往屋子里跑去,聂赫留朵夫就同老头儿一起跟着他走进去。

十七

老头儿走进屋子,又向东家鞠了一躬,拿短袄前襟擦去上座长凳上的灰尘,笑眯眯地问:"老爷,我们拿什么招待您呢?"

　　屋子洁白宽敞,有烟囱,里面安着高板床和低铺。新鲜的白杨圆木还没发黑,上面还有干枯不久的青苔;新做的长凳和板床还没有磨平;地也还没有踏实。伊里亚的老婆,一个年轻消瘦的农家女人,生有一张忧郁的鹅蛋脸,坐在床上,用脚摇着吊在天花板下长杆子上的摇篮。摇篮里有一个小娃娃,闭着眼睛,伸开手脚,睡得很熟。另一个女人,身子结实,脸颊红润,那是卡尔普的老婆。她卷起袖子,露出一双晒得黑黑的强壮的手臂,站在炉子前面,把洋葱撕碎放在木碗里。炉子边还站着一个麻脸的孕妇,用衣袖遮着脸。屋子里除了温暖的阳光外,还有炉子的热气,以及刚出笼面包的香味。高板床上有两个淡黄头发的男孩和一个女孩,好奇地上下打量着东家。他们爬到那儿等吃饭。

　　聂赫留朵夫看到这种富足的光景,很高兴,同时面对这些瞧着他的女人和孩子,不知怎的有点害臊。他红着脸在长凳上坐下来。

　　"给我一块热面包,我爱吃新鲜面包。"聂赫留朵夫说,脸涨得更红了。

　　卡尔普的老婆切了一大块面包,放在盘子里递给东家。聂赫留朵夫没作声,不知道说什么好。女人们也不作声。老头儿和蔼地微笑着。

　　"我干吗害臊哇? 仿佛做了什么错事似的,"聂赫留朵夫想,"我干吗不提办农场的事呢? 我真傻!"但他还是没有说什么。

　　"哦,德米特里老爷,您对我那两个孩子有什么吩咐哇?"老头儿说。

"我想劝你不要放他们出去,就在这里给他们找点活干,"聂赫留朵夫突然鼓起勇气说,"我给你出个点子,你跟我向公家合买一片树林,还有土地……"

老头儿脸上和蔼的微笑突然消失了。

"哦,老爷,您叫我们拿什么钱去买呢?"他打断东家的话说。

"只买一小片树林,有这么两百卢布就行了。"聂赫留朵夫说。

老头儿生气地冷笑了一声。

"是啊,要是有钱,干吗不买?"他说。

"难道你连这几个钱都没有吗?"东家责难似的说。

"唉,老爷!"老头儿眼睛望着门,愁眉苦脸地回答,"我的钱只够养家活口,哪里买得起树林。"

"你明明有钱,干吗闲放着不用?"聂赫留朵夫固执地说。

老头儿突然大为激动,他的眼睛闪出光芒,两肩不住地耸动。

"大概是恶人造了我的谣,"他颤声说,"请您相信上帝,"他越说越激动,眼睛望着圣像,"除了伊里亚带回十五个卢布以外,我要是再有钱,那就叫我眼睛瞎掉,当场死去,再说您老爷也知道,还得付人头税,我们还盖了这房子……"

"嗯,好啦,好啦!"东家从凳子上站起来说,"再见,当家人。"

十八

"天哪!天哪!"聂赫留朵夫穿过荒草丛生、浓荫蔽天的小径,大踏步向家里走去,沿途漫不经心地撕着枝叶,心里想,"难道我对生活的目的和责任的理想都是荒诞的?我为什么感到烦恼和悲伤,对自己那么不满意?我原以为既然找到了这条路,我将永远感到心满意足,就像刚产生这种思想时那样。"于是他清清楚楚地想起一年前那个幸福的时刻。

那天在家里,他一早第一个起身,内心充满无法表达的青春的烦恼,漫无目的地走进花园,又从花园走到树林里。在春意盎然而又一片宁静的五月美景中,他独自漫游了好半天,头脑昏昏沉沉,全身洋溢着过剩的感情而又无处发泄。一会儿,他出于青春的热情想象着女人肉感的身子,仿佛觉得这就是他无法表达的欲望。但另一种感情,高尚的感情,却说"不对头",并且迫使他追求别的东西。一会儿,他那缺乏经验、容易冲动的智能越升越高,达到抽象的境界,似乎向他展示了生活的准则。于是他就得意扬扬地停留在这样的思想上。但高尚的感情又对他说"不对头",又迫使他重新追求和激动。他没有思想,也没有欲望(在紧张的活动之后总会发生这种情况),仰天躺在树下,眺望早晨的轻云怎样飘翔在广袤无垠的蓝天中。突然他的眼眶里无缘无故涌出泪水来,他的头脑里出现了一种充溢心灵的明确思想:爱和善就是真理和幸福,就是人生唯一的幸福。他高兴地抓住这思想,而这次高尚的感情却没有说"不对头"。他支起身来,开始检验这个思想。"对了,对了!"他欣喜若狂地自言自语,用这思想来衡量以前的种种信念和生活现象,觉得这思想确是一种崭新的真理。"我以前所知道、所信仰、所热爱的一切都是那么荒唐啊!"他自言自语,"只有爱和自我牺牲才是真正不受环境影响的唯一幸福!"他微笑着挥动双手,信心十足地说。他拿这个思想多方面对照生活,并且在生活和自己的心灵中找到了确证,他感受到一种全新的兴奋和欣喜。"对了,要获得幸福,就该做好事。"他想,在他面前展开的未来生活已不是抽象的,而是一种具体的地主生活。

他看到自己一生都奉献给慈善事业的广阔天地,并因此获得幸福。他用不着去找寻献身的地方,它就现成摆在面前;他有不容推卸的责任,他手头有一批农民……这是一项多么愉快而有益的工作!"去影响这批天性淳朴、感情真挚的人,使他们摆脱贫困,让他们生活富足,把我所受的教育传授给他们,纠正他们由愚昧和迷信所造成的缺点,培养他们高尚的品德,使他们热爱行善……这是一种多么光明幸福的前景啊!而这一切全在于我,我将为自己的幸福这样做,我将快乐地领受他们的感激,我将看到日益接近既定的目标。多么美妙的前景!以前我怎么会看不到呢?"

"再说,"他想,"又有谁妨碍我去领略同女人恋爱的幸福,阻止我去过美满的家庭生活呢?"于是年轻人的想象又给他描绘出一幅更加迷人的前景:"我将跟我的妻子——天下还没有人像我爱她那样爱过人——带着我们的孩子或者加上我那年老的姑妈,永远过这种恬静而诗意盎然的田园生活。我们相互热爱,我们宠爱我们的儿女,并且知道我们的天职就是行善。我们会相互帮助,走向这个目标。我制定总的规划,大公无私地帮助人,开办农场、储蓄银行和各种工场;她呢,长着一个美丽的小脑袋,身穿一件朴素的白色连衣裙,露出一双好看的小脚,踩着泥地到农民子弟学校去,到医院去,去照顾——其实是不值得照顾的——不幸的农民,到处安慰人,帮助人……男女老少个个崇敬她,把她看作天使,看作神。然后她回家来,不告诉我去看望过不幸的农民,还给过他钱,但这事我全知道,我紧紧地拥抱她,热烈地吻她那双迷人的眼睛、羞红的双颊和含笑的樱唇……"

…………

十九

"我这些理想在哪里啊?"年轻的地主访问归来,走近自己的房子,想。"啊,我在这条道路上寻找幸福已经有一年多了,可是我找到了什么? 不错,有时我觉得可以心满意足,但这种满足是乏味的。不,其实我对自己很不满意!我不满意,因为我在这儿没有找到幸福,可我又渴望幸福。我没有感觉到快乐,并且同一切使人快乐的事绝了缘。这是为什么?这是为了什么?谁因此感到幸福呢?姑妈来信说得对,自己找幸福容易,给别人谋幸福难。难道我那些农民变得富裕些了吗?难道他们的教养提高了,道德增强了吗?一点也没有。他们的日子一点也没有变好,而我却每况愈下,越来越痛苦。我要是能看到事业成功,看到人家感恩戴德,倒也罢了……可是没有,我看到的只是虚伪的成规、放荡的恶习、相互猜疑、走投无路的困境。我白白糟蹋了一生中最好的年华。"他想,接着又忽然想起奶妈告诉他的话。她说,街坊都叫他呆公子。他想起账房里一点钱也没有了;那天他在打谷棚第一次当众试用他所发明的脱粒机,可是那机器除了呼呼直响外,什么谷子也打不出来,只引得农民们哄堂大笑;他还得随时准备地方法院来人登记他的财产,因为他热衷于经营各种新企业,过期没有付押款。突然,就像原来回想林中散步和地主生活那样,他鲜明地想到莫斯科的学生生活。他在宿舍的一支蜡烛光下，跟一个十六岁的同学和挚友一起坐到深夜。他们一连五小时反复阅读枯燥乏味的民法笔记，读好后就去取晚餐，两人共喝一瓶香槟，边喝边谈他们的前途。在年轻大学生的想象中，前途完全是另一种样子！那时他们觉得前途似锦，充满欢乐、活动和光辉的成就，并且无疑会使他们获得荣誉——他们当时心目中至高无上的幸福。

"他倒是在沿着这条路飞黄腾达，"聂赫留朵夫想到他的朋友，"可是我呢……"

不过这时他已走到家门口，有十来个农民和家仆正带着形形色色的要求在那里等待他，他不得不从胡思乱想中回到现实生活上来。

这里有一个农妇，衣衫褴褛、头发蓬乱、满脸血迹，哭诉公公要杀她。这里有弟兄俩，分家分了两年还没有分好，此刻正满腔怒火地对视着。这里有一个头发花白、胡子蓬乱的老仆，因为醉酒而双手不住哆嗦；他那个当花匠的儿子把他带到东家这里来，控告他行为放荡。这里有一个农民，他把老婆从家里赶走，因为她整个春天都没有干过活。他那个有病的老婆也来了，她一言不发，只是嘤嘤哭泣，坐在门口草地上，露出她那条胡乱用脏布包着的肿腿……

聂赫留朵夫听了各种要求和申诉，给有些人出了主意，给另一些人排解纠纷，又答应另一些人的要求，感到又疲劳，又羞愧，又无能，又悔恨，就怀着这种错综复杂的感情走进自己的屋子。

二十

聂赫留朵夫住的房间并不大,里面放着一张钉有铜钉的旧皮沙发,几把同样的安乐椅;一张曲腿的嵌花包铜老式牌桌,上面放着些文件;一架打开的发黄老式英国三角钢琴,狭窄的琴键都磨光了,凹陷了。窗户之间挂着一面边框镀金的老式大镜子。桌旁的地板上堆着文件、书籍和账簿。整个房间显得杂乱无章,不成体统。这种紊乱的样子,同大住宅里其他房间刻板的老式贵族的陈设,形成鲜明的对照。聂赫留朵夫走进屋子,气呼呼地把帽子往桌上一扔,在钢琴前面的椅子上坐下来,架起腿,垂下头。

"少爷,您用早饭吗?"这时又高又瘦、满脸皱纹的老保姆走进来问。她头戴便帽,外包大围巾,身穿印花布连衣裙。

聂赫留朵夫回头瞧了她一眼,沉默了一会儿,仿佛刚定下神来。

"不,我不想吃,保姆。"他说着又沉思起来。

老保姆生气地对着他摇摇头,叹了一口气说:"唉,德米特里少爷,您什么事烦恼哇? 就是再伤心的事也会过去的,真的……"

"我又没有烦恼! 你想到哪儿去了,保姆?"聂赫留朵夫回答,竭力装出笑容来。

"您说不烦恼,难道我看不出来?"老保姆激动地说,"从早到晚就是孤零零的一个人。什么事您都往心里去,什么事您都要亲自去办,又什么东西也不吃。这样行吗? 您至少也该到城里去走走,或者串串门子,像现在这样怎么行呢? 您年纪轻轻,怎么能这样成天伤心! 少爷恕罪,我坐了,"老保姆在近门处坐下来,又说,"您待他们这样宽大,他们就毫无顾忌了。做东家的这样行吗? 这样一点好处也没有,您只会毁了自己,把老百姓惯坏。我们这里的老百姓就是这样的,一点规矩也不懂,真的。您就是去看望看望姑妈也好,她信上写得真对……"老保姆劝他说。

聂赫留朵夫越来越愁闷。他的右手支在膝上,这会儿没精打采地提起来碰碰琴键。钢琴发出一声和音,又是一声,又是一声……聂赫留朵夫身子凑近钢琴,从口袋里伸出另一只手,弹起琴来。他弹的曲子有时听来不熟练,甚至弹错了,多半弹得很平庸,听不出一点音乐才能,但弹琴能让他抒发一种淡淡的哀愁。每当和音发生变化的时候,他总是屏息静气地期待着,看自己会弹出什么音乐来,然后模模糊糊地用想象来补充不足的地方。他仿佛听见几百个旋律:同他弹出的和音协调的合唱与乐队的演奏。使他陶醉的主要是幻想增强了。这种幻想虽然断断续续,毫不连贯,但却极其清楚地向他展示出种种错综而荒唐的往事和未来的画面。一会儿,聂赫留朵夫面前出现了白人达维德,达维德看到他母亲青筋暴起的黑拳头,怯生生地眨动白睫毛。接着聂赫留朵夫又看到白人达维德圆圆的脊背和一双长满白毛的巨手,以及他对命运的折磨和生活的贫困所抱的漠然态度。一会儿,聂赫留朵夫看见他那个在仆人中显得泼辣大胆的奶妈,她在乡下到处串门,劝告农民有关钱财的事必须瞒着地主,而他也就无意识地自言自语:"是的,钱财的事必须瞒着地主。"一会儿,聂赫留朵夫面前出现了淡褐色头发的未婚妻,她不知怎的眼泪汪汪,十分悲伤地把头伏在他的肩上。一会儿,他看见楚里斯那双善良的浅蓝色眼睛,温柔地瞧着他的大肚子的独子。是啊,楚里斯不仅认为他是他的儿子,而且把他看作帮手和救星。"是啊,这就是爱!"他喃喃地说。然后他想起了尤赫万卡的母亲,想起了她那逆来顺受和饶恕一切的神情,尽管她那苍老的脸上露出一颗门牙,显得很丑。"她活了七十岁,她这种神情也许还是我第一个发现的,"聂赫留朵夫一面想,一面喃喃地说:"真怪!"接着又漫不经心地按着琴键,倾听着琴声。然后他生动地想到他怎样逃出养蜂场,想到伊格拿特和卡尔普的脸色,他们想笑,却又不敢朝他望。他涨红了脸,不由得回头望望老保姆。她仍旧坐在门边,默默地瞧着他,偶尔摇摇花白的脑袋。他的面前突然出现了三匹汗水淋漓的骏马和伊里亚匀称而强健的身姿。伊里亚生着一头浅色鬈发,一双喜气洋洋的光亮狭长的浅蓝色眼睛;面颊红润;嘴唇和下巴上刚出现淡黄色的胡子。他想起伊里亚怎样担心不让他去拉脚,怎样为他心爱的行当辩护。他仿佛看到一个浓雾弥漫的灰蒙蒙的早晨、一条滑溜溜的大路和一长列货物装得很高、上面盖着蒲席、写有黑色大字母的三套马车。这些腿粗体壮的骏马弓起背,振响铃铛,拉紧挽索,用蹄铁上的棘刺紧抓住滑溜的泥地,齐心协力地往坡上跑。迎面跑来一辆下坡的驿车,铃声叮当,回声震响大路两边的密林。

"驾!"领头的车夫戴一顶嵌有铜号牌的羔皮帽,把鞭子高高地举到头上,用响亮的童音喝道。

卡尔普蓄着深褐色大胡子,目光忧郁,穿一双大皮靴,迈着沉重的步子,挨着第一辆马车的前轮走着。第二辆车上露出伊里亚漂亮的头部,他坐在前座的蒲席下,悠然自得地迎着晚霞。三辆装满行李的三套车,车轮辘辘,铃声叮当,加上车夫的吆喝声,从身旁驰过。伊里亚又把自己漂亮的头藏到蒲席下,打起瞌睡来。啊,这是一个晴朗温暖的黄昏。木板大门吱嘎作响,几辆聚集在驿站院子里的三套车高装着行李,一辆辆踩着大门里的铺板,走进宽敞的棚子。伊里亚愉快地向脸色白净、胸脯宽阔的女主人打了个招呼。女主人问他说:"打从老远来吗? 要多少饭菜?"接着得意扬扬地用她那双明亮迷人的眼睛瞧着英俊的小伙子。伊里亚把马安顿好,走进挤满人的暖和小屋子里,画了十字,在一个盛满饭菜的木碗前坐下,快乐地跟女主人和同伴们聊了起来。他就在这儿敞棚下过夜,直接睡在香喷喷的干草上,望得见繁星闪烁的天空,旁边就是马匹。那些马倒换着蹄子,喷着鼻息,翻动着木槽里的饲料。他爬上干草堆,面向东方,在自己强壮的阔胸膛上画了三十次十字,抖了抖浅色的鬈发,嘴里不断念着:"主哇"和二十次"上帝保佑",然后这个强壮的小伙子用粗呢大衣蒙住头,顿时进入无忧无虑的梦乡。他梦见一个个城市:充满圣徒和信徒的基辅,挤满商人和货物的罗门,敖德萨和远处白帆点点的蓝海,然后他鼓动无形的翅膀飞到皇城①,那里有金碧辉煌的房子和白胸脯、黑眉毛的土耳其女人。他轻快自如地越飞越远,看见下面金光灿烂的城市、繁星闪烁的蓝天和白帆点点的沧海,他悠游自在地越飞越远……

"太美啦!"聂赫留朵夫低声地自言自语,同时情不自禁地想:"我为什么不能像伊里亚那样!"

---

① 皇城,即君士坦丁堡,今伊斯坦布尔。

卢 塞 恩 *

（聂赫留朵夫公爵日记摘录）

七月八日

昨晚来到卢塞恩，住进本地最好的旅馆：瑞士旅馆。

"卢塞恩，这座古老的州城，建于四州湖畔，是瑞士最富有浪漫气息的地方之一；"梅勒①写道，"这儿有三条大道交叉；到里奇山乘汽船只有一小时路程，从里奇山眺望，就可以欣赏世界上最壮丽的景色。"

这话不知是否正确，但其他旅游指南也都这样说，因此各国旅游者，特别是英国人，到卢塞恩来的不计其数。

豪华的五层楼瑞士旅馆不久前刚落成，矗立在湖畔，那里从前有一座有顶的弯曲木桥，桥梁上雕有圣像，桥堍有座小教堂。如今英国人大量涌到，为了满足他们的需要，迎合他们的趣味，并靠了他们的金钱，拆毁了那座旧桥，新筑了一条笔直的花岗石湖滨街，街上盖了一排四四方方的五层楼房子，房子

---

* 旧译《琉森》。

① 原文是英语。摘自英国出版商约翰·梅勒的《瑞士旅游指南》。

前面种了两行菩提树,都用支柱撑着,菩提树中间照例安放着漆成绿色的长凳。这是个散步的好地方,头戴瑞士草帽的英国淑女和身穿坚实而舒适衣服的英国绅士在这里来回踱步,欣赏着他们的杰作。这样的街道、房屋、菩提树和英国人,在别处也许令人赏心悦目,但在这儿,在这庄严得出奇而又和谐得难以形容的大自然中,可不是那么回事。

我上楼走进我的房间,打开临湖的窗子。湖光、山色和天宇的美最初一刹那使我头晕目眩,惊叹不已。我感到情绪激动,心里有一种感情需要抒发。在这个时刻,我想拥抱什么人,紧紧地拥抱他,呵他的痒,拧他,总之,要对他和对我自己做点不寻常的事。

晚上六点多钟。下了一整天雨,这会儿放晴了。浅蓝的湖水好像燃烧的硫黄;湖上几叶扁舟,拖着一条条渐渐消逝的波纹;光滑宁静的湖水像要满溢出来,从窗外葱绿的河岸间蜿蜒流去,流到两边夹峙的陡坡之间,颜色渐渐变暗,接着就停留和消失在沟壑、山岭、云雾和冰雪之间。近处,潮湿的浅绿湖岸伸展出去,岸上有芦苇、草坪、花园和别墅;远一点是树木苍郁的陡坡和倾圮的古堡;再远一点是淡紫色的群山,那里有形状古怪的巉岩和白雪皑皑的奇峰;万物都沉浸在柔和清澈的浅蓝色大气中,同时又被从云缝里漏出来的落日余晖照耀得瑰丽万状。湖上也好,山上也好,空中也好,没有一根完整的线条,没有一种单纯的色彩,没有一个停滞的瞬间,一切都在运动,哪里也没有平衡,一切都变幻莫测,到处是互相渗透、光怪陆离的线条和阴影,但周围却是一片宁静、柔和、统一和无与伦比的美。可是这儿,在我的窗前,在这浑然天成的自然美景中,却俗不可耐地横着一条笔直的湖滨街、用支柱撑着的菩提树和漆成绿色的长凳。这些粗劣俗气的人工产物,不仅不像远处别墅和倾圮的古堡那样融合在和谐统一的美景中,而且粗暴地将它破坏了。我的视线老是不由自主地同那条直得可怕的湖滨街相撞,我真想把它推开,毁掉,就像抹掉眼睛下面鼻子上的黑斑那样;可是英国人散步的那条湖滨街始终留在原地。我不得不另找一个看不见它的视角。我学会了这样观望,晚饭前就独自领略着那种一个人欣赏自然美景时才能体会到的揪心的淡淡哀愁。

七点半,侍者来通知我吃晚饭。底层富丽堂皇的大厅里摆着两张长桌,至少可坐一百人。客人默默地聚拢来,大约用了三分钟时间,只听得女宾衣服的窸窣声、轻轻的脚步声以及同殷勤体面的侍者的悄悄说话声。最后,全部位子都被绅士淑女们占据了。他们个个穿戴得十分漂亮,甚至阔绰,而且异常整洁。这里也像瑞士其他地方一样,旅客多半是英国人,因此公共餐桌上的主要特点是严格遵守礼节:大家都彬彬有礼,不随便交谈,并非由于高傲,而是觉得彼此不需要亲近,人人都单独陶醉在舒服和愉快的环境中。四面八方都是雪白的花边、雪白的硬领、雪白的真牙和假牙、雪白的脸和手。不过,所有的脸——其中也有很漂亮的——只有一种表情,那就是只满足于个人的幸福,对周围与己无涉的东西一概漠不关心。而戴着宝石戒指和半截手套的白手,只是用来理理领子,切切牛肉,斟斟美酒而已。从他们的一举一动中看不出丝毫内心活动。家人之间也只偶尔低声交谈几句,说哪道菜或哪种酒味道好,里奇山的景色有多美。有些单身的男女旅客默默地坐在一起,谁也不看谁一眼。要是这一百个人中有两个交谈几句,那也无非是谈谈天气和攀登里奇山之类的话。刀叉在盘子里轻轻移动着,菜肴一小口一小口地吃着,豌豆和青菜都用叉子叉着吃。侍者不由自主地顺从这种严肃的气氛,低声问你要什么酒。每次这样吃饭,我总感到压抑、不快,甚至忧郁。我老觉得犯了什么过错,受到惩罚,就像小时候淘气被罚坐椅子,并且听到讽刺的话:"你就歇会儿吧,我的宝贝!"当时我热血沸腾,还听见弟兄们在隔壁屋子里快乐地喧闹。在这样的会餐桌上,我总是竭力想驱除压抑感,可是没有用;那一张张死气沉沉的脸对我产生一种无法抗拒的影响,我也就变得那样死气沉沉了。我什么也不要,什么也不想,甚至什么也不看。起初我试图同邻座谈谈,但是,除了同一个人在同一个地方重复过千百遍的话之外,我听不到别的回答。其实,这些人并不傻,也不是麻木不仁,许多死气沉沉的人也像我一样有着内心生活,其中不少人比我复杂得多,有趣得多。那他们为什么要使自己失去人生的一大乐趣——交际的乐趣呢?

我们在巴黎的公寓生活就完全不同。在那儿,我们二十个人,国籍不同,职业不同,性格不同,但在法国人爱好社交的风气影响下,大家坐在一起吃饭,毫无拘束,十分愉快。在那儿,大家从餐桌这一头谈到那一头,还常常夹些俏皮话和双关语,尽管说得语无伦次,但都是共同的语言。在那儿,谁也不在乎会产生什么后果,心里想什么,嘴里就说什么。在那儿,我们有我们的哲学家,有我们的辩论家,有我们的俏皮鬼,有我们的常被取笑的倒霉蛋,一切都是共有的。在那儿,一吃完晚饭,我们把桌子推开,不管合不合节拍,就在沾满尘土的地毯上跳起波尔卡舞来,一直跳到深夜。在那儿,尽管我们有点玩世不恭,也不够聪明,不值得受人尊敬,但我们都是人。不论是风流多情的西班牙伯爵夫人,还是那在饭后朗诵《神曲》

的意大利修道院院长,还是那获得去杜尔里宫①许可证的美国医生,还是那留长头发的青年戏剧家,还是那自称创作了世界上最优秀波尔卡舞曲的女钢琴家,还是那每个手指上都戴着三个戒指的俏丽而薄命的寡妇,大家彼此都保持着人的关系,尽管关系不深,但都十分诚恳,而且互相留下或浅或深的印象。这种印象甚至深入人心,使人终生难忘。可是在这种英国式的餐桌上,我瞧着这些花边、缎带、戒指、搽油的头发和丝绸衣服,心里常常想:有多少这样活生生的女人自己可以获得幸福,也可以使别人幸福,想起来也怪,这儿有多少朋友和情人,最幸福的朋友和最幸福的情人,并排坐在一起,却不懂得这个道理。天知道为什么他们从不懂得这个道理,从不肯把他们所渴望和非常容易给人的幸福给予对方。

吃过这样的晚餐,我照例感到闷闷不乐,不等吃完甜食,就心烦意乱地上街溜达。又窄又脏又暗的街道,上了门板的店铺,喝得烂醉的工人,走去打水的女人和头戴帽子沿胡同墙根儿闲荡、眼睛东张西望的女人,这一切不仅没有驱除而且加深了我的忧郁。街上已是一片漆黑,我没向周围环顾,头脑里也没想什么,径直向旅馆走去,希望用睡眠来摆脱心头的忧郁。我感到极其寒冷、孤独和沉重,就像一个人刚到一个新地方,有时会莫名其妙地产生这样的心情那样。

我瞧着脚下的地面,沿湖滨街向瑞士旅馆走去,突然一阵美妙动人的乐声把我惊住了。这乐声顿时使我精神振奋,仿佛一道欢乐的强光射进我的心田。我感到轻松愉快。我那沉

---

① 杜尔里宫,巴黎的皇宫,于十六世纪建成,十八世纪末资产阶级革命时期是国民公会所在地,后曾作为拿破仑和法国皇帝的皇宫,一八七一年在战争中焚毁。

睡的注意力重又投向周围的一切。美丽的夜色和湖景原来已被我淡忘,这会儿忽然像一件新玩意儿那样使我精神振奋。刹那间,我忽然发现冉冉上升的月亮照着阴暗的天空,有几块灰云飘浮在湛蓝的天幕上;平滑的墨绿湖水上映着点点灯火,看见远处雾蒙蒙的群山,听见从弗廖兴堡传来的蛙鸣和对岸鹌鹑像朝霞般纯净的啼声。就在我前面,在我的注意力被乐声吸引的地方,昏暗中我看到街心有一群人围成半圆形,而在人群前面几步的地方,有一个穿黑衣服的矮小的人。在人群和那人后面,背衬着浮云片片的深灰色天空,整整齐齐地浮现着几行黑魆魆的杨树,古教堂两边庄严地耸立着两个森严的塔顶。

我走近去,乐声更清楚了。我清楚地听出那在远方夜空中美妙地回荡着的吉他婉转的和音,还有几个人在轮唱,不唱主旋律而唱其中最扣人心弦的几段。主旋律类似优美悦耳的玛祖卡舞曲,歌声忽近忽远,有时是男高音,有时是男低音,有时像是提罗尔人从喉部发出的高亢颤音的假声。这不是歌曲,而是一首轻快歌曲的优秀草稿。我不知道这是什么歌,但很美妙动听。那令人销魂的吉他婉转的和音,那轻快美妙的旋律,那月光照耀下黑沉沉的湖面,那默默耸立着的两个高塔和黑魆魆的杨树,以及那在神奇环境中孤独的黑衣人——这一切都是怪诞的,但都具有说不出的美,至少我有这样的感觉。

生活中错综复杂而又无法摆脱的印象忽然对我产生了意义和魅力。我心里仿佛绽开了一朵芬芳的鲜花。刚才的疲劳、萎靡和对世间万物的冷漠一扫而光,我忽然感到需要爱情、希望和纯洁的生活的欢乐。我情不自禁地问自己:"你需要什么？你希望什么？还不是从四面八方向你涌来的美和诗嘛！尽你的全力大口大口地吸收美和诗吧，尽情享受吧，你还需要什么呢！一切都属于你，一切都是那么美好……"

我走得更近些。那个矮小的人好像是个提罗尔流浪汉。他站在旅馆窗前，伸出一只脚，仰起头，一面弹吉他，一面用不同的音调唱着优美的歌曲。我对他顿时发生了好感，感谢他促使我心灵上发生变化。我勉强看出，这位歌手身穿一件很旧的黑礼服，头发又黑又短，头戴一顶很俗气的旧便帽。他的衣着毫无艺术家风度，但他那潇洒天真的姿态和矮小个儿的一举一动，都给人一种诙谐好玩的印象。在灯火辉煌的旅馆的台阶上、窗子里和阳台上，站着浓妆艳抹、细腰宽裙的贵妇人、硬领雪白的绅士、身穿金边制服的看门人和侍仆；街上，在围成半圆形的人群中，在较远的林阴道的菩提树之间，聚集着衣衫漂亮的侍者、头戴白帽和身穿白罩衫的厨师、互相搂腰的姑娘和游人。看来，人人都有跟我同样的感受。大家默默地站在歌手周围，聚精会神地听着。周围一片寂静，只有在歌声停歇的片刻，远远地从水面上飘来锤子的敲击声，以及从弗廖兴堡那儿传来的断断续续的蛙鸣，其中夹杂着鹌鹑婉转单调的啼叫。

矮小的人在黑暗的街上，像夜莺一样，一段又一段，一曲又一曲地唱着。我走到他跟前，他的歌声依旧给我带来极大的快乐。他的声音并不洪亮，但非常悦耳。他控制声音时所表现出来的轻柔、韵味和感情都恰到好处，显示他这方面很有天赋。他重唱每一段，每次唱法都不同，而这些美妙的变化他都是兴之所至，随口唱来的。

上面瑞士旅馆的人和下面林阴道上的人常常发出低低的

赞许声,而周围则是一片表示敬意的沉默。在灯火辉煌的阳台上和窗口,盛装艳服的士女越来越多了。她们凭栏站着,那景象煞是好看。散步的人都停住脚步,在湖滨街的阴影里,到处有三五成群的士女站在菩提树旁。在我的旁边,稍微离开人群,站着一个豪门贵族的侍仆和一个厨师,嘴里都抽着雪茄。厨师被音乐的魅力深深感动,每次听到高音的假声,就情绪激动而莫名其妙地向侍仆挤挤眼,点点头,用臂肘撞撞他,脸上的表情仿佛在问:"唱得怎么样,呃?"侍仆呢,我从他的满脸笑容上看出也同样高兴,对厨师的碰撞只耸耸肩膀回答,表示要使他感到惊奇相当困难,因为比这唱得更好的他也听多了。

在歌唱的间歇,歌手清了清嗓子,我就问侍仆,他是谁,是不是常到这儿来。

"每年夏天都要来两三次,"侍仆回答,"他是从阿尔高维①来的。是个要饭的。"

"怎么,像他这样的人很多吗?"我问。

"是的,是的,"侍仆一下子没听懂我的话,但接着弄明白我的问题,就改口说,"哦,不! 在这儿我只看到他一个。没有第二个了。"

这时候,个儿矮小的人唱完一支歌,利索地把吉他往怀里一抱,接着就用他的德国方言说了些什么。他的话我听不懂,却逗得围观的人哈哈大笑。

"他在说什么?"我问。

"他说喉咙干,要喝点酒。"站在我旁边的侍仆翻译给

① 阿尔高维,瑞士的一个州。

我听。

"哦,他是不是爱喝酒啊?"

"他们那种人都是这样的。"侍仆笑嘻嘻地回答,对他挥了挥手。

歌手摘下帽子,扬了扬吉他,走近旅馆。他仰起头,对站在窗口和阳台上的绅士淑女说:"诸位先生,诸位太太,"他用一半意大利腔一半德国腔的法语像魔术师对观众那样说,"你们要是以为我想挣点钱,那你们就错了。我是个穷人。"他停住,沉默了一会儿;因为谁也没有给他什么,他又扬了扬吉他说,"诸位先生,诸位太太,现在我要给你们唱一支里奇民歌。"上面的听众毫无反应,但仍站在那儿等着听下一支歌;下面的人群都笑了,大概是因为他说得很好玩,而且谁也没有给他什么东西。我给了他几个生丁,他灵巧地把它们从这只手扔到那只手,然后塞到背心口袋里,戴上帽子,又唱起他那支叫作《里奇民歌》的曲调优美的提罗尔歌来。这支歌是他的压台戏,唱得比前面几支更好,从四面八方不断聚拢来的人群中发出一片喝彩声。他唱完这支歌,又扬了扬吉他,摘下帽子,把它举到前面,向窗口走近两步,又说了那种费解的话:"诸位先生,诸位太太,你们要是以为我想挣点钱,那……"这话他显然自以为说得很巧妙很俏皮,但在他的声音和动作里,我发现他有点踌躇,而且像孩子般胆怯。这种神态由于他身材矮小而特别令人感动。高雅的观众仍旧站在灯火辉煌的阳台上和窗口,穿着盛装艳服,那景象依然十分好看;有几个彬彬有礼地谈论着那伸手站在他们面前的歌手,有几个好奇地仔细打量着这个穿黑衣服的矮小的人,从一个阳台上传出一位年轻姑娘清脆快乐的笑声。下面的人群中,说话声和笑声越来越响。歌手第三次重复他那句话，声音更加微弱，甚至不等说完，就又伸出拿帽子的手，但立刻又缩了回去。而那百来个衣饰华丽的听众，还是没有人扔给他一个子儿。人群冷酷无情地哈哈笑起来。矮小的歌手——我觉得他更矮小了——一只手拿着吉他，另一只手把帽子举到头上扬了扬说："诸位先生，诸位太太，谢谢你们，祝你们晚安。"然后他戴上帽子。人群高兴得哈哈大笑。漂亮的绅士和淑女悠闲地交谈着，渐渐从阳台上离去。林阴道上又有许多人在散步。在歌唱时一度寂静的街道又热闹起来，有几个人没有走近，只远远地望着歌手发笑。我听见那矮小的人嘴里嘀咕着，转过身——他的身子显得更矮小了——快步向城里走去。快乐的游人还是和他保持一段距离，眼睛瞧着他，跟在他后面笑……

　　我惘然若失，弄不懂这一切是什么意思。我站在那儿，茫然凝望那大步向城里走去、在黑暗中逐渐消失的渺小的人，凝望那些跟在他后面嘻嘻哈哈笑着的行人。我感到痛苦、悲哀和羞耻，主要是羞耻。我替那个渺小的人，替人群，也替我自己感到羞耻，仿佛是我向人家讨钱，人家什么也没给我，还要嘲笑我。我怀着揪心的痛楚，也不回头张望，就快步向我住宿的瑞士旅馆走去。我还捉摸不透我的感受，只觉得心头有一种无法摆脱的压力，使我感到沉重。

　　在灯火辉煌的豪华旅馆大门口，我遇见那彬彬有礼地让开路的看门人和一家英国人。那个魁伟漂亮的男人留着英国式黑色络腮胡子，头戴黑呢帽，胳膊上搭着一条方格花毯，手里拿着一根贵重的手杖，挽着一位身穿绚丽丝绸连衣裙、头戴缎带发亮和花边精致的女帽的太太，目空一切地懒洋洋走来。旁边走着一位如花似玉的小姐，头戴一顶雅致的瑞士女帽，帽上像火枪手那样斜插着一根羽毛，帽子下面白净的脸蛋周围垂着一绺绺柔软、卷曲的淡褐色长发。他们前面连跳带蹦地走着一个十岁模样的小姑娘。她脸颊绯红，精致的花边下露出一双浑圆的雪白膝盖。

"夜色真美啊！"我从他们身边经过时，听到那位太太娇声娇气地说。

"嗬！"那英国人懒洋洋地答应一声。看上去，他在世界上过得那么称心如意，连话都懒得说了。他们活在世界上，似乎个个都感到无忧无虑，轻松愉快；他们的一举一动和脸上的表情都反映出对别人生活的极度冷漠；他们深信，看门人会给他们让路和鞠躬，他们散步回来，会找到干净的房间和床铺；他们深信，这一切都是理所当然的，他们在这方面享有充分的权利。我情不自禁地拿他们同那又饥又累、忍辱逃避人们嘲笑的流浪歌手做比较。我恍然大悟，究竟是什么像一块巨石似的压住我的心。我对这些人感到有说不出的愤恨。我在这个英国人旁边来回走了两次，没有给他让路，还用臂肘撞他，感到很痛快，然后我走下台阶，在黑暗中朝那矮小的人消失的方向跑去。

我赶上三个同行的人，问他们歌手往哪儿去了。他们笑笑，指给我看他就在前面。他独自快步走着，没有人接近他，我仿佛觉得他还在气愤地嘀咕着。我跑到他跟前，提议跟他一起到什么地方去喝杯酒。他还是匆匆走着，不高兴地看了我一眼，但等弄明白是怎么一回事，就站住了。

"好吧，既然您一番好意，我就不客气了，"他说，"这儿有家小咖啡馆，可以去坐坐，是个普普通通的地方。"他补充说，指指那家还在营业的小酒店。

他说"普普通通的"这个词，不由得使我想到不该到那家普普通通的咖啡馆去，而应该上那家有人听过他歌唱的瑞士旅馆。尽管他胆怯而兴奋地说瑞士旅馆太奢侈，谢绝到那儿去，我还是坚持我的意见。于是他就装出无所谓的样子，快乐地挥动吉他，跟着我沿湖滨街走去。我刚走到歌手跟前，就有几个悠闲地散步的人走近来听我说话。接着他们交头接耳地议论起来，跟着我们走到旅馆门口，大概是希望那提罗尔人再演唱些什么。

我在门廊里遇见一个侍者，向他要了一瓶葡萄酒。那侍者含笑对我们瞧瞧，就一言不发地跑开了。我也向领班提出同样的要求。他认真地听了我的话，从脚到头打量了一下怯生生的矮小歌手，严厉地叫看门人把我们领到左边那个厅里。左边那个厅是接待普通顾客的酒吧间。屋角有个驼背女工在洗碗碟，里面只有几张简朴的木桌和板凳。招待我们的侍者露出温和的嘲笑，对我们瞧瞧，双手插在口袋里，同那驼背女工交谈了几句。他显然很想让我们明白，尽管他的社会地位和身份比歌手高得多，他伺候我们不仅不感到屈辱，甚至觉得很有趣。

"来普通葡萄酒吗？"他懂事地说，暗指坐在我对面的人向我挤挤眼，同时把餐巾从这只胳膊搭到那只胳膊上。

"来瓶香槟，要最好的。"我说，竭力装出傲慢和威严的神气。但香槟也好，我那装作傲慢和威严的神气也好，对那侍者都不起作用。他冷笑了一下，站着瞧了我们一会儿，从容不迫地看看金表，这才悠闲地轻轻走出去。他很快拿了酒回来，后面跟着另外两个侍者。那两个侍者坐在洗碗碟女人旁边，脸上现出快乐的神色和温柔的微笑欣赏着我们，就像父母欣赏孩子做有趣的游戏那样。只有那洗碗碟的驼背女人不是带着嘲弄而是怀着同情看着我们。虽然在侍者们咄咄逼人的目光下,我款待歌手并同他谈话有点难堪,但我还是竭力做得落落大方,若无其事。在灯光下,我把他看得更清楚了。他体格匀称,筋脉毕露,个儿很小,简直像个侏儒,黑头发硬得像鬃毛,一双黑色的大眼睛没有睫毛,老是泪汪汪的,而他那张线条分明的小嘴则非常逗人喜爱。他留着短小的络腮胡子,头发不长,穿着寒碜。他外表邋遢,衣服褴褛,皮肤很黑,总之是一副劳动者的模样。他与其说像个艺术家,不如说像个贫穷的小贩。只有他那双老是湿润的亮晶晶的眼睛和抿着的小嘴很有特色,十分动人。看上去,他的年龄在二十五到四十之间,其实他是三十八岁。

他诚挚地讲了他的身世。他是阿尔高维人,从小失去父母,没有亲戚,也从没有过财产。他跟一个细木匠学过手艺,但二十二年前一只手得了骨疽,从此不能干活。他从小爱唱歌,就唱起歌来,外国人偶尔给他一点钱。他买了一把吉他,以卖唱为生,十八年来跑遍了瑞士和意大利,在旅馆前面卖唱。他的全部行装是一把吉他和一个钱袋,钱袋里现在只有一个半法郎,他今晚就得靠这些钱宿夜吃饭。他每年(今年是第十八年)都要跑遍瑞士的旅游胜地:苏黎世、卢塞恩、英脱拉根、沙摩尼等地;经圣伯尔拿到意大利,然后经圣·哥特德或萨伏伊回来。如今他渐渐感到走路吃力,两腿因受风寒酸痛——他自认为是风湿痛——一年比一年厉害,视力和嗓子也一年不如一年。尽管这样,他还是要到英脱拉根和亚兴雷邦,然后经圣伯尔拿到他特别喜欢的意大利去。总的看来,他对他的生活是心满意足的。我问他为什么要回家,家里有没有亲人,有没有房地产。听了这话,他乐得嘴都合不拢来,含笑回答说:"是啊,糖是好东西,孩子们最喜欢!"他说完,对侍者们挤挤眼。

我摸不着头脑,但那几个侍者都笑了。

"我什么也没有,要不然我会那么东奔西跑吗?"他向我解释道,"至于回家,那是因为故乡对我总还有点吸引力。"

于是他又调皮而自得地重复说:"是啊,糖是好东西。"接着又淳朴地笑起来。侍者都很开心,也哈哈大笑,只有洗碗碟的驼背女人用她那双善良的大眼睛严肃地瞧瞧矮小的歌手,给他拾起他在谈话时从凳子上掉下的帽子。我发现凡是流浪歌手、杂技演员,甚至变戏法的,都喜欢自称为艺术家,因此我在同矮小歌手谈话时几次暗示他是个艺术家,但他绝不承认他有这方面的禀赋,他只是把他的行当看作谋生的手段罢了。我问他唱的歌是不是他自己创作的。他听了这种古怪的问题感到惊奇,回答说他怎么会呢,那都是古老的提罗尔民歌。

"那么里奇歌呢? 我看那不是一支古代民歌吧?"我问道。

"是的,这支歌是十五六年前作的。巴塞尔有个德国人,绝顶聪明,这支歌是他作的。这支歌真美! 您瞧,他这是为旅行家作的。"

于是他就把里奇歌译成法语,念给我听,显然他很喜欢这支歌:

> 如果你要去里奇,
>
> 到维吉斯一段不用走路,
>
> 那里有轮船航行。
>
> 从维吉斯出发得拿根棍子,

手里再挽一位姑娘，

临走可喝上一杯红酒。

只是别喝得太多，

因为谁想喝酒，

谁得先建立功劳……

"哦,这支歌真美!"他结束说。

侍者们大概也认为这支歌很美,都走拢来听。

"那么,曲子是谁作的呢?"我问。

"没有谁作曲,就这么随便唱唱。要唱给外国人听,就得换点新鲜花样。"

侍者给我们送来了冰块,我给我的客人倒了一杯香槟。他显然有点窘,回头望望侍者们,坐在板凳上扭动身子。我们碰杯祝艺术家们健康。他喝了半杯,似乎有什么事要沉思一番,紧紧地皱起眉头。

"我好久没喝这样的好酒了。这话我只跟您说说。在意大利,阿斯提酒不错,但还比不上这酒。哦,意大利! 意大利可真是个好地方!"他补充说。

"是啊,那里的人重视音乐,重视艺术家。"我说,想引他谈谈当晚在瑞士旅馆门口演出的失利。

"不,"他回答说,"在那儿我不能用音乐给谁带来快乐。意大利人是天下最出色的音乐家;不过我只唱些提罗尔歌曲。这种歌对他们来说还是新鲜的。"

"怎么样,那儿的老爷们是不是慷慨些?"我继续说,想引他像我一样愤恨瑞士旅馆的旅客,"那儿总不会像这儿这样,大旅馆里住的都是阔佬,听音乐家唱歌的有百来个人,可是大家什么也不给……"

我的问题完全没有产生预期的效果。他根本没想到生他们的气;相反,他还以为我这话是在责怪他才气不足,没有获得奖赏,就竭力在我面前替自己辩护。

"不是每次都能得到许多报酬的,"他回答,"有时候嗓子都唱哑了,累得很。不瞒您说,我今天跑了九个钟头,差不多唱了一整天。真吃力。可那些贵族老爷,他们有时候连提罗尔歌曲都不爱听。"

"不管怎么说,他们总不能什么也不给啊。"我重复说。

他没有理解我的话。

"问题不在这儿,"他说,"这儿主要是警察局限制太严,问题就在这儿。根据这儿的共和国法律,他们不让你唱,可是在意大利,你到处都可以唱,谁也不会说一句话。在这儿,他们高兴让你唱,就让你唱;不高兴,就叫你坐牢。"

"哦,真有这样的事吗?"

"是的。要是他们警告过你一次,而你还要唱,他们就会叫你坐牢。我已坐过三个月牢了。"他笑着说,仿佛这是一个非常愉快的回忆。

"哦,这真是太可怕了!"我说,"这究竟是为什么呀?"

"这是根据他们共和国的新法律①,"他兴奋起来,继续说,"他们不肯想想,也得让穷人活下去。我要不是得了残疾,我也愿意工作。至于我唱唱歌,那又会损害什么人?富人可以随心所欲地生活,可像我这样的穷小子连日子都过不下去。这究竟是怎么一回事啊?共和国法律究竟算什么呀?要是这样,那我们还要共和国干什么呀?先生,您说是吗?我们

①　新法律,指一八四八年瑞士共和国宪法。

不要共和国……我们只要……我们只要……"他迟疑了一下,"我们宁可要自然法。"

我又给他斟了一杯酒。

他端起杯子,对我鞠了一躬。

"我知道您要干什么,"他眯缝着眼睛,用手指指我说,"您要灌醉我,瞧我的好看;哼,不行,这您办不到。"

"我干吗要把您灌醉呢?"我说,"我只不过想使您高兴高兴罢了。"

他误解了我的用意,大概有点后悔,感到很窘,就欠起身来,捏捏我的臂肘。

"不,不,"他用那双湿润的眼睛恳求似的瞧着我说,"我这只是开开玩笑,开开玩笑。"

接着他又说了些颠三倒四、莫名其妙的话,大意是我毕竟是个好人。

"这话我只对您说说!"他最后说。

就这样,我继续跟歌手喝酒谈天,侍者们仍旧肆无忌惮地瞧着我们,看来还在取笑我们。尽管我们谈得津津有味,我还是留意着他们,而且说实在的,对他们越来越生气。有个侍者站起来,走到歌手跟前,仔细察看他的头顶,笑了。我对瑞士旅馆的住客已积了一肚子气,还没有机会发泄。这会儿,说实在的,那一伙侍者实在弄得我忍无可忍。看门人没有摘下帽子,走进屋里,一屁股坐在我旁边,双臂支在桌上。这最后的一幕触犯了我的自尊心或者说虚荣心,惹得我按捺不住,使我心里憋了一晚上的怒气顿时爆发了。为什么当我一个人走到大门口时,他卑躬屈膝地向我鞠躬,如今我同一名流浪歌手坐在一起,他就蛮不讲理地坐到我旁边来呢?我心头的怒火熊熊燃烧,但我反而觉得快慰,甚至兴奋,因为它刺激了我,使我在肉体上和精神上暂时感到舒畅、振奋和有力。

我霍地从座位上站起来。

"你笑什么?"我对那侍者大声喝道,感到自己脸色发白,嘴唇直打哆嗦。

"我没有笑,我就是这样。"那侍者一面回答,一面后退。

"不,你取笑这位先生。这儿有客人,你有什么权利上这儿来,还要坐下? 不许坐!"我大声喝道。

看门人嘴里嘀咕着,站起来,向门口走去。

"这位先生是客人,你是侍者,你有什么权利取笑他,还要坐到他旁边来? 为什么今晚吃饭的时候你不取笑我,不坐到我旁边来呢? 是不是因为他穿得寒碜而且在街头卖唱呢? 就是因为这个缘故,而我却穿着阔气的衣服。他人虽然穷,但我相信他的品德比你高尚万倍。因为他没有侮辱谁,你却侮辱他。"

"我什么也没做,您何必这样呢,"我所痛恨的那个侍者怯生生地回答,"他坐在这儿,我又没打搅他。"

那侍者没懂得我的意思,我的德国话白说了。态度粗暴的看门人想帮那侍者说话,但被我狠狠地骂了一通,他也就装作听不懂我的话,摆了摆手。洗碗碟的驼背女人察觉我的愤激情绪,怕闹出事来,也许是因为同意我的意见,站在我一边,竭力替我和看门人调解,劝他别作声,并说我是对的,恳求我别激动。"先生说得对,您说得对。"①她肯定地用德语说。歌手现出可怜巴巴的恐惧神色,显然不明白我为什么发火,我要

⁓⁓⁓⁓⁓⁓⁓

① 原文为德语。

干什么,就要求我赶快离开这地方。可是我的火气越来越大,气话也越说越多。我念念不忘那嘲笑他的人群和分文不给的听众,我怎么也无法平息心头的怒火。我想,要不是那侍者和看门人表示让步,我准会跟他们大干一场,或者用手杖敲敲那手无寸铁的英国小姐的脑袋。当时我要是在塞瓦斯托波尔,就准会冲进英军堡壕,向他们猛砍猛杀。①

"你们为什么把我和这位先生领到这个厅里而不领到那个厅里? 啊?"我揪住看门人的胳膊不让他走,责问道,"你们有什么权利可以决定,这位先生只能进这个厅而不能进那个厅? 进旅馆,只要付钱,不是应该人人平等吗? 这规矩不仅适用于这个共和国,在全世界都适用。你们的共和国真是糟透了! ……这就是你们的平等! 那些英国人白听这位先生唱歌,等于每人从他身上剥夺了应该给他的几个生丁,可你们就是不敢把英国人领到这个厅里来。你们怎么敢叫我们坐到这个厅里来呢?"

"那个厅关着。"看门人回答。

"不,"我嚷道,"胡说,那个厅没关。"

"那您知道得比我们清楚啰。"

"我知道,我知道你们撒谎。"

看门人侧身从我身边走开去。

"唉,有什么可说的!"他嘀咕着。

"哼,别来'有什么可说的'这一套,"我大声叫道,"马上把我领到那个厅里去。"

---

① 这里指一八五三至一八五六年塞瓦斯托波尔保卫战,托尔斯泰曾亲自参加那次战争。

我不管驼背女人的劝告和歌手回家的要求,坚决要领班过来,自己就带着客人向那个厅走去。领班听见我那愤怒的声音,看到我那激动的神情,没同我争辩,只是轻蔑而恭敬地说,我高兴上哪儿,就可以上哪儿。我没来得及揭穿看门人的谎言,因为不等我走进那个厅,他已溜走了。

那个厅确实开着,里面灯火通明,一个英国绅士和太太正坐在里面吃饭。尽管侍者把我们领到一张独用的桌上,我和肮脏的歌手偏偏紧挨着那英国人坐下,并吩咐侍者把我们没喝完的半瓶酒拿来。

这对英国夫妇先是大吃一惊,然后恶狠狠地瞧瞧呆坐在我旁边的矮小歌手。他们交谈了两句,那英国太太把盘子一推,站起来,弄得衣衫窸窣发响,接着两人走掉了。隔着玻璃门,我看见那英国绅士怒气冲冲地对侍者说着些什么,一只手不断地指着我们。侍者把头探进门来瞧瞧。我欣然等着他们来撵我们出去,这样我就可以把所有的怒气往他们身上倾泻。但总算他们走运,没有来干涉我们。这使我有点失望。

歌手起初不肯喝酒,这会儿却匆匆把瓶里剩下的酒都喝光,想尽快离开这地方。我发觉他对我的款待表现出真诚的感谢。他那双泪汪汪亮晶晶的眼睛变得更湿润更明亮了。他又对我说了一句非常古怪难懂的话表示感激。它的大意是,要是人人都像我这样尊重艺术家,那他就快活了。他还祝我万事如意。不论怎么说,他的话还是使我高兴。我和他一起走到前厅。那些侍者和我所憎恨的看门人都站在那儿。那看门人仿佛在向他们说我的坏话。他们瞧我的那副神气,好像我是个疯子。我要让他们看到,矮小的歌手同大家地位平等,就尽量现出恭敬的态度,摘下帽子,紧握着他那瘦骨嶙峋的手。所有的侍者都装作根本没有看到我的样子，只有一个人发出恶毒的嘲笑。

歌手鞠了个躬，在黑暗中渐渐消失了，我上楼回到自己的房间，想睡个觉来摆脱这些印象和突然袭上心头的幼稚愚蠢的憎恨。但我感到自己激动得无法入睡，就又上街溜达，直到心里平静下来。不过，说实在的，除此以外，我还朦朦胧胧地希望有机会碰到那看门人、那侍者或者那英国人，同他们干一场，好让他们认识认识他们的残酷，尤其是他们的不公平。可是，除了那个一看见我就转过脸去的看门人以外，我没遇见任何人，只好独自沿着湖滨街踱步。

"哦，这就是诗歌的奇怪遭遇，"我稍微冷静点儿，寻思着，"人人都喜爱诗歌，找寻它，追求它，可是谁也不承认它的力量，谁也不珍惜这世上最大的幸福，谁也不看重和感激把这种幸福献给人类的人。你不妨问问瑞士旅馆随便哪个旅客：什么是世上最大的幸福？所有的人，也许是百分之九十九的人，会露出嘲弄的微笑对你说，世上最大的幸福就是金钱。'这种想法你也许不喜欢，或者和你那崇高的理想格格不入，'他会这样说，'但人类的生活就是这样安排的，只有金钱能给人幸福，那又有什么办法呢？我不能不理智地去看待世界，也就是看待现实。'唉，你的理智实在可怜，你所追求的幸福也实在可怜，你是个连自己也不知道需要什么的可怜虫……为什么你们抛下祖国、亲人、事业和财产，聚集到这个瑞士小城卢塞恩来呢？为什么你们今晚都拥到阳台上，肃静地倾听那矮小乞丐的歌唱呢？再说，他要是肯再唱下去，你们还会默默地听下去。难道金钱，哪怕是几百万，能驱使你们抛下祖国，聚集在卢塞恩这个小天地里吗？金钱能使你们集中

219

到阳台上,一动不动地默默站上半小时吗?不!只有一样东西能迫使你们行动,而且永远比生活中其他动力更强大,那就是对诗歌的需要,这一点你们不承认,但你们会感觉到,只要你们身上还有一点儿人性,你们就永远都会感觉到。你们觉得'诗歌'这个名词很可笑,你们以嘲弄挖苦的语气使用这个名词。你们容许天真的少男少女给爱情带上诗意,但你们却取笑他们。其实你们需要的是积极的东西。孩子们看待生活是健康的,他们热爱并且知道人应该爱什么,什么会给人带来幸福,可是生活弄得你们颠三倒四,腐化堕落,你们嘲笑你们所爱的东西,你们追求你们所憎恨并使你们不幸的东西。你们实在是昏了头,不懂得对那个给你们带来纯洁快乐的穷提罗尔人尽应尽的义务,同时却认为应该在一位勋爵面前卑躬屈节,牺牲自己的安宁和舒适,既没有获得什么好处,也没有享到什么欢乐。这真是荒唐,真是莫名其妙的怪事!不过今晚最使我吃惊的倒不是这件事。这种对给人以幸福的东西的无知,这种对诗歌的乐趣的麻木不仁,我在生活中常常遇到,已经习惯了,差不多也能理解;人群的粗暴和不自觉的残酷对我也并不新奇;不管那些为群众心理辩护的人怎样解释,人群虽是许多好人的集合体,但他们只接触兽性的卑下方面,因此只表现出人性的弱点和残忍。可是你们这些讲究人性的自由民族的儿女,你们这些基督徒,你们这些被称为人的人,怎么能用冷酷和嘲弄来回报一个不幸的求乞者给予你们的纯洁的快乐呢?可不是吗,在你们的祖国没有乞丐收容所。事实上,讨乞的人是没有的,世界上也不应该有讨乞的人,也不应该存在对讨乞的同情心。但那个提罗尔歌手可是付出过劳动的呀,他给了你们欢乐,他央求你们为他的劳动给他一点你们多余的东西。可你们却从你们金碧辉煌的高楼大厦里，带着冷笑像观赏稀有怪物那样观赏他，而在你们百来位幸福的阔人中，竟没有一个人扔给他一点东西！他受了凌辱，从你身边走开了，可是那没有头脑的人群却跟在后面取笑他，他们侮辱的不是你们而是他，因为你们冷淡、残忍和无耻；因为你们白白享受了他向你们提供的欢乐，他因此受到了侮辱。"

"一八五七年七月七日，在卢塞恩那家头等阔佬下榻的瑞士旅馆门前，一个流浪的讨乞歌手唱歌弹琴达半小时之久。百来个人听他演唱。歌手三次要求施舍。没有一人给他任何东西，有许多人还嘲笑他。"

这不是虚构，而是确凿无疑的事实。谁只要到瑞士旅馆常住旅客那里去调查一下，或者通过报纸向七月七日在瑞士旅馆住过的外国人打听一下，谁就可以证实这件事。

是的，这件事当代历史学家应该用不可磨灭的如火如荼的文字记录下来。这件事比报章史册所记载的那些事重大得多，严酷得多，具有更深刻的意义。什么英国人又枪杀了一千名中国人，因为他们不肯买英国货，而英国一味想掠夺当当响的金币啦；①什么法国人又杀死了一千名阿尔及利亚人，②因为在非洲庄稼长得好，而且经常打仗对训练军队有益啦；什么土耳其驻那波里公使不可能是犹太人啦；③什么拿破仑皇帝在帕隆比列公园散步，④并且发表公告，他统治国家完全是秉

---

① 指一八五六年英国军舰借口中国当局在英国船上拘捕鸦片贩子，炮轰中国沿海城市。

② 指一八五七年法国军队在殖民战争中镇压阿尔及利亚人的抵抗。

③ 指那波里政府拒绝接受土耳其公使，理由是他是犹太人。

④ 据当时许多欧洲报纸记载，拿破仑三世曾在法国孚日省疗养地散步。

承全体人民的意志啦——这些言论不是掩盖就是宣布众所周知的事实。然而七月七日在卢塞恩发生的这件事,我觉得新鲜而奇怪,它不涉及人性中永远存在的缺点,而同社会发展的一定时期有关。这件事不属于人类活动史的范畴,而属于进步和文明史的范畴。

为什么这种惨无人道的事不可能发生在德国、法国或者意大利的任何一个乡村,而发生在这儿,在这高度文明、自由和平等的地方,发生在这最文明国家的最文明旅游者集中的地方?为什么这些又有教养又讲人道的绅士淑女一般也能讲讲公道,做些善事,如今面对一个不幸的人,却缺乏人类的同情心呢?为什么这些绅士淑女在议会上或者其他集会上热情关心在印度的未婚中国人的状况①,关心非洲基督教的传布和教育的发展,关心改善全人类协会②的成立,却不能在自己心里得到起码的人对人的感情?难道他们真的没有这种感情吗?是不是这种感情已被在议会和各种集会上支配他们的虚荣心、名誉心和利欲心排斥了呢?难道理性和自私的结合体,即所谓文明的传布就会消灭和否定人的本性和爱吗?难道人们就是为了这样的平等才流了那么多无辜的血、犯了那么多的罪吗?难道各国人民空喊"平等",就会像孩子一般感到幸福吗?

法律面前人人平等吗?难道人的生活都是在法律范围内度过的吗?其实人们的生活只有千分之一属于法律范围,其

---

① 一八五七年七月英国议院讨论吸收中国人移民到英国殖民地,英国人忧虑的是中国移民不带家眷,不能安心定居。

② 改善全人类协会,这里似指成立"全欧国家联盟",这个问题一八五六至一八五七年曾在英法报纸上展开讨论。

余都越出法律范围,而在社会的习惯和观点范围内度过。在这个社会里,侍者穿得比歌手漂亮,他就可以侮辱歌手而不受惩罚。我穿得比侍者体面,就可以侮辱侍者而不受惩罚。看门人认为我比他高,歌手比他低;而当我和歌手在一起,他就自以为可以同我们平起平坐,因此变得蛮不讲理。我对看门人粗暴无礼,看门人就自以为比我低。侍者对歌手粗暴无礼,歌手就自以为比他低。在一个国家里,一个公民,既没有伤害任何人,也没有妨碍任何人,他只做一种力所能及的事以免饿死,却被送去坐牢。难道这样的国家是自由的国家吗?是被人们称为绝对自由之国的国家吗?

一个人想积极解决各种问题,因而被投入善恶、事件、思想和矛盾的永远动荡的海洋,这真是不幸而可怜。多少世纪以来,人们为了分清善恶,不断地拼搏和劳动。世纪不断过去,凡是讲公道的人,你不论在哪儿把他放到善恶的天平上,天平绝不会摇摆:一边有多少善,另一边就有多少恶。一个人要是能学会不判断,不苦苦思索,不回答永远无法回答的问题,那就好了!他要是能懂得一切思想都是真真假假的,那就好了!它之所以假,是因为人不可能掌握全部真理;它之所以真,是因为人有追求真理的一面。人们总是在这永远运动着的善恶混杂的无边海洋里进行分类,在想象中划分这海洋的界线,并指望海洋真的会一分为二,仿佛不可能从不同的观点、不同的方面做出其他无数种分法似的。不错,多少世纪来人们不断进行着新的分类,虽然已过去了许多世纪,今后还会有许多世纪到来。文明是善,野蛮是恶;自由是善,奴役是恶。正是这种虚假的知识扑灭了人性中最本能最幸福的对善的要求。谁能给我下个定义:什么叫自由,什么叫专制,什么叫文明,什么叫野蛮？两者的界线在哪里？谁心里有一个善恶的绝对标准，使他能衡量错综复杂、转瞬即逝的众多事件？谁有那么了不起的脑袋，使他能哪怕从不会再变化的往事中洞察和衡量各种事物？谁又看到过善恶不并存的情况？我又怎么能知道我看到这个比那个多，并不是因为我的观点错了？谁又能让精神完全脱离生活而超然地观察生活，哪怕只有一瞬间？我们有一个，只有一个，绝对正确的指导，那就是毫无例外地渗透在我们每一个人心灵中的世界精神。这种精神促使我们每一个人追求应该追求的东西；这种精神促使树木向着太阳生长，促使花卉在秋天撒下种子，促使我们情不自禁地相亲相爱。

而且，只有这种绝对的福音能压倒文明发展的嘈杂噪音。谁更像个人，谁更像个野蛮人：是那个看见歌手的破烂衣服就恶狠狠地离开餐桌，不肯从自己的财产中拿出百万分之一来酬劳他，此刻正吃得饱饱的坐在明亮宁静的屋子里，悠闲地大谈其中国形势并认为在那儿屠杀平民是正义的那个英国勋爵呢，还是那个冒着坐牢的危险，二十年来走遍高山深谷，没有损害过任何人而用歌唱来安慰人，可是受尽凌辱，今晚差点被人推出门去，口袋里只有一个半法郎，又饿又累又羞，此刻不知溜到哪个烂麦秆上去睡觉的矮小歌手？

这时，从深夜死寂的城市里，远远地传来矮小歌手的吉他声和唱歌声。

"不，"我不禁对自己说，"你没有权利可怜他，也没有权利为勋爵的阔绰而生气。谁曾衡量过他们每个人心灵里的幸福呢？你瞧那歌手，他这会儿正坐在哪个肮脏的门槛上，抬头望着月光溶溶的天空，在花香扑鼻的静夜里快乐地唱着歌，他的心里没有责备，没有埋怨，也没有悔恨。可是谁知道那些高楼大厦里的人此刻内心有些什么活动？谁知道他们每个人是不是也像矮小的歌手那样，心里充满无忧无虑的生之欢乐和与世无争的满足感呢？允许和规定这些矛盾同时存在的上帝，真是无限仁慈无限睿智！可是你这渺小的虫子竟胆大妄为，胆敢探索上帝的法则和上帝的意旨，只有你才觉得存在着矛盾。上帝从他光辉的高处俯视着、欣赏着芸芸众生在其中蠢动的无限和谐的大地。可是你却妄自尊大，竟想摆脱这普遍法则。不行！你还对卑微的侍者们表示愤慨，要知道你也该对永恒的无限和谐负责啊……"

一八五七年七月十八日

哥 萨 克

（一八五二年高加索的一个故事）

一

莫斯科万籁俱寂。冬天的街上难得听到辘辘的车声。窗子里已没有灯光，街灯也熄灭了。但教堂里却传出当当的钟声，钟声荡漾在沉睡的城市上空，报道着黎明的降临。街上空荡荡的。偶尔有一辆做夜生意的雪橇，滑过街上的积雪和泥沙，从街的这一头驶到那一头；赶雪橇的坐在上面等顾客，等得睡着了。一个老婆子上教堂去；教堂里零零落落地点着几支蜡烛，烛光红红地映在圣像的金饰上。工人们睡了一个漫长的冬夜，已经起床，这时候正上工去。

可是对老爷先生们来说，这还是晚上呢。

法定的营业时间已过，但骑士酒店的一个窗子里有灯光从紧闭的百叶窗缝里漏出来。酒店门口停着一辆轿车、一辆雪橇和一辆出租马车，马车和雪橇的后座紧靠在一起。一辆三驾驿站雪橇也停在这里。看门人裹紧衣服，身子缩成一团，躲在屋角后面。

"他们干吗净说废话呀？"一个面容消瘦的堂倌坐在前厅

里想。"老是正好碰到我值班!"从灯光通明的隔壁房间里传来三个在吃饭的青年人的声音。房间里,桌上摆着吃剩的晚餐和酒。一个个儿瘦小、相貌难看但很整洁的青年坐在那里,他那双和善而疲倦的眼睛望着那个准备远行的人。另外一个个儿很高,躺在摆满空酒瓶的桌旁,玩弄着表上的钥匙。第三个身穿一件崭新的皮里短外套,在房间里踱来踱去,偶尔停住脚步,用他那相当粗壮有力、但指甲修得很整齐的手指捏碎一粒杏仁。他老是笑眯眯的,眼睛和脸上都焕发着光辉。他指手画脚、热情洋溢地说着话,但显然找不到适当的字眼,因为他想到的话似乎都不足以表达他心中翻腾的感情。他一直满面笑容。

"现在什么话都可以说了!"这个准备远行的人说。"我不是替自己辩护,但我希望你至少得像我了解自己那样了解我,并且不要庸俗地看待这件事。你说我对不起她吗?"他对那个用和善的目光瞧着他的朋友说。

"是的,你对不起她。"瘦小难看的人回答,他的目光似乎显得更和善更疲倦了。

"我知道你为什么说这种话,"准备远行的人继续说,"照你看来,被人爱同爱人一样幸福,一个人只要一次被爱,就终生受用不尽了,是吗?"

"是啊,受用不尽了,我的宝贝!一辈子受用不尽了。"瘦小难看的人回答,一会儿睁开眼睛,一会儿闭上眼睛。

"但一个人为什么不主动去爱人呢?"准备远行的人若有所思地说,露出一副近乎怜悯的神气瞧着朋友,"为什么不去爱呢?因为没有爱情。不,光被人爱是一种不幸,因为你没有同样的感情可以给人,你会觉得对不起别人。哦,天哪!"他摆了摆手,"这些事要是能合理进行倒也罢了,事实上往往颠三倒四,不由我们做主,只得听其自然了。如今倒像是我偷了那份感情。你也是这样想的;你别否认,你确实是这样想的。说实话,我这辈子干过好多愚蠢和卑鄙的事,可是在这件事上,我并不懊悔,也不可能懊悔。不论开头,还是后来,我都没有欺骗过自己,也没有欺骗过她。我原以为终于对她有了爱情,但后来发现我这是在自欺欺人,这样谈恋爱是不行的,我谈不下去,可是她不肯罢休。我谈不下去,难道能怪我吗?叫我怎么办呢?"

"算了吧,反正这事现在已经了啦!"那朋友一边说,一边吸着雪茄以驱除睡意,"有一点可以断言:你还是没有恋爱过,你也不懂什么叫恋爱。"

穿短外套的人抱住头,还想说些什么,可是他无法把心里的意思表达出来。

"没有恋爱过! 对,我没有恋爱过。可我心里想恋爱,没有别的欲望比这更强烈的了! 再说,有没有这样的恋爱呢? 天下什么事都是有缺陷的。哼,有什么可说的! 我在生活上搞得乱糟糟的。可现在一切都了啦,你说得对。我觉得我要开始一种新的生活了。"

"你在新的生活中又会搞得乱糟糟的。"躺在沙发上玩弄怀表钥匙的人说,但准备远行的人没有听见。

"我要走了,我觉得又伤心又高兴,"他继续说,"为什么伤心? 我说不上来。"

于是准备远行的人又讲起他自己的事来,没注意别人并不像他那样感兴趣。一个人在心醉神迷的时刻往往最自私。在这样的时刻,他觉得天下没有什么比他自己更可爱更有趣的了。

"德米特里·安德烈伊奇,车夫不肯等了!"一个年轻的农奴进来说,他穿着一件羊皮外套,头颈上绕着一条围巾,"马车十一点多就来了,此刻已经四点了。"

德米特里·安德烈伊奇瞧了瞧他的农奴凡纽沙。凡纽沙头颈上绕着的围巾,他那双毡靴和他那张睡眼惺忪的脸,仿佛都在召唤他的主人走向一种新生活,一种充满劳动、困苦和忙碌的生活。

"真的,该走了。再见吧!"他一边说,一边摸索着外套没有扣上的钩子。

尽管朋友们都劝他再给车夫一些小费,叫他再等一会儿,他却戴上帽子,站在房间中央。他们相互吻了一次,两次,停了一下,又吻了第三次。穿短外套的人走到桌子旁边,喝干了桌上的一杯酒,握住那个瘦小难看的朋友的手,涨红了脸。

"啊,我还是说出来吧……我必须对你坦白,我也可以对你坦白,因为我喜欢你……你爱她,是不是?我一直是这样想的……是吗?"

"是的。"那朋友回答,同时笑得更亲热了。

"也许……"

"对不起,我是奉命来熄掉蜡烛的。"睡眼惺忪的堂倌说,他听到他们最后几句话,心里觉得奇怪,老爷先生们说的怎么总是那些话?"请问,账单该给哪一位?给您吗,先生?"他对高个子说了一句,其实早就知道该向谁收账了。

"给我,"高个子说,"多少钱?"

"二十六卢布。"

高个子想了想,一句话没说,就把账单塞进口袋里。

另外两个继续谈他们的话。

"再见了,你真是个出色的小伙子!"那位瘦小难看、目光和善的先生说。

两人的眼睛里都含着泪水。他们走到门口。

"哦,对了!"远行的人红着脸,对高个子说,"这骑士酒店的账请你先付一下,以后写信告诉我。"

"好的,好的。"高个子一边戴手套,一边说。"我真羡慕你!"当他们走出门口的时候,他又突然补了一句。

远行的人坐在雪橇里,把外套裹紧身体,说:"好吧,那咱们一起走吧!"他甚至于挪了挪身体,给那说羡慕他的人让出一个位子来;他的声音有点儿哆嗦。

一个送行的人说:"再见了,米嘉,上帝保佑你……"他但愿他快点走,因此没有把话说完。

他们沉默了一会儿。有人又说了一声"再见",另外一个说了一声"走啦",于是赶雪橇的催动了马匹。

"叶利沙,走吧!"送行人中的一个嚷道。

马车夫活动起来,嘴里喷喷作声,拉动缰绳。僵硬的车轮就在雪地上吱嘎吱嘎地响起来。

"奥列宁真是个可爱的青年,"有个送行的人说,"可他上高加索去有什么意思?而且当的又是士官生!叫我说什么也不干。你明天去俱乐部吃饭吗?"

"去的。"

送行的人走散了。

远行的人觉得热了,皮外套很暖和。他坐到雪橇底里,敞开外套;那三匹鬃毛很长的驿马慢吞吞地穿过一条条黑暗的街道,经过许多他从来没见过的房子。奥列宁觉得只有出远门的人才会经过这些街道。周围黑暗、寂静而凄凉，可是他心里却充满回忆、爱情、懊悔和哽住喉咙的愉快的眼泪……

二

"我喜欢他们！十分喜欢！他们真好！真可爱！"他反复说，并且很想哭。为什么想哭？谁真可爱？他很喜欢的是谁？他可说不上来。有时候，他望望一座房子，觉得奇怪，为什么把它造得这样古怪？有时候，他觉得奇怪的是，这车夫和凡纽沙跟他身份这样不同，为什么此刻却坐得离他这样近，并且由于骖马猛拉冻僵的皮带，他们正和他一起颠簸摇晃。接着他又说："他们真可爱，我真喜欢他们。"有一次甚至说："多么动人哪！太妙啦！"他自己也觉得奇怪，他说这个干什么，他问自己："莫不是我喝醉了？"不错，他喝了大概两瓶葡萄酒，但使他陶醉的不光是酒。他想起了一切他觉得亲切而友好的话，想起了朋友们在他临走前羞怯而又似乎随口说的话。他想起了握手、眼神、沉默，以及他坐上雪橇时送行人们的送别声："再见了，米嘉！"他也想起了自己毅然决然的坦白。而这一切他觉得都使人感动。在动身以前，不但亲戚朋友，不但平素对他冷淡的人，就连那些讨厌他仇视他的人，也都不约而同地格外喜欢他，并且像在忏悔或者临终之前那样饶恕他。"也许我再不会从高加索回来了。"他想。他觉得他爱他的朋友们，同时爱某一个人。他可怜自己。然而，使他心肠软化、热情洋溢，以致忍不住吐露那些无意义的话的，并不是朋友的情谊，使他感情达到这种地步的，也不是女人的爱情（其实他还没有恋爱过呢）。那种满怀希望的自爱自怜，那种青春时期珍爱自己灵魂中一切美好东西的感情（他觉得如今他的灵魂中只有美好的东西），使他流泪，使他说了些语无伦次的话。

奥列宁是个青年，没有念完大学，也没有工作过（只在什么官厅里弄了个挂名差事），却已经花掉了一半财产。年纪到了二十四岁，还没有选定一种职业，也没有做过任何事情。他就是莫斯科社交场中的所谓"年轻人"。

从十八岁起，奥列宁就过着自由自在的生活——这样的自由生活，只有四十年代有钱而从小丧失父母的俄罗斯青年才能享受。对他来说，既没有肉体上的枷锁，也没有精神上的枷锁；他想干什么就能干什么，他什么也不缺少，也没有什么东西束缚他。家庭、祖国、信仰、贫穷，对他都是不存在的。他不相信什么，也不承认什么。虽然如此，他却不是一个阴郁、乏味、爱唱高调的青年；正好相反，他总是热情洋溢。他根本不承认有爱情这回事，可是每次遇到年轻貌美的女人，总有点神魂颠倒。他早就认为名誉地位都毫无意义，可是在舞会上，谢尔基公爵走过来对他说了几句亲切的话，他不禁又感到很得意。但他决不让他的任何冲动发展到妨碍自由的地步。不论迷恋什么，只要预感到将引起操劳和斗争（跟生活的微小斗争），他就立刻本能地摆脱掉那种感情或事情，以恢复自身的自由。就这样，他开始他的社交活动、公事、家务、音乐（他一度想献身的事业）和跟女人的恋爱（他不相信真有这样的事）。使他犹豫不决的是，他应该把人生只有一度的青春奉献给什么：献给艺术呢，还是献给科学？爱一个女人，还是做些实际工作？因为，青春不是智慧、意志或者教育，而是一生只有一次的激情。有了这种激情，人可以随心所欲地改造自己，而且照奥列宁看来，甚至可以随心所欲地改造世界。不错，有些人缺乏这种激情，他们一踏进生活，就把最初碰到的那副重轭套在自己身上，并且老老实实地戴着它，一直干到生命结束。但奥列宁却过分强烈地感到身上这种无所不能的青春活力：那种可以转化成一种愿望或一种理想的力量，那种敢想敢做的力量，那种可以不问目的而纵身投入无底深渊的力量。他意识到这一层，感到自豪，并且不知不觉地因此觉得快乐。直到如今，他只爱自己一个人，而且不可能不爱自己，因为他对自己只抱着美好的期望，还从来没有失望过。离开莫斯科的时候，他心里洋溢着青春的快乐：青年人一旦认识了错误，就对自己说："原来不是那么一回事。"过去的事都是偶然的，微不足道的，以前他并不想好好生活；现在呢，等他离开莫斯科，就将开始一种崭新的生活——过这种生活不会再犯错误，不会再有悔恨，只会有幸福。

长途旅行总是这样的：在头上两三站，思想往往停留在离开的那个地方，但在路上过了一夜，到了第二天早晨，思想就会忽然转移到旅行的目的地上，而对那新地方做种种海阔天空的遐想。奥列宁的情形也是如此。

出了城市，环顾白雪皑皑的田野，他感到单独处身在这自然环境中的情趣。他裹紧外套，坐到雪橇上，静下心，打起瞌睡来。跟朋友们分手使他十分感动。他想起在莫斯科度过的最后一个冬天。当时的种种景象，连同模模糊糊的思想和悔恨，不禁一一浮现在眼前。

他想起那个为他送行的朋友，想起他们谈到的那朋友跟那姑娘之间的关系。那姑娘很有钱。"既然知道她爱我，他怎么还能爱她呢？"他想，心里起了恶意的猜疑。"人世间不

道德的事真多啊！可我怎么还没有恋爱过呢?"他问自己，
"人家都说我从来没有恋爱过。难道我精神上有毛病吗?"接
着他回想起他对女性的迷恋。他想起最初的社交活动，想起
朋友的一个妹妹:他跟她一起坐在桌旁，在灯下共度了几个黄
昏，当时灯光照亮她那正在做针线的纤细手指和她那美丽娇
嫩的脸蛋的下半部。他想起他们的娓娓长谈，像传送燃烧的
木棒游戏那样没完没了;他想起当时的局促不安和经常对这
种不自然场面的反感。当时总像有个声音在轻轻地说:"不
是那么一回事，不是那么一回事!"事实果然证明不是那么一
回事。接着他想起了舞会，想起了怎样跟美丽的德夫人跳玛
祖卡舞。"那天夜里我是那么销魂，多么幸福哇!可是第二
天早晨醒来，发觉自己还是无拘无束的时候，我又是多么伤
心，多么懊恼哇!为什么爱情不来捆住我的手脚呢?"他想。
"不，爱情是没有的!那位邻居太太，像对杜勃罗文和首席贵
族那样对我说，她爱星星，看来也不是那么一回事。"他又想
起了乡下的农事，但也想不出什么愉快的事情。"他们会长
久谈到我这次远行吗?"他心里琢磨着。但"他们"是指谁啊?
他说不上来。接着产生的思想使他愁眉不展，嘴里也跟着嘟
囔起来，他想起了裁缝卡普尔和欠这裁缝的六百七十八卢布。
他还想起他请求裁缝再等一年，裁缝脸上却露出困惑不解和
无可奈何的神气。"哎，天哪，天哪!"他眯细眼睛反复说，竭
力驱除这些讨厌的念头。"虽然如此，她还是爱我的，"他想
起临别时谈到的那个姑娘，"是的，我要是娶了她，就不会负
债了，可如今我欠着华西里耶夫的债。"接着，他想起那天晚
上他从她家出来，最后一次到俱乐部同华西里耶夫先生打牌;
还想起当时他怎样低声下气地要求再打一局，却被华西里耶

夫冷冷地拒绝了。"只要省吃俭用地过上一年，就可以还清全部债务了，去他妈的……"虽然有着这样的信心，他还是重新计算着剩下的债务、限期和预计归还的时间。"除了骑士酒店之外，我还欠莫列尔的账呢。"他回想着他负下那么多债务的那个夜晚。这是在吉卜赛人那儿举办的狂欢酒会，由几个从彼得堡来的人发起：沙皇侍从官萨什卡·贝，德公爵和那个显要的老头儿。"那些大人先生们为什么这样得意扬扬呢？"他想，"他们凭什么结成一派，并且认为别人参加他们一伙就挺有面子呢？就凭他们是沙皇的侍从官吗？他们把别人看得那么愚蠢，那么卑贱，真是岂有此理！我可要让他们明白，我才不稀罕跟他们接近呢。但我想，要是安德烈经理知道我跟萨什卡·贝上校那样的沙皇侍从官居然你我相称，他准会大为惊奇的……还有，那天晚上没有人喝得比我更多了；我还教会吉卜赛人一支新歌，大家都听我们唱。我虽然做了不少蠢事，可我到底是个出色的青年。"他想。

早晨，奥列宁已经来到第三个驿站。他喝了茶，亲自动手跟凡纽沙把包裹皮箱重新安放好，稳稳当当地在行李中间坐下来，并且知道各种东西放的地方（钱放在哪儿、有多少，护照、驿马使用证和通行税征收单放在哪儿）。他觉得一切都安排得妥妥帖帖，心里很高兴，而漫长的旅途似乎成了长时间的游荡。

从早晨到中午，他一直专心致志地做着算术：他走了多少俄里①，到下一站还有多少俄里，到下一个城市有多少俄里，到吃饭的地方有多少俄里，到喝茶的地方有多少俄里，到斯塔

---

① 俄里，俄国计量单位，1俄里合1.06公里。

夫罗波尔有多少俄里,他已经走了全程的几分之几。他还计算着:他有多少钱,还能剩下多少,还清全部债务需要多少,以及他每月生活将用去收入的几分之几。傍晚,喝过茶,他算出到斯塔夫罗波尔还剩下全程的十一分之七,还清债务就得省吃俭用七个月,还要拿出全部财产的八分之一。接着他静下心,裹紧外套,坐上雪橇,又打起瞌睡来。如今他的思想已经转向未来,转向高加索了。对未来的一切遐想,总是离不开阿玛拉特老爷①、契尔克斯女人、崇山峻岭、悬崖峭壁、可怕的激流和种种危险。这些遐想都是朦朦胧胧的,而荣誉的诱惑和死亡的威胁却使未来更加迷人。一会儿,他幻想自己以超群的勇气和惊人的力量杀死和征服无数山民;一会儿,他把自己想象成山民,跟别的山民一起反抗俄罗斯人,保卫自己的独立。当他想象那些详情细节时,就会联想到莫斯科的一些熟人。萨什卡·贝一会儿跟俄罗斯人一起,一会儿跟山民一起,同他作战。连卡普尔裁缝不知怎的也参加了胜利者的凯旋仪式。奥列宁也回想到过去的屈辱、缺点和错误,但回想起来也很有趣。生活在那边的崇山、激流、契尔克斯女人和各种危险之中,显然不会重犯那些错误。既然他已经做过忏悔,事情也就完了。在他对未来的各种遐想中,还有一个梦,一个最珍贵的梦:关于女人的梦。他想象那边山中有个契尔克斯女奴,身材苗条,眼神深邃而温柔,留着一条长辫子。他仿佛看见山中有一座孤零零的小屋,她站在屋门口等他,他却带着荣誉、一身灰尘和血迹疲劳地回到她身边,为她的亲吻、她的双肩、她

---

① 阿玛拉特老爷,俄国作家别斯土舍夫的中篇小说《阿玛拉特老爷》中的主人公。

那甜蜜的声音和柔情而销魂。她十分迷人,但淳朴粗野,缺少教养。在漫长的冬夜,他帮她学文化。她天资颖悟,很快就掌握了一切必要的知识。这有什么不可能的呢?她会毫不费劲地学会外国语,阅读法国文学作品,并且懂得里面的意思。她准会喜欢像《巴黎圣母院》那样的作品的。她也会说法国话。在客厅里,她也许比上流社会的贵妇人更雍容华贵。她能唱歌,唱起来那么淳朴、热情、高亢。"嗨,真是胡思乱想!"他对自己说。这时他们来到一个驿站,他得换一辆雪橇,并且给点小费。接着他又想入非非了。他又想象着契尔克斯女人、荣誉以及回到俄罗斯、当沙皇侍从官、娶个绝代佳人做妻子等情景。"但爱情是根本没有的,"他又自言自语,"荣誉是没有意思的。可是那六百七十八卢布怎么办呢?……还有那征服的土地呢,它可会给我带来一辈子享用不尽的财富吗?……可是一个人独享这么多财富也是不对的。应该把它分给别人。可是分给谁呢?先还给卡普尔六百七十八卢布,其余瞧着办吧……"他头脑里充满了模模糊糊的幻象,只有凡纽沙的声音和雪橇的突然停止才破坏了他那沉酣的青春的睡梦。连到了下一站,他又换了一辆雪橇,继续前进的情景也记不清了。

第二天早晨又是同样的情况:同样的一个个驿站,同样的喝茶,同样摆动的马臀,同样跟凡纽沙的简短谈话,同样模模糊糊的幻想和黄昏的瞌睡,以及夜里同样的困倦沉酣的青春的睡梦。

三

奥列宁离俄罗斯中部越远,他的回忆也就越远;而他越接近高加索,心里也就越高兴。"我从此再也不回去了,再也不到社交场中去了。"他有时这样想,"我在这儿看到的人可不是上流社会人士,他们谁也不认识我,谁也不会有一天踏进我去过的社交场所,谁也不会知道我的往事。而莫斯科的社交界也不会有人知道,我处在这儿的人们中间在干些什么。"在路上遇到的那些粗汉,他认为跟他所熟识的莫斯科人不一样,而处身在这些人中间,他体会到一种跟过去一刀两断的新鲜感。人们越粗野,文明的迹象越少,他觉得越自在。而他必须路过的斯塔夫罗波尔却使他烦恼。形形色色的招牌(有些还是法文的),坐马车的贵妇人,广场上停着的出租马车,林阴大道和一个穿外套戴礼帽在路上高视阔步的绅士——这一切都使他反感。"也许他们认识我的一些熟人吧。"他这样想。于是又回想起俱乐部、裁缝、纸牌、上流社会……但过了斯塔夫罗波尔,一切景象又使他满意了:粗犷,美丽,壮观。奥列宁的情绪越来越好。哥萨克、马车夫和驿站长在他看来都是些淳朴的人,他可以跟他们随便说笑,不用考虑他们的身份。他们都是些使奥列宁不由自主地感到亲切的人,而他们对他也都很友好。

还在顿河哥萨克地区,他就退掉雪橇,换乘马车;而过了斯塔夫罗波尔,天气竟暖和得使奥列宁非脱去皮外套不可。季节已经交春,那是一个奥列宁想象不到的欢乐的春天。当地居民不让他夜里离开哥萨克村庄,并且告诉他晚上赶路也有危险。凡纽沙有点提心吊胆,车上还预备了一支实弹的步枪。奥列宁却越发高兴。在一个驿站上,站长讲了前不久路上发生的一桩可怕的谋杀案。他们开始遇到武装的人。"原来从这儿开始!"奥列宁自言自语着。他一直渴望见到闻名已久的高加索雪山。一天傍晚,诺盖族①的车夫用鞭子指指云雾后面的群山。奥列宁急急地凝神眺望,这是一个阴天,云雾把群山拦腰遮住。奥列宁只看到一片灰蒙蒙、白漾漾、蓬蓬松松的东西,但不论怎样注视,都看不出他常常读到和听到的那种山岭的景象。他觉得山和云都是千篇一律的,所谓雪山的特殊美丽,就同巴赫的乐曲和对女人的爱情(他不相信这两者是确实存在的)一样,都是凭空想象出来的,因此,他对山不再抱什么幻想。第二天清早,他在车上由于呼吸到沁人心脾的清新空气清醒过来,睁开眼睛漫不经心地向右边望了一下。早晨天气晴朗。他忽然看见二十步开外的地方(最初一刹那他这样感觉)屹立着洁白巍峨的群山,线条优美,峰峦清晰,背衬着遥远的天空,显得格外壮丽。当他看清山和天离开他有多远,群山多么巍峨时,当他领略到这无与伦比的美景时,他害怕了,唯恐它只是海市蜃楼,只是虚幻梦境。他抖擞精神,使自己头脑更清醒些。群山却照样屹立在眼前。

"那是什么? 那是什么啊?"他问马车夫。

"山嘛。"诺盖人漫不经心地回答。

"我也看了好半天了,"凡纽沙说,"真好看! 我们家里的人准不会相信天下竟有这样美的山。"

三驾马车在平坦的山路上飞驰,从车上望出去,群山仿佛在地平线上奔跑,玫瑰红的峰峦在初升的太阳照耀下熠熠发亮。奥列宁看到山,起初只感到惊奇,接着又觉得高兴,但后来越是全神贯注地凝视这白雪皑皑的山(这山不是从别的黑

---

① 诺盖族,居住在斯塔夫罗波尔边区和阿斯特拉罕州的一个土耳其语系民族。

色山脉延伸过来的,而是拔地而起,伸展开去的),他就越发领略到它的美,并且具体地感觉到它的存在。从这个时候起,他所看见的,他所想到的,他所感觉的,都离不开那对他十分新鲜而又异常庄严的群山。关于莫斯科的一切回忆、羞耻和悔恨,关于高加索的种种庸俗的梦想,全消失了,一去不返了。"这下子可开始了。"仿佛有个郑重的声音对他这样说。道路也罢,出现在远处的捷列克河也罢,哥萨克村庄也罢,当地的居民也罢——这一切如今他觉得都不能等闲视之了。他望望天空,就想到了山。瞧瞧自己,瞧瞧凡纽沙,又想到了山。他望望两个骑马的哥萨克,看见套着枪衣的步枪在他们背后有节奏地摇晃,他们身下的枣红马和灰色马的腿夹杂在一起飞跑,接着又想到了山⋯⋯他望见捷列克河对岸山村里升起的炊烟,接着又是山⋯⋯太阳升起来了,芦苇丛后面是波光闪闪的捷列克河,接着又是山⋯⋯村庄里有人推出一辆大车,路上走着几个妇女,几个年轻貌美的妇女,接着又是山⋯⋯"山上的强盗在草原上游荡,我赶我的路,我不怕他们,我有枪,我年富力强⋯⋯"接着他又想起了山⋯⋯

四

捷列克河两岸散布着高地哥萨克的村庄,绵延近八十俄里。这些村庄的风土人情都是相同的。捷列克河是哥萨克同山民的分界线,河水浑浊而湍急,河面却宽阔而平静。河水不断把浅灰色的沙土冲到地势较低、芦苇丛生的右岸上,同时冲刷着虽不算高却很陡峭的左岸,以及岸上的百年老麻栎、腐烂的法国梧桐和幼树的根须。河的右岸分布着那些归顺帝俄、但还不很平静的鞑靼村落；河的左岸，离河半俄里的地方，是一座座哥萨克村庄，彼此相距有七八俄里。在古代，哥萨克村庄多半坐落在河边，可是捷列克河一年年向北移动，冲掉村庄，如今那儿就只剩下古代村庄的遗迹、荒芜的果园和梨树、樱桃树、白杨树，树丛中间还蔓生着黑莓子和野葡萄。这儿现在已没有人居住，而沙地上也只有鹿、孤狼①、野兔和野鸡的脚印——它们看中了这地方。各村庄之间有一条大路相连，这是从树林里开辟出来，以便通行炮车的。沿路是哥萨克的哨兵线和有哨兵守着的瞭望台。可是属于哥萨克管辖的，只有一条六七百米宽的狭长的肥沃林地。林地以北是诺盖草原（或者叫莫兹多克草原）的流沙地，远远地伸展到北方，天知道在哪儿跟特鲁赫曼、阿斯特拉罕和吉尔吉斯—凯萨茨等草原连成一片。在捷列克河的南面，是大车臣尼亚山、柯奇卡雷科夫岭、黑山，还有一排不知名的山脉，最后才是看得分明而人迹不到的雪山。在这片土壤肥沃、草木茂盛的林地上自古以来就住着漂亮、勇敢而富裕的俄罗斯族人，他们信奉旧教，被称为高地哥萨克。

很久以前，他们信奉旧教的祖先从俄罗斯逃出来，定居在捷列克河畔高地上的车臣人中间。这高地是林木茂盛的大车臣尼亚山的第一支脉。这些哥萨克生活在车臣人中间，跟车臣人通婚，接受了山民的风俗习惯和生活方式，但保持着纯粹的俄罗斯语言和旧教信仰。在哥萨克中间至今流行着一个传说：伊凡雷帝有一次来到捷列克河边，召见高地长老，把河这边的土地赐给他们，劝谕他们跟俄罗斯人和睦相处，并且答应

---

① 原文为"比留克"（бирюк）。——原注

不强迫他们归顺或改变信仰。至今哥萨克还把车臣人看作亲戚,而爱好自由、游荡、劫掠和战斗仍是他们性格的特征。俄罗斯对他们只有不利的影响:限制他们的选举,拿走他们教堂里的钟,纵容军队在村庄中驻扎或过境。哥萨克憎恨一个杀害他兄弟的山地骑士,远不如憎恨一个为保卫村庄而在他的屋子里任意吸烟的俄罗斯士兵。他们尊敬山地的敌人,而蔑视压迫他们的异族士兵。说实在的,在哥萨克的心目中,俄罗斯农民是野蛮卑下的异族人,他们从流动商贩和小俄罗斯移民(他们被哥萨克蔑称为帽匠)身上看到了具体的形象。哥萨克认为,漂亮的装束是模仿契尔克斯人的,最好的武器是从山民那儿获得的,最好的马也是从山民手里买来或者偷来的。哥萨克青年喜欢卖弄说鞑靼话的本领,在喝酒玩儿的时候甚至跟哥萨克弟兄也讲鞑靼话。虽然如此,这批僻居在世界一角的基督徒处于半野蛮的伊斯兰教徒和士兵的包围中,却自以为具有高度的文明,他们认为只有哥萨克是真正的人,而瞧不起其余的一切人。哥萨克的大部分时间都耗在值岗、行军或者渔猎上。他们几乎从来不在家里干活。他们难得待在村里,一回到村庄,就寻欢作乐。哥萨克家家都酿酒,开怀畅饮与其说是普遍嗜好,不如说是一种仪式,而不遵奉这种仪式就会被看成是叛教行为。哥萨克把女人看作享乐的工具,他们只容许姑娘们自由玩乐,而迫使老婆从青春时期到老年一直为自己干活,并且要她像东方女人那样听话和操劳。由于这种观点的影响,女人在体格上和心理上都特别发达,表面上尽管顺从男人,事实上却同东方各地一样,她们在家庭中的势力和实权,远远超过西方的妇女。不参加社会活动,惯于负担繁重的男性劳动,使她们在家庭中取得更高的地位和更大的权力。哥萨克认为在外人面前跟老婆亲昵戏谑有失体面,但跟她单独相处时,却不能不感到她的权威。他们的房子,他们的财产,他们的全部家业,都是靠她一个人辛勤操劳挣来和保持的。虽然他们坚决认为哥萨克男子从事劳动是可耻的,只有诺盖工人和妇女才配劳动,他还是模模糊糊地感觉到,他所拥有的和使用的一切都是这种劳动的成果,而被他看作奴隶的女人——母亲和妻子,却有权剥夺他所享用的一切。此外,经常性的男性繁重劳动和种种操劳使山地女人形成了一种独立不羁的男性化性格,并且大大发展了她们的体力、智力、意志和毅力。哥萨克女人多半比男人强壮而聪明,干练而漂亮。高地哥萨克女人的美,特别表现在既有契尔克斯人的清秀脸形,又有北方女人的高大体格。这儿的女人都是一副契尔克斯打扮:穿鞑靼式布衫、短棉袄和平底软鞋,但头上却像俄罗斯女人那样包一块头巾。讲究服装的整齐美观,注意室内布置的清洁雅致是她们的风气。在跟男人的关系上,妇女们,特别是姑娘们,享有完全的自由。诺伏姆林村一般被认为是高地哥萨克的发源地。这个村庄比其他村庄保持着更多高地哥萨克的古老风俗,村里的女人自古以来在整个高加索就以美丽著称。哥萨克的生活依靠葡萄园、果园、西瓜田、南瓜田,依靠渔猎、种植玉米和小米,也依靠战利品。

　　诺伏姆林村离捷列克河有三里路,中间隔着稠密的树林。一条大路贯穿村庄,路的一边是河,另一边是苍翠的葡萄园和果园,还望得见诺盖草原的流沙。村庄四周围着一道土堤和多刺的乌荆子。进出村庄都得通过一道高大的门。那门装在木柱上,门上盖着一个不大的芦苇顶。门旁摆着一尊安在木架上的古怪大炮,那是哥萨克以前缴获的,已经有一百年没有使用了。门旁有时站着一个穿军服的哥萨克哨兵,带着军刀和步枪,有时却没有人站岗;站岗的哨兵有时向过路的军官举枪致敬,有时却站着不动。大门顶下的白板上写着黑字:266户,男子897名,女子1012名。哥萨克的房子都是架空建筑在离地一米高的柱子上,顶上整齐地盖着芦苇,还有高高的山墙。房子即使不是新盖的,也都很整洁,附有各式各样的高大门廊,并且都不是紧挨在一起,而是散布在大街小巷之间,又宽敞,又好看。在许多房子的又亮又大的窗子前面,在菜园后边,耸立着苍绿的白杨和开着芬芳白花的洋槐,树梢高过屋顶,旁边还长着黄澄澄的向日葵,藤蔓卷曲的石竹和葡萄。广场上有三家铺子,经售布匹、呢绒、瓜子、皂荚和蜜糖饼干。在高大的围墙后面,在一排老白杨树的掩映下,可以看见团长那座装有双扇窗的住宅,比所有的房子都高大。除了星期日,村里的街道总是人迹稀少,特别是在夏天。哥萨克男人都在服役:不是在哨兵线上值岗,就是参加出征;老人们不是打猎,就是捕鱼,或者跟女人们一起在果园和菜园里干活。留在家里的就只有年迈的老人、孩子和病人。

五

这是高加索特有的一个美丽的黄昏。太阳落山了,但天色还很亮。晚霞染红了三分之一的天空;在霞光照耀下,乳白色的高山显得格外分明。空气稀薄而宁静,空中充满声音。山的影子投在草原上,有几里路长。草原上,河对岸,大路上,到处都是空荡荡的。偶尔什么地方出现几个骑马的人,于是哨兵线上的哥萨克和山村里的车臣人就都惊奇地注视着,竭力猜测那些可疑的骑手是什么人。到了晚上，人们由于互相忌惮而蜷缩在屋子里，只有飞禽走兽不怕人，自由自在地在这荒野上巡行觅食。白天在果园里扎葡萄藤的哥萨克女人在日落之前赶回家去，一路上有说有笑，兴高采烈。在这黄昏时分，果园里也像村外一样，阒无人迹，但村庄里此刻却特别热闹。人们从四面八方赶回村去，有步行的，有骑马的，有坐吱嘎发响的大车的。姑娘们把布衫掖在腰里，手拿树枝，叽里喳啦地谈着话，奔到村口去接回牲口。牲口在飞扬的尘土和蚊蚋（是牲口把它们从草原上带回来的）的包围中紧挤在一起。肥壮的黄牛和水牛在街上乱闯，穿着花花绿绿短袄的哥萨克女人在牲口中间跑来跑去。只听得她们尖声的谈话、快乐的笑声和喊声，跟牲口的叫声混成一片。一个武装的哥萨克从哨兵线上骑马回来。他骑到一座房子前，俯身凑近窗子，敲敲窗，接着就有一个年轻美丽的哥萨克女人探出头来，于是响起亲热的欢声笑语。一个衣衫褴褛、颧骨突出的诺盖长工带着芦苇从草原上回来。他把一辆吱嘎作响的大车赶到哥萨克大尉清洁宽敞的院子里，从摇头摆尾的公牛颈上解下车轭，同时跟主人大声说着鞑靼话。一个赤脚的哥萨克女人背着一捆木柴经过街上的水潭（那水潭几乎横贯全街，许多年来行人总是小心翼翼地紧挨着篱笆从它旁边走过）。她高高地撩起布衫，露出雪白的双腿。一个哥萨克打猎回来，开玩笑地对她说："再拉高点儿，不要脸的！"同时用枪向她瞄准。那哥萨克女人放下布衫，却丢掉了木柴。一个哥萨克老头儿，裤脚卷得高高的，袒着毛茸茸的胸膛，打鱼归来。他肩上搭着一网鲜蹦活跳的银色鲤鱼，为了抄近路，就从邻居的破篱笆上爬过去，随即扯下被篱笆钩住的短裤。一个女人拖着一根枯枝走过，接着街道转角处就传来丁丁的斧头声。哥萨克孩子们在街上平坦的地方打陀螺，嘴里尖声叫喊着。女人们不愿绕远路，也都翻越篱笆走过去。所有的烟囱都冒着味儿很浓的畜粪烟。家家院子里传出一片忙碌声，预告着寂静的夜晚即将来临。

乌莉特卡奶奶，哥萨克少尉兼小学教师的妻子，也同别的女人一样，走到院子门口，等女儿玛丽雅娜赶牲口回来。不等她把篱笆门完全打开，一头被蚊蚋包围的大水牛就哞哞叫着直冲进门来。几头肥壮的黄牛跟在它后面，都用大眼睛认着女主人，同时有节奏地用尾巴拂着身子的两侧。身材匀称的美人儿玛丽雅娜走进门来，扔掉树枝，砰的一声关上篱笆门，就急急地跑去把牲口分开，赶进畜棚里。"快把鞋脱掉，鬼丫头，"做娘的嚷道，"鞋都被你踩坏了。"玛丽雅娜听见母亲叫她鬼丫头，一点也不生气，把它当作亲昵的称呼，继续快活地干她的活儿。玛丽雅娜的脸用一块帕子半遮着，身上穿一件粉红色布衫，外罩一件湖色短袄。她跟着肥壮的牲口钻到敞棚里，只听得她在那儿温柔地抚慰水牛："不肯站一会儿吗？哼，你这家伙！喂，来吧，老东西！……"不多一会儿，母女俩从畜棚来到牛奶房①，手里捧着两大罐牛奶——今天一天的产品。接着牛奶房的泥烟囱里就冒出畜粪的烟气——她们在把牛奶熬成熟奶油呢。女儿烧着火，母亲走到大门口。暮色笼罩了全村。空气里弥漫着蔬菜、牲口和畜粪烟的味儿。哥萨克女人们拿着引火的破布，在门口和街上奔走。挤过奶的

---

① 牛奶房，哥萨克煮牛奶和储存奶制品的地方，一般低矮而低温。——原注

牲口在院子里吁吁地喘气,安静地倒嚼;街上和院子里但听得妇女和孩子呼应的声音。在平常日子里,喝醉酒的男人的声音是难得听到的。

一个身材高大、有点男子气的哥萨克老太婆从对面院子里走来,向乌莉特卡奶奶讨火。她手里拿着一块破布。

"都收拾好了吗,大娘?"她问。

"丫头在烧火呢。你是不是要火?"乌莉特卡奶奶高兴地说。她总是乐于帮人家的忙。

两个哥萨克女人走进屋子里。不习惯拿小东西的粗手哆嗦着打开火柴盒子——火柴在高加索是很稀少的。有点男子气的老太婆在门槛上坐下来,显然想聊会儿天。

"你那口子还在小学里吗,大娘?"客人问。

"一直在教孩子们念书呢,大娘。他来信说,过节要回来一次。"少尉的妻子说。

"聪明人哪,处处用得着。"

"是啊,用得着。"

"我那个鲁卡沙可是在哨兵线上,他们不放他回家。"客人说,虽然这事少尉的妻子早就知道了。她就是想谈谈她的鲁卡沙——她最近刚送他到哥萨克军里去服役,并且希望他能娶少尉的女儿玛丽雅娜做妻子。

"在哨兵线上吗?"

"是啊,大娘。上次过节以后就没有来过。前两天我托福摩什金送去几件衬衫。他说,他好着,上司还称赞他呢。他说,他们那边又在搜捕山匪了。他说,鲁卡沙很快活,他好着呢。"

"哦,感谢上帝,"少尉的妻子说,"一句话,是个机灵鬼。"

鲁卡沙被称为机灵鬼是因为他勇敢机灵,曾经从水里捞出一个哥萨克孩子。少尉的妻子提到这事,存心让鲁卡沙的母亲高兴,以答谢她对她丈夫的夸奖。

　　"感谢上帝,大娘,他是个好儿子,有出息,大伙儿都称赞他,"鲁卡沙的母亲说,"只要给他娶上个媳妇,我就是死了也安心。"

　　"哦,难道村子里的姑娘还嫌少吗?"机灵的少尉的妻子一边说,一边用粗糙的双手小心翼翼地套上火柴盒子。

　　"多的是,大娘,多的是,"鲁卡沙的母亲一边说,一边摇头,"你家的玛丽雅娜可是个好姑娘,全村再找不到第二个了。"

　　少尉的妻子知道鲁卡沙母亲的用意。虽然她也认为鲁卡沙是个好哥萨克,却避开这事不谈,第一因为她是少尉的妻子,家里又有钱,而鲁卡沙只是个普通的哥萨克孩子,又丧了爹;第二因为她不愿马上让女儿离开。但主要是因为从体面上讲,她不能不推托一番。

　　"是啊,等玛丽雅娜长大了,她也要做大姑娘了。"她稳重而谦逊地说。

　　"我要请人来说媒,一定要请人来的。等我把葡萄园收拾好,我们就来求亲,请求伊里亚·华西里耶维奇答应这门亲事。"鲁卡沙的母亲说。

　　"那关伊里亚什么事!"少尉的妻子傲然地说,"得跟我谈。到时候再说吧。"

　　鲁卡沙的母亲看到少尉的妻子板着脸,知道不便再谈下去,就用火柴点着破布,站起身来说:"别推托了,大娘,记住我的话吧。我走了,得回去生火了。"

当她摇摇晃晃地拿了点着火的破布穿过街道时,正好遇到玛丽雅娜。玛丽雅娜向她鞠了一躬。

"真是个美人儿,勤快的姑娘,"她瞧着这个美丽的姑娘想,"她还用得着再长吗?该出嫁了,嫁个好人家,嫁给鲁卡沙吧。"

但乌莉特卡奶奶也有她的心事。她一动不动地坐在门口,苦苦地想着什么,直到女儿叫她才停止思索。

六

村里的男人不是出征去,就是在哨兵线上,或者照他们哥萨克的说法,"在站岗"。两个老妇人谈到的机灵鬼鲁卡沙,那天傍晚正站在下普罗托茨克哨所的瞭望台上。下普罗托茨克哨所就在捷列克河畔。他双肘搁在瞭望台的栏杆上,眯细眼睛,一会儿望望捷列克河对岸的远处,一会儿向下瞧瞧哥萨克伙伴们,偶尔跟他们交谈两句。太阳已经接近那矗立在云雾之上的白皑皑的雪山了。云雾在山麓上翻腾,色彩越来越暗。空中显出一派黄昏时分的明净。从草木稠密的树林里送来阵阵凉意,可是哨所周围仍旧很热。哥萨克的谈话声越来越响地传开来。捷列克河黄浊的急流在宁静的两岸中显得更加分明。河水开始退落,河岸和浅滩上露出几处黄褐色的湿沙。哨兵线对面的河岸上空旷荒凉,只有那片低矮的芦苇无边无际,一直伸展到山麓那儿。斜对面,在不高的河岸上,望得见车臣人村落里的泥屋、平屋顶和漏斗形的烟囱。站在瞭望台上的哥萨克目光炯炯地注视着远处平静的村子里几个穿红蓝衣服的车臣女人,她们在炊烟中走动着。

虽然哥萨克时刻提防着山匪①从鞑靼一侧渡河袭击,特别是在这五月里,捷列克河两岸树木非常稠密,徒步不易通过,而河水却很浅,即使骑马也可以涉水而过;虽然两天之前有个哥萨克跑来②,送来团长的通知,其中说,据探子密报,有七八个敌人企图渡河,着令特别戒备,但是哨兵线上并没有什么特别戒备。哥萨克们像在家里一样,不备马鞍,不带武器,有的在捕鱼,有的在打猎,有的在喝酒。只有值班人的马备了鞍,脚上系着绳子,在树林旁边的乌荆子丛里走动;还有一个哥萨克哨兵穿着契尔克斯服,带着步枪和军刀。班长是个瘦长的哥萨克,脊背特别长,手脚特别小。他敞开短褂,坐在小屋前面的土台上,脸上现出做上司的懒洋洋的神气,闭上眼睛,两只手交替托着脑袋。一个上了年纪的哥萨克蓄着宽阔的灰白胡子,穿一件衬衫,腰里束一条黑皮带,躺在河畔,懒洋洋地望着水流湍急、曲折而又单调的捷列克河。另外几个人也热得半光着身子,有的在河里洗衣服,有的在编马笼头,有的躺在河边的热沙上哼歌曲。一个脸又黑又瘦的哥萨克显然已喝得烂醉,仰天躺在小屋的墙脚边,那儿两小时之前是个背阴的地方,此刻却在炎热的夕阳照射之下。

站在瞭望台上的鲁卡沙是个漂亮的高个子青年,二十岁上下,长得很像他母亲。他的脸和身材虽然显出青春时期的瘦削,却洋溢着旺盛的体力和坚强的毅力。他应征入伍虽然还不久,但从他那落落大方的神情和从容不迫的姿态上看来,他已具有哥萨克和经常佩带武器的人所特有的威武豪迈的气

---

① 山匪,指渡到捷列克河俄国一侧偷盗或抢劫的车臣人。——原注
② 跑来,指骑马跑来。——原注

概,并且充分认识到自己的哥萨克身份。他身上那件宽大的契尔克斯服有几处破了,帽子像车臣人那样歪戴在脑后,膝盖下的绑腿布松开了。他的服装并不讲究,但穿在他身上,自有一种特别洒脱的哥萨克风度,那是向车臣骑士学来的。一个真正的骑士,身上的服装总是宽大而破旧,显得落拓不羁,只有他的武器是贵重的。但穿戴这样破旧的服装,佩带那样贵重的武器,都有一定的款式,不是人人都会的。这一层,不论哥萨克或者山里人,都是一目了然的。鲁卡沙就具有这种骑士的风度。他双手按住军刀,眯细眼睛,不断地瞭望着远处的鞑靼村落。他脸上的各部分,分开来看,并不漂亮,可是不论谁一看到他那匀称的体格和眉毛乌黑的聪明脸相,都会忍不住喝一声彩:"好一个漂亮的小伙子!"

"嘿,娘儿们,村子里就有这么多娘儿们!"他懒洋洋地露出一排洁白的牙齿,尖声说,并不专对某一个人。

躺在地上的纳扎尔卡连忙抬起头来,应声说:"她们准是打水去的。"

"开一枪吓唬吓唬她们,准会叫她们慌作一团!"鲁卡沙笑着说。

"枪打不到的。"

"哼!我的枪可以打过头呢。过些日子,等他们过节,我要到吉烈汗那儿去做客,去喝布扎①。"鲁卡沙一面说,一面怒气冲冲地挥开包围他的蚊子。

密林里一阵簌簌声吸引了哥萨克们的注意。一只毛色斑驳的杂种猎狗搜寻着野兽的踪迹,拼命摆动着脱毛的尾巴,向

① 布扎,一种用小米做的鞑靼啤酒。——原注

哨兵线跑来。鲁卡沙认得这是邻居猎人耶罗施卡大叔的狗，接着就看见猎人从树林里走出来。

耶罗施卡大叔是个体格魁伟的哥萨克，留着一把宽阔的银白色大胡子，肩膀和胸膛都很宽阔，树林里没有人能跟他相比。他看上去个儿并不太高，那是因为他的手脚生得粗壮，跟他的体格十分相称。他身穿一件腰间披起的褴褛短褂，脚套一双用绳子系在包脚布上的鹿皮鞋①，头上戴一顶破旧的白色便帽。他一边肩上搭着一张打野鸡用的遮身布幔和藏有引诱鹞子用的小鸡和小隼的口袋；另一边肩上用皮带吊着一只打死的野猫子；腰带后面挂着一只装子弹、火药和面包的小口袋，一个驱蚊用的马尾拂尘，一柄插在血迹斑斑的破鞘里的短刀和两只打死的野鸡。他向哨兵线望了望，站住了。

"嘿，梁姆！"他用洪亮的低音吆喝着狗，他的声音远远地在树林里引起了回响。接着他把那支巨大的哥萨克所说的火石枪往肩上一背，举起帽子来。

"你们好哇，老乡们！喂！"他用同样洪亮而快乐的声音招呼哥萨克们，虽然一点也不费劲，却像隔河招呼人一样响亮。

"您好，大叔！您好！"许多哥萨克小伙子的快乐声音从四面八方答应着。

"你们看见什么了？给我讲讲吧。"耶罗施卡大叔一边用衣袖擦着红通通的阔脸上的汗水，一边喊道。

"哦，大叔！这儿的法国梧桐里有一只老大的鹞子！天一黑，它就在这儿兜圈子。"纳扎尔卡挤挤眼，耸耸肩，摇摇

① 皮鞋，指生皮做的软和的鞋。——原注

腿,说。

"哼,得了吧!"老头儿怀疑地说。

"真的,大叔,你来坐守①吧。"纳扎尔卡笑嘻嘻地说。

哥萨克们都笑了。

这个淘气的家伙根本没看到过什么鹞子;可是哨兵线上的哥萨克小伙子们早就有个习惯,耶罗施卡大叔每次跑来,他们总要捉弄捉弄他。

"哼,你这傻瓜,老是胡说八道!"鲁卡沙从瞭望台上对纳扎尔卡说。

纳扎尔卡立刻住口。

"得守住这鹞子。我来坐守吧,"老头儿说得哥萨克个个都高兴起来,"可你们有没有看到野猪?"

"看到野猪! 哪有这么容易!"班长说,弯下身子,双手搔着瘦长的背。他遇到开玩笑,总是挺高兴的。"我们要搜捕的是山匪,可不是野猪。大叔,你没听到什么风声吗?"他又补了一句,无缘无故地眯细眼睛,露出一排整齐洁白的牙齿。

"你是说山匪吗?"老头儿说。"不,没听到。你们有没有契希尔②? 让我喝一点,老弟。可把我累坏了。下次我给你带些新鲜野味来,一定带来。给我来一点酒吧。"他又补了一句。

"那么,你真想坐守它吗?"班长问,仿佛没听见老头儿的话。

"我想坐守它一夜,"耶罗施卡大叔回答,"运气好,说不

---

① 坐守,指守伺动物。——原注
② 契希尔,一种葡萄酒。

定能打到些什么来过节,打到了我准送你一份!"

"大叔!喂!大叔!"鲁卡沙在上面尖声喊道,引得哥萨克们都抬起头来瞧他。"你还是到上游去吧,那边有一大群野猪呢。真的!我没撒谎。前两天我们的一个弟兄在那边打到了一只。我说的是实话。"他挪了挪背上的步枪,补充说。从他的口气上听来,并不是开玩笑。

"哦,原来机灵鬼鲁卡沙也在这儿!"老头儿向上面望望说,"他这是在哪儿打的?"

"你没看到吗?该是你长得太小了!"鲁卡沙说。"就在沟旁边,大叔。"他摇摇头,认真地补充说,"那天我们正沿着沟走,忽然听到一阵簌簌响,不巧我的枪装在套子里。伊里亚开了一枪……我可以带你去看那地方,大叔,并不远。等过一些时候。它们的行踪我都知道。"他忽然口气坚决、简直像发命令似的对班长说,"莫赛夫大叔!该换班了!"说着就提起步枪,没等命令,从瞭望台上走下来。

"下来吧!"班长这才向周围扫了一眼,说,"该轮到你了吧,古尔卡?那就去吧!你那个鲁卡沙可变得调皮了,"班长转身对老头儿说,"他像你一样,成天东奔西跑,家里待不住。前几天他打死了一只野猪。"

七

太阳已经落山,夜的阴影迅速地从树林那边扩展开来。哥萨克们完成了哨兵线一带的任务,聚集到小屋里吃晚饭。只有那老猎人留在法国梧桐下,拉着拴住小隼的绳,守候着鹞子。鹞子栖在树上,不下来攫取那小鸟。鲁卡沙在乌荆子丛中野鸡必经的地方不慌不忙地安排绳套,嘴里一曲又一曲地唱着歌。鲁卡沙生得身高手大,但不论什么大小活儿,他做起来总是得心应手。

"喂,鲁卡沙!"附近树林里传来纳扎尔卡的尖声叫喊,"哥萨克都吃晚饭去了。"

纳扎尔卡胳肢窝下夹着一只活野鸡,穿过乌荆子丛,来到小径上。

"哦!"鲁卡沙停止唱歌说,"这野鸡是哪儿弄来的?大概是落在我的套儿①里的吧……"

纳扎尔卡跟鲁卡沙同年,也是春天入伍的。

他是个瘦弱难看的小伙子,声音很尖。他跟鲁卡沙是邻居,又是好朋友。鲁卡沙像鞑靼人那样盘腿坐在草地上,安排着绳套。

"我不知道是谁的。大概是你的吧。"

"是不是在水坑那边的法国梧桐旁边?那是我的,是我昨天安下的。"

鲁卡沙站起来,瞧瞧捕获的野鸡。那野鸡恐怖地伸长脖子,转动眼珠。鲁卡沙摸摸灰蓝色的鸡头,把野鸡抱过来。

"今天晚上我们烧鸡肉抓饭吃;你去把它杀了,煺掉毛。"

"哦,我们自己吃还是送给班长?"

"他那里有的是。"

"我不敢杀这种东西。"纳扎尔卡说。

"拿来。"

鲁卡沙从鞘里拔出短刀,猛地戳了一刀。那野鸡挣扎了

---

① 套儿,为了捕野鸡设置的罗网。——原注

一下，可是还没展开翅膀，就垂下血淋淋的头，微微哆嗦着。

"就得这么办！"鲁卡沙扔下野鸡，说，"可以做一顿肥美的鸡肉抓饭吃了。"

纳扎尔卡瞧着野鸡，身子哆嗦了一下。

"你看，鲁卡沙，那恶鬼又要派我们去打埋伏了，"他拾起野鸡又说，把班长称做恶鬼，"他派福摩什金打酒去了，本该轮到他的。我们去过多少夜了！老是派我们去。"

鲁卡沙吹着口哨，沿哨兵线走去。

"你带根绳子去！"他大声说。

纳扎尔卡听从他的话。

"我今天要对他说，一定要对他说，"纳扎尔卡又说，"我们对他说：我们不去了，累坏了，这就是了。你去对他说，他会听你的话的。要不，真是太气人啦！"

"这种事也犯得着费口舌！"鲁卡沙说，显然在想别的事，"真无聊！要是晚上逼我们离开村子，那才气人哪。村子里还可以玩玩，这儿又有什么呢？守在哨兵线上也罢，打埋伏也罢，反正一个样。嗨，你这家伙！"

"你到村里去吗？"

"等休假日回去。"

"古尔卡说，你那个董卡跟福摩什金搞上了。"纳扎尔卡忽然说。

"去他妈的！"鲁卡沙回答，露出一排细密洁白的牙齿，但并没有笑，"难道我就找不到别的女人啦？"

"古尔卡说，他有一次到她那儿去，她丈夫不在家。福摩什金坐在那儿吃包子。古尔卡坐了一会儿就走了，走过窗口，听见她说：'那恶鬼走了。你怎么不吃包子啊，心肝？你可不用回家去睡了。'古尔卡就在窗外应声说:'妙哇!'"

"你胡说!"

"真的,我说的是实话。"

鲁卡沙沉默了一下,说:"她找上别人,那就去他妈的吧,姑娘还嫌少吗?我也搞腻啦。"

"嗨,你这鬼东西!"纳扎尔卡说,"你还是去找找少尉的女儿玛丽雅娜吧。怎么样,她跟谁也没来往吗?"

鲁卡沙皱起眉头。

"玛丽雅娜又怎么样!全都一个样!"他说。

"你去试试看……"

"你想到哪儿去了?村子里的姑娘还嫌少吗?"

鲁卡沙又吹着口哨向哨兵线走去,一路上摘着树上的叶子。走过灌木丛时,他忽然发现一株光滑的小树,就拔出短刀把它砍下来。

"可以做一根通条呢。"他一边把那小树挥得呼呼响,一边说。

哥萨克们坐在哨兵线上土屋外间的泥地上,围着一张鞑靼式矮桌,谈论着该轮到谁去打埋伏。

"今天该谁去啊?"一个哥萨克回头朝一扇开着的门,问里间的班长。

"该谁去吗?"班长回答说,"布尔拉克大叔去过了,福摩什金去过了。"他说到这里口气不很坚决,"还是你们去吧?你和纳扎尔卡,"他对鲁卡沙说,"还有叶尔古肖夫也去,他也睡够了吧。"

"你都没睡够,他怎么会睡够呢!"纳扎尔卡低声说。

哥萨克们都笑起来。

叶尔古肖夫就是那个喝醉酒睡在墙脚下的哥萨克。他刚揉着眼睛,踉踉跄跄地闯进屋里来。

鲁卡沙已经站起来,把枪准备好。

"快去吧!吃了晚饭就去!"班长说。他不等弟兄们答应就关上门,显然对哥萨克们听从他的命令不抱太大的希望。"要不是上头有命令,我也不派谁去打埋伏了,可是没办法,长官要来检查的。再说已经有八个山匪渡过河了。"

"没办法,只好去,"叶尔古肖夫说,"规矩嘛!这种时候有什么办法。我说,只好去。"

鲁卡沙双手拿着一大块野鸡肉吃着,一会儿瞧瞧班长,一会儿瞧瞧纳扎尔卡,似乎完全没把刚才的事放在心上,却瞧着两个人大笑。耶罗施卡大叔在法国梧桐下徒然守到天黑,这时也走进昏暗的外间,哥萨克们却还没出去打埋伏。

"喂,孩子们,"低矮的外间里响起了他那洪亮的低音,把所有人的声音都压下去,"我同你们一起去。你们守车臣人,我守野猪。"

八

当耶罗施卡大叔和三个哥萨克披上斗篷,挎着枪,离开哨兵线,沿捷列克河向指定的埋伏地点走去时,天色已完全黑了。纳扎尔卡根本不愿意去,但被鲁卡沙一声吆喝,不多一会儿他们就出发了。他们默默地走了几步,离开壕沟,顺着一条几乎被芦苇遮没的小径向捷列克河走去。河岸上横着一根被河水冲来的粗大黑木头,木头周围的芦苇新近被人踩过了。

"守在这里怎么样?"纳扎尔卡问。

"行！"鲁卡沙说，"坐在这儿吧，我去给大叔指点一下，马上就回来。"

"这地方倒挺不错：人家看不见我们，我们看得见人家，"叶尔古肖夫说，"就坐在这儿吧。这是个头等好地方。"

纳扎尔卡跟叶尔古肖夫摊开斗篷，在那根木头后面坐下来，鲁卡沙跟耶罗施卡大叔继续向前走去。

"离这儿不远了，大叔，"鲁卡沙一边说，一边悄悄地走到老头儿前面，"我指给你看它们打哪儿过的。只有我一个人知道，大叔。"

"指给我看吧，你真是个好样的，机灵鬼！"老头儿也低声答应着。

又走了几步，鲁卡沙站住，向一个水潭弯下身子，打了个呼哨。

"这就是那畜生经过时喝水的地方，看见吗？"他指着新鲜的蹄印说，声音轻得几乎听不见。

"基督保佑你，"老头儿回答，"那丑货会到这沟后面的水潭①里来洗澡的，"他又说，"我守在这儿，你去吧。"

鲁卡沙把斗篷拉得高些，自个儿沿河岸走回去，一会儿瞧瞧左边的芦苇墙，一会儿望望岸下汹涌奔流的捷列克河。"他们也在放哨，也可能爬过来侦察的。"他想到车臣人。忽然一阵很响的簌簌声和拍水声把他吓了一跳，他急忙抓住枪。一只野猪气势汹汹地蹿出来，它那乌黑的身体在光滑的水面上一闪，就钻到芦苇丛里去了。鲁卡沙连忙举起枪来瞄准，可是不等他开枪，野猪已经消失在灌木丛里了。他懊恼得啐了

---

① 水潭，其实就是水坑，野猪会在里面涂涂草药、蹭蹭皮毛。——原注

一口唾沫,又向前走去。他走近埋伏地点,又站住,轻轻吹了一声口哨。口哨得到了回应,他就向伙伴们那边走去。

纳扎尔卡身子缩成一团,已经睡着。叶尔古肖夫盘腿坐在那儿,身子挪了挪,给鲁卡沙让出个位子来。

"坐在这儿可舒服啦,真是个好地方,"他说,"把他带到啦?"

"我指给他看了,"鲁卡沙一边摊开斗篷,一边回答,"刚才我在水边把一只好大的野猪吓跑了。大概就是那一只!你也听见簌簌声了吧?"

"听见了。我马上听出是头野兽。我心里就想,准是鲁卡沙把野兽吓跑了。"叶尔古肖夫拿斗篷裹紧身体,说。"现在让我睡一会儿,"他又说,"等鸡啼了,你叫醒我,得有个规矩。让我睡一会儿,然后你睡,我来守着。就这么办。"

"谢谢,我可不想睡。"鲁卡沙回答。

夜黑暗而温暖,没有风。只有小半边天空星光闪烁;山那边的大半边天空都被乌云遮没了。乌云跟山连成一片,因为宁静无风,缓缓地向前移动,它那曲折的边缘在湛蓝的星空陪衬下显得格外清晰。这哥萨克只看得见前面的捷列克河同河对岸的远方;他后面和两边都被芦苇包围着。芦苇有时无缘无故地东摇西摆,发出飒飒声。从下面看去,摇摆的芦苇在那片明亮的天空衬托下好像蓬松的树枝。脚边就是河岸,河岸下是汹涌的激流。远一点是一大片光滑而流动的褐色河面,河水在浅滩和岸旁泛着单调的涟漪。再远一点,水、岸、云汇成了一片不可渗透的黑暗。河面上浮动着一条条黑影,哥萨克富有经验的眼睛一下子就可以认出是些从上游冲下来的木块。偶尔亮起一道闪光,映入黑镜子般的水中,照亮了对面微斜的河岸。和谐的夜籁——芦苇的飒飒声,哥萨克的打鼾声,蚊子的嗡嗡声和流水的潺潺声,偶尔被远方的枪声、河岸上泥土的崩落声、大鱼的泼刺声、或是野兽窜过荒林的簌簌声所打断。一只猫头鹰沿捷列克河飞过,在飞翔时双翼每挥动两下就相碰一次。当它飞到哥萨克们的头上时,就折向树林,向一棵树飞去,它的双翼不再是每挥动两下相碰一次,而是每次挥动都相互接触,然后它在一株法国梧桐下盘旋了好一阵,才在那株老树上栖息下来。每次碰到这种意外的响声,这个醒着的哥萨克就竖起耳朵,眯细眼睛,不慌不忙地摸索着步枪。

大半夜过去了。乌云向西方扩展,从它那残缺的边缘里透露出一片星光闪烁的天空,一钩黄澄澄的残月玲珑地高悬在群山之上。寒气开始侵入肌肤。纳扎尔卡醒过来,说了几句话,又睡着了。鲁卡沙觉得无聊,站起来,从鞘里拔出短刀,动手把树干削成通条。他的头脑里萦回着各种幻象:车臣人住在那边的山里,勇敢的小伙子越境过来,他们不怕哥萨克,并且可能在别处渡河。于是他探身望望沿河一带,可是什么也看不见。他偶尔望望朦胧的月光下依稀可辨的流水和河岸,不再想到车臣人,只等时候一到好叫醒伙伴,好回村去。他想着村子里的董卡,他的"小心肝"(哥萨克这样称呼他们的情妇),可是一想到她,心里就有点气恼。黎明来到了,水面上白漾漾地笼罩着一片银雾,离他不远的地方,幼鹰尖声叫起来,扑动着翅膀。最后,第一声鸡啼远远地从村子里传来,接着是另一只公鸡经久不息的啼声,于是另外一些公鸡也纷纷响应着啼叫起来。

"该叫醒他们了。"鲁卡沙削好通条,感到眼皮很重,心里想。他向伙伴们转过身去,辨认着哪双腿是谁的,忽然听到河对岸有个响声，仿佛有什么东西掉到水里。他再望望残月下渐渐被照亮的远山，望望对面河岸的轮廓，望望捷列克河以及现在看得清清楚楚的河上的浮木。他似乎觉得，他自己的身子在移动，而捷列克河和浮木却一动不动，但这只是一瞬间的幻觉。他又仔细观察。一块生有枝丫的巨大黑木头特别引起他的注意。奇怪得很，这木头既不摇晃，也不打转，却在河的中流直浮过来。他甚至觉得它不是顺流而下，而是横穿捷列克河向浅滩浮来。鲁卡沙伸长脖子，全神贯注地盯着它。那木头浮到浅滩上停住，古怪地晃动起来。鲁卡沙仿佛看见有只手从木头底下伸出来。"让我一个人干掉这山匪！"他想，抓起步枪，镇静而迅速地摆好枪架，把枪搁在上面，悄悄地扣住扳机，屏息瞄准起来。"我不去叫醒他们。"他想。可是他的心紧张得怦怦直跳。他站住不动，仔细倾听。那木头忽然扑通一声落入水里，又横穿河面向河岸这边浮过来。"可别打偏人！"他想，接着在朦胧的月光下有个鞑靼人的脑袋在木头前面晃了一下。他把枪对准那脑袋。他觉得那脑袋很近，简直就在枪杆的末端。他又看了一下。"果然是个山匪！"他高兴地想，忽然用双膝跪着，再度瞄准，看见那目标出现在长枪头上，于是就用他从小习惯的规矩说了声："凭圣父圣子之名！"扣动扳机。一阵闪光刹那间照亮了芦苇和河水。急促而尖锐的枪声沿着河流传开去，在远处扩散成一片隆隆声。那木头不再横穿河流，而是摇摇晃晃，打着转，顺着水流冲下去。

"喂，站住！"叶尔古肖夫一边叫，一边抓起枪，从一段木头后面抬起身来。

"闭嘴，小鬼！"鲁卡沙咬咬牙，低声对他说，"山匪！"

"你开枪打谁啊?"纳扎尔卡问,"打谁啊,鲁卡沙?"

鲁卡沙什么也没回答。他装上子弹,眼睛盯着那浮木。浮木在不远的浅滩上搁住,木头后面露出一样巨大的东西在水面上摇晃。

"你打什么啊? 怎么不说话?"哥萨克们又问。

"山匪嘛! 跟你说了。"鲁卡沙重复道。

"胡说八道! 是不是枪走火了?"

"我打死一个山匪了! 我开枪打的!"鲁卡沙跳起来,兴奋得断断续续地说。"有个人游水过来……"他指指浅滩说,"我把他打死了。往那儿瞧吧。"

"你胡说!"叶尔古肖夫擦擦眼睛,又说。

"怎么胡说? 你瞧! 往那儿瞧。"鲁卡沙一边说,一边抓住叶尔古肖夫的肩膀使劲拉,拉得叶尔古肖夫叫了声"喔唷!"

叶尔古肖夫往鲁卡沙指的方向望去,看清有具尸体,才改变了口气。

"哦! 我看还有别的人哪,真的,"他低声说,拿起枪来察看了一下,"那是个打先锋的,其他的人不是已经到了这里,就是在对岸不远的地方,真的。"

鲁卡沙解开腰带,动手脱下契尔克斯服。

"你上哪儿去啊,傻瓜?"叶尔古肖夫大声说,"你只要一暴露,就会白白送命的,真的。既然你把他打死,他就跑不掉了。给我点儿火药,你有吗? 纳扎尔卡! 你马上到哨兵线上去,可是别顺着河岸走,要不然会给人打死的,真的。"

"叫我一个人去吗? 你自己去吧!"纳扎尔卡怒气冲冲地说。

鲁卡沙脱掉上衣,走到河边。

"别下去,我说,"叶尔古肖夫一边把火药装到枪上的药池里,一边说,"瞧,他不动了,我看得出来。天快亮了,等哨兵线上来了人再说。快去,纳扎尔卡,真胆小! 别害怕,我说。"

"鲁卡沙! 喂,鲁卡沙!"纳扎尔卡说,"你倒说说,你是怎么把他干掉的。"

鲁卡沙改变主意,不马上下水。

"你们快到哨兵线上去,我在这儿守着。叫他们派个侦察班来。要是山匪到了这边……就得把他们捉住!"

"对,他们会跑掉的,"叶尔古肖夫支起身来,说,"得把他们捉住,说得对。"

叶尔古肖夫和纳扎尔卡站起来,画了十字,向哨兵线走去,但不沿着河岸,而是踏着荆棘穿过林间的小径走去。

"喂,鲁卡沙,留点儿神,别动,"叶尔古肖夫说,"要不然他们也会在这儿把你干掉的。你得留神,可别大意,我说。"

"去吧,我知道。"鲁卡沙回答。他检查了一下枪,又在木头后面坐下。

鲁卡沙独个儿坐着,望望浅滩,又用心听听,看哥萨克们来了没有,可是哨兵线离这地方很远,他有点不耐烦。他老担心那些同来的山匪逃走。他唯恐他们像昨天晚上那头野猪那样跑掉,因此焦虑不安。他一会儿向周围瞧瞧,一会儿朝对岸望望,巴不得再发现一个人。他摆好枪架,准备开火。至于他自己也可能被人家打死,这一层他根本没想到。

九

天蒙蒙亮了。车臣人的尸体搁在浅滩上微微晃动，现在看得很清楚了。忽然，在离鲁卡沙不远处，芦苇簌簌地响起来，听得见脚步声，芦苇梢也摇晃起来。鲁卡沙扣住扳机，说了声："凭圣父圣子之名！"枪机一响，脚步声就停住了。

"喂，哥萨克们！可别把我大叔打死啊！"传来一个镇静的男低音。接着耶罗施卡大叔分开芦苇，来到他跟前。

"险些儿把你打死了，真的！"鲁卡沙说。

"你在打什么呀？"老头儿问。

他那洪亮的声音在树林里传开来，顺河而下，一下子打破了那笼罩着哥萨克的寂静和神秘。周围的一切仿佛也变得更加明亮和清楚。

"你什么也没看到，大叔，我可打死一头野兽了。"鲁卡沙松开枪机说，异常镇静地站起来。

老头儿紧瞅着那尸体的白脊背，同时看河水怎样在它周围起着涟漪。

"他背着木头游过来。我看得清清楚楚……你往这儿瞧！喏！穿着蓝裤子，带着枪……你看见吗？"鲁卡沙问。

"怎么没看见！"老头儿生气地说，脸上现出一副郑重其事的样子。"把一个骑士打死了。"他仿佛很惋惜似的说。

"我刚才坐在这儿，忽然看见那边有样黑糊糊的东西。我当时就看出来，有个人走到那边，跳下水去。好奇怪！一块木头，一块老大的木头浮过来，不是顺水而下，而是横穿河面。我一看，木头下面有颗脑袋伸出来。这是个什么怪物哇？我探出身去,可是被芦苇挡住,看不清楚;我抬起身来,大概被那家伙听见了,他爬上浅滩,向四下里望望。我想,哼,你逃不掉了。他爬到浅滩上张望。哦,我的喉咙像被什么东西堵住了!我准备好枪,一动不动地等着。他停了一会儿,又游起水来,等他一落到月光下,他的背都看得见了。'凭圣父圣子圣灵之名!'我透过烟雾望去,看见他正在挣扎。他呻吟起来,但这也许只是我的幻觉。哦,谢天谢地,我想这下子可把他打死了!等他浮到浅滩上时,全身都露了出来。他想爬起来,可是没有力气。他挣扎了一阵,又倒下了。什么都看得清清楚楚。瞧,他不动了,多半是断气了。哥萨克们已赶回哨兵线去通知,可不能让其余的人逃掉!"

"就这样要了他的命!"老头儿说,"老弟,如今他可走远了……"他又伤心地摇摇头。这时候,哥萨克们沿河赶来,有骑马的,也有步行的,只听得一片响亮的说话声和树枝的簌簌声。

"小船带来了吗?"鲁卡沙大声问。

"好样的,鲁卡沙!把他拖到岸上来!"一个哥萨克喊道。

鲁卡沙不等小船划到,就动手脱衣服,眼睛盯住那房获物。

"等一下,小船纳扎尔卡马上划来。"班长喊道。

"傻瓜!说不定还活着呢!他装死!把匕首带去!"另一个哥萨克喊道。

"胡说!"鲁卡沙一边拉下裤子,一边喝道。他利索地脱下衣服,画了十字,纵身一跳,哗啦一声蹿到水里。他在水里泡了泡,伸长白手臂,高高地从水里弓起背,冲着水流,横穿捷列克河向浅滩游去。一群哥萨克站在岸上大声谈话。三个骑马的出发巡逻。小船在河湾那边出现了。鲁卡沙爬上浅滩，向尸体俯下身去，摇了他两下。"一点气也没有了！"他尖声嚷道。

那车臣人被打中脑袋。他穿着蓝裤、衬衫和契尔克斯服，背上缚着一支枪和一把匕首。他身上缚了一根粗大的树干，因此开头把鲁卡沙骗过了。

"一条大鲤鱼落网了！"当车臣人的尸体从小船里拖起来放在岸边的草地上时，哥萨克围拢来，其中有一个说。

"颜色好黄啊！"另一个说。

"我们那几个人上哪儿找去了？其余的人恐怕都在对岸吧。他要不是个打前站的，也不会那么游法。一个人游来干什么？"第三个人说。

"他倒挺灵活，走在大家前头。是个真正的骑士呢！"鲁卡沙一面嘲笑说，一面站在岸上绞着湿衣服，身上直打哆嗦，"胡子还染过颜色，修剪过了。"

"他把棉袄装在口袋里，挂在背后。这样游起来方便些。"有人说。

"我说，鲁卡沙！"班长手里拿着从死人身上解下来的匕首和枪，说道，"匕首你自己拿去吧，棉袄也拿去，这支枪呢，我出三个卢布向你买。瞧，上面还有砂眼呢，"他向枪筒里吹着气，又补了一句，"我想留下它做个纪念。"

鲁卡沙什么也没回答，这种硬讨便宜的手法显然使他很生气，但他知道这是无法拒绝的。

"哼，真见鬼！"他皱着眉头把车臣人的棉袄往地上一扔，说道，"要是件好棉袄倒也罢了，可这简直是块破布。"

"打柴穿穿倒合适。"另一个哥萨克说。

"莫赛夫！我回家去一趟。"鲁卡沙说，显然忘了他的气愤，并且希望利用这讨好长官的机会得到点方便。

"好的，去吧！"

"弟兄们，把尸体搬到哨兵线那边去，"班长对哥萨克们说，仍旧察看着那支枪，"还得在他上面搭个棚子遮遮太阳。说不定山匪会来赎的。"

"天还不热呢。"有人说。

"要是被豺狼撕掉了呢？那可怎么办？"另一个人说。

"我们得派人守着，不然他们来赎时，要是被撕掉，就糟了。"

"哦，鲁卡沙，不管怎么说，你得请弟兄们喝桶酒啊。"班长快乐地补充说。

"对，这是老规矩，"哥萨克们附和说，"你看，上帝赐福给你了，还没见过什么世面，就干掉了一个山匪。"

"把这匕首和棉袄都买了吧！别舍不得钱。这裤子我也卖。上帝保佑你，"鲁卡沙说，"我穿不下，他是个瘦鬼。"

有个哥萨克用一个卢布买了棉袄。另一个人出两桶酒的代价换了匕首。

"喝吧，弟兄们，我请你们喝一桶，"鲁卡沙说，"酒我会从村里带来的。"

"这裤子剪开来给姑娘们做头巾吧！"纳扎尔卡说。

哥萨克们哄然大笑起来。

"你们笑得也够了，"班长又说，"把尸体拖开。干吗把这脏东西搁在屋子旁边……"

"大家站着干什么？弟兄们，把他拖开！"鲁卡沙用命令的口吻喝道。哥萨克们勉强抓起尸体，像服从长官命令那样服从他。他们把尸体拖了几步,松开手,那两条腿毫无生气地抖了一下,又横在地上。哥萨克们让开点儿,默默地站了一会儿。纳扎尔卡走到尸体跟前,把他歪在一边的脑袋摆正,让大家看见死人太阳穴上血淋淋的枪洞和脸庞。

"瞧,给他做了个多清楚的记号! 正好在脑壳上!"他说,"丢不了啦,主人们认得出来的。"

谁也没有应声,静默的天使又在哥萨克的头上飞翔。

太阳升起来了,它那四散的光芒照耀着露珠滚滚的草木。捷列克河在附近苏醒了的树林中哗哗奔流;野鸡在四处啼叫,互相呼应,迎接着早晨。哥萨克们呆立在尸体周围,默默地瞧着他。褐色的尸体光穿着一条湿淋淋的蓝裤,凹陷的肚子上束着腰带,看上去体格生得匀称漂亮。两条肌肉发达的手臂直挺挺地摆在身旁。头发剃得发青的圆脑袋带着凝血的伤口歪在一边。晒得黑黝黝亮光光的脑门儿跟新剃过的头皮黑白分明。一双玻璃般的眼睛向上翻着,眼珠呆呆地下陷,对周围的一切似乎都视而不见。红棕色的小胡子下露出两片展延到嘴角的薄唇,唇上仿佛还挂着一丝不怀恶意的嘲笑。两只小手上长满红棕色的汗毛,手指向里弯曲,指甲也染红了。鲁卡沙还没有穿上衣服。他浑身湿淋淋的,脖子发红,眼睛也比平时明亮;宽阔的颧骨不断颤动着。他那洁白强壮的身体上隐隐约约地冒着热气,散发在早晨的新鲜空气中。

"原来也是一个人物哇!"他说,显然欣赏着那尸体。

"是啊,你要是落在他手里,他也不会放过你的。"一个哥萨克应声说。

静默的天使飞走了。哥萨克们开始活动和谈话。有两个砍树枝搭棚去了。其余的人慢吞吞地向哨兵线走去。鲁卡沙和纳扎尔卡跑去收拾东西,准备回村。

半小时以后,鲁卡沙和纳扎尔卡穿过捷列克河和村庄之间的密林,奔回家去,一路上不断地谈着话。

"记住,别告诉她是我派你去的,你只要看看她丈夫在不在家就行了。"鲁卡沙尖声说。

"我也要去找找雅姆卡,"顺从的纳扎尔卡说,"咱们去喝个痛快,怎么样?"

"今天不喝还等几时啊!"鲁卡沙回答。

这两个哥萨克回到村里,痛饮了一场,就倒头一直睡到黄昏。

十

就在那件事发生后的第三天,高加索步兵团的两个连进驻诺伏姆林村。辎重车队卸了马,停在广场上。火头军挖了一个坑,从人家院子里拖来些没藏好的木头,动手做饭。司务长们在点着人数。辎重兵们在地上打着拴马桩。设营员们像当家人似的在大街小巷里走来走去,给军官和士兵安排住所。这儿摆着一排排绿色的弹药箱,那儿停着行军灶和马匹以及一只只正在煮饭的锅子。上尉、中尉和司务长奥尼西姆·米哈依洛维奇都在这儿。一切都集中在这个村庄里,据说两个连奉命驻在此地,所以官兵们就都像在家里一样随便。为什么要驻在这里?那些哥萨克怎么样?驻在这里他们欢迎不欢迎?他们是不是旧教徒?管他妈的!士兵们都筋疲力尽,满身灰尘,散队后乱哄哄的像一群蜜蜂散布在街道和广场上。他们根本不管哥萨克们的反感,三三两两地有说有笑,把枪支碰得哐哐响,走进人家家里,把军服装备往屋子里到处乱挂,打开带着的袋子,还跟娘儿们开玩笑。一大群士兵聚集在他们心爱的地方——饭锅周围,他们嘴里衔着小烟斗,一会儿望望炊烟怎样渐渐升腾到炎热的天空,在高空凝集,好像一片白云,一会儿瞧瞧篝火怎样在明净的空中跳动,好像熔化的玻璃。他们挖苦和嘲笑哥萨克男女,因为他们的生活跟俄罗斯人完全不同。家家院子里都可以看到士兵,听到他们的哄笑声和哥萨克女人们恼怒的尖叫,她们守着自己的家,不让士兵们用水和食具。哥萨克孩子们紧挨着他们的妈妈,或者互相依偎着,惊奇地盯着他们从没见过的士兵们的一举一动,或者保持一定距离跟在他们后面跑。哥萨克老人们坐在门外的土台上,阴沉沉地望着士兵们奔走忙碌,一言不发,似乎对什么都听天由命,漠不关心。

奥列宁以士官生身份进高加索团已有三个月了。分派给他住的是村里一所好房子,就是伊里亚·华西里耶维奇少尉的房子,也就是乌莉特卡奶奶家里。

"这算是个什么路数哇,德米特里·安德烈耶维奇?"凡纽沙气呼呼地对奥列宁说。奥列宁身穿契尔克斯服,骑着那匹他在格罗兹纳亚买的卡巴尔达马,在五小时行军之后愉快地走进那派给他住的人家的院子。

"什么事啊,伊凡·华西里奇?"他一边抚摩着马,一边问,同时好玩地瞧着头发蓬乱、满脸大汗、神情激动的凡纽沙。凡纽沙是跟辎重车一起来的,正在卸行李。

奥列宁好像换了个人。原来剃得光光的面颊和下巴颏如今都长了柔软的胡子。原来由于过夜生活而脸色枯黄,如今两颊、前额和耳朵后面的皮肤都晒得黑里透红,十分健康。原来穿一套洁净的崭新黑色燕尾服,如今可换上一件肮脏的打宽裆的白色契尔克斯服,还佩了武器。原来那种浆得笔挺的洁白硬领,也换上紧束住鬃黑脖子的红绸短衫的领子。他一身契尔克斯人打扮,但并不地道;谁都能一眼看出他是个俄罗斯人,而不是个鞑靼骑士。一切似乎都像,其实还是不像。但他浑身都焕发着健康、快乐和满足的神气。

"噢,您觉得可笑,"凡纽沙说,"可您自己去跟那些人谈谈看,谁也不理你,这就是了。一句话也不会跟您说的。"凡纽沙怒气冲冲地把一只铁桶扔到门口。"到底不是俄罗斯人。"

"那你干吗不去找村长呢?"

"我又不知道他住在哪儿!"凡纽沙委屈地回答。

"谁让你生这么大的气啊?"奥列宁四下里打量了一下,问。

"鬼才知道他们!呸!真正的东家不在,说是到什么'克里加①'去了。那老太婆简直是个魔鬼,上帝保佑!"凡纽沙抱住头回答。"在这儿怎么过日子,我可说不上来。他们比鞑靼人还要坏,真的。也算是基督徒!就是鞑靼人也比他们高尚点儿。'到克里加去了'!'克里加'是个什么鬼地方,我可说不上来!"凡纽沙说完,转过身去。

"你说,跟我们家的下房不一样,是吗?"奥列宁嘲笑说,并不下马。

"把马给我!"凡纽沙说。显然,新环境使他感到困惑,但他还是听凭命运的摆布。

---

① 克里加,河滨用篱笆围起来捕鱼的地方。——原注

"你说鞑靼人高尚点吗？呃，凡纽沙？"奥列宁又问，同时跳下马来，拍拍鞍子。

"哼，您笑我！您觉得好笑！"凡纽沙生气地咕噜着。

"哦，别生气，伊凡·华西里奇，"奥列宁应着说，仍旧笑嘻嘻的，"回头让我去找房东他们，你瞧着，我会把一切都安排好的。我们还要在这儿好好过日子呢！只是你别激动。"

凡纽沙没回答，他只是眯细眼睛，轻蔑地望望东家，摇摇头。凡纽沙把奥列宁单单看作东家，奥列宁把凡纽沙单单看作仆人，要是有人说，他们其实是朋友，那两个人都会感到惊奇的。但他们确实是朋友，尽管自己并没意识到这一层。凡纽沙领来那年才十一岁，当时奥列宁也是这样的年纪。奥列宁十五岁的时候，一度教过凡纽沙读书写字，还教他学法文。这件事凡纽沙挺引以自豪。如今每逢凡纽沙高兴的时候，总爱说几个法文字，并且总是一边说一边傻笑。

奥列宁跑上台阶，推开房门。玛丽雅娜只穿一件粉红衬衫（哥萨克女人在家里通常都是这样），吃惊地从门边跳开去，身子贴住墙壁，用鞑靼衬衫的宽大袖子遮住下半个脸蛋。奥列宁把门开得大一点，在昏暗的走廊中看见了这个年轻哥萨克女人高大匀称的身材。他不禁怀着年轻人的好奇心，心头痒痒地注视着那薄印花布衬衫裹着的健美的处女身体和那双带着稚气的惊慌与粗野的好奇盯住他的乌黑美丽的眼睛。"哦，是她！"奥列宁想，"这样的女人一定还有不少。"于是他打开房间的另一扇门。乌莉特卡奶奶也只穿一件衬衫，正弯着腰，背着他在扫地。

"您好，老妈妈！我是来看房子的……"他招呼她说。

哥萨克女人并没有直起身子，只向他转过脸来。她的相貌长得还不错,但神色很严厉。

"你来干什么?想来取笑我们吗?啊?让我来教你怎么取笑吧!让黑死病瘟死你!"她一边骂,一边皱着眉头斜睨着客人。

奥列宁原以为他所参加的英勇的高加索团在长途劳顿之后准会处处受到欢迎,特别会受到哥萨克战友们的欢迎,因此这样粗暴的接待使他纳闷。不过,他并不发窘,他只想说明一番,房租他会付的,可是老太婆不让他把话说完。

"你来干什么?谁要你这种病鬼?脸皮刮得这么光光的!等当家的回来,他会派给你住的地方的。我可不要你的臭钱。神气什么,我们这辈子又不是没见过钱!烟草熏得满屋子都是烟味,还想拿几个钱来赎罪呢!我可没见过这样的病鬼!让子弹打穿你的肚子和心肺!"她尖声叫骂着,打断奥列宁的话。

"看来凡纽沙说得对!"奥列宁想,"还是鞑靼人高尚点。"他在乌莉特卡奶奶的咒骂声中走出屋子。这当儿,玛丽雅娜突然从穿堂里跑出来,从他身边溜过。她仍旧只穿一件粉红色衬衫,但头上包了一块头巾,直遮到眉毛边上。她赤着脚啪嗒啪嗒地奔下台阶站住,笑盈盈地看了奥列宁一眼,便在房子转角处消失了。

她那年轻稳健的步态,她那从白头巾下射出来的光芒逼人的野性的目光,她那匀称健美的身体,这会儿更使奥列宁惊讶不已。"这一定是她。"他心里想。他不再考虑房子的事,只不断瞧着玛丽雅娜,同时向凡纽沙走去。

"瞧,连姑娘都这样野,"凡纽沙说,他仍旧在马车旁边忙碌,但情绪已经好些了,"简直像匹野马!女人哪!"他得意扬扬地用不成腔的法语大声补了一句,哈哈大笑起来。

十一

傍晚,房东打鱼回来,知道士官生答应付房租,就说服妻子,并且满足了凡纽沙的要求。

在新的住所里,一切都安排停当。房东一家搬到冬天住的屋子里,士官生就以每月三卢布的代价租得了夏天住的屋子。奥列宁吃了些东西就睡了。他傍晚醒来,洗了脸,刷过衣服,吃了饭,点上一支烟,在临街的窗口坐下。白天的暑热减弱了。一座带雕花山墙的房子的斜影投落在满是灰土的街上,影子的末端落在另一座房子的墙脚,折在墙上。对面房子坡度很大的芦苇屋顶在夕阳下闪闪发亮。空气越发清新了。村子里静悄悄的。士兵们都安顿下来,寂然无声。牲口还没有赶回棚子,人们也还没有下工回家。

奥列宁的寓所差不多就在村边。从捷列克河对岸的远处,从奥列宁来的那些地方(在车臣或者库梅茨平原),偶尔传出几下隐约的枪声。在经历了三个月的露营生活之后,奥列宁的身体越发健康了。他那张刚洗过的脸容光焕发,强壮的身体在行军之后异常洁净,经过休息的四肢感到轻松而有力。他的心情也很舒畅。他回想着这次行军和所经历的危险。他想到他在危急关头镇定自若,不比别人差,因此被英勇的高加索人看作伙伴。关于莫斯科的回忆已消失得无影无踪。他同旧生活一刀两断了,新生活开始了,这是一种洁白无疵的崭新生活。在这儿,他作为一个新人,生活在陌生人中间,可以给人家一个新的良好印象。他尝到了一种不知从何而来的青春的生活乐趣,一会儿站在窗口望望在房子的阴影里打陀螺的孩子,一会儿瞧瞧这收拾得干干净净的新居,觉得他这个村居新生活安排得实在太美了。他又望望群山和天空,一种在雄伟的大自然面前油然而生的庄严感跟他的种种回忆和遐想融合在一起。生活开始了,同他离开莫斯科时所想望的并不相同,但是出乎意料地美好。山哪,山哪,他的一切思想和感情都离不开山!

"哈,跟小狗亲嘴!把瓦罐子都舔空!耶罗施卡大叔跟小狗亲嘴!"在窗下打陀螺的哥萨克孩子忽然向小巷那边嚷起来。"跟小狗亲嘴!拿刀子换酒喝!"孩子们一边喊,一边挤成一团向后退。

原来他们是在向耶罗施卡大叔叫嚷。耶罗施卡大叔正挎着枪,腰带上挂着几只野鸡,打猎回来。

"是我错了,孩子们!是我错了!"他一边说,一边雄赳赳地挥动双臂,望望街道两边的窗子。"拿小狗换酒喝,是我错了!"他一再说,显然有点生气,但表面上仍装得满不在乎。

孩子们对老猎人的态度使奥列宁觉得惊奇,尤其使他惊奇的,就是那个被唤作耶罗施卡大叔的富于表情的聪明的脸和强壮的体格。

"老大爷!哥萨克!"他喊道,"请到这儿来。"

老头儿往窗里瞧了一眼,站住。

"你好,老乡。"他一边说,一边掀了掀帽子,露出头发剪得很短的脑袋。

"你好,老乡,"奥列宁回答,"孩子们为什么对你这样嚷嚷啊?"

耶罗施卡大叔走到窗下。

"他们捉弄我老头儿。不要紧。我喜欢。让他们拿我大叔开心吧,"他像一般受人尊敬的老人那样,音调抑扬顿挫地说,"你是部队的长官吗?"

"不,我是个士官生。你这些野鸡是在哪儿打的?"奥列宁问。

"我在树林里打死了三只野鸡。"老头儿一边回答,一边把他那宽阔的背转向窗子,让对方看见,有三只野鸡头塞在腰带上挂着,把他的契尔克斯服沾得血迹斑斑。"你没见到过野鸡吗?"他问。"你要,拿一对去吧。喏!"说着从窗口递进两只野鸡来。"你也爱打猎吗?"他问。

"是的。我在行军途中就打死了四只。"

"四只吗?这么多!"老头儿嘲笑说,"你爱喝酒吗?契希尔你喝吗?"

"怎么不喝?我也爱喝酒。"

"嗳,你这人,我看得出来,是个好样的!咱们做个朋友吧!"耶罗施卡大叔说。

"进来吧!"奥列宁说,"我们来喝点契希尔吧!"

"好的,我来,"老头儿说,"你把野鸡收下吧!"

从老头儿的脸上看得出,他喜欢这个士官生。他立刻懂得可以白喝士官生的酒,因此送他一对野鸡是应该的。

一会儿,耶罗施卡大叔便来到房子门口。奥列宁这才看清此人身材的魁伟和体格的强壮,虽然在他红棕色的脸上留着宽阔而浓密的全白大胡子,而且布满由年龄和辛劳刻下的粗大皱纹。他的腿上、臂上和肩上肌肉发达,像年轻人一样富有弹性。他的头上,在剪短的头发底下有几道很深的伤疤。筋脉毕露的粗脖子像牛脖子一样布满交叉的皱纹。粗糙的双手也满是抓伤和擦伤的痕迹。他轻快地跨过门槛,解下枪,把它放到屋角里,向室内的杂物扫了一眼,撇开穿生皮凉鞋的双脚,轻轻走到房间当中。他一进来,房间里就闻到一股契希尔、伏特加、火药和凝血的浓郁而并不难闻的混合味儿。

耶罗施卡大叔向圣像鞠了个躬,抚平胡子,走到奥列宁跟前,伸出又黑又粗的手。

"柯施基尔达!"他说,"这是鞑靼话,意思就是您好,祝您健康。"

"柯施基尔达! 这我知道。"奥列宁一边回答,一边跟他握手。

"嗳,你不懂,你不懂规矩! 傻瓜!"耶罗施卡大叔说,责备似的摇摇头,"要是人家对你说'柯施基尔达',你就应该说'阿拉·拉齐·波·宋',意思就是上帝保佑你。就是这样,老朋友! 可不能说'柯施基尔达'。我什么都会教你的。我们这儿从前有个人,叫伊里亚·莫赛伊奇,也是你们俄罗斯人,我跟他是好朋友。是个好样的。喝酒,偷东西,打猎,什么都来,打猎打得可出色啦! 我什么本领都教给他。"

"那你教给我什么呀?"奥列宁问道,对老头儿越来越感兴趣了。

"我要带你去打猎,教你捉鱼,指给你看车臣人,你要的话,我还可以给你找个相好。看,我这人就是这样的。我这人就爱开玩笑!"老头儿说着笑了。"我要坐一下,老朋友,我累了,卡尔迦?"他问道。

"'卡尔迦'是什么意思?"奥列宁问。

"那就是好,是格鲁吉亚话。可我说惯了,这是我的口头禅,是我喜欢的词儿。卡尔迦,卡尔迦,我这是开玩笑。怎么样,老朋友,叫人弄点契希尔来吧。你有勤务兵吧？有吗？喂,伊凡!"老头儿叫道,"你们的士兵个个都叫伊凡,你那个是不是也叫伊凡哪?"

"对了,叫伊凡①。凡纽沙! 你问房东要点契希尔,拿到这儿来。"

"凡纽沙也好,伊凡也好,都一样。为什么你们的士兵全叫伊凡呢? 伊凡!"老头儿又喊了一声。"你问他们要新开桶的,老弟。他们酿的契希尔全村数第一。可是得留心,顶多三十戈比一升,别多给,要不就太便宜了那婆娘……我们这儿的人真该死,脑子笨,"凡纽沙出去以后,耶罗施卡大叔用推心置腹的口气继续说,"他们不把你们当人看待。在他们眼里,你比鞑靼人还坏。他们说,俄罗斯人很世故。可是依我说,你虽然是军人,到底也是个人哪,也有心肠的。我说得对吗? 伊里亚·莫赛伊奇也是军人,可他真是个金子一样的好人! 你说对吗,老朋友? 就因为这个缘故,我们那些人不喜欢我,我可不在乎。我这人挺快活,我谁都爱,我是耶罗施卡! 就是这样,老朋友!"

老头儿说着亲切地拍拍年轻人的肩膀。

十二

凡纽沙这时情绪极好。他已经把家务安排停当,还请连里的理发师修过面,并且把掖在靴筒里的裤脚拉出来——这表示连队驻在宽敞的宿舍里。他不怀好意地仔细打量着耶罗

---

① 伊凡,凡纽沙的本名。

施卡,好像瞧着一只从没见过的野兽,并且对着被老头儿踩脏的地板直摇头,接着从凳子底下取出两只空瓶去找房东。

"您好,好太太,"他决定装出特别和气的样子,说,"老爷叫我来买点契希尔,请您舀一点吧,好心的太太!"

老太婆不理他。那姑娘呢,正对着一面鞑靼小镜子整理头上的帕子,只默默地回头瞅了他一眼。

"我会付钱的,可敬的太太,"凡纽沙把口袋里的铜币弄得丁当响,又说,"你们客客气气,我们也客客气气,这样大家都好。"他补了一句。

"要多少?"老太婆粗声粗气地问。

"一升。"

"去吧,孩子,给他们去舀一点,"乌莉特卡奶奶对女儿说,"从那刚开的一桶里舀吧,宝贝。"

姑娘拿了钥匙和玻璃瓶,同凡纽沙一起走出屋子。

"请问这女人是谁啊?"奥列宁指着从窗外走过的玛丽雅娜问。

老头儿挤挤眼,用臂肘碰碰年轻人。

"等一下!"他说,探身到窗外。"哼!哼!"他咳嗽起来,含糊地说:"玛丽雅娜!啊,玛丽雅娜小姑奶奶!你跟我要好要好吧,小心肝!我这人爱开玩笑。"他对奥列宁低声说了一句。

姑娘没回过头来,仍旧匀调而有力地摆动双臂,以哥萨克女人特有的轻盈洒脱的步态走过窗口,只慢悠悠地把她那双覆着长睫毛的乌溜溜眼睛转向老头儿。

"跟我要好要好吧,你会快活的!"耶罗施卡嚷道,挤挤眼,询问似的向奥列宁瞅了一眼。"我这人顶呱呱,我这人爱开玩笑,"他接着说,"那姑娘是个天生的女皇,是吗? 呃?"

"是个美人儿,"奥列宁说,"叫她到这儿来吧。"

"不行,不行!"老头儿说,"人家要把她说给鲁卡沙呢。鲁卡沙是个好样儿的哥萨克,是个骑士,前几天他打死了一个山匪。我给你找个更好的吧。我给你找个穿绸戴银的好姑娘。我这人说得出办得到,我准给你找个美人儿。"

"哦,老头儿,这算什么话!"奥列宁说,"不怕罪过吗?"

"罪过? 有什么罪过?"老头儿断然说,"看看漂亮的姑娘罪过吗? 跟她玩玩罪过吗? 还是爱她罪过呀? 这是你们那边的规矩吗? 不,老朋友,这不是罪过,这是功德。上帝造了你,上帝也造了姑娘。什么都是他造的,老弟。所以看看漂亮的姑娘不算罪过。姑娘造出来就是让人爱让人快乐的。我是这样想的,老乡。"

玛丽雅娜穿过院子,走进昏暗阴凉、放满酒桶的贮藏室,嘴里念着念惯的祷文,走到一个酒桶前面,把吸管放进桶里。凡纽沙站在门口,笑嘻嘻地望着她。看见她只穿一件后面扎紧、前面耸起的衬衫,觉得很可笑;对于她脖子上挂着一串银币项链,他觉得尤其可笑。他想,这不是俄罗斯派头,要是在家乡看到这样的姑娘,下房里大家准会笑死的。"这姑娘蛮不错,①别有风味,"他想,"我要去告诉老爷。"

"你干吗把光遮住,鬼东西!"姑娘忽然嚷道,"把酒瓶拿来。"

玛丽雅娜把冰凉的红葡萄酒注了一满瓶,递给凡纽沙。

"钱拿去给妈妈吧。"她推开凡纽沙拿钱的手,说。

---

① 这句话是用不正确的法语说的。

凡纽沙嗨地笑了一声。

"您干吗这样凶啊,好姑娘?"当她盖上酒桶时,凡纽沙两脚交替站着,和气地说。

她笑了。

"难道你们就老实吗?"

"我家老爷和我都很老实,"凡纽沙毫不含糊地回答,"我们都很老实,不论走到哪儿,房东总是很感激我们的,因为老爷是个上等人。"

姑娘停住脚听着。

"那么他有妻子吗,你家老爷?"她问。

"没有!我家老爷年纪轻,还没成亲哪。凡是上等人总不会年纪轻轻就成亲的。"凡纽沙用教训的口吻说。

"说得倒漂亮!吃得像水牛一样壮,还说结婚还早呢!他是你们一伙人的长官吗?"她问。

"我家老爷是士官生,就是说,他还不是军官。可他的身份比将军大人还高呢。因为别说我们的上校,就连皇上都认识他呢,"凡纽沙骄傲地解释道,"我们可不像部队里那些穷光蛋,我家老太爷本人就是枢密官;他有一千多个农奴,常给我们寄钱来,一次就是一千卢布。所以人家总是喜欢我们。别的人就算做到上尉,可是没有钱,又有什么用?"

"走,我要锁门。"姑娘打断他的话。

凡纽沙带了酒回来,告诉奥列宁,那姑娘蛮漂亮,①接着就傻里傻气地哈哈笑着走了。

①　原文是不正确的法语。

十三

这时候,广场上吹起了军号。村民们都下工回家。成群的牲口挤在金光闪闪的尘雾里,在栅栏门口叫着。姑娘们和婆娘们在街上和院子里奔走忙碌,料理牲口。太阳完全落入远处的雪峰后面。一片浅蓝色的阴影笼罩着天地。在昏暗的花园上空,隐隐约约闪烁着几颗星星,村子里的喧闹声渐渐静息了。哥萨克女人们料理好牲口,来到街头巷尾,坐在土台上嗑葵花子。玛丽雅娜挤完两头黄牛和一头水牛的奶,也加入了其中的一伙。

在这伙人中有几个婆娘、几个姑娘和一个哥萨克老头。

他们正谈到被打死的山匪。老头子讲着,娘儿们向他问长问短。

"我看会给他一笔重赏吧?"一个哥萨克女人说。

"那还用说! 据说要奖给他一个十字勋章呢!"

"莫赛夫就想欺负他。他硬要了他的枪,可是被基兹利亚尔当局知道了。"

"真是个卑鄙的家伙,那个莫赛夫!"

"据说鲁卡沙回来了。"一个姑娘说。

"跟纳扎尔卡一起在雅姆卡(雅姆卡是个放荡的单身哥萨克女人,开着一家小酒店)那儿玩呢。听说他们喝掉了半桶酒。"

"这机灵鬼可走运了!"有人说。"真是个机灵鬼! 可不是! 是个好小子! 灵活极了! 心眼儿也直。他爹基里亚克大爷也是这样的人品;活像他爹。当年他爹被人杀了,全村人都为他大哭一场……瞧,他们来了,"说话的女人指着街上走着的几个哥萨克,继续说,"叶尔古肖夫那家伙也跟上他们了!瞧,这酒鬼!"

鲁卡沙跟纳扎尔卡和叶尔古肖夫喝完了半桶酒,正向姑娘们走来。他们三人,尤其是上了年纪的叶尔古肖夫,脸色比平时红多了。叶尔古肖夫走路跟跟跄跄,老是高声大笑,还推推纳扎尔卡的腰。

"姑娘们,干吗不唱歌啊?"他对姑娘们嚷道,"我说,唱个歌儿给我们开开心吧。"

"你们好哇? 你们好哇?"他们听到一片招呼声。

"唱什么呀? 又不是过节。"一个女人说,"你灌饱了,自己唱吧!"

叶尔古肖夫哈哈大笑,推推纳扎尔卡:"还是你唱吧! 我也要唱的,我什么都行,真的。"

"你们睡着了吗,美人儿?"纳扎尔卡说,"我们从哨兵线回来为大家的健康干一杯。刚才我们为鲁卡沙干过了。"

鲁卡沙走到大伙跟前,不慌不忙地掀掀帽子,在姑娘们面前站住。他的宽颧骨和脖子都是红彤彤的。他站着说话,语气沉着而庄重,但他这种沉着和庄重倒比纳扎尔卡的饶舌和慌张富有生气和力量。他好像一匹玩够了的小马,翘起尾巴,打着响鼻,四条腿像钉在地上似的一动不动地站着。鲁卡沙悄悄站在姑娘们面前,眼睛笑眯眯的;他很少说话,一会儿瞧瞧喝醉酒的伙伴,一会儿望望姑娘们。玛丽雅娜走过去,他从容不迫地掀了掀帽子,给她让了路,又站到她对面,稍稍伸出一只脚,两只拇指插在腰带里摸弄着匕首。玛丽雅娜落落大方地点头答礼,在土台上坐下,从怀里摸出一把葵花子。鲁卡沙一直盯着玛丽雅娜,也嗑着葵花子,吐着壳儿。玛丽雅娜一来,大家都不作声了。

"怎么样?你们回来要待一阵吗?"一个哥萨克女人打破了沉默。

"明天早晨就走。"鲁卡沙一本正经地回答。

"好吧,但愿上帝多给你点儿好处,"一个哥萨克说,"我刚才说过,我真替你高兴。"

"我也这么说,"酒意十足的叶尔古肖夫笑着应和说。"来了多少客人哪!"他指着一个过路的士兵,又说,"士兵的伏特加顶呱呱,最中我的意啦!"

"他们把三个魔鬼赶到我家来,"一个哥萨克女人说,"我爷爷去找过村长,可是他们说没有办法。"

"嘿!你吃到苦头了吧?"叶尔古肖夫说。

"他们怕都是抽烟的吧?"另一个哥萨克女人问道。"在院子里尽管抽好了,可就是不许在屋子里抽。就是村长来,我也不答应。他们还会偷东西的。瞧,村长那鬼儿子,他就不让人家住到他自己家里去。"

"你也不喜欢吗?"叶尔古肖夫又说。

"听说姑娘们还得给士兵们收拾床铺,给他们送加蜜糖的契希尔呢!"纳扎尔卡一边说,一边像鲁卡沙那样伸出一只脚,并且像鲁卡沙那样把皮帽歪戴在脑后。

叶尔古肖夫呵呵大笑,一把搂住坐得离他最近的姑娘。

"我说的是实话。"

"哎,黑鬼,"那姑娘尖声叫道,"我要去告诉你老婆了!"

"去告诉吧!"他大声说,"纳扎尔卡说的全是实话;有过通告了,他识字的。确实是这样的。"他又动手去搂下一个姑娘。

"你动手动脚干什么,流氓!"脸蛋儿又圆又红的乌斯金卡笑着尖声嚷道,挥手要打他。

叶尔古肖夫身子一闪,险些儿跌倒。

"瞧,还说姑娘们没力气,差点儿要了我的命。"

"哦,黑鬼,魔鬼把你从哨兵线送回来啦!"乌斯金卡说,转过身去,又扑哧一声笑了,"你是不是睡得把山匪都放过了?要是把你宰掉,那就好了。"

"那你就要号啕大哭啰!"纳扎尔卡笑着说。

"我才不会为你号啕大哭呢!"

"你看,她一点也不在乎。你说她会哭吗?纳扎尔卡,啊?"叶尔古肖夫说。

鲁卡沙一直默默地瞧着玛丽雅娜。他的目光显然使姑娘感到不好意思。

"哦,玛丽雅娜,听说他们让一个长官住在你家里,是真的吗?"鲁卡沙向她走近一步,说。

玛丽雅娜像平常那样没有立刻回答,只是慢慢抬起眼睛,望望哥萨克们。鲁卡沙的眼睛眯眯笑着,仿佛在他同这姑娘之间有一件跟谈话不相干的特别事儿。

"是啊,她们还好有两座房子,"一个老太婆替玛丽雅娜回答,"可是他们给福摩什金家也带来一个长官,据说,整个屋子里给堆满了东西,他们一家人自己就没地方住了。把一大群大兵全赶到一个村子里来,天下哪有这样的事!叫我们怎么办!"她说,"他们要在这里搞点什么鬼名堂啊!"

"据说他们要在捷列克河上造一座桥呢!"一个姑娘说。

"可我听人家说,"纳扎尔卡走到乌斯金卡跟前,说道,

"他们要挖一个坑,把姑娘们埋在里面,因为她们不爱小伙子。"他说着又做了一个古怪的手势,引得大家哈哈大笑。叶尔古肖夫这时却放过应该轮到的玛丽雅娜,动手去搂一个上了年纪的哥萨克女人。

"你怎么不抱一抱玛丽雅娜?个个都得轮到啊!"纳扎尔卡说。

"不,我这个老太婆甜一点。"叶尔古肖夫一边叫喊,一边吻着那挣扎着的老妇人。

"你要闷死我了!"她笑着嚷道。

街头传来整齐的脚步声,打断了他们的笑声。三个穿外套的士兵挎着枪,齐步走到连队辎重车那边去换岗。上了年纪的上等兵怒气冲冲地对哥萨克们瞧了一眼,带领两个士兵向鲁卡沙和纳扎尔卡站着的地方走来,逼得他们只好让路。纳扎尔卡后退了几步,鲁卡沙却皱起眉头,转过头和宽脊背,双脚站着不动。

"人家站在这儿,你们应该绕着走。"他一边说,一边从侧面轻蔑地对士兵们摆了一下头。

士兵们在灰沙飞扬的路上用整齐的步伐默默地从他们身旁走去。

玛丽雅娜笑起来,其余的姑娘也跟着笑了。

"那些家伙好神气!"纳扎尔卡说,"活像唱诗班里穿长袍的家伙。"他说着模仿他们的样子,在街上走了几步。

大家又哄然大笑起来。

鲁卡沙慢吞吞地走到玛丽雅娜跟前。

"那长官住在你们家什么地方啊?"他问。

玛丽雅娜想了想。

"我们让他住在新屋里。"她说。

"他年纪大不大?"鲁卡沙在姑娘旁边坐下来,问道。

"我干吗去问他!"姑娘回答,"我给他拿契希尔去的时候,看见他跟耶罗施卡大叔坐在窗口,头发红红的。行李倒带来了整整一大车。"

玛丽雅娜说着垂下眼睛。

"我从哨兵线请假回来,心里真高兴!"鲁卡沙一边说,一边坐得更挨近姑娘一点,一直盯住她的眼睛。

"回来要待一阵子吗?"玛丽雅娜微微笑了一下问道。

"明天早晨就走。给我些葵花子。"鲁卡沙又说,伸出一只手。

玛丽雅娜嫣然一笑,解开衬衫领子。

"别拿光。"她说。

"说实话,我一直在想念你哪。"鲁卡沙一边沉住气低声说,一边伸手到姑娘怀里取葵花子,俯着身子更加挨近她,又在她耳边说了些什么,眼睛笑嘻嘻的。

"我不来,我对你说。"玛丽雅娜忽然高声说,闪开身子。

"真的……我有话要跟你说……"鲁卡沙喃喃地说,"来吧,玛丽雅娜。"

玛丽雅娜摇摇头,但脸上笑眯眯的。

"玛丽雅娜姐姐! 姐姐! 妈妈叫你去吃晚饭。"玛丽雅娜的小弟弟一边叫,一边向他们跑来。

"我就来,"姑娘回答,"你去吧,弟弟,你先去,我马上就来。"

鲁卡沙站起来,掀掀帽子。

"看来我也该回家了,这样也好。"他说,装得若无其事,勉强忍住微笑,消失在屋角后面。

夜幕笼罩了村庄。黑暗的天空中撒满明亮的星星。街上黑洞洞的,空无一人。纳扎尔卡跟哥萨克女人们留在土台上,只听见他们嘻嘻哈哈的笑声。鲁卡沙却悄悄离开姑娘们,像猫一样弯下身子,用手按住摇摇晃晃的匕首,悄没声儿地奔跑起来,但不是回家,而是朝少尉家跑去。他跑过两条街,拐进小巷里,翻起契尔克斯服的下摆,在篱笆脚下的阴影中坐下来。"瞧,真是少尉家的姑娘,"他想着玛丽雅娜,"连开个玩笑都不行,鬼丫头! 等着瞧吧。"

一个女人走近来的脚步声吸引了他的注意。他留神倾听,心里暗暗好笑。玛丽雅娜低下头,迅速而平稳地径直向他走来,手里拿着一根树枝,一路上打着篱笆桩子。鲁卡沙站起来。玛丽雅娜吓了一跳,站住了。

"哟,死鬼! 吓了我一跳。原来你没回家去。"她说,大声笑起来。

鲁卡沙一手搂住姑娘,一手托起她的脸。

"我有话要跟你说……真的! ……"他的声音哆嗦着,没说完就断了。

"深更半夜说什么话呀!"玛丽雅娜回答,"妈妈等着呢,你找你那个相好的去吧!"

玛丽雅娜从他的怀抱里挣出来,跑了几步。她跑到自己家的篱笆旁站住,向鲁卡沙回过头来。鲁卡沙在她旁边跑着,还在求她等一会儿。

"那你有什么话要说啊,夜游神?"玛丽雅娜又笑了。

"你不要笑我,玛丽雅娜! 真的! 你说我有个相好吗? 去他妈的! 你就说一句吧,我可实在爱你啊,你要什么,我都给你办到。你看!"他把口袋里的钱弄得丁当响,"让我们好好过日子吧。人家都很快活,可是我呢? 你就不肯给我一点儿快活,玛丽雅娜!"

姑娘站在他面前,什么也没回答,只用手指很快地把树枝折成一段一段。

鲁卡沙忽然握紧拳头,咬咬牙。

"干吗老是叫人等啊等的,难道我还不爱你吗,宝贝? 你要拿我怎么样?"他忽然皱着眉头说,同时抓住玛丽雅娜的双手。

玛丽雅娜镇静的脸色和沉着的声音没有变。

"你别吵,鲁卡沙,你听我说,"她回答,没有缩回手,但把身子避开一点,"当然,我是个姑娘,你听我说,我自己做不了主,既然你爱我,我就老实告诉你吧。你放手,让我告诉你。我愿意出嫁的,可是你别想跟我胡搞。"玛丽雅娜说,没有转过脸去。

"出嫁有什么意思? 出嫁这件事我们可做不了主。你跟我要好要好吧,玛丽雅娜!"鲁卡沙说,他忽然改变了那副烦躁不安的神气,显得温柔驯顺了。他又笑嘻嘻地逼视着她的眼睛。

玛丽雅娜紧挨着他,热烈地吻他的嘴唇。

"好哥哥!"她热情地紧贴着他,轻轻地说。接着忽然挣脱身子,头也不回地跑进自己家里去了。

这哥萨克小伙子虽然求她再等一下,说他还有话要对她说,但玛丽雅娜却不停下脚步。

"去吧! 会给人家看见的!"她说,"你看,好像是我家那个鬼房客在院子里散步。"

"真是个少尉家的姑娘,"鲁卡沙心里想,"她要嫁人了!嫁人当然对,可你该先爱爱我啊!"

他在雅姆卡家里找到纳扎尔卡,跟他一起喝了一阵酒,接着就去找董卡。虽然她对他不忠实,他还是在她那里过了一夜。

十四

玛丽雅娜走进大门的时候,奥列宁确实在院子里散步,他也听得她说"那个鬼房客在散步"。那天,他跟耶罗施卡大叔在新居的门口消磨了整个黄昏。奥列宁吩咐凡纽沙搬出一张桌子、一把茶炊,拿出酒,点上一支蜡烛,一边喝茶,吸雪茄,一边听那坐在他脚边台阶上的老头儿讲故事。虽然没有刮风,蜡烛却在跳动,火焰忽东忽西地摇晃,一会儿照亮阳台上的柱子,一会儿照亮桌子和餐具,一会儿照亮老头儿白发苍苍的脑袋。飞蛾围绕着烛火盘旋,振落翅膀上的粉末,扑着桌子,撞进玻璃杯里,忽而飞进烛火里,忽而飞到烛光之外的黑暗中。奥列宁跟耶罗施卡两人喝了五瓶契希尔。耶罗施卡不停地把酒杯斟满,一杯递给奥列宁,跟他碰了杯,又滔滔不绝地讲下去。他讲到哥萨克过去的生活,讲到他父亲巨人一个人能背三百斤重的死野猪,一口气能喝两桶契希尔。他讲到他的往事,在那瘟疫流行的年月,他怎样跟老朋友基尔奇克偷运斗篷过捷列克河。他讲到打猎,讲到他怎样一个早晨打死两只鹿。他讲到他的相好怎样常常夜里跑到哨兵线上去找他。他讲得有声有色,奥列宁听得入迷,连时间是怎么过去的都没有感觉到。

"就是这样,老朋友,"他说,"可惜你没在我的黄金时代碰到我,不然我什么都会让你看到的。今天耶罗施卡只舔舔空罐子,当年耶罗施卡在整个团里可是大名鼎鼎的! 谁的马数第一? 谁有古尔达①造的宝刀? 上谁家去喝酒? 跟谁一块儿玩? 该派谁上山去杀死阿赫梅特汗? 全是耶罗施卡。姑娘们爱的是谁? 回答总是耶罗施卡。因为我是个真正的骑士。喝酒,偷东西,上山劫马群,唱歌,我什么都行。像我这样的哥萨克如今可没有了。如今的哥萨克叫人瞧着都难受。个儿只有这么高(耶罗施卡把手举到离地三尺高),就穿上古里古怪的靴子,而且老是得意扬扬地瞧着靴子,欣赏个没完。再不然就是喝得烂醉,喝得简直不成体统,稀里糊涂。可我当年是个怎样的人哪? 我是偷东西的耶罗施卡,不但各个村子里的人认得我,就是山里的人也都知道我。那些鞑靼王爷,我的老朋友,也常来找我。我跟什么人都交朋友;是鞑靼人,就交个鞑靼朋友;是亚美尼亚人,就交个亚美尼亚朋友;是士兵,就交个士兵朋友;是军官,就交个军官朋友。什么人我都不在乎,只要能喝酒就行。他们说,一个人要洁身自好:别跟士兵一起喝酒,别和鞑靼人一同吃饭。"

　　"这是谁说的?"奥列宁问。

　　"我们那些神父呀。可是你听听毛拉②或者鞑靼法官的话吧。他们说:'你们这些异教徒,干吗吃猪肉?'就是说,各人有各人的规矩。可我以为都是一样的。上帝创造的一切都是给人享受的。什么罪孽也没有。就拿野兽来做比方吧,它

---

① 古尔达,在高加索最名贵的刀剑是由名匠古尔达造的。——原注
② 毛拉,即阿訇,伊斯兰教的教士。

可以在鞑靼人的芦苇丛里过活,也可以在我们的芦苇丛里过活。走到哪儿,哪儿就是家。上帝给你什么,就吃什么。可是我们那里的人说,贪吃要到地狱里去舔烧红的锅子的。我看这些全是骗人的鬼话。"他停了停,补充说。

"什么骗人的鬼话?"奥列宁问。

"神父们说的那些话。契尔弗伦那亚有个队长,他是我的老朋友。也像我一样了不起。后来在车臣尼亚给人杀死了。他说,这些全都是神父们骗人的鬼话。他说,人一死,坟上长出青草来,这就完了。"老头儿笑了,"是个不顾死活的家伙!"

"你多大年纪了?"奥列宁问。

"只有天知道。总有七十了吧。你们那个女皇在位的时候,我已经不太小。你就算一算有多大吧。该有七十了吧?"

"有了。可你的身子骨还挺硬朗啊!"

"是啊,感谢上帝,我身体健康,什么病也没有;就是被一个婆娘搞坏了,那妖……"

"怎么一回事?"

"就这样被她搞坏了……"

"哦,那你死了坟上也会长出青草来吗?"奥列宁又问。

耶罗施卡显然不愿明白说出自己的意思。他沉默了一会儿。

"那你是怎么想的呢? 喝吧!"他笑嘻嘻地举起酒杯,大声说。

十五

"哦,我刚才说什么来着?"他竭力回想着,又说,"对了,我就是这样的人,我是个猎人。团里没有一个猎人能跟我相比。不论什么飞禽走兽,我都能指给你看;它们叫什么,住在什么地方,我全知道。我有几条狗,有两支枪,有网,有幔,有一只鹞子,我什么都有。感谢上帝!你要是不吹牛,确实是个猎人,我什么都可以带你去看看。我是个怎样的人吗?只要一发现脚印,我就知道是什么野兽,它躺在哪儿,到哪儿去饮水或者打滚。我会拿桩头做凳子,通夜坐在那儿守着。待在家里有什么意思!无非是喝酒造孽罢了。再有娘儿们走来东家长西家短地扯淡,孩子们对着你乱叫乱嚷,真是活受罪。还不如黄昏头出来,找个好地方,在芦苇丛里坐下来守着倒舒服。你总知道树林里是个什么景象吧?你抬头望望天空,星星在慢慢移动,你望望星星,就能知道时间了。你向四下里瞧瞧,树林里一片飒飒声,你一直守着。忽然喀啦一声,一头野猪出来擦身子了。你还能听见小鹰在那里吱吱乱叫,公鸡或者鹅儿在村子里呼应。鹅一叫,就是半夜了。这一切我都知道。有时候远远一声枪响,你头脑里就会出现各种念头。你会想,这是谁在开枪啊?也许是个哥萨克,像我一样守着野兽,可他有没有把它打死啊?还是只把它打伤了,害得那可怜的畜生白白把血溅在芦苇上。我可不喜欢这样!哦,真不喜欢!干吗要糟蹋野兽呢?傻瓜!真是傻瓜!你也可能想:'也许是山匪把哪个哥萨克笨蛋干掉了。'种种念头都在脑子里出现。有一次我坐在河边,忽然看见有只摇篮从上游漂来。

一只好好的摇篮,只是边上有点坏了。这时候我心里就琢磨起来:这是谁家的摇篮哪?准是你们的士兵来到村子里,把车臣女人拉走,哪个恶鬼还杀了孩子:抓住一双小腿往屋角里一扔就完了。这种事他们干不出来吗?唉,人都没有心肝哪!头脑里也会出现这样的念头,真是不好受哇!我想:他们扔掉摇篮,赶走婆娘,烧掉房子,那骑士就拿起枪,上我们这边抢劫来了。一个人坐着想个没完。一听到有群野兽在矮树丛里簌簌地响,你的心就跳起来。宝贝啊,过来吧!你心里想:它们要嗅出我来了;人坐着一动不动,可是那心哪:怦!怦!怦!简直跳得你灵魂都要出窍了。今年春天,有一次我碰上一群好畜生,黑压压的。'凭圣父圣子之名……'我刚要开枪,忽然那母野猪对小野猪说:'糟了,孩子们,这儿有人守着!'于是它们就从矮树丛里跑掉了。那野猪离开我那么近,简直可以把它一口咬住。"

"那母猪怎么会告诉小猪有人守着呢?"奥列宁问道。

"你想怎么着?你以为它是傻瓜,是野兽?不,它比人还灵呢,虽然你叫它猪猡!它什么都知道。随便打个比方吧:一个人从你的脚印上走过,他不会发觉什么的,可是一头猪碰上你的脚印,马上就会逃走。这就说明猪有灵性。你闻不出自己的味儿,猪却闻得出来。再说,你想杀死它,它却想活在树林子里玩儿呢。你有你的道理,它也有它的道理。它是猪,可并不比你差,它也是上帝创造的啊。哎!人真愚蠢,真愚蠢!"老头儿反复说,垂下头,沉思起来。

奥列宁也沉思起来。他走下台阶,反背着双手,默默地在院子里走来走去。

耶罗施卡醒悟过来,抬起头,凝视那绕着跳跃的烛火飞行并且扑到火里自焚的飞蛾。

"傻瓜,傻瓜!"他说,"往哪儿飞啊?傻瓜!傻瓜!"他站起来,用他那粗壮的手指赶掉飞蛾。

"你要烧死了,小傻瓜,飞到这儿来吧,地方多的是。"他一边温柔地说,一边努力用粗手指留神地捉住它的小翅膀,又把它放掉,"你自己把自己给毁了,我可舍不得你啊!"

他坐了好一阵,唠叨着,从瓶里慢慢地啜着酒。奥列宁却在院子里踱来踱去。忽然,门外一阵低语声使他愣住了。他不由得屏住气,于是听到女人的笑声、男人的说话声和他们接吻的声音。他故意把脚下的草踩得沙沙响,走到院子的另一边去。过了一会儿,篱笆又咯咯地响起来。一个哥萨克(这是鲁卡沙)身穿深色契尔克斯服,头戴白羊皮帽,沿着篱笆走过去,一个个儿高高的女人包着白头巾从奥列宁身边走过。"你管你的事,我管我的事,咱们俩不相干吧!"玛丽雅娜稳健的步伐仿佛在这样说。他目送她走到房东的屋子门口,还从窗子里看到她解下头巾,在凳子上坐下。忽然,这年轻人的心给一种忧郁的孤独感、一些模模糊糊的希望和憧憬以及不知对谁的嫉妒揪住了。

房子里最后几盏灯熄灭了。村子里最后一些声音静息了。枝条编的篱笆、院子里白乎乎的牲口、屋顶和端庄的白杨,全都沉入酣畅、宁静和劳动后的睡梦中。只有一刻不停的蛙鸣从潮湿的远方传到留神的耳鼓里。东方,星星越来越稀,在渐渐发白的天空中慢慢暗淡下去。可是头顶上的星星却越来越远,越来越密。老头儿一手托着脑袋,打起瞌睡来。一只公鸡在对面院子里啼叫,奥列宁却一直踱着步,想着心事。传来几个人合唱的声音,他走到篱笆旁倾听。几个哥萨克小伙子在合唱一支快乐的歌，其中有个声音特别高亢。

"你知道这是谁在唱吗？"老头儿清醒过来，说，"这是骑士鲁卡沙。他打死了一个车臣人，因此高兴了。其实有什么可高兴的？傻瓜，真是傻瓜！"

"那你打死过人吗？"奥列宁问。

老头儿忽然用双肘支起身，把脸凑近奥列宁的脸。

"你这鬼东西！"他嚷道，"你问什么呀？别提了。送掉人家的命可不好受，哦，真不好受啊！再见吧，老朋友，我已经酒醉饭饱了，"他说着站起来，"明天打猎去吗？"

"去的。"

"记住，得起得早一点，睡过头可要受罚的。"

"我会起得比你早的。"奥列宁回答。

老头儿走了。歌声停了，但听得到脚步声和愉快的说话声。过了一会儿，歌声又起，但更远一点，耶罗施卡洪亮的声音也加入了合唱。"这是些怎样的人，这是种怎样的生活啊！"奥列宁想着，叹了一口气，独自回到屋子里。

十六

耶罗施卡大叔是个退伍的单身哥萨克。他老婆二十年前改信正教，抛下他，另嫁了一个俄罗斯司务长。他也没有子女。他讲到他年轻时是村里最勇敢的小伙子，倒不是吹牛。团里人人都知道他英勇的往事。他不止一次杀过车臣人和俄罗斯人。这些事就成为他精神上的负担。他上过山，抢劫过俄罗斯人，还坐过两次牢。他一生的大部分时间都在树林里打猎，往往一连几天只吃些面包，喝点水。而待在村子里的时候,他就从早到晚饮酒作乐。那天晚上,他从奥列宁那儿回来,睡了两小时,天没亮就醒了。他躺在床上琢磨着昨天认识的那个人。他很喜欢奥列宁的老实(他心目中的"老实",就在于不惜请他喝酒)。他也喜欢奥列宁的为人。他不懂为什么俄罗斯人都很老实、很有钱,为什么他们什么都不懂,还算是受过教育的。他独自琢磨着这些问题,同时考虑着他能问奥列宁要点什么东西。耶罗施卡大叔的房子相当宽大,也不算旧,但是一望而知,里面没有主妇。跟一般哥萨克爱好整洁的习惯相反,他的整个屋子里乱糟糟的非常肮脏。桌子上摊着一件血迹斑斑的短褂,半块甜面饼,还有一只喂鹞子用的撕碎去毛的穴鸟。长凳上乱七八糟地放着凉鞋、枪、匕首、小口袋以及潮湿的衣服和破布。屋角里放着一桶发臭的脏水,桶里浸着另一双凉鞋,桶旁还放着一支步枪和一张幔。地上丢着一张网和几只打死的野鸡,桌子旁边系着一只母鸡,在肮脏的地上走来走去。在没有生火的炉子上搁着一把破壶,壶里盛着牛奶之类的东西。火炉上有只小隼在尖声啼叫,想挣断绳子,而那只脱毛的鹞子却宁静地栖在火炉边上,斜眼瞅着那只母鸡,偶尔向左右点点头。耶罗施卡大叔仰天躺在墙壁和火炉之间的短床上,只穿一件布衫,缩起两条强壮的腿,双脚搁在火炉上,用一根粗手指搔着手上被鹞子抓伤留下的痂——他带鹞子出去是不戴手套的。整个屋子里,特别是在老头儿周围,弥漫着一股强烈而并不难闻的老人所特有的混合味儿。

"乌依德吗,大叔?(大叔在家吗?)"窗外传来一个尖细的声音,他立刻听出这是邻居鲁卡沙。

"乌依德,乌依德,乌依德! 在家,进来吧!"老头儿高声说,"邻居马尔卡,邻居鲁卡沙,你来看大叔吗? 还是上哨兵线去?"

鹞子被主人的喊声吓了一跳,扑扑翅膀,在绳子上挣扎着。

老头儿喜欢鲁卡沙。他瞧不起年轻一代的哥萨克,唯有鲁卡沙例外。而鲁卡沙和他的母亲也常常送给这位老邻居葡萄酒、熟奶油和他所缺乏的别的家庭自制食品。耶罗施卡大叔一生落拓不羁,总是从实惠的观点来解释他的嗜好。"那有什么关系?反正人家有的是,"他对自己说,"我可以给他们一些野味,一只野鸡,他们也就不会忘记我大叔了:他们会送我一些包子馅饼什么的……"

"你好,马尔卡!你来,我很高兴。"老头儿快乐地大声说,连忙从床上挂下光脚,跳下来,在吱嘎发响的地板上走了两步,瞧瞧他那双八字脚。他忽然觉得他的脚很滑稽,嗨地笑了一声,用光脚跟顿了顿地板,顿了又顿,摆出一种滑稽的舞蹈姿势。"你看灵活吗?"他闪动一双小眼睛,问道。鲁卡沙微微一笑。"要回哨兵线去吗?"老头儿又问。

"我给你送契希尔来了,大叔,我在哨兵线上答应你的。"

"基督保佑你!"老头儿说,从地上捡起宽大的裤子和短褂,穿上,束好皮带,拿壶里的水冲了冲手,又在那条旧裤子上擦擦干,拿半截断梳子梳了梳胡子,站在鲁卡沙面前说:"准备好了!"

鲁卡沙拿出一只杯子,擦了擦,斟满酒,在凳子上坐下来,递给老头儿。

"祝你健康!凭圣父圣子之名!"老头儿郑重其事地接过酒杯,说,"祝你万事如意,祝你打仗勇敢,得个十字勋章!"

鲁卡沙也做了祷告,喝了点儿酒,又把酒杯放在桌上。老头儿站起来,拿出一条干鱼,放在门槛上,用棒把它打软,然后用他那双满是老茧的手把鱼放在唯一的一个蓝盘子里,摆在桌上。

"我什么都有,下酒的菜也有,感谢上帝。"他得意扬扬地说。"哦,莫赛夫怎么样?"老头儿问。

鲁卡沙讲到班长怎样硬要了他的枪,显然是想听听老头儿的意见。

"别舍不得一支枪,"老头儿说,"你不给他枪,就不会得奖的。"

"你这算什么话,大叔!人家说,没有正式编制的哥萨克能得什么奖?那支枪可出色得很,克里米亚造的,要值八十卢布呢。"

"哎,算了吧!当年我跟百人长也有过一场争吵,他要我的马。他说,你给我马,我就保举你当少尉。我不肯,结果就没有当上。"

"你这算什么话,大叔!你看,我得买一匹马。据说,河对岸至少得五十卢布,可我妈还没把酒卖掉呢!"

"嗯,你可不用伤心!"老头儿说,"耶罗施卡大叔像你这样的年纪就从诺盖人手里偷了马群,赶过捷列克河来。有时候,拿一匹好马只换一瓶伏特加或者一件斗篷。"

"怎么这样便宜啊?"鲁卡沙问。

"傻瓜,傻瓜,马尔卡!"老头儿轻蔑地说,"不行啊,既然你是偷来的,就不能斤斤计较。我看你还没见过人家怎样偷走一群马吧!你为什么不说话?"

"有什么可说的,大叔?"鲁卡沙说,"看来我们可不是那样的人。"

"傻瓜,傻瓜,马尔卡! 不是那样的人!"老头儿模仿哥萨克小伙子的腔调,应声说,"在你那样的年纪,我可不是这样的。"

"那你是怎样的呢?"鲁卡沙问。

老头儿轻蔑地摇摇头。

"耶罗施卡大叔挺老实,什么也不会舍不得的。就因为这缘故,我在车臣尼亚到处有朋友。哪个朋友找我,我就请他喝伏特加,招待他,跟他一起睡觉;我去看他,就带一把匕首去作为礼物。当年大家就是这样的,可不像现在:小伙子们只懂得玩儿,嗑嗑瓜子,吐吐壳儿!"老头儿轻蔑地一边说,一边装出哥萨克嗑葵花子和吐壳的样子。

"这个我知道,"鲁卡沙说,"是这样的!"

"你要有所作为,这得做个骑士,别当庄稼人。当然,庄稼人也会买一匹马,也会一手付钱,一手取马的。"

他们沉默了一会儿。

"哦,大叔,待在村子里也罢,去哨兵线也罢,都挺无聊,可是又没地方好玩。我们那些人都胆小得很。就说纳扎尔卡吧,前几天我们去过鞑靼人的村子,那边的吉烈汗叫我们上诺盖偷马去,可是谁也不肯去,叫我一个人去,那怎么成呢?"

"那么大叔怎么样? 你以为我老得不中用了吗? 不,我还没老得不中用呢。给我一匹马,我马上就能到诺盖去。"

"何必空口说白话呢?"鲁卡沙说,"你倒讲讲,该怎样对付吉烈汗? 他说:'你只要把马赶到捷列克河边,就是整整一大群马,我也准能找到地方安顿的。'可他也是个光头①,叫人

---

① 光头,鞑靼人当时喜欢剃光头。

很难相信他。"

"你可以相信吉烈汗,他的一族人都很好,他爹在世时也很够朋友。可是你得听我大叔一句话,我不会捉弄你的。你得叫他起个誓,这就稳当了;还有跟他一起走路,手枪得随时准备好,特别是在分马的时候。我有一次险些被一个车臣人打死:我要他十个卢布一匹马。相信归相信,不带枪可不能睡觉。"

鲁卡沙留神听着老头儿的话。

"大叔,人家说你有虎耳草①,是真的吗?"他沉默了一会儿,说。

"我手头没有,但我能教你怎样弄到它。你是个好孩子,没忘记我老头儿。要我教你吗?"

"教教我吧,大叔。"

"你见过乌龟吗?要知道乌龟是妖精。"

"怎么没见过!"

"你去找乌龟的窠,用栅栏把它围住,不让它进去。乌龟一回来,它就会绕着栅栏转,接着它就会去找虎耳草,虎耳草一拿到,栅栏就破了。到第二天早晨你赶去看看:栅栏破的地方就有虎耳草。你带着它不论去哪儿,都不会有门锁门闩拦着你了。"

"那你试过吗,大叔?"

"试倒没试过,但那是好人告诉我的。我只有一套法术,我一骑上马,就念'平安咒'。因此,从来没有人能杀害我。"

"什么叫'平安咒'啊,大叔?"

① 虎耳草,俄罗斯童话中的一种仙草,能开锁破闩,因而取得宝物。

"你不知道吗？嘿，你这人！那就得问大叔。你听着，跟我念：

> 喂，住在锡安的人，
> 这是你们的国王。
> 我们骑在骏马上。
> 苏菲尼在哭叫，
> 扎哈里在说笑。
> 我们的父亲，
> 永远爱世人。"

"永远永远爱世人，"老头儿反复说，"知道了吗？你说说！"

鲁卡沙笑了。

"真的吗，大叔，难道你没有给人害死就靠它吗？不见得吧！"

"你们全变得太聪明了。你还是学学，念念。这不会有坏处的。嗯，你念念'平安咒'就行了，"老头儿说着也笑起来，"你可别上诺盖去，鲁卡沙，记住，别去！"

"为什么？"

"时势不同了，你们不是那样的人，你们这种哥萨克都是窝囊废。看，我们这儿来了多少俄罗斯人！他们会把你关起来的。哦，算了吧。你们怎么行呢！我跟基尔奇克可就不同了……"

于是老头儿又想讲他那些讲不完的故事，可是鲁卡沙向窗外瞧了一下。

"天大亮了，大叔，"他打断他的话，"我该走了，改天请到我家来玩玩。"

"基督保佑你,我也要到军官那儿去,我答应带他去打猎。我看他倒是个好人。"

十七

鲁卡沙从耶罗施卡那里出来,走回家去。一路上,只见湿滋滋的晨雾从地面升起来,笼罩了村庄。牲口开始在四处活动,虽然还看不见它们。公鸡彼此呼应,啼得越来越频繁越起劲。天空渐渐明亮起来,村民开始起床。鲁卡沙直到走近家门,才看清他家院子里被露水沾湿的篱笆、房子的台阶和敞开的贮藏室。从雾气弥漫的院子里传来斧头劈柴的声音。鲁卡沙走进屋子。他的母亲已经起身,站在火炉前面加木柴。他的小妹妹还在床上睡觉。

"鲁卡沙,怎么,玩够了吗?"母亲低声说,"昨天晚上你哪儿去啦?"

"在村子里。"儿子一边勉强回答,一边把枪从套子里取出来,察看着。

母亲摇摇头。

鲁卡沙在火药池里倒了点火药,取出一只口袋,从袋里摸出几只空弹药筒,装着药,小心翼翼地在每个筒里塞进一颗包布的子弹。他用牙齿咬紧装好的弹药筒,仔细检查过,才放进袋子里。

"妈妈,我叫你把布袋子补一补,你补好了吗?"他问。

"那还用问!我们的哑姑娘昨天晚上补过什么东西啦。难道你又得上哨兵线去吗?还没让我好好瞧瞧你哪。"

"收拾好就得走了,"鲁卡沙一边包火药,一边回答,"哑姑娘在哪儿? 出去了吗?"

"该是在劈柴吧。她一直在替你担心哪。她说:'我再也看不到他了。'她一只手在脸上比画着,咂着舌头,又把手压在心口,表示心里难过。要叫她来吗? 你打死山匪的事她全知道了。"

"叫她来,"鲁卡沙说,"我那边还有些牛油,你去拿来。我那把刀要擦点儿油。"

老太婆走出去,过了一会儿,鲁卡沙的哑姐姐踏着吱嘎作响的台阶,走进屋子里。她比弟弟大六岁,要不是她也带有聋哑人常有的那种迟钝而又粗鲁多变的表情,她的相貌倒是很像他的。她穿一件打满补丁的粗布衫,光脚上沾满泥泞,头上包着一块很旧的蓝色头巾。她的脖子、手臂和脸上都筋脉毕露,像庄稼汉一样强壮。从她的穿着和外表上可以看出,她经常干男子干的重活。她搬来一捆木柴,扔在火炉旁。接着满脸浮起快乐的微笑,走到弟弟跟前,摸摸他的肩膀,迅速地用手、脸和全身向他做着各种姿势。

"好极了,好极了! 斯吉普卡真行!"弟弟点点头回答。"什么都补好了,收拾好了,真行! 赏给你这个!"他说着从口袋里摸出两个蜜糖饼递给她。

哑姑娘脸红了,高兴得粗野地呜呜叫起来。她抓住蜜糖饼,更快地做着手势,不时指指一个方向,又用一只粗手指在眉毛和脸上比画着。鲁卡沙懂得她的意思,一直笑眯眯地点着头。她告诉他,他应该给姑娘们送点好吃的东西,还有,姑娘们都很喜欢他,而那个玛丽雅娜是姑娘中最可爱的,她也爱他。她迅速地指指玛丽雅娜的房子,又指指自己的眉毛和脸,哑哑嘴,摇摇头,来表示玛丽雅娜。她把一只手放在胸口,吻吻自己的手,像是在拥抱什么似的,来表示"爱"。母亲回到屋子里,一知道哑姑娘在谈什么,便笑了笑,摇摇头。哑姑娘给她看看蜜糖饼,又高兴得呜呜叫起来。

"前天我对乌莉特卡说过,要请人去说媒,"母亲说,"她同意了。"

鲁卡沙默默地瞧瞧母亲。

"那么怎么办呢,妈妈?酒得送出去卖。我要一匹马。"

"到时候我会送去的。我得先把酒桶准备好,"母亲说,显然不愿让儿子过问家务,"你走的时候把穿堂里的一袋东西带去。是我向人家借的,给你带到哨兵线去。是不是把它装在鞍囊①里?"

"行,"鲁卡沙回答,"要是吉烈汗过河来的话,你叫他到哨兵线去找我,因为我这一阵不会有休假。我有事跟他谈。"

他动手收拾行李。

"我会叫他去的,鲁卡沙,会叫他去的。你怕是一直在雅姆卡家里玩儿吧?"老太婆说,"我夜里起来照料牲口,听见好像是你在唱歌。"

鲁卡沙没有回答,他走到穿堂里,把袋子搭在肩上,翻起短褂的下摆,拿起枪,在门槛上站住。

"再见了,妈妈,"他对母亲说,顺手关上门,"你让纳扎尔卡带一桶酒来,我答应过弟兄们了,他会来的。"

"基督保佑你,鲁卡沙!上帝保佑你!我会给他的,从新桶里舀给他。"老太婆一边向篱笆走去,一边回答。"你听我

---

① 鞍囊,哥萨克放在马鞍上的褡裢。——原注

说。"她倚在篱笆上说。

鲁卡沙停住脚步。

"你在这儿玩了一下,嗯,感谢上帝!年轻人怎么能不找点儿快活呢?再说,是上帝赐给你福气的,这很好。可是在那边哪,好儿子,就得注意了……最要紧的是要巴结上司,千万记住!等我把酒卖掉,预备好钱给你买匹马,再去说媒。"

"得了,得了!"儿子皱着眉头回答。

哑姑娘叫了一声,引起他的注意。她指指脑袋和手,表示剃光头的车臣人。然后皱起眉头,装出拿枪瞄准的姿势,大叫一声,又摇摇头,急促地发出咿咿呜呜的声音。她的意思是要鲁卡沙再打死一个车臣人。

鲁卡沙明白了她的意思,嗨地笑了一声,按住背后斗篷下的步枪,迈开轻快的步子,渐渐消失在浓雾中。

老太婆在门口站了一会儿,回到屋子里,马上又动手干活。

十八

鲁卡沙上哨兵线去了;耶罗施卡大叔唤了狗,爬过篱笆,从后院绕到奥列宁的屋子里(他出去打猎,竭力避开女人)。奥列宁还睡着,凡纽沙已经醒了,但也没有起床。耶罗施卡大叔挎着枪,一副猎人打扮,推门进去的时候,凡纽沙正打量着周围的光景,思量着是不是应该起身。

"拿棍子来!"耶罗施卡大叔声音低沉地叫道,"有警报!车臣人来了!伊凡!给老爷准备茶炊。你快起来!快点儿!"老头儿又嚷道,"我们就是这样的,好人。你看,姑娘们都起来了。你看看窗外,你看看,她打水去了,可你还睡觉。"

奥列宁醒了,霍地跳起来。他看到老头儿,听到他的声音,不由得精神一振,心里高兴。

"快点儿! 快点儿,凡纽沙!"他叫道。

"你就这样去打猎吗? 人家在吃早饭了,可你还睡觉。梁姆! 往哪儿跑?"老头儿喝着狗。"枪准备好了吗?"老头儿大声问道,仿佛屋子里有一大群人。

"哦,是我的不是,可是有什么办法。火药,凡纽沙! 还有填弹塞!"奥列宁说。

"得罚款!"老头儿嚷道。

"您要茶吗?"凡纽沙笑着用法语问。

"你不是我们的人! 你叽里咕噜讲的不是我们的话,鬼东西!"老头儿露出牙龈,对他骂道。

"头一回可以原谅。"奥列宁一边拉上他的大皮靴,一边开玩笑说。

"头一回可以原谅你,"耶罗施卡回答,"下次再睡过头,可得罚一桶契希尔。等太阳一晒暖,你就碰不着鹿了。"

"就是碰着也没用,因为畜生比我们灵!"奥列宁重复着老头儿昨晚的话,挖苦道,"你骗不了它。"

"哼,你笑吧! 你先去打一只再说。喂,快点儿! 看,房东也找你来了,"耶罗施卡望着窗外说,"瞧他的打扮,穿上崭新的上衣,好让你知道他是个军官。唉,这批人,这批人!"

果然,凡纽沙进来通报,说房东想见见东家。

"钱!"他意味深长地用法语说,预先警告东家哥萨克少尉来访的目的。接着,少尉身穿一件新的契尔克斯服,佩着军官肩章,脚蹬一双锃亮的皮靴(这在哥萨克中是很少见的),

脸上堆着笑,摇摇摆摆地走进屋子,向房客致意。

伊里亚·华西里耶维奇少尉是个受过教育的哥萨克。他到过俄罗斯,又是学校里的教师,而主要是个上等人。他要摆出上等人的样子,但他那种装腔作势、冒充风雅的姿态和不伦不类、装腔作势的谈吐却不能不使人觉得,他跟耶罗施卡大叔并没有什么两样。这一层,从他那张晒得发黑的脸,从他的双手,从红彤彤的鼻子上,都看得出来。奥列宁请他坐下。

"你好,伊里亚·华西里耶维奇老爷!"耶罗施卡一边说,一边站起来,带着嘲讽的意味(奥列宁有这样的感觉)低低地鞠了一躬。

"你好,大叔! 你也在这儿吗?"少尉漫不经心地向他点点头,回答。

少尉是个四十岁上下的人,留着一撮山羊胡子,身体干瘦,相貌端正,就他的年纪来说,精神也很饱满。他到奥列宁这儿来,唯恐人家把他当作一个普通的哥萨克,因此想立刻显出自己的身份。

"他是我们这儿的埃及的宁录①,"他指着老头儿,得意扬扬地笑着对奥列宁说,"'耶和华面前英勇的猎户'。他是我们这儿的第一把手。您大概已经知道了吧?"

耶罗施卡大叔望着自己那双穿着湿漉漉生皮凉鞋的脚,若有所思地摇摇头,仿佛对少尉的手腕和学问感到惊奇,接着又自言自语道:"挨挤的您老! 这是什么怪话啊?"

"你看,我们正想打猎去呢。"奥列宁说。

"是的,先生,"少尉应道,"可我有件小小的事儿要找您

① 见《旧约·创世记》第十章。

谈哪。"

"您有什么吩咐哇?"

"因为您是一位上等人,"少尉打开了话头,"而我明白我也具有军官的身份,因此像一切上等人那样,我们总可以从长计议。"(他停了一下,笑嘻嘻地对老头儿和奥列宁瞧了一眼。)"但如果您愿意的话,按照我的同意,由于我妻子是我们阶级中的无知女人,她在目前不能完全请教您昨天的话。因为我的房子本可以按月租六卢布租给团里的副官,而马厩还不计在内,但是我身为上等人,永远可以宽大待人。不过,您既然愿意,我也具有军官身份,因此我个人在一切方面都可以同意您,而我虽是本地居民,但我可以不按照本地习惯,而一切都可以遵守条件……"

"说得好清楚!"老头儿咕噜着。

少尉用这种腔调又谈了好一阵。奥列宁从他全部谈话里好容易才明白他的意思是要他每月付六卢布的房租。他欣然同意,并且请客人喝茶。少尉却辞谢了。

"按照敝地的规矩,"他说,"我们认为用一只世俗的杯子喝茶是种罪孽。虽然,以我的教育来说,我能理解,可是我的妻子由于人类的弱点……"

"那么,您要喝茶吗?"

"要是您允许的话,让我把自己的杯子拿来,特殊的杯子,"少尉回答,走到门口,叫道,"拿杯子来!"

过了一会儿门开了,一只套着粉红袖子、晒得黑黑的年轻的手拿着一只杯子从门外伸进来。少尉走过去,接了杯子,跟女儿低声说了些什么。奥列宁把茶给少尉倒在特殊的杯子里,给耶罗施卡倒在世俗的杯子里。

"我可不想耽搁你们了。"少尉说，虽然烫痛嘴唇，还是把一杯热茶喝完。"我对于钓鱼也很感兴趣，一放假总想抛开职务休息一下。我也想碰碰运气，看捷列克河的礼物会不会落到我的头上来。我希望您什么时候也到我家来喝一杯土酒，按照我们村里的风俗。"他补充说。

少尉起身告辞，他握了握奥列宁的手出去了。当奥列宁收拾行装准备出发的时候，他听见少尉正用明确而带命令的口气在对家里人说话。几分钟之后，他看见少尉裤脚卷到膝盖上，穿一件破烂的短褂，掮着网，从他窗外走过。

"是个骗子手，"耶罗施卡大叔喝完"世俗的"杯子里的茶，说道，"难道你真愿意付他六个卢布吗？岂有此理！村里最好的房子出两个卢布都可以租到。这个滑头！我情愿把我的房子租给你，只要三个卢布就行了。"

"不，我就住在这儿算了。"奥列宁说。

"六个卢布！明明白白，这钱花得太冤枉。嗨！"老头儿回答，"伊凡，拿点契希尔来！"

奥列宁跟老头儿临行前吃了些点心，喝了点伏特加，一块儿来到街上，时间已经七点多钟。

他们在大门口碰到一辆装货的牛车。玛丽雅娜头上那条白头巾直包到眼睛上边，衬衫外面罩着一件短袄，脚上穿着一双皮靴，手里拿着一根长树枝，使劲拉着那缚在牛角上的绳子。

"好姑娘！"老头儿一边说，一边装出要搂她的姿势。

玛丽雅娜拿树枝对他挥了挥，她那双美丽的眼睛喜气洋洋地向他们两人瞅了一下。

奥列宁越发高兴了。

"嗯,走吧,走吧!"他说着,把枪挂到肩上。这时他发觉姑娘在看他。

"驾!驾!"玛丽雅娜的声音在他们后面响着,接着牛车就轧轧地响起来。

他们顺着村庄后面牧场上那条大路走去,耶罗施卡一路上不停地说话。他忘不了那少尉,一个劲儿地骂他。

"你干吗这样生他的气啊?"奥列宁问。

"真小气!我可不喜欢他,"老头儿回答,"眼睛一闭,还不是什么都得留下。他攒钱为谁啊?盖了两座房子,还要打官司把另一座果园从弟弟手里夺过来。这狗东西就是喜欢摇笔杆子!还有人从别的村子里跑来找他写状子呢。他写状子,总能赢官司。他就有这种本事。可是攒那么多钱为了谁啊?总共只有一个男孩,一个姑娘;等姑娘一出嫁,还留给谁呢?"

"他攒钱是为了给她办嫁妆啊!"奥列宁说。

"什么嫁妆?姑娘长得不错,反正有人要。可他这恶鬼还想让她嫁个有钱人。是我邻居,也是我侄儿,是个好小子,前不久打死了一个车臣人。他托人向他说媒,说了好久,可他一直不答应。一次次推托,说什么姑娘年纪还小。可我知道他在打什么主意。他要人家向他点头哈腰。在姑娘这件事上,他真是太不要脸了。可人家一直在给鲁卡沙说媒呢。因为他是村子里顶出色的哥萨克,是个真正的骑士,他杀了一个山匪,会得到十字勋章的。"

"这是怎么搞的?昨天晚上我在院子里散步,正好看见房东家的姑娘在跟一个哥萨克男人亲嘴。"奥列宁说。

"你胡说。"老头儿站住,嚷道。

"是真的!"奥列宁说。

"娘儿们都是魔鬼!"耶罗施卡一边说,一边沉思着,"是个什么样子的哥萨克?"

"我没看清楚。"

"嗯,他戴什么帽子?是白的吗?"

"是的。"

"身穿红短褂吗?个儿跟你差不多?"

"不,比我高大。"

"就是他,"耶罗施卡哈哈大笑,"就是他,就是我的马尔卡。就是他,鲁卡沙。我叫他马尔卡,好玩嘛。就是他。我喜欢他!我当年也是这样的,老弟。嗨,看住她们有什么用?记得我那个相好常常跟她娘或者嫂子睡在一起,可我照样爬进去。她常常睡在高头,她娘是个妖精,魔鬼,她把我恨透了:我往往同我那个叫基尔奇克的朋友一起去。我走到窗子底下,爬到他肩上,打开窗子,摸进去。她就睡在长凳上。有一次我把她弄醒了。她叫起来!她没认出是我,她想这是谁啊?可我不能开口。她娘已经在翻身了。我慌忙摘下帽子,塞到她鼻子前面,她立刻从帽子的接缝上认出是我,就霍地跳起来。我什么也不缺。又是熟奶油,又是葡萄,她什么都给我送来,"耶罗施卡讲着,他总是很讲究实惠,"而且不光她一个人。当年的生活就是这样的。"

"那么现在呢?"

"哦,现在我们跟着那条狗走,等野鸡飞到树上,你就开枪。"

"你怎么不去讨好讨好玛丽雅娜啊?"

"你看住我的狗。晚上我再讲给你听。"老头儿指指他的爱狗梁姆,说道。

他们沉默了一会儿。

接着又谈着话走了一百步光景,老头儿又站住,指指横在地上的一根树枝。

"你看这是什么?"他说,"你以为这没什么稀奇吗? 不,这棒横在地下很不好。"

"有什么不好哇?"

他嗨地笑了一声。

"你什么也不懂。你听我说:看到棒这样横在地上,你就别从上面跨过去,你要绕过它,或者把它从路上扔出去,再说一声:'凭圣父圣子圣灵之名',这样就太平无事了。这还是当年老辈教我的。"

"嗨,真是胡说八道!"奥列宁说,"你最好还是给我讲讲玛丽雅娜的事! 怎么样,她跟鲁卡沙来往吗?"

"嘘! 现在别响,"老头儿又低声打断他的话,"你听。让我们兜到树林里去。"

于是老头儿就悄悄地踏着那双穿着凉鞋的脚,带头沿着狭窄的小径向浓密、荒野的树林里走去。他几次皱着眉,回头向奥列宁望望,奥列宁却嘎吱嘎吱地踏着大皮靴,大大咧咧地挎着枪,以致枪杆子好几次被路边的树枝钩住。

"别响,走得轻点儿,当兵的!"老头儿怒气冲冲地对他低声说。

从空气中可以察觉太阳已经升起。迷雾在渐渐消散,但还笼罩着树梢。树林显得出奇地高。每走一步,景色都有变化。你会把一株灌木当作一棵树,连一支芦苇远远望去都像是一棵树。

十九

雾一部分已经消散,露出湿漉漉的芦苇屋顶;一部分凝成露水,沾湿了道路和篱边的青草。家家烟囱里冒着炊烟。村民们纷纷离开村庄:有的去上工,有的去河边,有的去哨兵线。两个猎人并肩循着杂草丛生的潮湿道路走着。猎狗摇动尾巴,回头望望主人,在旁边跑着。成千上万的蚊蚋麇集在空中,追逐着这两个猎人,包围着他们的脊背、眼睛和手臂。空气中充满青草的芳香和树林的潮气。奥列宁不断地回顾玛丽雅娜坐着的那辆牛车,玛丽雅娜手里拿着一根树枝在赶牛。

周围一片寂静。村子里的声音如今已经传不到猎人的耳朵里;只有猎狗穿过荆棘时发出窸窣的响声,鸟儿偶尔鸣叫几声,彼此呼应着。奥列宁知道树林里有危险,山匪往往潜藏在这种地方。他也知道,对一个在树林里步行的人来说,枪是一种有力的自卫武器。他倒并不怎么害怕,但他认为,别人要是处在他的地位准会害怕。他特别紧张地向雾蒙蒙湿漉漉的树林里张望,倾听稀落而微弱的响声,手里紧握着枪,心里产生一种新鲜而又愉快的感觉。耶罗施卡大叔走在前面,遇到留有野兽蹄印的水洼就站住,仔细察看着,并且指给奥列宁看。他简直不大开口,只偶尔低声说出他的看法。他们走的那条路,原先是由大车轧出来的,如今早就长满了野草。道路两旁的榆树林和法国梧桐林长得那么稠密茂盛,树林背后的景物一点也看不见。差不多每棵树都从上到下缠满野葡萄藤,树下又密密麻麻地丛生着黑色的乌荆子。林间每块空地上都长满黑莓和灰穗摇摆的芦苇。有几个地方,巨大的兽蹄印和细小的野鸡足迹离开道路，直铺到树林深处。这座未受牲口糟蹋的树林的蓬勃生气，处处使奥列宁感到吃惊。他还没见过这样的景象呢。这树林、危险、老头儿和他神秘的耳语、玛丽雅娜和她那具有男子气概的健美体格以及山岭——这一切在奥列宁看来都像一个迷人的梦。

"有只野鸡歇下来。"老头儿低声说，向四下里望望，把帽子拉下来遮住脸。"把脸遮住！"他气愤地向奥列宁挥挥手，几乎像爬一般向前走去。"野鸡不喜欢看见人的嘴脸。"

老头儿站住，开始向树上张望，奥列宁还在后头。野鸡在树上向那对着它吠叫的狗高声啼了一下，于是奥列宁也看到了它。就在这当儿，耶罗施卡的大枪像大炮一样轰的一声打响，野鸡扑了扑翅膀，掉下一些羽毛，落在地上。奥列宁走到老头儿跟前，惊起了另一只野鸡。他举起枪，瞄准好，也开了一枪。野鸡挣扎着向上冲去，但随即像石子似的撞着树枝，落在草丛里。

"好样的！"老头儿笑着喊道，他自己是不会打飞枪的。

他们拾起野鸡，又向前走去。奥列宁由于打中野鸡、受到称赞而兴致勃勃，不断跟老头儿谈话。

"等一等！往这儿走，"老头儿打断他的话，"昨天我在这儿看到过鹿的脚印。"

他们转入密林，走了三百步的样子，来到一片芦苇丛生、有几处积水的空地上。奥列宁一直落在老猎人的后面，耶罗施卡大叔走在他前面有二十步光景，忽然弯下腰，意味深长地点点头，向他招招手。奥列宁走到他跟前，看见老人指着一个人的脚印。

"看见吗？"

"看见了。怎么回事?"奥列宁故作镇定地说,"人的脚印。"

他的头脑里不由得闪过库柏的《拓荒者》①和高加索山匪的形象,同时看到老头儿走路的那副神秘模样,他弄不懂这是由于危险还是由于打猎,但他不敢问。

"不,这是我的脚印。"老头儿简单地回答,又指指青草,草丛里可以隐约看出野兽的蹄痕。

老头儿又向前走去,奥列宁紧跟着他。又往低处走了二十步光景,他们看到一株枝叶扶疏的野梨,树下的黑土上还留有新鲜的兽粪。

这地方到处爬满野葡萄藤,好像一座舒服、阴暗而凉快的棚子。

"早晨它来过这里了,"老头儿叹了一口气说,"看,窠还湿漉漉的,很新鲜。"

忽然,树林里发出一声使人惊心动魄的巨响,离开他们只有十步路光景。两人都吃了一惊,抓住枪,可是什么也看不见,只听得树枝折断的响声。刹那间传来一阵匀调而急促的蹄声,从清晰的嗒嗒声慢慢变成模糊的响声,越来越远,越来越广地扩散在幽静的树林里。奥列宁觉得心里好像有样东西断裂了。他竭力向苍翠的密林里张望,可是什么也看不见,随后他回头望望老头儿。耶罗施卡大叔把枪贴在胸口,呆呆地站着,他的帽子推到后脑勺上,眼睛里发出异样的光芒。他张开嘴,怒气冲冲地露出残缺不全的黄牙,仿佛在这样的姿势中

---

① 库柏(1789—1851),美国小说家,著有总称《皮袜子故事集》的五部长篇小说,主要反映美国殖民者对印第安人的残酷屠杀和印第安人的反抗,《拓荒者》是其中的一部。

僵化了。

"一只鹿。"他说。接着把枪扔在地上,扯着自己灰白的大胡子。"就站在这儿哪!我们应该从那条小路上兜过来!傻瓜!傻瓜!"他说着又恨恨地抓住胡子。"傻瓜!猪猡!"他一边反复说,一边痛苦地扯着胡子。树林上空的雾中好像有样东西飞过;那只被惊跑的鹿的蹄声越来越远,传播得越来越广……

黄昏时分,奥列宁才跟老头儿一起回村。他又疲劳,又饥饿,又兴奋。晚饭已经准备好了。他跟老头儿一起吃喝,渐渐觉得暖和而快乐了。于是又走到阳台上。他的眼前又耸立着夕阳照耀下的群山。老头儿又讲着他那些讲不完的故事:他讲到打猎,讲到高加索山匪,讲到他的相好,讲到那种无忧无虑的放荡生活。美人儿玛丽雅娜又走进走出,穿过院子,隔着衬衫清楚地显出她那健美的处女身体。

二十

第二天,奥列宁独自到昨天他跟老猎人遇见鹿的地方去。他不绕道走栅栏门,而像一般村民那样爬过带刺的篱笆。他还没把钩住他的契尔克斯服的篱笆拉开,那跑在前面的猎狗已经惊起了两只野鸡。他一踏进荆棘丛,便步步有野鸡飞起来(老头儿昨天没有带他踏进这地方,打算以后张幔捕捉)。奥列宁开了十二枪,打死五只野鸡,他在荆棘丛里爬来爬去追逐,累得一身大汗。他唤了狗,拉开枪机,装上子弹,用契尔克斯服的袖子挥开蚊群,悄悄向昨天去过的地方走去。但是他止不住那一路上追踪前去的狗,因此又打死了一对野鸡。这样一耽搁,直到将近中午才找到昨天那个地方。

　　天气晴朗,炎热,没有风。连树林里都感觉不到早晨的凉意,成千上万的蚊蚋简直盖没了他的脸、背和手臂。他的猎狗由黑色变成了灰色,因为它的背上也盖满了蚊蚋。奥列宁身上的契尔克斯服也是这样,蚊子隔着衣服叮他。他被蚊子叮得简直想逃回家去,他甚至觉得无法在村里过夏天。他已经转身回家,可是一想到别人也是这样过日子,便决定忍受下去,听凭蚊子的折磨。说也奇怪,到了中午,这种折磨反而使他高兴了。他甚至觉得,要是没有这种从四面八方包围他的蚊群,没有这种举手一拍就会沾在汗淋淋脸上的黏糊糊的蚊子,没有这种浑身难受的瘙痒,那么,这儿的树林对他就会丧失特色和魅力。成千上万的蚊蚋跟那茂盛稠密的野生植物,跟那满树林的飞禽走兽,跟那郁郁苍苍的草木,跟那芬芳闷热的空气,跟那从捷列克河各处渗透过来、在低垂的枝叶下汩汩作响的浑浊溪流是那么协调,以致他原来觉得可怕和难受的东西,现在都变得可爱了。他在昨天遇到鹿的地方兜了一圈,什么也没有找到,很想休息一下。太阳高悬在树林上空,当他走到空地或者大路上时,阳光就直射到他的背上和头上。七只沉甸甸的野鸡挂在他的腰部,勒得他发痛。他找到昨天那只鹿的踪迹,悄悄地钻到一棵灌木底下,就在那鹿躺过的地方歇下来。他望望周围暗绿的草叶,瞧瞧那遗有鹿粪的湿漉漉地面,瞧瞧鹿膝的印痕、一块被鹿踢起的黑土和他自己昨天留下的脚印。他觉得凉快、舒服,他没有什么思虑,也没有什么欲望。他心中突然充满了一种没来由的幸福和博爱的奇特感情,他不由得按照童年时代的老习惯,画着十字,并且感激某个人。他忽然异常清晰地想:"我德米特里·奥列宁,一个与众不同的人物,如今独自躺在这天知道的怪地方。这儿原来有一只美丽的老鹿,它也许从来没有见过人,而这地方恐怕也从来没有人来坐过,并且做过这样的遐想吧。我现在坐在这儿,四下里都是老树和幼树,那棵树上还爬满野葡萄藤,那些野鸡在我身边扑动翅膀,互相追逐,它们也许闻到了它们的被杀害的弟兄们。"他摸摸他猎获的野鸡,将沾在手上的暖烘烘的鲜血擦在契尔克斯服上。"也许豺狼嗅到它们的味儿,却虎着脸往别处去了。蚊蚋在空中嗡嗡地喧闹,在我身边的枝叶中间飞来飞去。对蚊蚋来说,那枝叶就像是巨大的岛屿。蚊子一只,两只,三只,四只,一百只,一千只,一百万只,它们全都在我周围嘤嘤嗡嗡地叫着,而它们当中每一只又都和所有的蚊子不同,就像我德米特里·奥列宁跟别人不同那样。"他清晰地想象着,蚊子在嗡嗡地闹些什么,它们在想些什么。"来啊,来啊,弟兄们! 这儿有个可吃的人哪!"蚊子们在这样互相召唤,并且粘在他身上。他恍然大悟,他根本不是什么俄罗斯贵族,不是莫斯科社交场中的人物,也不是某某人和某某人的亲戚朋友,他只是一只蚊子,一只野鸡,一只鹿,跟此刻生活在他周围的那些东西一模一样。"我也像他们那样,像耶罗施卡大叔那样,活一些时候,然后死去。他说得对:只有青草在上面长出来。"

"得了,青草长出来又怎么样?"他继续想,"人总得活下去,应该得到幸福! 而我也只有一个愿望——幸福。不管我是什么,是一只跟别的动物一样的动物(到头来只有青草会在上面长出来,此外就什么也没有了),或者是一具带有一点灵性的躯壳,我总得以最好的方式生活下去。那么,该怎样生活才能幸福? 为什么我以前不幸福呢?"他开始追忆昔日的生活,他讨厌自己了。他觉得他是个要求过多的自私自利的人,事实上他并不需要什么。他望望周围被阳光照得通亮的草木、夕阳和明净的天空,他又觉得自己像以前一样幸福。"为什么我是幸福的?我以前活着又是为了什么?"他想。"我为了自己待人多么苛刻,多么会用心思,可是除了羞耻和悲哀之外,我什么也没有给自己弄到手!如今我可不再为了幸福而去争取什么了!"他心里豁然开朗。"幸福,哦,对了,"他自言自语,"幸福就在于为别人而生活。这是明明白白的。人天生要求幸福,所以这是合理的。想通过自私自利的办法去满足这种要求,也就是说为自己追求财富、荣誉、享受或者爱情,客观条件倒可能不允许你去满足这些欲望。由此可见,不合理的是这些欲望,而不是要求幸福这件事本身。有哪些欲望可以不问外界条件而能得到满足的呢?有哪些?只有爱,只有自我牺牲!"他觉得这是新的真理,如今发现了,感到十分快乐兴奋。他跳起来,迫不及待地找寻着,他可以为谁牺牲自己,可以为谁做些好事,可以把谁作为爱的对象。"一个人既然自己不需要什么,"他不断地想,"又为什么不为别人而活着呢?"他拿起枪,想赶快回家去把这一切琢磨个透,并且找个做好事的机会,于是就走出密林。他来到林间空地上,回头一看:太阳已看不见,树梢上空也阴凉了。他觉得这地方十分陌生,一点不像村庄的郊野。骤然间一切都变了,天气变了,树林的样子也变了:天空中乌云密布,树梢上狂风怒号,周围只见一片芦苇和干枯折断的树木。他呼唤正在追逐野兽的狗,但这声音连他自己听来也有点凄凉。他忽然觉得十分恐怖。他胆怯起来。他的头脑里浮起了高加索山匪和人家讲给他听的各种谋杀案的景象,他提心吊胆,似乎每株灌木后面都会有一个车臣人蹿出来,逼得他挺身自卫并且死去,要不然就要成为胆小鬼。他想起了上帝和来生,他好久没想到这些了。而周围仍旧是一片昏暗、阴森和荒凉的景象。"一个人值得为自己而活着吗?"他想,"人随时都会死的,没有做什么好事就死去,那就谁也不会知道你了。"他朝着他认为村庄所在的方向走去。他不再想到打猎,他感到筋疲力尽,同时提心吊胆地仔细察看着一草一木,准备随时送命。他兜来兜去走了好一阵,遇到一条沟,沟里流着从捷列克河来的冰凉多沙的水。为了不再迷路,他决定沿着沟走。他走着,连自己也不知道这沟将把他引到哪里。忽然,芦苇在他背后飒飒地响起来。他吓了一跳,抓住枪。他为自己害臊:原来是他那只过分兴奋的狗重重地喘着气,跳到冰凉的沟里去喝水。

他也喝了点水,跟着狗走,他认为狗会把他领回村子里去。虽然有狗做伴,他却觉得周围的一切越发荒凉了。树林变黑,在折断的老树梢上风呼啸得越来越猛。有些巨大的鸟在树梢的鸟窝旁盘旋,发出尖厉的叫声。草木渐渐稀少,遇见最多的是簌簌作响的芦苇和布满兽迹的精光沙地。在风的呼啸声中又夹杂着一种凄凉单调的吼声。他心里越来越感到沉重。他摸摸后面的野鸡,发现少了一只,野鸡的身子没有了,落掉了,只剩下流血的脖子和头还夹在腰带里。他觉得空前未有的恐怖。他便祷告上帝,他只怕一件事:没有做什么好事就死去,因此他极希望活下去,活下去好完成自我牺牲的业绩。

二十一

他的心里仿佛射进一道阳光,顿时变得明亮了。他听见有人讲俄国话，听见捷列克河湍急而匀调的奔流，而在他前面几步之外就是一片黄浊的流动河面，河岸和浅滩上的褐色湿沙，遥远的草原，突出在水面之上的瞭望台，一匹备了鞍、系住腿、在荆棘丛中吃草的马和群山。刹那间，鲜红的夕阳从乌云后面露出来，把它的余晖欢乐地撒在河面上和芦苇上，撒在瞭望台和一群哥萨克身上。在这些哥萨克中间，鲁卡沙强壮的体格不禁吸引了奥列宁的注意。

奥列宁又无缘无故地觉得自己十分幸福。他来到捷列克河畔的下普罗托茨克哨所，河对岸是个归顺的鞑靼村。他跟哥萨克们打了招呼，但一时找不到为谁做好事的机会，就走进屋子里去。可是屋子里也没有这样的机会。哥萨克们对他很冷淡。他走进泥屋里，点着一支烟。哥萨克们对奥列宁似理非理，第一因为他吸烟，第二因为那天晚上他们有一件有趣的事。几个敌对的车臣人带了一个探子从山上下来，想赎回被打死的亲人的尸体。大家都在等哥萨克头领从村里赶来。死者的兄弟，个儿很高，身材端正，留着一撮剪短染红的胡子，虽然身上的契尔克斯服和皮帽已经破旧，但神气却庄严得像个国王。他的相貌很像被打死的山匪。他对谁也不瞧一眼，也不看一看死者，只是蹲在树阴下，抽着烟斗，啐着唾沫，偶尔喉音很重地吩咐着什么，他的同伴在旁边恭恭敬敬地听着。显然，他是个骑士，在各种场合看见过俄罗斯人，因此此刻没有什么东西能引起他的惊奇和注意。奥列宁则要走近去瞧瞧尸体，那个做兄弟的就镇定而轻蔑地扬起眉毛瞪了他一眼，怒气冲冲地说了些什么。那探子连忙用契尔克斯服遮住死者的脸。车臣骑士脸上那副威严的神气使奥列宁吃了一惊。他想跟他谈谈，问问他是从哪一个村庄来的，可是车臣人白了他一眼,轻蔑地啐了口唾沫,就转过身去。奥列宁看到山匪不理他,觉得很奇怪,他还以为他的冷淡只是由于愚蠢和不懂俄语。奥列宁就招呼他的同伴。那同伴,又是探子,又是翻译,衣服穿得跟他一样破烂,但头发是黑色的,而不是红褐色的,牙齿十分洁白,闪着一双光亮的黑眼睛,时起时坐,十分好动。探子高兴地跟他谈起话来,并且问他要一支烟。

"他们有五弟兄,"探子用似通非通的俄语说,"被俄罗斯人杀死的,这是第三个,现在只剩下两个了。他是个骑士,确实是个骑士,"探子指指那个车臣人说,"当阿赫梅德汗(那个被打死的山匪)被人打死的时候,他正坐在对岸芦苇丛里,他什么都看见了:他们怎样把他放到小船里,怎样把他抬到岸上。他一直坐到夜里,他想打死那老头儿,可是别人不让他开枪。"

鲁卡沙走到这两个谈话的人旁边,坐下来。

"是哪一个村庄的?"他问。

"喏,就在那边的山里,"探子指指捷列克河对岸雾蒙蒙的浅蓝色峡谷,回答说,"你知道苏犹克苏吗?再过去十里地就是。"

"你认识苏犹克苏的吉烈汗吗?"鲁卡沙问,显然以认识他为荣,"他是我的老朋友。"

"他是我的邻居。"探子回答。

"好样的!"鲁卡沙显然很感兴趣,就用鞑靼话跟翻译交谈起来。

不多一会儿,百人长和村长带了两名哥萨克侍从骑马跑来。百人长是新任命的哥萨克军官,他跟哥萨克们问了好,可是没有人按军队规矩向他呼喊"祝大人健康",只有少数几个人向他鞠躬还礼。有几个人站起来立正，鲁卡沙也是其中的一个。班长报告前哨太平无事。奥列宁觉得这一切都很滑稽，仿佛哥萨克都是扮成军人在演戏。不过，这种例行公事很快就结束，代之以普通的关系。百人长是一个伶俐的哥萨克，他老练地用鞑靼话跟那翻译交谈起来。他们写了一张纸，交给探子，从他那里拿到钱，走到尸体跟前。

"你们这里哪一个是鲁卡沙·加夫里洛夫?"百人长问。鲁卡沙脱下帽子，走过去。

"我已把你的功绩报告团长了。结果怎样还不知道，我建议给你一个十字勋章，可你当班长还嫌太早。你识字吗?"

"我不识。"

"真是个好样的!"百人长说，继续摆出长官的派头，"戴上帽子。他是加夫里洛夫家的吧? 是不是那个叫'巨人'家的人?"

"是他的侄儿。"班长回答。

"我知道，知道。那么，去帮帮他们的忙。"他对哥萨克们说。

鲁卡沙脸上喜气洋洋，显得比平时更加英俊。他离开班长，戴上帽子，又在奥列宁旁边坐下。

等尸体搬上小船之后，车臣人的兄弟走到河边。哥萨克们不由自主地给他让了路。他用强健的腿抵住河岸，跳进小船。这时奥列宁注意到，他第一次对所有的哥萨克匆匆地扫了一眼，又急急地向他的同伴问了些什么。同伴回答他，又指指鲁卡沙。车臣人瞅了他一眼，又慢慢转过身去望着对岸。从他的目光中流露出来的，不是憎恨，而是冷冰冰的蔑视。他又说了些什么。

"他说什么?"奥列宁问活泼的翻译。

"你们的人杀死我们的人,我们的人杀死你们的人。就是这么一回事。"探子说,笑得露出雪白的牙齿,显然是在撒谎。接着他也跳上小船。

死者的兄弟一动不动地坐在船上,凝视着对岸。他怀着强烈的仇恨和轻蔑,河这边的任何东西都引不起他的好奇心。探子站在船尾,忽左忽右地划着桨。他一面利落地划船,一面不断地说话。小船斜渡过河面,变得越来越小,人声轻得几乎听不见,最后眼看他们划到了对岸。岸上系着他们的马匹。他们把尸体抬上岸,尽管那匹马躲来躲去,他们还是把它驮在马背上,自己也上了马,沿着大路,经过鞑靼村,慢吞吞地走去。村子里有一群人出来看他们。河这边的哥萨克都兴高采烈,十分得意。到处是一片笑闹声。百人长和村长一起到泥屋里吃喝去了。鲁卡沙脸上喜气洋洋,竭力想做出一副庄重的样子,可是做不像。他坐在奥列宁旁边,双肘支在膝上,削着一根木棒。

"您干吗要抽烟呢?"他假装好奇地问,"难道有好处吗?"

他显然是因为看到奥列宁一人夹在哥萨克中间有点尴尬,才说这话的。

"没什么,习惯了,"奥列宁回答,"怎么样?"

"哼!要是我们中间有人抽烟,那就倒霉了!看,离这儿不远就是山,"鲁卡沙指指峡谷说,"可是您走不到……您一个人怎么能回家呢?天黑了。您愿意的话,我可以送您去,可您得去请求班长同意。"

"真是个好样的。"奥列宁瞧着他那容光焕发的脸,想。他记起玛丽雅娜,记起他听见他们在门外亲吻,他为鲁卡沙感到惋惜,惋惜他缺乏教养。"这是多么荒唐糊涂哇!"他想,"一个人杀了另一个人,觉得快乐幸福,仿佛做了一件最漂亮的事。难道他不明白,这完全没有理由高兴? 难道他不明白,幸福不在于杀人而在于牺牲自己?"

"啊,老弟,今后当心别落到他手里,"在目送小船离去的哥萨克中间,有一个对鲁卡沙说,"你没听见他问起你吗?"

鲁卡沙抬起头来。

"那个干儿子吗?"鲁卡沙说,意思是指那个车臣人。

"那个干儿子是起不来了,可是得当心那个红头发的兄弟。"

"他能平平安安回去,还得感谢上帝呢!"鲁卡沙笑着说。

"你高兴什么呀?"奥列宁对鲁卡沙说,"要是你的兄弟被人杀死了,你也高兴吗?"

这哥萨克含笑瞧着奥列宁。看样子他已明白奥列宁要对他说的话,但他认为这些意见根本不值得考虑。

"可不是? 这有什么了不起! 我们的人不也常常被他们杀害吗?"

二十二

百人长同村长骑马走了。奥列宁为了让鲁卡沙高兴,并且免得独自走黑暗的树林子回去,就替鲁卡沙向班长请假,班长答应了。奥列宁以为鲁卡沙要去看玛丽雅娜,而他也乐于有这样一个漂亮健谈的哥萨克做伴。他心中很自然地把鲁卡沙和玛丽雅娜联结起来,他想到他们,觉得很高兴。"他爱玛丽雅娜,"奥列宁想,"而我本来也可以爱她的。"当他们一起穿过黑暗的树林走回家去的时候,他心中产生了一种新奇而强烈的柔情。鲁卡沙心里也很高兴。在这两个截然不同的青年之间产生了一种类似爱的感情。每次当他们相对而视的时候,他们都想笑出声来。

"你走哪一道门哪?"奥列宁问。

"中门。我送你到泥塘那边。过了泥塘就不用怕什么了。"

奥列宁笑了。

"难道我会害怕吗? 回去吧,谢谢你。我一个人走好了。"

"没关系! 我有什么事啊? 您怎么会不害怕呢? 就是我们也害怕的。"鲁卡沙也笑着说,照顾着奥列宁的自尊心。

"那你到我那边坐坐。咱们谈谈,再喝点儿什么,你到天亮走好了。"

"难道我找不到过夜的地方吗?"鲁卡沙又笑了,"可是班长要我回去。"

"我昨天听见你唱歌,还看见你……"

"人人都……"鲁卡沙说着摇摇头。

"你要成亲了,是吗?"奥列宁问。

"我妈要我成亲。可我还没有马呢!"

"你还没有编入正规军吗?"

"哪里谈得到! 还在准备呢。我没有马,又没有地方去弄一匹来,因此成不了亲。"

"一匹马值多少钱哪?"

"前几天河对岸有人做买卖,有人出六十卢布,他们还是不肯卖,马倒是一匹诺盖马。"

"你愿意给我当勤务兵吗？我来给你想办法，我可以送你一匹马，"奥列宁忽然说，"真的，我有两匹马，我用不着两匹。"

"怎么用不着？"鲁卡沙笑着说，"您何必送人呢？上帝保佑，我们自己会想办法的。"

"真的！是不是你不愿意当勤务兵啊？"奥列宁说，因为想出给鲁卡沙送马的主意而高兴。不过，不知怎的他觉得有点不好意思。他想说些什么，可是不知道说什么好。

鲁卡沙首先打破了沉默。

"那么，您在俄罗斯自己有房子吗？"他问。

奥列宁忍不住不讲，他不是有一座房子，而是有几座房子。

"房子好吗？比我们的大吗？"鲁卡沙好心好意地问。

"大多了，大十倍，有三层楼。"奥列宁讲道。

"那么马也同我们这儿的一样吗？"

"我有一百匹马，每匹值三四百卢布，只是跟你们的马不一样。值三百银币！都是赛跑马，你知道……可我还是喜欢这儿的马。"

"那您干吗要到这儿来啊？是自愿来的，还是被派来的？"鲁卡沙问，仿佛一直在嘲笑他。"看，您就是在那边迷路的，"他指指他们经过的小路，"您该向右拐弯才对。"

"我是自愿来的，"奥列宁回答，"我要看看你们这个地方，参加这儿的行军。"

"我真想今天就参加行军呢！"鲁卡沙说，"您听，豺狼在嚎了。"他谛听着，又说。

"那么，你杀了人不害怕吗？"奥列宁问。

"那有什么可害怕的？我真想参加行军呢!"鲁卡沙重复说,"我真想啊,我真想啊……"

"说不定我们会一起去的。我们这一连过节前就要出发,你们的百人团也要去的。"

"您何必到这儿来呢! 家里有房子,有马,还有农奴。换了我就成天玩儿了。那么您有什么官衔吗?"

"我是士官生,但就要提升了。"

"哦,您这样的生活要不是吹牛,换了我就永远不会离开家。是的,我哪儿也不会去的。您在我们这儿过得好吗?"

"嗯,很好。"奥列宁说。

当他们这样谈着话走近村子的时候,天色已经完全黑了。黑漆漆的树林还包围着他们。风高高地在树梢上呼啸。忽然,豺狼在他们附近嗥叫,发出笑声和呜呜的哭泣声;前面,已经听得见村子里女人的说话声和狗的吠声,可以清楚地看见房子的轮廓和明亮的灯光,还闻到那种烧干粪的特殊烟味儿。奥列宁深深地感觉到——特别是在今天晚上——他的房子、他的家、他的全部幸福都在这个村子里,他从来不曾,也永远不会在别的什么地方过得像在这村子里这样幸福。今天晚上他是那样热爱一切人,特别是热爱鲁卡沙! 奥列宁一回到家里,就亲自从棚里牵出那匹他在格罗兹纳亚买的马(不是他自己常骑的那一匹,而是另一匹虽不年轻但也不坏的马),送给鲁卡沙。这可使鲁卡沙大为惊奇。

"您干什么要送我啊?"鲁卡沙说,"我还没有为您效过什么劳呢。"

"老实说,这在我是算不了什么的,"奥列宁回答,"牵去吧! 你将来也可以送我点什么的……我们还要一起行军呢。"

鲁卡沙手足无措了。

"哦,这算什么?难道一匹马不值什么钱吗?"他说,眼睛没看那马。

"牵去吧,牵去吧!你要是不肯,我就要生气了。凡纽沙,把灰马牵给他。"

鲁卡沙拉住缰绳。

"那么谢谢您了!哦,真是做梦也没想到……"

奥列宁高兴得像个十二岁的孩子。

"把它拴在这儿吧!这是匹好马,我在格罗兹纳亚买的,跑得可快了。凡纽沙,给我们拿点契希尔来。我们到屋子里去吧。"

酒拿来了,鲁卡沙坐下,端起酒碗。

"以后有机会我一定报答您,"他喝干酒,说,"你叫什么名字?"

"德米特里·安德烈伊奇。"

"哦,德米特里·安德烈伊奇,上帝保佑你。让我们做朋友吧!有机会请到我们家去玩。我们虽然不是有钱人,还是能招待朋友的。我还要告诉我妈,你要是需要点什么:奶油也好,葡萄也好,尽管说好了。你要是到哨兵线上来,我可以陪你打猎、渡河,你要上哪儿,就上哪儿。哦,前几天我打到一只好大的野猪,把肉都分给哥萨克们了,可惜不知道,不然给你也送点来。"

"好的,谢谢你。可是你别让这马拉车,它从没拉过车呢。"

"怎么能让马去拉车呢!哦,我还有一件事要告诉你,"

鲁卡沙低下头，说，"是这样的，我有一个朋友叫吉烈汗，他叫我到山脚下的大路上去打埋伏。我们一起去吧！我不会出卖你的，我可以给你当穆里德①。"

"去，改天我们一起去。"

鲁卡沙似乎完全放心了，他明白奥列宁对他的态度。他的镇定和单纯使奥列宁感到惊奇，甚至使他有点反感。他们谈了好半天。当鲁卡沙跟奥列宁握别出来，已经夜深了。鲁卡沙虽然没有醉（他从来没有醉过），却也喝了不少。

奥列宁在窗口瞧着，看他要做些什么。鲁卡沙低低地垂下头，慢慢地走着。然后，他把马拉到栅栏门外，忽然脑袋一晃，像只猫似的霍地跳上马背，拉起缰绳，大喝一声，沿着街道疾驰而去。奥列宁以为鲁卡沙一定会去找玛丽雅娜，让她分享他的快乐，可是鲁卡沙并没有这样做。虽然如此，奥列宁还是感到有生以来第一次这样高兴。他快乐得像个孩子，忍不住不把这事告诉凡纽沙，不仅告诉他送给鲁卡沙一匹马，而且说明为什么送他，还把他那一整套关于幸福的新理论讲给他听。凡纽沙并不赞成这理论，并且说"钱没有了"。因此这一切都是胡闹。

鲁卡沙赶回家，跳下马，把马交给他母亲，叫她牵到哥萨克马群里去一起放牧，他自己当夜就得回哨兵线。他的哑姐姐把马拉去拴好，做做手势表示，她一看见那个送马的人，准要跪倒在他的脚下。老太婆听了儿子说的话只是摇头，她心里断定这马是鲁卡沙偷来的，因此嘱咐哑姑娘不等天亮就把马牵到马群里去。

① 穆里德，伊斯兰教伊玛目门徒，这里有侍从的意思。

鲁卡沙独自走回哨兵线,心里一直琢磨着奥列宁的行为。照他看来这马虽然并不出色,但至少也值四十卢布,因此,这礼物还是使他很高兴。但为什么要送他这样的礼物,他却无法理解,因此一点儿也不感激。相反,他心里多少有点猜疑,那士官生会不会别有用意啊? 他有什么用意,鲁卡沙可捉摸不透,但假定纯粹是出于好心,那么,一个素不相识的人送给他一匹价值四十卢布的马,似乎是不可能的。要是他当时喝醉了,那还可以理解:他想摆阔。但士官生当时是清醒的,因此准是要收买他去干什么坏事。"哼,胡思乱想!"鲁卡沙想。"马已经到了我手里,往后瞧着办吧。我又不是傻瓜。谁叫谁上当,让我们等着瞧吧!"他想,觉得对奥列宁必须保持警惕,因此对他产生了不友好的感情。他没有告诉人家他是怎样弄到马的。对有些人他说是买的,对有些人又闪烁其词。不过,村里人不久还是知道了真相。鲁卡沙的母亲、玛丽雅娜、伊里亚·华西里耶维奇和另外一些哥萨克得知奥列宁无缘无故送了礼物,心里都充满怀疑,对士官生提防起来。不过,提防归提防,这种行为还是使他们对奥列宁的老实和富裕产生很大的敬意。

"你听说了吗,那个住在伊里亚·华西里耶维奇家的士官生送给鲁卡沙一匹值五十卢布的马?"一个人说,"真阔气!"

"听说了,"另一个意味深长地回答,"准是他替他出了什么力气。他有些什么花样,咱们等着瞧吧。这机灵鬼真走运。"

"那些士官生都挺狡猾,狡猾得要命!"第三个说,"他们不是放火烧房子,就是捣什么鬼。"

二十三

奥列宁的生活过得很单调,很平淡。他跟上级和同事很少往来。在高加索,一个有钱的士官生往往特别受到照顾。既没有给他分派工作,也没有叫他受训。他因参加远征而被保举提升军官,在没提升之前他就无所事事。军官们认为他是贵族,因此对他另眼相看。打牌,在歌手伴唱下饮酒作乐,这些军官们的玩意儿,他在部队里都经历过,对他似乎不再有什么吸引力;他避免同村里的军官们交际,也不同他们过同样的生活。驻在哥萨克村子里的军官,早就有了一种固定的生活方式。在要塞里,不论士官生或者军官,总是喝喝黑啤酒,打打牌,谈论谈论出征将士的奖赏;同样,在哥萨克村子里,他们总是跟房东一起喝喝契希尔,请姑娘们吃糖果和蜜糖,追求追求被看上的哥萨克女人,有时也在那里结婚成家。奥列宁的生活总是与众不同,他总是本能地厌恶平凡的道路。在这里,他也不遵循高加索军官陈腐的生活方式。

天一亮,他自然而然醒过来。喝过茶,在门口欣赏一会儿山色、晨景和玛丽雅娜,就穿上破旧的牛皮短裤、浸湿的生皮凉鞋,佩上短剑,拿起枪和一只装有点心和纸烟的小袋子,唤了猎狗,早晨五点多钟跑到村外的树林里去。直到晚上将近七点钟,他才又饥又累地回来,腰里挂着五六只野鸡,有时还有别的野味,袋子里的点心和纸烟却没有动过。要是他头脑里的思想也像他袋子里的纸烟一样,那就可以看出,在这十四个钟头里他没有动过什么脑筋。他回到家里心情舒畅,十分快活。他说不出他在这段时间里在想些什么。他头脑里出现的,既不是思索,也不是回忆,也不是幻想,而是三者混合的片段。他定神问自己,他在想些什么?他忽而把自己想象成一个哥萨克,跟哥萨克老婆一起在果园里干活;忽而把自己当作一个高加索山匪;忽而又把自己幻想成一只逃跑的野猪。同时他又一直在倾听、窥察和守候野鸡、野猪或者鹿。

到了晚上,耶罗施卡大叔照例来他家闲谈。凡纽沙照例拿来一大瓶契希尔,他们总是轻声地边谈边喝,然后又高高兴兴地分手去睡觉。到了第二天,又是打猎,又是有益健康的疲劳,又是一边喝酒一边谈天,又是快乐逍遥。有时候,逢到节日或者假日,他成天待在家里。于是,欣赏玛丽雅娜就成为他的主要活动,他常常不自觉地从窗口或者门口贪婪地注视着她的一举一动。他瞧着玛丽雅娜,并且喜欢她(他自以为如此),就像他喜欢山峦和天空的美一样,但并不想跟她有任何来往。他认为,他跟她不可能形成她跟鲁卡沙那样的关系,更不可能产生一个有钱的军官跟一个哥萨克姑娘那样的关系。他认为,要是他也做出他同事们做出的那种事,他就会失去遐想的全部乐趣,而掉进痛苦、绝望和悔恨的深渊。再说,在对待这个女人的关系上,他已经做了一番自我牺牲,并且领略到很大的乐趣;但主要的是,他不知怎的有点怕玛丽雅娜,不敢在她面前说出半句调情的话。

夏季里,有一天奥列宁没出去打猎,坐在家里。不料来了一个莫斯科的熟人,那是他在社交场中结识的一个青年。

“啊,老朋友,亲爱的,知道您在这儿,我真高兴!”他用莫斯科式的法语开了话头,接着又在俄语中夹了许多法国字说下去,“他们说:‘奥列宁。’哪一个奥列宁啊?我真是高兴……瞧,命运又让我们碰头了。嗯,您怎么样?好吗?干什么来的?"

于是别列茨基公爵讲了他的经历:他怎样暂时加入这个团,总司令怎样请他当副官,他怎样打算在这次行军之后去就任,虽然对此毫无兴趣。

"到这个偏僻的穷地方来服务,至少得有个名堂……弄个十字勋章……一官半职……然后调到近卫军去。这些都是必要的,即使不为我个人,也得为亲戚朋友们着想啊。公爵待我很好,他是个正派人,"别列茨基滔滔不绝地说,"因为参加出征,他们替我呈请安娜勋章。现在我要待在这儿作战。这儿好极了。多可爱的女人!哦,您过得怎么样?我们的队长斯塔尔采夫,您认识他吗?这个善良愚蠢的家伙……他告诉我,您在这儿生活过得简直像蛮子,跟谁也不来往。我明白,您不愿意跟这儿的军官交朋友。我很高兴,今后我们又可以常常见面了。我住在这儿的哥萨克班长家里。那边有个出色的姑娘,乌斯金卡!我老实对您说吧,迷人极了!"

他又用俄语夹法语滔滔不绝地说着话,而奥列宁却觉得他早已跟说这种语言的社会一刀两断了。大家都认为别列茨基是个忠厚可爱的小伙子。也许他确实是这样的,但奥列宁却极其讨厌他,虽然他的相貌长得俊美而和善。他身上恰巧又散发出奥列宁所极度嫌恶的臭味。奥列宁最恼恨的是,他不能(说什么也不能)断然拒绝这个从旧世界来的人,仿佛旧世界对他具有一种不容抗拒的力量。他生别列茨基的气,也生自己的气,但也不由自主地在谈话中夹用法语,并且对总司令和莫斯科的熟人发生兴趣。又因为在哥萨克村子里只有他们两人讲法国话,他有点蔑视的军官同事和哥萨克,而对别列茨基表示友好,答应去拜访他,并且请别列茨基常来玩。事实上,奥列宁一次也没去看过别列茨基。凡纽沙倒很称赞别列茨基,说他是个真正的老爷。

别列茨基很快就在村子里过着一般有钱的高加索军官的生活。奥列宁眼见他在一个月里就成了村中的老居民:他把老人们灌醉,他举办晚会,也参加姑娘们的晚会,吹嘘他爱情上的胜利,甚至于使姑娘们和婆娘们都莫名其妙地叫起他爷爷来,而哥萨克男人们呢,很能了解一个贪杯好色的男子,都跟他搞熟了,甚至喜欢他超过喜欢奥列宁,因为奥列宁在他们看来是一个谜。

二十四

早晨五点钟,凡纽沙在屋前台阶上生茶炊,用一只旧靴筒代替风箱鼓风。奥列宁已骑马到捷列克河边去洗澡(不久以前他想出了一种新的消遣方法:到捷列克河里给马洗澡)。女房东在牛奶房里忙碌,屋上的烟囱冒着黑色的浓烟;她的女儿在棚子里挤牛奶。"就是不肯安静,死鬼!"传来了她的急躁的声音,接着就是匀调的挤奶声。附近街上响起一阵急促的马蹄声,奥列宁不用鞍子骑在一匹湿漉漉的漂亮的深灰色马上,向门口驰来。玛丽雅娜包着红头巾的美丽的头从棚子里露了露又消失了。奥列宁身穿红绸衬衫和雪白的契尔克斯服,束着腰带,腰带上佩着一把短剑,头上戴着一顶高帽子。他风度翩翩地骑在潮湿的肥壮的马背上,一只手拉住背后的枪,俯下身去开门。他的头发还是湿漉漉的,脸上焕发着青春和健康的光彩。他自以为很英俊漂亮,像个骑士,其实并不像。在一个地道的高加索人看来,他不过是个普通军人罢了。

看到姑娘探出头来,他越发神气地弯下腰,推开栅栏门,拉紧缰绳,把鞭子一扬,冲到院子里。"茶好了吗,凡纽沙?"他眼睛不看棚子的门,兴致勃勃地大声问。他高兴地感觉到,胯下的骏马怎样收缩臀部,绷紧缰绳,抖动每块肌肉,在院子里干燥的泥地上敲着蹄子,准备霍地一下蹿过篱笆。"好了!"凡纽沙回答。奥列宁以为玛丽雅娜仍会探出美丽的头从棚子里瞧着,但他没有回头看她。奥列宁跳下马,他的枪在台阶上碰撞了一下。他笨拙地转过身子,怯生生地回头瞧了瞧棚子,却一个人也没看见,只听见匀调的挤奶声。

他走进屋子,过了一会儿又拿着烟斗和一本书来到门口,在早晨的阳光还没照到的一边坐下来喝茶。这天上午他哪儿也不想去,只想写几封拖延已久的信,但不知怎的舍不得离开这地方,不愿回到屋子里去,仿佛屋子是一座监狱。女房东生好炉子;姑娘把牲口放了出去,回来之后就动手把畜粪收拾拢来堆在篱笆旁边。奥列宁看着书,可是书里的话一点也没看进去。他的眼睛不时离开书本,瞧着在他面前来去忙碌的强壮的年轻女人。不论她走到屋前朝露未干的阴影里,或者来到欢乐的朝阳照耀下的院子中央,使她那裹着绚烂衣衫的苗条身姿显得格外鲜艳夺目,并且投下黑色的影子——她的一举一动,他都怕错过。他高兴地看到,她轻盈地弯下身子,她那件粉红色衬衫(身上唯一的衣服)裹在胸脯和线条优美的腿上;当她挺直身子的时候,她那起伏的胸脯在绷紧的衬衫下显出清楚的轮廓;她那套着旧的红色高跟皮鞋的纤足站在地上一点也不变形;她那从卷起的袖子里露出来的强壮手臂肌肉绷紧地使劲挥动着铲子;还有她那双深邃乌黑的眼睛时而向他投去一瞥。她那细长的双眉虽然紧锁着,眼睛里却流露出快乐的光芒和自我欣赏的神气。

"喂,奥列宁,您起来有好一会儿了吗?"别列茨基身穿高加索军官制服,走进院子里,招呼奥列宁说。

"哦,别列茨基!"奥列宁一边答应,一边伸出手去,"您怎么这样早哇?"

"有什么办法!把我赶出来了。今天晚上我家里开舞会。玛丽雅娜,你要到乌斯金卡家来的吧?"他问姑娘说。

奥列宁觉得很奇怪,别列茨基怎么能这样随便跟这个女人说话。玛丽雅娜却像没听见似的,低下头,拿起铲子往肩上一搭,雄赳赳地迈着男人般的步子走进屋里去。

"害臊了,小妞儿,害臊了。"别列茨基在她后面说,"见到您害臊了。"说着笑嘻嘻地跑上台阶。

"什么,您那儿开舞会? 谁把您赶出来了?"

"在乌斯金卡家里,在我房东家里开个舞会,请您也来参加。所谓舞会,就是馅儿饼加上一群姑娘。"

"那我们去干些什么呢?"

别列茨基调皮地笑了笑,挤挤眼,朝玛丽雅娜进去的屋子扬扬头。

奥列宁耸耸肩,脸红起来。

"您这人真怪!"他说。

"嗯,别装模作样了,您老实招来吧!"

奥列宁皱起眉头,别列茨基看见奥列宁这副神气,讨好地笑了笑。

"嗨,得了吧,"他说,"住在同一座房子里……又是个这样迷人的少女,出色的姑娘,十足的美人……"

"美极啦! 我从没见过这样的女人。"奥列宁说。

"哦，那又怎样呢?"别列茨基问，完全弄不懂奥列宁的意思。

"说来也许奇怪，"奥列宁回答，"但我又何必不说实话呢?自从我来到此地以后，女人在我仿佛是不存在的。而且说实话，我倒觉得挺不错!请问，我们跟这些女人有什么相通之处呢?至于耶罗施卡，那就不同了，我跟他有一个共同的嗜好——打猎。"

"原来如此!相通之处吗?那我跟艾美丽雅·伊凡诺夫娜之间有什么相通之处呢?也是这么一回事。您说她们不干净吗——那可是另一回事了。上什么山，唱什么歌嘛!①"

"艾美丽雅·伊凡诺夫娜我不认识，我也决不会跟那种女人来往的，"奥列宁回答，"那种女人不值得尊重，这种女人我可是尊重的。"

"那您尽管尊重好了!谁又来拦着您?"

奥列宁不理他。他显然想把开了头的话说完。那是他的心里话。

"我知道我是个例外，"他显然有点不好意思，"但我的生活已经安排定了，我不仅没有任何必要改变我的生活方式，而且我也不能像您那样过日子，更不要说过得这么快活了。再说，我所追求的跟您不一样;我在她们身上看到的东西，也跟您不一样。"

别列茨基疑惑不解地扬起眉毛。

"不论怎么说，您今天晚上一定得来，玛丽雅娜也要来的，让我给你们介绍一下。您一定来吧!嗯，您要是觉得无

①　原文用的是法国成语:"打仗就得像打仗!"

聊,可以先走。您来吗?"

"我可以来,可是不瞒您说,我怕真的会迷上她。"

"哦,哦,哦!"别列茨基嚷起来,"您来就是了,我会照顾您的。您来吗?一言为定啊?"

"我可以来,可是老实说,我不知道我们将做些什么,我们将扮演什么角色。"

"我求求您。您来吗?"

"嗯,也许来。"奥列宁说。

"算了吧,哪儿也找不着更迷人的女人了,您却过着修士般的生活!这是何苦哇?干吗要糟蹋您的生活,不利用利用现成的条件呢?我们的连要调到伏兹德维任斯克去,您听说了吗?"

"不会吧。我听人家说,调到那边去的是八连。"奥列宁说。

"不,我接到副官来信。他说公爵将亲自参加作战。我很高兴,我又可以同他见面了。我已经厌倦这个地方。"

"据说不久就要发动袭击了。"

"我没听说过;我只听说克里诺维钦因为参加袭击得了一枚安娜勋章。可他原来指望升做中尉呢,"别列茨基笑着说,"结果落空了。他到司令部去了……"

天色黑下来,奥列宁考虑着要不要去参加晚会。邀请使他烦恼。他想去,可是一想到那边的情景,就觉得有点古怪、荒诞,甚至恐惧。他知道那边不会有哥萨克男子,也不会有上了年纪的女人,只有一些姑娘。会有些什么事?他该采取什么态度?该说些什么?他们将说些什么?在他和那些粗野的哥萨克姑娘之间该维持一种什么样的关系?别列茨基告诉他那种别扭、无耻而又严重的关系……想到他将在那边跟玛丽雅娜在一间屋子里，也许还得跟她谈话，他觉得别扭。但当他想到她那副端庄的神态时，他又觉得这是不可能的。而别列茨基谈起来，这一切都是那么简单。"难道别列茨基真的也会那样对待玛丽雅娜吗？这倒挺有意思，"他想，"不，还是别去的好。这一切全是那么卑鄙、下流，主要是毫无意思。"那边究竟会怎么样呢？这问题又使他烦恼。但诺言似乎在约束他。于是他不待打定主意就出了门，一直来到别列茨基家，走进屋子里去。

别列茨基住的房子同奥列宁住的一样。房子架空盖在柱子上，离地面有一米多高，有两个房间。奥列宁沿着陡直的台阶走进第一个房间，里面有羽绒垫子、毯子、被头和枕头，都照哥萨克的款式雅致地一件件沿正墙摆着。边墙上挂着铜盆和武器，长凳底下摆着西瓜和南瓜。在第二个房间里，有一个大炉灶、一张桌子、几只长凳和几个旧教圣像。别列茨基就住在这里，他的行军床和旅行箱也放在里面，墙上挂着壁毯，毯子上挂着武器，桌子上摆着他的化妆用品和几张照片。一件绸晨衣扔在长凳上。别列茨基穿着内衣，修饰得干干净净、漂漂亮亮，躺在床上看《三个火枪手》。

别列茨基霍地跳起来。

"您瞧，我安排得怎么样？好吗？哦，您来了，好极了。她们干得可起劲呢。您知道馅饼是什么做的吗？是用面粉加猪肉和葡萄干做的。但那还不是主要的。您瞧瞧，那边多热闹！"

真的，从窗口望出去，他们看见房东屋子里一片忙碌的景象。姑娘们跑出跑进，一会儿拿这个，一会儿拿那个。

"快好了吗?"别列茨基大声问她们。

"马上就好! 难道你饿了吗,爷爷?"接着屋子里传出一阵响亮的哄笑声。

乌斯金卡,身体胖鼓鼓,面色红喷喷,模样怪可爱的,卷起袖子,跑进别列茨基的屋子来拿盘子。

"哟,走开! 别让我把盘子砸了!"她尖声尖气地对别列茨基叫道,"你还是来帮帮忙吧,"她笑着对奥列宁嚷道,"再给姑娘们准备些糖果和饼。"

"玛丽雅娜来了吗?"别列茨基问道。

"那还用说! 她还带面团来了。"

"我说嘛,"别列茨基说,"要是把这个乌斯金卡收拾干净,打扮一下,她会比我们所有的美人都漂亮的。您见过那个叫包尔晓娃的哥萨克女人吗? 她嫁了一个上校。她的风度可迷人哪! 真不知从哪儿找来的……"

"我没见过包尔晓娃,但依我看,没有比她们这种装束更好看的了。"

"啊,什么样的生活我都能适应!"别列茨基快乐地舒了一口气,说,"让我去看看她们弄得怎么样了。"

他披上晨衣跑出去,嘴里嚷道:"您想法子弄点糖果和饼来!"

奥列宁派勤务兵去买饼和蜜糖,可是他忽然觉得给钱是不体面的,仿佛他在收买什么人,因此,勤务兵问他"买多少薄荷饼,多少蜜糖饼"时,他没有给他确切的回答。

"随便好了。"

"把这些钱都买光吗?"上了年纪的勤务兵郑重地问,"薄荷饼贵一些,要十六戈比一个。"

"都买光,都买光。"奥列宁说着在窗口坐下。他自己也觉得奇怪,为什么他的心怦怦地跳得那么厉害,仿佛他在干一件重大而不好的事。

他听见别列茨基一进去,姑娘们的屋子里就发出一片尖声的喧嚷,过了一会儿,又看见他在叽里呱啦的喧闹和嘻嘻哈哈的哄笑中跑出来,奔下台阶。

"把我赶出来了。"他说。

过了一会儿,乌斯金卡走进来,宣布一切都已准备好,郑重其事地邀请客人过去。

他们走进屋子里,果然一切都准备好了。乌斯金卡在整理靠墙的羽绒垫子。桌子上铺着一块小得不相称的台布,上面放着一瓶契希尔和一条干鱼。屋子里有面团和葡萄的味儿。有五六个姑娘,身上穿着漂亮的短袄,头上不包头巾,挤在炉子后面的角落里,叽叽喳喳地低语着,嘻嘻哈哈地笑着。

"我恳求大家向我的守护神祷告。"乌斯金卡一边说,一边请客人入席。

在这群个个都很漂亮的姑娘中间,奥列宁仔细打量着玛丽雅娜。他感到痛苦和懊恼的是,他竟在这样庸俗尴尬的场合中遇到她。他觉得自己愚蠢而笨拙,决定照别列茨基的样子行动。别列茨基有点郑重其事而又洒脱大方地走到桌子旁,为乌斯金卡的健康干了一杯,并且请别人也干一杯。乌斯金卡声明,姑娘们不喝酒。

"加一点蜜糖就可以喝了。"有一个姑娘说。

勤务兵刚从铺子里买了蜜糖和点心回来,就被叫到屋子里。他又像嫉妒又像轻蔑地斜眼瞟了瞟喝酒胡闹(照他看来)的老爷们,小心翼翼地把灰纸包里的蜜糖和饼交给他们,

344

正要详细交代价钱和找头,就被别列茨基打发走了。

别列茨基把蜜糖掺进酒里,阔气地将三斤饼都撒在桌上,把姑娘们从角落里硬拉到桌子旁边坐下,又把饼分给她们。奥列宁无意中发现,玛丽雅娜的一只晒黑而小巧的手抓住两只圆圆的薄荷饼和一块棕色的蜜糖,不知道怎么办才好。谈话拘谨而沉闷,虽然乌斯金卡和别列茨基很随便,并且希望大伙都玩得高兴。奥列宁犹豫不决,考虑着说些什么。他觉得他引起了人家的好奇心,也许还招人讥笑,并且使大家都拘束起来。他脸红了,他觉得玛丽雅娜特别尴尬。"她们大概是在等我们给她们钱吧,"他想,"我们怎么给呢? 最好赶快给了钱就走!"

二十五

"你怎么连自己家的房客都不认识啊?"别列茨基对玛丽雅娜说。

"他从来不到我们那儿去,叫人家怎么认识他呢?"玛丽雅娜对奥列宁瞅了一眼,回答说。

奥列宁惊慌失措,脸唰地红了,不知所云地说道:"我怕你母亲。我第一次上你们家去,她就把我大骂了一顿。"

玛丽雅娜咯咯地笑起来。

"把你吓坏了?"她说着又对他瞅了一眼,就转过身去。

奥列宁看到这位美人的整个脸蛋还是第一次,以前他看到的时候,她总是把头巾包到眼睛上。她是村子里的第一号美人,确实名不虚传。乌斯金卡是个可爱的姑娘,矮矮胖胖的,脸色红润,生着一双快乐的栗色眼睛,红嘴唇上经常挂着微笑,老是有说有笑的。玛丽雅娜呢,正好相反,一点也不可爱,但是十分美丽。她的相貌也许使人觉得过分男性化,甚至近于粗犷,但幸亏她生得高大匀称,胸部丰满,肩膀宽阔,尤其是她那双乌溜溜的秀眼,上面覆着浓密的黑眉毛,流露出又端庄又温柔的神情,此外,她的嘴和微笑也很妩媚。她难得微笑,但笑起来总是十分迷人。她身上洋溢着一种处女的健美。姑娘们个个都长得非常健美,但姑娘们也罢,别列茨基也罢,以及买了点心回来的勤务兵也罢,全都不由自主地注视着玛丽雅娜;谁要是跟姑娘们说话,也总是朝着玛丽雅娜说。她仿佛是她们中间一位矜持而快乐的女皇。

别列茨基竭力想维持晚会的热闹气氛,不断谈天说地,硬要姑娘们敬酒,跟她们开玩笑,老是用法语对奥列宁说些关于玛丽雅娜美丽的粗话,把她称为"您的",并且劝奥列宁也像他一样行动。奥列宁越来越受不了。他想找个借口溜掉,而别列茨基这时又宣布,今天是乌斯金卡的命名日,她应该向大家敬酒,和大家接吻。乌斯金卡表示同意,但是有一个条件,他们得在盘子里放些钱,就像举行婚礼那样。"活见鬼,叫我来参加这样讨厌的宴会!"奥列宁心里说,站起来想走。

"您到哪儿去?"

"我去拿点烟来。"他说着想溜,可是别列茨基抓住他的手。

"我有钱。"他用法语对他说。

"走不掉了,只得给些钱,"奥列宁想,对自己的窘态毕露感到懊恼,"难道我就不能像别列茨基那样行动吗?我本不应该来,但既然来了,就不能扫他们的兴。我得像哥萨克那样喝酒。"他拿起酒碗(能盛八杯的大木碗),倒满了契希尔,一饮而尽。他喝的时候,姑娘们都用怀疑和恐惧的目光瞧着他。她们觉得这样喝法很古怪,很不雅观。乌斯金卡又给他们每人各敬了一杯酒,并且吻了他们两人。

"来吧,姑娘们,我们大家来玩玩。"她一边说,一边把他们放在盘子里的四个银卢布弄得丁当响。

奥列宁不再觉得窘。他兴致勃勃地谈起话来。

"啊,玛丽雅娜,现在轮到你敬酒和接吻了。"别列茨基捉住她的手,说。

"你就等着我来吻你吧!"她一边说,一边开玩笑地对他挥动拳头。

"爷爷不出钱也可以吻的。"另一个姑娘应声说。

"这才是一个聪明的姑娘!"别列茨基说,吻了吻躲躲闪闪的姑娘。"不行,你得敬酒,"他寸步不让地对玛丽雅娜说,"给你的房客敬一杯。"

于是他抓住她的手,把她拉到凳子边,跟奥列宁并排坐下。

"多漂亮的美人哪!"他一边说,一边把她的头转过去,欣赏她的侧面。

玛丽雅娜并不抗拒,只矜持地微笑着,转动一双秀眼,瞟着奥列宁。

"真是个漂亮的姑娘。"别列茨基又说了一遍。

"我是个多么漂亮的美人哪!"玛丽雅娜的神气似乎也在这样说。奥列宁情不自禁地搂住玛丽雅娜,想吻她。她忽然挣脱,撞倒别列茨基,打翻桌上的东西,跳到炉子旁边。爆发了一阵喧闹和哄笑。别列茨基低声对姑娘们说了一句话,她们一下子全都跑到穿堂里,把房门锁上。

"为什么你吻了别列茨基却不愿吻我?"奥列宁问。

"不为什么,我不愿意,就是这样。"她噘噘嘴,扬扬眉毛回答。"他是爷爷。"她笑着补了一句。她走到门边,打起门来。"为什么锁门,你们这些鬼东西?"

"没关系,让他们待在外边,我们留在这儿好了。"奥列宁一边说,一边挨近她。

她皱起眉头,严厉地用一只手把他推开。她在奥列宁面前又显得那么端庄美丽。他蓦地清醒过来,对自己的行为感到羞耻。他走到门边,动手拉门。

"别列茨基,开门! 你们搞什么鬼啊?"

玛丽雅娜又爽朗地咯咯笑起来。

"哟,你是怕我吗?"她说。

"是啊,因为你像你母亲一样脾气大。"

"你跟耶罗施卡多混混吧,姑娘们会因此爱上你的!"她又露出微笑,近近地逼视着他的眼睛。

奥列宁不知道说什么好。

"要是我去看看你们呢?"他出其不意地说。

"那就不同了。"玛丽雅娜摇摇头,说。

这时候,别列茨基推开门,玛丽雅娜往奥列宁那边跳去,她的腰部在他的腿上撞了一下。

"我以前想到的一切,什么爱情啦,自我牺牲啦,鲁卡沙啦,全没有意思。最重要的是幸福。谁幸福,谁就做得对。"奥列宁的头脑里闪过这样的念头。接着他忘乎所以地用力抱住美人儿玛丽雅娜,吻了吻她的额角和面颊。玛丽雅娜并不动气,只是响亮地呵呵大笑,向姑娘们跑去。

晚会就这样结束。乌斯金卡的老母亲下工回来,把姑娘们大骂一顿,并把她们全赶跑了。

二十六

"是的,"奥列宁回家时一路上想着,"我只要稍微放松自己一点,就会疯狂地爱上这个哥萨克女人。"他上床睡觉时也在想这件事,但他想这一切都会过去,他又会恢复到原来的生活轨道上来。

可是,原来的生活一去不复返了。他跟玛丽雅娜的关系发生了变化。以前把他们隔开的那道墙倒塌了。现在奥列宁遇到玛丽雅娜,每次都向她问好。

房东来收房租,得知奥列宁的富裕和慷慨,就请他到他们家里去坐坐。老太婆亲切地招待他;从开晚会那天起,奥列宁黄昏头常常到房东那里去,在那边一直坐到深夜。表面上他在村子里跟原先一样生活,可是内心里一切都变了。白天,他在树林里消磨时光,等到七八点钟天一黑,就去看房东一家人,有时单独去,有时跟耶罗施卡大叔一起去。房东家的人跟他已经搞熟,他不去,他们就觉得奇怪。他付酒钱很客气,人又十分斯文。通常总是凡纽沙给他送茶来,他坐在靠近炉子的角落里,老太婆毫不拘束地干她的活儿,他们就一边喝茶或者喝契希尔,一边谈天。他们谈哥萨克的事,谈左邻右舍,也谈俄罗斯。关于俄罗斯的事,一般总是奥列宁讲,他们问。有时候他带来一本书,径自读着。玛丽雅娜好像一只野山羊,蜷起腿坐在炕上或者黑暗的角落里。她并不参加谈话,但奥列宁看得见她的眼睛和脸蛋,听得到她的一举一动,听得到她在嗑葵花子,感觉到她在全神贯注地听他说话;当他读书的时候,也感觉到她在旁边。有时候,他觉得她在凝视他,而当他们的目光相遇时,他不由得停下话头瞧瞧她。于是她立刻转过脸去,他也就假装专心跟老太婆谈话,其实却始终在倾听她的呼吸,留意她的一举一动,并且等待她的目光。当着旁人的面,她待他多半快乐而温和,可是剩下他们两人的时候,她就显得羞怯而粗野了。有时,他到他们家里去,玛丽雅娜上街还没回家,过一会儿忽然听见她那稳健的脚步声,接着就看见她的蓝色花布衬衫在门口一闪。她走到屋子中央,看见了他,眼睛里露出一丝亲切的微笑,他立刻感到又惊又喜。

他并不追求什么,对她也不存什么幻想,但她的在场对他来说却一天比一天更加必要了。

奥列宁过惯了哥萨克乡村的生活,因而往事便显得十分陌生,而对未来,特别是对他所生活的这个世界以外的未来,他也丝毫不感兴趣。收到家里亲友来信,他大为生气,因为他们把他看作一个迷失的人,并且因此感到伤心,而他住在这哥萨克村子里,却把那些过着另一种生活的人看成迷失的人。他脱离以前那种生活,在哥萨克村子里过着远离尘嚣的日子,他相信对自己的行为永远不会后悔。在行军时,在要塞里,他觉得快乐;但只有在这里,在耶罗施卡大叔的庇护下,在树林里,在他借住的村外小屋里,特别是在想到玛丽雅娜和鲁卡沙的时候,他才领悟到过去生活的全部虚妄。这种虚妄从前就使他愤慨,如今在他的心目中更变得无法形容的卑鄙和可笑。在这里,他觉得一天比一天自由自在,越来越像个人。高加索跟他以前所想象的截然不同。他的种种幻想,他所听到读到的关于高加索的种种描写,在这里可一点儿也找不到。"这里根本没有什么毡斗篷、悬崖、阿玛拉特老爷、英雄或者恶棍。"他想，"人们像大自然一样生活：死亡，诞生，结合，又是诞生，斗争，吃，喝，欢乐，又是死亡，除了大自然赋予太阳、青草、野兽和树木的那些条件之外，就没有别的条件了。他们没有别的规律……"因此，拿这些人跟他自己相比，他就觉得他们美丽、强壮、自由，看到他们，就自惭形秽，感到忧郁。他常常认真地考虑抛弃一切，登记入籍，做个哥萨克，买一所小房子和一群牲口，娶个哥萨克女人（但不娶玛丽雅娜，他把她让给鲁卡沙），跟耶罗施卡大叔一起生活，跟他一块儿打猎捕鱼，同哥萨克们一起参加战斗。"我为什么不这样做呢？我在等待什么呢？"他问他自己。于是他激励自己，责备自己："难道我没有勇气做我自认为正当合理的事吗？做一个普通的哥萨克，接近大自然，不损害任何人，而且做些有益于人的事，难道这些愿望比我过去的梦想（譬如，当个国务大臣或者团长）更愚蠢吗？"但似乎有一个声音在对他说，他得等待，别忙着做决定。一种模模糊糊的意识在阻止他：他不能完全像耶罗施卡和鲁卡沙一样生活，因为他的幸福观跟他们不同——幸福在于自我牺牲这观念在阻止他。他送马给鲁卡沙这件事始终使他快乐。他经常找机会为别人做自我牺牲，可是找不到这样的机会。有时候他忘记了这新发现的幸福的秘诀，认为自己可以跟耶罗施卡大叔同样生活，但接着又忽然醒悟过来，立刻抱住有意识的自我牺牲的观念，并且从这个观念出发，平静而自尊地观看一切人，观看别人的幸福。

二十七

在葡萄收获以前，鲁卡沙骑马来看奥列宁。他显得更英俊了。

"喂,你怎么样,快结婚了吗?"奥列宁高兴地迎接他,问道。

鲁卡沙没有直接回答。

"瞧,我过河去把您那匹马换了一匹!是匹好马!洛夫养马场①的卡巴尔达马②。我是个行家。"

他们观赏新马,骑着它在院子里兜圈子。这确实是匹少见的好马:一匹背宽身长的枣红骟马,生着一身光泽发亮的毛,一条粗大蓬松的尾巴以及纯种马的细软的鬃毛和顶毛。它养得那么肥壮,真像鲁卡沙说的,"你在它背上可以睡觉。"蹄子、眼睛、牙齿,全都生得形态优美,轮廓分明,只有真正的纯种马才有这样的特色。奥列宁见了不禁赞赏起来。他在高加索还没有见过这样的骏马。

"跑起来多神气!"鲁卡沙拍拍它的脖子说,"步子多漂亮!而且有灵性!总是跟着主人跑。"

"你换到这匹马,贴了好多钱吗?"奥列宁问。

"我没有算过,"鲁卡沙笑嘻嘻地回答,"从一个朋友那儿弄来的。"

"出色,真是匹漂亮的好马!给你多少钱你肯出让啊?"奥列宁问。

"有人出过我一百五十卢布,可是我愿意送给您,"鲁卡沙兴致勃勃地说,"只要您说一声,我就给。让我解下鞍子,你牵去好了。你随便给我一匹带去当差就行了。"

① 洛夫养马场,高加索最好的养马场之一。——原注
② 卡巴尔达,一种纯种马。——原注

"不,说什么也不要。"

"那么我这儿给您带来了一件礼物,"鲁卡沙说着把挂在腰带上的两把短剑解下一把来,"我过河弄来的。"

"哦,谢谢你。"

"葡萄,我妈答应亲自给您送来。"

"不用了,以后咱们还有往来的。好吧,你送我这把刀,我就不给你钱了。"

"怎么还说钱——朋友嘛! 我那次过河去,吉烈汗把我带到他家里,说,随便挑哪一把都行。我就拿了这把刀。这是我们的规矩。"

他们走进屋子,喝了些酒。

"你要在这儿待一阵吗?"奥列宁问。

"不,我是来告别的。这回哨兵线那边派我到捷列克河对岸的一个骑兵连去。今儿晚上就走,跟我的伙伴纳扎尔卡一起去。"

"那么婚礼几时举行啊?"

"我不久就回来,订了婚,还要去当差。"鲁卡沙不太高兴地回答。

"这算什么啊,也不跟未婚妻见见面?"

"就是这样! 何必看她呢? 您要是出去行军,只要到我们连里问大个儿鲁卡沙就行了。那边野猪多极了! 我打死了两只,下次给您送来。"

"那么再见了! 基督保佑你。"

鲁卡沙骑上马,不去看玛丽雅娜,而兜了个圈子来到街上,纳扎尔卡已在那边等他。

"怎么样? 去一下吗?"纳扎尔卡朝雅姆卡住的方向挤挤

眼,问。

"行!"鲁卡沙说,"喏,把马牵到她家去,要是我好久没回来,你就给它喂些干草。明天早晨我一定得到连队去报到。"

"那士官生没再送你什么东西吗?"

"没有!幸亏我送他一把刀,要不然他会问我要这匹马的!"鲁卡沙一边说,一边下马,把它交给纳扎尔卡。

他经过奥列宁的窗下,溜进院子,来到房东屋子的窗口。天色已经完全黑了。玛丽雅娜只穿一件衬衫,正在梳头发,准备睡觉。

"是我。"哥萨克小伙子低声说。

玛丽雅娜的脸严肃而沉静,可是她一听见有人叫她的名字,立刻喜形于色。她拉起窗子,又惊又喜地探出身去。

"什么?你要什么?"她说。

"开开吧,"鲁卡沙说,"让我进来一下。我可等得实在不耐烦了!受不了啦!"

他从窗口抱住她的头,吻了吻。

"说真的,你开开吧。"

"别胡说八道了!我说不行就是不行。你要去好久吗?"

他没回答,只是吻她。她不再问了。

"你瞧,隔着窗子连好好抱抱你都不行。"鲁卡沙说。

"我的玛丽雅娜!"传来老太婆的声音,"你这是在跟谁说话呀?"

鲁卡沙拉掉帽子,免得从帽子上被人认出来,接着在窗外蹲下身子。

"快走。"玛丽雅娜低声说。

"鲁卡沙来了,"她回答母亲道,"他找爸爸。"

"哦,那么叫他进来吧!"

"走了,他说他没工夫。"

鲁卡沙真的弯着身子,快步从窗下经过院子往雅姆卡家跑去,只有奥列宁一人看见他。他跟纳扎尔卡喝了两大碗契希尔,一同骑马离开村庄。这是一个温暖、黑暗而宁静的夜晚。他们默默地骑着马,只传出嘚嘚的马蹄声。鲁卡沙唱起那首关于哥萨克明加尔的歌,但没唱完第一节就停下,他对纳扎尔卡说:"咳,她不肯放我进去呢!"

"噢!"纳扎尔卡应声说,"我知道她不肯放的。雅姆卡告诉我,那士官生近来常常到他们屋子里去。耶罗施卡大叔吹牛说,他因为帮士官生把玛丽雅娜弄到手,士官生送了他一支枪。"

"他撒谎,这老鬼!"鲁卡沙生气地说,"她可不是那样的姑娘。要是他真敢胡闹,我就打断这老鬼的腰。"于是他又唱起他心爱的歌来:

> 从伊兹玛伊洛夫的村庄里,
> 从老爷心爱的花园里,
> 逃走了一只雄鹰。
> 年轻的猎人当即跨上马,赶去找寻,
> 他对眼睛明亮的雄鹰招手呼唤,
> 雄鹰却这样回答猎人:
> "你再也不能用金笼子把我束缚,
> 也别想用你的右手把我紧握,
> 如今我要飞往蔚蓝的海洋,
> 去攫取一只雪白的天鹅,
> 好把鲜美的鹅肉吃个称心。"

二十八

　　房东家里正在举行订婚宴。鲁卡沙回到村里,但没去看奥列宁。奥列宁虽然受到邀请,却也没有去道喜。他来到村子里以后,从没这样悲伤过。傍晚,他看见鲁卡沙打扮得漂漂亮亮,跟他母亲一起来到房东家。使他烦恼的是,鲁卡沙为什么对他这样冷淡?奥列宁关在自己屋子里,开始写日记:

　　"近来我反复想了很多,人也变了很多,我甚至想起识字课本上的格言:要幸福就得爱,忘我地爱,爱一切人,爱一切东西,就得向四面八方张开爱的网,谁落到网里,就把谁抓住。我就这样抓住了凡纽沙、耶罗施卡大叔、鲁卡沙、玛丽雅娜。"

　　奥列宁刚写完这句话,耶罗施卡大叔就走进屋里来。

　　耶罗施卡情绪极好。几天前的一个黄昏,奥列宁去看他,看见他正在院子里用小刀解剖一只野猪,脸上喜气洋洋的,非常得意。几只猎狗躺在他旁边(他心爱的梁姆也在那里),轻轻地摇着尾巴,看他干活。孩子们都从篱笆缝里满怀敬意地瞧着他,不再像平时那样跟他捣蛋。邻居女人们一向待他不太客气,此刻都向他招呼问好,大献殷勤:一个送他一罐子契希尔,一个送他奶油,一个送他面粉。第二天早晨,耶罗施卡坐在他的贮藏室里,身上溅满血,一磅磅地分着野猪肉——有人给他钱,有人送他酒。他脸上那副神气似乎在说:"上帝赐福,让我打死一只野猪,这下子人家就用得着我大叔了。"结果,他自然喝起酒来,待在村子里一连喝了四天。除此以外,他在订婚宴上又喝了些酒。

　　耶罗施卡大叔从房东家里走到奥列宁屋子里,满脸通红,胡子凌乱,酒意十足,身上穿着一件崭新的金银镶边的大红短褂,手里拿着一把巴拉莱卡①——这琴他是从对岸弄来的。他早就答应弹琴给奥列宁听,这时正好兴致勃勃。看见奥列宁在写字,他有点扫兴。

"写吧,写吧,老弟。"他低声说,仿佛觉得在奥列宁和纸张中间有个精灵,他怕把它吓跑,就轻轻地在地板上坐下。耶罗施卡大叔一喝醉,就喜欢坐在地板上。奥列宁回头看了他一眼,吩咐凡纽沙拿酒来,又继续写他的日记。耶罗施卡一个人喝酒觉得无聊,他很想谈谈话。

"我在房东家喝了定亲酒。没意思,那些猪猡!我才不喜欢呢!还不如来看看你。"

"你这把巴拉莱卡是从哪儿弄来的?"奥列宁问了一声,又继续写下去。

"我过河去了一次,老弟,弄到一把巴拉莱卡,"他仍旧那样低声说,"我是个好手,鞑靼的、哥萨克的、老爷先生的、士兵的,什么曲子都能弹。"

奥列宁又向他瞧瞧,嗨地笑了一声,还是写下去。

他这一笑却壮了老头儿的胆。

"哦,算了吧,我的老弟!算了吧!"他忽然坚决地说,"哦,人家欺负了你,呸,去他们的!哦,你老是写呀写的,写个没完!有什么意思呢?"

于是他用粗手指在地板上敲敲,拉长他的胖脸,做出轻蔑的神气,滑稽地模仿着奥列宁的样子。

---

① 巴拉莱卡,俄罗斯民间乐器,琴身三角形,张三根弦,因此又称三角琴或三弦琴。

“净写些谎话有什么意思？还不如玩玩，做个聪明人！”在他的头脑里，写字无非是造谣诬蔑罢了。

奥列宁哈哈大笑，耶罗施卡也哈哈大笑。他从地板上一跃而起，开始显示他弹巴拉莱卡和唱鞑靼山歌的本领。

“写它干吗，好朋友！还不如听我给你唱一曲。等到你两腿一伸，就再也听不到山歌了。来玩玩吧！”

他先是唱了一支自己编的歌，边唱边舞：

> 啊，嘀，嘀，嘀，嘀，嘀，哩，
> 在哪儿看到他这个人呢？
> 在集市上啊，在棚子里啊，
> 他呀，他在那儿卖针哪。

接着他又唱了一支歌，那是他从前的朋友司务长教他的：

> 礼拜一我掉进情网，
> 礼拜二整天苦痛烦恼，
> 礼拜三向她表白爱情，
> 礼拜四待她给我回音，
> 礼拜五终于来了声明，
> 叫我不必再痴心妄想。
> 到了复活节前的礼拜六，
> 我打算结束自己的性命；
> 可是啊，为了让灵魂得救，
> 礼拜天我改变了决定。

接着他又唱道：

> 啊，嘀，嘀，嘀，嘀，嘀，哩，

在哪儿看到他这个人呢？

然后又挤挤眼,耸耸肩,踏着拍子唱道:

让我吻你抱抱你,

用大红缎带系住你,

我要叫你小乖乖,

哟,我的小乖乖,

你可是真心把我爱?

他玩儿得来了劲,兴奋地边弹边唱,忽然身子一转,独自在屋子里跳起舞来。

像《嘀,嘀,哩》那样的"老爷先生"的歌,他是专门为奥列宁唱的,但又喝了三四杯契希尔之后,他回想起过去的时光,应当唱起真正的哥萨克歌谣和鞑靼歌谣来。他唱着一支心爱的歌,唱到中途忽然声音哆嗦起来,他停下来,但仍旧丁丁冬冬地弹着巴拉莱卡。

"哦,我的朋友啊!"他说。

奥列宁听到他的声音有点古怪,回过头去。老头儿在哭。他的眼睛里泪水汪汪,有一滴正顺着面颊往下淌。

"哦,我的时光啊,你一去不回了!"他呜咽着说,顿了一顿。"喝吧,你干吗不喝呀!"他突然声若洪钟地嚷道,也不擦掉眼泪。

有一首达格斯坦山民的歌谣特别使他感动。这歌的歌词很少,它的魅力全在于结尾悲怆的叠句:"哎哟!完啦!什么都完啦!"耶罗施卡把歌词翻译出来:"一个小伙子把一群牲口从村里赶到山上,俄罗斯人一来,放火烧了村庄,把男人杀个精光,把女人全部俘虏。小伙子下山来,看到村庄变成一片空地,他的母亲没有了,兄弟没有了,房子也没有了,只剩下一棵孤树。小伙子坐在树下哭了。'我也跟你一样只剩下自己孤零零一个人!'于是小伙子唱道:'哎哟!完啦!什么都完啦!'"老头儿把这个如泣如诉、使人断肠的叠句反复唱了几遍。

唱完最后一遍叠句,耶罗施卡忽然摘下墙上挂着的双筒猎枪,匆匆跑到院子里,一下子朝天放了两枪。接着又更加悲伤地唱了一遍:"哎哟!完啦!什么都完啦!"这才住了声。

奥列宁紧跟着他奔到台阶上,默默地仰望子弹掠过的黑暗的星空。房东的屋子里有灯光和人声。姑娘们聚集在门口和窗口,在正屋与小屋之间跑来跑去。有几个哥萨克男人从牛奶屋里奔出来,忍不住放声呼喊,应和着耶罗施卡大叔歌尾的叠句和枪声。

"你为什么不去吃订婚酒啊?"奥列宁问。

"谁管他们的事,谁管他们的事!"老头儿说,显然在那边受了什么气,"我才不喜欢呢,我才不喜欢呢!嗨,那些人!我们到屋里去!他们搞他们的,我们玩我们的。"

奥列宁回到屋子里。

"鲁卡沙怎么样,高兴吗?他会不会来看我啊?"他问。

"鲁卡沙又有什么!他们哄他,说我在替你拉拢那姑娘,"老头儿低声说,"姑娘算得了什么?只要我们要她,她就是我们的,多花几个钱,就可以归我们了!我一定给你弄到手,真的。"

"那不行,大叔,她要是不爱我,出钱也没用。这事还是别提了。"

"咱俩都是没人喜欢的光杆子!"耶罗施卡大叔忽然说,

又哭起来。

奥列宁听着老头儿的谈话，喝得比平时更多。"这下子我的鲁卡沙可幸福了。"他想，同时又觉得悲伤。那天晚上，老头儿醉得横在地上，弄得凡纽沙只好请士兵帮助，啐着唾沫把他抬出去。他对老头儿的恶劣行为生气极了，以致连一句法国话也不高兴说。

二十九

八月。一连几天，天上没有一丝云彩，太阳烤得人无法忍受。清早起就吹着暖烘烘的风，把沙丘和大路上的热沙卷起来，撒在芦苇、树木和村庄的上空。青草和树叶上落满了灰尘，道路和盐沼地都豁露出来，干得发硬。捷列克河里的水位早已下降，沟渠也都干涸了。近村池塘里，泥土堆成的塘岸被牲口踩塌了，男女孩子的戏水声和叫喊声整天响个不停。草原上的沙丘和芦苇已经干透，白天牲口呜呜叫着闯进田里。野兽都迁到远方的芦苇丛里和捷列克河对岸的山中去了。蚊蚋像乌云似的麇集在低地和村庄的上空。雪山笼罩着一片灰蒙蒙的云雾。空气稀薄，充满臭味。据说山匪已渡过河水低落的捷列克河，到河的这一边来抢劫行人。每天黄昏，太阳都在一片炽热的红光中落下。这是一年中最忙碌的时节。村民们全聚集在西瓜田和葡萄园里。果园里草木葱茏，浓荫蔽日。在宽大的半透明的叶子中间，到处露着一串串黑黝黝沉甸甸的葡萄。满载黑葡萄的大车在通向果园的灰尘飞扬的大路上吱吱嘎嘎地移动着。在这条被车轮轧坏、铺满灰沙的路上，狼藉着一串串葡萄。男女孩子们，身上的衣衫都沾满葡萄汁，手里拿着葡萄,嘴里吃着葡萄,跟着他们的母亲跑来跑去。路上不断遇到衣衫褴褛的雇工,他们强壮的肩上扛着一筐筐葡萄。姑娘们把头巾一直包到眼睛上,赶着葡萄堆积如山的牛车。士兵们遇到这些大车,往往向哥萨克姑娘讨葡萄,姑娘就爬到车上,捧起一大把葡萄,扔在士兵的衣兜里。有几户人家已在榨葡萄了。空气中弥漫着葡萄渣的香味。可以看到,他们的披屋下安着一个个血红的槽,诺盖工人卷起裤脚,腿上都染满了葡萄汁。猪咕叽咕叽地大吃葡萄渣,在葡萄渣里打滚。牛奶屋的平坦屋顶上,晒满一串串黑琥珀似的葡萄。鸦鹊群集在屋顶上,飞来飞去啄着葡萄籽。

人们快乐地收获着一年辛勤劳动的果实,今年的果实又特别丰硕甜美。

在绿荫蔽天的果园里,在一片葡萄的海洋中,四面八方但听得女人们的欢笑、歌唱、嬉戏和说话,还看见她们鲜艳夺目的衣衫。

正午,玛丽雅娜坐在她家果园的一棵桃树荫里,从卸了牲口的大车底下拿出一家的午餐来。她的对面,在一件摊开的马衣上坐着她的父亲少尉。他从学校里回来,正拿着一个瓦罐倒水洗手。她的弟弟刚从池塘那边跑来,用袖子擦擦脸,迫不及待地瞧瞧姐姐和妈妈,气喘吁吁地等着吃午饭。她的老母亲卷起袖子,露出被太阳晒得黑黑的强壮手臂,把葡萄、干鱼、奶油和面包摆在一张又矮又小的鞑靼圆桌上。少尉擦干手,脱下帽子,画了十字,坐到桌子旁边。男孩子抓住水壶,贪婪地喝起水来。母亲和女儿盘起腿,也在桌子旁边坐下。即使在树阴下也热得难受。果园上空弥漫着一股臭味。强劲的热风穿过树枝,并没有带来凉意,只是把果园里梨树、桃树和桑树的树梢一个样儿向一边吹弯。少尉又祷告了一番,从背后拿出一壶用葡萄叶盖着的契希尔,从壶嘴里喝了一点,把壶递给老太婆。少尉只穿一件衬衫,敞着领口,露出肌肉累累的毛茸茸胸膛。他那狡猾的瘦脸喜气洋洋。在他的姿态和谈吐中,一点也看不出平时的诡谲。他兴致勃勃,怡然自得。

"我们到晚上收得完敞棚后面那一块地吗?"他擦擦润湿的胡子,问。

"收得完,"老太婆回答,"只要天气不捣蛋就行。杰姆全家还没收好一半呢。"她又说,"只有乌斯金卡一个人在干活,可把她累坏了。"

"他们家就别提了!"老头儿傲然说。

"喏,喝一点,玛丽雅娜宝贝!"老太婆把壶递给女儿,说。"你瞧,上帝保佑,我们可有钱办喜事了。"老太婆又说。

"提那个还早呢!"少尉微微皱起眉头说。

姑娘垂下头。

"为什么不该提呢?"老太婆说,"事情办停当,日子也近了。"

"别忙着打主意,"少尉又说,"现在得先把葡萄收好。"

"你看到鲁卡沙那匹新马吗?"老太婆问,"德米特里·安德烈伊奇送他的那一匹不在了,他换了一匹。"

"不,没看到。可我今天跟那房客的农奴谈过话,"少尉道,"他说,他的东家又收到一千卢布。"

"一句话,真有钱。"老太婆肯定地说。

一家人都高高兴兴,心满意足。

活儿干得很顺利。葡萄比他们预期的更多更好。

玛丽雅娜吃完饭,给牛喂了点青草,把短袄卷起来当枕头,就在大车底下压倒的多汁的青草上躺下来。她头上包着红绸头巾,身上穿着褪色的浅蓝印花布衬衫,可她还是觉得热得受不了。她的脸晒得热辣辣的,两只脚不知道搁到哪儿去才好,眼睛蒙上一层瞌睡和疲倦的迷雾,嘴巴不由自主地张开来,胸脯一起一伏,吃力地喘着气。

忙碌的季节已经延续了两个星期,连续不断的繁重劳动占据了这年轻姑娘的全部生活。她每天天蒙蒙亮就起身,用冷水洗脸,包上头巾,赤着脚奔去照料牲口。接着她匆匆套上鞋,穿上短袄,带了一包面包,套好牛,就到果园里去待上一整天。她在那边割葡萄,搬筐子,中午只休息一个钟头,直到黄昏才一手牵牛,一手用长树枝赶着它们,高高兴兴、毫无倦容地回到村子里。她在暮色苍茫中照料好牲口,抓起一把葵花子放在宽大的衣袖里,就到街上跟姑娘们谈天说笑去了。但天一黑,她就回到家里,跟父母兄弟在昏暗的牛奶屋里吃晚饭,然后才来到正房里,无忧无虑,心情舒畅,坐到炕上,睡意惺忪地听着那房客的谈话。等他一走,她就爬到床上,倒头睡觉,一觉睡到天亮。第二天又是同样的生活。自从订婚那天起她就没有见过鲁卡沙,平平静静地等待着结婚的日子。也跟那房客已相处惯了,现在他注视着她,她反而觉得高兴。

三十

虽然天气热得人走投无路,蚊蚋麇集在大车的凉快阴影里,小弟弟又在旁边翻来覆去地撞她,玛丽雅娜却用帕子盖住头脸,准备睡觉。她的邻居乌斯金卡忽然跑来,钻到车子下面,在她旁边躺下。

"嗯,睡吧,姑娘们！睡吧！"乌斯金卡一边在车下睡得更舒服些,一边说。"等一下,"她跳起来,"这样不行。"

她一骨碌爬起来,折了一些绿色的枝条,挂在大车两边的轮子上,又把她的短袄覆在上面。

"你让开！"她又钻到车下,对玛丽雅娜的弟弟嚷道,"哥萨克男人怎么可以跟姑娘们待在一起？走开！"

等到车下只剩她们两人时,乌斯金卡忽然抱住玛丽雅娜,身子紧贴着她,吻起玛丽雅娜的面颊和脖子来。

"亲人儿！好哥哥！"她一边叫唤,一边发出一阵清脆的笑声。

"瞧你从爷爷那儿学来了这一套,"玛丽雅娜挣扎着说,"嗳,放手！"

她们两人都哈哈大笑,引得母亲对她们吆喝了一声,要她们安静。

"你嫉妒是吗？"乌斯金卡低声说。

"别胡说！让我睡觉。嗳,你来干什么？"

乌斯金卡却不肯罢休:"我有一件事要告诉你,你听好！"

玛丽雅娜用臂肘支起身子,把滑下的头巾拉拉好。

"说吧,你要说什么？"

"我知道一点你那个房客的事。"

"没什么值得知道的。"玛丽雅娜回答。

"哼,你这姑娘真刁！"乌斯金卡用肘部撞撞她,笑着说,"什么事也不肯告诉人家。他上你们家来吗？"

"来的。那又有什么！"玛丽雅娜说,脸唰地红了。

"我可是个老实的姑娘,我有话对谁都讲。我为什么要隐瞒呢？"乌斯金卡说,她那快乐红润的脸蛋现出沉思的神气，"难道我在害什么人吗？我爱他，就是这么回事！"

"你是指'爷爷'吗？"

"是啊。"

"不怕罪过吗？"玛丽雅娜责备道。

"哦，玛丽雅娜！做姑娘的时候不玩玩，到几时玩啊？等我嫁了男人，生了孩子，就得愁吃愁穿了。拿你来说，等嫁给鲁卡沙，心里就不那么快活了，又得生孩子，又得干活。"

"那也不见得，有些人出嫁后日子也过得挺好。还不是一样！"玛丽雅娜平静地回答。

"你就告诉我一个人吧，你跟鲁卡沙有过什么吗？"

"有过什么啊？他们来说过亲。爹爹把这事搁了一年，如今讲定了，到秋天就把我嫁过去。"

"那他对你说了些什么啊？"

玛丽雅娜嫣然一笑。

"还不是那些话。他说他爱我。他老是要我跟他一起到果园里去。"

"瞧你们热成个什么样子！你大概没去吧？他如今变得多神气啊！第一号的骑士。他净在队里玩儿。那天我们的基尔卡回来说，他换到了一匹顶呱呱的好马！他怕一直在惦着你吧。那他还说了些什么呀？"乌斯金卡问玛丽雅娜。

"你这人什么都想知道！"玛丽雅娜笑起来，"有一天夜里他骑马来到我窗口，喝醉了，要我放他进去。"

"那你没让他进去吗？"

"嗨，我会让他进去！我的话说出算数，就像石头一样硬。"玛丽雅娜认真地说。

"真是个出色的小伙子！只要他要，哪个姑娘会拒绝他啊!"

"那就让他去找别人好了。"玛丽雅娜傲然回答。

"你不疼他吗?"

"疼是疼,傻事我可不干。那不像话。"

乌斯金卡突然把头倒在朋友的胸膛上,双手把她抱住,咯咯咯地笑得浑身哆嗦。

"你这傻丫头!"她上气不接下气地说,"自己不要快活。"说着又呵起玛丽雅娜的痒来。

"哟,放手!"玛丽雅娜一边笑,一边嚷道,"你把拉茹特卡压坏了。"

"瞧这两个鬼丫头,好开心,还不累呢!"车子里又传来老太婆睡意惺忪的声音。

"你不要快活,"乌斯金卡又低声说,支起身来,"可是说实话,你真快活! 人家多爱你啊! 你这人脾气这么耿直,可人家还是爱你的。嗳,我要是你啊,准会把你家那个房客搞昏头! 那次在我们家里,我注意到了,他那双眼睛啊,简直要把你一口吞下去。就说我那个爷爷吧,他什么东西没给过我啊! 听说,你家那一个是俄罗斯人中顶顶有钱的。他那个勤务兵说,他们家里还有农奴呢。"

玛丽雅娜支起身来,想了一想,微微一笑。

"你知道他有一次对我说了什么话? 就是那个房客,"她嘴里嚼着一茎草,说,"他说,我真情愿做哥萨克鲁卡沙,或者做你的弟弟拉茹特卡。你看他说这话是什么意思?"

"他这只是随便说说的,"乌斯金卡回答,"我的那一个什么话没说过啊! 简直像着了魔似的!"

玛丽雅娜的头又倒在卷拢的短袄上,一手搭住乌斯金卡的肩膀,闭上眼睛。

"他今天想到果园里来干活呢,是爹爹请他来的。"她说着,沉默了一会儿就睡着了。

三十一

太阳已从荫蔽大车的梨树后面露出来,它的光芒斜射过乌斯金卡所插的枝条,热辣辣地晒着睡在车下姑娘们的脸。玛丽雅娜醒过来,她理理头上的头巾,向四下里张望了一下,看见那房客正挎着枪站在梨树后面跟她父亲谈话。她推推乌斯金卡,默默地含笑指给她看。

"我昨天出去,一只也没有找到。"奥列宁不安地向周围望望说,因为被枝条遮住,没有看见玛丽雅娜。

"哦,您该一直往那儿走,像罗盘指的那样直,那儿有个叫作'荒地'的荒废的果园,里面准可以找到野兔子。"少尉说,顿时改变了腔调。

"忙碌的时节打野兔,好轻松啊! 您还是来帮帮我们的忙,跟姑娘们一起干活吧!"老太婆兴致勃勃地说。"喂,姑娘们,起来吧!"她喊道。

玛丽雅娜和乌斯金卡在车下低声交谈,勉强忍住笑。

自从大家知道奥列宁送了一匹价值五十卢布的马给鲁卡沙以后,房东一家对他的态度就和气多了,尤其是少尉,看到他跟女儿接近,十分高兴。

"可我不会干活。"奥列宁说,竭力不从枝叶缝里往大车底下瞧,虽然已发现玛丽雅娜的蓝衬衫和红头巾。

"你来吧,我请你吃桃子干。"老太婆说。

"这是古时候哥萨克待客的礼节，老太婆就懂得这些个蠢规矩，"少尉一边解释，一边又像在纠正老太婆的话，"在俄罗斯别说什么桃子干，就是有菠萝酱和糖菠萝吃也够痛快的了。"

"你说在那荒废的果园里有野兔吗？"奥列宁问，"我去一下。"接着往那绿色的枝叶缝里匆匆瞥了一眼，掀了掀帽子，就在一排排绿油油的葡萄藤里消失了。

奥列宁回到房东家果园里的时候，太阳已落到果园的篱笆后面，只有一些零落的光芒穿过半透明的叶子闪烁发亮。风停了，沁人心脾的清凉在园里扩散开来。奥列宁仿佛凭着一种本能，老远就在葡萄藤中认出了玛丽雅娜的蓝衬衫。他一路上摘着葡萄向她走去。他的狗也兴致勃勃，不时用流口涎的嘴去咬低垂的葡萄。玛丽雅娜脸涨得通红，卷起袖子，头巾拉到颏下，正敏捷地割下一串串沉甸甸的葡萄，把它们放在筐子里。她没有放掉手里的葡萄藤，只停下来亲切地向他微微一笑，接着又干她的活。奥列宁走近来，把枪往肩上一背，腾出双手。"你家里的人在哪儿啊？上帝保佑！只你一个人吗？"他想这样说，可是一句话也没有说出口，只默默地举起帽子。跟玛丽雅娜单独在一起，他有点局促不安，但又像是故意要折磨自己似的，走到她跟前。

"你这样拿枪会把女人打死的！"玛丽雅娜说。

"不，我不开枪。"

两个人沉默了一会儿。

"你还是来帮帮忙吧！"

他拿出刀子，默默地动手割葡萄。他从叶子底下拉出一串沉甸甸的约有三磅重的葡萄（上面的葡萄生得太密，都压扁了）给玛丽雅娜看。

"全割下来吗？这不太青吗？"

"你拿来。"

他们的手碰在一起。奥列宁拉住她的一只手,她笑眯眯地瞧着他。

"听说,你快出嫁了,是吗?"他问。

她没回答,却严肃地向他瞅了一眼,转过脸去。

"怎么样,你爱鲁卡沙吗?"

"这关你什么事?"

"我羡慕他。"

"说得倒像!"

"是的,你真是个美人儿!"

他忽然害臊起来:这话实在太庸俗。他唰地涨红了脸,张皇失措地抓住她的双手。

"不管我生得怎么样,都不关你的事! 你开什么玩笑!"玛丽雅娜回答,可是她的眼神表示,她深信他并不是在开玩笑。

"开玩笑? 你真不知道我是多么……"

这话听来更加庸俗,跟他的感情更加不协调,可他还是说下去:"我不知道该为你做些什么才好……"

"走开,讨厌鬼!"

但是她的脸、她的闪闪发亮的眼睛、她的丰满的胸脯、她的线条优美的腿,却表示出完全不同的意思。他认为她明白他说的一切是多么庸俗,可是她并不计较;他认为她早就知道他想对她说而又不敢说的一切,可是她要听听他怎样说法。"她怎么会不明白呢?"他想,"我说的无非是她的真实情形罢了。可是她不愿领会我的意思，不肯回答我的话。"

"喂！"忽然从葡萄藤后面不远处传来乌斯金卡尖细的声音和清脆的笑声。"来吧，德米特里·安德烈伊奇，来帮帮我忙啊！我只有一个人哪！"她从叶子中间探出天真烂漫的圆圆脸蛋，对奥列宁喊道。

奥列宁什么也没回答，站着一动不动。

玛丽雅娜继续割葡萄，眼睛却不断地瞅着房客。他刚要说些什么，可是又住了口，耸耸肩膀，背起枪，快步走出果园。

三十二

他两次停住脚步，谛听玛丽雅娜和乌斯金卡的响亮笑声。她们两人已凑在一起，嚷着些什么。奥列宁整个黄昏都在树林里打猎，但一无所获。直到暮色苍茫，才空着双手回来。他经过院子，发现房东家牛奶屋的门开着，门里露出蓝色的衬衫。他特别响亮地喊了一声凡纽沙，好让人家知道他回来了，接着就在台阶上的老地方坐下。房东一家已从果园回来；他们从牛奶屋走到正屋，却没有请他进去坐。玛丽雅娜两次走到门口。有一次在薄暗中，他发觉她回头瞅了他一眼。他的眼睛紧盯住她的一举一动，可是他不敢接近她。等到她又进入屋子里，他才走下台阶，在院子里散起步来。但玛丽雅娜没再出来。奥列宁通夜不眠待在院子里，细听着房东屋子里的每一个声音。从黄昏起他听见他们谈话，吃晚饭，拖出垫子睡觉，听见玛丽雅娜不知什么缘故笑起来，后来一切又都安静了。少尉跟老太婆在喁喁低语，还有一个人在重重地呼吸。奥列宁走进自己屋里。凡纽沙和衣睡着了。奥列宁很羡慕他，又回到院子里散步，心里一直期待着什么，可是没有一个人出来，没有一个人走动，只听见三个人均匀的呼吸声。他分辨得出玛丽雅娜的呼吸声，一直听着，同时听着自己的心跳。村子里万籁俱寂，一钩残月迟迟地升起，在院子里喘息的牲口时而躺下时而慢慢地站起，可以看得更清楚了。奥列宁怒气冲冲地问自己："我在等什么呀？"可是他无法摆脱这恼人的夜色。忽然他听见房东屋子里分明有脚步声和地板的吱嘎声。他奔到门口，可是除了均匀的呼吸声以外，又什么也听不见，只有院子里的母水牛，长叹一声，转动身子，先是用前面的双膝，然后用四条腿直立起来，挥动尾巴，在干燥的泥地上从容地撒下些什么，接着又在朦胧的月光中躺下……他问自己："我该怎么办？"他拿定主意去睡觉，可是又听到了一些声音。于是，在他的幻觉中，玛丽雅娜在这雾蒙蒙的月夜里出现，他又奔到窗口，又听见脚步声。直到天快亮的时候，他走到她的窗前，推了推板窗，又跑到门口，这回他真的听见了玛丽雅娜的叹气声和脚步声。他抓住门闩，敲了敲门。赤脚小心翼翼地走在地板上的声音，渐渐接近门口。门闩轻轻地移动着，门吱的响了一声，屋子里冒出一股牛至草和南瓜的气味，玛丽雅娜的整个身体在门口出现。他只在月光下看见她一刹那。她碰上门，嘴里咕噜了一句什么，悄悄地跑回去了。奥列宁轻轻地敲敲门，可是没有人理他。他奔到窗口，侧耳细听。忽然一个男人的尖细声音把他吓了一跳。

"干得好！"一个头戴白羊皮帽的矮个子哥萨克一边说，一边穿过院子向奥列宁走来。"我看见了，干得好！"

奥列宁认出是纳扎尔卡，他一言不发，不知道做什么说什么才好。

"干得好！我要到村公所去报告,我要告诉她父亲。瞧,好一个少尉的女儿!一个男人她还嫌少!"

"你要拿我怎么样,你要干什么?"奥列宁急急地说。

"没什么,我只要去报告村公所。"

纳扎尔卡说得很响,显然是故意的。

"瞧,好一个机灵的士官生!"

奥列宁浑身哆嗦,脸色发白。

"你来,你来!"他使劲抓住他的手臂,把他拉向他的屋子,"其实什么事也没有,她不放我进去,我也没存什么……她是规规矩矩的……"

"这个,会弄清楚的……"纳扎尔卡说。

"可我还是要给你一些……你等一下!"

纳扎尔卡住了口。奥列宁跑到屋里,拿出十个卢布递给这个哥萨克。

"其实什么事也没有。但到底是我的不是,喏,给你!只要看在上帝分上,别让人知道。其实什么事也没有……"

"祝您好运气!"纳扎尔卡笑着说,走了出去。

那天晚上,纳扎尔卡是受鲁卡沙之托,到村子里来找个地方,寄存一匹偷来的马的。他回家的路上,正好听见脚步声。第二天早晨,他回到队里,就对他的一个伙伴吹牛,说他怎样巧妙地弄到了十个卢布。而奥列宁第二天早晨遇到房东夫妇,他们都不知道昨夜的事。他没跟玛丽雅娜说话,她只是瞧着他笑笑。第二天他又彻夜不眠,徒然在院子里踱来踱去。下一天,他故意借打猎消磨时间;晚上,为了避免胡思乱想,又去找别列茨基。他怕不能自制,就立誓不再到房东屋里去。那天晚上,奥列宁被司务长唤醒了。连队立刻要出发去袭击。

奥列宁很高兴有这样的机会,并且希望不再回到村里来。

袭击持续了四天。长官是奥列宁的亲戚,他想看到奥列宁,并要他留在司令部里。奥列宁拒绝了。离开那个哥萨克村子,他无法生活,因此要求回去。由于参加袭击,他获得了一枚军人十字勋章,那是他以前十分想望的。可如今他对这勋章毫无兴趣,而对于提升为军官一事更不感兴趣。事实上提升的命令也还没有下来。他平安无事地同凡纽沙一起来到哨兵线,比他的队伍早到几小时。整个黄昏奥列宁又坐在台阶上,净瞧着玛丽雅娜。他又通夜在院子里踱来踱去,既没有目的,也没有思想。

三十三

第二天早晨,奥列宁醒得很晚。房东一家已不在了。他不去打猎,一会儿拿起一本书,一会儿走到台阶上,一会儿又走进屋子往床上一躺。凡纽沙以为他病了。傍晚,奥列宁振作精神爬起来,拿起笔,一直写到深夜。他写了一封信,但没有发出去,因为反正谁也不会懂得他要说的话,而且除了他自己,谁也不需要懂得。下面就是他所写的信:

> 人们从俄罗斯写信来慰问我。他们总是担心,怕我待在这穷乡僻壤会毁了自己。他们是这样议论我的:"他会变得粗野,他会处处落伍,他会嗜酒成癖,说不定还会娶个哥萨克女人做老婆。"怪不得叶尔莫洛夫将军说:"一个人在高加索当上十年差,不是成为酒鬼,就会娶个荡妇做老婆。"多么可怕啊! 不错,我有可能做 B 伯爵小姐的丈夫,当宫廷高级侍从官或者贵族长,我有这样

的福分，却偏要毁了自己的前途，这说得过去吗？可是我觉得你们这些人是多么可憎而又可怜！你们不懂得什么叫幸福，什么叫生活！一个人必须在淳朴的大自然美景中体验一下生活，观赏观赏我天天看到的景象：那些永远无法攀登的雪山，那个保持着原始美的端庄女人（造物创造的第一个女人一定具有这种原始美），他才会明白，是谁在毁灭自己，是谁在过着真实的生活（或者虚伪的生活）——是你们还是我。你们真不知道，你们那种醉生梦死的生活在我看来是多么可鄙而又可怜！我一想象到在我面前的，不是我的小屋、我的树林、我的爱情，而是那些客厅，那些搽香油的头发里装着假发的女人，那些装腔作势卖弄风骚的嘴唇，那些包在衣衫里的虚弱丑陋的四肢，那种言不由衷的所谓客厅闲谈——一想到这些，我就觉得极其嫌恶。我就会联想到那些愚蠢的脸，那些有钱的待嫁姑娘。她们脸上的神气似乎在说："不要紧，你可以同我接近，虽然我是个有钱的小姐。"那种一再的谦让座位，那种拉皮条的无耻勾当，那种无休止的飞短流长和装模作样，那种繁琐的礼节——跟谁应该握手，跟谁只能点头，跟谁必须交谈，以及那种世代相传的精神上的空虚（而这一切大家又都深信是天经地义，无法避免的）。你们得设法理解并相信这样一个道理：只要领悟什么是真和美，那么，你们所说和所想的一切，你们替我和替你们自己谋求幸福的全部愿望就会化为乌有。幸福——这就是跟自然相处，欣赏自然美景，跟自然谈心。"哦，上帝保佑，说不定他还会娶个普通的哥萨克女人做老婆，从此完全脱离上流社会呢！"我想象他们会怀着衷心的惋惜这样谈论我。可是我只有一个愿望:像你们所理解的那样完全"迷失方向";我希望娶一个普通的哥萨克女人,而我之所以不敢这样做,只因为这是幸福的顶点,我不配享受。

自从我第一次见到玛丽雅娜这个哥萨克女人以来,已有三个月了。我所离开的那个世界的观点和偏见,分明还留在我的头脑里。我当初不信我会爱上这个哥萨克女人。我欣赏她的美,就像欣赏山岭和天空的美一样,我情不自禁地欣赏她,因为她像它们一样动人。接着我觉得,欣赏她的美,已成为我生活中不可或缺的事了。于是我问自己:我是不是爱上她了?可是我在自己心里丝毫也找不到我想象中的爱情。我这种感情,既不是孤独的忧郁和结婚的欲望,也不是柏拉图式的精神恋爱,更不是我所经历过的肉体之爱。我只要能看到她,听到她的声音,知道她在旁边,这样即使说不上幸福,我也觉得心里很平静。自从那次晚会我遇到她接触到她之后,我感到在我同这女人之间有了一种虽未承认却已无法割断的关系,而这种关系是抗拒不了的。可我还是做了抗拒;我问自己:"难道我真能爱上一个永远不会理解我精神生活需要的女人吗?难道可以只为了美而爱上一个女人,爱上一个雕像般的女人吗?"其实我已爱上她了,虽然我还不相信自己的感情。

从那次晚会上我第一次跟她说话之后,我们的关系就变了。以前,她对我来说是一个生疏而绮丽的大自然的造物;那天晚上以后,她对我来说成为一个人了。我开始同她见面,跟她谈话,有时去帮她的父亲干活,在他们

376

家里坐上一个黄昏。在这种密切的交往中，她在我的心目中始终是那么纯洁、矜持和端庄。她对一切总是报以同样的镇静、骄傲和愉快的淡漠。有时她也和蔼可亲，但通常她的一顾一盼、一言一行都显露出一种不是轻蔑而是富有压力和魅力的淡漠。每天我都嘴上挂着微笑，竭力装得若无其事，心里却苦恼地怀着热情和欲望跟她说笑。她看出我在掩饰真情，却天真而快乐地直瞧着我。这情况使我受不了。我希望在她面前不说假话，我希望告诉她我所想到和感到的一切。那次在果园里，我的情绪特别激动。当时我向她吐露爱情的那些话，现在想想都害臊。想起来所以害臊，是因为我不该对她说那些话，因为她比我所说的那些话，比我所想表达的那种感情，不知要高尚多少倍。我变得沉默起来，从那天起，我的处境就变得十分难堪了。我不愿保持原来那种轻薄的态度而自贬身份，但我又觉得我跟她的关系还没有达到直率单纯的程度。我无可奈何地问自己："我该怎么办？"在胡思乱想中，我忽而把她想象成我的情妇，忽而把她想象成我的妻子，但接着又嫌恶地把这些念头抛掉。把她当作一个放荡的女人，这是卑鄙的，这无异于谋杀。把她看成一个贵妇人，做德米特里·安德烈耶维奇·奥列宁的夫人，就像一个本地的哥萨克女人嫁给一个俄罗斯军官那样，那就更恶劣了。哦，要是我能变成哥萨克，像鲁卡沙那样偷盗马群，狂饮契希尔，唱唱小调，杀杀人，喝醉酒爬进她的窗子里过夜，根本不考虑我是什么人，我活着是为了什么——那情况就不同了，那我们就能互相了解，我也就会幸福了。我试着投入那种生活，却越发深切地感到自己的软弱和做作。我不能忘记自己,不能忘记我那复杂、混乱、丑恶的过去的生活。而我的前途看来更加渺茫。天天出现在我眼前的,就是那远处的雪山和这个端庄幸福的女人。但这人世间唯一可能的幸福不是属于我的,这个女人不是属于我的!就我的处境来说,最可怕也是最甜蜜的是,我觉得我了解她,而她却永远不会了解我。她不了解我,并非因为她不如我,正好相反,她是应该不了解我的。她是幸福的;她像大自然一样稳重、安详、自在。但我这个精神堕落、心灵懦弱的人,却希望她了解我的丑恶和我的痛苦。我通夜不眠,漫无目的地在她的窗下徘徊,自己也弄不懂我这是在干什么,十八日我们连出去袭击。我离开村庄过了三天。我还是感到忧郁。在部队里唱歌、打牌、喝酒、谈论奖赏,对这些事我比平时更加嫌恶了。今天我回到家里,看到她,看到我的屋子和耶罗施卡大叔,从台阶上望见雪山,心里就有一种新的强烈的快感,我恍然大悟:我真正爱上这女人了。这是我有生以来第一次,也是唯一的一次。我明白我身上的变化。我不怕因为产生这种感情而降低身份,不以自己的爱情害臊,我以此自豪。我爱上了她,这不是我的过错。这是违反我的本意的。我用自我牺牲来摆脱爱情,我妄想从哥萨克鲁卡沙和玛丽雅娜的爱情中取得快乐,结果反而激起我的爱情和妒忌。这不是我以前经历过的那种所谓崇高的理想的爱情;也不是那种自我陶醉:欣赏自己的爱情,觉得感情的源泉就在自己身上,一切都可以由自己做主。这种感情我也体验过了。这更不是贪图享乐的愿望,而是另一种东西。也许我是通过她而爱大自然,我爱的是大自然一切美的化身;但这不是出于我的本意,而是一种自然的力量通过我在爱她,上帝创造的整个世界、整个大自然把这种爱注进我的心灵,并且吩咐说:"爱她!"我爱她,不是用理性,也不是用想象,而是用我的整个身心。因为爱她,我才觉得自己是上帝创造的整个幸福世界的不可分割的一部分。我以前提到孤独的生活所引起的新信念,可是谁也不会知道,这些信念在我心里形成是多么不容易,而一旦领悟之后,又是多么高兴,因为我在生活中看到了一条崭新的道路。在我的心里再没有比这些信念更宝贵的东西了……可是……自从产生了爱情,这些信念就不再存在,而我也并不因此感到惋惜。我甚至于很难理解,我以前怎么会珍重这样一种片面、冷酷、理性的情绪。美一出现,就把艰苦卓绝的内心活动的全部成果化为乌有了。但我对这样的损失并不感到惋惜!自我牺牲纯粹是胡说八道,谎言谬论。这只是狂妄自大,逃避应得的厄运,摆脱对别人幸福的嫉妒。为别人而生活,做好事!为了什么?既然我的灵魂里只有自爱自怜的感情,只有一个愿望——爱她,跟她一起生活,过她所过的那种日子。如今我不再希望别人幸福,不再希望鲁卡沙幸福了。如今我不再爱别人了。要是以前,我会对自己说,这是恶劣的。要是以前,我会拿一连串问题折磨自己:她怎么办呢?我怎么办呢?鲁卡沙怎么办呢?如今我可不管这些了。我不再凭自己的意志生活,因为有一种比我强大的力量在引导我。虽然我很苦恼,但以前我是死的,如今却有了生命。我决定今天去找他们,把所有的话都告诉她。

三十四

奥列宁写完信到房东屋里去,时间已很晚了。老太婆坐在炉子后面的长凳上缫丝。玛丽雅娜没包头巾,坐在蜡烛旁边做针线。她一看见奥列宁,便霍地站起来,拿起头巾走到炉子旁边。

"哦,玛丽雅娜宝贝,来跟我们一块儿坐坐吧!"母亲说。

"不,我光着头呢。"她说着跳到炉炕上。

奥列宁只看见她的一个膝盖和一条下垂的线条优美的腿。他请老太婆喝茶。老太婆叫玛丽雅娜取来奶酪请他吃。但玛丽雅娜把盘子往桌上一搁,又跳到炉炕上,奥列宁只觉得她那双眼睛在瞧着他。奥列宁跟房东太太谈着家常。乌莉特卡奶奶兴致勃勃,殷勤得出奇。她取出蜜饯葡萄、葡萄饼、家酿美酒,并且以那种靠体力劳动生活的人所特有的淳朴、粗鲁而自豪的殷勤招待奥列宁。本来奥列宁对老太婆的粗鲁感到惊奇,如今却常常被她对待女儿的淳朴的柔情所感动。

"是啊,先生,我们不用抱怨上帝!感谢上帝,我们什么都有了,契希尔已榨好藏好,卖掉了三四桶,剩下的也够我们喝的了。你可别忙着走。我们要请你喝杯喜酒,大家热闹一番。"

"婚礼几时举行啊?"奥列宁问,感到全身的血一下子冲到脸上,心也急促而痛苦地跳起来。

他听见炉炕上窸窣作响,还有嗑瓜子的声音。

"婚礼吗,就在下个礼拜举行。我们什么都准备好了。"老太婆简单而平静地回答,仿佛世界上根本就没有奥列宁这个人。

"我替玛丽雅娜什么都准备好了。我们要体体面面把她嫁出去。就是一件事伤脑筋：我们那个鲁卡沙呀，近来不知怎的很贪玩，野得要命！净胡闹！前天有个哥萨克从队里回来，说他居然上诺盖去了。"

"可别落在他们手里啊！"奥列宁说。

"我也这么说：你呀，鲁卡沙，别胡闹了！哦，当然，年纪轻，总免不了贪玩儿。可是干什么都得有个时候。嗯，你抢呀偷的，还打死了山匪，算你了不起！可如今你该安安分分过日子了。要不然你会惹出麻烦来的。"

"是的，我在队伍里见到过他两次，他整天就在那里玩。还卖掉了一匹马。"奥列宁说，回头向炉炕上瞧了一眼。

一双乌黑的大眼睛对他射出严厉而敌意的光芒。他为自己的话感到惭愧。

"那有什么关系！他又不害什么人，"玛丽雅娜忽然说，"他花的是他自己的钱。"她垂下双腿，从炉炕上跳下来，砰的一声关上门，出去了。

奥列宁的眼睛一直盯着她，直到她走出屋子，然后一直望着门，等待着，一点没听懂乌莉特卡奶奶在对他说些什么。过了几分钟，来了几个客人：一个老头儿（他是乌莉特卡奶奶的兄弟），耶罗施卡大叔，跟着他们进来的还有玛丽雅娜和乌斯金卡。

"你们好！"乌斯金卡尖声尖气地说。"你还在休假吗？"她转身问奥列宁。

"是的，在休假。"他回答，不知怎的感到害臊和局促不安。

他想走,可是走不掉。不说话,他觉得也不行。老头儿使他摆脱了这种尴尬局面:他要酒喝,他们就喝起酒来。接着奥列宁跟耶罗施卡干杯。然后跟另外那个哥萨克干杯。然后又跟耶罗施卡干杯。奥列宁酒喝得越多,心里就越沉重。两个老头子却兴致很好。两个姑娘坐在炉炕上,眼睛瞧着他们,窃窃私语着。他们一直喝到深晚。奥列宁一言不发,酒却喝得比谁都多。哥萨克们大声吵闹。老太婆要赶他们出去,不再给他们契希尔喝。姑娘们都嘲笑耶罗施卡大叔,直到十点钟光景,大家才走出门来。老头儿们自动提出到奥列宁屋子里去喝个通宵。乌斯金卡跑回家去了。耶罗施卡把那个哥萨克领到凡纽沙那儿。老太婆收拾牲口棚子去了。玛丽雅娜独自留在屋里。奥列宁感到精神饱满仿佛刚睡醒似的。每个人的行踪他都看在眼里,他让老头儿们先走,自己又回到屋里:玛丽雅娜正准备睡觉。他走到她跟前,想对她说些什么,可是他的声音突然中断了。她盘起腿坐到床角落里,躲开他,同时默默地用恐惧的目光瞧着他。她显然怕他。奥列宁感到这一点。他觉得自己又可怜又可耻,同时又扬扬自得,因为他至少使她产生了这种畏惧的感觉。

"玛丽雅娜!"他说道,"难道你真的永远不可怜我吗?我说不出我是多么爱你啊!"

她躲得更远些。

"瞧你醉成什么样子了。你什么也得不到的!"

"不,我没有醉。你别嫁给鲁卡沙。我要娶你。"他说这话时,心里想,"我这是在说什么呀?到明天我还会这样说吗?会说的,一定会说的,现在我要再说一遍,"他在心里这样回答自己,"你肯嫁给我吗?"

她严肃地瞧瞧他，似乎不再恐惧了。

"玛丽雅娜！我快要疯了。我克制不住我的感情。你叫我怎么办，我就怎么办。"疯狂的情话不由自主地从嘴里吐出来。

"嗨，别胡说八道了。"她突然抓住他伸出来的手，打断他的话。但她并不甩开他的手，却用她那坚硬强壮的手指紧紧地把它捏住，"难道大人先生会娶哥萨克姑娘吗？你走吧！"

"可是你肯不肯啊？我一直……"

"那我们拿鲁卡沙怎么办呢？"她笑着说。

他抽出被她握住的手，紧紧地抱住她那年轻的身体。但她像一只小鹿似的跳起来，赤脚奔到门外。奥列宁清醒过来，对自己的行为大吃一惊。他又觉得跟她比起来自己说不出有多卑鄙。但他对自己说过的话一点也不后悔，就走回家去。他一眼不瞧那两个在他屋子里喝酒的老头子，倒头就睡。他睡得很熟，那是好久以来没有过的酣睡。

三十五

第二天是节日。黄昏时分，村民们个个穿着在夕阳下闪闪发亮的节日服装，来到街上。今年葡萄酒榨得比往年多。辛勤的劳动结束了。再过一个月哥萨克们就要出征，好多人家在准备婚礼。

村公所前面和两家铺子(一家出售糖果和瓜子，一家出售头巾和印花布)附近的广场上，聚集的人最多。老头儿们穿着没有边饰的庄重的灰色和黑色短褂，有的坐在村公所前的土台上，有的站在旁边。他们心平气和地谈着话，谈到收获,谈到年轻人,谈到公共事业,也谈到久远的往事,同时高傲冷漠地瞧着年轻的一代。娘儿们和姑娘们经过他们面前,都停住脚步,低下头。哥萨克小伙子们恭敬地放慢步子,摘下皮帽,拿在手里,在头上举了一会儿。老头儿们住了口,有的神情严厉,有的态度和蔼,瞧着过路的人,也都慢慢地脱下帽子,再重新戴上。

哥萨克女人们还没有开始跳轮舞。她们穿着鲜艳的短袄,白色的头巾直包到眼睛上边。她们三五成堆地坐在夕阳照不到的空地上和屋前的土台上,叽叽喳喳地大声谈笑。男女孩子们在打棒球,他们把球打到晴朗的高空中,尖声叫嚷着在广场上跑来跑去。在广场的另一角,姑娘们已在跳轮舞,她们用尖细的嗓子怯生生地边舞边唱。司书、免役的小伙子和回来休假的哥萨克青年,穿着雪白的和大红镶金边的契尔克斯服,容光焕发,三三两两地手挽着手,在成群的娘儿们和姑娘们中间穿梭往来,跟她们戏谑调情。一个开铺子的亚美尼亚人身穿镶金边的上等蓝呢契尔克斯服,站在敞开的铺子门口(从门口望得见一叠叠折好的五光十色的头巾),摆出一副东方商人的傲慢神气,煞有介事地守候着顾客。有两个赤脚的红胡子车臣人从捷列克河对岸赶来看热闹,他们蹲在朋友家的门口,神态自若地抽着短小的烟斗,吐着唾沫,打量着村人,同时用喉音急促地交谈着。偶尔有一个身穿旧外套的值勤士兵从衣衫绚丽的人群中急急走过。有些地方已可以听到喝得醉醺醺的哥萨克的歌声。村里的房子都上了锁,门前的台阶前夜就洗得干干净净。连老婆子们都从屋里出来了。脚踩在干燥的街上,到处都是瑟瑟响的西瓜子壳和南瓜子壳。天气温暖无风,天空蔚蓝澄澈。屋顶后面耸立着白雪皑皑的山岭,看来似乎很近。在夕阳的照耀下染上一层玫瑰红的色彩。从河对岸间或传来遥远的炮轰声。但村庄上空却荡漾着一片欢乐的节日声音。

奥列宁一早晨都在院子里徘徊,希望见到玛丽雅娜。玛丽雅娜却打扮得漂漂亮亮到教堂做礼拜去了;礼拜完毕又和姑娘们坐在土台上嗑瓜子,几次三番跟同伴们跑回家去,每次都亲切而愉快地瞧瞧房客。当着旁人的面,奥列宁也不敢跟她随便说笑。他很想把昨天的话说完,并且得到她的明确答复。他希望再能有个昨天晚上那样的机会,可是机会不来,而他觉得再也忍受不了这种命运未定的局面。她又走到街上,过了一会儿,他也身不由己地跟着她走去。她穿着一件闪闪发亮的蓝缎短袄,坐在街角。他从她旁边走过,听见姑娘们在他背后哈哈大笑,心里不禁感到隐隐作痛。

别列茨基借住的房子面临广场。奥列宁经过的时候,听见别列茨基的喊声:"进来坐坐!"他就进去了。

他们交谈了几句,在窗口坐下。不多一会儿,耶罗施卡穿了件崭新的短褂也走了进来,坐在他们旁边的地板上。

"瞧,那一群都是贵族。"别列茨基用烟卷指指街角一群衣衫绚丽的姑娘,笑嘻嘻地说。"瞧,我的那一个也在那边,穿红衣服的。她穿的是件新衣服。轮舞怎么还不开始啊?"别列茨基探身窗外,大声问。"等到天一黑我们也去。再叫她们到乌斯金卡家里去玩,我们来给她们安排一个舞会。"

"我也要上乌斯金卡家去,"奥列宁断然说,"玛丽雅娜会去吗?"

"她会去的,您去吧!"别列茨基说,一点也不觉得惊奇。"真是太美啦!"他指着花花绿绿的姑娘们说。

“是啊,真美!”奥列宁随声附和,竭力表现出无所谓的样子。“碰到这样的节日,我总是觉得奇怪,”他接着说,“为什么人人都忽然变得兴高采烈了? 就拿今天十五号来说吧,到处是一派节日的景象。眼神也罢,面容也罢,声调也罢,动作也罢,服装也罢,空气也罢,太阳也罢,什么都洋溢着节日的欢乐。可是在我们家乡,过节已经不像过节了。”

“嗯,”别列茨基不爱听这样的议论,随口答应着。“你怎么不喝酒啊,老头儿?”他对耶罗施卡说。

耶罗施卡向奥列宁挤挤眼,指指别列茨基说:

“哦,他真骄傲,你那个朋友!”

别列茨基举起杯子。

“阿拉庇尔德!”他说着一饮而尽(“阿拉庇尔德”意为“上帝保佑”,是高加索人喝酒时常用的祝词)。

“萨乌布尔(祝你健康)。”耶罗施卡含笑说,干了一杯酒。“哼,你说过节,”他站起身来,眼睛望着窗外,对奥列宁说,“这算得上什么过节! 可惜你没见过从前是怎么玩儿的! 娘儿们出来,总是穿着镶金边的萨拉方①。胸前还要挂两串金币。头上戴着金帛包头。她们从你旁边走过,只听得呼呼的响声。娘儿们个个都像公主。有时候,她们出来一大群,唱起歌来哩哩啦啦的可热闹了,她们常常玩个通宵。哥萨克们呢,把酒整桶整桶的滚到院子里,大家坐下来,一直喝到天亮。有时候,大家手拉手到村子里去‘扫荡’。不论碰到谁,就把他拉在一起,一家家这样扫过去。有时候一连玩上三天三夜。我还记得,有几次我爹回来,喝得浑身又红又肿,帽子也没有

①　萨拉方,俄罗斯妇女穿的无袖长衣。

了，什么东西都丢了，一回家就倒下。妈妈可知道该怎么办：她给他吃新鲜鱼子和契希尔醒酒，自己又跑到村子里去给他把帽子找回来。他就这样睡上两天两夜！瞧，从前的人就是这样的！可是现在呢？"

"哦，那么穿萨拉芳的姑娘怎么样？她们光自己玩儿吗？"别列茨基问。

"哼，自己玩儿！有时候，哥萨克们赶来，或者骑着马跑来，他们说：'让我们去冲破她们的轮舞！'于是他们就奔过去，姑娘们就拿棍子对付他们。有一次过谢肉节，有个小伙子骑马冲过去。她们就动起手来，打他，打他的马。可他要是能冲破她们的圈子，就可以把他心爱的姑娘抓住带走。那宝贝，那心肝，就也心甘情愿跟他要好了。从前的姑娘就是这样的！全都像公主！"

三十六

就在这时候，有两个人从横街骑马来到广场上。其中一个是纳扎尔卡，另一个是鲁卡沙。鲁卡沙稍稍偏着身子骑在他那匹肥壮的枣红卡巴尔达马上，那马晃动着漂亮的脑袋和光亮的鬃毛，在坚硬的路上轻快地踏着步子。步枪端正地套着枪衣，背后插着手枪，斗篷卷在鞍子后面，这一切说明鲁卡沙不是从附近平静的地方来的。他那种洒脱的偏坐马上的姿势，拿鞭子轻打马腹的漫不经心的动作，特别是他那双半张半闭地傲然顾盼的乌黑发亮的眼睛，都流露出青春的力量和自信。他的眼睛左顾右盼，似乎在说："你们可见过像我这样的小伙子？"这匹配着镶银马具的骏马，这些武器，这个漂亮的哥萨克小伙子,吸引了广场上每个人的注意。纳扎尔卡,又矮又瘦,穿戴得也远不如鲁卡沙。当他们经过老头儿们面前时,鲁卡沙勒住马,把他头上那顶鬈毛白羊皮帽掀了一下,露出剪得短短的黑发。

"怎么样,你抢到许多诺盖马了?"一个瘦小的老头儿不高兴地皱着眉头问。

"你这样问,老爷爷,大概数过了吧?"鲁卡沙一边回答,一边转过身去。

"你不该把我的孩子也带去啊!"老头儿更加不高兴地说。

"哼,活见鬼,什么都知道了!"鲁卡沙自言自语,脸上现出烦躁的神气;但他望了望转角处那许多哥萨克姑娘,就拨转马头向她们跑去。

"你们好哇,姑娘们!"他忽然勒住马,用洪亮有力的声音喊道,"我不在,你们都老了,小妖精。"他说着笑起来。

"你好,鲁卡沙,你好,小伙子!"响起了一片快乐的声音。"你带来好多钱吧?给姑娘们买些糖果来!你回来要待一阵吗?好久没见到你了。"

"我跟纳扎尔卡赶回来玩儿个通宵。"鲁卡沙回答,扬鞭向姑娘们冲去。

"嗨,玛丽雅娜可把你忘记得干干净净了。"乌斯金卡尖声说,用臂肘撞撞玛丽雅娜,咯咯地笑起来。

玛丽雅娜避开马,仰起头,用她那双又大又亮的眼睛安详地瞅了瞅鲁卡沙。

"这么久没回来了!干什么骑马往人家身上乱冲啊?"她冷冷地说着转过身去。

鲁卡沙原来兴高采烈,脸上洋溢着勇敢和快乐的神情。玛丽雅娜的冷淡回答显然使他吃了一惊。他一下子皱起眉头。

　　"你踩在马镫上,我带你上山去,好姑娘!"他忽然大声说道,仿佛想驱散不快的念头,同时在姑娘们中间兜来兜去。他俯身对玛丽雅娜说,"我要吻你,嘿,我要把你吻个够!"

　　玛丽雅娜的眼光跟他的相遇,她唰地一下脸红起来,后退了一步。

　　"得了吧! 把人家的脚都踩坏了。"她说,低下头,瞧瞧她那穿着浅蓝花袜子的漂亮的脚和那双细银镶边的大红新鞋。

　　鲁卡沙转身跟乌斯金卡说话,玛丽雅娜就在一个抱婴孩的哥萨克女人旁边坐下来。婴孩向她伸出胖胖的小手,抓住她那串挂在蓝色短袄上的项链。玛丽雅娜弯下身去逗那婴孩,同时瞟了一眼鲁卡沙。鲁卡沙正翻起契尔克斯服,从黑短裤口袋里摸出一包糖果和瓜子。

　　"哪,我请大家客。"他说着把纸包递给乌斯金卡,笑嘻嘻地对玛丽雅娜瞟了一眼。

　　玛丽雅娜的脸上又出现羞怯的神情。她那双美丽的眼睛仿佛蒙上了一层雾。她把头巾拉到嘴巴下面,忽然把头凑到婴孩嫩白的小脸上,重重地吻起他来。婴孩用小手按住她那高高的胸部,张开没有牙齿的小嘴哭起来。

　　"你要把孩子闷死了!"做母亲的一边说,一边从她手里抱回孩子,解开短袄喂奶,"你还是去跟小伙子聊聊吧!"

　　"让我去把马安顿好,再跟纳扎尔卡到这儿来,我们要玩它个通宵。"鲁卡沙拿鞭子往马身上一挥,说着就从姑娘们身旁跑开去。

他跟纳扎尔卡一起拐到横街,向两所并排的房子驰去。

"我们到了,老弟! 你快一点儿来啊!"鲁卡沙大声对同伴说,在邻居家的院子旁边下了马,小心翼翼地把马牵进自己家的栅门里。"你好,斯吉普卡!"他招呼他的哑姐姐说。她也打扮得漂漂亮亮,从街上走来接马。他做做手势叫她给马喂些草料,但不要解鞍。

哑姑娘咿咿呀呀地叫着,指着那马咂咂嘴,又吻吻马的鼻子,表示她喜欢这匹马,这匹马很好。

"你好哇,妈妈! 你怎么还不到街上去啊?"鲁卡沙按住枪走上台阶,大声喊道。

老母亲给他开了门。

"哦,真是没想到,真是没料到,"老太婆说,"基尔卡还说你不来了。"

"你拿点契希尔来,妈妈。纳扎尔卡要上我们家来,我们要好好过一次节了。"

"我这就去拿,鲁卡沙,就去拿,"老太婆答应着,"我们的那些娘儿们全出去玩儿了。我们的哑姑娘大概也出去了。"

她拿起钥匙,匆匆往牛奶屋走去。

纳扎尔卡安顿好马,解下枪,就来到鲁卡沙家里。

三十七

"祝你健康。"鲁卡沙一边说,一边从母亲手里接过一满杯契希尔,小心翼翼地拿近垂下的脑袋。

"你瞧,事情坏了,"纳扎尔卡说,"布尔拉克老爹问我:'你偷了好多马吗?'显然给他知道了。"

"鬼东西!"鲁卡沙简单地回答。"可这有什么关系?"他抖了抖脑袋,又说,"反正马已经过了河。你找去得了。"

"总有点不妙。"

"有什么不妙的!明天给他送点契希尔去,这样就没事了。现在我们来玩玩。喝吧!"鲁卡沙喊道,那腔调跟耶罗施卡大叔一模一样,"我们到街上去玩玩,找姑娘们去。你去弄点蜜糖来,还是让我叫哑姑娘去买吧。我们要一直玩儿到天亮。"

纳扎尔卡微笑了。

"怎么样,我们要在这儿待好久吗?"他问。

"让我们玩一会儿吧!快去买些伏特加来!喏,拿钱去!"

纳扎尔卡顺从地往雅姆卡家跑去。

耶罗施卡大叔和叶尔古肖夫好像两只猛禽,闻到什么地方有酒喝,尽管已经喝得醉醺醺,也一前一后紧跟着扑进屋子里。

"给我们再拿半桶来!"鲁卡沙对母亲嚷道,算是回答他们的招呼。

"嗳,你倒说说,精灵鬼,在哪儿偷的啊?"耶罗施卡大叔大声说,"好样的!我喜欢你!"

"哼,我喜欢你!"鲁卡沙笑着回答,"替士官生给姑娘们送糖果。好哇,你这个老家伙!"

"造谣,那是造谣!嗨,马尔卡!"老头儿哈哈大笑,"你不知道那魔鬼怎样再三要求我啊!他说你到那儿去,帮帮我的忙。还送了我一支枪。哼,去他妈的!我本想帮他一下,可是我可怜你。那你说说,上哪儿去了?"老头儿说起鞑靼话来。

鲁卡沙干脆地回答他。

叶尔古肖夫不大懂鞑靼话,只偶尔插句把俄罗斯话。

"我说他偷了马,我确实知道。"他应和说。

"我们是跟吉烈一起去的。"鲁卡沙讲道(他不说吉烈汗而说吉烈,这在哥萨克们看来是很大胆的),"过了河他就一直吹牛,说整个草原他都熟悉,能带我们走条直路,可是我们骑马跑去,夜黑得很,我们的吉烈迷了路,我们兜来兜去,可是兜不出来。他找不到村庄,我们就完蛋了。我们显然走得偏右些。几乎找到半夜。后来,谢天谢地,总算听到了狗叫。"

"笨蛋!"耶罗施卡大叔说,"夜里有时我们也会在草原上迷路的。鬼才认得清楚! 这样我就骑马跑到小冈上,像狼一样嗥起来,喏,就是这样(他把手按在嘴上,就像群狼同声嗥叫似的叫起来)! 狗听见了就会答应。哦,讲下去。后来怎么样,找着了?"

"很快就把马弄到手了。纳扎尔卡差点儿被诺盖娘儿们抓住,呸!"

"是啊,差点儿被抓住。"纳扎尔卡从外面回来,委屈地说。

"我们又继续赶路,可是吉烈又迷路了,差点儿把我们领到流沙里去。我们还以为在朝捷列克河跑呢,其实越跑越远。"

"那你该看看天上的星星。"耶罗施卡大叔说。

"我也这样说。"叶尔古肖夫插了一句。

"可是周围黑漆漆的,有什么办法呢? 我试呀试的,什么办法都试过! 后来我另外拉了一匹母马,戴上笼头骑上,让我的那一匹自由行动,我想它会给我们领路。你想结果怎么样?

它打了几个响鼻,鼻子在地面上闻闻……它一个劲儿向前跑,把我们一直带到村子里。谢天谢地,这时天已经大亮,我们慌忙把马带到树林里藏好。后来纳吉姆过河来,把马群带走了。"

叶尔古肖夫摇摇头。

"我说嘛,真机灵!卖了好多钱吧?"

"全在这儿了。"鲁卡沙拍拍口袋,说。

这时老太婆走进屋里来,鲁卡沙没来得及把话说完。

"喝吧!"他大声说。

"有一次我跟基尔奇克也很晚出去……"耶罗施卡开了话头。

"哦,你这事我们听够了!"鲁卡沙说,"我走了。"他喝干碗里的酒,束紧腰带,上街去了……

三十八

鲁卡沙来到街上,天色已经黑了。秋夜凉爽而没有风。一轮金黄的满月从广场一边黑魆魆的白杨树后面冉冉升起。家家牛奶屋的烟囱都升起袅袅炊烟,跟迷雾连成一片,飘荡在村庄上空。有几家的窗子里亮着灯光。空气里弥漫着干粪、葡萄渣和迷雾的味儿。语声、笑声、歌声、嗑瓜子声,像白天一样混成一片,但比白天更加清晰。在篱笆旁边和房子附近的黑暗中,闪动着一簇簇白乎乎的头巾和皮帽子。

在广场上,在门户敞开灯光耀眼的铺子前面,出现了一群穿白衣服和黑衣服的哥萨克男女青年,但听得歌声嘹亮,笑语不绝。姑娘们手拉着手,在尘土飞扬的广场上轻快地转着圈子。一个瘦削难看的姑娘领头唱道：

> 从树林里，从那幽暗的树林里，哎哟哟！
>
> 从花园里，从那苍翠的花园里，哎哟哟！
>
> 来了两个顶呱呱的小伙子，
>
> 两个小伙子啊，都还没成亲哪！
>
> 他们走呀走的，忽然停住脚步啦，
>
> 他们停住脚步啦，开口就把对方大骂。
>
> 嘿！这时来了一位漂亮的姑娘，
>
> 姑娘向他们吐露衷肠：
>
> "我愿意跟随你们中间的一位。"
>
> 她就这样跟上了一个小伙子，
>
> 一个皮肤白里透红的小伙子。
>
> 他呀，他拉住姑娘右手，
>
> 他呀，他带着姑娘奔走。
>
> 他到处向伙伴们夸耀：
>
> "嗨，朋友，瞧我这爱人长得多俏！"

老太婆们站在旁边听唱歌。男女孩子们在黑暗中乱跑，互相追逐。哥萨克男人们站在周围，碰碰从身边经过的姑娘，间或冲破她们的轮舞，走到圈子里去。别列茨基和奥列宁身穿契尔克斯服，头戴羊皮帽，站在门口黑暗的一边谈话。他们的语言跟哥萨克不一样，声音也不响，但是听得见。他们发觉人家在注意他们。身着大红短袄的胖胖的乌斯金卡跟身穿新衬衫和短袄的端庄的玛丽雅娜并排夹在圈子里跳轮舞。奥列宁跟别列茨基在商量，怎样把玛丽雅娜和乌斯金卡从圈子里拉走。别列茨基还以为奥列宁只是逢场作戏，其实奥列宁是在等候命运的判决。无论如何今天他要单独跟玛丽雅娜见一次面，把心里话向她和盘托出，并且问问她能不能做他的妻子，肯不肯做他的妻子。尽管这问题他早就得到了否定的答复，但他还是希望能有个机会尽情地向她倾吐自己的感情，并且获得她的了解。

"您干吗不早告诉我啊?"别列茨基说，"我可以通过乌斯金卡给您想办法。您这人真怪!"

"有什么办法呢? 改天有机会让我把情况都告诉您。现在请您看在上帝的分上想个办法，让她到乌斯金卡家来一次。"

"好的。这个好办……嗳，玛丽雅娜，你愿意跟个白白嫩嫩的小伙子而不跟鲁卡沙吗?"别列茨基对玛丽雅娜说话以表示礼貌，但不等她回答就走到乌斯金卡跟前，请她把玛丽雅娜带到她家里去。他的话没有说完，领唱的姑娘又唱起另一支歌来。于是姑娘们又手拉手，转动圈子唱道:

> 小伙子在街头闲荡，
>
> 他经过花园，走遍村庄。
>
> 第一次走过我身边，
>
> 他举起右手招招;
>
> 第二次走过我身边，
>
> 他挥挥漂亮绒帽;
>
> 第三次走过我身边，
>
> 他站住了，鞠躬问好。
>
> "哦，可爱的姑娘，
>
> 我要问你一声:
>
> 你干吗不到花园里玩玩?

可是瞧不起我这个痴心汉？

哦,我的好姑娘,你尽管放心:

到头来我准会叫你满意称心。

我要请人说媒,

我要向你求婚;

等到我们结婚的时光,

你将为我而眼泪汪汪。"

我知道该怎样对他回答,

可是不敢把真情吐露,

我不敢把真情吐露,

却走到花园里溜达。

花园里绿油油一片好风光,

见了小伙子我低下头,意乱心慌。

"哦,姑娘,我向你鞠躬弯腰,

诚心诚意送上手帕一条。

请用你那双雪白的小手,

把这小小的礼品收下。

请用你那双雪白的小手,

把我这颗心留下。

哦,我可实在没有主张,

该拿什么东西送我心爱的姑娘,

我要送你一条大花披巾,

再在你脸上亲吻五下。"

鲁卡沙跟纳扎尔卡冲破轮舞圈子,在姑娘们中间荡来荡去。鲁卡沙尖着声音帮腔,挥动手臂走在圈子中央。

"喂,你们哪一个出来啊!"他喊道。

姑娘们推推玛丽雅娜;她不肯去。在一片歌声中还夹杂着清脆的笑声、打击声、接吻声和低语声。

鲁卡沙走过奥列宁身边时,亲切地向他点点头。

"德米特里·安德烈伊奇! 你也来看热闹吗?"他说。

"是啊。"奥列宁干巴巴地回答。

别列茨基凑近乌斯金卡耳朵,对她说了些什么。她想回答,可是没来得及,直到圈子再转过来时才说:"好的,我们会来的。"

"玛丽雅娜也来吗?"

奥列宁俯身对玛丽雅娜说:"你来吗? 请你一定来,就是待一分钟也好。我有话要跟你说。"

"姑娘们来,我也来。"

"你肯回答我的要求吗?"他又俯身问她,"你今天很高兴。"

她已经从他身边走开,他跟上去。

"你肯回答吗?"

"回答什么呀?"

"我前天问你的事,"奥列宁凑近她的耳朵说,"你肯嫁给我吗?"

玛丽雅娜想了想。

"我会回答的,"她说,"今天就回答。"

黑暗中,她的眼睛快乐而亲切地对这青年人闪了闪。

他一直跟着她。有机会接近她,在他真是一大乐事。

鲁卡沙却继续唱着歌,忽然使劲抓住她的手臂,把她从姑娘们手里拉到圈子中央。奥列宁只来得及说了一句:"到乌斯金卡家来吧!"就回到他的同伴那儿。歌唱完了。鲁卡沙擦擦嘴唇,玛丽雅娜也擦擦嘴唇,他们接了一个吻。"不行,得来上五个。"鲁卡沙说。说话、欢笑、奔走,代替了优美的舞蹈和优美的歌。鲁卡沙看样子已喝得酩酊大醉,他把糖果分给姑娘们。

"我请大家客!"他显出一副滑稽的得意扬扬的神气,说。"可是谁要跟士兵勾勾搭搭,就滚出去!"他忽然恶狠狠地向奥列宁瞪了一眼,补了一句。

姑娘们从他手里抢着糖果,嘻嘻哈哈地互相争夺着。别列茨基和奥列宁走到一边。

鲁卡沙仿佛因自己的慷慨而害臊,他脱下皮帽,拿衣袖擦擦前额,走到玛丽雅娜和乌斯金卡跟前。

"'哦,可爱的姑娘,可是瞧不起我这个痴心汉?'"他重复了一下刚才唱过的歌词,转身对玛丽雅娜又生气地说了一遍,"'可是瞧不起我这个痴心汉? 等到我们结婚的时光,你将为我而眼泪汪汪。'"他一面补充说,一面伸开两臂把乌斯金卡和玛丽雅娜搂在一起。

乌斯金卡挣脱身子,挥动手臂,在他背上使劲打了一下,打得自己的手都痛了。

"你们还要再跳一次吗?"他问。

"姑娘们要跳就跳吧,"乌斯金卡回答,"我可要回家了,玛丽雅娜也要到我们家里去。"

鲁卡沙仍旧搂着玛丽雅娜,把她从人群中拉到黑暗的屋角里。

"别去,玛丽雅娜,"他说,"让我们最后一次玩儿个痛快。你回家去,我就来。"

"叫我到家里去干什么呀? 过节就该玩玩。我要到乌斯金卡家去。"玛丽雅娜说。

"反正我要把你娶到手的。"

"好啦,"玛丽雅娜说,"到那个时候瞧吧。"

"你到底去不去?"鲁卡沙严厉地问,把她抱紧,在她脸颊上吻了吻。

"嗳,放手!你纠缠什么呀?"玛丽雅娜说着从他手里挣脱出来,走掉了。

"哎,姑娘啊!不会有好收场的,"鲁卡沙站住,摇摇头,责备说,"'你将为我而眼泪汪汪。'"接着转过身去,向姑娘们嚷道,"来,玩下去吧!"

他的话似乎使玛丽雅娜吃了一惊,并使她大为生气。她站住。

"什么叫不会有好收场啊?"

"就是这样。"

"就是什么呀?"

"就是你跟那个当兵的房客勾勾搭搭,因此不再爱我了。"

"我高兴爱就爱,不高兴爱就不爱。你又不是我爸,又不是我妈。你要干什么呀?我高兴爱谁就爱谁。"

"好,好!"鲁卡沙说,"你记住!"他向铺子那边走去。"姑娘们!"他嚷道,"大家站着干什么?再来跳一回轮舞吧!纳扎尔卡!快去拿些契希尔来。"

"怎么样,她们来吗?"奥列宁问别列茨基。

"马上就来,"别列茨基回答,"我们走吧,得先去准备一下舞会呢。"

三十九

奥列宁跟在玛丽雅娜和乌斯金卡后面走出别列茨基的房子时已经夜深了。姑娘的白头巾在黑暗的街上晃动。金色的月亮向草原缓缓下沉。一片银雾笼罩着村庄。村子里万籁俱寂，没有一点灯火，只听得这两个渐渐远去的女人的脚步声。奥列宁的心跳得很厉害。他那热辣辣的脸接触到潮湿的空气，觉得很舒服。他望望天空，回头瞧瞧刚离开的房子：里面的烛火已经熄灭。他又注视那两个渐渐远去的姑娘的背影。白色的头巾已消失在雾里。他害怕孤独；他是那样的幸福！他跳下台阶，向姑娘们跑去。

"哼，你这个人！会被人家瞧见的！"乌斯金卡说。

"不要紧！"

奥列宁追上玛丽雅娜，把她抱住。玛丽雅娜没有挣扎。

"还没吻够吗？"乌斯金卡说，"结了婚再吻吧，现在得等一下。"

"再见，玛丽雅娜，明天我去找你父亲，我自己去跟他谈。你不用说了。"

"我有什么可说的！"玛丽雅娜回答。

两个姑娘跑掉了。奥列宁独自走着，回想着刚才的一切。他跟她一块儿在炉炕旁边的角落里度过了整个黄昏。乌斯金卡始终跟别的姑娘和别列茨基一起玩着，没离开过房子一步。奥列宁尽跟玛丽雅娜低声谈话。

"你肯嫁给我吗？"他问她说。

"你骗人，你不会要我的。"她快乐而平静地回答。

"那你爱不爱我啊？看在上帝分上你说吧！"

"为什么不爱你呢，你又没少一只眼睛！"玛丽雅娜回答，笑着用她那粗糙的手捏住他的手，"你的手真白，真软，简直像奶酪。"她说。

"我不是开玩笑。你说，你肯吗？"

"要是我爹答应，怎么会不肯呢？"

"你得记住，你要是骗我，我会发疯的。明天我就对你妈和你爹说，我要来求婚。"

玛丽雅娜忽然哈哈大笑起来。

"你笑什么？"

"就是觉得好笑。"

"对！我要买一座花园，买一座房子，我要登记做个哥萨克……"

"你可得当心，将来不许再爱上别的女人！这种事我是不肯马马虎虎的。"

奥列宁津津有味地回想着这些话。这些回忆一会儿使他痛苦，一会儿又使他快乐得透不过气来。他感到痛苦，因为她跟他说话像平时一样冷静，对这种新的局面似乎完全无动于衷。她似乎并不信任他，也没考虑到前途。他觉得她只是暂时爱他，她根本没考虑到将来要跟他结合在一起。他觉得快乐，因为他认为她说的都是真心话，她答应归他所有。"是的，"他自言自语，"只有当她完全属于我的时候，我们彼此才能了解。这样的爱情不是言语所能表达的；它需要生活，需要一辈子的生活。明天得把一切说个明白。我再不能这样生活下去了，明天我要把一切告诉她父亲，告诉别列茨基，告诉全村人……"

鲁卡沙在节日里一连两夜没睡觉,又喝了那么多的酒,以致生平第一遭醉得倒下来,并且在雅姆卡家里睡了一夜。

四十

第二天,奥列宁醒得比平日早。他一醒来就想起他该做的事,同时快乐地回想到她的亲吻,她那粗糙的手怎样紧捏住他的手以及她的话:"你的手真白!"他一骨碌爬起来,想立刻就去找房东求婚。太阳还没有升起,奥列宁觉得街上非常喧闹:步行的人,骑马的人,说话声不绝于耳。他披上契尔克斯服,奔到门口。房东一家还没有起身。有五个哥萨克骑马经过,大声谈着话。鲁卡沙骑着他那匹卡巴尔达马一路领先。哥萨克们一边说,一边嚷,简直听不清他们在谈些什么。

"到上游的哨所去!"一个嚷道。

"快备好鞍,赶上来!"另一个说。

"走那边的门近些。"

"胡说,"鲁卡沙嚷道,"得走中门。"

"对,打那儿走近些。"一个满身灰尘的哥萨克骑着一匹汗淋淋的马,说。

鲁卡沙的脸因为昨天的狂饮又红又肿;他的皮帽推在脑后。他威风凛凛地大声叫嚷,俨然像个长官。

"什么事? 你们上哪儿去?"奥列宁问,好容易才引起哥萨克们的注意。

"我们捉山匪去,他们埋伏在流沙里。我们现在就去,可是人数还不够。"

哥萨克们继续嚷着沿大街跑去,一路上招集愿意去的人。

奥列宁想到他不去不好，而且认为很快就可以回来。他穿好衣服，装上枪弹，跨上凡纽沙胡乱备上鞍的马，在村庄出口处追上了哥萨克们。哥萨克们下了马，站成一圈，把带来的一小桶契希尔倒在木碗里，一个个轮着喝酒，祷告上帝保佑他们出征成功。有个打扮得像花花公子的年轻少尉正巧在村庄里，就当了九名哥萨克的指挥官。这些哥萨克都是普通士兵，尽管那少尉装出一副长官的派头，他们却只服从鲁卡沙。他们也根本不把奥列宁放在眼里。等大家都骑上马出发，奥列宁骑马跑到少尉跟前，向他打听是怎么一回事。那个平时一向很和气的少尉，这时却对他摆起架子来。奥列宁好容易才从他身上打听到真相。奉命搜索山匪的巡逻队在离村七八俄里的流沙地碰上几个山匪，那几个山匪埋伏在一个坑里向巡逻队开枪，并且扬言决不投降。带领两名哥萨克兵出去巡逻的班长留在那里守候，同时派了一名哥萨克兵回村来求援。

太阳刚刚升起。离村三俄里多的地方是一片大草原，举目望去，但见一片单调、凄凉、干燥的平原，上面布满牛马的蹄印，一簇簇的枯草，洼地里长着的低矮芦苇，难得有人走过的稀少的小径，以及远远出现在地平线上的诺盖牧民的帐篷。这一带缺少树阴，景象荒凉，使人触目惊心。草原上的日出和日落总是红艳艳的。碰到刮风的日子，风能把整座沙丘搬走。而在宁静无风的时候，譬如这天早晨，草原上那种一片死寂的景象也足以使人吃惊。这天早晨，太阳虽然已经升起，草原上却还是那样静谧，那样阴郁；周围的景象似乎特别荒凉，特别柔和。空气纹丝不动，只听得马的蹄声和打呼噜声，但连这些声音也很微弱，一下子就消失了。

哥萨克们骑马的时候多半默默无言。哥萨克们手里的武器从来不铿锵作响。武器碰撞发响,这在哥萨克是极其丢脸的事。有两个哥萨克从村里赶来,同他们谈了两三句话。鲁卡沙骑的马一会儿颠踬,一会儿在草丛里绊跤,使着性子。哥萨克们认为这是不祥的兆头。他们回头望了望,连忙又转过身去,故意不理这个在这种时刻具有特殊意义的情况。鲁卡沙拉了拉缰绳,紧皱着眉头,咬咬牙,把鞭子往头上一扬。这匹卡巴尔达骏马忽然碎步狂奔起来,不知道哪一只脚先落地才好,仿佛想插翅腾飞,可是鲁卡沙在它那肥壮的胁上抽了一鞭子,又抽了一鞭子,再抽了一鞭子,于是这马就龇龇牙,翘起尾巴,打着呼噜,用后腿蹬了几下,把那群哥萨克落下好几步。

"嚯,可真是匹好牲口!"少尉说。

他说牲口而不说马,表示特别赞美。

"真是马中之狮啊!"一个上了年纪的哥萨克附和说。

哥萨克们默默地骑马前进,忽而奔驰,忽而遛蹄,也只有这种改变驰行的方式,暂时打破寂静和他们庄严的行进。

他们在草原上骑马走了八俄里光景,只遇到一辆载着一座诺盖式帐篷的大车,在离他们一俄里外的地方缓缓行进。这是一个诺盖人带着一家老小从一处牧地搬到另一处去。他们还遇到两个衣衫褴褛、颧骨很高的诺盖女人背着筐子在草原上捡畜粪。少尉略懂几句库梅克话①,就向她们打听情况,可是她们听不懂他的话,互相对看了一下,有点害怕。

鲁卡沙赶到她们跟前,勒住马,利落地向她们问好致意。那两个诺盖女人显然很高兴,就毫无顾忌地同他交谈起来,仿佛见到了亲兄弟。

① 库梅克话,高加索达格斯坦的一种语言。

"啊咦,啊咦,山匪咕普!"她们双手指着哥萨克们去的方向诉苦道。奥列宁明白,她们是说:"山匪多得很!"

奥列宁从没见过这一类战斗,他只从耶罗施卡大叔的嘴里听到过一些,因此不愿落在哥萨克们后面,而很想亲眼看一下。他不胜赞赏地留意着哥萨克们的一举一动,倾听他们的谈吐,细心观察着。他虽然身佩马刀,带着实弹的枪支,可是发觉哥萨克们都不理他,就决定不参加战斗,再说他认为他在分队里已经显示过勇气,而主要的是他自己觉得十分幸福。

忽然远处传来一声枪响。

少尉紧张起来,立刻命令哥萨克们散开,并且从一边推进。但哥萨克们显然不理他的命令,他们只听鲁卡沙的话,眼睛只望着他一个人。鲁卡沙脸色镇定,神态庄严。他策马奔驰,眯细眼睛眺望前方,把别的马都抛在后头。

"瞧,有个骑马的人。"他勒住马等别人赶上来,说道。

奥列宁睁大眼睛看去,可是什么也没看见。哥萨克们立刻看出有两个骑马的人,就镇定地向他们直奔过去。

"那是山匪吗?"奥列宁问。

哥萨克们根本没有理他,他们认为他问得没有道理。山匪要是骑着马过河来,那可真是傻瓜了。

"瞧,那是罗吉卡在向我们招手呢,错不了,"鲁卡沙指着那两个骑马的人说,此刻他们已可以看得清清楚楚了,"瞧,他向我们跑来了。"

果然,过了几分钟就证实,那两个骑马的是哥萨克巡逻队。接着,班长来到鲁卡沙跟前。

四十一

"离这儿远吗?"鲁卡沙简单地问。

就在这当儿,三十步外传来一阵干巴巴的短促枪声。班长微微一笑。

"我们的古尔卡在向他们开枪了。"他朝那枪声扬扬头,说。

他们又走了几步,看见古尔卡坐在一个沙丘后面装子弹。古尔卡因为无聊,正跟埋伏在另一个沙丘后面的山匪对射。有一颗子弹从那边嘘溜溜地飞来。少尉脸色苍白,手足无措。鲁卡沙跳下马,把缰绳扔给一个哥萨克兵,向古尔卡走去。奥列宁也下了马,弯下身子,跟在他后面。他们刚走近古尔卡,就有两颗子弹从他们头上掠过。鲁卡沙笑着回头望望奥列宁,稍稍弯下身子。

"他们会把你打死的,安德烈伊奇,"他说,"最好还是走开点儿,这可不是你待的地方。"

但奥列宁存心要看看山匪。

从沙丘后面看去,他看见两百步外的地方露着几顶帽子和几支步枪。忽然从那儿冒出一团硝烟,随即又有一颗子弹呼啸而过。山匪埋伏在山脚下的沼泽地里。奥列宁觉得他们据守的地方很特别。其实这块地方跟草原上别的地方并没有什么不同,但因为那里有山匪待着,仿佛就有点异样。他甚至认为这正是山匪藏身的好地方。鲁卡沙回到马旁,奥列宁还是跟住他。

"得想法子弄一车干草来,"鲁卡沙说,"不然会被他们打死的。瞧,沙丘后面不是停着一辆诺盖人的草车吗!"

少尉听从他的话,班长也表示同意。干草车拉来了,哥萨克们躲到车后,动手拿干草掩护身体。奥列宁骑马跑上一个沙丘,从那儿可以望见周围的一切。干草车向前移动,哥萨克们紧挤在车子后面。哥萨克们向前推进;车臣人(总共九个)膝盖连着膝盖坐成一排,没有开枪。

周围一片寂静。忽然从车臣人那边传来凄凉的歌声,有点像耶罗施卡大叔唱的"哎哟! 完啦! 什么都完啦!"车臣人知道他们无法脱身,就用皮带把他们的膝盖缚在一起,免得到时候逃跑,并且准备好枪支,唱起临死前的哀歌。

哥萨克们推着干草车越来越近,奥列宁时刻都在等待着开枪,可是打破寂静的只有山匪的凄凉歌声。歌声忽然停住,传出一阵短促的枪声,一颗子弹啪的一下打在车子横木上,还听到车臣人的咒骂声和尖叫声。枪声一下紧接着一下,子弹一颗紧跟着一颗打在草车上。哥萨克们并不开枪,他们离车臣人至多五步。

又过了一会儿,哥萨克们一阵呐喊从车子两边蹿出来。鲁卡沙领头。奥列宁只听得几下枪声、呐喊和呻吟。他仿佛看到了烟和血。他丢下马,不假思索地向哥萨克们跑去。他恐怖得眼睛发黑,什么也看不清楚,只明白一切都完了。鲁卡沙脸色白得像头巾,抓住一个受伤的车臣人的两臂,嚷道:"别打死他! 我要捉活的!"原来就是那个兄弟被鲁卡沙打死、曾来领取尸体的红头发车臣人。鲁卡沙把他的手臂扭到背后。车臣人忽然挣脱身子,开了一枪。鲁卡沙应声倒下。血从他的肚子里流出来。他跳起来,但又倒下,嘴里用俄语和鞑靼语骂着。他身上和身下的血越流越多。哥萨克们赶到他跟前,动手替他松开腰带。其中一个,就是纳扎尔卡,在动手救护他之前,手忙脚乱,好一阵才把刀插进鞘里。他的刀刃上沾满了血。

那些红头发的车臣人蓄着剪短的小胡子,血肉模糊地横在地上。只有那个向鲁卡沙开枪的熟识的车臣人,虽然遍体鳞伤,但还活着。他好像一只中了枪弹的鹞子,浑身是血(他的右眼还在流血),脸色苍白,皱着眉头,咬牙切齿地圆睁着一双眼睛环顾四周,他手里拿着一把匕首蹲在地上,还准备自卫。少尉仿佛随便经过似的走到他身边,眼明手快地举起手枪往他耳朵里开了一枪。车臣人挣扎了一下,随即倒下。

哥萨克们气喘吁吁地搬动尸体,把武器解下来。这些死去的红头发车臣山匪,每个人脸上都有一种特别的表情。哥萨克们把鲁卡沙抬到大车上,他依旧用俄语和鞑靼语骂个不停。

"胡说八道,我要亲手掐死你!你逃不出我的手心!畜生!"鲁卡沙挣扎着嚷道。不多一会儿,他由于虚脱而住了口。

奥列宁骑马回家。晚上,人家告诉他,鲁卡沙已处于弥留状态,但河对岸来的一个鞑靼人还在用草药给他医治。

山匪的尸体被搬到村公所里。女人孩子都聚拢来观看。

奥列宁在薄暮中回到家里。刚才的种种景象使他的心情好久平静不下来,可是一到黑夜降临,昨天的事又涌上心头。他往窗外望望,玛丽雅娜正从屋子里出来,到棚子里去照料牲口。她的母亲到葡萄园去了。她的父亲在村公所里。奥列宁不等她料理完毕,就去找她。她在房子里,背对他站着。奥列宁以为她怕羞。

"玛丽雅娜!"他说,"嗳,玛丽雅娜! 我可以进来吗?"

她忽然转过身。她的眼睛里隐约地含着眼泪,脸容悲哀,却凄艳动人。她庄重地向他瞧瞧,一言不发。

奥列宁又说:"玛丽雅娜! 我是来……"

"走开。"她说。她的神色没有改变,但泪水从她的眼睛里涌出来。

"你哭什么呀? 你怎么啦?"

"什么?"她语气生硬地重复了一下,"哥萨克被人家打死了,就是这样!"

"鲁卡沙吗?"奥列宁说。

"走开,你要干什么!"

"玛丽雅娜!"奥列宁一边说,一边走近她。

"你再也别想从我身上得到什么了!"

"玛丽雅娜,别这样说!"奥列宁恳求道。

"走开,你这人真讨厌!"姑娘嚷道,跺跺脚,气势汹汹地向他逼近。她的神气那样充满嫌恶、轻蔑和愤恨,以致奥列宁立刻明白,他什么也不用指望了。他过去认为这女人无法接近,这一层如今完全得到了证实。

奥列宁不再说什么,从屋子里跑了出去。

四十二

他回到家里,一动不动地在床上躺了两个钟头,然后去找连长,请求把他调到团部去。他不向任何人告别,只叫凡纽沙去跟房东结账,就收拾行李准备到团部驻扎的要塞去。只有耶罗施卡大叔一人来给他送行。他们一杯又一杯地喝着酒。

也像奥列宁离开莫斯科时一样,一辆三驾驿车停在大门口等他。但奥列宁已不像上次那样苦苦思索,并且对自己说,他在这里的全部思想和行为都"不是那么一回事"。他不再指望过一种新的生活了。他比以前更爱玛丽雅娜,但他知道她是永远不会爱他的。

"嗯,再见了,老弟!"耶罗施卡大叔说,"你要是出去打仗,可得聪明一点,得听我老头儿的话。碰到进攻或者什么的,要是对方开枪,你千万别往人多的地方跑(我是一头老狼,什么场面都见过了)。你们这些家伙一害怕,总是往人堆里挤。你们以为人多热闹些,其实这样最危险:人家总是向人多的地方瞄准。我总是避开人群,自己单独行动,因此从来没负过伤。我这辈子什么世面没见过啊?"

"那你背上怎么有一颗子弹留着呢?"正在屋子里收拾行李的凡纽沙问道。

"这是哥萨克捣的鬼。"耶罗施卡回答。

"哥萨克?"奥列宁问。

"就是这么一回事!那次我们喝酒,有个叫凡卡·西特金的哥萨克,酒喝多了,拔出手枪就朝我这里打了一枪。"

"那你痛不痛啊?"奥列宁问。"凡纽沙,快好了吗?"他又问凡纽沙。

"哎!忙什么!让我讲完……他向我开了一枪,子弹没有打穿骨头,就留下了。我对他说:老弟,你差点儿要了我的命。你干的什么好事?我决不放过你。你得赔我一桶酒。"

"那你痛不痛啊?"奥列宁又问,根本没有心思听他讲话。

"让我把这事讲完。他只好弄了一桶酒来。我们又喝起来。可是血流个不止。整个屋子里都流满了血。布尔拉克老爹说:'这小子没命了。再罚你弄一瓶甜酒来,不然我们叫你吃官司。'于是酒又来了,大家又拼命大喝……"

"那你当时痛不痛啊?"奥列宁又问。

"痛什么!你别打断我,我不喜欢人家插嘴。让我把话讲完。我们喝着喝着,一直喝到天亮,我喝得烂醉,就在炉炕上睡着了。早晨醒来,身子怎么也伸不直了。"

"那你一定很痛吧?"奥列宁又问,他想这下子总可以问出一个结果来了。

"我又没对你说过痛!痛是不痛,可身子就是伸不直,也不能走路。"

"后来伤养好了吗?"奥列宁说,脸上没有一点笑意:他心里实在沉重得很。

"养好了,可是子弹就这样留在里面。喏,你来摸摸!"他说着撩起衬衫,露出强壮的背。在脊梁骨旁边摸得出有一颗子弹。

"你瞧,就这样滑来滑去的,"他说,拿子弹像玩具似的玩弄着,"喏,它滑到下面去了。"

"那么,你说鲁卡沙还活得成吗?"奥列宁问。

"只有天知道!又没有大夫。请是去请了。"

"到哪儿去请啊,到格罗兹纳亚吗?"奥列宁问。

"不,老弟,假如我是沙皇的话,早就把你们那些俄罗斯大夫统统绞死了。他们就知道开刀。他们就这样毁了我们的哥萨克巴克拉歇夫,把他的一条腿割掉了。他们简直是笨蛋。如今巴克拉歇夫还有什么用?不,老弟,只有山里才有真正的大夫。我的朋友基尔奇克上次在战斗中负了伤,就在胸口这个地方,你们的那些大夫个个都摇头,可是萨伊勃从山里赶来,把他治好了。山里的大夫会用草药,老弟。"

"嘿,别净说废话了,"奥列宁说道,"让我到司令部去请个医官来吧!"

"哼,废话!"老头儿学着他的腔调说,"笨蛋!笨蛋!废话!请一个医官来!要是你们的人医得好病,哥萨克和车臣人早就到你们那里去治病了!事实上,你们的军官倒常常上山去请大夫的。你们就知道骗人,样样都是骗人的。"

奥列宁不再回答。他完全同意,他原来生活过的世界,也就是他现在回去的那个世界,样样都是骗人的。

"鲁卡沙到底怎么样了?你去看过他吗?"他问。

"他像死人一样躺着。滴水不进,只喝一点伏特加。嗯,能喝伏特加,就不要紧。这小伙子真叫人心疼。是个顶呱呱的小伙子,像我一样勇敢。我有一次也这样差点儿死掉,那些老太婆都放声痛哭,我的头脑就像火烧一样。他们把我抬到圣像底下,我就直挺挺地躺在那儿,在我头上的火炉上有一群这样小的鼓手在拼命擂鼓。我对他们大喝一声,他们却擂得更凶了(老头儿笑起来)。娘儿们把神父请来,准备给我送终。他们说:'他跟外教人来往,玩女人,杀人害命,不守斋戒,弹巴拉莱卡。'他们说:'你忏悔吧!'我就忏悔起来。我说我有罪。不管那神父说什么,我总是回答我有罪。他问到巴拉莱卡,我还是回答我有罪。他问我:'你把那个鬼玩意儿放在哪儿啊?你指给我看,好把它毁掉。'可是我回答说我没有这东西。其实我把它藏在牛奶屋的一个网里,我知道他们找不着的。他们就这样把我丢下了。我休养了好多时候。后来我又弹起巴拉莱卡来……哦,我说什么来着?"他继续说,"听我的话,你得避开人群,要不然你会白白送命的。说实话,我疼你。你爱喝一杯,我就是喜欢你。你们那些人总是喜欢往土墩上跑。从前我们这儿有个人,是从俄罗斯来的,他老是喜欢骑马上土墩,怪里怪气地把土墩叫作小山。他一看见土墩,就冲上去。有一次也这么骑马冲上去,冲到上面,高兴极了。不料有个车臣人向他开了一枪,就把他打死了。哦,车臣人用枪架打枪打得可准了!打得比我还准。可我不喜欢这样糊里糊涂被人家打死。有时候我瞧瞧你们那些兵,感到很奇怪。他们真是太笨了!这些可怜虫全部都挤在一处,衣服上还缝上红领子,这样人家怎么会打不中呢!一个被打死了,倒下来,把他拖开,另外一个又上去。真是太傻了!"老头儿摇摇头重复说,"为什么不分开来一个一个走呢?以后你得这样走才对。这样他们就没法子向你瞄准。你一定得这么走。"

"哦,谢谢你!再见了,大叔!上帝保佑你,我们还会见面的。"奥列宁一边说,一边站起来向门口走去。

老头儿坐在地板上,没有站起来。

"难道就这样分手吗?傻瓜!傻瓜!"他说道,"唉,人都变成什么样了!做朋友,做朋友,做了整整一年,说声再见,就走了。要知道,我是多么爱你,多么疼你啊!你这人真苦恼,老是孤零零的,老是孤零零的。谁也不爱你!有时候我睡不着觉,就想到你,我可真替你难过。就像歌里唱的那样:

> 生活在外乡异地,
>
> 可不好过啊,亲爱的兄弟!

你就是这样。"

"那么,再见了。"奥列宁又说了一遍。

老头儿站起来,向他伸出手去;奥列宁握了握,转身想走。

"把脸转过来,把脸转过来。"

老头儿伸出他那双强壮的手捧住奥列宁的头,用湿滋滋的胡子和嘴唇在他脸上吻了三次,哭起来。

"我真疼你,再见了!"

奥列宁坐上马车。

"哦,你就这样走了吗?送点什么留个纪念吧,老弟!送我一支枪吧!你要两支干什么?"老头儿一边说,一边感情冲动地呜咽着。

奥列宁拿出一支枪,送给他。

"您送老头子这么多东西干什么!"凡纽沙嘀咕道。"他永远不会知足的!老要饭的。都是些不规矩的人。"他一边说,一边裹紧外套,在前座上坐下来。

"闭嘴,猪猡!"老头儿笑着嚷道,"瞧,多小气!"

玛丽雅娜从棚子里走出来,冷冷地对马车瞧了一眼,点点头,走进屋里去了。

"这姑娘!"凡纽沙挤挤眼,用法语说道,接着傻里傻气地哈哈大笑起来。

"走吧!"奥列宁怒气冲冲地喝道。

"再见,老弟!再见了!我不会忘记你的!"耶罗施卡喊道。

奥列宁回头望了一下。耶罗施卡大叔正在跟玛丽雅娜说话,显然是在谈他自己的事;不论老头儿,还是玛丽雅娜,谁也没有瞧着他。

霍斯托密尔

（一匹马的身世）

纪念米·阿·斯塔霍维奇①

第 一 章

  天空越升越高，朝霞越扩散越宽广，不透明的银露越来越白，镰刀似的残月越来越暗，树林越来越喧闹，这时候人们一个接一个起身了。在老爷家的马厩里，马打响鼻的声音，马蹄踩在干草上的飒飒声，马挤在一起、不知为什么争吵的怒气冲冲的尖厉嘶叫声，也越来越频繁。

  "嘿！别急！都饿慌了！"年老的牧马人打开咯咯响的厩门说。"往哪儿跑？"他向一匹正要冲出门来的小牝马挥挥手，大喝一声。

  牧马人聂斯捷尔身穿哥萨克上衣，拦腰束着有金属饰物的皮带，肩上圈着一条皮鞭，腰带上扣着一包用手巾裹着的面包。他手里拿着鞍子和笼头。

---

  ① 这篇小说的情节是《夜牧》和《骑手》的作者米·阿·斯塔霍维奇让给我的。——原注

那些马对牧马人的嘲弄腔调既不害怕也不生气,装出若无其事的样子,从容不迫地走出门去。只有一匹鬃毛很长的深褐色老牝马贴住一只耳朵,迅速地转过身去。站在它后面的一匹小牝马对周围发生的事本来漠不关心,这当儿却尖厉地叫了一声,往最贴近的那匹马身上踢了一脚。

"嘿!"牧马人更响更严厉地叫起来,向院子一角走去。

马圈里的马(大约有一百匹)中有一匹花斑骟马显得最安静,它站在遮檐下的角落里,眯缝着眼睛,舔着棚舍的栎木柱子。不知道这花斑骟马舔出什么滋味,只见它现出一本正经和若有所思的样子。

"真淘气!"牧马人向骟马走去,把鞍子和磨得发亮的鞍垫放在旁边的粪堆上,用同样的口气对它说。

花斑骟马不再舔柱子,一动不动地对聂斯捷尔望了好一阵。它不笑,不生气,也不皱眉,只是收缩整个肚子,长长地叹了一口气,转过身去。牧马人搂住它的脖子,给它戴上笼头。

"你叹什么气啊?"聂斯捷尔说。

骟马摇摇尾巴,仿佛说:"噢,没什么,聂斯捷尔。"聂斯捷尔把鞍垫和鞍子放到它背上,这时它贴住双耳,也许是在表示不满,但它却因此被骂为贱货,肚带也被勒紧了。这时骟马把肚子鼓起来,但它的嘴里被塞进一个手指,肚子也被膝盖撞了一记,只好把气吐出来。虽然如此,当人勒紧它的肚带时,它又贴住耳朵,甚至回头瞪了一眼。它明明知道这是无济于事的,但还是认为有必要表示一下反感。它每次总要这样表示一下。当它被套上鞍子时,它就伸出那条浮肿的右腿,嚼起马嚼子来。这也许是出于一种特殊的想法,因为它总该知道,马嚼子是没有什么滋味的。

聂斯捷尔踩着短镫爬到骟马背上,解开那圈皮鞭,从膝盖下拉出哥萨克上衣的下摆,以马车夫、猎人和牧马人那种特有的姿势骑到马鞍上,拉了拉缰绳。骟马抬起头,表示已准备好到任何地方去,但仍站在原地不动。它知道,聂斯捷尔出发以前骑在它背上,还要对另一个牧马人华西卡和那些马叫嚷一番,吩咐些什么。果然,聂斯捷尔嚷了起来:"华西卡!喂,华西卡!你把母马都放出去了吗?往哪儿跑,鬼东西!嘿!你睡着了。把门打开,让母马先出去。"等等。

大门咯咯地响起来。华西卡怒气冲冲,睡眼蒙眬,抓住一匹马的缰绳,站在门框旁边,把马群放出去。马一匹又一匹小心翼翼地一面踩着干草,一面嗅着干草走出去,其中有幼小的牝马、周岁的马驹、乳驹和挺着大肚子慢吞吞单独走出门去的笨重的母马。小牝马有时三三两两地挤在一起,把头搁在别的马背上,急急忙忙地跑出门去,因此每次总要挨牧马人的叱骂。乳驹有时冲到陌生的母马脚下,响亮地嘶鸣着,来回答母马短促的呼喊。

一匹淘气的小牝马刚跑出大门,就把头低下来歪到一边,翘起屁股,尖叫一声,但毕竟不敢跑到有花斑的灰色老马茹尔德巴前面去。茹尔德巴迈着缓慢而沉重的步子,左右摆动着肚子,照例庄重地走在群马的前头。

几分钟工夫,本来那么热闹地挤满了马的马圈已经空了,显得冷冷清清,空棚舍凄凉地剩下一根根柱子,还有被践踏得乱七八糟的混合着马粪的干草。花斑骟马尽管看惯了这种空空荡荡的景象,但恐怕还是会感到伤心的。它慢悠悠地把头抬起又低下,好像鞠躬一样,尽马肚带所能容许的程度长叹一声,跛着弯曲而僵硬的腿,瘦骨嶙峋的背上驮着上了年纪的聂

417

斯捷尔,一步一步地跟着马群走出去。

"我知道他一到大路上就要打火,抽他那根有小链子的镶铜木头烟管了,"骟马想,"我喜欢他抽烟,因为在露珠滚滚的清晨,我闻到那种烟味觉得怪舒服,它使我想到许多快乐的往事;可恨的是老头儿嘴里一咬烟管,总是忘乎所以,神气活现,侧起身子歪坐在我身上,不知道我这一边正痛得要命。唉,别提啦,人家享乐我吃苦,这已经不是什么新鲜事儿了。我甚至觉得这里面还有一种做马的乐趣呢。让他去抖威风吧,这可怜的人。其实他也只有在没人看见,独个儿的时候才敢这样神气活现,就让他侧着身子坐吧。"骟马一面思索,一面小心地迈着弯曲的腿,在大路中间走着。

第 二 章

聂斯捷尔把马群赶到河边放牧。他跳下马,卸去鞍子。草地上露珠滚滚,迷雾从草地上和围绕着草地的小河上慢慢升起,马群就在这片还没被践踏过的草地上慢慢散开来。

聂斯捷尔给花斑骟马卸去笼头,在它脖子下面搔搔痒。骟马闭上眼睛表示感谢和满意。"它可喜欢啦,老东西!"聂斯捷尔说。其实骟马一点也不喜欢这种搔法,它只是出于礼貌才假装高兴,还摇头晃脑表示满意。但聂斯捷尔也许认为,过分的亲昵会使骟马觉得他虚伪,竟无缘无故、出其不意地猛然推了一下骟马的头,挥动马笼头,拿它的扣带狠狠地抽了一下骟马的瘦腿,然后一言不发,往小丘上他通常坐着休息的那个树桩走去。

这个行动虽然使花斑骟马很伤心,但它不动声色,慢悠悠地摇动脱毛的尾巴,嗅着什么,随便嚼着草解闷,往河边走去。它毫不理会周围那些小牝马、周岁的马驹和乳驹在早晨的旷野里欢腾奔跃。它知道先空腹饮足水,然后进食,是很卫生的,特别像它这样年纪,因此它就选择一处坡度不大的空旷的河岸,踩湿蹄子和距毛,把嘴伸到水里,用破裂的嘴唇啜着水,鼓动膨胀的两肋,得意地摆动毛很稀疏、露出尾根的有花斑的尾巴。

那匹褐色的小牝马是个淘气鬼,它总是逗弄老骟马,做出许多使它很不愉快的事。这时,它涉水向老骟马走去,装出有什么事要到那里去的样子,故意把老骟马面前的水搅浑。但花斑骟马已经喝够了水,仿佛没注意褐色小牝马的捣鬼,镇静地把陷在泥里的脚一只只拔出来,抖了抖脑袋,就避开小马到一旁吃草去了。它用各种姿势伸开四脚,不随便多践踏一根草,几乎腰也不伸一伸,一连吃了三小时。它吃饱了,肚子垂下来,好像瘦骨嶙峋的两肋上挂着一个大口袋。它站着,用四条病腿均匀地支撑着整个身子来尽量减少疼痛,特别是减轻那条最软弱的右前腿的负担。它就这样睡着了。

老年有各种各样:有的老年显得庄重,有的老年使人讨厌,有的老年过得悲惨。有的老年虽然庄重却使人讨厌,而花斑骟马现在过的就是这样一种老年。

这匹骟马身材高大,至少有一米五,毛色原来是黑花斑的,但如今黑斑已变成深褐色。它全身的花斑有三处:一处在头部,从弯曲的秃顶,经过鼻子旁边,直到脖子的当中。粘满牛蒡的长鬃毛,有的地方是白的,有的地方呈浅棕色。另一处花斑沿着右肋直到腹部当中。再有一处花斑在臀部,包括上半截尾巴和大腿的一半。剩下的那部分尾巴是灰白的,夹杂着花斑。瘦骨嶙峋的大脑袋在瘦得椎骨突出、像木头一般的脖子上沉重地低垂着，两只眼睛上面都有深窝，一度破裂过的嘴唇也挂了下来。从挂下来的嘴唇里可以看到咬伤过的黑漆漆的舌头和磨损得残缺不全的黄色下齿。两只耳朵——其中一只割破了——低垂在两侧，只偶尔懒洋洋地扇动一下，驱逐纠缠不清的马蝇。一绺长长的鬃毛从额上挂到一只耳朵后面，光秃秃的前额凹陷下去并且显得粗糙，宽大的下颚上的皮像口袋似的垂下来。脖子上和头上的筋脉纵横交错，疙疙瘩瘩，马蝇一停在上面就抖动起来。脸上露出忍耐、深思而痛苦的神情。两条前腿在膝盖处弯得像弓，两只前蹄上都有疣块，在那条一半有花斑的腿上，靠近膝盖有一个拳头大的肉瘤。两条后腿比较干净，但也有擦伤的疤，上面早已不长毛了。四条腿很长；同瘦骨嶙峋的身躯不相称。肋骨一根根十分清楚地突出，仿佛皮就干巴巴地紧绷在肋骨之间的凹陷处。耆甲和脊背上布满老伤疤，后面还有一个疮正在溃烂。黑色的尾根清楚地露出椎骨，翘得长长的，上面的毛几乎脱光了。褐色的臀部上，靠近尾巴的地方，有一块巴掌大的生有白毛的伤痕，大概是咬伤的；另外有一处刀伤，在肩胛骨上。由于经常腹泻，后腿的膝盖和尾巴弄得很脏。全身的毛虽短，却是直竖的。这匹老马纵然使人讨厌，但只要对它瞧上一眼，你就会情不自禁地深思起来。而行家呢，马上就会说，当年它可是一匹出色的好马啊。

行家甚至会说，全俄国只有这一个品种有这么粗的骨骼，这么大的股骨，这么粗壮的蹄子，这么细长的腿，这么漂亮的脖子，最重要的是这样的头骨，眼睛又大又黑又亮，头和脖子周围有这种纯种的脉络、这样细软的皮毛。是的，从这匹马的形象上,从各种特征令人吃惊地集中在一起——又是令人讨厌的老朽的样子,又是花纹斑驳的皮毛,又是自命不凡的姿态和表情,又是以原有的美和力而自豪的神气——这一点上,确实显出一种不同凡响的神态。

它是一架有生命的骨头架子,孤零零地兀立在露珠滚滚的草地中央,而离它不远传来了走散的马群的蹄声、响鼻声、年轻马匹的嘶鸣和尖叫。

第 三 章

太阳升到树林上空,照得草地和蜿蜒的河流闪闪发亮。露水渐渐干了,只剩下一颗颗水珠。在沼泽地附近,在树林上空,早晨残留的薄雾像轻烟一般扩散开来。几朵乌云翻卷着,但地面上还没有风。河对岸绿油油的黑麦已经抽穗,一根根像鬃毛似的竖立着。空中弥漫着草木的芳香。布谷鸟嘶哑的咕咕声从树林那边传来。聂斯捷尔仰天躺在草地上,计算着他还有多少年可以活。百灵鸟飞上了黑麦田和草地的上空。一只晚来的野兔落到马群中间,它跳在空地上,蹲在一丛灌木旁边侧耳倾听。华西卡把头钻到草丛里打盹,那些小牝马都绕过他,在低地上走得更散了。老牝马打着响鼻,在露水上留下一道分明的蹄印,一直在找寻谁也不来打扰的地方,它已经不再进食,只偶尔嚼嚼美味的嫩草。整个马群悄悄地朝一个方向移动。又是那匹上了年纪的茹尔德巴威严地领头,表示它还能走得更远些。第一次下驹的年轻黑马"苍蝇"不停地嘶鸣着,翘起尾巴,对那匹在它周围抖动膝盖、摇摇晃晃地学步的淡紫色乳驹打着响鼻。深栗色的没有伴侣的"燕子",皮毛像缎子一样光滑发亮，它垂下头，于是黑丝带般的鬃毛便遮住了它的前额和眼睛。它玩弄着青草——把草咬断，吐掉，又用被露水浸湿的毛茸茸的蹄子践踏着。一匹较大的乳驹大概想出了什么把戏，翘起又短又曲像军帽上羽饰一般的尾巴，在它母亲周围一连兜了二十六个圈子。做母亲的早已摸透这孩子的脾气，若无其事地啃着草，只偶尔用一只黑色的大眼睛瞟它一眼。最小的一匹乳驹，黑毛，大头，额鬃异样地竖在两耳之间，小尾巴还像在母腹里那样蜷曲着。它竖起耳朵，睁着迷惘的眼睛，一动不动地站着凝视那匹忽而奔驰忽而后退的乳驹，不知道是羡慕它呢还是谴责它这种怪样儿。有的乳驹用鼻子顶着乳房吸奶；有的不知什么缘故，不管母亲的呼唤，用笨拙的小步朝相反的方向跑去，仿佛在找寻什么，接着又莫名其妙地站住，没命地尖声嘶叫；有的并排侧卧在草地上；有的在学吃草；有的用后脚在耳朵后面搔痒。两匹怀驹的牝马单独走着，一面慢吞吞地迈着步，一面继续吃草。显然，它们的特殊状态是受尊重的，没有一匹年轻的马敢走拢去打扰它们。要是有哪个捣蛋鬼想走到它们旁边去，只要动一动耳朵和尾巴，就足以表明它们的行为是不体面的。

　　小马驹，周岁的小牝马，都装出老成持重的样子，很少蹦蹦跳跳，很少同快乐的伙伴们待在一起。它们弯着剪过毛像天鹅般的脖子，一本正经地吃着草，还摇摇扫帚式的短尾巴，表示它们也有尾巴了。有的马驹也像大马一样躺着，打着滚，相互搔着痒。最快乐的是那群两三岁的马驹和没有伴侣的牝马。它们几乎总是走在一起，像一群快乐的姑娘一样。从它们那里传来蹄声、尖叫声、嘶鸣声和蹶踢声。它们聚集在一起，相互把头搁在对方的肩上，相互嗅着，跳跳蹦蹦，有时打一下响鼻,尾巴翘得像烟囱,神气活现、卖弄风骚地在同伴们面前跑过,又像小跑,又像奔跃。在所有这些小马中间,淘气的褐色小牝马是头号美女和捣蛋鬼。它带头玩弄什么花样,大家就跟着它做;它往哪儿走,整群美女就跟着它往哪儿走。这天早晨,淘气鬼兴致特别好。快乐的情绪支配着它,就像支配着人一样。还在饮水的地方,它就捉弄花斑老骟马,在水里跑了一阵,装出受惊的样子,打了个响鼻,飞快地向田野驰去,弄得华西卡只好骑着马去追它和跟它一起跑的那些马。随后,它稍微吃了一点草,躺下来,然后又去逗弄老牝马,一直跑到它们前头,然后又把一匹乳驹从母马身旁冲开,追上去好像要咬它。母马大吃一惊,停止吃草,那乳驹凄惨地叫起来,但淘气鬼并不去碰它,只是吓唬吓唬它,让趣味相投的伙伴们看把戏。河对岸有个庄稼汉驾着一匹杂色马在犁黑麦地,淘气鬼竟想去勾引它。它站住了,骄傲地斜昂起头,浑身扭动一下,用一种甜蜜、温柔而拖长的声音嘶鸣起来。这嘶鸣声带着淘气、热情和忧郁的调子,其中流露出愿望,也流露出对爱情的许诺和追求爱情的苦闷。

瞧吧,一只长脚秧鸡在稠密的芦苇丛里跑来跑去,热情地召唤女友;听吧,布谷鸟和鹌鹑在歌唱爱情,花儿在风中相互传送芬芳的花粉。

"我又年轻,又漂亮,又强壮,"淘气的小牝马这样嘶鸣着,"但到如今我还没尝过爱情的甜蜜,不但没尝过,连情人都还没有一个,还没有一个情人看中我。"

这种情意深长的嘶鸣声充满青春的烦恼和活力,在低地和田野上回荡,也远远地传到杂色马的耳朵里。它竖起耳朵,站住了。庄稼汉用草鞋踢它,可是杂色马被远方银铃般的嘶鸣声迷住,也不禁嘶鸣起来。庄稼汉大为恼火,拉了拉缰绳,用草鞋使劲踢它的肚子,踢得它来不及嘶鸣完又继续走路。杂色马感到又甜蜜又悲伤,它那刚开始的热情洋溢的嘶鸣声和庄稼汉怒气冲冲的声音又从远处麦地那边久久地往马群这边飘来。

杂色马听到这嘶鸣声就神魂颠倒,把自己的职责都忘记了,要是它看到淘气鬼的俏模样儿,看到它怎样竖起耳朵,张大鼻孔,吸着空气,往哪儿冲去,并且扭动年轻美丽的身体,呼唤着它,那杂色马真不知道又会怎样呢!

但淘气鬼没有沉浸在心事里。杂色马的声音一停止,淘气鬼就又嘲弄地嘶鸣起来,低下头,用脚刨着地面,然后走去弄醒花斑骟马,逗弄它。花斑骟马一向是这快活的小牝马的受害者和取笑对象。它吃这小牝马的苦,比吃人的苦还多。但对马也好,对人也好,它从来都没有做过坏事。人们需要它,可是这些年轻的牝马究竟为什么要折磨它呢?

第 四 章

它老,人家年轻;它瘦,人家丰满;它寂寞,人家快乐。因此,它完全与众不同,是外来的,是另一种生物,不值得怜悯。马儿只怜惜自己,偶尔也怜惜别的处境相似的马。花斑骟马又老又瘦又难看,但这总不是它的罪过吧⋯⋯看来不是。但照马的道理来说,它是有罪的,唯有那些年轻力壮和幸福的马,那些前程远大的马,那些身上每块肌肉都会无缘无故跳动、尾巴翘得像柱子那么高的马,才是一贯正确的。这一层道理,花斑骟马自己说不定也是懂的。在心平气和的时候,它也承认它是有罪的，因为它已经把一生过完了，它得为所享受的生命付出代价；但它毕竟是一匹马，眼看着年轻的马因为它进入老年——它们总有一天也会老的——而欺负它，它总克制不住委屈、悲伤和愤懑的情绪。这些马的冷酷无情也是出于一种贵族的感情。每一匹马的父系或母系都有显赫的斯密坦卡良种的血统，可是花斑骟马出身不明；花斑骟马是个外来客，是三年前用八十纸卢布从集市上买来的。

褐色的小牝马装作散步，一直走到花斑骟马跟前，把它撞了一下。老骟马知道是怎么回事，没有睁开眼睛，贴着耳朵，龇龇牙。小牝马转过身来，装出要踢它的样子。老骟马睁开眼睛，退到一边，它已经不想睡了，就吃起草来。淘气鬼在几个朋友的陪同下又走到骟马跟前。两岁的白额小牝马很愚蠢，它一举一动都模仿褐色的小牝马，这时也跟了过来，并且像一般模仿者那样总是加油添醋，做得过火。褐色小牝马通常总是装作若无其事地走拢去，从骟马面前经过，连瞧都不瞧它一眼，因此骟马实在摸不透该不该生它的气。这情景确实可笑。这会儿褐色小牝马也是如此，可是那白额马跟着它走过去，特别趾高气扬，竟然用胸部去撞骟马。骟马龇牙咧嘴，尖叫一声，以意料不到的麻利劲儿向它扑去，在它的大腿上咬了一口。白额马就往老骟马皮包骨头的肋上狠狠地尥了个蹶子。老骟马气得呼呼直喘气，还想再扑过去，但接着改变了主意，只长叹一声，退到一旁。显然，所有年轻的马都把花斑骟马对白额马的无礼看作对自己的侮辱，当天都坚决不让它再吃草，一分钟也不给它安宁，使牧马人不得不几次三番叫它们安静，他也弄不懂它们之间究竟出了什么事。骟马气坏了，当聂斯捷尔准备把马群赶回家去时，它主动走到老头儿跟前。

等到聂斯捷尔给它备好鞍，骑到它身上时，它才觉得好过些，心里也比较平静了。

当老骟马背上驮着老牧马人的时候，天知道它在想些什么。它是伤心地想到纠缠不清的冷酷青年呢，还是带着老头儿所特有的轻蔑而沉默的傲气，宽恕了这些侮辱者？不过一直到家它都没有流露它的想法。

这天傍晚，聂斯捷尔家来了几个乡亲。当他赶着马群经过下房时，发现他家大门口停着一辆马车。他赶着马群，匆忙得连鞍子也没卸，就把骟马赶到院子里，喊华西卡，要他把马鞍卸掉，自己却锁上大门，进屋里找乡亲去了。不知是由于这匹从马市上买来、出身不明的"浑身生疮的贱货"侮辱了斯密坦卡的曾孙女白额小牝马，从而亵渎了整个马群的贵族感情呢，还是由于骟马背着一副高高的鞍子而没有人骑，使群马觉得这景象实在荒诞离奇，总之，这天夜里马圈里发生了一件不寻常的事故。所有的马，不论年轻的还是年老的，都龇牙咧嘴，在院子里狂跑，追逐骟马，蹄子嗒嗒响着不断踢它那瘦骨嶙峋的两肋，踢得它哼个不停。骟马再也受不住，再也避不开对它的攻击，它站在院子中央，脸上流露出那种老朽所特有的令人讨厌的怯懦的愤怒和绝望；它贴住耳朵，突然做了一个意外的动作，使所有的马一下子都安静了。那匹最老的牝马维雅卓普里哈走过去，嗅了嗅骟马，叹了一口气，骟马也叹了一口气。

…………

第 五 章

在月光融融的院子中央站着又高又瘦的骟马，马背上套着鞍鞯顶端突出的高高的鞍子。群马一动不动,默默地站在它的周围,仿佛从它那儿知道了什么不平凡的事。真的,它们从它那儿知道了一件新奇的事。

下面就是它们从它那儿知道的事。

…………

第　一　夜①

"是的,我是刘别兹内一世和芭芭的儿子。我的名字按排行叫庄稼汉一世,绰号叫霍斯托密尔②,因为在俄罗斯没有一匹马的步子比我更宽大更豪放的了。就出身的血统来说,世界上没有一种马比我更高贵。这件事我本来是永远不会告诉你们的。何必呢?可是这样,你们也就永远不会了解我了。这位维雅卓普里哈本来跟我一起在赫列诺伏待过,可是后来她一直没认出我,直到现在才认出来。要不是这位维雅卓普里哈可以做见证,你们恐怕现在也不会相信我吧。这件事我本来是永远不会告诉你们的。我可不需要马的同情。但你们想知道这事。是啊,我就是那个霍斯托密尔,就是那些马迷所努力物色而没有物色到的那种马,我就是那个霍斯托密尔,是伯爵亲自把我从马场上卖掉的,因为我跑得比他的爱马'天鹅'还快。"

…………

"我生下来的时候不知道什么叫花斑,我想我是一匹马就是了。记得第一次人家批评我的毛色,我和我妈都大吃一

---

① 　以下是骟马的自述,因此用第一人称叙述。
② 　含义见第452页。

惊。我大概是在夜里出生的,到天亮我已经被妈舔干净,自己站着了。记得我一直在渴望着什么,我觉得一切都非常奇怪,一切又都非常平凡。我们的马房设在长长的温暖的走廊里,有格子门,通过这种门,外面的一切都可以看得清清楚楚。妈把奶头凑拢来喂我,可我太不懂事了,一会儿在她前腿中间,一会儿在她乳房底下用鼻子乱撞。忽然妈回头往格子门那边望了望,提起一条腿,跨过我的身体,避到一旁。值班的马夫从格子门里望着我们。

"'瞧你的,芭芭下驹了。'他说着拉开门闩,踏着新铺的干草走进来,双手把我抱住。'你瞧啊,塔拉斯,'他嚷道,'一身花斑,活像只喜鹊呢。'

"我使劲挣脱,往前一冲就跪了下来。

"'瞧这鬼东西。'他说。

"妈心里发慌,但并没来保护我,只是长长地叹了一口气,稍稍走开一点。来了几个马夫,大家打量着我。其中一个跑去报告领班的马夫。大家看着我的花斑都笑了,给我起各种各样古怪的名字。别说我,就连我妈都不明白这些名字的意思。在我们的本家和亲戚当中,至今没有一个是花斑的。但我们都没想到这有什么不吉利。我的体格和力气当时就得到大家的称赞。

"'瞧它多灵活啊,'一个马夫说,'捉都捉不住它呢!'

"过了一会儿,领班来了,他对我的毛色也感到惊奇,甚至有点伤心。

"'这丑八怪像谁啊?'他说,'这会儿将军也不会把它留在马场里了。唉,芭芭,你这回真是存心要我好看啦。'他对我妈说,'哪怕生个白额也好,却偏偏生了个花斑!'

"我妈什么也没回答，遇到这种情况她只是照例叹一口气。

"'这丑八怪像什么鬼啊，简直像个庄稼汉，'他又说，'不能把它留在马场里了，丢人哪，马倒是匹好马，好得很。'他这么说，大家看着我也这么说。过了几天，将军亲自来看我，大家又胆战心惊，又都为我的毛色把我和我妈骂了一通。'马倒是匹好马，好得很。'谁一看到我，都这么说。

"开春以前，我们都分别住在母马厩里，个个同妈在一起，只有马圈顶上的雪被太阳晒化了的时候，我们才偶尔同妈一起放出来，来到铺着新鲜干草的宽大院子里。这时候，我才初次见到我的亲戚，包括近亲和远亲。也是在这时候，我看见当时的名马都带着她们的奶娃娃从各个门里走出来。这里有老'荷兰'，有斯密坦卡的女儿'苍蝇'，有'红毛'，有骑马'好心肠'，都是当时赫赫有名的马儿，大家都带着驹子聚集在一起，在太阳底下散步，在新鲜干草上打滚，相互嗅着，像一般马儿那样。这个马圈里当时美女济济一堂的景象，我到如今还忘不了。我原来也很年轻，也很灵活，你们听了一定会感到奇怪，一定很难相信，可那是事实。当时这位维雅卓普里哈也在场，那会儿还是匹周岁的驹子——快乐，灵活，样子挺可爱，但不是我有意要得罪她，现在你们这儿都认为她血统高贵，可她当时在驹子里是最起码的。这一点她自己可以给你们证明。

"我的花毛很不受人喜欢，却很招马群的喜爱；所有的马都把我团团围住，欣赏我，同我嬉闹。我开始忘记人类对我花毛的品评，觉得自己很幸福。但不久我就第一次尝到了生活的痛苦，这痛苦是由我妈引起的。开始融雪了，麻雀在屋檐下叽叽啾啾地叫着，空气里春意更浓了。这时候，妈对我的态度有了变化。她的性格完全变了：一会儿她无缘无故在院子里狂奔乱跑，就她这种年龄来说，这是不成体统的；一会儿她想着心事，叫了起来；一会儿她对她的牝马姐妹又是咬又是踢；一会儿她又来嗅我，又不满地打着响鼻；一会儿她走到太阳底下，把头搁在她表姐'老板娘'的肩上，把她的背搔上好一阵，又把我从奶头底下推开。有一次，领班的马夫来了，吩咐给她戴上笼头从马房里带走。她叫起来，我也跟着叫了一声，向她扑去；可她竟没有回头看我一眼。马夫塔拉斯一把抱住我；妈一被牵出去，门就关上了。我猛地冲过去，把马夫摔倒在干草上，可是门已经关上了，我只听见妈的叫声越去越远。在这叫声里，我已经听不出召唤，只听出另一种表示。回答她的叫声的是远处一个雄壮的声音，后来我知道那是陶勃雷一世。他当时在两个马夫左右护送下来同我妈相会。我记不得塔拉斯是怎样从我的马房里走出去的，因为我实在太伤心了。我觉得我从此失去了母爱。我想，这一切都因为我是个花斑，我想起人们对我毛色的意见，恼火极了，就用头和膝盖猛撞马房的墙壁，一直撞到我浑身大汗淋漓，精疲力竭。

"过了一阵，妈回到我那儿。我听见她急急地用异样的步子穿过走廊跑到我们房里来了。人们给她打开门，她变得那样年轻、漂亮，我简直不认得她了。她嗅着我，打了个响鼻，高兴地叫起来。我从她的整个表情上看出，她不爱我了。她讲给我听，陶勃雷长得多么英俊，她多么爱他。这种会面继续着，而我同妈之间的关系就变得越来越冷淡了。

"不久我们给放出去吃草。从这时起，我尝到了新的快乐，弥补了失去的母爱。我有了朋友和同伴，我们一起学吃草，学着像大马那样叫，翘起尾巴，在妈妈的周围兜圈子。这是一段幸福的时光。我的一切过失都被原谅了,大家都爱我,都宽宏大量地看着我的一举一动。这样的日子没有持续多久。很快我就遭到了一场大灾难。"骟马长长地叹了一口气,从马群那儿走开。

天色早已破晓。大门咯咯地响着,聂斯捷尔走进来。马群散开了。牧马人整顿好骟马身上的鞍子,把马群赶了出去。

第 六 章

第 二 夜

马群一被赶出去,它们就又聚集在花斑骟马的周围。

"八月里,人们把我同妈分开了,"花斑骟马继续说,"我并不感到特别悲伤。我看到我妈已经怀了我最小的弟弟,著名的'乌桑',我也同以前不一样了。我并不妒忌,但我觉得我对妈比较冷淡了。此外,我知道,我一离开妈就要进驹子的宿舍,两三匹一间,所有的驹子天天都成群结队地放到野外。我同'宝贝'合住一间。'宝贝'是匹骑马,后来成了皇帝的坐骑。他被画了像,塑了像。可当时他还是匹普通的乳驹,长着一身细软光滑的皮毛,脖子像天鹅,腿像琴弦一般又细又直。他总是很快活、善良、亲切,总是喜欢玩,喜欢舔舔人家,同马或者人开开玩笑。我同他生活在一起,不知不觉成了朋友。这友谊在我们的青年时代一直保持着。他快乐而轻浮。他那时已经在谈恋爱了,他调戏小牝马,嘲笑我的淳朴无知。算我倒霉,我出于自尊心模仿起它来了;不久我也陶醉在爱情里。这种早熟是我一生发生巨大变化的原因。我就这样入迷了。

"维雅卓普里哈比我大一岁,我同她特别要好;但到了秋末,我发现她看见我害臊起来了……但我不打算讲我初恋的全部悲剧,她自己准记得我对她的狂恋,结果就发生了我一生中最重大的变化。当时牧马人都奔来把她赶走,把我打了一顿。傍晚把我赶到一个特别的马房里;我叫了一个通宵,仿佛预感到明天将要发生的事件。

"第二天早晨,将军、领班的马夫、别的马夫和牧马人都来到我的屋外走廊里。一场可怕的喧闹开始了。将军叱责领班,领班辩护说,他没有吩咐把我放出去,是马夫们自作主张这样做的。将军说他要抽打所有的人,还说驹子说什么也不能保留。领班答应一切照办。他们这才停止争吵,走掉了。我什么也不明白,但我看出他们在策划什么事情对付我。"

…………

…………

"那件事发生后的第二天,我就不再嘶叫,我就变成现在这个样了。在我的眼里,整个世界都变了,我觉得什么都不可爱,我闷闷不乐,沉思默想起来。最初我对一切都失去了兴趣。我甚至不吃,不喝,不走动,至于玩,连想都不想了。有时我也想到尥蹶子,跑跑,叫叫,可是立刻就出现一个可怕的问题:何必呢? 干什么呀? 这样最后的一点劲儿也就没有了。

"一天傍晚,我被牵出去训练,马群正好从田野里回来。我老远就看见滚滚的灰沙和我们那些母马的模糊而熟悉的身影。我听见欢乐的叫声和蹄声。我站住了。虽然马夫拉着笼头绳子,勒痛我的后脑勺,我还是抬头眺望渐渐跑近来的马群,好像眺望一去不复返的幸福一样。她们跑近了,我一个个地认着——全都是我所熟悉的美丽、庄重、强健、肥壮的马儿。她们中间有的也在朝我看。我不再感觉马夫拉笼头的疼痛。我忘乎所以,不由自主地照例嘶叫起来,快步急急跑去;可是我的嘶叫听起来忧郁、可笑、不成体统。马群里谁也没有嘲笑我,可是我发现她们中有许多马儿出于礼貌避开我。她们显然觉得讨厌、可怜、害臊,主要是觉得我可笑。她们笑我那细长呆板的脖子和大头(我在这个时期里瘦多了),笑我又长又笨的腿,笑我照习惯围着马夫兜圈子小跑的难看步法。谁也没有回答我的嘶叫,大家都避开我。我一下子全明白了,明白我同她们永远疏远了,也不记得当时我是怎样跟着马夫回家的。

"以前我的性格就很严肃,并且爱好沉思,如今身上更发生了彻底的变化。我身上受到人们如此蔑视的花斑,我遭到的意料不到的奇怪灾难,以及我感觉到而无法解释的在马场里的特殊地位,都弄得我闷闷不乐。我思索着人们因为我有花斑而斥责我的不公平,我思索着母爱和一切女性的爱随生理条件的变化而变化无常,最主要的是我思索着同我们关系密切、我们称为人类的那种奇怪动物的本性。这种本性决定了我在马场里地位的特殊性——这种特殊性我是感觉到的,但无法理解。这种特殊性和成为它基础的人类的本性,我是通过下面一件事才懂得的。

"这事发生在冬天过节的时候。整整一天都没有给我吃的,也没有给我水饮。后来我才知道,这是因为马夫喝醉了酒。当天领班的马夫来到我那里,看到没有饲料,就用最难听的话把那个不在场的马夫臭骂一通,然后走掉。第二天,马夫和他的同伴走进我们的马房给我们上干草,我发现他脸色非常苍白,神情十分悲伤;尤其是在他长长的脊背上显出疼痛难当的样子。他怒气冲冲地把干草从栅栏外面扔进来,我刚要把头从他的肩膀上伸过去,他却狠狠地往我脸上打了一拳,打得我跳了开去。他还用靴子踢我的肚子。

"'要不是这浑身生疮的东西,就不会出这种事了。'他说。

"'这话怎么讲?'另一个马夫问。

"'伯爵的马他是不来看看的,可他自己的驹子一天倒要来看上两次。'

"'难道花斑送给他了吗?'另外一个马夫问。

"'是卖的还是送的,只有狗才知道。伯爵的马哪怕全饿死也没关系,可是怎么可以不给他的驹子上料。他叫我躺下,就动手打起来了。没有一点基督徒的良心。对牲口比对人还宝贝,他身上准没有挂十字架,他自己还数着数,这蛮子。连将军也不会这样,把整个背都给打烂了,真是没有一点基督徒的良心。'

"他们谈到鞭笞和基督徒的良心,这些我是明白的,可是我完全弄不懂'自己的,他的驹子'这一类话的意思,我只看出人们认为我和领班马夫之间有什么特殊关系。究竟是什么关系,我当时可实在弄不懂。直到过了好多时候,把我同其他的马分开养,我才明白它的意思。当时我说什么也弄不懂,把我说成一个人的私有财产究竟是什么意思。我觉得把我这样一匹活生生的马说成是'我的马'实在别扭,就像说:'我的土地''我的空气''我的水'一样别扭。

"但这些字眼对我的影响可大了。我不停地思考这个问题，直到我同人类发生了种种错综复杂的关系之后，我才懂得人类对这些古怪字眼是怎样解释的。它们的意义就是：在生活中人类不是受事业支配，而是受字眼支配的。他们喜欢的，不是尽可能去做些什么或者不做什么，而是尽可能对各种东西使用他们约定的字眼。他们认为非常重要的字眼就是：'我的，我的，我的'，他们用这个字眼来谈各种东西、各种动物、各种对象，甚至于用来谈土地、人和马。他们规定每一样东西只有一个人可以说我的。谁能照他们规定的花样，把最多的东西说成我的，谁就是他们中间最幸福的人。为什么要这样，我不明白，但这是事实。我以前费了好大劲儿给自己解释这样做有什么好处，可是事实证明我的解释是不对的。

"譬如，在把我叫作自己的马的那些人中，有许多人并不驾驭我，驾驭我的完全是另外一些人。喂我的也不是他们，而完全是另外一些人。待我好的也不是他们——那些把我叫作自己的马的人，而是马车夫、马医，总之都是一些旁人。后来，扩大了观察的范围，我相信不仅是对我们马，对任何东西使用我的这个字眼并没有什么理由，它只是反映人类低级的没有理性的本能——他们把这说成是私有感或私有权。一个人说：'我的房子。'可他从来不在里面住，他只关心房子的建筑和维修。一个商人说：'我的铺子。'譬如说，'我的呢绒铺子。'他却没有一件衣服是用他铺子里的上等料子做的。有些人把土地称为我的土地，可是他从来没有看到过这块土地，也没有在上面走过。有些人把另外一些人称作他们的人，其实从来没有看见过那些人，而且他

435

们总是伤害那些人。有些人把女人称为自己的女人或者妻子,而这些女人却与别的男人生活在一起。人们在生活中不是争取多做些他们认为好的事情,而是追求把更多的东西称为自己的。现在我相信,人类同我们最大的区别就在这里。因此,不说我们比人类优越的其他地方,光凭这一点,我们就可以大胆说一句,在生物等级的分类上,我们比人类要高一级:至少就我所接触到的,支配人类活动的是一些字眼;而支配我们的活动的却是事业。因此,领班的马夫就有权把我说成是我的马,并因此鞭笞了那马夫。这个发现使我大为惊讶,它同我的花斑毛色在人们中间引起的思想和议论,以及我妈把我抛弃在我身上所引起的沉思,这一切都促使我变成一匹现在这样严肃而深思的骟马。

"我有三重不幸:我有一身花斑,我是一匹骟马,人们还认为我不同于别的一切动物,我既不属于上帝,也不属于我自己,我是属于领班马夫的。

"他们这样看待我引起了许多后果。首先就是把我单独喂养,喂得好一些,更多地用调马索来训练我,较早让我拉车。我第一次拉车还不满三岁。我记得,那个认为我是属于他的领班马夫第一次亲自来给我套车,他带了一群马夫来,满以为我会闹事或者反抗。他们硬把我的嘴唇扳开。他们用绳子把我绕起来,牵到车辕中间;他们在我背上套上一副很宽的十字皮带,把它缚在车辕上,不让我尥蹶子;其实我正在等待机会表示我对劳动的热爱。

"他们感到惊奇,因为我走起来像一匹老马。他们开始训练我,我开始练习小跑。我每天都有很大的进步,因此过了三个月,将军本人和别的许多人对我的跑步都大为称赞。奇怪的是,正因为他们认为我不是他们自己的,而是领班马夫的,所以对我的跑步成绩抱着另一种态度。

"人们训练驹子,训练我的弟兄们,测量他们的耐力,都来欣赏他们,让他们驾镀金的轻便马车,给他们披上珍贵的马衣。我拉着领班马夫的普通马车,为他的事往契斯明卡和别的村子奔驰。这一切都因为我是花斑的,但主要的是,他们认为我不是伯爵的马,我是领班马夫的私有物。

"明天要是我们还活着,我就告诉你们,领班马夫心目中的私有权在我身上造成了怎样严重的后果。"

这一天,从早到晚,群马对霍斯托密尔都特别尊敬,但聂斯捷尔的态度还是那么粗暴。庄稼汉的那匹杂色马已经走到马群旁边,嘶叫起来,褐色小牝马又在卖弄风情了。

第 七 章

第 三 夜

月亮出来了,它像一把狭长的镰刀,照耀着站在院子中央的霍斯托密尔。群马聚集在它的周围。

"由于我不属于伯爵,不属于上帝,而属于领班马夫,这就引起最可怕的后果,"花斑骟马继续说下去,"高速奔驰本来是我们马的主要功劳,竟成了我被驱逐的原因。他们在圈里训练'天鹅',领班马夫刚好驾着我从契斯明卡回来,就在圈旁停下。'天鹅'从我们旁边跑过。他跑得很好,但他毕竟有点卖弄,没有经过像我那样严格的训练,不能做到一只脚一接触到地面另一只脚立刻离开地面,不浪费一点力气,一个劲儿地往前跑。'天鹅'从我们旁边跑过，我闯进跑马场，领班马夫没有制止我。'嘿，让我的花斑试一试怎么样？'他大声叫道，当'天鹅'第二次同我并排时，他就放了我。'天鹅'已经跑得上了劲，因此第一场我落后了，但第二场我就追上去，挨近他的跑车，和他并排，接着又超过了他。人们又试了一次，结果还是这样。我比他跑得快。这使大家都大为惊讶。他们决定把我卖到远处去，不让走漏一点风声。'要是让伯爵知道，那就糟了！'他们这么说。他们就把我卖给一个马贩子当辕马。我在马贩子那儿待了没多久。有个骠骑兵要补充马匹，把我买了去。这事真是太不讲理，太残酷了，因此当人们把我带出赫列诺伏，永远离开我所珍惜的一切时，我反而感到高兴。我在他们中间实在太受罪了。摆在他们面前的是爱情、荣誉和自由，可是在我的面前呢，却只有劳动、屈辱、屈辱、劳动，一直到生命结束！为什么呢？因为我是花斑的，我就只能做某些人的马。"

这天晚上，霍斯托密尔没能再讲下去。马圈里发生了一件事，弄得所有的马都惊慌失措。怀驹过期的牝马"老板娘"起初听着故事，忽然转过身去，慢吞吞地走到棚舍下，在那边大声哼哼起来，引起群马的注意。接着它躺下去，接着又站起来，又躺下去。上了年纪的母马都知道是怎么一回事，可年轻的都慌了神，它们抛下骟马，围住身体不舒服的牝马。天快亮的时候，出现了一匹新生的驹子，颤巍巍地用四条小小的腿儿站着。聂斯捷尔把领班马夫叫来。他们把牝马连同驹子带到一间马房里，把其余的马赶走了。

第　八　章

第　四　夜

晚上,等到大门关上,万籁俱寂,花斑骟马又继续讲它的身世:"在我从这个人手里转到那个人手里的过程中,我对人和马做了许多观察。我在两个主人那里待得最久:一个是当上骠骑兵军官的公爵,另一个是住在圣尼古拉教堂旁边的老太婆。

"我在骠骑兵军官那里度过了我一生中最好的时光。

"虽然他是我遭到毁灭的原因,虽然他从来不爱任何人,不爱任何东西,我当时却因此喜欢他,现在也还是喜欢他。他漂亮,幸福,有钱,因此不爱任何人,可我就因为这个缘故喜欢他。你们了解我们做马的这种高尚的感情。他的冷酷,他的残忍,我对他的从属地位,使我特别爱他。在我们美好的日子里,我有时想,'打死我吧,赶死我吧,我会因此觉得幸福的。'

"领班马夫以八百卢布的代价把我卖给马贩子,骠骑兵军官又从马贩子那儿把我买下来。他所以把我买下,因为谁也没有一匹花斑马。这是我最美好的时光。他有一个情妇。我知道这件事,因为我天天把他送到这女人那儿,或者把这女人送到他那儿,或者把他们俩一起送到某个地方。他的情妇是个美人,他是个美男子,他的车夫也是个美男子。因此我全爱他们。我的日子过得不错。我的生活是这样的:一早马夫就来给我洗刷,不是车夫,是马夫。马夫是个从农夫中挑选出来的小伙子。他打开房门,放出马的气味,铲掉马粪,解下马衣,用刷子刷我们的身体,又拿马篦篦下一条条白色的污垢,敲落在被马蹄铁踩坏的地板上。我开玩笑地咬咬他的袖子,顿顿脚。然后他把我们一匹匹带到一大桶冷水旁边。那小伙子就欣赏着被他洗刷得光滑发亮的花斑,欣赏着那蹄子很宽的像箭一般直的腿,欣赏着光滑的臀部和背——简直可以在那上面睡觉呢。他们把干草堆在高高的栅栏后面,又把燕麦倒在栎木食槽里。车夫头费奥芳也常常到这里来。

"主人和车夫很相像。两个人都是天不怕地不怕,都是除了自己谁也不爱,因此大家都很喜欢他们。费奥芳穿着红衬衫、黑绒布灯笼裤和腰部打褶的外衣。我喜欢他开玩笑。有时过节,他穿着这种腰部打褶的外衣,身上涂了香油,走到马房里来,大声叫道:'喂,畜生,你忘啦!'说着又用草叉柄戳戳我的大腿,但总是一点也不痛,他这只是闹着玩的。我立刻明白他是在开玩笑,我就贴起一只耳朵,龇龇牙。

"我们那里有一匹拉双套车的黑驹子。他们常常在夜里把我同他套在一起。这怪物不懂得开玩笑,却凶得像恶鬼。我同他并排站着,中间隔开一道矮栅栏,有时我们就认真地相互咬着,闹了起来。费奥芳可不怕他。有时候,他一直走过来,大喝一声,仿佛要揍他,其实并不,费奥芳只是给他戴上笼头。有一次我同他一起拉车奔下库兹涅茨桥。主人也好,车夫也好,他们都一点也不怕,两人都笑着,吆喝着桥上的人群,驾驭着,转来转去,因此没有轧着一个人。

"我为他们效劳,牺牲了我最出色的长处和半条性命。当时他们给我饮水饮得过了头,赶路赶断了腿。尽管这样,这还是我一生中最美好的时光,他们总是在十二点钟来套车,给我的蹄子抹上油,前额和鬃毛洒上水,把我拉到车辕里。

"雪橇是柳条编的,上面铺着丝绒,挽具上有小巧的银扣子,缰绳是丝织的,一度还是抽花的。套具是那么合身,等所有的缰绳和皮带系住扣好,简直分辨不出哪里是套具,哪里是马的身体。他们总是毫不费劲地在棚舍里把车套好。费奥芳走出来,他的屁股比肩膀还宽,肋下束了一根红腰带,察看了一下套具,就坐下来,掀起长袍,一只脚伸进踏镫,总是说句把笑话,挂上那条从来不打我、只是做做样子的鞭子,说声'走'!我慢吞吞地走出大门,每走一步都耍些花样。厨娘走出来倒泔水,总要站在门口瞧一瞧。农夫扛柴火到院子里,总是把眼睛睁得老大。我出了大门,跑了一程,又停下来。仆人们走出来,车夫们把车赶在一起,攀谈起来。大家一直等着,有时我们在大门口差不多站上三个钟头,偶尔也有跑上一阵,转个弯,又停下来的。

"最后门口传出响声,头发花白的吉洪穿着燕尾服,挺着大肚子跑出来,叫道:'过来吧!'当时还没有那种愚蠢的说法:'前进',仿佛我不知道拉车不能'后退',只能'前进'似的。费奥芳咂了一下嘴,车子驶了过去,公爵神气活现地匆匆走出来,仿佛无论是雪橇、马儿,还是那个弓着背、吃力地伸着双臂的费奥芳,都平淡无奇,不屑一顾。公爵头戴高筒军帽,身穿皮大衣,灰色的海龙皮领子遮住他那眉毛乌黑的红润的漂亮脸儿——这么漂亮的脸儿是永远不该遮住的。他走出来,军刀、马刺和铜鞋跟碰得铿锵作响。他匆匆从地毯上走过去,根本不理我,不理费奥芳,不理大家所感兴趣的东西。费奥芳咂了一下嘴,我拉紧缰绳,恭恭敬敬地把车拉到门口停下来。我瞟了一眼公爵,扬了扬头和细长的额鬃。公爵情绪很好,偶尔同费奥芳开个玩笑,费奥芳稍稍转过他那漂亮的头,回答着。他没有放下手,用缰绳做着只有我能勉强察觉和懂得的动作。于是一、二、三,我抖动身上的每块肌肉,把雪和泥浆往雪橇的前部踢去,步子越来越大地向前奔驰。那时也没有现在那种愚蠢的叫法:'驾!'——仿佛车夫身上什么地方作痛,那时都含混地叫:'喂,小心啦!'费奥芳就叫起来:'喂,小心啦!'于是行人闪到一边,站住。他们都歪着脖子瞧着漂亮的骟马、漂亮的车夫和漂亮的老爷。

"当年我最爱超过别的快马。有时候,我同费奥芳老远看见一辆值得追赶的雪橇,我们就像一阵风似的追上去,渐渐地越来越接近它,我把泥浆溅到那辆雪橇的后背,同那雪橇上的乘客并驾齐驱,我朝他头上打了个响鼻,接着又同辕鞍、同车辄并齐,后来就看不见那雪橇,只听见它落在后面越来越远的声音。而公爵、费奥芳和我都不作声,装成我们只是在赶路,根本没注意那些在路上遇见的驾着劣马的人的样子。我喜欢超过人家,但我也喜欢遇见好的快马;只一刹那工夫,一个声音,一个目光,我们就分道扬镳,又单独地各奔前程了。"

大门咯咯地响起来,传来了聂斯捷尔和华西卡的声音。

第 五 夜

天气开始变了。阴沉沉的,早晨连露水也没有,但很暖和,蚊子成群,纠缠不清。马群一赶回来,马儿又都聚集在花斑骟马周围,花斑骟马就讲完自己的身世:

"我的幸福生活不久就结束了。这样的日子我只过了两年。第二年冬末发生了一件对我来说最快乐的事,接着我就遭到最大的灾难。这件事出在谢肉节,我拉着公爵去赛马。参加比赛的有'缎子'和'公牛'。我不知道公爵在亭子里做什么,但知道他走出来吩咐费奥芳把雪橇赶进圈子里去。我记得把我带到圈子里,指定位置,也给'缎子'指定位置。'缎子'身上骑一名护送赛车的骑手,我照例拉了一辆城里式样的雪橇。在转弯的地方,我把它抛在后面了。一片欢笑和狂叫向我致敬。

"当我被牵出来时,人群跟着我走来。有五六个人向公爵出价几千卢布要买我。公爵只是露出雪白的牙齿笑笑。

"'不,'他说,'这不是一匹马,这是一个朋友,就是拿金山来我也不卖。再见了,各位先生。'他掀开车毯,坐下来。

"'到斯托任卡街!'这是他情妇住的地方。我们就飞一样跑去了。这是我们最后一个幸福的日子。

"我们来到她家里。他一向把她称为他的,她却爱上了别人,跟着那人跑了。他在她住的地方知道了这消息,当时已经五点钟,他没有把我换下来,就驾着我去追她。他竟用鞭子抽我,逼着我狂跑,这可是从来没有过的事。我生平头一次乱了步法,我感到害臊,很想改正过来,但忽然听见公爵没命地叫道:'快跑!'他扬起鞭子,忽的一声往我身上抽来。我就拼命狂跑,一条腿不断撞在前座的铁条上。我们跑了二十五里地才把她追上。我把他送到了,可是整个晚上直打哆嗦,一点东西也吃不下。第二天早晨给我喝水。我喝了水,从此就不再像我以前那个样子了。我病了,人们折磨我,把我弄成残废——人们却把这说成是医治。蹄子剥落了,脚肿了,弯曲了,胸脯凹了进去,全身软弱无力。他们把我卖给了马贩子。他用胡萝卜和别的东西喂我,弄得我完全不像原来的样子,但可以骗骗外行人。我没有力气,跑路也跑不动。此外,马贩子还折磨我:买主一来,他就走进我的马房里,拿起鞭子狠狠地抽我,吓唬我,弄得我简直要发疯。然后他抹去我身上的鞭痕,把我拉出去。一个老太婆向马贩子把我买下了。她常常驾着我到圣尼古拉教堂去,还要鞭打车夫。那车夫在我的马房里哭。我这时才知道眼泪里有一种咸滋滋的可口味道。后来老太婆死了。她的账房把我带到乡下,卖给一个卖布的行商。后来我吃小麦吃得太多,就病得更厉害了。他们又把我卖给一个农夫。我在他那里耕地,几乎什么也不吃,我的一条腿被犁铧割伤。我又病了。一个吉卜赛人把我换了去。他把我折磨得好苦,最后又把我卖给这里的账房。我就这样来到了这里。”

大家都默不作声。天滴滴答答地下起雨来。

第 九 章

第二天傍晚,马群回家,看见主人同一个客人在一起。茹尔德巴走近家门,从眼梢上看见两个男人:一个是戴着草帽的少东家,另一个是又高又胖、皮肉松弛的军人。老牝马斜眼瞧了瞧人,转过身,走到主人旁边;那些年轻些的马都惊慌起来,踌躇不前,特别是当主人陪着客人有意走到马群中间,相互指点着什么,交谈着的时候。

“这一匹我是向伏耶伊科夫买的,是匹菊花青。”主人说。

“这匹年轻的白脚黑马是谁的？ 好极了。”客人说。他们走走停停,品评了许多马儿。他们也注意到那匹褐色小牝马。

“这是我家骑马赫列诺伏传下来的种。”主人说。

他们一路走去,无法一一把每匹马都看个仔细。主人叫唤聂斯捷尔,老头儿连忙用靴跟敲敲花斑骟马的两肋,急急地小步跑来,花斑骟马跛着一条腿跑来,但跑得那么兴冲冲,看来即使叫它拼着命跑到天涯海角,它也绝不会有半句怨言。它甚至准备大跑一阵,甚至试着从右脚起步。

"瞧,我敢说全俄国没有比这更好的马了。"主人指着一匹牝马说。客人称赞了一番。主人兴奋地一会儿走,一会儿跑,指着每一匹马,讲着他们的来历和品种。客人显然听厌了主人的介绍,就想出一些问题来,装出对这些马很感兴趣的样子。

"是的,是的。"他心不在焉地说。

"你瞧瞧,"主人没回答他,径自说下去,"你瞧瞧脚……我花了好多钱才弄到手的,我已经有一匹它生的驹子,三岁,能跑了。"

"跑得好吗?"客人问。

他们就这样差不多把所有的马都品评了一遍。主人再也没有什么好夸耀的了。他们沉默了一会儿。

"怎么样,我们走吧?"

"走吧。"他们向大门口走去。客人高兴的是参观完毕,可以回家去,回家吃喝,抽抽烟,因此情绪很好。他们从骑在花斑骟马背上的聂斯捷尔旁边走过,客人用肥大的手拍了拍花斑骟马的屁股。

"嗬,一身花毛!"他说,"我原来也有这样一匹花斑的,我记得对你说过了。"

主人听见不是在讲他的马,就没再听下去,只回头看看,仍旧瞧着他的马群。

忽然在他的耳旁响起一声笨拙、虚弱而衰老的嘶鸣。这是花斑骟马在嘶叫,但它仿佛觉得不好意思,叫到一半就停止了。无论是客人还是主人，谁都没有注意这声嘶鸣，回家去了。原来霍斯托密尔认出这个皮肉松弛的老头儿就是它心爱的主人，曾经显赫一时的富有的美男子谢普霍夫斯科依。

第 十 章

…………

雨继续淅淅沥沥地下着。马圈里阴沉沉的，但老爷的房子里完全是另一番景象。主人家豪华的客厅里摆着豪华的晚茶。主人、主妇和来客正坐在那里吃茶点。

主妇坐在茶炊旁边。她怀孕了，这从她隆起的腹部、挺直而突出的形体、丰满的身子，尤其是从她的眼睛，那双温柔而庄重地瞧着的大眼睛上，可以清楚地看出来。

主人双手端着一盒特制的十年陈雪茄，准备在客人面前炫耀一番。据他说，这样的好烟谁家也没有。主人是个大约二十五岁的美男子，容光焕发，梳理整洁，身子保养得很好。他在家穿着一身在伦敦定制的宽大而厚实的新式西装。他的表链上挂着贵重的大坠子。衬衫袖子的金钮扣很大，镶有绿宝石。他蓄着拿破仑三世式的大胡子，胡子尖抹过香油，卷得向上翘。这种式样看来只有在巴黎才做得出来。主妇身穿一件印有鲜艳大花束的绸连衣裙；一头淡褐色头发虽然夹着假发，但是浓密而秀美，上面插着一支又大又别致的金发针；两手戴着许多手镯和戒指，珠光宝气，十分富丽。茶炊是银制的，茶具都是细瓷的。一个男仆身穿燕尾服和雪白的背心，系着雪白的领带，十分气派，像一座雕像似的站在门口，听候吩咐。家具都是雕花曲腿，光亮夺目；深色的壁纸上印有巨大的

446

花朵。桌旁站着一只非常机灵的小狗,银颈圈铿锵发响。它有一个很难叫的英国名字,主人夫妇俩不懂英语,叫起来很别扭。屋角的鲜花丛里放着一架有镶嵌的钢琴。一切都表现出时髦、豪华和高贵的气派。一切都美轮美奂,但给人一种穷奢极侈、好摆阔气、缺乏审美观念的异样感觉。

主人体格健壮,活跃热情,嗜好赛马,像他这样的汉子世界上是永远不会绝迹的。他们出门穿貂皮大衣,给女戏子抛掷贵重的花束,喝最贵的时兴美酒,住最贵的旅馆,以自己的名义发奖,养着最会花钱的女人。

来客尼基塔·谢普霍夫斯科依是个四十开外的人,又高又胖,秃头,蓄着粗大的小胡子和络腮胡子。他过去一定很漂亮。现在看来体力、精神和金钱都不行了。

他一身是债,非工作不可,不然就得坐牢。他现在是以养马场场长的身份来到省城的。这个位置是他身居要职的亲戚给他谋得的。他穿着直领军服和蓝色裤子,这种服装除了阔佬是谁也不会给自己缝制的,衬衫也很讲究,表是英国货。皮靴底很出色,足足有一指厚。

尼基塔·谢普霍夫斯科依这辈子已挥霍掉两百万家产,还欠了十二万的债。有过这样的家产,生活上往往会保留着讲排场的习惯,使他可以凭信用获得贷款。这样几乎又度过十年奢侈的生活。可是十年过去了,排场完了,尼基塔的日子也就凄凉了。他开始喝酒,就是说借酒浇愁,这在从前是不曾有过的。说到喝酒,其实他从来没有开始过,也从来没有结束过。他的沉沦最明显地表现在他目光的闪烁(他的目光开始躲躲闪闪)、语调和举动的犹豫上。这种惶惑不安的神情使大家吃惊,因为以前没有过,是新近才出现的。他这人一向天不怕,地不怕,可现在呢,因为前不久遭受的苦难太沉重,他就变得胆战心惊,完全失去了常态。主人夫妇俩发现这一点,交换了一下眼色,彼此心里明白,决定把这事留到上床前再详细谈论,而对这位可怜的尼基塔暂且容忍一下,甚至款待款待他。年轻主人的幸福模样使尼基塔觉得屈辱,使他回想起一去不返的幸福日子,痛苦地妒忌起来。

"哦,雪茄,您不在乎吧,玛丽?"他对女主人说,语气有点特别,难以捉摸,只有饱经世故的人才这样说话。这种语气客气、友好,但并不十分尊敬,是交际场中老手对情妇而不是对妻子说话时用的。但他绝不是存心侮辱她,相反,他现在巴不得去奉承她和她的主人,虽然他绝不会承认这一点。不过,同这一类女人这样说话,他已经习惯了。他知道,要是他像对待一位贵妇人那样对待她,连她自己也会觉得奇怪,甚至感到屈辱的。再说,对一位同自己地位相等的人的正式妻子,必须保持一定的礼貌。他对这类贵妇人一向很恭敬,但并非因为他同意那些杂志(他从来不读这种废料)上所宣扬的要尊敬每个人的人格、婚姻之类毫无意义的论调,而因为凡是规规矩矩的人都是这样的,他也是一个规规矩矩的人,虽然落魄了。

他拿了一支雪茄。但主人却笨手笨脚地拿出一把雪茄来敬客人。

"不,你试试,多出色。拿去吧!"

尼基塔一手推开雪茄,眼睛里隐隐约约地闪过屈辱和羞惭的神色。

"谢谢,"他掏出雪茄烟盒,"尝尝我的。"

主妇很敏感。她发觉这一点,连忙对他说:"我很喜欢雪茄。要不是我周围已经个个都在抽了,我自己也想抽呢。"

她说着温柔地嫣然一笑。他淡淡地回了她一个微笑。他少了两颗牙齿。

"不，你拿这种吧，"迟钝的主人又说，"另一种淡一些。弗里茨，"他用德语说，"再拿一盒来，那边有两盒呢。"①

那德国仆人又拿来一盒烟。

"你喜欢哪一种？凶一些的？这些很好。你全拿去吧。"他又把雪茄塞给客人。他显然因为有机会炫耀他的珍藏感到很得意，旁的什么也没注意。谢普霍夫斯科依抽起烟来，连忙把开了头的话题谈下去。

"你花了多少钱才把'缎子'弄到手的？"他问。

"花得可多了，五千还不止，但我是有把握的。下了多好的驹子啊，不瞒你说！"

"能跑了吗？"谢普霍夫斯科依问。

"跑得可好了。如今它的儿子已经得过三次奖了：在图拉、莫斯科和彼得堡同伏耶伊科夫的乌骓马比赛过。要不是那个机灵的骑手四次制止它狂跳，它会落后的。"

"它肥了一些。我老实对你说，有一点荷兰马的味道。"谢普霍夫斯科依说。

"至于那些母马吗？我明天给你看。陶勃雷，我花了三千。拉斯科娃，我花了两千。"

主人又列举起他的财产来。主妇看出谢普霍夫斯科依很厌烦，但他假装听着。

"你们还要喝茶吗？"她问。

"不喝了。"主人说，又继续讲下去。她站起来，主人拦住

---

① 原文为德语。

她,搂着她吻了一下。

谢普霍夫斯科依望着他们,并且为了讨好他们勉强笑了笑,但当主人站起来,搂着主妇走到门帘那边去时,他的脸色顿时变了。他长叹一声,皮肉松弛的脸上忽然现出绝望的神色,甚至还有点愤恨的样子。

第十一章

主人回来了,笑眯眯地在尼基塔对面坐下。他们沉默了一会儿。

"对了,你说是向伏耶伊科夫买的。"谢普霍夫斯科依仿佛漫不经心地说。

"是的,我买了'缎子',我说过了。我老想在杜波维茨基那儿买几匹牝马,可他剩下的都是些废料。"

"他破产了。"谢普霍夫斯科依说,忽然住了口,向周围扫了一眼。他记起他还欠这个破了产的人两万卢布呢。要是有人说到谁"破产",那准是在说他。他不作声了。

两人又沉默了好一阵。主人在脑子里盘算着向客人再吹嘘些什么,谢普霍夫斯科依在考虑,怎样才能表示他并不认为自己是个破产的人。但两人都头脑迟钝,尽管都拼命用雪茄来提精神。"唉,什么时候喝酒啊?"谢普霍夫斯科依想。"一定得喝点酒,不然跟他在一起会闷死的。"主人想。

"那你在这儿还要待好久吗?"谢普霍夫斯科依问。

"再待个把月。怎么样,我们吃饭吧?弗里茨,饭好了吗?"

他们走到餐室里。餐室的灯下摆着一张桌子,桌子放满蜡烛和各种稀奇古怪的东西:苏打水瓶、人像瓶塞、车料玻璃瓶装的美酒、特制的冷盘和伏特加。他们喝了吃,吃了喝,话匣子又打开了。谢普霍夫斯科依满面通红,毫无顾忌地说了起来。

他们谈到女人。谁那儿有什么女人:吉卜赛女人,舞女,法国女人。

"怎么,你把马蒂埃抛弃了?"主人问。这是使谢普霍夫斯科依倾家荡产的情妇。

"不是我抛弃她,是她抛弃我。唉,老弟,想起来,我这辈子花掉的钱真可观呢! 现在我要是有一千卢布就快活了,真的,我要离开所有的人。我在莫斯科待不下去了。唉,有什么好说的!"

主人听着谢普霍夫斯科依的话,感到乏味。他想谈谈他自己——吹嘘吹嘘。可是谢普霍夫斯科依还想谈他的事,谈他辉煌的往事。主人给他斟了酒,等他一结束,就好讲他自己的事,讲他现在怎样办了一个谁也没有过的出色的养马场。还有,他的玛丽不仅是为了钱,而且还真心实意地爱他。

"我想告诉你,在我的养马场里⋯⋯"他一开口,谢普霍夫斯科依就把他的话打断。

"以前,我可以说,"谢普霍夫斯科依又说起来,"我爱过日子,也会过日子。说到赛马,那你倒说说,你这里哪一匹跑得最快?"

主人高兴的是又有机会讲他的养马场了。他刚开口,却又被谢普霍夫斯科依打断。

"是啊,是啊,"他说,"你这养马场老板只是为了出风头,而不是为了兴趣和生活。我过去可不是这样。我刚才对你说过,我有过一匹拉车的马,花斑的,就同你那个牧马人骑的一样。哦,可真是匹好马!你不会相信的;这是一八四二年的事,我刚来到莫斯科。我跑到马贩子那儿,看见一匹花斑骟马,是匹良种。我一看就喜欢。价钱吗?一千卢布。我很喜欢,就买下来拉车。我从来没有过这样的马,你也没有,将来也不会有。论速度,论力气,论外形,我都没有见过比它更好的马。你那时还是个孩子,你还不会知道,但我想你一定听说了。全莫斯科都知道它。"

"是的,我听说了,"主人勉强应和说,"但我想给你讲讲我自己那些……"

"那你也听说了。我把它买下来,没有问品种,也没有要证书;后来我才打听到,我是同伏耶伊科夫一起打听到的。这是刘别兹内一世的儿子,叫霍斯托密尔。霍斯托密尔的意思就是量粗麻布。① 因为它身上有花斑,毛色不纯,赫列诺伏养马场就把它卖给领班马夫,那家伙把它骗了,又卖给马贩子。这样的好马再不会有了,老弟!'唉,时光过去了,唉,我的青春哪!'他唱了一句吉卜赛的歌。他有点醉了,"唉,真是好时光啊!那时我才二十五岁,每年有八万卢布收入,没有一根白头发,牙齿颗颗像珍珠。不论干什么,总是得心应手。可现在全完了。"

"哦,那时候还没有这样快的速度,"主人抓住对方停顿的机会说,"我告诉你吧,我的头一批马已经会跑了……"

"你那些马!那时的马快多了。"

---

① 俄文"霍斯托密尔"的意思是"量粗麻布的人",形容这匹马的步子又大又快,像人们量粗麻布一样。

"怎么快多了？"

"快多了。到如今我还记得，有一次我在莫斯科驾着它去比赛。我那些马都不在那边。我不喜欢跑马，我有过纯种的'将军'、肖列、穆罕默德。我总是驾花斑。我的车夫是个好小子，我喜欢他。他也变成酒鬼了。我就这样去比赛。有人说：'谢普霍夫斯科依，你几时弄到的跑马啊？'我说：'你们那些老爷马，去它们的，我那匹拉车的花斑准能超过你们所有的马。'他们说：'哼，超不过的。'我说：'赌一千卢布。'我们击了掌，赌定了。大家起跑了。它快了五秒钟，我赢到一千卢布。这算得了什么？我驾着纯种的三驾马车，三小时跑了一百俄里。这事全莫斯科都知道。"

谢普霍夫斯科依开始口若悬河，滔滔不绝地吹起牛来，弄得主人简直一句话也插不进，只好垂头丧气地坐在对面，不断给自己和给他斟酒解闷。

天蒙蒙亮了。可他们还坐着。主人觉得十分无聊。他站起身来。

"睡觉就睡觉吧。"谢普霍夫斯科依也站起来，身子摇摇晃晃地说，气喘吁吁地走到给他安排的屋子里去。

主人同情妇躺在一起。

"真的，他真叫人受不了。喝醉了酒就吹个没完。"

"他还来巴结我呢。"

"我怕他开口借钱。"

谢普霍夫斯科依和衣躺在床上，重重地喘着气。

"我好像吹了不少牛，"他想，"哼，管他的。酒真不错，可他是个大混蛋。身上一股铜臭。我也是个大混蛋，"他自言

453

自语，接着哈哈大笑，"过去我养女人，如今女人养我。是啊，文克列尔莎养我，我向她要钱。她男人这是活该，他这是活该！不过衣服得脱掉，靴子脱不下了。"

"喂，喂！"他叫道，但派来伺候他的仆人早就睡觉去了。

他坐起来，脱掉军服、背心，勉强脱下裤子，可是靴子脱了半天脱不下来，大肚子很碍事。好容易脱掉一只，另一只横脱竖脱，脱得气喘吁吁，把他累坏了。结果就一只脚卡在靴筒里，倒在床上，呼噜呼噜地打起鼾来，弄得整个屋子都充满烟草、酒和肮脏的老年人的气味。

第十二章

这天夜里，要不是华西卡干扰，霍斯托密尔是还能回想起一些什么事来的。他给它披上马衣，骑着它跑了一会儿。天快亮的时候，他把它同农夫的一匹马一起拴在酒店门口。两匹马互相舔着。早晨骟马走到马群里，老是搔痒。

"什么东西痒得这样厉害啊。"骟马想。

过了五天。马医请来了。他高兴地说："疥疮。让我把它卖给吉卜赛人吧。"

"何必呢？宰了吧，今天就把它干掉。"

早晨晴朗无风。马群放牧去了。霍斯托密尔留下。来了一个又黑又瘦又脏的人，样子古怪，长袍上溅满一种黑糊糊的东西。这是一个屠马夫。他看也不看，一把抓住套着霍斯托密尔的笼头绳子，把它拉走。霍斯托密尔像平时一样拖着脚步，后脚缠着干草，头也不回，安静地走去。走出大门，它向井那边走去，可是屠马夫拉住笼头说："用不着喝了！！"

屠马夫和跟在后面的华西卡走到一所砖房后面的洼地上站住,仿佛在这个最普通的地方有什么特别的东西。屠马夫把缰绳交给华西卡,脱去长袍,卷起袖子,从靴筒里拿出刀和磨刀石,动手磨刀。骟马朝缰绳伸过头去,无聊得想嚼嚼绳子,但够不着,只好叹一口气,闭上眼睛。它的嘴唇挂下来,露出磨损的黄牙。它在磨刀声中打着瞌睡。只有它那条伸出的红肿的病腿在微微哆嗦。忽然它觉得有人抓住它的下颚,把头往上扳。它睁开眼睛,它面前有两只狗:一只狗朝屠马夫那边嗅着;另一只坐着,眼睛望着骟马,仿佛对它有所期待。骟马对它们瞟了一眼,就用颧骨去擦擦抓住它的那只手。

"他们大概要给我治病吧,"骟马想,"让他们治吧!"

果然,它觉得他们在它喉咙上弄着什么。它感到痛,浑身打了一个哆嗦,一只脚踢了踢,但它忍住,等着下一步。接着就有一股液体像泉水般流到它的脖子和胸口。它长长地吐了一口气。它觉得好过多了。它的整个生命的负担也减轻了。它闭上眼睛,垂下头,谁也没有去扶它。接着脖子也垂下来,接着四脚颤动起来,整个身子也跟着摇摇晃晃。它并不害怕,倒是觉得惊奇。一切都是那么新鲜。它感到惊奇,向前、向上猛冲。但四脚一离开原地,就颠踬起来,侧身倒下,它想再向前跨一步,却向着左前方横下来。屠马夫等它停止痉挛,赶开那两只跑拢来的狗,抓住一条马腿,把骟马翻过来,让它四脚朝天,叫华西卡捉住一条腿,剥起皮来。

"原来也是匹好马呢。"华西卡说。

"要是壮一些,皮子就好了。"屠马夫说。

傍晚,马群从山上回来,那些从左边经过的马看见洼地上有一摊红的东西,狗在周围奔走忙碌,乌鸦和老鹰飞来飞去。一只狗用爪子按住马尸,摇头晃脑,把咬住的东西撕得咝咝直响。褐色的小牝马停住脚步,伸长头和脖子,好一阵吸着空气。人们好容易才把它赶开。

黎明时分,在老树林的谷地里,在野草丛生的林间空地上,几只头很大的小狼高兴地嗥叫着。小狼一共五只:四只大小差不多,一只最小的,头比身体还大。一只脱毛的瘦母狼,大肚子上的奶头直垂到地面,从灌木丛里走出来,坐在小狼对面。那些小狼就在它前面围成半个圆圈。母狼走到那只最小的前面,垂下尾巴,嘴向下伸了伸,抽搐了几下,张开牙齿锋利的嘴,使劲一咳,咳出一大块马肉来。几只大些的小狼都冲过来,但母狼威胁地向它们冲了一步,把所有的马肉都留给最小的狼吃。最小的狼仿佛生气了,咆哮着,把马肉按住,大嚼起来。母狼又同样咳出一块肉来给另一只小狼吃,接着又喂第三只。等五只小狼都喂过了,就在它们前面躺下来休息。

过了一星期,砖房旁边就只剩下一个巨大的颅骨和两根大腿骨,其余的都被拖散了。到了夏天,收集骨头的农夫把这两根大腿骨和颅骨也拿去派了用处。

谢普霍夫斯科依,这个在世上吃喝玩乐了一辈子的人,他的尸体被收拾到土里可要晚多了。他的皮也罢,肉也罢,骨头也罢,都毫无用处。这具行尸走肉最后的二十年一直是人们沉重的负担,而把这具尸体埋入土里,则又一次给人们添了麻烦。早已没有任何人需要他了,人人早就觉得他是个累赘,但埋葬行尸走肉的行尸走肉仍然认为必须把这立刻腐烂肿胀的尸体穿上讲究的礼服、讲究的皮靴,放进讲究的新棺材里,四角再配上崭新的璎珞,然后把这崭新的棺材放到崭新的铅椁里,运到莫斯科,在那里掘掉古人的尸骨,就在这地方把这穿着崭新礼服、锃亮皮靴的腐烂生蛆的尸体埋葬下去,盖上浮土。

一八六三至一八八五年

伊凡·伊里奇的死

一

在法院大厦里,当梅尔文斯基案审讯暂停时,法官和检察官都聚集在伊凡·叶果罗维奇·谢贝克办公室里,谈论着闹得满城风雨的克拉索夫案件。费多尔·瓦西里耶维奇情绪激动,认为此案不属本院审理范围;伊凡·叶果罗维奇坚持相反意见;彼得·伊凡内奇一开始就没加入争论,始终不过问此事,而翻阅着刚送来的《公报》。

"诸位!"他说,"伊凡·伊里奇死了。"

"真的吗?"

"喏,您看吧。"他对费多尔·瓦西里耶维奇说,同时把那份散发出油墨味的刚出版的公报递给他。

公报上印着一则带黑框的讣告:"普拉斯柯菲雅·费多罗夫娜·高洛文娜沉痛哀告亲友,先夫伊凡·伊里奇·高洛文法官于一八八二年二月四日逝世。兹订于星期五下午一时出殡。"

伊凡·伊里奇是在座几位先生的同事,大家都喜欢他。他病了几个星期,据说患的是不治之症。他生病以来职位还给他保留着,但大家早就推测过,他死后将由阿历克谢耶夫接替,而阿历克谢耶夫的位置则将由文尼科夫或施塔别尔接替。因此,一听到伊凡·伊里奇的死讯,办公室里在座的人首先想到的就是,他一死对他们本人和亲友在职位调动和升迁上会有什么影响。

"这下子我很可能会弄到施塔别尔或文尼科夫的位置,"费多尔·瓦西里耶维奇想,"这个位置早就说好给我了,而这样一提升,我就可以在车马费之外每年净增加八百卢布收入。"

"这下子我可以申请把内弟从卡卢加调来,"彼得·伊凡内奇想,"妻子一定会很高兴的。如今她可再不能说我不关心她家的人了。"

"我早就想到,他这一病恐怕起不来了,"彼得·伊凡内奇说,"真可怜!"

"他究竟害的什么病啊?"

"几个医生都说不准。或者说,各有各的说法。我最后一次看见他,还以为他会好起来呢。"

"自从过节以来我就没有去看过他。去是一直想去的。"

"那么,他有财产吗?"

"他妻子手里大概有一点,但很有限。"

"是啊,应该去看看她。他们住得实在太远。"

"从您那儿去是很远。您到什么地方去都很远。"

"嘿,我住在河对岸,他总是有意见。"彼得·伊凡内奇笑眯眯地瞧着谢贝克说。大家又说了一通城市太大、市内各区距离太远之类的话,然后回到法庭上。

伊凡·伊里奇的死讯使每个人不由得推测,人事上会因此发生什么变动,同时照例使认识他的人都暗自庆幸:"还好,死的是他,不是我。"

"嘿,他死了,可我没有死。"人人都这样想,或者有这样的感觉。伊凡·伊里奇的知交,他的所谓朋友,都同时不由自主地想到,这下子他们得遵循习俗,参加丧礼,慰问遗孀了。

费多尔·瓦西里耶维奇和彼得·伊凡内奇是伊凡·伊里奇最知己的朋友。

彼得·伊凡内奇跟伊凡·伊里奇在法学院同过学,自认为受过伊凡·伊里奇的恩惠。

午饭时,彼得·伊凡内奇把伊凡·伊里奇的死讯告诉了妻子,同时讲了争取把内弟调到本区的想法。饭后他不休息,就穿上礼服,乘车到伊凡·伊里奇家去。

伊凡·伊里奇家门口停着一辆自备轿车和两辆出租马车。在前厅衣帽架旁的墙上,靠着带穗子和擦得闪闪发亮的金银饰带的棺盖。两位穿黑衣的太太在这里脱去皮外套。其中一位是伊凡·伊里奇的姐姐,彼得·伊凡内奇认识她;另一位却没有见过面。施瓦尔茨从楼上下来,一看见同事彼得·伊凡内奇进门,就站住向他使了个眼色,仿佛说:"伊凡·伊里奇真没出息,咱们可不至于如此。"

施瓦尔茨脸上留着英国式络腮胡子,瘦长的身体穿着礼服,照例表现出一种典雅庄重的气派,但这同他天生的诙谐性格不协调,因此显得很滑稽。彼得·伊凡内奇心里有这样的感觉。

彼得·伊凡内奇让太太们先走,自己慢吞吞地跟着她们上楼。施瓦尔茨在楼梯上站住,没有下来。彼得·伊凡内奇懂得施瓦尔茨的用意:他想跟他约定,今晚到什么地方去打牌。太太们上楼向孀妇屋里走去;施瓦尔茨却一本正经地抿着厚实的嘴唇,眼睛里露出戏谑的神气,挤挤眉向彼得·伊凡内奇示意,死人在右边房间。

彼得·伊凡内奇进去时照例有点困惑,不知做什么好。但有一点他很清楚,逢到这种场合,画十字总是不会错的。至于要不要同时鞠躬,他可没有把握,因此选择了个折中办法:他走进屋里,动手画十字,同时稍微弯弯腰,好像在鞠躬。在画十字和弯腰时,他向屋子里偷偷环顾了一下。有两个青年和一个中学生,大概是伊凡·伊里奇的侄儿,一面画十字,一面从屋子里出来。一个老妇人一动不动地站在那里。一个眉毛弯得出奇的女人在对她低声说话。诵经士身穿法衣,精神饱满,神态严峻,大声念着什么,脸上现出神圣不可侵犯的样子。充当餐室侍仆的庄稼汉盖拉西姆蹑手蹑脚地从彼得·伊凡内奇面前走过,把什么东西撒在地板上。彼得·伊凡内奇一看见这情景,立刻闻到淡淡的腐尸臭。他上次探望伊凡·伊里奇时,在书房里看到过这个庄稼汉。当时他在护理伊凡·伊里奇,伊凡·伊里奇特别喜爱他。彼得·伊凡内奇一直画着十字,向棺材、诵经士和屋角桌上的圣像微微鞠躬。后来,他觉得十字已画得够了,就停下来打量死人。

死人躺在那里,也像一般死人那样,显得特别沉重、僵硬的四肢陷在棺材衬垫里,脑袋高高地靠在枕头上,蜡黄的前额高高隆起,半秃的两鬓凹陷进去,高耸的鼻子仿佛压迫着上唇。同彼得·伊凡内奇上次看见他时相比,他的模样大变了,身体更瘦了,但他的脸也像一般死人那样,比生前好看,显得很庄重。脸上的神态似乎表示,他已尽了责任,而且尽得很周到。此外,那神态还在责备活人或者提醒他们什么事。彼得·伊凡内奇却觉得没有什么事需要别人提醒,至少没有事跟他有关系。他心里有点不快,就又匆匆画了个十字——他自己也觉得这个十字画得太快,未免有点失礼——转身往门口走去。施瓦尔茨宽宽地叉开两腿站在穿堂里等他,双手在背后玩弄着大礼帽。彼得·伊凡内奇瞧了瞧服饰整洁雅致、模样诙谐可笑的施瓦尔茨,顿时精神振作起来。他知道施瓦尔茨性格开朗,不会受这里哀伤气氛的影响。他那副神态仿佛表示:伊凡·伊里奇的丧事绝没有理由破坏他们的例会,也就是说不能妨碍他们今天晚上就拆开一副新牌,在仆人点亮的四支新蜡烛照耀下打牌。总之,这次丧事不能影响他们今晚快乐的聚会。他就把这个想法低声告诉从旁边走过的彼得·伊凡内奇,并建议今晚到费多尔·瓦西里耶维奇家打牌。不过彼得·伊凡内奇今天显然没有打牌的运气。普拉斯柯菲雅·费多罗夫娜同几位太太从内室出来了。她个儿矮胖,尽管她千方百计要自己消瘦,可是肩膀以下的部分却一个劲儿向横里发展。她穿一身黑衣,头上包一块花边头巾,眉毛像站在棺材旁的那个女人一样弯得出奇。她把她们送到灵堂门口,说:"马上要做丧事礼拜了,你们请进。"

施瓦尔茨微微点头站住,显然犹豫不决,是不是接受这个邀请。普拉斯柯菲雅·费多罗夫娜认出彼得·伊凡内奇,叹了一口气,走到他紧跟前,握住他的手说:"我知道您是伊凡·伊里奇的知心朋友……"她说到这里时对他瞧瞧,等待他听了这句话后做出相应的反应。

彼得·伊凡内奇知道,既然刚才应该画十字,那么这会儿就得握手,叹气,说一句:"真是想不到!"他就这样做了。做了以后,他发觉达到了预期的效果:他感动了,她也感动了。

"现在那边还没有开始,您来一下,我有话要跟您说,"孀妇说,"您扶着我。"

彼得·伊凡内奇伸出手臂挽住她,他们向内室走去。经过施瓦尔茨身边时,施瓦尔茨失望地向彼得·伊凡内奇使了个眼色。"唉,牌打不成了!要是我们另外找到搭档,您可别怪我们。要是您能脱身,五人一起玩也行。"他那淘气的目光仿佛在这么说。

彼得·伊凡内奇更深沉更悲伤地叹了口气,普拉斯柯菲雅·费多罗夫娜便感激地捏了捏他的手臂。他们走进灯光暗淡、挂着玫瑰红花布窗帘的客厅,在桌旁坐下来:她坐在沙发上,彼得·伊凡内奇坐在弹簧损坏、凳面凹陷的矮沙发凳上。普拉斯柯菲雅·费多罗夫娜想叫他换一把椅子坐,可是觉得此刻说这话不得体,就作罢了。彼得·伊凡内奇坐到沙发凳上时,想起伊凡·伊里奇当年装饰这客厅时曾同他商量过,最后决定用这带绿叶的玫瑰红花布做窗帘和沙发套。客厅里摆满家具杂物,孀妇走过时,她那件黑斗篷的黑花边在雕花桌上挂住了。彼得·伊凡内奇欠起身想帮她解开斗篷,沙发凳一摆脱负担,里面的弹簧立刻蹦起来,往他身上弹。孀妇自己解开斗篷,彼得·伊凡内奇又坐下来,把弹起的弹簧重新压下去。但孀妇没有把斗篷完全解开,彼得·伊凡内奇又欠起身,弹簧又往上蹦,还噎地响了一声。等这一切都过去,她拿出一块洁净的麻纱手绢,哭起来。斗篷钩住和沙发凳的弹簧蹦跳这些插曲使彼得·伊凡内奇冷静下来,他皱紧眉头坐着。这当儿,伊凡·伊里奇的男仆索科洛夫走进来,打破这种尴尬局面。他报告普拉斯柯菲雅·费多罗夫娜,她指定的那块坟地要价两百卢布。普拉斯柯菲雅·费多罗夫娜止住哭,可怜巴巴地瞟了一眼彼得·伊凡内奇,用法语说她的日子很难过。彼得·伊凡内奇默默地做了个手势,表示他深信她说的是实话。

"您请抽烟。"她用宽宏大量而又极其悲痛的语气说,然后同索科洛夫谈坟地的价钱。彼得·伊凡内奇一面吸烟,一面听她怎样详细询问坟地的价格,最后决定买哪一块。谈完坟地,她又吩咐索科洛夫去请唱诗班。索科洛夫走了。

"什么事都是我自己料理。"她对彼得·伊凡内奇说,把桌上的照相簿挪到一边。接着发现烟灰快掉到桌上,连忙把烟灰缸推到彼得·伊凡内奇面前,嘴里说:"要是说我悲伤得不能做事,那未免有点做作。相反,现在只有为他的后事多操点心,我才感到安慰……至少可以排遣点悲伤。"她掏出手绢又要哭,但突然勉强忍住,打起精神,镇静地说:"我有点事要跟您谈谈。"

彼得·伊凡内奇点点头,不让他身下蠢蠢欲动的沙发弹簧再蹦起来。

"最后几天他真是难受。"

"非常难受吗?"彼得·伊凡内奇问。

"唉,太可怕了! 他不停地叫嚷,不是一连几分钟,而是一连几个钟头。三天三夜嚷个不停。实在叫人受不了。我真不懂我这是怎么熬过来的。隔着三道门都听得见他的叫声。唉,我这是怎么熬过来的哟!"

"当时他神志清醒吗?"彼得·伊凡内奇问。

"清醒,"她喃喃地说,"直到最后一分钟都清醒。他在临终前一刻钟跟我们告了别,还叫我们把伏洛嘉支开。"

彼得·伊凡内奇想到,他多么熟识的这个人,原先是个快乐的孩子,小学生,后来成了他的同事,最后竟受到这样的折磨。尽管他觉得自己和这个女人都有点做作,但想到这一点,心里却十分恐惧。他又看见那个前额和那个压住嘴唇的鼻子,不禁感到不寒而栗。

"三天三夜极度的痛苦,然后死去。这种情况也可能随时落到我的头上。"他想,刹那间感到毛骨悚然。但是,他自己也不知怎的,一种常有的想法很快就使他镇静下来,"这种事只有伊凡·伊里奇会碰上,我可绝不会碰上。这种事不应该也不可能落到我的头上。"他想到这些,心情忧郁,但施瓦尔茨分明向他做过暗示,他不应该有这种心情。彼得·伊凡内奇思考了一下,镇静下来,详细询问伊凡·伊里奇临终时的情况,仿佛这种事故只会发生在伊凡·伊里奇身上,可绝不会发生在他身上。

在谈了一通伊凡·伊里奇肉体上所受非人痛苦(这种痛苦,彼得·伊凡内奇是从普拉斯柯菲雅·费多罗夫娜神经所受的影响上领会的)的情况以后,孀妇显然认为该转到正题上了。

"唉,彼得·伊凡内奇,真是难受,真是太难受了,太难受了!"她又哭起来。

彼得·伊凡内奇叹着气,等她擦去鼻涕眼泪,才说:"真是想不到……"

接着她又说起来,说到了显然是她找他来要谈的主要问题。她问她丈夫去世后怎样向政府申请抚恤金。她装着向彼得·伊凡内奇请教,怎样领取赡养费,不过他看出,因丈夫去世她可以向政府弄到多少钱,这事她已了解得清清楚楚,比他知道得还清楚。她不过是想知道,可不可以用什么办法弄到更多的钱。彼得·伊凡内奇竭力思索，想到几种办法，但最后只是出于礼节骂了一通政府的吝啬，说不可能弄到更多的钱了。于是她叹了一口气，显然要摆脱这位来客。他领会了，就按灭香烟，站起身，同孀妇握了握手，走进前厅。

餐厅里摆着伊凡·伊里奇十分得意地从旧货店买来的大钟。彼得·伊凡内奇在那里遇见神父和几个来参加丧事礼拜的客人，还看见一位熟识的美丽小姐，就是伊凡·伊里奇的女儿。她穿一身黑衣，腰身本来很苗条，如今似乎变得更苗条了。她的神态忧郁、冷淡，甚至还有点愤慨。她向彼得·伊凡内奇鞠躬，但那副神气仿佛表示他有什么过错似的。女儿后面站着一个同样面带愠色的青年。彼得·伊凡内奇知道他是法院侦讯官，家里很有几个钱，听说是她的未婚夫。彼得·伊凡内奇沮丧地向他们点点头，正要往灵堂走去，这时楼梯下出现了在中学念书的儿子。这孩子活脱就是年轻时的伊凡·伊里奇。彼得·伊凡内奇记得伊凡·伊里奇在法学院念书时就是这个模样。这孩子眼睛里含着泪水，神态也像那些十三四岁的愣小子。他一看见彼得·伊凡内奇，就忧郁而腼腆地皱起眉头。彼得·伊凡内奇向他点点头，走进灵堂。丧事礼拜开始了：又是蜡烛，又是呻吟，又是神香，又是眼泪，又是啜泣。彼得·伊凡内奇皱紧眉头站着，眼睛瞅着自己的双脚。他一眼也没看死人，直到礼拜结束他的心情都没有受到悲伤气氛的影响，并且第一个走出灵堂。前厅里一个人也没有。充任餐厅侍仆的庄稼汉盖拉西姆从灵堂奔出来，用他那双强壮的手臂努力在一排外套中间翻寻着，终于把彼得·伊凡内奇的外套找出来，递给他。

"嗯，盖拉西姆老弟，你说呢？"彼得·伊凡内奇想说句话应酬一下,"可怜不可怜哪?"

"这是上帝的意思!我们都要到那里去的。"盖拉西姆露出一排洁白整齐的庄稼汉的牙齿说,接着就像在紧张地干活那样猛地推开门,大声呼喊马车夫,把彼得·伊凡内奇送上车,又奔回台阶,仿佛在考虑还有些什么事要做。

在闻过神香、尸体和石碳酸的臭味以后,彼得·伊凡内奇特别爽快地吸了一大口新鲜空气。

"上哪儿,老爷?"马车夫问。

"不晚。还可以到费多尔·瓦西里耶维奇家去一下。"

彼得·伊凡内奇就去了。果然,他到的时候,牌刚打完第一局,于是他顺当地成了第五名赌客。

二

伊凡·伊里奇的身世极其普通,极其简单,而又极其可怕。

伊凡·伊里奇是个法官,去世时才四十五岁。他父亲是彼得堡一名官员,曾在好几个政府机关任职,虽不能胜任某些要职,但凭着他的资格和身份,从没被逐出官场,因此总能弄到一些有名无实的官职和六千到一万卢布的有名有实的年俸,并一直享受到晚年。

伊里亚·叶斐莫维奇·高洛文就是这样一个多余机关里的多余三等文官。

他有三个儿子。伊凡·伊里奇排行第二。老大像他父亲一样官运亨通,不过在另一个机关,也快到领干薪的年龄。老三没有出息。他在几个地方都败坏了名声,眼下在铁路上供职。父亲也好,两位哥哥也好,特别是两位嫂子,不仅不愿同他见面,而且非万不得已从不想到有他这样一个兄弟。姐姐嫁给了格列夫男爵,他同他岳父一样是彼得堡的官员。伊凡·伊里奇是所谓家里的佼佼者。他不像老大那样冷淡古板,也不像老三那样放荡不羁。他介于他们之间:聪明,机灵,乐观,文雅。他跟弟弟一起在法学院念过书。老三没有毕业,念到五年级就被学校开除了;伊凡·伊里奇则毕了业,而且成绩优良。他在法学院里就显示了后来终生具备的特点:能干,乐观,厚道,随和,但又能严格履行自认为应尽的责任,而他心目中的责任就是达官贵人所公认的职责。他从小不会巴结拍马,成年后还是不善于阿谀奉承,但从青年时代起就像飞蛾扑火那样追随上层人士,模仿他们的一举一动,接受他们的人生观,并同他们交朋友。童年时代和少年时代的热情在他身上消失得干干净净。他开始迷恋声色,追逐功名。最后发展到自由放纵的地步。不过,他的本性还能使他保持一定分寸,不至于过分逾越常规。

在法学院里,他认为自己的有些行为很卑劣,因此很嫌恶自己。但后来看到地位比他高的人都在那样干,而且并不认为卑劣,他也就不以为意,不再把它们放在心上,即使想到也无动于衷。

伊凡·伊里奇在法学院毕业,获得十等文官官衔,从父亲手里领到置装费,在著名的沙尔玛裁缝铺里定做了服装,表坠上挂着一块镂有"高瞻远瞩"①字样的纪念章,向导师和任校董的亲王辞了行,跟同学们在唐农大饭店欢宴话别,带着从最

① 原文是拉丁语。

高级商店买来的时尚手提箱、衬衣、西服、剃刀、梳妆用品和旅行毛毯，走马上任，当了省长特派员。这个官职是他父亲替他谋得的。

伊凡·伊里奇到了外省，很快就像在法学院那样过得称心如意。他奉公守法，兢兢业业，生活得欢快而又不失体统。他有时奉命到各县视察，待人接物，稳重得体，对上对下，恰如其分，不贪赃枉法，而且总能圆满完成上司交下的差事，主要是处理好分裂派教徒事件。

他虽然年轻放荡，但处理公务却异常审慎，甚至可以说是铁面无私；在社交场中，他诙谐风趣而又和蔼有礼，正像他的上司和上司太太——他是他们家的常客——称赞他的那样，是个好小子。

他同省里一位死缠住他这个风流法学家的太太有暧昧关系；还同一个女裁缝私通；有时同巡察的副官们狂饮欢宴；饭后还去花街柳巷寻欢作乐。他奉承上级长官，甚至长官夫人，但手法高明，无懈可击，从未引起非议，人家至多说一句法国谚语：年轻时放荡在所难免。这一切他都干得体体面面，嘴里说的又是法国话，主要则是因为他跻身到最上层，容易博得达官显贵的青睐。

伊凡·伊里奇就这样干了五年。接着他的工作调动了，因为成立了新的司法机关，需要新的官员。

于是伊凡·伊里奇就调任这样的新职。

伊凡·伊里奇被推荐任法院侦讯官的职务，他接受了，虽然这位置在另一个省里，他得放弃原有的各种关系，另起炉灶，重新结交朋友。朋友们给伊凡·伊里奇饯行，同他一起摄影，还赠给他一个银烟盒留念。他就走马上任去了。

伊凡·伊里奇当法院侦讯官同样循规蹈矩，公私分明，并且像做特派员一样受到普遍尊敬。对伊凡·伊里奇来说，侦讯官的工作比原来的工作有趣得多，迷人得多。以前他感到扬扬得意的是，身穿精工缝制的文官制服，昂首阔步地经过战战兢兢等待接见的来访者和对他羡慕不止的官员们面前，一直走进长官办公室，并且跟长官一起喝茶吸烟；但那时直接听命于他的人只有县警察局长和分裂派教徒，而且要在他奉命出差的时候。他对待他们总是客客气气，使他们感到，他尽管操着生杀大权，却平易近人，毫无架子。那个时候，这样直接听命于他的人不多。如今伊凡·伊里奇当上法院侦讯官，他懂得就连达官贵人的命运也都操在他手里，他只要在公文上批几句，不论哪个要人都将成为被告或证人来到他面前，并且得站着回答他的问题，如果他不请他坐下的话。伊凡·伊里奇从不滥用权力，相反总是不露锋芒，而这种权力的意识和适当用权的技术，就成了他担任新职后最感兴趣的事。从事这项新职，也就是说审查工作，伊凡·伊里奇很快就掌握一种本领，能排除一切与本案无关的情节，使各种错综复杂的案情在公文上表现得简单明了，不带丝毫个人意见，完全符合公文要求。这是一项新的工作，而伊凡·伊里奇则属于第一批执行一八六四年新法典的人。

自从在新地方就任法院侦讯官以来，伊凡·伊里奇结交了一批新朋友，建立了一些新关系，获得了新的社会地位，并多少采取了新作风。他在省里同政府保持一定距离，却周旋于司法界头面人物和豪门巨富之间，对当局稍表不满，发表温和的自由主义言论和开明观点。此外，伊凡·伊里奇就任新职后仍旧讲究服饰，注意仪表，只是不再刮去下巴颏上的胡子而听其自然生长。

伊凡·伊里奇在新地方过得很愉快。他跟一批反对省长的人关系很好；薪俸比以前优厚；他逢场作戏，打打纸牌，从中得到不少乐趣。他头脑聪明，很会打牌，因此常常赢钱。

伊凡·伊里奇在新地方任职两年后遇见了后来成为他妻子的普拉斯柯菲雅·费多罗夫娜·米海尔。她是伊凡·伊里奇出入的圈子里最迷人最伶俐最出色的姑娘。伊凡·伊里奇在公余之暇，找点消遣，其中包括同普拉斯柯菲雅·费多罗夫娜戏谑调情。

伊凡·伊里奇任特派员时常常跳舞，但当上侦讯官后就难得跳了。如今他跳舞只是为了要显示，尽管他身为侦讯官和五等文官，跳舞水平可绝不比别人差。这样，有时晚会将近结束，他就请普拉斯柯菲雅·费多罗夫娜一起跳舞，主要借这种机会征服普拉斯柯菲雅·费多罗夫娜的心。她爱上了他。伊凡·伊里奇并没有明确想到要结婚，但既然人家姑娘真的爱上了他，他就问自己："是啊，那么何不就结婚呢？"

普拉斯柯菲雅·费多罗夫娜出身望族，长得不错，而且小有家产。伊凡·伊里奇可以指望找到一个更出色的配偶，但这个配偶也不错。伊凡·伊里奇自己有薪俸收入，他希望她也有同样多的进项。她出身名门，生得又温柔美丽，很有教养。说伊凡·伊里奇同她结婚是因为爱上这位小姐，并且发现她的人生观同他一致，那不符合事实。说他结婚，是因为在他的圈子里大家都赞成这门婚事，那同样不符合事实。伊凡·伊里奇结婚是出于双重考虑：娶这样一位妻子是幸福的，而达官贵人们又都赞成这门亲事。

伊凡·伊里奇就这样结了婚。

在准备结婚和婚后初期，夫妻恩爱，妻子尚未怀孕，再加上崭新的家具，崭新的餐具，崭新的衣服，日子过得很美满。伊凡·伊里奇认为他原来的生活轻松愉快而又高尚体面，并且受到上流社会的赞许，如今结婚不仅不会损害这种生活，而且使它更加美满。但在妻子怀孕几个月后，出现了一种痛苦难堪而有失体统的新局面，那是他万万没有料到的，而且怎么也无法摆脱。

伊凡·伊里奇认为妻子完全出于任性破坏快乐体面的生活，莫名其妙地动辄猜疑，要求他更加体贴她。不论什么事她都横加挑剔，动不动对他大吵大闹。

起初伊凡·伊里奇想继续用快乐体面的人生态度来排除烦恼。他不管妻子的情绪，照旧轻松愉快地过日子：请朋友到家里来打牌，自己上俱乐部或者到朋友家串门子。可是，有一次妻子气势汹汹对他破口大骂。这以后只要他稍不顺她的意，她就把他臭骂一顿，显然非把他制服不可，也就是说，要他安守在家里，并且像她一样唉声叹气，无病呻吟。这使伊凡·伊里奇感到害怕。他懂得了，夫妇生活，至少是他同妻子的生活，并不能始终维持快乐体面；相反，常常会损害这样的气氛，因此必须设法防范。伊凡·伊里奇借口公务繁忙来对付普拉斯柯菲雅·费多罗夫娜。他发现这种办法很有效，因此常用它来保卫自己的独立天地。

孩子生下后，喂养很费事，常常发生这样那样的麻烦，不是婴儿害病就是做母亲的害病，有时是真病有时是假病。不管怎样，伊凡·伊里奇都得照顾，尽管他对这些事一窍不通。而伊凡·伊里奇保卫自己独立天地、不受家庭干扰的欲望却越来越强烈。

妻子的脾气越来越暴躁,要求越来越苛刻,伊凡·伊里奇也越来越把生活的重心转移到公务上。他更加喜爱官职,醉心功名。

不久,在结婚一年后,伊凡·伊里奇懂得了,夫妇生活虽然也有一些好处,但却是一种很复杂很痛苦的事,而要尽到自己的责任,过一种受社会赞许的体面生活,必须像做官一样建立适当的关系。

伊凡·伊里奇就给自己建立了这样的夫妇关系。他对家庭生活的要求,只是能吃到家常便饭、生活上有照料和过床笫生活,而这些都是她能向他提供的。他主要的要求是维持社会所公认的体面的夫妇关系。此外,他就自寻欢乐,获得了欢乐也就心满意足。要是家里遇到不愉快,他就立刻逃到公务活动的独立天地里去,并在那里自得其乐。

伊凡·伊里奇当侦讯官,声誉显赫,三年后就升任副检察官。新的官职、重要的地位、控诉和拘捕任何人的权力、当众的演说、辉煌的功绩——这一切使伊凡·伊里奇更加迷恋公务。

孩子一个个生下来。妻子变得越来越乖戾,越来越暴躁,但伊凡·伊里奇所确立的家庭关系几乎不受妻子脾气的影响。

伊凡·伊里奇在这个城市里任职七年,接着被调到另一个省里当检察官。他们搬了家,手头的钱不多,妻子又不喜欢那新地方。薪俸尽管比原来多,但生活成本高,再说又死了两个孩子,因此伊凡·伊里奇就感到家庭生活比以前更乏味了。

普拉斯柯菲雅·费多罗夫娜搬到新地方后,不论遇到什么麻烦,总要责怪丈夫。夫妇间不论谈什么事,尤其是谈教育孩子的问题,总会联想到以前的不和,引起新的争吵。夫妇俩如今难得有恩爱的时刻,即使有,也是很短暂的。他们在爱情的小岛上临时停泊一下,不久又会掉进互相敌视的汪洋大海,彼此冷若冰霜。要是伊凡·伊里奇认为家庭生活不该如此,他准会对这种冷漠感到伤心,不过他不仅认为这样的局面是正常的,而且正是他所企求的。他的目标就是要尽量摆脱家庭生活的烦恼,而表面上又要装得若无其事,保持体面。为了达到这一目的,他尽量少同家人待在一起,如果不得已必须这样做,也总是竭力保证有旁人在场。不过伊凡·伊里奇这样过日子,主要靠的是他有公务。他把全部生活乐趣都集中在官场的天地里。这种乐趣支配了他的整个身心。意识到自己的权力,对任何人都操有生杀大权,每次走进法庭和遇到下属时那种威风凛凛的气派(即使只是表面的),在上司与下属之间周旋的本领,尤其是自觉高明的办事能力——这一切能使他扬扬得意;再加上跟同事们谈天、宴会和打牌,他的生活就显得很充实。总之,伊凡·伊里奇的生活过得合乎他的愿望:快乐而体面。

就这样他又过了七年。大女儿已经十六岁,另外又死了一个孩子,只剩下一个男孩在中学念书。这个孩子是引起夫妇争吵的一大因素。伊凡·伊里奇要送他读法学院,而普拉斯柯菲雅·费多罗夫娜却偏把他送进普通中学。女儿在家里学习,成绩良好;儿子学得也不错。

三

伊凡·伊里奇婚后就这样过了十七年的光阴。现在他已是一个老检察官了。他推辞了几次工作上的调动，一心想找个更称心的职位，不料出了一件不愉快的事，把他生活的安宁给破坏了。伊凡·伊里奇想谋取大学城首席法官位置，但被戈佩捷足先得。伊凡·伊里奇十分生气，提出责问，同戈佩吵嘴，又冒犯顶头上司；他从此受冷遇，下一次任命也没有他的份。

这是一八八〇年，也是伊凡·伊里奇一生中最倒霉的年头。他一方面入不敷出，另一方面又被人家遗忘。他觉得人家待他极不公平，人家却认为对他已仁至义尽。就连父亲都认为无须再帮助他了。他觉得大家都把他抛弃了，并认为他有三千五百卢布年俸已很不错，甚至可说是十分幸福了。人家待他这么不公平，妻子经常责骂他，家里入不敷出，开始负债。这种情况当然谈不上正常，而且只有他一个人知道。

今年夏天，伊凡·伊里奇为了节省开支，同妻子一起到内弟乡下度假。

在乡下不做事，伊凡·伊里奇第一次不仅感到无聊，而且觉得十分愁闷。他认定无法这样过活，必须采取断然措施。

伊凡·伊里奇不能入睡，在露台上踱了个通宵，决定上彼得堡奔走一番，争取调到其他部门工作，以惩罚他们，惩罚那些不会赏识他才能的人。

第二天早晨，他不顾妻子和内弟的劝阻，乘车上彼得堡。

他唯一的目的就是弄到一个年俸五千卢布的位置。他不再计较是哪个机关，是哪个派别和哪种工作。他只要一个位置，年俸五千卢布的位置，不论政府机关、银行、铁路、玛丽皇后御用机关，甚至海关都行，但一定要有五千卢布收入，一定要离开那个不会赏识他才能的机关。

伊凡·伊里奇此行取得了意外收获。在库尔斯克火车站,头等车厢里上来一个熟人,名叫伊林。伊林告诉他库尔斯克省刚接到电报,部里最近人事上有重大变动,彼得·伊凡内奇的位置将由伊凡·谢苗内奇接任。

这次调动,除了对国家有一定影响外,对伊凡·伊里奇具有特殊意义。因为起用了新人彼得·彼得罗维奇和他的朋友扎哈尔·伊凡内奇。这对他伊凡·伊里奇极其有利,因为扎哈尔·伊凡内奇是伊凡·伊里奇的同学,又是他的好朋友。

在莫斯科,这个消息得到了证实。伊凡·伊里奇来到彼得堡,找到了扎哈尔·伊凡内奇,后者答应给他在原来的司法部里谋一个好差事。

一星期后,他给妻子发了一份电报:

"扎哈尔接替米勒,我申请后即可提升。"

伊凡·伊里奇通过这次人事调动在他的旧部里获得意外任命;比同事高两级,年俸五千,再加调差费三千五百。伊凡·伊里奇消除了对原来对头和整个机关的怨气,感到十分得意。

伊凡·伊里奇回到乡下,兴高采烈。他好久没有这样快活了。普拉斯柯菲雅·费多罗夫娜也很高兴,夫妇俩也和好了。伊凡·伊里奇讲到他在彼得堡怎样受祝贺,原来的对头怎样厚着脸皮巴结他,怎样羡慕他的地位,特别讲到他在彼得堡怎样受人尊敬。

普拉斯柯菲雅·费多罗夫娜听着他讲,装出相信的样子,也不打岔,心里却盘算着怎样到新地方去重新安排生活。伊凡·伊里奇高兴地看到,她的想法同他的想法不谋而合,他们一度坎坷的生活又变得快乐而体面了。

伊凡·伊里奇只回家几天。九月十日他就得走马上任。此外,他还得在新地方安顿下来,把家具杂物从省里运去,再要添置和定做许多东西。总之,要根据他同普拉斯柯菲雅·费多罗夫娜几乎一致的想法把新居布置好。

现在,一切都进行得称心如意,他同妻子又意气相投。他们俩一起生活的时间很少,像现在这样投契,除了婚后头几年,还不曾有过。伊凡·伊里奇想把家眷随身带走,可是姐姐和姐夫①对伊凡·伊里奇一家忽然十分亲热,弄得伊凡·伊里奇只好独自先走。

伊凡·伊里奇走了。事业上一帆风顺,同妻子言归于好,这两件事相得益彰,使他心情愉快。他找到一座精美的住宅,恰合夫妇俩的心意。高大宽敞的老式客厅、豪华舒适的书房、妻子的卧室、女儿的卧室、儿子的书房,一切都像是特意为他们设计的。伊凡·伊里奇亲自布置房间,选择墙纸,添置家具——从旧货店买来的,式样特别古雅——定制了沙发套和窗纸。房子布置得越来越漂亮,符合他的理想。他布置到一半,发觉比他希望的更美。他相信等全部完工,将更加富丽堂皇,而绝不会流于庸俗。临睡前,他想象他的前厅将是什么样子。他瞧着没有布置好的客厅,仿佛看到壁炉、屏风、古董架、散放着的小椅子、墙上的挂盘和铜器都已安放得井井有条。他想妻子和女儿在这方面跟他有同样的爱好,看到这种排场,准会大吃一惊,不禁暗暗高兴。她们一定想不到会有这样的气派。他特别得意的是买到一些价廉物美的古董,使整座房

---

① 从上下文看,这里似应作内弟和内弟媳妇,毛德英译本加以改译,看来是有道理的。

子显得格外高雅。他在信里故意把情况说得差一些,这样她们一看到就会更加惊讶。他热衷于装饰新居,就连心爱的公务都不那么感兴趣了。有时法院开庭,他也心不在焉:他在考虑究竟用什么样的窗帘顶檐,直的还是拱的。他对这事兴致勃勃,亲自动手安放家具,重新挂上窗帘。有一次他爬到梯子上,指点愚笨的沙发裁缝怎样挂窗帘,一不留神失足掉下来,但他是个强壮而灵活的汉子,立刻稳住脚,只是腰部撞在窗框上,伤处痛了一阵子不久就好了。这一时期,伊凡·伊里奇觉得自己特别快乐和健康。他写信说:"我感到自己仿佛年轻了十五岁。"他原想到九月底把房子布置好,结果拖到十月半。不过,房子布置得十分雅致——不仅他自己这么认为,凡是看到的人都这么说。

其实,房子里的摆设无非显示那种不太富裕、却一味模仿富裕人家的小康之家的派头,千篇一律地尽是花缎、红木家具、盆花、地毯、古铜器、发亮铜器,等等。一定阶级的人总是拿这些东西来表示他们一定的身份。伊凡·伊里奇家里的摆设同人家没有什么两样,因此引不起人家的注意,但他却扬扬自得,以为与众不同。他到车站去接家眷,把他们带到装修一新的寓所里,系白领带的男仆打开摆满鲜花的前厅,他们走进客厅、书房,高兴得欢呼起来。他领他们到各处观看,得意扬扬地听着他们的称赞,容光焕发,感到十分幸福。当天晚上喝茶的时候,普拉斯柯菲雅·费多罗夫娜随便问到他是怎么摔跤的,他就笑着做给他们看,他怎样从梯子上掉下来,把沙发裁缝吓坏了。

"幸亏我练过体操,要是换了别人,准会摔坏的,可我只在这儿撞了一下,摸摸有点疼,但已经好多了,只是有点青肿。"

就这样他们在新居开始生活，并且也像一般人移居到新地方那样，觉得还少一个房间，收入虽然增加，但还嫌钱少——少这么五百卢布。不过总的来说，他们感到称心如意了。最初他们过得特别愉快，房子还没有完全布置好，需要再买些什么，定制些什么，有些东西需要搬动，有些东西需要调整。尽管夫妇之间有时意见分歧，但两人对新的生活都很满意，而且有许多事要做，因此没有发生大的争吵。等一切都安排舒齐，他们开始感到有点空虚，但当时还需要去结交一批新朋友，培养新习惯，因此生活还是很充实。

伊凡·伊里奇上午在法院办公，下午回家吃饭，开头一个时期情绪很好，虽然为房子的事有时也有点烦恼（例如，他发现桌布或沙发面子上有污点，窗帘系带断了，就会发脾气，因为看到他煞费苦心置办的东西被损坏，心里难过）。不过，伊凡·伊里奇的生活还是过得合乎他的理想：轻松、愉快而体面。他每天早晨九时起床，喝咖啡，看报，然后穿上制服去法院。那儿已为他准备好"轭"，让他一到就套到身上：接见来访者，处理同诉讼有关的问题，主持诉讼案件，出席公开庭和预备庭。他必须排除各种外来干预，免得妨碍诉讼程序，同时严禁徇私枉法，严格依法办事。要是有人想探听什么事，而这事不属伊凡·伊里奇主管，他就不能同这人发生任何关系，但要是这人有正式公文，上面写明事由，那么伊凡·伊里奇就会根据法律许可的范围尽力去办，并且办得不违反人情，也就是说面子上过得去。但只要公事一结束，其他关系也就结束了。分清法律和人情，这种本领伊凡·伊里奇已达到登峰造极的地步，而且凭着天赋的才能和长期的经验，他有时故意把法律和人情混淆起来。他之所以敢于这样做，那是因为他自信总有能力划清两者的界限，如果需要的话。伊凡·伊里奇办这种事不仅轻松、愉快和体面，简直可以说是得心应手。在休庭时，他吸烟，喝茶，随便谈谈政治、社会新闻和纸牌，而谈得最多的还是官场中的任命。然后，他好像第一小提琴手，出色地演奏完毕，疲劳地乘车回家。回到家里，发现母女俩外出或者在接待客人，儿子上学了，有时在跟补课教师复习功课。一切都井井有条。饭后要是没有客来，伊凡·伊里奇就看些当时流行的书籍。晚上，他坐下来处理公事：批阅文件，查看法典，核对证词。他干这些既不感到无聊，也不觉得有趣。要是有机会打牌，那么处理公事就感到无聊；要是没有机会打牌，那么处理公事总比独自闷坐或者跟妻子面面相对要好得多。伊凡·伊里奇喜欢举行便宴，邀请有钱有势的先生夫人参加。这种消遣跟其他同样身份的人没有差别，犹如他的客厅跟人家的客厅没有差别一样。

　　他们家里还举行过一次舞会。舞会办得很好，伊凡·伊里奇心情愉快，可惜最后为蛋糕糖果的事同妻子大闹一场。普拉斯柯菲雅·费多罗夫娜有她的打算，但伊凡·伊里奇坚持要到最高级糖果铺去买糕点，结果买了许多蛋糕。争吵就是由于蛋糕太多吃不完，而糖果铺的账却高达四十五卢布。争吵很激烈，闹得不可开交。普拉斯柯菲雅·费多罗夫娜骂他："傻瓜，低能。"伊凡·伊里奇气得双手抱住脑袋，恨恨地说出离婚之类的话来。不过，晚会本身还是很快活的，前来参加的都是社会名流。伊凡·伊里奇同特鲁丰诺娃公爵夫人跳舞。特鲁丰诺娃公爵夫人的姐姐就是著名的"消灭苦难会"的创办人。身居要职的乐趣在于自尊心的满足，社会活动的乐趣在于虚荣心的满足,但伊凡·伊里奇的真正乐趣却在于打牌。他认为,不管生活上遇到什么烦恼,那像蜡烛一样驱除黑暗的最大乐趣,就是同几个规规矩矩的好搭档坐下来一起打牌,而且一定要四人一起(五人一起打就很难有结果,虽然得装出很感兴趣的样子),认认真真地打(要是顺手的话),然后吃点夜宵,喝一大杯葡萄酒。打过牌以后睡觉,尤其是稍微赢一点儿钱(赢太多也不好),伊凡·伊里奇觉得特别愉快。

他们就这样过着日子。他们家的来客都是达官贵人,有的地位显赫,有的年少英俊。

夫妻和女儿待人的态度完全一致。凡是满脸堆笑、投奔到他们那间墙上装饰着日本盘子的客厅来的潦倒亲友,他们都加以排斥。不久,这些寒酸的亲友便不再上门,高洛文家的来客就限于达官贵人。年轻人纷纷追求丽莎,其中包括彼特利歇夫。那是德米特里·伊凡内奇·彼特利歇夫的儿子,又是他财产的唯一继承人,现任法院侦讯官。他也在热烈地追求丽莎,弄得伊凡·伊里奇已在跟普拉斯柯菲雅·费多罗夫娜商量:要不要让他们一起坐三驾马车游玩,或者举办一次家庭戏剧晚会?他们就这样过着日子:一切都称心如意,没有任何变化。

四

家里人个个身体健康。只有伊凡·伊里奇有时说,他嘴里有一种怪味,左腹有点不舒服,但不能说有病。

这种不舒服的感觉逐渐增长,虽还没有转变为疼痛,但他经常感到腰部发胀,情绪恶劣。他的心情越来越坏,影响了全家快乐而体面的生活。夫妇吵嘴的事越来越多,轻松愉快的气氛消失了,体面也很难维持。争吵更加频繁,夫妇之间相安无事的日子少得就像汪洋大海里的小岛。

如今普拉斯柯菲雅·费多罗夫娜说丈夫脾气难弄,那倒不是没有理由的。她说话喜欢夸张,往往夸张地说,他的脾气一直很坏,要不是她心地善良,这二十年可真没法子忍受。的确,现在争吵总是由伊凡·伊里奇引起的。他吃饭时总要发脾气,往往从吃汤开始。他一会儿发现碗碟有裂痕,一会儿批评饭菜烧得不好吃,一会儿责备儿子吃饭把臂肘搁在桌上,一会儿批评女儿的发式不正派,而罪魁祸首总是普拉斯柯菲雅·费多罗夫娜。普拉斯柯菲雅·费多罗夫娜起初回敬他,也对他说了一些难听的话,但有两三次他一开始吃饭就勃然大怒。她明白了,这是一种由进食而引起的病态,就克制自己,不再还嘴,只是催他快吃。普拉斯柯菲雅·费多罗夫娜认为自己的忍让是一种值得称道的美德。她认定丈夫脾气极坏,给她的生活带来不幸;她开始可怜自己。她越是可怜自己,就越是憎恨丈夫。她巴不得他早点死,但又觉得不能这样想,因为他一死就没有薪俸了。而这一点却使她更加恨他。她认为自己的命太苦,就连他的死都不能拯救她。她变得很容易发脾气,但又强忍着,而她这样勉强忍住脾气,却使他的脾气变得更坏。

有一次夫妻争吵,伊凡·伊里奇特别不讲理。事后他解释说,他确实脾气暴躁,但这是由于病的缘故。普拉斯柯菲雅·费多罗夫娜就对他说,既然有病,就得治疗,要他去请教一位名医。

他乘车去了。一切都不出他所料,一切都照章办理。又是等待，又是医生装出一副煞有介事的样子——这种样子他是很熟悉的，就跟他自己在法庭上一样——又是叩诊，又是听诊，又是各种不问也知道的多余问题，又是那种威风凛凛的神气，仿佛在说："你一旦落到我手里，就得听我摆布。我知道该怎么办，对付每个病人都是这样的。"一切都同法庭上一样。医生对待他的神气，就如他在法庭上对待被告那样。

医生说，如此这般的症状表明您有如此这般的病，但要是化验不能证明如此这般的病，那就得假定您有如此这般的病。要是假定有如此这般的病，那么……等等。对伊凡·伊里奇来说，只有一个问题是重要的：他的病有没有危险？但医生对这个不合时宜的问题置之不理。从医生的观点来说，这问题没有意思，不值得讨论，存在的问题只是估计一下可能性：是游走肾，还是慢性盲肠炎？这里不存在伊凡·伊里奇的生死问题，只存在游走肾和盲肠炎之间的争执。在伊凡·伊里奇看来，医生已明确认定是盲肠炎，但又保留说，等小便化验后可以得到新的资料，到那时再作进一步诊断。这一切，就跟伊凡·伊里奇上千次振振有词地对被告宣布罪状一模一样。医生也是那么得意扬扬，甚至从眼镜上方瞅了被告一眼，振振有词地做了结论。从医生的结论中伊凡·伊里奇断定情况严重，对医生或其他人都无所谓，可是对他却非同小可。这结论对伊凡·伊里奇是个沉重的打击，使他十分怜悯自己，同时十分憎恨那遇到如此严重问题却无动于衷的医生。

不过他什么也没有说，就站起来，把钱往桌上一放，叹了一口气说："也许我们病人常向您提些不该问的问题，"他说，"一般说来，这病是不是有危险……"

医生用一只眼睛从眼镜上方狠狠地瞪了他一下，仿佛在说:被告,你说话要是越出规定的范围,我将不得不命令把你带出法庭。

"我已把该说的话都对您说了,"医生说。"别的,等化验结果出来再说。"医生结束道。

伊凡·伊里奇慢吞吞地走出诊所,垂头丧气地坐上雪橇回家。一路上他反复分析医生的话,竭力把难懂的医学用语翻译成普通的话,想从中找出问题的答案:"我的病严重?十分严重?或者还不要紧?"他觉得医生所有的话都表示病情严重。伊凡·伊里奇觉得街上的一切都是阴郁的,车夫是阴郁的,房子是阴郁的,路上行人是阴郁的,小铺子是阴郁的。他身上的疼痛一秒钟也没有停止,听了医生模棱两可的话后就觉得越发厉害。伊凡·伊里奇如今更加心情沉重地忍受着身上的疼痛。

他回到家里,给妻子讲了看病的经过。妻子听着,他讲到一半,女儿戴着帽子进来,准备同母亲一起出去。女儿勉强坐下来听他讲这无聊的事,但她听得不耐烦了。母亲也没有听完他的话。

"哦,我很高兴,"妻子说,"今后你一定要准时吃药。把药方给我,我叫盖拉西姆到药房去抓药。"说完她就去换衣服。

妻子在屋子里时,他不敢大声喘气;等她走了,才深深地叹了一口气。

"好吧,"伊凡·伊里奇说,"也许真的还不要紧……"

他听医生的话,服药,养病。验过小便后,医生又改了药方。不过,小便化验结果和临床症状之间有矛盾。不知怎的,医生说的与实际情况不符。也许是医生疏忽了,也许是撒谎,也许有什么事瞒着他。

不过伊凡·伊里奇还是照医生的话养病,最初心里感到安慰。

伊凡·伊里奇看过病后,努力执行医生的指示,讲卫生,服药,注意疼痛和大小便。现在他最关心的是疾病和健康。人家一谈到病人、死亡、复原,特别是谈到跟他相似的病,他表面上装作镇定,其实全神贯注地听着,有时提些问题,把听到的情况同自己的病作比较。

疼痛没有减轻,但伊凡·伊里奇强迫自己认为好一点了。没有事惹他生气,他还能欺骗自己。要是同妻子发生争吵,公务上不顺利,打牌输钱,他立刻就感到病情严重。以前遇到挫折,他总是希望时来运转,打牌顺手,获得大满贯,因此还能忍受。可是现在每次遇到挫折,他都会悲观绝望,丧失信心。他对自己说:"唉,我刚刚有点好转,药物刚刚见效,就遇到这倒霉事……"于是他恨那种倒霉事,恨给他带来不幸并要置他于死命的人。他明白这种愤怒在危害他的生命,但他无法自制。照理他应该明白,他这样怨天尤人,只会使病情加重,因此遇到不愉快的事不应该放在心上,可是他的行为正好相反。他说,他需要安宁,并且特别警惕破坏安宁的事。只要他的安宁稍稍遇到破坏,他就大发雷霆。他读医书,向医生请教,结果有害无益。情况是逐渐恶化的,因此拿今天同昨天比较,差别似乎并不大,他还能聊以自慰,但同医生一商量,就觉得病情在不断恶化,而且发展得很快。尽管如此,他还是经常请教医生。

这个月里他找了一位名医。这位名医的话,简直同原来的那位一模一样,但问题的提法不同。请教这位名医,只增加伊凡·伊里奇的疑虑和恐惧。另外有位医生,是他朋友的朋友,也很出名。这位医生对他的病做了完全不同的诊断。尽管医生保证他会康复,但提出的问题和假设却使伊凡·伊里奇更加疑虑。一个提倡顺势疗法的医生又做了另一种诊断,给了不同的药,伊凡·伊里奇偷偷地服了一个星期。可是一星期后并没有见效,伊凡·伊里奇对原来的疗法丧失了信心,对这种新疗法也丧失了信心,于是越发沮丧了。有一次,一位熟识的太太给他谈圣像治病的事。伊凡·伊里奇勉强听着,并相信她的话。但这事使他不寒而栗。"难道我真的那样神经衰弱吗?"他自言自语,"废语! 真是荒唐,这样神经过敏要不得,应该选定一个医生,听他的话好好疗养。就这么办。这下子主意定了。我不再胡思乱想,我要严格遵照这种疗法,坚持到夏天。到那时会见效的。别再犹豫不决了!"这话说说容易,实行起来可难了。腰痛在折磨他,越来越厉害,一刻也不停。他觉得嘴里的味道越来越难受,还有一股恶臭从嘴里出来,胃口越来越差,体力越来越弱。他不能欺骗自己:他身上出现了一种空前严重的情况。这一点只有他自己明白,周围的人谁也不知道,或者不想知道。他们总以为天下太平,一切如旧。这一点使伊凡·伊里奇觉得格外难受。家里的人,尤其是妻子和女儿,都热衷于社交活动。他看到,她们什么也不明白,还埋怨他情绪不好,难伺候,仿佛还是他不对。他看出,尽管她们嘴里不说,他已成了她们的累赘,妻子对他的病已有定见,不管他说什么或者做什么,她的态度都不会改变。

"不瞒您说,"她对熟人说,"伊凡·伊里奇也像一切老实人那样,不能认真遵照医生的话养病。今天他听医生的话服药,吃东西;明天我一疏忽,他就忘记吃药,还吃鳇鱼(那是医生禁止的），而且坐下来打牌，一打就打到深夜一点钟。"

"哼，几时有过这种事？"伊凡·伊里奇恼怒地说，"总共只在彼得·伊凡内奇家打过一次。"

"昨天不是跟谢贝克一起打过吗？"

"反正我疼得睡不着……"

"不管怎么说，这样你就永远好不了，还要折磨我们。"

普拉斯柯菲雅·费多罗夫娜向人家也向伊凡·伊里奇本人说，他生病主要是他自己不好，给她这个做妻子的带来痛苦。伊凡·伊里奇觉得她有这样的看法是很自然的，但心里总感到难受。

在法院里，伊凡·伊里奇发现或者自己感到人家对他抱着奇怪的态度：一会儿，人家把他看作一个不久将把位置空出来的人；一会儿，朋友们不怀恶意地嘲笑他神经过敏，因为他自己认为有一种神秘可怕的东西在不断吮吸他的精神，硬把他往那儿拉。朋友们觉得这事挺好玩，就拿来取笑他。尤其是施瓦尔茨说话诙谐生动而又装得彬彬有礼，使伊凡·伊里奇想起十年前他自己的模样，因而格外生气。

来了几个朋友，坐下来打牌。他拿出一副新牌，洗了洗，发了牌。他把红方块跟红方块叠在一起，总共七张。他的搭档说，没有王牌，给了他两张红方块。还指望什么呢？快乐，兴奋，得了大满贯。伊凡·伊里奇突然又感到那种抽痛，嘴里又有那股味道。他在这种情况下还能因得大满贯而高兴，未免太荒唐了。

他瞧着他的搭档米哈伊尔·米哈伊洛维奇，看他怎样用厚实的手掌拍着桌子，客客气气地不去抓一墩牌，却把它推给伊凡·伊里奇，使他一举手就能享受赢牌的乐趣。"他是不是以为我身子虚得手都伸不出去了?"伊凡·伊里奇想,忘记了王牌,却用更大的王牌去压搭档的牌,结果少了三墩牌,失去了大满贯。最可怕的是他看见米哈伊尔·米哈伊洛维奇脸色十分痛苦,却表现得若无其事。他怎么能若无其事,这一点想想也可怕。

大家看出他很痛苦,对他说:"要是您累了,我们就不打了。您休息一会儿吧。"休息?不,他一点也不累,可以把一圈牌打完。大家闷闷不乐,谁也不开口。伊凡·伊里奇觉得是他害得大家这样闷闷不乐,但又无法改变这种气氛。客人们吃过晚饭,各自回家了。伊凡·伊里奇独自留在家里,意识到他的生命遭到毒害,还毒害了别人的生命,这种毒不仅没有减轻,而且越来越深地渗透到他的全身。

他常常带着这样的思想,再加上肉体上的疼痛和恐惧,躺到床上,疼得大半夜不能合眼。可是天一亮又得起来,穿好衣服,乘车上法院,说话,批公文;要是不上班待在家里,那么一天二十四小时,每个小时都得活受罪。而且,在这样的生死边缘上,他只能独自默默地忍受,没有一个人了解他,没有一个人可怜他。

五

就这样过了两个月光景。新年前夕,他的内弟来到他们城里,住在他们家。那天,伊凡·伊里奇上法院尚未回家,普拉斯柯菲雅·费多罗夫娜上街买东西去了。伊凡·伊里奇回到家里,走进书房,看见内弟体格强壮,脸色红润,正在打开手提箱。他听见伊凡·伊里奇的脚步声,抬起头,默默地对他瞧了一会儿。他的眼神向伊凡·伊里奇说明了问题。内弟张大嘴,正要喔唷一声叫出来,但立刻忍住了。这个动作证实了一切。

"怎么,我的样子变了吗?"

"是的……有点变。"

接着,不管伊凡·伊里奇怎样想使内弟再谈谈他的模样,内弟却绝口不提。普拉斯柯菲雅·费多罗夫娜一回来,内弟就到她屋里去了。伊凡·伊里奇锁上房门,去照镜子,先照正面,再照侧面。他拿起同妻子合拍的照片,拿它同镜子里的自己做着比较。变化很大。然后他把双臂露到肘部,打量了一番,才放下袖子,在软榻上坐下来,脸色变得黑沉沉的。

"别这样,别这样!"他对自己说,霍地站起来,走到写字台边,打开卷宗,开始批阅公文,可是看不进去。他打开门,走到前厅。客厅的门关着。他踮着脚走到门边,侧着耳朵听。

"不,你太夸张了!"普拉斯柯菲雅·费多罗夫娜说。

"怎么夸张?你没发觉,他已经像个死人了。你看看他的眼睛,没有一点光。他这是怎么搞的?"

"谁也不知道。尼古拉耶夫(一位医生)说如此这般,可我不知道。列谢季茨基(就是名医)说的正好相反……"

伊凡·伊里奇回到自己屋里,躺下来想:"肾,游走肾。"他回忆起医生们对他说过的话,肾脏怎样离开原位而游走。他竭力在想象中捕捉这个肾脏,不让它游走,把它固定下来。这事看上去轻而易举。"不,我还是去找找彼得·伊凡内奇(那个有医生朋友的朋友)。"他打了铃,吩咐套车,准备出去。

"你上哪儿去,约翰?"妻子露出非常忧愁和矫揉造作的贤惠神情问。

这种矫揉造作的贤惠使他生气。他阴沉着脸对她瞅了一眼。

"我去找彼得·伊凡内奇。"

他去找这个有医生朋友的朋友,然后跟他一起到医生家去。他遇见医生,跟他谈了好半天。

医生根据解剖学和生理学对他的病做了分析,他全听懂了。

盲肠里有点毛病,有点小毛病。全会好的。只要加强一个器官的功能,减少另一个器官的活动,多吸收一点,就会好的。吃饭时,他晚到了一点。吃过饭,他兴致勃勃地谈了一通,但好一阵不能定下心来做事。最后他回到书房,立刻动手工作。他批阅公文,处理公事,但心里念念不忘有一件要事被耽误了。等公事完毕,他才记起那件事就是盲肠的毛病。但他故作镇定,走到客厅喝茶。那里有几个客人,正在说话,弹琴,唱歌。他得意的未来女婿,法院侦讯官也在座。据普拉斯柯菲雅·费多罗夫娜说,伊凡·伊里奇那天晚上过得比谁都快活,其实他一分钟也没忘记盲肠的毛病被耽误了。十一点钟他向大家告辞,回自己屋里去。自从生病以来,他就独自睡在书房里。他走进屋里,脱去衣服,拿起一本左拉的小说,但没有看,却想着心事。他想象盲肠被治愈了。通过吸收,排泄,功能恢复正常。"对了,就是那么一回事,"他自言自语,"只要补养补养身体就好了。"他想到了药,支起身来,服了药,又仰天躺下,仔细体味药物怎样在治病,怎样在制止疼痛。"只要按时服药,避免不良影响就行;我现在已觉得好一点了,好多了。"他按按腰部,按上去不疼了。"是的,不疼了,真的好多了。"他灭了蜡烛,侧身躺下……盲肠在逐渐恢复,逐渐吸收。突然他又感觉到那种熟悉的隐痛,痛得一刻不停,而且很厉害。嘴里又是那种恶臭。他顿时心头发凉,头脑发晕。"天哪!天哪!"他喃喃地说,"又来了,又来了,再也好不了啦!"突然他觉得完全不是那么一回事。"哼,盲肠!肾脏!"他自言自语,"问题根本不在盲肠,不在肾脏,而在生和……死。是啊,有过生命,可现在它在溜走,而我又留不住它。是啊!何必欺骗自己呢?除了我自己,不是人人都很清楚我快死了吗?问题只在于还有几个星期,几天,还是现在就死。原来有过光明,现在却变成一片黑暗。我此刻在这个世界,但不久就要离开!到哪儿去?"他觉得浑身发凉,呼吸停止,只听见心脏在怦怦跳动。

"等我没有了,那还有什么呢?什么也没有了。等我没有了,我将在哪儿?难道真的要死了吗?不,我不愿死。"他霍地跳起来,想点燃蜡烛,用颤动的双手摸索着。蜡烛和烛台被碰翻,落到地上。他又仰天倒在枕头上。"何必呢?反正都一样!"他在黑暗中睁着一双眼睛,自言自语,"死。是的,死。他们谁也不知道,谁也不想知道,谁也不可怜我。他们玩得可乐了(他听见远处传来喧闹和伴奏声)。他们若无其事,可他们有朝一日也要死的。都是傻瓜!我先死,他们后死,他们也免不了一死。可他们还乐呢。畜生!"他愤怒得喘不过气来。他痛苦得受不了。难道谁都得受这样的罪吗!他坐起来。

"总有什么地方不对头,我得定下心,从头至尾好好想一想。"他开始思索,"对了,病是这样开始的。先是腰部撞了一下,但过了一两天我还是好好的。稍微有点疼,后来疼得厉害了,后来请医生,后来泄气了,发愁了,后来又请医生,但越来越接近深渊。体力越来越差,越来越接近……越来越接近……我的身子虚透了,我的眼睛没有光。我要死了,可我还以为是盲肠有病。我想治好盲肠,其实是死神临头了。难道真的要死吗?"他又感到魂飞魄散,呼吸急促。他侧身摸索火柴,用臂肘撑住床几。臂肘撑得发痛,他恼火了,撑得更加使劲,结果把床几推倒了。他绝望得喘不过气来,又仰天倒下,恨不得立刻死去。

这当儿,客人们纷纷走散。普拉斯柯菲雅·费多罗夫娜送他们走。她听见什么东西倒下,走进来。

"你怎么了?"

"没什么。不留神把它撞倒了。"

她走出去,拿着一支蜡烛进来。他躺着,喘息得又重又急,好像刚跑完了几里路,眼睛呆滞地瞧着她。

"你怎么了,约翰?"

"没……什么。撞……倒了。"他回答,心里却想:"有什么可说的。她不会明白的。"

她确实不明白。她扶起床几,给他点上蜡烛,又匆匆走掉了:她还得送客。

等她回来,他仍旧仰天躺着,眼睛瞪着天花板。

"你怎么了,更加不舒服吗?"

"是的。"

她摇摇头,坐下来。

"我说,约翰,我们把列谢季茨基请到家里来好吗?"

这就是说,不惜金钱,请那位名医来出诊。他冷笑了一声说:"不用了。"她坐了一会儿,走到他旁边,吻了吻他的前额。

她吻他的时候,他从心底里憎恨她,好容易才忍住不把她

492

推开。

"再见。上帝保佑你好好睡一觉。"

"嗯。"

六

伊凡·伊里奇看到自己快要死了,经常处于绝望中。

他心里明白,他快要死了,但他对这个念头很不习惯,他实在不理解,怎么也不能理解。

他在基泽韦捷尔①的逻辑学著作里读到这样一种三段论法:盖尤斯是人,凡人都要死,因此盖尤斯也要死。他始终认为这个例子只适用于盖尤斯,绝对不适用于他。盖尤斯是人,是个普通人,这个道理完全正确,但他不是盖尤斯,不是个普通人,他永远是个与众不同的特殊人物。他原来是小伊凡,有妈妈,有爸爸,有两个兄弟——米嘉和伏洛嘉,有许多玩具,有马车夫,有保姆,后来又有了妹妹卡嘉,还有儿童时代、少年时代和青年时代的喜怒哀乐。难道盖尤斯也闻到过他小伊凡所喜爱的那种花皮球的气味吗?难道盖尤斯也那么吻过妈妈的手,听到过妈妈绸衣褶裥的窸窣声吗?难道盖尤斯也曾在法学院里因点心不好吃而闹过事吗?难道盖尤斯也那么谈过恋爱吗?难道盖尤斯能像他那样主持审讯吗?

盖尤斯的确是要死的,他要死是正常的,但我是小伊凡,是伊凡·伊里奇,我有我的思想感情,跟他截然不同。我不该

---

① 亚·亚·基泽韦捷尔(1866—1933),俄国历史学家,社会活动家,莫斯科大学教授,有社会思想方面的著作。

死,要不真是太可怕了。

这就是他的心情。

"我要是像盖尤斯那样也要死,那我一定会知道,一定会听到内心的声音,可是我心里没有这样的声音。我和我的朋友们都明白,我跟盖尤斯完全不同。可是如今呢!"他自言自语,"这是不可能的,不可能发生的,可是偏偏发生了。这是怎么回事?这事该怎么理解?"

他无法理解,就竭力驱除这个想法,把这个想法看作虚假、错误和病态的,并且用正确健康的想法来挤掉它。但这不只是思想,而是现实,它出现了,摆在他面前。

他故意想想别的事来排挤这个想法,希望从中找到精神上的支持。他试图用原来的一套思路来对抗死的念头。但奇怪得很,以前用这种办法可以抵挡和驱除死的念头,如今却不行。近来,伊凡·伊里奇常常想恢复原来的思绪,以驱除死的念头。有时他对自己说:"我还是去办公吧,我一向靠工作过活。"他摆脱心头的种种疑虑,到法院去。他跟同事们谈话,在法庭上坐下来,照例漫不经心地扫一眼人群,两条干瘦的胳膊搁在麻栎椅扶手上,照例侧身凑近旁边的法官,挪过卷宗,同他耳语几句,然后猛地抬起眼睛,挺直身子,说几句套话,宣布开庭。但审讯到一半,腰部不顾正在开庭,突然又抽痛起来。伊凡·伊里奇定下神,竭力不去想它,可是没有用。它又来了,站在他面前,打量着他。他吓得呆若木鸡,眼睛里的光也熄灭了。他又自言自语:"难道只有它是真的吗?"同事和下属惊奇而痛心地看到,像他这样一位精明能干的法官竟然说话颠三倒四,在审讯中出差错。他竭力振作精神,定下心来,勉强坚持到庭审结束,闷闷不乐地回家去。他明白,法院开庭也不再能回避他想回避的事,他在审讯时也不能摆脱它。最最糟糕的是,它吸引他,并非要他有什么行动,而只是要他瞧着它,面对面地瞧着它,什么事也不做,难堪地忍受着折磨。

为了摆脱这种痛苦,伊凡·伊里奇寻找另一种屏风来自卫,但另一种屏风也只能暂时保护他,不久又破裂了,或者变得透明了,仿佛它能穿透一切,什么东西也挡不住它。

有一次他走进精心布置的客厅——他摔跤的地方,他嘲弄地想,正是为了布置它而献出了生命,因为他知道他的病是由跌伤引起的——他发现油漆一新的桌上有被什么东西划过的痕迹。他研究原因,发现那是被照相簿上弯卷的青铜饰边划破的。他拿起他深情地贴上照片的照相簿,对女儿和她那些朋友的粗野很恼火——有的地方撕破了,有的照片被颠倒了。他把照片仔细整理好,把照相簿饰边扳平。

然后他想重新布置,把照相簿改放到盆花旁的角落里。他吩咐仆人请女儿或者妻子来帮忙,可是她们不同意他的想法,反对搬动。他同她们争吵,生气。但这样倒好,因为他可以不再想到它,不再看见它。

不过,当他亲自动手挪动东西的时候,妻子对他说:“啊,让仆人搬吧,你又要糟蹋自己了。”这当儿,它突然又从屏风后面出现,他又看见了它。它的影子一闪,他还希望它能再消失,可是他又注意到自己的腰。腰还是在抽痛。他再也无法把它忘记,它明明在盆花后面瞧着他。“这是干什么呀?”

“真的,我为了这窗帘就像冲锋陷阵一样送了命。难道真是这样吗?多么可怕而又多么愚蠢哪!这不可能!不可能!但是事实。”

他回到书房里躺下,又同它单独相处。他同它又面面相对,但对它束手无策。他只能瞧着它,浑身发抖。

七

伊凡·伊里奇生病第三个月的情况怎样,很难说,因为病情是逐步发展的,不易察觉。但妻子也好,女儿也好,儿子也好,用人也好,朋友也好,医生也好,主要是他自己,都知道,大家唯一关心的事是,他的位置是不是快空出来,活着的人能不能解除由于他存在而招惹的麻烦,他自己是不是快摆脱痛苦。

他的睡眠越来越少;医生给他服鸦片,注射吗啡,但都不能减轻他的痛苦。他在昏昏沉沉中所感到的麻木,起初使他稍微好过些,但不久又感到同样痛苦,甚至比清醒时更不好受。

家里人遵照医生的指示给他做了特殊的饭菜,但他觉得这种饭菜越来越没有滋味,越来越倒胃口。

为他大便也做了特殊安排。每次大便他都觉得很痛苦,因为不清洁,不体面,有臭味,还得麻烦别人帮忙。

不过,在这件不愉快的事上,伊凡·伊里奇倒也得到一种安慰。每次大便总是由男仆盖拉西姆伺候。

盖拉西姆是个年轻的庄稼汉,衣着整洁,容光焕发,因为长期吃城里伙食长得格外强壮。他性格开朗,总是乐呵呵的。开头,这个整洁的小伙子身穿俄罗斯民族服装,做着这种不体面的事,总使伊凡·伊里奇感到困窘。

有一次,他从便盆上站起来,无力拉上裤子,就倒在沙发上。他看见自己皮包骨头的大腿,不禁心惊胆战。

盖拉西姆脚蹬散发着柏油味的大皮靴,身上系着干净的麻布围裙,穿着干净的印花布衬衫,卷起袖子,露出年轻强壮的胳膊,带着清新的冬天空气走进来。他目光避开伊凡·伊里奇,竭力抑制着从焕发的容光中表现出来的生的欢乐,免得病人见了不高兴,走到便盆旁。

"盖拉西姆!"伊凡·伊里奇有气无力地叫道。

盖拉西姆打了个哆嗦,显然害怕自己什么地方做得不对,慌忙把他那张刚开始长胡子的淳朴善良而又青春洋溢的脸转过来对着病人。

"老爷,您有什么吩咐?"

"我想,你做这事一定很不好受。你要原谅我。我是没有办法。"

"哦,老爷,好说。"盖拉西姆闪亮眼睛,露出一排洁白健康的牙齿,"那算得了什么?您有病嘛,老爷。"

他用他那双强壮的手熟练地做着做惯的事,轻悄地走了出去。过了五分钟,又那么轻悄地走回来。

伊凡·伊里奇一直那么坐在沙发上。

"盖拉西姆,"当盖拉西姆把洗干净的便盆放回原处时,伊凡·伊里奇说,"请你帮帮我,你过来。"盖拉西姆走过去。"你搀我一把。我自己爬不起来,德米特里被我派出去了。"

盖拉西姆走过去。他用他那双强壮的手,也像走路一样轻松、利索而温柔地把主人抱起来,一只手扶住他,另一只手给他拉上裤子,想让他坐下。但伊凡·伊里奇要求把他扶到长沙发上。盖拉西姆一点也不费劲,稳稳当当地把他抱到长沙发上坐下。

"谢谢,你真好,干得真利索。"

盖拉西姆又微微一笑,想走。可是伊凡·伊里奇同他一起觉得很愉快,不肯放他走。

"还有,请你把那把椅子给我推过来。不,是那一把,让我搁腿。腿搁得高,好过些。"

盖拉西姆端过椅子,轻轻地把它放在长沙发前,然后抬起伊凡·伊里奇的双腿放在上面。当盖拉西姆把他的腿高高抬起时,他觉得舒服些。

"腿抬得高,我觉得好过些,"伊凡·伊里奇说,"你把这个枕头给我垫在下面。"

盖拉西姆照他的吩咐做了。他又把他的腿抬起来放好。盖拉西姆抬起他的双腿,他觉得确实好过些。双腿一放下,他又觉得不舒服。

"盖拉西姆,"伊凡·伊里奇对他说,"你现在有事吗?"

"没有,老爷。"盖拉西姆说,他已学会像城里仆人那样同老爷说话。

"你还有什么活儿要干?"

"我还有什么活儿要干? 什么都干好了,只要再劈点木柴留着明天用。"

"那你把我的腿这么高高抬着,行吗?"

"有什么不行的? 行!"盖拉西姆把主人的腿抬起来,伊凡·伊里奇觉得这样一点也不疼了。

"那么劈柴怎么办?"

"不用您老爷操心。这我们来得及的。"

伊凡·伊里奇叫盖拉西姆坐下抬着他的腿,并同他谈话。真奇怪,盖拉西姆抬着他的腿,他觉得好过多了。

从此以后伊凡·伊里奇就常常把盖拉西姆唤来,要他用肩膀扛着他的腿,并喜欢同他谈天。盖拉西姆做这事轻松愉快,态度诚恳,使伊凡·伊里奇很感动。别人身上的健康、力量和生气往往使伊凡·伊里奇感到委屈;只有盖拉西姆的力量和生气不仅没有使他觉得伤心,反而使他感到安慰。

伊凡·伊里奇觉得最痛苦的事就是听谎言,听大家出于某种原因都相信的那个谎言:他只是病了,并不会死,只要安心治疗,一定会好的。可是他知道,不论采取什么办法,他都不会好了,痛苦只会越来越厉害,直到死去。这个谎言折磨着他。他感到痛苦的是,大家都知道、他自己也知道他的病很严重,但大家都讳言真相而撒谎,还要迫使他自己一起撒谎。谎言,在他临死前夕散布的谎言,把他不久于人世这样严肃可怕的大事,缩小到访问、挂窗帘和晚餐吃鳇鱼等小事,这使他感到极其痛苦。说也奇怪,好多次当他们就他的情况编造谎言时,他差一点大声叫出来:"别再撒谎了,我快要死了。这事你们知道,我也知道,所以大家别再撒谎了。"但他从来没有勇气这样做。他看到,他不久于人世这样严肃可怕的事,被周围的人看成只是一件不愉快或者不体面的事(就像一个人走进会客室从身上散发出臭气一样),还要勉强维持他一辈子苦苦撑住的"体面"。他看到,谁也不可怜他,谁也不想了解他的真实情况。只有盖拉西姆一人了解他,并且可怜他。因此只有同盖拉西姆在一起他才觉得好过些。盖拉西姆有时通宵扛着他的腿,不去睡觉,嘴里还说:"您可不用操心,老爷,我回头会睡个够的。"这时他感到安慰。或者当盖拉西姆脱口而出亲热地说:"要是你没病就好了,我这样伺候伺候你算得了什么?"他也感到安慰。只有盖拉西姆一人不撒谎,显然也只有他一人明白真实情况,并且认为无须隐讳,但他怜悯日益消瘦虚弱的老爷。有一次,伊凡·伊里奇打发他走,他直截了当地说:"我们大家都要死的。我为什么不能伺候您呢?"他说这话的意思就是,现在他不辞辛劳,因为伺候的是个垂死的人,希望将来有朝一日轮到他的时候也有人伺候他。

除了这个谎言,或者正是由于这个谎言,伊凡·伊里奇觉得特别痛苦的是,没有一个人像他所希望的那样可怜他。伊凡·伊里奇长时期受尽折磨,有时特别希望——尽管他不好意思承认——有人像疼爱有病的孩子那样疼爱他。他真希望有人疼他,吻他,对着他哭,就像人家疼爱孩子那样。他知道,他是个显赫的大官,已经胡子花白,因此这是不可能的,但他还是抱着这样的希望。他同盖拉西姆的关系近乎这种关系,因此跟盖拉西姆在一起,他感到安慰。伊凡·伊里奇想哭,要人家疼他,对着他哭。不料这时他的法院同事谢贝克来了,伊凡·伊里奇不仅没有哭,没有表示亲热,反而板起脸,现出严肃和沉思的神气,习惯成自然地说了他对复审的意见,并且坚持自己的看法。他周围的这种谎言和他自己所作的谎言,比什么都厉害地毒害了他生命的最后日子。

八

有一天早晨。伊凡·伊里奇知道这是早晨,因为每天早晨都是盖拉西姆从书房里出去,男仆彼得进来吹灭蜡烛,拉开一扇窗帘,悄悄地收拾房间。早晨也好,晚上也好,星期五也好,星期日也好,反正都一样,反正没有区别:永远是一刻不停的难堪的疼痛,意识到生命正在无可奈何地消逝,但还没有完全消逝;那愈益逼近的可怕而又可恨的死,只有它才是真实的,其他一切都是假的。在这种情况下,几天、几个星期和几小时有什么区别？

"老爷，您要不要用茶？"

"他还是老一套，知道老爷太太每天早晨都要喝茶。"他想，接着回答说："不用了。"

"您要不要坐到沙发上去？"

"你得把屋子收拾干净，可我在这里碍事。我太邋遢，太不整齐了。"他想了想，回答说："不，不用管我。"

男仆继续收拾屋子。伊凡·伊里奇伸出一只手。彼得殷勤地走过去。

"老爷，您要什么？"

"我的表。"

彼得拿起手边的表，递给他。

"八点半了。他们还没有起来吗？"

"还没有，老爷。瓦西里·伊凡内奇（这是儿子）上学去了，普拉斯柯菲雅·费多罗夫娜关照过，要是您问起，就去叫醒她。要去叫她吗？"

"不，不用了。"他回答，接着想："要不要喝点茶呢？"于是就对彼得说："对了，你拿点茶来吧。"

彼得走到门口。伊凡·伊里奇独自留着觉得害怕。"怎么把他留住呢？有了，吃药。"他想了想，说："彼得，给我拿药来。"接着又想："是啊，说不定吃药还有用呢。"他拿起匙子，把药吃下去。"不，没有用。一切都是胡闹，都是欺骗，"他一尝到那种熟悉的甜腻腻的怪味，就想，"不，我再也不能相信了。可是那个疼，那个疼，要是能停止一会儿就好了。"他呻吟起来。彼得向他回过头来。"不，你去吧，拿茶来。"

彼得走了，剩下伊凡·伊里奇一个人。他又呻吟起来。

他疼得很厉害,可呻吟主要不是由于疼痛,而是由于悲伤。"老是那个样子,老是那没完没了的白天和黑夜。但愿快一点。什么快一点?死,黑暗。不,不!好死不如赖活!"

彼得托着茶盘进来,伊凡·伊里奇茫然看了他好一阵,认不出他是谁,不知道他是来干什么的。他这种目光弄得彼得很狼狈。彼得现出尴尬的神色,伊凡·伊里奇才醒悟过来。

"噢,茶……"他说,"好的,放着。你帮我洗洗脸,拿一件干净衬衫来。"

伊凡·伊里奇开始梳洗。他断断续续地洗手,洗脸,刷牙,梳头,然后照照镜子。他感到害怕,特别是看到他的头发怎样贴着苍白的前额。

彼得给他换衬衫。他知道要是看到自己的身体,一定会更加吃惊,因此不往自己身上看。梳洗完毕,他穿上晨衣,身上盖了一条方格毛毯,坐到扶手椅上喝茶。有那么一会儿他觉得神清气爽,但一喝茶,立刻又感到那种味道,那种疼痛。他勉强喝完茶,伸直腿躺下来。他躺下,让彼得走。

还是那个样子。一会儿出现了一线希望,一会儿又掉进绝望的海洋。老是疼,老是疼,老是悲怆凄凉,一切都是老样子。独个儿待着格外悲伤,想叫个人来,但他知道同人家待在一起更难受。"最好再来点儿吗啡,把什么都忘记。我要请求医生,叫他想点别的办法。这样可真受不了,真受不了!"

一小时,两小时,就这样过去了。忽然前厅里响起了铃声。会不会是医生?果然是医生。他走进来,精神饱满,容光焕发,喜气洋洋。那副神气仿佛表示:你们何必这样大惊小怪,我这就来给你们解决问题。医生知道,这样的表情是不得体的,但他已习惯了,改不掉,好像一个人一早穿上大礼服,就这样穿着一家家去拜客,没有办法改变了。

医生生气勃勃而又使人宽慰地搓搓手。

"啊,真冷,可把我冻坏了。让我暖和暖和身子。"他说这话时的神气仿佛表示,只要稍微等一下,等他身子一暖和,就什么问题都解决了。

"嗯,怎么样?"

伊凡·伊里奇觉得,医生想说:"情况怎么样?"但他觉得不该那么问,就说:"晚上睡得怎么样?"

伊凡·伊里奇望着医生的那副神气表示:"您老是撒谎,怎么不害臊?"但医生不理会他的表情。

伊凡·伊里奇就说:"还是那么糟。疼痛没有消除,也没有减轻。您能不能想点办法……"

"啊,你们病人总是这样。嗯,这会儿我可暖和了,就连普拉斯柯菲雅·费多罗夫娜那么仔细,也不会对我的体温有意见了。嗯,您好。"医生说着握了握病人的手。

接着医生收起戏谑的口吻,现出严肃的神色给病人看病;把脉,量体温,叩诊,听诊。

伊凡·伊里奇清清楚楚地知道,这一切都毫无意义,全是骗人的,但医生跪在他面前,身子凑近他,用一只耳朵忽上忽下地细听,脸上现出极其认真的神气,像体操一般做着各种姿势。伊凡·伊里奇面对这种场面,屈服了,就像他在法庭上听辩护律师发言一样,尽管他明明知道他们都在撒谎以及为什么撒谎。

医生跪在沙发上,还在他身上敲着。这当儿门口传来普拉斯柯菲雅·费多罗夫娜绸衣裳的窸窣声,还听见她在责备彼得没有及时向她报告医生的来到。

她走进来,吻吻丈夫,立刻振振有词地说,她早就起来了,只是不知道医生来了才没有及时出来迎接。

伊凡·伊里奇对她望望,打量着她的全身,对她那白净浮肿的双手和脖子、光泽的头发和充满活力的明亮眼睛感到嫌恶。他从心底里憎恨她。她的亲吻更激起他对她难以克制的憎恨。

她对待他和他的病还是老样子。正像医生对病人的态度都已定型不变那样,她对丈夫的态度也已定型不变:她总是亲昵地责备他没有照规定服药休息,总是怪他自己不好。

"嗳,他这人就是不听话! 不肯按时吃药。尤其是他睡的姿势不对,两腿搁得太高,这样睡对他不好。"

她告诉医生他怎样叫盖拉西姆扛着腿睡。

医生鄙夷不屑而又和蔼可亲地微微一笑,仿佛说:"有什么办法呢? 病人总会做出这样的蠢事来,但情有可原。"

检查完毕,医生看了看表。这时普拉斯柯菲雅·费多罗夫娜向伊凡·伊里奇宣布,不管他是不是愿意,她今天就去请那位名医来,让他同米哈伊尔·达尼洛维奇(平时看病的医生)会诊一下,商量商量。

"请你不要反对。我是为我自己才这样做的。"她嘲讽地说,让他感到这一切都是为他而做的,因此他不该拒绝。他不作声,皱起眉头。他觉得周围是一片谎言,很难判断是非曲直。

她为他做的一切都是为了她自己。她对他说这样做是为了她自己,那倒是真的,不过她的行为叫人很难相信,因此必须从反面来理解。

十一点半,那位名医果然来了。又是听诊,又是当着他的面一本正经地交谈,而到了隔壁房间又是谈肾脏,谈盲肠,又是一本正经地回答,又是避开他现在面临的生死问题,大谈什么肾脏和盲肠有毛病,米哈伊尔·达尼洛维奇和名医又都主张对肾脏和盲肠进行治疗。

名医临别时神态十分严肃,但并没有绝望。伊凡·伊里奇眼睛里露出恐惧和希望的光芒仰望着名医,怯生生地问他是不是还能恢复健康。名医回答说,不能保证,但可能性还是有的。伊凡·伊里奇用满怀希望的目光送别医生,他的样子显得很可怜。普拉斯柯菲雅·费多罗夫娜走出书房付给医生出诊费时都忍不住哭了。

被医生鼓舞起来的希望并没有持续多久。还是那个房间,还是那些图画,还是那些窗帘,还是那种墙纸,还是那些药瓶,还是他那个疼痛的身子。伊凡·伊里奇呻吟起来。给他注射了吗啡,他便迷迷糊糊地睡着了。

他醒来时,天色已开始发黑。仆人给他送来晚餐,他勉强吃了一点肉汤。于是一切如旧,黑夜又来临了。

饭后七点钟,普拉斯柯菲雅·费多罗夫娜走进他的房间。她穿着晚礼服,衣服被丰满的胸脯绷得紧紧的,脸上有扑过粉的痕迹。早晨她就提起,今晚他们要去看戏。萨拉·贝娜①到这个城里作访问演出,他们订了一个包厢。那也是他的主意。这会儿,他把这事忘记了,她那副打扮使他生气。不过,当他记起是他要他们订包厢去看戏的,认为孩子们可以获得美的享受,他就把自己的愤怒掩饰起来。

---

① 萨拉·贝娜(1844—1923),法国女演员,十九世纪八十年代曾到俄国演出。

普拉斯柯菲雅·费多罗夫娜进来的时候得意扬扬,但仿佛又有点负疚。她坐下来,问他身体怎么样,不过他看出,她只是为了敷衍几句才问的,并非真的想了解什么,而且知道也问不出什么来。接着她就讲她要讲的话:她本来说什么也不愿去,可是包厢已经订了,爱仑和女儿,还有彼特利歇夫(法院侦讯官,未来的女婿)都要去,总不能让他们自己去,她其实是宁可待在家里陪他的。现在她只希望她不在家时,他能照医生的嘱咐休息。

　　“对了,费多尔·彼得罗维奇(未来的女婿)想进来看看你,行吗?还有丽莎。”

　　“让他们来好了。”

　　女儿走进来。她穿着袒胸的衣服,露出部分年轻的身体。这使他觉得难受。她公然显示她健美的身体。显然她正在谈恋爱,对妨碍她幸福的疾病、痛苦和死亡感到嫌恶。

　　费多尔·彼得罗维奇也进来了。他身穿燕尾服,头发烫出波纹,雪白的硬领夹着青筋毕露的细长脖子,胸前露出一大块白硬衫,瘦长的黑裤紧裹着两条强壮的大腿,手上套着雪白的手套,拿着大礼帽。

　　一个中学生在他后面悄悄走进来。这个可怜的孩子穿一身崭新的学生装,戴着手套,眼圈发黑——伊凡·伊里奇知道怎么会这样。

　　他总是很怜爱儿子。儿子那种满怀同情的怯生生目光使他心惊胆战。伊凡·伊里奇觉得除了盖拉西姆以外,只有儿子一人了解他,同情他。

　　大家都坐下来,又问了一下病情。接下来是一片沉默。丽莎向母亲要望远镜。母女俩争吵起来,不知是谁拿了,放在什么地方。这事弄得大家都很不高兴。

费多尔·彼得罗维奇问伊凡·伊里奇有没有看过萨拉·贝娜。伊凡·伊里奇起初没听懂他问什么,后来才说:"没有。您看过吗?"

"看过了,她演《阿德里安娜·莱科芙露尔》①。"

普拉斯柯菲雅·费多罗夫娜说,她演那种角色特别好。女儿不同意她的看法。大家谈到她的表演又典雅又真诚——那题目已谈过不知多少次了。

谈话中间,费多尔·彼得罗维奇对伊凡·伊里奇瞧了一眼,便不再作声。其他人跟着瞧了一眼,也不作声了。伊凡·伊里奇睁大眼睛向前望望,显然对他们很生气。这种尴尬的局面必须改变,可是怎么也无法改变。必须设法打破这种沉默。谁也不敢这样做,大家都害怕,唯恐这种礼貌周到的虚假场面一旦被揭穿,真相就会大白。丽莎第一个鼓起勇气,打破了沉默。她想掩饰大家心里都有的感觉,却脱口而出:"嗯,要是去的话,那么是时候了。"她瞧了瞧父亲送给她的表说。接着对未婚夫会意地微微一笑,衣服窸窣响着站起来。

大家都站起来,告辞走了。

等他们一走,伊凡·伊里奇觉得好过些,因为虚伪的局面结束了,随着他们一起消失了,但疼痛如旧。依旧是那种疼痛,依旧是那种恐惧,一点也没有缓和,而是每况愈下。

时间还是一分钟又一分钟、一小时又一小时地过去,一切如旧,没完没了,而无法避免的结局却越来越使人胆战心惊。

---

① 《阿德里安娜·莱科芙露尔》,法国戏剧家斯克里布(1791—1861)作的剧本。

"好的,你去叫盖拉西姆来。"他回答彼得说。

九

妻子深夜才回家。她踮着脚悄悄走进来,但他还是听见她的脚步声。他睁开眼睛,连忙又闭上。她想打发盖拉西姆走开,自己陪他坐一会儿。他却睁开眼睛,说:"不,你去吧。"

"你很难受吗?"

"老样子。"

"服点鸦片吧。"

他同意了,服了点鸦片。她走了。

直到凌晨三时,他一直处在痛苦的迷糊状态中。他仿佛觉得人家硬把他这个病痛的身子往一个又窄又黑又深的口袋里塞,一个劲地往下塞,却怎么也塞不到袋底。这件可怕的事把他折磨得好苦。他又害怕,又想往下沉,不断挣扎,越挣扎越往下沉。他突然跌了下去,随即惊醒过来。依旧是那个盖拉西姆坐在床脚根,平静而耐心地打着瞌睡。他却躺在那里,把那双穿着袜子的瘦腿搁在盖拉西姆肩上;依旧是那支有罩的蜡烛,依旧是那种一刻不停的疼痛。

"你去吧,盖拉西姆。"他喃喃地说。

"不要紧,老爷,我再坐一会儿。"

"不,你去吧。"

他放下腿,侧过身子躺着。他开始可怜自己。他等盖拉西姆走到隔壁屋里,再也忍不住,就像孩子般痛哭起来。他哭自己的无依无靠,哭自己的孤独寂寞,哭人们的残酷,哭上帝的残酷和冷漠。

"你为什么要这样做？为什么把我带到这儿来？为什么，为什么这么狠心地折磨我……"

他知道不会有回答，但又因得不到也不可能得到回答而痛哭。疼痛又发作了，但他一动不动，也不呼号。他自言自语："痛吧，再痛吧！可是为了什么呀？我对你做了什么啦？这是为了什么呀？"

后来他安静了，不仅停止哭泣，而且屏住呼吸，提起精神来。他仿佛不是在倾听说话声，而是在倾听灵魂的呼声，倾听自己思潮的翻腾。

"你要什么呀？"这是他听出来的第一句明确的话。"你要什么呀？你要什么呀？"他一再问自己，"要什么？"——"摆脱痛苦，活下去。"他自己回答。

他又全神贯注地倾听，连疼痛都忘记了。

"活下去？怎么活？"心灵里有个声音问他。

"是的，活下去，像我以前那样活得舒畅而快乐。"

"像你以前那样活得舒畅而快乐吗？"心灵里的声音问。于是他开始回忆自己一生中美好的日子。奇怪的是，所有那些美好的日子现在看来一点也不美好，只有童年的回忆是例外。童年时代确实有过欢乐的日子，要是时光能倒转，那是值得重温的。但享受过当年欢乐的人已经不存在了，存在的似乎只有对别人的回忆。

自从伊凡·伊里奇变成现在这个样子以来，过去的欢乐都在他眼里消失了，或者说，变得无足轻重，变得令人讨厌了。

离童年越远，离现实越近，那些欢乐就显得越无足轻重，越可疑。这是从法学院开始的。在那里还有点真正美好的事：还有欢乐，还有友谊，还有希望。但读到高年级，美好的时光就越来越少。后来开始在官府供职，又出现了美好的时光：那是对一个女人的倾慕。后来生活又浑浑噩噩，美好的时光更少了，越来越少，越来越少了。

结婚……是那么意外，那么叫人失望。妻子嘴里的臭味，放纵情欲，装腔作势！死气沉沉地办公，不择手段地捞钱，就这样过了一年，两年，十年，二十年——始终是那么一套。而且越是往后，就越是死气沉沉。我在走下坡路，却还以为在上山。就是这么一回事。大家都说我官运亨通，步步高升，其实生命正在我的脚下溜走……如今瞧吧，末日到了！

这究竟是怎么一回事？为什么会这样？生活不该那么无聊，那么讨厌。不该！即使生活确是那么讨厌，那么无聊，那又为什么要死，而且死得那么痛苦？总有点不对头。

"是不是我的生活有些什么地方不对头？"他忽然想道。"但我不论做什么都是循规蹈矩的，怎么会不对头？"他自言自语，顿时找到了唯一的答案：生死之谜是无法解答的。

"如今你到底要什么呀？要活命？怎么活？像法庭上听到民事执行吏高呼：'开庭了……'时那样活。'开庭了，开庭了！'"他一再对自己说。"喏，现在要开庭了！可我又没有罪！"他恨恨地叫道。"为了什么呀？"他停止哭泣，转过脸来对着墙壁，一直思考着那个问题：为什么要忍受这样的恐怖？为什么？

然而，不管他怎样苦苦思索，都找不到答案。他头脑里又出现了那个常常出现的想法：这一切都是由于他生活过得不对头。他重新回顾自己规规矩矩的一生，立刻又把这个古怪的想法驱除掉。

十

又过了两个星期。伊凡·伊里奇躺在沙发上已经起不来了。他不愿躺在床上，就躺在长沙发上。他几乎一直面对墙壁躺着，孤独地忍受着那难以摆脱的痛苦，孤独地思索着那难以解答的问题："这是怎么一回事？难道真的要死吗？"心灵里有个声音回答说："是的，要死的。"——"为什么要受这样的罪？"那声音回答说："不为什么，就是这样。"除此以外就什么也没有了。

自从伊凡·伊里奇开始生病，自从他第一次看医生以来，他的心情就分裂成两种对立的状态，两种状态交替出现着：一会儿是绝望地等待着神秘而恐怖的死亡，一会儿是怀着希望，紧张地观察自己身上的器官。一会儿眼前出现了功能暂时停止的肾脏或者盲肠，一会儿又出现了无可避免的神秘而恐怖的死亡。

这两种心情从一开始生病就交替出现；但随着病情的发展，他就觉得肾脏的功能越来越可疑，越来越虚幻，而日益逼近的死亡却越来越现实。

他只要想想三个月前的身体，再看看现在的情况，看看他怎样一步步不停地走着下坡路，任何侥幸的心情就自然而然土崩瓦解了。

近来，他面向沙发背躺着，感到异常孤寂，那是一种处身在闹市和许多亲友中间却没有人理睬他而感到的孤寂，即使跑遍天涯海角都找不到的孤寂。处身在这种可怕的孤寂中，他只能靠回忆往事度日。往事一幕幕像图画般浮现在他眼前。他总是从近期的事开始，一直回忆到遥远的过去，回忆到童年时代，然后停留在那些往事上。譬如他从今天给他端来的李子酱，就会想到童年吃过的干瘪法国李子，觉得别有风味，吃到果核，还满口生津。同时他又会想到当年的种种情景：保姆、兄弟、玩具。"那些事别去想了……太痛苦了！"伊凡·伊里奇对自己说，思想又回到现实中来。他瞧着羊皮沙发上的皱纹和沙发背上的纽扣。"山羊皮很贵，又不牢；有一次就为这事争吵过。还记得当年我们撕坏父亲的皮包，因此受罚，但那是另一种山羊皮，是另一次争吵……妈妈还送包子来给我们吃。"他的思想又停留在童年时代，他又感到很难过。他竭力驱散这种回忆，想些别的事。

在一系列往事的回忆中，他又想到了那件事：他怎样生病和病情怎样恶化。他想到年纪越小，越是充满生气。生命里善的因素越多，生命力也就越充沛。两者互为因果。"病痛越来越厉害，整个生命也就越来越糟。"他想。生命开始还有一点光明，后来却越来越暗淡，消失得越来越快，离死越来越近。"离死期的平方成反比。"他想。他忽然想到，一块石子落下总是不断增加速度。生命也是这样，带着不断增加的痛苦，越来越快地掉落下去，掉进痛苦的深渊。"我在飞逝……"他浑身打了个哆嗦，试图抗拒，但知道这是无法抗拒的。他的眼睛虽已疲劳，却依旧瞪着前面，瞪着沙发背。他等待着，等待着那可怕的坠落、震动和灭亡。"无法抗拒。"他自言自语。"真想知道为什么会这样，可是无法知道。要是说我生活得不对头，那还有理由解释。可是不能这么说。"他对自己说，想到自己一辈子奉公守法，过着正派而体面的生活。"不能这么说。"他嘴上露出冷笑，仿佛人家会看到他这个样子,并且会因此受骗似的。"可是找不到解释! 折磨,死亡……为了什么呀?"

十一

这样过了两个礼拜。在这期间发生了伊凡·伊里奇夫妇所希望的那件事:彼特利歇夫来正式求婚。这事发生在一天晚上。第二天,普拉斯柯菲雅·费多罗夫娜走进丈夫房间,考虑着怎样向他宣布彼特利歇夫求婚的事,但就在那天夜里,伊凡·伊里奇的病情又有了新的发展。普拉斯柯菲雅·费多罗夫娜发现他又躺在长沙发上,但姿势跟以前不同。他仰天躺着,呻吟着,眼睛呆滞地瞪着前方。

她谈起吃药的事。他把目光转到她身上。她没有把话说完,因为发现他的目光里充满对她的愤恨。

"看在基督分上,让我安安静静地死吧!"他说。

她正想出去,但这当儿女儿进来向他请安。他也像对妻子那样对女儿望望,而对女儿问候病情的话只冷冷地说,他不久就会让她们解脱的。母女俩默不作声,坐了一会儿走了。

"我们究竟有什么过错呀?"丽莎对母亲说,"仿佛就是我们弄得他这样似的! 我可怜爸爸,可他为什么要折磨我们?"

医生按时来给他看病。伊凡·伊里奇对他的问题只回答"是"或者"不是",并愤怒地盯住医生,最后说:"您明明知道毫无办法,那就让我去吧!"

"我们可以减轻您的痛苦。"医生说。

"这点您也办不到,让我去吧!"

医生走到客厅,告诉普拉斯柯菲雅·费多罗夫娜情况很严重,只有一样东西可以减轻他的剧烈痛苦,就是鸦片。

医生说,他肉体上的痛苦很厉害,这是事实,但精神上的痛苦比肉体上的痛苦更厉害,而这也是他最难受的事。

他精神上的痛苦就是,那天夜里他瞧着盖拉西姆睡眼惺忪、颧骨突出的善良的脸,忽然想:我这辈子说不定真的过得不对头。

他忽然想,以前说他这辈子生活过得不对头,他是绝对不同意的,但现在看来可能是真的。他忽然想,以前他有过轻微的冲动,反对豪门权贵肯定的好事,这种冲动虽然很快就被他自己克制住,但说不定倒是正确的,而其他一切可能都不对头。他的职务,他所安排的生活,他的家庭,他所献身的公益事业和本职工作,这一切可能都不对头。他试图为这一切辩护,但忽然发现这一切都有问题,没有什么可辩护的。

"既然如此,那么现在在我将离开世界的时候,发觉我把上天赋予我的一切都糟蹋了,但又无法挽救,那可怎么办?"他自言自语。他仰天躺着,重新回顾自己的一生。早晨他看到仆人,后来看到妻子,后来看到女儿,后来看到医生,他们的一举一动、一言一语,都证实他夜间所发现的可怕真理。他从他们身上看到了自己,看到了他赖以生活的一切,并且明白这一切都不对头,这一切都是掩盖着生死问题的可怕的大骗局。这种思想使他肉体上的痛苦加重了十倍。他不断呻吟,辗转反侧,扯着身上的衣服。他觉得衣服束缚他,使他喘不过气来。他为此憎恨它们。

医生给了他大剂量鸦片,他昏睡过去,但到吃晚饭时又开始折腾,他把所有的人都赶走,不断地翻来覆去。

妻子走过来对他说:"约翰,宝贝,你就为了我(为了我?)

这么办吧。这没有什么害处,常常还有点用。真的,这没什么。健康的人也常常……"

他睁大眼睛,问:"什么事? 进圣餐吗? 干什么呀? 不用了! 不过……"

她哭了。

"好吗,我的亲人? 我去叫我们的神父来,他这人挺好。"

"好,太好了!"他说。

神父来了,听了他的忏悔,他觉得好过些,疑虑似乎减少些,痛苦也减轻了,刹那间心里看到了希望。他又想到了盲肠,觉得还可以治愈。他含着眼泪进了圣餐。

他进了圣餐,又被放到床上,刹那间觉得好过些,并且又出现了生的希望。他想到他们曾建议他动手术。"活下去,我要活下去!"他自言自语。妻子走来祝贺;她敷衍了几句,又问:"你是不是感到好些?"

他眼睛没看她,嘴里说:"是。"

她的服装,她的体态,她的神情,她的腔调,全都向他说明一个意思:"不对头。你过去和现在赖以生活的一切都是谎言,都是对你掩盖生死大事的骗局。"他一想到这点,心头就冒起一阵愤恨,随着愤恨又感觉到肉体上的痛苦,同时意识到不可避免的临近的死亡。接着又增加了一种新的感觉:抽痛、刺痛和窒息。

当他说"是"的时候,他的脸色是可怕的。他说了一声"是",眼睛直盯住她的脸,接着使出全身的力气异常迅速地把脸转过去,伏在床上嚷道:"都给我走,都给我走,让我一个人待着!"

十二

从那时起,他连续三天一刻不停地惨叫,叫得那么可怕,就是隔着两道门听了也让人觉得毛骨悚然。当他回答妻子的时候,他明白他完了,无法挽救了,末日到了,生命的末日到了,可是生死之谜始终没有解决,永远是个谜。

"哎哟!哎哟!哎哟!"他用不同的音调惨叫着。他开始嚷道:"我不要!"接下去又是哎哟、哎哟地惨叫。

整整三天,他一刻不停地在那个黑口袋里拼命挣扎,而一个肉眼看不见的力量却无可抗拒地把他往口袋里塞。他好像一个死刑犯,落在刽子手手里,知道没有生路了。他每分钟都感觉到,不管他怎样挣扎,他是越来越接近那恐怖的末日了。他觉得他的痛苦在于他正被人塞到那个黑窟窿里去,而更痛苦的是他不能爽爽快快落进去。他所以不能爽爽快快落进去,是因为他认为他的生命是有价值的。这种对自己生命的肯定,阻碍了他,不让他走,使他特别痛苦。

突然,他的胸部和腰部受到猛烈的打击,呼吸更加困难,他掉到窟窿里,在窟窿底里有一道亮光。他觉得自己仿佛处身在火车车厢里,你以为火车在前进,其实却在后退。这时他突然辨出了方向。

"是的,一切都不对头,"他自言自语。"但没有关系,可以纠正的。可怎样才算'对头'呢?"他问自己,接着突然沉默了。

第三天傍晚,他临终前两小时,念中学的儿子悄悄地进来,走到父亲床跟前。垂死的人一直在惨叫,挥动双臂。他的一只手落在儿子头上。儿子捉住他的手,把它贴在嘴唇上,哭了起来。

就在这时候,伊凡·伊里奇掉了下去,看见了光。他领悟到他的生活过得不对头,但还可以纠正。他问自己:怎样才"对头",接着一动不动地留神听着。他感到有人在吻他的手。他睁开眼睛,对儿子瞧了一眼。他可怜起儿子来。妻子走到他跟前。他对她瞧了一眼。她张开嘴,鼻子上和面颊上挂着眼泪,露出绝望的神情瞧着他。他为她难过。

"是的,我把他们害苦了,"他想。"他们真可怜,但等我一死,他们就会好过些。"他想把这话说出来,可是没有力气说。"不过,何必说呢,应该行动。"他想。他对着儿子用目光示意妻子说:"带他走……怜……你也……"他还想说"原谅我",但却说了"原来我"。他已经没有力气纠正,只摆了摆手,知道谁需要听懂自然会懂的。

他恍然大悟,原来折磨他的东西消失了,从四面八方消失了,从一切方面消失了。他可怜他们,应该使他们不再受罪。应该使他们,也使自己摆脱种种痛苦。"多么简单,多么快乐!"他想。"疼痛呢?"他问自己,"它哪儿去了? 嗳,疼痛,你在哪儿啊?"

他留神倾听。

"噢,它在这里。好吧,疼就疼吧。"

"那么死呢? 它在哪里?"

他找寻着往常折磨他的死的恐惧,可是没有找到。它在哪里? 死是什么样的? 他一点也不觉得恐惧,因为根本没有死。

没有死,只有光。

"原来如此！"他突然说出声来，"多么快乐呀！"

对于他，这一切都只是一刹那的事，这一刹那的含义没有再变。但旁人看到，临死前他又折腾了两小时。他的胸膛里咯咯发响，皮包骨头的身体不断抽搐。接着咯咯声越来越少，喘息也越来越微弱。

"过去了！"有人在他旁边说。

他听见这句话，心里重复了一遍。"死过去了，"他对自己说，"再也不会有死了。"

他吸了一口气，吸到一半停住，两腿一伸就死了。

克鲁采奏鸣曲

只是我告诉你们,凡看见妇女就动淫念的,这人心里已经与她犯奸淫了。

《马太福音》

第五章第二十八节

门徒对耶稣说,人和妻子既是这样,倒不如不娶。耶稣说,这话不是人都能领受的。唯独赐给谁,谁才能领受。

因为有生来是阉人,也有被人阉的,并有为天国的缘故自阉的;这话谁能领受,就可以领受。

《马太福音》

第十九章第十、十一、十二节

一

这事发生在早春时节。我们乘火车走了两天两夜。上下火车的多半是短途旅客,只有三个人跟我一样,从起点站上车后一直没有下车。一个是中年太太,长得并不漂亮,面容憔悴,穿男式外套,戴着便帽,一路上不断抽烟。另一个是她的熟人,四十岁上下,很健谈,他的衣着用品都很新颖讲究。第三个是个个儿不高的男子,岁数不大,但一头鬈发都已花白,一双眼睛炯炯有神,目光迅速地忽而瞧瞧这个,忽而望望那个。他动作紧张,一直独自待在一边。他身穿缝工讲究的羔皮领旧大衣,头戴羔皮高帽,一解开大衣纽扣,就露出里面穿着的俄罗斯式打褶上衣和绣花衬衫。这人还有一个特点,就是嘴里间或发出一种古怪的声音,又像在咳清喉咙,又像要放声大笑而又戛然收住。

这人一路上都避开其他旅客,不同人家交谈。邻座有人同他说话,他也只回答一字半句,总是自顾看书,抽烟,或者眺望窗外的景色,或者喝点茶,从旧旅行袋里取出些东西来吃。

我想他孤零零一个人一定很难受,几次想同他攀谈,但每次我们的目光一接触——这是常常发生的,因为我同他坐在斜对面——他就转过脸去,拿起书来,或者看着窗外。

第二天傍晚,火车停靠在一个大站上。这个神经质的人下车去打开水,沏了茶。那个衣着用品都很新颖讲究的男人——后来我才知道他是个律师——同他的邻座旅客,那位穿男式外套的抽烟的太太,则下车到站上喝茶。

他们下车后,车厢里又上来几个旅客。其中一个是老头儿,个儿很高,脸刮得精光,但满是皱纹,身穿貂皮外套,头戴大帽檐的呢子便帽。看样子是个商人。商人在那位太太和律师对面落了座,立刻同一个年轻人攀谈起来。那年轻人也是从这个站上来的,大概是个店员。

我坐在过道斜对面,因为火车停着,只要过道上没有人走过,就能断断续续地听到他们的谈话。商人开头说,他现在是到自己的庄园去,只有一站路。后来他们自然又谈到物价和买卖,谈到莫斯科的商情,谈到下城的市集。店员讲到他们两人都认识的一个富商怎样在市集上纵酒作乐,但老头儿没让他讲完,就讲起他自己参与的库纳文市集上宴乐的情景。他扬扬得意,眉飞色舞地讲到他和富商一帮子人有一次在库纳文怎样喝得酩酊大醉,干了一件见不得人的事。谈到这事,老头儿不得不压低嗓门对店员咬了咬耳朵。店员听了对着整个车厢哈哈大笑起来,老头儿也笑得露出两颗焦黄的门牙。

我料想不会听到什么有意思的话,就站起来,想趁车没开的时候到站台上走一走。在车厢门口,我遇见律师和那位太太,他们一边走,一边很起劲地谈着话。

"下车来不及了,"善于交际的律师对我说,"马上要打第二遍铃。"

果然,我还没有走到车厢口,铃声就响了。我返身回到座位上,那位太太还在跟律师热烈地谈话。老商人默默地坐在他们对面,目光严厉地瞧着前方,间或不以为然地嚼动牙齿。

"后来她就坦率地向丈夫表示,"律师在我经过时笑着说,"她不能也不愿跟他生活在一起,因为……"

接下去他还说了些什么,我没有听清。我后边又上来了几个旅客、列车员和一名匆匆跑进来的脚夫。长久的喧闹声把他们的谈话声淹没了。等到周围安静下来,我又听到律师的声音,他们已不是在谈什么具体事件,而是一般地发发议论。

律师说,离婚问题在欧洲已引起社会的关心,在我们俄国这类案子也越来越多。他发觉只有他一个人在说话,就停下来,转身问老头儿:"这种事情从前是没有的,对不对?"他笑容可掬地说。

老头儿正要回答,但这时火车开了。老头儿摘下帽子,动手画十字,低声祷告。律师把视线移到一边,彬彬有礼地等待着。老头儿做完祷告,又画了三次十字,把帽子端端正正地戴好,拉到额上,在座位上坐坐好,这才回答。

"先生,这种事从前也有,只不过没有现在多罢了,"他说,"眼下这种时代,不可能没有这种事。大家受的教育太多了。"

火车越开越快,遇到轨道接缝处就隆隆作响,听不清他们的谈话,但我很想听,就坐得离他们近一点。我的邻座,那个目光炯炯有神的神经质男人显然也很感兴趣,但没有起身,只是全神贯注地听着。

"教育有什么不好呢?"那位太太似笑非笑地说。"难道像从前那样,新郎新娘婚前没见过面倒好一些?"她继续说,就像一般妇女那样,不是回答对方的话,而是回答她想象中对方可能提出来的问题。"他们不知道彼此是否相爱,能否相爱,碰到谁就跟谁结婚,结果痛苦一辈子。难道您认为这样合适吗?"她这话分明是对我和律师说的,而不理会同她谈话的老头儿。

"大家受的教育太多了。"老商人又说了一遍,轻蔑地瞧着那位太太,根本不搭理她的问题。

"我想请教,受教育和夫妇不和,这中间究竟有什么关系?"律师似笑非笑地说。

老商人正想说话,却被那位太太抢先了。

"可不是,那种时代过去了。"那位太太说,但律师打断她的话:"嗯,您让这位先生讲讲他的意见。"

"教育弄得人净干傻事。"老头儿断然说。

"既要让并不相爱的人结婚,又要怪他们不能和睦过日子,这怎么行呢。"那位太太匆匆地说,回头瞧瞧我,瞧瞧律师,又瞧瞧店员。那店员这时已站起来,臂肘搁在椅背上,笑眯眯地听着这场谈话。"要知道,只有动物才会听凭主人的意志随便配对,人可是有自己的爱好和感情的!"她说这话显然想刺一下商人。

"太太,您这样说可不对,"老头儿说,"动物是畜生,人可是遵守法律啊。"

"但一个人怎么能同没有爱情的人一起过呢?"那位太太又赶紧说出她的观点,仿佛这是一种崭新的理论。

"从前大家都不管这一套,"老头儿一本正经地说,"如今可变得时兴了。稍不称心,娘儿们就说:'我要同你分手。'连农村都时兴这一套。娘儿们说:'喏,这是你的衬衫,这是你的裤子,拿去吧。我要去跟万卡过啦,他那头鬈发比你的好看。'你还有什么话好说呢!说到娘儿们哪,最重要的是要使她们有所顾忌。"

店员对律师、那位太太和我逐个瞧了瞧,显然忍住笑,并准备根据大家对商人这番话的反应来决定嘲笑还是赞成。

"顾忌什么?"那位太太问。

"顾忌什么?当然是怕丈夫啰!那还用说。"

"哼,老大爷,那种时代已经过去了!"太太有点愤慨地说。

"不,太太,这样的时代是不会过去的。既然夏娃,也就是女人,是用男人的肋骨造的,那么,即使天荒地老,也不会改变。"老头儿得意扬扬地晃了晃脑袋说,于是店员立刻断定胜利在老头儿一方,就放声大笑起来。

"这可是你们男人的理论,"那位太太并不认输,又回头对我们瞧瞧，"你们自己可以为所欲为，却把女人关在闺房里。你们自己干什么事都行。"

"谁也没有说过可以那样干，但不管怎样，男人可不会给家里带个娃娃回来，女人就难保了。"老商人固执地说。他那种固执劲儿显然征服了听众，那位太太简直觉得自己被击败了，但仍不肯认输。

"不错，但女人也是人，女人跟男人一样，也有感情，这点我想您也会同意吧。那么，她要是不爱丈夫，那怎么办？"

"她不爱丈夫！"老商人扬起眉毛，动动嘴唇，严厉地说，"你放心好了，她会爱的！"

这种意想不到的回答使店员特别得意，便随声附和。

"不，她不会爱的，"那位太太说，"如果没有爱情，那就不能勉强。"

"是啊，如果妻子对丈夫不忠实，那又怎么办？"律师说。

"那不行，"老头儿说，"这种事可得注意啊。"

"万一发生了，又该怎么办？要知道这种事是常有的。"

"人家那儿也许有这样的事，我们这儿可没有。"老头儿说。

大家都不作声。店员挪了挪身子，凑得更近些，显然不愿落在别人后面，笑眯眯地说："是啊，我们那儿有个小伙子也出了桩丑事。要判断谁是谁非也实在难。他遇上一个女人，一个放荡的女人，那女人跟他胡来。小伙子倒是挺稳重，挺有教养。开头那女人搞上一个职员，做丈夫的好声好气地规劝她。她不罢手，净干坏事。她还偷他的钱。做丈夫的揍了她一顿，她却越来越放肆。后来竟同一个异教徒，同一个犹太人——恕我直说——私通。做丈夫的怎么办呢？索性把她扔了。结果男的打光棍，女的就到处游荡。"

"全都因为那小伙子是个傻瓜，"老头儿说，"要是他开头狠狠教训她一顿，不让她胡搞，她就会乖乖地待在家里了！一开头就不能手软。在地里信不得马儿，在家里信不得婆娘啊。"

这时候，列车员进来向下一站下车的乘客收票。老头儿把票交给他。

"是啊，婆娘都得及时管教，要不然就会出乱子。"

"那么，您刚才讲到结过婚的男人在库纳文市集上寻欢作乐，那又该怎么解释呢?"我忍不住说。

"那是另一回事。"老商人说了一句，就不再作声。

火车汽笛一响，那商人就站起来，从座位下取出旅行袋，扣上外套，掀了掀帽子，下了车。

二

老头儿一走，就有几个人同时说起话来。

"这老爷子是个老脑筋。"店员说。

"哼，是个《家训》①的活信徒，"那位太太说，"他在妇女和婚姻问题上的看法多么野蛮！"

"是啊，在婚姻问题上我们离欧洲人的观点还很远。"律师说。

"这种人主要是不懂得，"那位太太说，"没有爱情的婚姻

① 《家训》，俄国十六世纪出的一本书，据说是伊凡雷帝年轻时的忏悔师西尔威斯特教士所作，内容是教人怎样治家，丈夫怎样严厉管教妻子，等等。

算不得婚姻,只有爱情才能使婚姻变得圣洁,只有具备神圣的爱情的婚姻才算得上真正的婚姻。"

店员笑眯眯地听着,竭力想多记住些鞭辟入里的话,以便日后需要时使用。

那位太太说话时,我们听见背后有一个声音,又像冷笑,又像抽泣。我回头一看,原来是邻座那个头发花白、目光炯炯的单身乘客。他在我们谈话时悄悄凑拢来,显然对这个话题很感兴趣。他站在那儿,双手靠在椅背上,神态激动:他的脸涨得通红,脸颊上的肌肉不断抽动。

"能使婚姻变得圣洁的爱……情……这是一种怎样的爱情?"他讷讷地说。

太太看到说话人那副激动的神态,竭力婉转而周到地回答他。

"真正的爱情嘛……就是说男女之间有了这样的爱情,才能结婚。"那位太太说。

"那么,怎么才算真正的爱情呢?"目光炯炯的先生露出尴尬的笑容,怯生生地问。

"谁都懂得什么是爱情。"太太说,显然不想同他再谈下去。

"可是我不懂,"那位先生说,"务必请您解释一下……"

"什么? 这简单得很,"太太嘴里这么说,心里还是考虑了一下。"爱情就是喜欢一个人绝对超过喜欢其他任何人。"太太说。

"绝对超过多少时间? 一个月? 两天? 还是半小时?"头发花白的先生问,笑起来。

"不,对不起,您说的显然是另一回事。"

"不,我说的就是这回事。"

"她的意思是,"律师指指太太,插嘴说,"婚姻首先必须出于倾慕,或者说出于爱情,只有有了爱情,婚姻才可以说是圣洁的。其次,凡是不以自然的倾慕,或者说爱情为基础的婚姻,在道义上都没有约束力。我理解得对不对?"他转身问太太。

太太点点头,表示同意他的解释。

"再有……"律师继续说下去,但神经质的男人眼睛熠熠发亮,显然在竭力克制感情,不等律师把话说完,就抢先说:"不错,我说的就是这个意思:喜欢一个人超过其他任何人,我只是问,喜欢多长时间?"

"多长时间? 很长时间,有时就是一辈子。"太太耸耸肩膀说。

"啊,那种事只有小说里才有,现实生活中可是从来没有的。在现实生活中,爱一个人超过爱其他任何人,能维持一年就算很不错了。往往只能维持几个月,甚至只有几个星期,几天,几个小时。"他说,显然知道这种意见会使大家感到惊奇,就显得颇为得意。

"哦,您这算什么话! 不会的,那不可能!"我们三个人不约而同地说。连店员也发出不以为然的声音。

"不错,我也知道,"头发花白的男人压倒我们的声音说,"你们说的是应当怎么样,可我说的是事实上怎么样。看到一个美人,哪个男子都会产生你们所说的爱情的。"

"啊,您说得太可怕了;可是我认为在人与人之间确实存在着那种被称为爱情的感情,而且不是持续几个月,几年,而是一辈子,您说呢?"

"不，办不到。就算一个男人能一辈子专爱一个女人，那个女人也很可能会爱上别的男人的。过去是这样，现在还是这样。"头发花白的人说着，掏出烟盒，抽起烟来。

"但也可能双方的爱情都很专一。"律师说。

"不，那不可能，"他反驳说，"就像一车豌豆里两颗做过记号的豌豆，不可能一直挨个儿凑在一起。此外，不仅不可能，而且双方还会相互觉得腻味呢。一辈子就爱一个人，好比一辈子只点一支蜡烛那样。"他狠狠地吸了一口烟，说。

"但您说来说去只是肉体的爱。难道您认为天下没有建立在志同道合、心心相印基础上的爱吗？"太太说。

"嘿，心心相印！志同道合！"他含嘲带讽地重复那位太太的话。"既然如此，那又何必——恕我说句粗话——睡在一起呢？难道两人睡在一起就是由于志同道合吗？"他说着，神经质地笑起来。

"不过，恕我直说，"律师说，"事实反驳了您的讲法。我们大家看到，夫妇生活是存在的，全人类，或者说人类中的大部分，都过着夫妇生活，而且许多人都长期忠实地过着夫妇生活。"

头发花白的人又笑了。

"你们开头说，婚姻要以爱情为基础。我怀疑除了肉体的满足外是不是还存在爱情，你们又用存在着婚姻来证明存在着爱情，其实，婚姻在今天纯粹是个骗局！"

"不，对不起，"律师说，"我只是说，婚姻过去存在，现在仍旧存在罢了。"

"是存在的。但为什么存在呢？有人把婚姻看得很神圣，看作向上帝负责的神圣的事。对他们来说，婚姻过去存在,现在仍旧存在。但对他们存在,对我们可不存在。我们这些人虽也男婚女嫁,但认为结婚无非是性交罢了。结果不是欺骗,就是强迫。欺骗还好受一点。夫妻双方只是表面上过着一夫一妻制生活来骗骗人,其实他们过的却是一夫多妻和一妻多夫的生活。这太恶劣了,但还能凑合着过。最常见的往往是,夫妻双方表面上都承担着同居一辈子的义务,而婚后一个月双方就互相憎恨,希望分手,但又不得不在一起过,结果就掉进十八层地狱,借酒解愁啦,开枪自杀啦,毒死对方又毒死自己啦,什么罪恶都干得出来。"他越说越快,不让人家插嘴,而且越说越激动。大家都不作声,感到很尴尬。

"是啊,毫无疑问,夫妇生活有时是会闹出灾祸来的。"律师说,希望结束这场火药味很浓的谈话。

"我想,你们大概已看出我是个什么人了吧?"头发花白的男人低声说,情绪平静些了。

"不,我还没有这个荣幸。"

"谈不上什么荣幸。我叫波兹德内歇夫,在生活中就遇到过您所说的灾祸,我杀了妻子。"他说着,急急地向我们瞥了一眼。

大家都不知道说什么好,默默地坐着。

"嗯,那也没什么,"他用他那种古怪的声音说,"不过请大家原谅! 啊……我不打搅你们啦!"

"哦,您别那么想……"律师说,自己也不知道"别那么想"指的是什么。

不过,波兹德内歇夫没理他,很快地转过身去,回到自己的座位上。律师和那位太太在低声交谈。我默默地坐在波兹德内歇夫旁边,想不出说什么好。看书光线太暗,我就闭上眼睛,假装打瞌睡。我们就这样默默地坐到下一站。

律师和那位太太早已跟列车员讲好,在这一站换到另一节车厢去。店员也已在座位上躺下来睡了。波兹德内歇夫一直抽着烟,喝着上一站沏的茶。

我睁开眼睛对他瞧了一眼,他突然果断而恼怒地对我说:"您知道我是谁,也许不高兴跟我坐在一起吧?那我可以走。"

"哦,不,您别那么想。"

"那么,给您来杯茶吧?茶很浓。"他给我倒了茶。

"他们东拉西扯……可尽是撒谎……"他说。

"您指的是什么呀?"我问。

"就是指那个问题:指他们的所谓爱情,以及究竟什么是爱情。您想睡觉吗?"

"一点也不想睡。"

"您要是高兴,我可以给您讲讲,那个爱情怎样弄得我闹出那件事来。"

"好哇,要是您不觉得难受的话。"

"不,叫我不说话才难受呢。喝点茶!是不是太浓了?"

茶真的浓得像啤酒,但我还是喝了一杯。这时列车员走进来。波兹德内歇夫恶狠狠地盯住他,直到他走开,才开始讲他的事。

三

"好吧,那我就给您讲讲……您真的愿意听吗?"

我又说了一遍,我很想听。他沉默了一会儿,双手擦擦脸说:"要讲,就得从头讲起。我要先告诉您,我是怎样结婚的,为什么结婚,婚前我是个怎样的人。

"结婚以前,我过的生活跟我们圈子里所有的人一样。我是个地主,大学毕业,又当上了首席贵族。结婚以前,跟大家一样过着放荡的生活,而且跟大家一样,尽管过着放荡的生活,还满以为这是正常的。我自认为是个讨人喜欢的青年,是个十足的正派人。我不勾引女人,没有乱七八糟的癖好,不像许多同龄人那样把那种事当作人生的主要目的。为了身体健康,我过那种生活是很有节制的。我避开那些会因生孩子或者对我情意缠绵而束缚住我手脚的女人。事实上,也可能有过孩子,也可能有人对我情意缠绵,但我装得若无其事。我自认为这样不仅不违反道德,而且还以此自豪。"

他顿了顿,嘴里发出一种古怪的声音。显然,每当他有什么新的想法时,就会发出这种声音。

"其实,这恰恰就是最卑劣的行为,"他大声说,"放荡并不在于肉体,肉体上不管怎样胡作非为都不算放荡;放荡,真正的放荡,在于同女人发生肉体关系而在道义上又不负责任。可我那时竟把这种不负责任看作值得夸耀的事。记得有一次我没有付钱给一个把身子交给我(她大概爱上我了)的女人,我感到非常不安,直到我给她送去一些钱,表示我在道义上不欠她什么,才觉得如释重负。您别点头了,别支持我这种想法,"他突然对我嚷起来,"这种事难道我还不懂吗! 我们这帮人,包括您在内——如果您不是个罕见的例外——我们大家都有这样的想法。我这样说,您可别见怪,"他继续说,"说实在的,这真是可怕,真是太可怕了!"

"什么事可怕呀?"我问。

"我们在对待女人和女人问题上真是犯了大错啦！是啊，我一谈到这事就无法平静。倒不是因为我在生活中遇到过像那位先生所说的'灾祸'，而是因为那种灾祸擦亮了我的眼睛，我看待这问题就完全不同了。一切都倒了个个儿，一切都倒了个个儿……"

他点了一支烟，臂肘搁在膝盖上，又说起来。

黑暗中我看不见他的脸，在火车的震动中只听到他那动人心魄的悦耳的声音。

四

"是啊，直到我受尽折磨、吃够苦头之后，我才懂得这事的症结所在，懂得按理应该怎么办，因此也就看到了问题的严重性。

"您瞧，我那场灾祸的祸根是在什么时候和怎样种下的。祸根种下的时候，我还不满十六岁。当时我在中学念书，我哥哥是大学一年级学生。我还没有接触过女人，但也像我们圈子里不幸的孩子们那样，已不是一个纯洁无瑕的少年。一年多前我已被别的孩子带坏了。女人，不是哪一个具体的女人，而是一切女人，作为美妙造物的女人，女人的裸体，经常折磨着我。我虽然过着独身生活，但过得并不纯洁。我像百分之九十九的男同学那样忍受着煎熬。我感到害怕，我感到痛苦，我祷告上帝，但我还是堕落了。我在意识上和行动上都很放荡，但我还没有跨出最后一步。我自个儿堕落，但还没有糟蹋过别人。后来，我哥哥的一个同学，一个会寻欢作乐的家伙，所谓花花公子，真是个大坏蛋，他教我们喝酒、赌钱，有一天在喝得烂醉后又把我们带到那种地方。我们跟着他去。哥哥原来也是个童身，也是在那天晚上失了童贞。我当时还是个十五岁的少年，就这样糟蹋了自己，又糟蹋了一个女人，却一点也不懂得自己干了什么。我从来没有从长辈那儿听说过这样做是不对的。现在也没有听到这方面的指摘。不错，《十诫》里是有这一诫的，但当时读《十诫》只是为了应付神父的考试，根本没重视它，觉得它远不如拉丁文假定句中用"ut"那么必要。

"真的，我从没听到我尊敬的长辈谴责过这种事。相反，我只听到他们说这是好事。我听说，做过那种事以后就不会那么苦闷和难受了。我听说，听长辈说，这是有益于健康的；同伴们则说，这是风流韵事，是男子汉气概。总之，大家都认为这种事有益无害。有没有染上疾病的危险呢？不用担心，父母官早有预见，早就考虑到这问题了。政府当局把窑子管理得井井有条，即使中学生去寻花问柳，也保证平安无事。医生领着官俸，也管着这方面的事。理应如此。他们认为放荡有益于健康，因此建立合法的制度。我知道有些做母亲的就是这样关心儿子的健康的。科学也鼓励他们逛窑子。"

"这跟科学有什么关系？"我说。

"哦，您可知道医生是些什么人？他们是科学的祭司。是谁宣告这事有益于健康而唆使青年堕落的？是他们。可后来又煞有介事地替他们医治梅毒。"

"得了梅毒总不能不治吧？"

"老实说，如果把医治梅毒的百分之一的力气用在铲除淫乱行为上，梅毒恐怕早就绝迹了。可是现在呢，力气不是用在铲除淫乱行为上，而是用在鼓励淫乱行为，保证淫乱之后平安无事上。但问题还不在此。问题在于我身上发生的那类事,不仅我们的阶级,而且所有的阶级,甚至包括农民在内,都发生过,至少十分之九的人都发生过。再说,我之所以堕落,并非受到某个妖冶女人的诱惑。不是的,没有哪个女人诱惑过我。我之所以堕落,是因为周围的人,有的把这种堕落看成有益于健康的正当行为,有的则认为对青年来说这是一种玩乐,十分自然,因而情有可原,甚至无伤大雅。我当时还不懂这就是堕落。我开始沉湎于享乐和情欲。人家说,到一定年龄这种欲望是很自然的。我开始过放荡生活,同时开始喝酒和抽烟。不过,我第一次堕落,心里还是感到难受,感到不是滋味。我记得,当时还没有走出那个屋子,就觉得很伤心,伤心得简直想放声痛哭,哭我丧失了童贞,哭我从此糟蹋了同女人的关系。是啊,我同女人自然而纯洁的关系从此被断送了。我同女人的纯洁关系从此丧失了,再也不能复得了。我成了所谓浪子。成了浪子,在生理上等于一个吸吗啡的瘾君子,一个酒鬼或者烟鬼。一个因纵欲而同几个女人发生关系的人,就同吸吗啡的瘾君子、酒鬼和烟鬼一样,是不正常的。他从此堕落成为浪子。也像吸毒的和酒鬼那样,一个浪子从脸色和举动上就能看出来。一个浪子也可以改邪归正,所谓回头,但他跟女人纯洁无瑕、情同手足的关系却再也无法恢复了。从他瞟着年轻女人的那种神态上,一下子就可以认出浪子来。我就这样成了浪子,再也无法自拔。我就这样给毁了。"

五

"唉,事情就是这样!从此我就越走越远,越走越偏了。天哪!一想起这方面的罪孽,我就不寒而栗!我明明是这样一个人，可朋友们还笑我老实单纯呢。至于那些花花公子、大小军官、巴黎寓公，又都是些怎样的人物！这些先生，包括我在内，都是三十上下的浪子，脑子里充满对女人的淫思邪念，却把自己打扮得干干净净，又刮胡子，又洒香水，穿上干干净净的衬衫、礼服或者军服，走进客厅和舞厅，显得那么英俊，俨然是纯洁的化身！

"您倒想想，这事应该怎么办，而事实上又是怎么样。说到应该怎么办，那么，要是有个这样的男人在社交场中追求我的姐妹或者女儿，我就应该上去拦住他，悄悄地对他说：'老兄，我知道你的生活，知道你晚上怎么过，跟谁在一起过。你待在这里不合适。这里只有规规矩矩的姑娘。你给我走！'按理应当这么办。可是实际情况却是：如果这样的男人走来搂着我的姐妹、女儿跳舞，只要他有钱有势，我们就会欢天喜地。他玩腻了里果波丝①之类的女人，说不定会看中我的女儿。即使他身染恶疾，那也无所谓。反正现在医生医治这种病很有办法。可不是，我就知道有好几个上流社会的姑娘，她们的父母欢天喜地把女儿嫁给患梅毒的男人。唉！真是太无耻啦！总有一天这种卑鄙无耻和假仁假义的勾当会被暴露在光天化日之下！"

波兹德内歇夫几次发出他那种古怪的声音，呷了几口茶。茶很浓，又没有开水来把它冲淡。我喝了两杯，觉得特别兴奋。看样子，浓茶对他也起了作用，他变得更激动了。他的声音变得越来越好听，越来越富于表情。他不断改变姿势，一会儿摘下帽子，一会儿又把它戴上。他的面部表情在昏暗的灯

① 里果波丝，一个在当时声名狼藉的巴黎歌女。

光下变幻莫测。

"是啊,我就这样生活到三十岁,一直梦想结婚并建立一个最高尚最纯洁的家庭。我抱着这样的目的物色合适的姑娘,"他继续说,"我自己在荒淫无耻的泥浆里打滚,却想物色一位配得上我的纯洁的姑娘。许多姑娘被我淘汰了,因为她们不够纯洁,配不上我。最后我找到了一位我认为配得上的姑娘。她是奔萨省一个地主的女儿。这地主有两个女儿,一度很有钱,如今破落了。

"有一天黄昏,我们去划船,划了一会儿,然后踏着月色回家。我坐在她旁边,欣赏着她那穿一件紧身毛衣的苗条身材和一绺绺鬈发。我忽然断定,她就是我理想的爱人。那天晚上我觉得,她能理解我的全部感情和思想,而我当时的感情和思想都是十分高尚的。其实她之所以显得迷人,就因为穿着那件紧身毛衣和留着一绺绺鬈发。我在她身边待了一天,很想进一步同她接近。

"说来也怪,人们往往把美当作善,那真是荒唐!一个漂亮的女人说蠢话,你不觉得她愚蠢,反而认为她聪明。她的言谈举止明明都挺粗俗,你却觉得很文雅。只要她不说什么蠢话和粗话,而且长得很漂亮,你就会觉得她聪颖贤淑,非同凡响。

"我回到家里,欢天喜地,肯定她是个贤惠善良的女人,配得上做我的妻子。第二天就去向她求婚。

"唉,说来也真荒唐!一千个男人结婚,难得有一个在婚前没有同女人发生过关系。他们同十个、一百个甚至像唐璜①那样同一千个女人发生过关系。可悲的是这种情况不限

①　唐璜,西班牙传说中惯于引诱妇女的花花公子。

于我们的圈子,连平民百姓中间都有。不错,现在我听说过,也亲眼看到过一些正派青年,他们认为结婚不是儿戏,而是终身大事。但愿上帝保佑他们!不过,在我那个时代,这样的青年一万人中都找不到一个。这个情况人人都知道,却都假装不知道。所有小说都不厌其详地描写男主人公感情多么热烈,描写他们怎样在花前月下徘徊,但在写到这些主人公对姑娘的伟大爱情时,却只字不提他们的经历:他们怎样寻花问柳,怎样玩弄侍女、厨娘和有夫之妇。即使有这样的不成体统的小说,也绝不会落到最需要知道个中奥秘的姑娘手里。在姑娘们面前,我们先是讳言占我们城市生活(甚至包括农村生活)一半的淫乱事件,仿佛根本就不存在那种事。然后,我们又习惯成自然地假装正经,最后我们就像英国人一样一本正经地把自己看成君子国里的君子。可怜那些姑娘也竟然信以为真。我那个不幸的妻子也是这样。我记得,在我们订婚后我怎样把自己的日记拿给她看,让她多少知道一些我的经历,特别是我最后一次的通奸。这事她可能从别人那儿知道,因此我觉得有必要告诉她。我记得,当她知道并且了解这件事后,她是多么惊讶、绝望和不知所措!我看出,她当时想抛弃我。唉,她当时为什么不抛弃我啊!"

他又发出古怪的声音,接着沉默了一会儿,又呷了一口茶。

六

"不过,这样也好,这样也好!"他大声说,"我这是活该!但问题不在这里。我是说,这里受骗上当的只限于不幸的姑娘。这种情况做母亲的是一清二楚的,特别是那些受过丈夫熏陶的妇女。她们假装相信,男人们都是纯洁无瑕的,其实她们的行动正好相反。她们懂得用什么诱饵为她们自己或她们的女儿勾引男人。

"要知道,只有我们男人才不懂(其实我们是不想懂)女人们一清二楚的事:我们所谓最高尚最有诗意的爱情,并非取决于精神上的美德,而是取决于肉体上的亲近,再加上头发的款式、皮肤的颜色和衣服的样子。您可以问问一味勾引男人取乐的骚娘儿们,她们宁愿担什么风险:宁愿当着被勾引男人的面被控撒谎、残忍甚至淫荡呢,还是宁愿在他面前穿一身裁剪得难看的衣服。她们总是宁愿冒前一种风险。她们懂得,我们男人尽管嘴里说什么高尚的感情,其实都是撒谎,我们真正需要的只是肉体,我们可以宽恕一切卑鄙无耻的行为,却不能容忍款式陈旧、样子难看的衣服。这一层,那些搔首弄姿的娘儿们是真正懂得的,而那些纯洁无瑕的姑娘只是朦胧地懂得,就像动物那样。

"就因为这个缘故,人间就出现了可恶的紧身毛衣、裹紧臀部的裙衬、赤裸的肩膀、胳膊甚至大半个乳房。女人,特别是经过男子熏染的女人,都十分懂得,冠冕堂皇的谈吐都是空话,男子需要的是她们的肉体和那些使她们肉体富有魅力的一切。她们就按此办理。只要抛开对丑恶的习惯看法——这是我们的第二天性,而正视一下上流社会荒淫无耻的生活,我们就会说,它简直是一座彻头彻尾的大窑子。您不同意吗?让我来向您证明,"他不让我插嘴,接着说,"您说,我们上流社会妇女的生活志趣毕竟跟妓女不同,我却认为没有什么差别。我可以向您证明。要是她们在生活志趣上各异,在生活内容上不同,那么,这种差别一定会在外表上反映出来,她们的外表一定会有所不同。您可以看看那些受歧视的不幸女人,再看看上流社会的贵妇人:同样的服饰,同样的打扮,同样的香水,同样的袒胸露臂,同样裹紧臀部,同样嗜好珠宝,同样寻欢作乐,醉心于音乐、舞蹈和歌唱。前者不择手段地勾引男人,后者何尝不是如此。没有任何差别。严格地说,短期卖淫的妓女通常被人歧视,而长期卖淫的妓女却受到尊敬,差别就在这里。"

七

"啊,就是那些紧身的毛衣啦,一绺绺的鬈发啦,裹紧臀部的裙衬啦把我给俘虏了。我是很容易被俘虏的,因为我出身的环境好比培植黄瓜的沃土,最适宜于培养好色的青年。我们饱食终日,无所事事,这就经常刺激着肉欲。不管您是不是同意我的话,事实就是这样。我原来不懂这个道理,最近才算懂了。我感到痛心的是谁都不懂得这个道理,而像刚才那位太太一样净说蠢话。

"对了,今年春天有一批农民到我们那里去修铁路。他们平常吃的是面包、克瓦斯和洋葱。他们身强力壮,因此干农活儿比较轻松。他们来修铁路,伙食除了麦粥,还有一磅牛肉。他们每天干十六小时的活儿,推半吨重的车,这样就把这磅牛肉消化掉了。可以说,收支平衡。可我们每天吃两磅牛肉、野味,各种刺激性的山珍海味,再加上各种饮料——这些东西都变成了什么?变成了旺盛的肉欲。我们要是到那种地方去,打开安全阀,那就太平无事了。但要是像我当年那样关上安全阀,那就会发生冲动。这种冲动,通过我们不自然的生活,往往像通过棱镜一样,折射成十足的痴情,甚至变成柏拉图式的恋爱。我也像大家那样,曾一度坠入情网。结果什么情况都出现了:狂欢啦,热恋啦,充满了诗意!其实我这种爱情,一方面是她妈妈和裁缝张罗的结果,另一方面则是饱食终日、无所用心造成的。当时要是没有游湖的双人小舟,没有手艺高超的裁缝,要是我的妻子穿一身难看的宽大长衣坐在家里,我自己生活正常,也就是说吃的食物只够用于工作,安全阀又打开着——当时正好关着——那么我也不至于坠入情网,后来也不会发生那件事了。"

八

"嘻,这下子可万事齐备啦:我的身份地位,她的合身衣服,还有湖上荡舟等机会。你逃掉过二十次,这次可落网啦。简直像个陷阱。我不是开玩笑。真的,现在的婚姻简直就像陷阱。那么,怎样才算自然呢?姑娘长大了,就得把她嫁出去。只要姑娘不是个丑八怪,男人又想结婚,事情就再简单不过了。自古以来就是这样办的。姑娘长大了,做父母的就给她安排婚事。全人类都是这样办的,中国人也好,印度人也好,伊斯兰教徒也好,我们的百姓也好,无一例外,过去是这样,现在还是这样。全人类中至少有百分之九十九是这样办的。只有百分之一甚至不到百分之一的人,就是我们这些浪子,认为这样办不对,于是想出新花样来。什么叫新花样?新花样就是,姑娘们坐成一圈,男人们好像在市场上那样走来走去挑选。姑娘们坐在那里,心里一个劲儿地想：'老爷，选我吧！不要选别人，选我！你瞧，我的肩膀多美，还有别的……'但她们不敢开口。我们做男人的走来走去，左顾右盼，好不自在，心里却想：'是啊，我知道，可我不会落网的。'我们边走边看，踌躇满志，知道这一切都是专门为我们安排的。可是一不留神，扑通一声就掉到陷阱里啦！"

"那么该怎么办呢？"我说，"去向女人求婚吗？"

"唉，我也不知道该怎么办，但要是讲平等，那就得真讲。要是说，父母之命媒妁之言的婚姻对人是一种侮辱，那么现在这种婚姻就更加千百倍地侮辱人。过去权利与机会是均等的，如今女人成了市场上待价而沽的奴隶或者陷阱里的诱饵。您要是对随便哪个做母亲的或姑娘本人讲实话，说她念念不忘的只是找个未婚夫。哦，天哪！那将是多大的侮辱哇！其实她们都是这么干的，除此以外她们也无事可干。有时看到一些纯洁无瑕的可怜姑娘也忙于此事，心里真不是滋味。要是堂而皇之地干，倒也罢了，可她们还要装腔作势，自欺欺人。她们嘴里说什么：'哦，物种起源，真有意思！哦，丽莎迷上绘画啦！您要去看看画展吗？太有教益啦！''让我们坐三驾马车去看演出，去听交响乐好吗？哦，多美啊！''我的丽莎对音乐简直着迷啦。您怎么会不感兴趣？还有，划船可有意思啦！'其实她们只有一个心思：'娶我吧，娶我吧！''娶我的丽莎吧！''不要娶别人，娶我！''哦，你哪怕试一试也好呀！'唉，多么叫人恶心！多么虚伪！"他结束说，喝完茶，动手收拾茶具。

九

"您要知道,"他把糖和茶叶收到旅行袋里,说,"全世界男人都吃尽女人统治的苦,原因就在这里。"

"怎么是女人统治世界?"我说,"各种各样的权利、特权不都在男人手里吗?"

"是啊,是啊,问题就在这里,"他打断我的话,"我要对您说的正是这样一种不正常的现象:一方面,女人被贬到最屈辱的地位,另一方面,她们又在统治世界。女人就像犹太人,犹太人操纵金融市场,来为他们的受压迫进行报复,女人也是这样。犹太人说:'好哇,你们只让我们做点买卖,那好,我们就以买卖人的身份来控制你们。'女人说:'好哇,你们要我们只做发泄性欲的工具,那好,我们就作为发泄性欲的工具来统治你们。'女人无权并不在于她们没有投票权或不能做法官,再说从事这些活动也没有什么特权。女人无权在于她们在两性关系上跟男人不平等,她们无权享用或不能按照自己的意愿享用一个男人,不能随心所欲地挑选男人,而只能受男人挑选。您说,这不是太岂有此理吗?好吧,既然如此,那么男人也不应该享有那些权利。可现在的情况是,女人被剥夺了男人所享有的那些权利。为了弥补这方面的损失,她们就从男人的性欲上下手,利用性欲来控制男人,使男人只能表面上进行选择,实际上进行选择的却是女人。女人一旦掌握了这种手段,就滥用起来,她们对男人就拥有可怕的权利。"

"这种权利表现在哪里呢?"我问。

"表现在哪里吗? 到处都是,到处都有表现。您去逛逛随便哪个大城市的商店吧。琳琅满目的商品,不知耗费了多少人的心血。您再看看,在十分之九的商店里,有没有供男人使用的东西？奢侈的生活用品都是女人所需要、为女人而生产的。您再看看那些工厂吧。绝大部分都在为女人生产毫无用处的装饰品、马车、家具和各种小玩意儿。千百万人在工厂里世世代代当奴隶,为满足女人的怪癖而折断了腰甚至献出生命。女人简直就是主宰,迫使十分之九的男人当奴隶,做苦工。追本穷源,都是她们受到屈辱,丧失了同男人平等的权利。她们就这样进行报复,对我们的肉欲施展魔力,使我们自投罗网。是啊,原因就在这里。女人使自己变成刺激肉欲的手段,使男人同她们相处时不能无动于衷。男人一接近女人,就会被她们迷得神魂颠倒,不能自已。以前我在舞会上看到浓妆艳抹的女人,觉得挺不自在。现在呢,简直心惊胆战,就像看到一样危险的违禁品那样,我真想叫警察来加以取缔,以保障安全。

"嘻,您笑啦!"他对我大声说,"但这绝不是开玩笑。我相信将来总有一天,也许不要很久,人们会醒悟过来,并且感到惊奇:我们的社会怎么能容许女人以刺激肉欲的打扮来扰乱公共治安？因为这无异于在大街小巷设置各种陷阱,甚至比这还要可怕！为什么要取缔赌博而不取缔袒胸露臂出卖色相的女人？她们比赌博还要危险一千倍！"

十

"对了,我就这样落网了,所谓坠入情网了。在订婚以后,我不仅把她看作十全十美的女人,而且也把自己看作完美无缺的人。要知道,随便哪个无赖,只要他想找,总可以在别的无赖身上找到不如他的地方,因此就沾沾自喜,自命不凡。我的情况就是这样:我结婚不是为了金钱,不像许多熟人那样为贪财附势而结婚,因为我很有钱,她很穷。这是一。另一点使我感到自豪的是,人家结婚后还想像婚前那样继续同许多女人通奸,我却下定决心要在婚后实行一夫一妻制,我因此感到自豪得不得了。是啊,我是头十足的蠢猪,还自以为是个天使呢。

"我们从订婚到结婚,时间并不长。我一想起那段时间,就不能不感到害臊。真是太恶心啦!据说,爱情应该是精神的,而不是肉体的。哼,如果爱情真是精神的,真是一种精神的结合,那么男女双方的交谈就应该表现这样的结合。其实根本不是那么一回事。我们两人单独在一起的时候,谈话真是困难,困难得就像西绪福斯①的苦役。好不容易想到一句话,说过之后又沉默了,又得苦苦思索,再想出话来说。结果还是无话可说。有关未来生活、安排、计划之类的话都已说过了,还有什么可说的呢?如果是畜生,就知道用不着说什么话,可是我们不同,我们必须说话,但又无话可说,因为语言不能解决我们的问题,再加上那些讨厌的风俗:发糖啦,吃甜点心啦,以及婚前一大堆讨厌的准备工作:讨论房子、卧室、床、被子、被单、睡衣、睡袍、嫁衣等问题。老实说,一个人要是像那个老头儿所说的那样按《家训》办婚事,那么羽毛褥子、嫁妆、床等等都是行结婚圣礼不可缺少的。但我们这些人结婚,

---

① 西绪福斯,希腊神话中的科任托斯王。生前作恶多端,死后被罚在地狱推巨石上山,到达山顶,巨石滚下,再推到山上,周而复始,永无休止。

十个人中难得有一个相信圣礼，并愿意承担某种义务。我们这些人结婚，一百个人中难得有一个婚前没有过男女关系；五十个人中难得有一个不事先打算一有机会就对妻子变心；大多数人到教堂举行婚礼，都认为只不过是去占有一个女人罢了。您看，这些事情多么叫人恶心。说穿了，结婚就是这么一回事，等于做一笔买卖，把一个天真无邪的姑娘卖给一个浪子，并在买卖时举行一定的仪式。"

十一

"人人都是这样结婚的，我也这样结了婚，开始度那被说得天花乱坠的蜜月。哼，蜜月，光这名称就够叫人恶心的了！"他咬咬牙说，"我有一次在巴黎观光，看见一张海报，上面画着一个长胡子的女人和一条水狗。进去一看，原来只有一个穿袒胸露臂女服的男人和一条身披海象皮在澡盆里游泳的狗。真叫人兴趣索然。我出来的时候，马戏团老板彬彬有礼地把我送到门口，指着我对观众说：'大家可以问问这位先生，是不是值得一看！进去吧，进去吧！每人一个法郎！'我不便说不值得一看，马戏团老板也料定会这样。那些度蜜月度得乏味而又不愿使别人扫兴的人，大概也是这样。我当时没有使人家扫兴，但现在后悔当时没有说实话。现在我甚至认为一定得把这事的真相说出来。说实话，你只会感到又尴尬，又羞愧，又厌恶，又乏味。主要是乏味，乏味得难以忍受！那事有点像抽烟。我开始学抽烟的时候，感到恶心，嘴里满是口水，我把口水咽下去，装出津津有味的样子。那事的乐趣也像抽烟一样，即使有，也要到后来才有。夫妇双方先要在这方面养成恶习,才能得到乐趣。"

"怎么是恶习?"我说,"您说的那事是人类自然的本能。"

"自然的本能?"他说,"自然的本能?不,我跟您说的正好相反,我认为那是不……自然的。对,完全不……自然。您可以问问孩子,问问纯洁无瑕的姑娘。我的妹妹很小就嫁给一个年纪比她大一倍的浪子。我记得她在新婚之夜脸色苍白,号啕痛哭,从他那里逃出来,整个身子直打哆嗦,她说她说什么也不愿意,说什么也不愿意,甚至不肯说他要她干什么。

"您说,这是自然的本能!饮食是自然的事。饮食是轻松、愉快、舒服的享受,没有什么可羞愧的;可那事是令人厌恶、羞愧和痛苦的。不,那事是不自然的!我相信,凡是纯洁无瑕的姑娘都讨厌那件事。"

"那么,"我说,"要不是这样,人类怎么传宗接代呢?"

"嘿,要不是这样人类会断子绝孙的!"他嘲讽地说,仿佛预料到会听到这种尖刻的反驳。"英国贵族为了纵欲而提倡避孕,那是可以的。为了尽情寻欢作乐而提倡避孕,那也是可以的。但为了讲道德而避孕,那就理不直气不壮啦!'要是有一二十个人不愿再过畜生般的生活,人类就会面临灭绝的危险!'天哪,这算是什么样的呐喊哪!哦,我讨厌那灯光,把它挡住行吗?"他指着那盏马灯,说。

我说请便。他就用他那种干什么事都很麻利的劲儿爬上座位,拉下呢罩子。

"不论怎么说,"我说,"要是大家都认为非避孕不可,人类是会灭绝的。"

他没有立刻回答。

"您说这样人类就无法生存下去吗?"他在我对面坐下

来,宽宽地撇开两腿,把臂肘搁在膝盖上。"人类为什么要生存下去呢?"他说。

"为什么? 要不,我们现在也不存在了。"

"为什么我们应该存在呢?"

"为什么呢? 就是为了活下去呀!"

"为什么要活下去呢? 要是生活没有目的,要是给我们生命只是为了活下去,那就没有意思。要是那样的话,那么叔本华啦,哈特曼①啦,佛教徒啦,就都是正确的了。但要是生活真有目的的话,那么,一旦目的达到,生活也就应该结束。就是那么一回事,"他说的时候神情激动,显然认为自己的思想很有道理,"就是那么回事。您倒想想,要是人生的目的是善良、幸福和爱——不论您高兴叫什么都行——要是人生的目的像先知预言的那样,人类要用爱来融为一体,要化干戈为玉帛,那么是什么在妨碍我们达到这个目的呢? 是欲望。在各种欲望中最强烈、最可恶、最顽固的要算是性欲,或者说肉体的爱。因此,一旦消灭欲望,特别是消灭最强烈的欲望——肉体的爱,那么先知的预言也就可以实现了,人类就会融为一体,人生的目的也就达到,人类也就不用再存在下去了。只要人类还存在,大家就有理想,当然不是像兔子和猪那样力图繁殖更多的后代,也不是像猴子和巴黎人那样在性爱上追求更大的乐趣,而是通过节欲和贞洁达到善的境界。这个理想,以前人们努力追求过,现在还有人在追求。但结果怎么样呢?

① 哈特曼(1842—1906),德国唯心主义哲学家,宣称人生是虚幻的,文明的前途是黑暗的,宗教的来世之说不可信。

"结果是,肉体的爱原是一个安全阀。我们一代没有达到目的,就因为欲望特别是最强烈的欲望——性欲妨碍了它。既然有性欲,就会有后代,这个目的也就可能在下一代达到。要是下一代不能达到,那么再下一代就有可能达到,依此类推,直到目的达到,预言实现,人类融为一体为止。不然又怎么样呢?假定说,上帝创造人类有一定目的,他创造的人或者是既要死又没有性欲,或者是长生不老的。如果人既要死而又没有性欲,那会怎么样呢?那么,人们活了一定时间,没有达到目的就死了。这样上帝就得重新创造人来达到目的。如果人是长生不老的,那么让我们假定,他们在经过千万年之后终于达到目的(虽然要这一代人不断改正自身的错误,逐步臻于完善,要比另一代人更困难),到那时人活着还有什么意思?该拿他们怎么办?还不如像现在这样的好……哦,也许您不喜欢这种谈法吧?您是不是个进化论者?但结果还不是一样。作为万物之灵的人,要同其他动物竞争,应该像一窝蜜蜂那样团结一致,而不能无止境地繁殖后代;应该像蜜蜂养育工蜂那样养育出无性的后代来,也就是说应该节育,而不能像现在的生活方式那样竭力刺激肉欲。"他停了一会儿说,"人类会不会灭绝?这问题,不管对世界的看法如何,难道会有人怀疑吗?要知道,这问题就同有生必有死那样不容怀疑。要知道,根据任何教义,世界的末日总有一天要到来。根据一切科学理论,这一点也不容怀疑。那么,根据道德法则可以得出同样的结论,那又有什么可奇怪的呢?"

他沉默了好一阵,又是喝茶,又是抽烟,又从旅行袋里取出几支烟,放进他那只破旧肮脏的烟盒里。

"我明白您的意思，"我说，"有点类似震教徒①的道理。"

"是啊，是啊，他们的道理很对，"他说，"性欲不论怎样发泄都是一种罪恶，一种可怕的罪恶，必须对它进行斗争，而不能像我们这里那样加以鼓励。《福音书》说，凡看见妇女就动淫念的，这人心里已经与她犯奸淫了。这道理不仅指对别人的妻子，主要是对自己的妻子而言。"

十二

"在我们这个世界里，情况正好相反：一个人即使在独身的时候愿意节欲，但一结了婚，就认为无须再节欲。一对年轻男女在获得父母许可，行过婚礼后单独出去旅行，所谓度蜜月，其实就是获得纵欲的许可。但道德准则一旦被破坏，它就要报复。尽管我煞费苦心安排蜜月，但还是没有什么结果。我一直觉得又恶心，又羞愧，又无聊。没有多久，我就感到越发难受了。这种感觉来得很快。大概在婚后第三天还是第四天，我发现妻子闷闷不乐。我问她为什么烦恼，我拥抱她，满以为她会喜欢我这样做，不料她把我的手推开，哭起来。这是为什么呀？她说不上来。但她感到伤心，感到痛苦。大概是她那极度疲劳的神经向她暗示我们这种关系的丑恶，但她说不出口。我再三问她，她只说离开母亲伤心。我认为这不是实话。我安慰她，但没有提她的母亲。我当时不了解她痛苦

① 震教徒，又称震颤派教徒，是基督教的一个派别，主要流传于北美。宗教仪式中唱歌伴以跳舞，开始时四肢颤动，慢慢地整个身体摆动，相信这样将使自己直接和圣灵相通，因而得名。震教派主张信徒财物公用，男女分开，独身和务农。

的真实原因。说离开母亲伤心，无非是一种托词罢了。她立刻生气，因为我没有提到她母亲，仿佛不相信她的话。她说，她看出我并不爱她。我责备她任性，她的脸色顿时变了，由悲伤变成恼怒。她用最刻毒的话骂我自私和狠心。我对她瞧了一眼，她脸色冷冰冰的，对我满怀敌意和仇恨。我记得，我看见这情景，感到不寒而栗。我心里想：'这是怎么回事？怎么回事？爱情是心灵的结合，可我们却弄成这个样子！简直不像话，简直不像是她！'我试图劝解，却撞上了一堵不可逾越的充满敌意的冰墙。刹那间我按捺不住，发起火来。我们相互说了许多难听的话。这第一次口角给人留下可怕的印象。我说它口角，其实不是口角，而只是存在于我们之间的鸿沟的大暴露。恋情由于性欲满足而枯竭，我们的关系就剩下相互的对立，也就是说，我们是两个陌路相逢的利己主义者，都希望尽量从对方身上得到快乐。我说它口角，其实不是口角，而只是性欲满足后我们之间真实关系的大暴露。我当时不懂得，我们这种冰冷的敌对关系其实是正常的。我当时所以不懂，因为这种敌对关系很快又被重新升腾起来的性欲也就是恋情所掩盖。

"我满以为我们吵过嘴，言归于好，不会再发生冲突。但就在这个蜜月里，很快又进入腻味阶段，我们相互又不需要了。于是又发生口角。这第二次口角比第一次更厉害。这样看来，第一次口角不是偶然的，它是无法避免的，今后还会发生。第二次口角之所以特别使我吃惊，因为起因微不足道。这次口角是由钱引起的。我对钱一向不在乎，对妻子当然更不会计较。我只记得，她歪曲事实，说我的话表明我想用钱来控制她，说我利用金钱来拥有特权，拥有不论对我还是对她都是愚蠢、卑鄙和难以容忍的权利。我发火了,责备她缺乏教养。她也回敬我。我们就这样又闹起来。在她的言辞、脸色和眼神中,我又发现了那使我不寒而栗的恶毒冷酷的敌意。我记得,我同兄弟、朋友和父亲都吵过嘴,但从来不曾产生过这种恶毒的敌意。不多一会儿,这种相互的仇恨又被恋情也就是性欲所掩盖。我还安慰自己说,这两次口角都是出于误会,是可以消除的。但接着是第三次、第四次口角。我懂得了,这种情况不是偶然的,而是必然的,今后还会发生。想到这样的前景,我真感到恐怖。同时使我感到特别痛苦的是,我以为唯独我们夫妻才这样不幸,人家夫妻不会有这种情况。我当时还不知道这是我们大家共同的命运,而且,人人像我一样,以为唯独他们才遇到这样的不幸,其实人人都不仅对别人隐瞒这种可耻的不幸,甚至也欺骗自己,自己也不敢正视这样的厄运。

“这样的情况从新婚头几天开始,一直继续下去,而且越来越严重,越来越粗野。从新婚最初几个星期起,我就觉得上当了,事情根本不像我所想象的那样,结婚非但不是幸福,而且是很痛苦的事。但我也跟大家一样,不愿对自己承认这一点(要不是发生后来的事,我恐怕到现在还不肯承认)。我不仅瞒着别人,而且瞒着自己。现在我感到奇怪,当时怎么会看不清真相。照理是可以看清的,因为每次口角都是由一些鸡毛蒜皮的小事引起的,过后连想都想不起来。我们的头脑简单,想不出经常作对的理由。但双方言归于好的理由更不充分,因此也使人更加惊讶。有时是通过交谈、解释,甚至眼泪,但有时……唉,现在想起来都叫人恶心——在相互说了些最恶毒的话以后,我们突然默默地对视了一下,微微一笑,于是就又接吻,拥抱……呸,真叫人恶心!我当时怎么会看不出这种丑恶……"

十三

又进来两位乘客,在车厢另一头坐下。他们落座的时候,波兹德内歇夫停了一下,但等他们一坐定,他立刻说下去,唯恐思路中断。

"要知道,这里最可恶的是,"他又说道,"爱情在理论上是理想的,高尚的,在实际上却是卑鄙的,肮脏的,就连提起或想起都叫人恶心和羞愧。爱情天生让人感到恶心和羞愧,那倒不是没有原因的。既然它让人感到恶心和羞愧,那我们就该正确理解它。可是实际情况正好相反,大家把恶心和羞愧说成是美好和高尚。我的爱情最初有什么特点呢?就是纵欲无度。我不仅不以为耻,反而以自己的体力自豪,根本没有考虑她的精神生活,就连她的身体都毫不顾及。我当时感到纳闷,我们彼此怎么会相互怨恨呢?十分清楚,这只是人性对战胜它的兽性的反抗罢了。

"我弄不懂我们彼此怎么会相互仇恨。其实一点也不奇怪。这种仇恨不是别的,只是两个同谋犯的相互仇恨;既恨对方的教唆犯罪,又恨对方的参与犯罪。在新婚第一个月,她这个可怜的人就怀孕了,可我们还继续过着畜生般的生活,这不是犯罪是什么?您以为我讲得离题了?一点也没有!我讲这一切就是要告诉您我怎么杀了妻子。在法庭上他们问我怎么杀了妻子。这批蠢货!他们还以为我是十月五日那天才用刀杀死她的。我不是那天才杀死她,而要早得多。就像他们自己,就像所有的人那样现在还在杀人,杀人……"

"究竟是怎么杀的呢?"我问。

"怪就怪在这里;这样明明白白的事谁也不愿看一看;医生应该知道并加以宣传的道理,他们也讳莫如深。其实事情再简单不过。男人和女人像畜生一般被创造出来,女人在性爱后怀孕,然后哺乳。在这期间,性爱对女人和婴儿都是有害的。世界上男女人数相等。那么该怎么办呢?看来很清楚,不需要高深的学问就能做出结论来——必须节欲,就像畜生所实行的那样。可是事实并非如此。科学家发现血液里有白血球和其他各种无用的东西在循环,却不懂得这个道理。至少没有听到科学家在这方面说过话。

"这样,对女人来说只有两条路:一条是使自己成为畸形动物,根据需要不断残害自己的生理机能,不能尽做母亲的义务,任凭男人经常纵欲;另一条路,其实谈不上路,只是简单、粗暴、直接地破坏自然规律,像一切正派家庭那样,也就是违反女人的天性,在她怀孕和哺乳期也顺从丈夫的求欢,而任何其他动物都不能接受这种行为。再说,她的体力也不能支持。就因为这个缘故,我们上流社会的女人容易得精神病,歇斯底里。在民间,这种病叫'中邪'。您可以发现,纯洁无瑕的姑娘不会'中邪',只有结了婚的女人才会得这种病。我们俄国如此,欧洲也一样。精神病院里住满在夫妇生活上违反自然规律的女人。凡是得精神病的女人都成了废物,而且世界上还有大量半残废的女人。您只要想想,孕妇和哺乳期的女人在进行多么伟大的事业!她们培养出新人来接替我们。这样神圣的事业都被破坏了。被什么破坏的呀?想想都可怕!可大家还在侈谈妇女的自由和权利。这无异于食人生番把俘虏养肥,然后吃掉他们,同时又宣称他们关心俘虏的权利和自由。"

他这些话很新鲜,使我大为吃惊。

"那又该怎么办呢?"我说,"这么说来,做丈夫的一年只能同妻子亲热一两次,可是男人……"

"男人需要……"他立刻接口说,"这又是那些可爱的科学献身者的说教。我真想让这些巫师变成女人,叫他们尝尝女人为满足男人的欲望所忍受的痛苦,看那时他们会怎么说。他们硬要人家相信:男人需要喝酒,需要抽烟,需要抽鸦片,他们需要这一切。仿佛上帝不懂得男人的需要,又不向巫师请教,结果把世界安排得乱七八糟。您看,这里存在着问题。他们断定男人需要满足性欲,可是怀孕和哺乳妨碍这种欲望的满足。怎么办呢?于是去向巫师请教。他们有办法。巫师就想出办法来。唉,什么时候才能彻底揭穿这些巫师和他们的骗术?是时候了!人家都已发疯、自杀了,而原因就在于此。怎么会有别的结果呢?动物仿佛懂得生育后代来延续它们的族类,在这方面遵守着一定的规律。这个道理只有人不知道,而且不愿知道。他们只关心怎样尽情享乐。他们是谁?是主宰大自然的万物之灵。您看,动物只有在需要生育后代时才交配,可是万物之灵却恬不知耻,一味寻欢作乐。不仅如此,他们还把这种猴子般的行径吹捧成人生乐事,美其名为爱情。为了这种所谓爱情,也就是纵欲,他们干了些什么?摧残人类的半数。女人原应帮助人类走向真与善,可是男人为了寻欢作乐,把女人变成对头而不是帮手。您瞧,处处妨碍人类进步的是什么?是女人。女人怎样妨碍人类的进步呢?都是因为那件事。是啊,是啊……"他反复说了几次,挪动身子,拿出烟卷来抽,显然是想让自己平静一点。

十四

"是啊,我也过过那种畜生般的生活,"他又用原来的语气说下去,"最糟糕的是,我过着这种无耻的生活,只因为不勾引别的女人,还自以为过的是正派生活,我是个正人君子,生活上无可指责,要是我们两人发生口角,总是怪她不是,怪她的脾气不好。

"当然不是她的过错。她跟大家,跟大多数女人一样,接受上流社会对妇女规定的教育。她们不可能接受别的教育。大家都在谈论什么新的妇女教育。其实都是空话。按照现在对妇女的真实看法——不是虚假的看法,她们也只能接受这样的教育。

"妇女的教育总是根据男人对她们的看法规定的。男人对妇女的看法尽人皆知,正像诗人所歌颂的那样'美酒、女人和诗歌'①。就拿所有的诗歌、绘画与雕塑来说吧,从爱情诗到维纳斯和弗莉尼②的裸体像,您可以看到女人只是男人的玩物;她们在特鲁巴街和格拉契夫卡街③如此,在宫廷舞会上也是如此。但要注意魔鬼的花招。既然是寻欢作乐,那就说寻欢作乐,说女人是一种美味好了。可是不。以前骑士们宣称他们崇拜女人(嘴里说崇拜女人,其实还是把她们看作寻欢作乐的工具)。现在呢,男人们也宣称他们尊重女人,有的

① 原文是德语。
② 弗莉尼,古希腊名妓。
③ 特鲁巴街和格拉契夫卡街,旧时莫斯科妓院最多的两条街。

给她们让座,捡手帕,有的承认她们有权从事各种工作,参加政府活动,等等。其实这些都是表面文章,真正的看法并没有变。女人还是享乐的工具。她们的身体还是供人取乐的东西。女人也知道这一点。这种情况跟奴隶制一样。奴隶制不是别的,只是少数人享受多数人被迫劳动的成果罢了。因此,要铲除奴隶制,必须使人不再利用别人的被迫劳动,并且认为这是一种罪孽或耻辱。现在奴隶制的形式被废除了,不能公开买卖奴隶,大家就以为奴隶制已不存在,并且心安理得。他们没有看到,也不愿看到,奴隶制依然存在,因为人们依然希望享用别人的劳动成果,并且认为这是合情合理的。只要人们认为这是合情合理的,总会有些比较厉害比较狡猾的人去做。妇女解放问题也是这样。妇女受奴役,只因为男人想把她们当作享乐的工具,并且认为这是合情合理的。您瞧,他们解放妇女,给她们种种同男人平等的权利,但同时仍把她们当作享乐的工具,并且从小就进行这种教育,造成这样的社会舆论。结果妇女始终是被凌辱、被摧残的奴隶,而男人则始终是荒淫无度的奴隶主。

"人们在大学和议院里大谈其妇女解放问题,但同时仍把她们当作享乐的工具,同时教她们这样看待自己,就像我们这里所做的那样,于是她们永远只能是卑贱的生物。她们或者在流氓医生帮助下不再生儿育女,成为十足的妓女,堕落到连动物都不如的地步,简直像一件没有生命的东西;或者像多数妇女那样,犯精神病,歇斯底里,忧郁症,智力衰退。

"这种状况学校是无法改变的。只有男人改变了对女人的看法,女人也改变了对自己的看法,这种状况才能改变。只有女人把贞操视为女人的最高品德,而不是把厚颜无耻看作最高品德,这种状况才能改变。现在这种观点要是不改变,不管一个姑娘受的是什么教育,她的理想将永远是尽量多吸引男人,多吸引异性,以便从中选择对象。

"至于她们中间有人长于数学,有人会弹竖琴,这也不会改变现状。一个女人只要能迷住男人,她就走运,她的一切愿望就能实现。因此对女人来说,重要的是迷住男人。过去如此,今后也是如此。在上流社会里,女人没有结婚时是这样,结婚以后还是这样。做姑娘的时候是为了择婿,出嫁以后是为了控制丈夫。

"这种情况只有一件事可以制止,至少暂时可以冲淡一下,那就是生孩子。不过,女人做了母亲后不能变得丑陋,并亲自给孩子喂奶。但这时医生往往又会来插手。

"我妻子生第一个孩子后身体不好。她原想自己喂奶——后面五个孩子都是她自己喂的奶。那些医生又厚颜无耻地解开她的衣服,在她身上到处摸了好一阵,但我还得因此感谢他们,给他们钱。那些宝贝医生认为她不该喂奶,这样她就失去第一次可以不卖弄风情的机会。我们雇了个奶妈来喂奶。这就是说,我们利用一个女人的贫困和无知,引诱她抛下自己的孩子来给我们的孩子喂奶,并送她一个金线头饰作为报酬。不过,问题不在这里。问题在于,我妻子在那段时期里不喂奶,又没有怀孕,她身上潜在的女性魅力就强烈地表现出来。与此同时,妒忌心也强烈地在我身上发作了,我被折磨得十分痛苦。事实上,我的全部婚后生活一直受到妒忌心的折磨。我想,凡是像我这样在婚后过着不道德生活的人,都不能不受到妒忌心的折磨。"

十五

"我在婚后一直受着妒忌心的折磨,有几个时期尤其严重。其中一个时期,就是我们的头生儿出世以后,医生禁止她喂奶。当时我的妒忌心特别厉害,首先由于我妻子做了母亲心情烦躁,生活常规遭到了粗暴的破坏。其次,因为看到妻子若无其事地放弃做母亲的天职,我就自然而然地得出一个结论:她也会同样轻易地放弃做妻子的责任,何况她又年轻力壮,精力充沛。尽管那些宝贝医生禁止她喂奶,她还是很好地给以后出生的几个孩子喂了奶。"

"您大概不喜欢医生吧?"我发觉他每次提到医生总带着挖苦的口吻,说。

"问题不在于喜欢不喜欢。他们毁了我的生活,好像他们以前毁掉过、现在还在毁坏千万人的生活那样,所以我不能不把后果同原因联系起来。我懂得,他们像律师和其他人一样要挣钱。我真愿意把我的一半收入都送给他们。我相信,凡是了解医生所作所为的人都愿意把一半收入奉送给他们,但求他们不要插手我们的家庭生活,离我们远一点。我虽然没有搜集过证据,但我知道几十起(何止几十起)这一类事,那些医生把婴儿杀死在母腹中,声称做母亲的不能生产——尽管她们后来顺顺当当地生了孩子;有时他们借口动手术,把母亲的生命都断送了。然而,没有人认为他们犯了谋杀罪,就像没有人控诉中世纪宗教裁判所一样,因为他们声称这样做是为了造福人类。他们的罪行真是说也说不尽!但所有这些罪行要是同他们所散布的——特别是通过女人——腐化堕落的享乐观比较起来,那真是微不足道了。更不用说,要是遵照医生的指示去做,那么由于处处都会受到传染,人们就不该聚集在一起,而应该分散。按照医生的意见,大家应该分开来坐,而且我们嘴上戴的石碳酸喷雾器也不能摘下来(虽然现在他们又发现,这样做也无济于事)。不过,这事倒没有什么关系。主要的毒害是使人们腐化堕落,特别是使妇女腐化堕落。

"现在我们不能说:'你这样不行,得规规矩矩过日子。'现在对自己和对别人都不能这样说。现在你要是生活过得不对头,那是由你的神经不健全等原因造成的。你得去向医生求教,他们会给你开三十五戈比的药,你就到药房里去抓来吃下。你吃了药情况更糟,那就再请教医生,再服药。多么出色的花招!

"但我们的问题不在这里。说真的,我妻子自己给孩子喂奶喂得挺好,而她的怀孕和哺乳使我避免了妒忌心的折磨。要不,我们会更早出事。是孩子们救了我,也救了她。八年里她生了五个孩子,个个都是她自己喂的奶。"

"您那些孩子现在在哪里呀?"我问。

"那些孩子?"他吃惊地反问。

"对不起,提起这事也许使您感到痛苦吧?"

"不,没什么。几个孩子都由我的姨妹和内兄带走了,他们不让我带。我把财产给了他们,可是他们仍不肯把孩子给我,仿佛我是一个患精神病的人。我刚从他们那里来。我看到孩子们,可是他们不肯给我。要是把孩子们交给我抚养,那么,他们将来长大成人,就不会像他们的父母那样了。可是大家却要他们像他们的父母一样。唉,有什么办法呢!当然,他们不会把孩子给我，他们不信任我。再说，我也不知道我有没有能力把他们抚养成人。我想没有。我是个废物，神经病。但我有一个特点，就是我知道……是啊，我可知道一些别人还不知道的事。

"是啊，孩子们都活着，他们将来会长得像周围的人一样野蛮。我去看过他们，看过他们三次。我不能为他们做点什么，不能做点什么。我现在到南方老家去。我在那里有一座小房子，有一个小花园。

"是啊，人家要懂得我所懂得的事，那还太早。要查明太阳和其他星球上有多少铁和别的金属，这是容易的，但要揭发我们畜生般的生活，可就难了，太难了……

"您能听我说话，就凭这一点我也要谢谢您。"

十六

"哦，您提到了孩子。对了，人们在孩子问题上也常常胡说八道。他们说什么孩子是上帝的恩赐，孩子是人生的安慰。这些统统是胡说。从前有过这种情况，如今根本不同了。孩子只是一种痛苦的负担。多数母亲明白这个道理，她们有时无意中也会说出来。您可以问问有产阶级的多数母亲。她们会对您说，她们唯恐孩子生病和夭折，不愿意有孩子。她们生了孩子也不愿喂奶，唯恐给自己添麻烦，活受罪。孩子给她们带来快乐，他们的小手、小脚、小身子都那么可爱，但这种欢乐远抵不上她们唯恐孩子生病和夭折的焦虑，更不用说真的生病和夭折了。权衡利弊得失，弊多利少，得不偿失，因此她们不愿有孩子。她们坦率地说出这种想法，自以为是出于对孩子的爱,是一种值得称道的美德,并以此自豪。她们不知道这种想法正好是否定了母爱而肯定了自私。她们有孩子的乐趣远抵不上为孩子担忧的痛苦,因此她们不要可爱的孩子。她们不愿为可爱的孩子做自我牺牲,却要可爱的孩子为她们牺牲。

"显然,这不是爱而是自私。但你一想到她们为孩子的健康操碎了心,你也就不忍去责备她们的自私了。谈到孩子的健康问题,那又同那些医生分不开。我只要想到婚后头几年,我们有了三四个孩子,妻子怎样为抚养孩子而弄得心力交瘁,我就感到不寒而栗。我们过的简直不是人的生活。我们不断遭遇危险,摆脱危险,又遭遇危险,拼了命又死里逃生,好像处身在一艘沉船上。有时我觉得她装腔作势,为孩子焦虑万状,其实是要制服我。这样一来,各种问题的解决就都对她有利。有时我觉得她的言谈行为都是故意的。不过,这样想是不公正的,她确实为孩子们的健康饱受煎熬,为他们的疾病焦虑万状。孩子生病对她是一种折磨,对我也是一种折磨。这种痛苦她是无法避免的。因为疼爱孩子,喂养孩子,抚爱孩子,保护孩子,这是多数妇女具有的动物本能,但她们还有动物所缺乏的思想和理性。一只母鸡从不担心小鸡会出什么事,不知道小鸡会得什么病,更不知道人类认为能起死回生的种种药物。对母鸡来说,小鸡也不是痛苦的负担。母鸡出于本能高高兴兴养育小鸡,小鸡是母鸡的快乐。小鸡一旦有病,母鸡的责任很明确:它用身子温暖着小鸡,喂东西给小鸡吃。母鸡这样做,知道这是必要的。万一小鸡死了,母鸡也不会问自己,小鸡怎么死了,它到哪里去了。母鸡只会咯咯地叫一阵,然后不再叫了,又像原来那样过。但对我们不幸的妇女,包括我妻子在内,就不是那么一回事。且不说疾病和医治方法,就是抚养孩子,做母亲的也从各方面听到读到各种各样的方法。这些方法真是五花八门,无奇不有。应该这样喂食,不应该那样喂食;不应该这样喂食,应该那样喂食;衣服啦,饮食啦,洗澡啦,睡眠啦,散步啦,空气啦,样样都得由我们特别是由做母亲的操心。她每星期都可以听到新的育儿法,仿佛世界上生孩子这件事还是昨天才开始的。而孩子生病,仿佛就因为喂食的方法不对,洗澡的方法不对,不及时。责任都在母亲身上,因为她做得不对。

"这还是孩子没病时的情况,但也已够麻烦的了。孩子一旦得病,那就完了,简直是下地狱。一般认为,病是可以治疗的,有专门治病的学问,也有精于此道的专家——医生。医生懂得怎么治病,但不是所有的医生都懂,只有最高明的医生才懂。一旦孩子病了,你就得抓住那位最高明的医生,那位能起死回生的医生,这样孩子才能得救。你要是抓不到那位医生,或者你不是跟医生住在同一个地区,你的孩子就没救了。这不是我妻子一个人的想法,而是她周围所有女人的想法,因为她听到的尽是那种议论:叶卡吉琳娜·谢苗诺夫娜死了两个孩子,因为她没有及时请到伊凡·萨哈雷奇;而玛丽亚·伊凡诺夫娜的长女就全靠伊凡·萨哈雷奇救了命。彼得罗夫夫妇听从医生的话,把几个孩子分散到几个旅馆去住,这样总算保全了孩子,要是不把孩子及时隔离,他们就会死去。还有谁家的孩子身体虚弱,他们听从医生的话,把孩子送到南方,才保全了孩子的性命。做母亲的对孩子都有动物的天性,而孩子的生命又全赖能不能及时知道伊凡·萨哈雷奇的意见,这样叫做母亲的怎能不一辈子提心吊胆、受尽折磨呢?至于伊凡·萨哈雷奇会说些什么,谁也不知道,他自己更不知道,因为他自知一窍不通,毫无办法,只能信口开河,让人深信他是精于此道的。做母亲的要是只有动物性,她也不至于受罪。要是她真正像个人,她就会相信上帝,像信徒那样思想和说话:'上帝恩赐给人,上帝又收回去,人是拗不过上帝的。'她会懂得,一切人,包括她的孩子在内,生死大权都不掌握在人手里而掌握在上帝手里。要是她懂得这个道理,她就不必为防止孩子得病和夭折而费尽心机,她也就不会去那么做了。她会碰到这样的情况:上帝赐给她的孩子,身体极其虚弱,疾病接二连三生个没完。可她对这样的孩子又满怀动物的天性。不仅如此,上帝赐给她虚弱多病的孩子,但又不让我们知道保护他们的方法,只让旁人知道,而要得到他们的照顾和指示非得花大钱不可,而有时连花钱都没有用。

"我们有了孩子后,不论是妻子还是我,生活一直过得不愉快,一直在受罪。她怎么能不受罪呢?简直是经常受罪。有时候,一场醋海风波刚刚平息,或者一次口角刚刚过去,我们满以为可以过过太平日子,读点书,考虑点问题了。我们刚着手做一件事,仆人就来报告说:瓦夏呕吐,玛莎便血,或者安德烈出疹子。这样一来,就搞得我们焦头烂额。上哪儿去请医生,请什么医生,把孩子隔离到哪里去?又是灌肠,又是量体温,又是喂药,又是请医生。这事还没有完,别的事又来了。我们根本就没有过过太平无事的家庭生活。经常就像我对您说的那样,得千方百计克服想象中的危险和实际存在的危险。如今大多数家庭就是这么过的。在我们家里情况尤其严重。我妻子特别疼爱子女,而且轻信人家的话。

"因此,有了孩子,我们的生活不仅没有改善,反而更糟了。而且孩子还是引起争吵的新因素。我们有了孩子,孩子越大,就越发成为家庭不和的手段和对象。孩子不仅是我们不和的原因,而且成了斗争的武器。我们仿佛都利用孩子来同对方斗争。我们各人都有自己心爱的孩子,他们就是斗争的武器。我常常用责罚长子瓦夏来打击她,她则用责罚丽莎来使我难堪。不仅如此,孩子们不断长大,他们的性格逐渐形成,他们就成了我们分别拉拢的盟友。他们,这些可怜的孩子,为此感到很痛苦,但我们忙于交锋,根本没考虑到他们的痛苦。女孩子站在我一边,而大儿子长得像她,是她的宠儿,他总是恨我。"

十七

"是啊,我们就这样过着日子。我们两人的关系越来越敌对,越来越敌对。终于弄到不是分歧造成敌意,而是敌意造成分歧。不论她说什么,没等她说完我就反对;反过来她对我也是这样。

"到了第四年,我们双方都认定,要相互了解,取得一致意见,压根儿就不可能。我们不再想办法取得一致意见。即使最琐碎的问题,尤其是有关孩子的问题,我们也总是各执己见。现在回想起来,我所坚持的意见也不是宝贵得不能放弃,但既然她持相反意见,我如果放弃,就意味着我向她让步。这我不干。她也是这样。她大概认为她在我面前一贯正确,我呢,自认为在她面前是个圣人。我们两人单独在一起,总是不开口,即使交谈几句,也是那种连动物都会说的话:'几点钟啦?该睡觉了。今天午饭吃什么?我们到哪儿去?报上有什么消息？去请大夫来，玛莎喉咙疼。'谈话只要稍稍越出这种琐事的范围，我们就会发脾气。往往为了咖啡啦、台布啦、马车啦、谁先发牌啦这一类鸡毛蒜皮的事而冲突和咒骂。至少我对她常常恨得要死！我有时瞧着她倒茶，晃腿，把茶匙送到嘴里，啧啧有声地喝茶，我就受不了，觉得她的一举一动都叫人恶心。当时我没有注意，这种怨恨的时期是同我们所谓爱情的时期均匀地相应出现的。爱情的时期也就是怨恨的时期：爱情越热烈，怨恨的时期就越长；爱情越淡薄，怨恨的时期就越短。当时我们不懂，这种爱和恨其实也是一种兽性的表现，只不过是从两个极端表现出来罢了。当时我们如果明白自己的处境，就会觉得这样的生活实在可怕，但我们不明白，也没有看到这一层。人类过着这种不合理的生活，却可以蒙蔽自己，看不到处境的可悲。人类因此获得解救，也因此受到惩罚。我们就是这么办的。她总是竭力用繁忙的家务来忘掉烦恼，像布置房间啦，打扮自己和打扮孩子啦，为孩子的功课和健康操心啦，等等。我则有我的嗜好：追求功名啦，打猎啦，打牌啦。我们总是各忙各的事，而且越忙越恨对方。我想：'你这样哭丧着脸倒无所谓，你把我折磨了一个通宵，可我还得去出席会议呢。'她呢，不光是想，而且说了出来：'你倒舒服，可我带着孩子一夜没有合过眼哪。'

"我们就这样过着日子，仿佛在一片迷雾中看不清自己的处境。要不是发生那件事，我就会这样一直过到老，临终还以为我这辈子过得很美满，即使不是特别美满，总也不能算差，和别人不相上下；我还没看到我掉进去而无法自拔的不幸深渊和周围的一片谎言。

"我们好像两个囚犯，相互仇恨，却又被一根链条锁在一起,相互毒害对方而又竭力避而不见。我那时还不知道,百分之九十九的夫妇都过着这种地狱般的生活,而且不可能过别种生活。我那时既看不到别人的处境,也看不到自己的处境。

"说来奇怪,生活不论正常不正常,巧合总是有的。做父母的正觉得无法共同生活下去,可是为了孩子的教育,我们只好搬到城里去。"

他停下来,两次发出古怪的声音。这声音此刻听来就像抑制着的呜咽。我们的列车到了一个车站。

"什么时候了?"他问。

我看了看表:两点钟。

"您累了吧?"他问。

"我不累,看样子您累了。"

"我有点气闷。对不起,我要出去走走,喝点水。"

他跟跟跄跄地穿过车厢,留下我一个人。我反复回味着他的话,陷入沉思,连他从另一头的门回来都没有发觉。

十八

"是啊,我又说得离题了,"他说,"我反反复复想得很多,对许多问题有了新的看法,我很想跟您说说。对了,我们就这样搬到城里去住。在城里,不幸的人日子要好过些。在城里,一个人可以活到一百岁而不会感到他其实早就死了,早就腐烂了。他常年忙忙碌碌,没有工夫去考虑自己的事。公务啦,社交啦,健康啦,文艺活动啦,孩子的健康啦,孩子的教育啦,忙得他不可开交。一会儿你得接待谁,一会儿你得访问谁,一会儿你得听听这个,一会儿你得瞧瞧那个。要知道,在城里随时都会有一两位、甚至两三位名流光临,说什么你也不能错过这样的机会。一会儿你得去看病或者陪别人看病,一会儿你得去同学校老师、家庭男教师、家庭女教师打交道。这样的生活实在无聊得很。是啊,我们就这样过着日子,稍微冲淡些共同生活的痛苦。此外,我们初到城里还有不少有意思的事要做:在新的地方安顿下来,布置新居,还得从城里到乡下,从乡下到城里来回奔走。

"我们就这样过了一个冬天。第二年冬天出了一件谁也没注意、似乎微不足道的小事,但它种下了祸根。当时她身体不好,那些混蛋医生不许她再怀孩子,还教了她避孕的方法。我对这事很反感,竭力反对,可是她很顽固,坚持采用这种方法。我也只好屈服。我们被解除了过畜生般生活的最后借口——生孩子,生活就变得更无聊。

"农民,劳动者,他们需要孩子,尽管养活孩子很不容易,但还是需要孩子,因此他们夫妇生活是有理由的。可是我们这些人已经有了孩子,不需要再生育,再生孩子只会增加我们的操劳、开销、多分去一份财产,对我们来说是一种负担。因此我们没有任何理由再过畜生般的生活。我们要么人为地避免有孩子,要么把孩子看作一种不幸,一种粗心大意造成的结果。这样就更糟。我们说不出任何理由,但我们在道德上太堕落了,竟认为无须找什么理由。今天大多数受过教育的人沉迷于淫荡的生活,甚至一点都没受到良心的责备。

"良心没什么可责备的,因为在我们的社会里根本就没有良心,即使有,那也只是舆论的良心,刑法的良心——如果那些也称得上良心的话。不过,舆论和刑法在我们这里都不会受到损害;在舆论面前,没有什么事值得良心上过不去,因为不论玛丽雅·巴甫洛夫娜也好，伊凡·萨哈雷奇也好，人人都是这么过的。那么又何必生一大堆穷孩子呢？何必剥夺自己参与社交活动的权利呢？至于在刑法面前，那就既不用害臊，也不必害怕。只有那些不要脸的大姑娘和大兵的老婆把孩子扔进池塘或水井，只有她们才该坐牢。至于我们，我们总是什么事都做得及时，做得体面。

"这样我们又过了两年。那些混蛋医生的办法显然奏效了：她出落得更丰满更漂亮，就像夏末美丽的风景。她感觉到这一点，就更加注意打扮。她身上出现了一种使人动心的魅力。她三十年华，不生孩子，风姿绰约，楚楚动人。她那个模样真叫人神魂颠倒。她从男人们中间走过，总是那么引人注目。她好像一匹膘肥腿壮的拉车马，一旦被卸去笼头，便无拘无束。她无拘无束，就像我们百分之九十九的妇女那样。我发觉这一点，感到心头发凉。"

十九

波兹德内歇夫忽然欠起身，走到窗口坐下。

"请别见怪。"他喃喃地说，眼睛盯住窗子，默默地坐了三分钟光景。然后他深深地叹了一口气，又回到我对面的座位上。他的脸色完全变了，眼神显得很伤感，一丝苦笑使他的嘴唇皱了起来。"我有点累了，可我要把话讲完。我们有的是时间，天还没有亮。是啊，"他点着了烟，又说下去，"她停止生育后身体丰满了，不再为孩子们操心；不是不再操心，她仿佛从沉醉中苏醒过来，看到了被她遗忘的快乐的人间，但她不会好好生活，也不理解这个世界。'青春易逝，好景难再！'她这么想，或者说，有这样的感觉。她也不可能有别的想法和感觉，因为她从小就受到这样的熏陶：为人在世只有一件事值得留恋，那就是爱情。她嫁了人，多少尝到一点爱情的滋味，但和她的理想相距太远，倒是忍受了许多失望和痛苦，再加上意外的磨难——生育一大堆孩子！这种磨难弄得她筋疲力尽。亏得热心医生们的指点，她懂得了怎样避免生孩子。她高兴地采用这种方法。于是她对所热衷的事——恋爱又跃跃欲试。不过，跟醋劲十足、怒气冲天的丈夫谈恋爱已毫无味道。她憧憬着一种纯洁的新鲜爱情——至少我是那么想的。于是她就东张西望，仿佛期待着什么事。我发觉这一点，不能不感到忧虑。还有，她跟我说话常常通过别人，就是说表面上她跟别人说话，其实话都是说给我听的。她说话毫无顾忌，即使一小时前说过相反的话她也无所谓。她半开玩笑半正经地说，做母亲的不必太操心，年轻时应该享享乐，犯不着把全部精力都花在孩子身上。如今她不像以前那样全心全意照顾孩子，而是越来越注意自己的打扮（尽管她掩饰这一点），越来越热衷于享乐，热衷于自己的修养。她又起劲地弹起早已荒疏的钢琴来。事情就是这样开始的。"

波兹德内歇夫又把那双疲倦的眼睛转向窗外，但立刻又打起精神，说下去："是啊，那个人终于出现了。"他踌躇起来，鼻子里两次发出那种古怪的声音。

我看到，说出那个人的名字，想到和提到那个人，在他都是很痛苦的。但他还是振作精神，像冲破挡住他的障碍似的毅然说下去："依我看，他这人很卑鄙。这倒不是因为他在我的生活中起了那种坏作用，而是因为他确实是个卑鄙的家伙。不过，正因为他是个坏蛋，因而就更足以证明她丧失了理性，不能克制自己。即使他不来，也会有别的人来的。"他又停了停，"嗯，他是个音乐家，是个小提琴师；他不是个职业音乐家，而是个半职业、半业余的音乐家。

"他父亲是个地主，是我父亲的邻居。他父亲破落了，三个儿子都去工作；只有他，这个最小的孩子，被送到巴黎他教母那儿去念书。他在那里进了音乐学院，因为有点音乐才能。音乐学院毕业后，他当上小提琴师，参加音乐会演奏。他那个人哪……"他显然想说他几句坏话，但是忍住了，又匆匆讲下去，"是啊，他在那里怎样生活我不知道，我只知道他那年回国，就来到我们家里。

"他生有一双光亮的杏子核般的眼睛，两片含笑的红嘴唇，一撮涂过蜡的小胡子。他的发式很时髦，脸长得还算漂亮，就是被女人们称作不难看的那一种。他身子单薄，虽然并不畸形，臀部像女人一样发达，有点像霍屯督人①。据说，霍屯督人臀部发达，他们也有音乐才能。他善于奉承拍马，表示亲热，但很灵敏，一遇到什么阻力，就立刻止步。他注意仪表，讲究服饰。他穿巴黎式带扣皮靴，系色彩鲜艳的领带，还有外国人在巴黎才能买到的种种时髦玩意儿。那种东西特别能使女人动心。他一举一动都装腔作势，故意显得乐呵呵的。他说什么都喜欢用隐喻和半截话，仿佛那些事您自己都应该知道，应该记得，并且能把它说完。

"是啊，就是他和他的音乐造成了这场灾难。法庭审讯时，大家都认为纯粹是出于嫉妒。其实根本不是那么一回事，或者说，又是又不是。法庭上断定我是个被侮辱的丈夫，杀妻

---

① 霍屯督人，西南非洲的一个民族。

是为了维护我那被玷污的名誉（这是他们的说法），因此我被宣判无罪开释。我在法庭上竭力想把这事解释清楚，可他们却以为我想挽回妻子的名誉。

"不管我妻子同音乐家的关系怎样，这对我没有什么意义，对她也没有什么意义，有意义的是我刚才对您讲的，我过着那种畜生般的生活。一切都由于我们之间存在着深渊。我刚才对您说的那种可怕的深渊。由于我们相互之间存在着刻骨仇恨，一有借口就立刻爆发。最后一段时期，我们之间的争吵更加激化，而交替出现的肉欲也越发强烈。

"说实话，即使他不来，别人也会来。即使不用嫉妒作借口，也会有别的借口。我相信，凡是过着我那种生活的丈夫，不是纵欲无度，就是同妻子分居，或者自杀，或者像我那样把妻子杀了。不这样做的人，恐怕绝无仅有。老实说，在采取最后这一手以前，我有几次差点儿自杀，她也服过几次毒。"

二十

"是啊，那件事发生之前的情况就是这样。我们仿佛处于休战状态，也没有任何理由要破坏它。我偶然说到，有一条狗在展览会上获得了奖牌。她就反驳说：'不是奖牌，是奖状。'争吵就这样开始了。从一件事转到另一件事，我们不断相互责怪：'哼，这事大家早就知道是那样的，可你说……'不，我没有说过。'——'这么说，是我撒谎了！'当时的气氛使人觉得马上就要大闹一场，不是我自杀，就是我把她杀死。眼看就要出事了，我像害怕发生火灾一样，因此竭力克制自己，可是怒火烧着我的全身。她也是那样，甚至比我还要严重。她肆意解释我的话,乱作歪曲;她每句话都像一支毒刺,我的痛处在哪里,她就拼命往哪里蜇。我们越闹越凶。我向她发出'闭嘴'以及诸如此类的吆喝。她冲出房间,跑到育儿室。我拼命拦住她,想把话说完,把我的意思说清楚,就抓住她的胳膊。可她竟装成被我打痛,大叫:'孩子们,你们爹打我!'我就对她喝道:'别撒谎!'她又嚷嚷说:'这可不是头一回啦!'还有类似的话。孩子们就向她跑去。她装作安慰孩子。我就说:'别装腔啦!'她却说:'依你看,人家什么事都是装腔。你要是杀了人,也会说人家是装腔。现在我算是看透你了。你就是想这么干!'我忍不住叫道:'哼,你还是死掉的好!'我记得,说出这种恶毒的话来,连我自己都感到害怕。我怎么也没有想到,我竟会说出这种话来。我真弄不懂,我怎么会脱口说出这样的话来。我嚷了一阵,就跑到书房里,坐下来抽烟,我听见她走到前厅,准备出去。我问她到哪里去。她不理我。'哼,见你的鬼去吧!'我说着回到书房里,又躺下来抽烟。在这一刻里,我头脑里思绪万千:怎样向她报仇,怎样摆脱她,怎样挽救局面,装作没事一样。我反复思考,一支接一支地抽烟。我想一走了事,躲开她,跑到美国去。我胡思乱想,妄想把她抛弃,然后另找一个漂亮的女人,那该多美。我想只要她死了,或者同她离了婚,我就可以摆脱她。我考虑着怎样才能做到这一点。我发现我头脑糊涂,思想混乱,想的都不在点子上,而为了欺骗自己,就拼命抽烟。

"家里的日子还是照样过。家庭女教师进来问:'太太到哪儿去啦?她什么时候回来?'仆人问要不要用茶。我走到餐厅,孩子们,特别是那个已经懂事的大女儿丽莎,露出怀疑的神气,恶狠狠地瞧着我。我们默默地喝着茶。她始终没有回来。天黑了,她还是没有回来。我的心里交替出现两种感情:我恨她,因为她用出走来折磨我和孩子们,她要是回家,我们也不至于这样受罪;我又有点提心吊胆,唯恐她不回来,甚至自寻短见。我愿意去把她找回来。但是到哪儿去找呢?到她姐姐那儿去找吗?这样跑去打听,太不光彩了。哼,让她走吧,她要折磨自己,就让她去折磨好了。再说她原来就巴不得我去找她。我要是去找,她下次就可以闹得更凶。万一她不在她姐姐那里,而在寻短见,或者已经寻了短见呢……十一点钟,十二点钟,一点钟。我没到卧室里去,一个人躺在那里等多不光彩!但在书房里也躺不住。我想做点事,我想写信,看书,可是什么也做不成。我独自坐在书房里,又气又恼,不时留神细听。三点钟,四点钟,始终不见她回来。天快亮我才睡着。等到醒来,还是不见她的人影。

"家里一切如旧,但大家都惶恐不安,都用询问和责难的目光瞧着我,仿佛我是罪魁祸首。而在我的内心依旧有两种感情在斗争着:我恨她把我害得这么苦,同时我又为她担心。

"第二天上午近十一点钟,她姐姐给她做说客来了。谈话又是老一套:'她的情况糟透了。到底是怎么一回事?''压根儿就没有什么事。'我说到她的脾气实在叫人受不了,我说我什么过错也没有。

"她姐姐说:'可不能就这样下去呀!'

"我说:'全是她惹起的,不能怪我。我不会走第一步的。她要是想分手,就分手好啦!'

"我的大姨就这样空着一双手走了。我在她面前大胆地说,我决不走第一步,但我一出去,看到孩子们那种可怜巴巴、怯生生的模样,我就想走第一步了。我真愿意先跨出步子去,但不知道该怎么跨。于是我又踱步，抽烟。早餐时我又喝伏特加，又喝葡萄酒，糊里糊涂地想自我麻醉，免得看到自己不光彩的卑贱的处境。

"三点钟左右她回来了。她看到我，什么也没有说。我满以为她平静了，就说我原是被她骂得发火的。她却声色俱厉地说，她不是来同我解释，而是来领孩子的，我们无法在一起过了。我说这不能怪我，是她弄得我发火的。她板着脸，傲慢地瞧着我，然后说：'别说啦，你会后悔的。'

"我说我不能听任人家戏弄我。于是她又大叫大嚷，嚷点什么我听不清楚。接着她就跑到自己屋里。但听得钥匙咔嚓一声，她把自己反锁在里面。我推推门，没有回答，只得恨恨地走开。过了半小时，丽莎哭着跑来。

"'怎么啦？出什么事啦？'

"'听不见妈妈的声音啦！'

"我跟丽莎一起跑去。我使尽力气推门。插销不牢，两扇门都被我推开。我走到床前。她穿着裙子和高筒靴，样子难看地横在床上，已经不省人事。桌上放着一个装鸦片的空瓶。我们把她抢救过来。接着又是眼泪，又是鼻涕，最后是和解。其实也谈不上和解：双方本来就怀恨在心，如今加上这次争吵，就越发恼怒，双方都认为错在对方。不过事情总得有个收场，生活又照旧过下去。但这样的争吵和更厉害的争吵仍不断发生，有时一星期一次，有时一个月一次，有时天天都有。情况一直就是这样。有一次我已经弄到出国护照，因为争吵持续了两天，后来总算勉强和解，我也就留了下来。"

二十一

"那人姓特鲁哈切夫斯基,他来到了莫斯科。当时我同妻子的关系就是这样。那天早晨我接待了他。我同他说话原来已不用客套。这次他同我说话,采取若即若离、但很随便的态度,但我干脆同他表示疏远,他只得顺从。我第一眼看见他,就很反感。不过,说也奇怪,仿佛命中注定,我没有把他赶走,没有把他赶出门去,相反还去同他接近。当时我要是只同他敷衍几句,不把他介绍给妻子就把他送走,那是很容易办到的。可是我没有那样做,却同他谈起演奏的事来,还说我听人说他放弃演奏了。他说正好相反,如今他拉琴比以前更勤奋。他还提到我以前也弹过钢琴。我说现在不弹了,不过我妻子弹得很好。

"说也奇怪,从我们见面的第一天起,从第一个小时起,我同他的关系就像已发生过那件事一样。我们之间的关系就相当紧张:我仔细琢磨他所说的和我所说的每一句话,觉得都别有用意。

"我把他介绍给我的妻子。他们一见面就谈音乐。他表示愿意同她合奏。我妻子近来显得格外妩媚,富有魅力。她对他显然也一见倾心。再说,她喜欢有小提琴伴奏,以前也请剧院里的小提琴手来伴奏过。当时我妻子高兴得容光焕发。但她一看见我,立刻明白我的心思,脸色马上就变了。我们开始相互欺骗。我装出快乐的笑容表示高兴。他呢,眼睛望着我妻子,就像一切浪子看到漂亮女人那样,表面上像在专心谈话,其实心不在焉。她呢,竭力装得若无其事,但她熟悉我那种醋劲十足的假笑,又看到他那色迷迷的眼神,显然很兴奋。

我看到,她同他一见面,眼睛里就射出异样的光芒。也许是我神经过敏吧,他们两人之间仿佛通了电,他们的表情、眼神和微笑都非常协调。她脸红,他也脸红;她微笑,他也微笑。我们谈到音乐,谈到巴黎,谈到各种琐事。他站起来要走,手里拿着的帽子垂在微晃的大腿旁,脸上挂着微笑,一会儿看看她,一会儿看看我,似乎在等待我们下一步要干什么。我至今记得当时的情景,并且认为我要是不邀请他,后来也就不会出那件事了。但我当时竟瞧了他一眼,也瞧了她一眼。我在心里对她说:'你别以为我会吃醋。'又在心里对他说:'你也别以为我会怕你。'结果我就请他当晚带小提琴来同我妻子合奏。妻子惊奇地对我瞥了一眼,脸涨得通红,仿佛被吓坏了。她推说弹得不大好,拒绝了。她的拒绝使我更加恼火,我就坚持非叫他来不可。我记得,当他像鸟儿一般跳着跑出去的时候,我望着他的后脑勺、雪白的脖子和头路对分的黑头发,心里不由得产生一种异样的感觉。我不得不承认,这个人的出现使我感到不快。我想:'要不要让他来,这事完全由我决定,我可以叫他从此不再上门。'但我要是这样做,那就表示我怕他。哼,我才不怕他呢!我想,我要是怕他,那真太没有出息了。当时我们在前厅,我知道妻子听得见我的话,就坚决要他当晚带琴来。他答应我的请求就走了。

"晚上他带了琴来,他们就在一起演奏。不过,他们的演奏好一阵都配合不起来,因为手头没有他们所需要的乐谱,现有的乐谱妻子不经过练习又不会弹。我极喜欢音乐,支持他们的演奏,给他摆好乐谱架,替他们翻谱。他们演奏了一些曲子,演奏了几首歌曲和莫扎特的奏鸣曲。他拉得很出色,音调很美。而且格调高雅,绝不是他的人品可以相比的。

"他的演技当然比我妻子好得多。他帮助她,又彬彬有礼地恭维她。他的举止很得体。我妻子仿佛一心扑在音乐上,态度镇定自若。我呢,尽管装得很喜欢音乐,其实整个晚上一直在受醋劲的折磨。

"从他同我妻子第一次目光相遇起,我就看出,尽管身份不同,两人都露出了兽性。一个问:'行吗?'另一个回答:'哦,那还用说。'我看出,他完全没有想到,我这位莫斯科太太竟这样富有魅力,因此特别兴奋。他相信她不会不愿意,因此问题就在于讨厌的丈夫会不会阻挠。我这人要是纯洁无瑕,也不会懂得这种事,可我也跟多数男人一样,结婚前对待女人也是这样的,因此他的心思我可以说了如指掌。我感到特别痛苦的是,我深知,除了经常性的怄气和习惯性的肉欲以外,她对我没有一点感情。那个男人呢,凭着优雅的风度,新颖的服饰,主要是凭着卓越的音乐才能,通过共同演奏而产生的机会,以及音乐(特别是小提琴)对人的本性的影响,一定会博得她的欢心,一定会把她征服,会任意摆布她,笼络她,玩弄她于股掌之中。这一点我不能视而不见,因此感到十分痛苦。虽然如此,也许正是由于如此,有一种力量迫使我违反本意,待他客客气气,甚至十分亲切。我这样是做给妻子看,还是做给他看,以表示我并不怕他,还是为了欺骗自己,我可说不上来。我只觉得从第一次同他接触起,我跟他的关系就很不自然。我有一种立刻杀死他的欲望,而为了克制这种欲望,就故意待他特别殷勤。我在晚餐时请他喝佳酿美酒,称赞他的精湛技艺,带着特别亲切的笑容同他说话,并且邀请他下星期日再来吃晚饭,再次同妻子合奏。我还说,我要请几位爱好音乐的朋友来听他演奏。这次会面就这样结束了。"

波兹德内歇夫十分激动,变换了一下坐的姿势,嘴里又发出那种古怪的声音。

"说来也怪,这人的到来对我的影响可大了,"他又说下去,竭力让自己平静些,"那次见面后又过了两三天,我参观展览会后回家,走进前厅,忽然觉得心情沉重,好像有一块大石头压在心上,我弄不懂是怎么一回事。原来我经过前厅时,有一样东西使我想起了他。直到走进书房,我才明白是怎么一回事。我回到前厅,去看看究竟是什么。果然不错,那里挂着他的外套,一件款式新颖的外套(尽管他身上的每样东西我并不都认得,但那天我做过一番用心的观察)。我一问,果然是他。我不走客厅,而穿过孩子们的书房往大厅走去。女儿丽莎坐在那里读书,保姆带着小女儿坐在桌旁玩弄一个盖子。大厅门关着,只听到里面发出均匀的琶音①和他们两人的说话声。我侧耳倾听,可是听不清楚。钢琴弹得很响,显然是要掩盖他们的说话声,也许还有接吻声。天哪!我顿时火冒十丈!我身上的兽性当时怎样发作,至今想起来还感到不寒而栗。当时我的心脏一下子缩紧,停止跳动,接着又像铁锤敲击一般咚咚直响。我主要是觉得委屈。我一激动,总是这样。我想:'居然当着孩子们的面,当着保姆的面胡来!'我当时的脸色一定很可怕,因为丽莎瞧我的那副神气十分古怪。我问自己:'我该怎么办?进去吗?不行,天知道我会干出什么事来。'可我也不能就这样走开。保姆瞧着我的那副神气,似乎表明她了解我的处境。'不,我非进去不可。'我自言自

_____

① 琶音(arpeggio),音乐名词。一种装饰性的分解和弦。原文为意大利语。

语,猛地推开房门。他坐在钢琴前,他那白白胖胖的手指向上弯曲,正弹着琶音。她站在钢琴旁,身子俯向翻开的乐谱。她首先看见或者听见我进去,瞟了我一眼。不知是她故作镇定呢,还是真的并不害怕,总之她身子没有打哆嗦,仍旧一动不动,只是脸红了,但也不是一下子就红的。

"'啊,你来了,我真高兴。我们正决不定星期日演奏什么好。'要是我们两人单独在一起,她说话绝不会用这样亲切的口吻。而且她用'我们'来称呼她自己和他两人。这可实在使我恼火极了。我同他打了个招呼,没有再说什么。

"他同我握了握手,脸上现出简直是嘲弄的微笑。他向我解释说,他为星期日的演出带了些乐谱来练习,但演奏什么,他们没有谈妥:演奏难度较大的古典作品,即贝多芬的《克鲁采奏鸣曲》①呢,还是演奏几个小品?事情就是这么简单明了,无可非议,但我敢肯定这一切都是谎言,他们串通好了来欺骗我。

"上流社会容许男女接近,简直达到危险的地步,这对一个爱吃醋的人(在这个社会里人人都爱吃醋)来说是非常痛苦的。你要是阻挠男女在舞会上接触,阻挠医生同女病人接触,阻挠男女在艺术活动、美术活动,尤其是在音乐活动中接触,你就会贻笑大方。男女一起从事高尚的艺术活动,弄弄音乐,因此需要一定的接触,这本是无可非议的,只有爱吃醋的傻丈夫才会觉得不愉快。但谁都知道,在我们的社会里,多数通奸案就是由这种艺术活动,特别是由音乐演奏引起的。我好半天说不出

① 《克鲁采奏鸣曲》,又名《第九小提琴奏鸣曲》,贝多芬作于一八〇三年,因作曲家献给法国小提琴家克鲁采(1766—1831)而得名。托尔斯泰生前很欣赏此曲。

话来。这种手足无措的神态显然使他们很窘。我好像一只倒过来的瓶子,里面的水太满,反而倒不出来。我想破口大骂,把他撵出去,但又觉得不能这样,还是应该客客气气对待他。我就这么做了。我装成赞成他们的选择,并且莫名其妙地待他格外亲切,其实心里更加痛苦。我嘴里说,我相信他的艺术鉴赏力,并劝她也相信他。他又待了一会儿,直到由于我脸色难看地突然闯入并默然相对而引起的不愉快气氛消失后,他才装作明天演奏的节目已经决定,告辞走了。但我敢肯定,演奏什么的问题同他真正感兴趣的事相比是微不足道的。

"我客客气气地把他送到前厅(对这样一个来妨碍人家安宁、破坏人家幸福的人,怎么能不送走呢!),热烈地握了握他那白白胖胖的手。"

二十二

"那天一整天我没有同她说过一句话,我无法同她说话。我同她一接近,心里就产生疯狂的仇恨,连我自己都害怕。午饭时,她当着孩子们的面问我什么时候出门。下星期我要到县里参加会议。我把时间告诉了她。她问我路上要带什么东西。我没有理她,默默地在桌旁坐了一会儿,又默默地走到书房里。近来,她从不去我的书房,特别是这几天。我躺在书房里生气。忽然响起熟悉的脚步声。我的头脑里不由得冒出一个可怕的念头:说不定她像乌利亚①的妻子那样,为了掩饰自

---

① 典出《旧约·撒母耳记(下)》第十一章。乌利亚是古犹太大卫王手下的军士,他的妻子与大卫王通奸,最后他被大卫王杀害。

己的罪恶,在这个该死的时候走来。'难道她真的是到我这里来吗?'我听着她走近来的脚步声,想。要是她到我这儿来,那我没有猜错。我心里对她冒出难以克制的仇恨。脚步声越来越近。会不会是她经过这里到大厅去？不是,房门吱地响了一声,门口出现了她那苗条秀丽的身影。她的脸色,她脸上和眼睛里,现出怯懦和谄媚的神色。她想掩饰,但被我看出来,我也懂得其中的涵义。我好半天喘不过气来,差一点憋死,一直盯住她,同时抓起烟盒,抽起烟来。

"'嘻,人家来坐一会儿,你偏偏抽烟。'她说着,在沙发上挨着我坐下,身子向我凑过来。

"我挪了挪身子,不愿意碰到她。

"她说:'我看出,我星期天要演出,你不高兴。'

"我说:'我一点也没有不高兴。'

"她说:'难道我看不出来？'

"我说:'哦,你看出来了,那应该向你祝贺。可我没有看到别的,只看到你的行为像个妓女……'

"她说:'哼,你要是像马车夫那样骂街,那我就走。'

"我说:'走吧,可是得记住,你要是不爱惜家庭的名誉,我也不爱惜你(去你的吧),但我可爱惜家庭的名誉。'

"她说:'你这话是什么意思？'

"我说:'滚开,看在上帝的分上你给我走开！'

"不知她是假装不懂还是真的不懂我的意思,总之她生气了,大为生气了。她站起来,但没有走,站在房间中央。

"她说:'你简直叫人受不了！你这个脾气就是天使也受不了的。'她照例又拼命来触我的痛处。她又提到我对妹妹的行为(有一次我发脾气,对妹妹说了许多粗话;我妻子知道我为这事感到内疚,就偏来触这个伤疤)。'从那次以后不论你做出什么事来,我都不会觉得奇怪的。'她又说。

"我心里想:'哼,你侮辱我,糟蹋我,损害我的名誉不算,还把责任往我头上推!'我对她恨透了,以前从来没有这样恨过她。

"我生平第一次按捺不住心头的怒气。我跳起来,向她冲过去。就在这当儿我意识到自己的情绪。我问自己,这样使性子好不好?我立刻自己回答,这样很好,这样可以吓唬吓唬她,结果我不仅没有克制住愤怒,反而更加怒火中烧,心里还暗暗得意。

"'滚开,要不我就宰了你!'我叫着冲到她跟前,抓住她的胳膊。我说这话时故意提高嗓门。我当时那副模样一定很可怕,因为她吓得迈不开步,嘴里只说:'瓦夏,你怎么啦?怎么啦?'

"我声音更响地吼道:'滚开! 全是你惹得我发火。这不能怪我!'

"我把心头的怒气发泄个痛快。我想做出一点异乎寻常的行为来表示极度的愤怒。我真想揍她,打死她,但我知道不能这样做。为了发泄心头的怒气,我抓起桌上的吸墨器,叫了一声'滚开',猛地把它往她脚边扔去。我扔得很准。她逃出房门,但又在门口站住。我趁她还看得见(我是故意做给她看的)。又抓起桌上的东西,蜡烛台啦,墨水缸啦,往地板上扔,嘴里叫道:'滚! 快滚! 这不能怪我!'

"她走了,我也就住了手。

"过了一小时,保姆走来对我说,太太歇斯底里发作。我走去一看:她又哭又笑,全身抽搐,一句话也说不出来。她这不是假装，是真的发病了。

"到天亮她才安静下来。我们在所谓爱情的刺激下又言归于好。

"早晨，我们和好后，我承认是为特鲁哈切夫斯基吃醋。她若无其事，笑得十分自然。她说，她要是被这样的人迷住，那才是怪事呢。

"她说：'一个正派女人对这样一个人，除了欣赏他的音乐才能外，还会有什么别的感情？你要是有这样的要求，我可以从此不见他，就是下星期日也可以不见，尽管已经约好朋友们了。你写封信告诉他，说我病了，这不就完了？但要是有人（首先是他自己）认为他是个危险分子，那可叫人受不了。我这人自尊心很强，决不允许人家把我想得那么坏。'

"她说这话倒不是撒谎。她也相信自己说的是真话。她想用这话来激发自己对他的蔑视，但没有成功。什么都同她作对，特别是那该死的音乐。那天的事就这样收场。星期日客人都来了，他们又在一起演奏。"

二十三

"我想不用说的，我这人虚荣心很强。一个人要是没有虚荣心，就无法过我们这种庸庸碌碌的生活。是啊，星期日那天，我特别用心张罗饭局，安排晚上的音乐会。我亲自上街买菜，邀请客人。

"六点不到，客人们都来了。他也来了，穿着燕尾服，还戴着俗不可耐的钻石袖扣。他装得落拓不羁，对什么问题都笑眯眯地表示同意和理解，仿佛您的一切言谈和行动都不出他所料。他那种庸俗的表现，我看了特别高兴，因为感到放心。我妻子认为，他这人太浅薄，她不会这样糟蹋自己的。我不再吃醋了。首先因为我在这方面已吃够了苦，我需要平静；其次我应该相信妻子的保证，事实上我也真的相信了。不过，尽管我不再吃醋，在吃饭时，在演奏开始前，我对他们两人的态度还是有点不自在。我还是很注意他们的一举一动和他们的眼神。

"这顿饭照例吃得很沉闷，很做作。演奏开始得很早。唉，那天晚上的细节我记得可清楚啦。我记得他怎样把小提琴拿进来，打开琴匣，剥下一位太太给他绣过花的琴套，取出琴来，定好弦。我记得我妻子故作镇静地坐下来，以掩饰内心的胆怯——主要是她对自己的演技信心不足。她先弹了个 A 音，他就用手指拨拨琴弦，调好弦。我记得他们怎样对视了一下，又看了看正在落座的听众，然后相互说了句什么，开始演奏。他先拉了个和音。他脸上现出严肃庄重而讨人喜欢的神气，倾听自己的琴声，手指轻轻地拨弄着琴弦，钢琴便和他协奏起来。演奏就这样开始了……"

波兹德内歇夫停住话头，连连发出他那种古怪的声音。他想说话，但吸了一下鼻子，又停住了。

"他们演奏的是贝多芬的《克鲁采奏鸣曲》。其中第一个快板您知道吗？知道吗？"他大声说，"哦！这支奏鸣曲真叫人惊心动魄，特别是其中的快板。总的来说，音乐是一种惊心动魄的东西。这是什么道理？我不懂。音乐究竟是怎么一回事？它能产生什么作用？它怎么这样动人心魄？有人说，音乐能使人心灵高尚。这简直是胡说！音乐能起作用，对我来说能起可怕的作用，但绝不能使心灵高尚。它既不能使心灵高尚,也不能使心灵堕落,它只能使心灵冲动。怎么对您说好呢?音乐使我忘记自己,忘记自己的处境;它把我带进一个新的境界。在音乐的影响下,我感到了原来没有感到的东西,懂得了原来没有懂得的道理,能做原来不会做的事。怎么会这样?我是这样理解的:音乐有点像打哈欠,有点像发笑。我不想睡觉,但看到别人打哈欠,我也会打哈欠;我不想笑,但听到别人发笑,我也会笑。

"音乐一下子就使我进入作曲家的心灵世界。在心灵上我同他融成一体,并且跟着他从一个世界进入另一个世界,但怎么会这样,连我自己也不知道。凡是作曲家,就说作《克鲁采奏鸣曲》的贝多芬吧,他知道他怎么会有这样的心情,这种心情使他写出了这首乐曲。这种心情对他具有一定的意义,可是对我没有任何意义。就因为这人缘故,音乐只能挑动人的感情,不能使人做出什么结论来。可不是,一演奏雄壮的进行曲,士兵们就按着节拍大踏步前进。这时音乐起了作用。一演奏舞曲,我就跳舞,音乐也起了作用。一唱弥撒曲,我就领圣餐,音乐同样起了作用。此外,音乐只能使人兴奋激动,至于在兴奋激动之余应该做些什么,谁也不知道。就因为这个缘故,音乐起的作用很可怕,有时弄得人心惊肉跳。在中国,音乐是归国家管理的事。这很有道理。要是有人想对另一个人、甚至对一大批人行催眠术,然后任意摆布他们,这种情况能容许吗?尤其如果行催眠术的人道德极度败坏的话。

"音乐不论落在谁手里,都是一种可怕的手段。就拿《克鲁采奏鸣曲》来说吧,怎么可以在客厅里,在袒胸露臂的贵妇人中间演奏这支乐曲中的快板呢?听听这种音乐,鼓鼓掌,然后吃吃冰淇淋,谈谈最近流传的丑闻,这怎么行呢?这种音乐只有在庄严肃穆的场合才能演奏,而且要配以同这音乐相称的重大行动。演奏和行动都要同这种音乐相称。要不然,在不适当的地点和不适当的时间唤起不伦不类的感情,那就只会坏事。这种音乐至少对我起了可怕的作用。它向我揭示了我从未体验过的新的感情和新的希望。是的,那种感情和希望冲破了我原来的思想和生活。我心里想:哦,原来还有这样的事。这种新鲜的感情究竟是什么,我也说不上来,但这种新的心情却使我高兴。周围还是原来那些人,包括我妻子和那个人在内,可我却觉得他们都截然不同了。

"接下去他们又演奏了优美悦耳但缺乏新意的行板①,再加上老一套的变奏曲,然后是软弱无力的最后乐章。接着应客人们的要求他们又演奏了恩斯特②的《哀歌》和其他几支小品。这些乐曲都不错,但它们使我感动的程度还不及第一支的百分之一。这些乐曲都是借第一支乐曲的余韵才给人留下一些印象的。整个晚上,我心情一直都很轻松愉快。我看到我妻子那天晚上的模样也是从来不曾有过的:演奏时眼睛闪闪发亮,表情庄重而深沉,演奏结束时又显得娇弱无力,脸上露出惹人爱怜的幸福微笑。这一切我都看在眼里,但我并不觉得这里别有什么原因。我只认为,她的心情同我的一样,音乐在她身上唤起新的感情,就同在我身上唤起的感情一样。后来晚会圆满结束,客人便各自回去了。

"特鲁哈切夫斯基知道两天后我要去外地开会,在告辞时说,他希望下次来莫斯科时再能领略今晚这样的快乐。我

---

① 原文为意大利语。
② 恩斯特,德国提琴家、作曲家。

从他这话里断定,在我出门期间他不会到我家来。这一点使我高兴。这样,在我离开莫斯科时他是不会回来的,这样我跟他就不会再见面。

"我第一次真正高高兴兴地同他握了握手,感谢他给予我们一次很好的艺术享受。他跟我妻子也正式告了别。他们当时的态度也很自然大方。一切都合情合理。我和妻子对当天的晚会都很满意。"

二十四

"过了两天,我心平气和地跟妻子告了别,动身到县里参加会议。县里事情总是很多,跟这里的情况完全不同,那里是另一个天地,过着另一种生活。我在那里待了两天,每天都要花十小时用来开会。第二天接到妻子来信,我立刻拆开来读。她在信里提到孩子,提到叔父,提到保姆,以及购买东西之类的琐事。她还随便提到,特鲁哈切夫斯基最近来过,还带来他答应过的乐谱,并表示希望再同她合奏一次,但被她拒绝了。我不记得他曾经答应过什么乐谱,我还以为他当时已经离开莫斯科了。因此这消息使我深感不快。不过我当时正忙得不可开交,根本没工夫去想这件事。直到晚上,回到借宿的地方,才有空重读她的信。除了特鲁哈切夫斯基在我出门时来我家这件事以外,我觉得这封信的语气有点不自然。嫉妒像一头疯狂的野兽,又在我心里怒吼,想要发作,我有点害怕,连忙把它管住。我暗暗对自己说:'嫉妒真是一种可恶的感情!她的信不是写得再自然也没有了吗?'

"我上了床,考虑明天要办的事。会议期间,在一个陌生的地方我总是睡不好觉，可这天晚上很快就睡着了。我在睡梦中突然像触了电，醒过来了。醒来后，头脑里就想到她，想到我对她肉体的迷恋，想到特鲁哈切夫斯基，想到他们两人之间的关系。恐怖和愤怒紧揪着我的心。但我立刻安慰自己。'真是太荒唐了！没有任何理由怀疑，没有出什么事，以前也没有。我怎么能凭空想出这样可怕的事来辱没她和辱没我自己呢！他是一名职业琴师，是一个名声不好的人，他会跟一个体面的女人，跟一位受人尊敬的孩子的妈妈，也就是我的妻子！真是太荒唐啦！'我一面这样想，一面又觉得，'这怎么没有可能呢？'那种最简单的事怎么没有可能发生呢？既然我同她结婚就是为了那事，我同她生活在一起也是为了那种事；我想从她身上得到的，以及别人，包括那个乐师在内，想从她身上得到的，也无非是那个东西。他是个未婚男子，身强力壮（我记得他怎样津津有味地嚼着牛排，鲜红的嘴唇怎样贪婪地喝着大杯美酒），白白胖胖。他为人在世没有其他目的，只是放纵情欲，寻欢作乐。而音乐正好是刺激情欲的最好手段。有什么东西可以同它对抗的呢？没有。相反，一切都只会助长情欲。她是个怎样的人？她过去是个谜，现在还是个谜。我不了解她。我只知道她是动物，而动物是无法被束缚的。

"现在我才记起，那天晚上他们在《克鲁采奏鸣曲》之后又演奏了几支小品，当时他们脸上的表情怎样。我不记得那几个曲子是谁作的，只记得都是些热情奔放的曲子，热情奔放到色情的地步。我记起他们的脸色，对自己说：'我怎么可以出门呢？那天晚上他们之间有了什么关系，难道还不清楚吗？那天晚上，他们不仅亲密无间，而且两人（主要是我妻子）窘态毕露，这难道看不出来吗？'我记得，当我走近钢琴时，她擦着涨红出汗的脸,露出娇弱而幸福的微笑。当时他们就彼此回避对方的目光,直到晚饭席上他给她倒水时,他们才对视了一下,微微一笑。现在想起他们含笑对视的情景,我还感到不寒而栗。'是啊,全完了!'我心里有一个声音说,但接着另一个声音反驳说:'你这是怎么啦,不会有什么事的。'我躺在黑暗中觉得难受,就擦亮一根火柴,但待在这个糊有黄色壁纸的小房间里,还是感到心惊胆战。我点着一支烟,就像一个人内心矛盾难以自拔时那样,一支接一支地抽烟来麻醉自己,逃避矛盾。

"我通宵没有合眼。早晨五点钟觉得再不能这样紧张下去,我就起床,叫醒看门人,要他备马。我送了一封信给会议处,说我有急事要回莫斯科,因此请别的成员代替我。八点钟,我坐上四轮马车走了。"

二十五

列车员走进来,看到我们的蜡烛即将点完,就把它吹灭,也没有另外换上一支。天色蒙蒙发亮。列车员还在车厢里,波兹德内歇夫没作声,不断长吁短叹。直到列车员走后,他才继续讲他的遭遇。昏暗的车厢里,只听得车窗的丁丁声和店员均匀的鼾声。在熹微的晨光中,我完全看不清波兹德内歇夫的脸。我只听见他的声音越来越激动,越来越痛苦。

"回莫斯科得坐三十五俄里路马车,再乘八小时火车。坐马车旅行挺有意思。这是一个晴朗而寒冷的秋天。车轮在平坦的道路上留下清楚的辙印。道路光滑,朝阳灿烂,空气清新。这样的天气坐四轮马车特别舒服。天色越来越亮,我的心情也渐渐好起来。瞧瞧马匹,瞧瞧田野,瞧瞧迎面而来的行人,我忘记我这是往哪儿去。有时我觉得简直像在旅游,根本没有发生那件促使我回去的事。这种忘却使我心旷神怡。当我记起我是往哪里去时,我就安慰自己说:'到时候总会水落石出的,现在可不用去想它。'半路上出了一件事,把我耽搁了,也使我暂时抛开心事。马车坏了,需要修理。这个事故对我的影响很大,我到达莫斯科,不是像预期的那样五点钟,而是半夜十二点过后,因为我没有赶上特别快车,就搭了普通客车。途中另找轻便马车啦,请人修理坏车啦,算账啦,在旅店里喝茶啦,跟旅店老板聊天啦,这些事就使我的注意力更加分散。到一切舒齐已经暮色苍茫了。我重新上路。晚上坐车赶路比白天更有意思。天上一钩新月,地上一片薄霜,道路更加平坦,马匹越发精神,车夫也喜气洋洋。我一路上欣赏着这如画美景,根本不考虑我的前途,或者说,正因为意识到我的前途,我才纵情享受,同快乐的生活诀别。不过,我这种平静的心情和自我克制的能力在马车驶抵火车站时也结束了,我一上火车,心情就截然不同。火车上度过的八小时对我来说是可怕的,我一辈子都不会忘记。不知是因为走进车厢,仿佛觉得已经到了家了呢,还是因为火车旅行严重影响人的神经,总之,我一上火车,幻想就像脱缰的野马那样无法控制。我的脑海里活生生地浮现出一幅幅使我醋劲勃发的画面,一幅比一幅无耻,那都是我不在家时她欺骗我的行为。我想象着这些画面,内心充满愤怒、怨恨和自怜,怎么也无法平静。这些景象我无法摆脱,无法抹杀,也无法冲淡。不仅如此,我越察看这些幻想出来的画面,就越相信它们是真实的。这些幻想越生动,似乎越足以证明它们是真实的。仿佛有一个魔鬼在跟我作对,向我暗示种种最可怕的情景。我记起很久以前同特鲁哈切夫斯基的兄弟的一次谈话。那天,我同他谈到特鲁哈切夫斯基和我的妻子,如今想起来都感到痛心。

"那是很久以前的事,可当时我想起来了。我记得,有一次我问特鲁哈切夫斯基逛不逛窑子,他回答说,一个正派男子不该逛窑子,那种地方又脏又下流,还会染上恶疾,他又不愁找不到好女人。瞧吧,他兄弟如今就找上了我的妻子。他也许想:'不错,她已不是个妙龄女郎,边上的牙都掉了一颗,身体也有点发胖,但是有什么办法呢,现成摆在面前的东西总不能放过啊!'接着我又自言自语:'是啊,他要她做情妇,还是降格以求呢。不过,同她一起毕竟没有传染恶疾的危险。'然后我又恐惧地说:'不,这不可能! 我想到哪儿去啦! 不,这绝不可能。甚至没有理由这样怀疑。她不是对我说过,我即使只有吃醋的念头都是对她的侮辱吗? 是啊,但这是撒谎,她老是撒谎!'我叫出声来,接着又从头想起……车厢里只有两名旅客:一对老夫妻,他们沉默寡言,后来也在一个站上下了车,剩下我孤零零一个人。我好像笼中的野兽,一会儿跳起来扑到窗口,一会儿在车厢里来回踱步,仿佛催促火车驶得更快些,但车厢、车厢里的座位和窗子仍像我们现在坐的火车那样,不断地摇晃……"

波兹德内歇夫霍地站起来,走了几步,又坐下。

"哦,我害怕,害怕火车,我感到恐怖极了。是啊,真是太可怕啦!"他说下去,"我对自己说:'让我来想点别的事。譬如说,想想同我一起喝过茶的旅店主人。'于是我的眼前就出现了大胡子的旅店主人和他的孙子。他的孙子跟我的瓦夏年龄相仿。哦,我的瓦夏! 他将看见琴师在吻他的妈妈。他那

591

颗可怜的小心灵将会有什么感觉呢？可是做母亲的却不管他！她爱上了……我心里又涌现出那种情绪。不，不……嗯，还是让我来想想视察医院的事吧。是啊，昨天有个病人告大夫的状。那大夫留着小胡子，有点像特鲁哈切夫斯基。他肆无忌惮……他说就要离开莫斯科，其实都是他们串通起来欺骗我。又来了。我不论想什么事都不能甩掉他。我痛苦极了。我的痛苦主要在于情况不明，疑虑重重，内心矛盾，不知道应该爱她还是恨她。我痛苦得忍不住，当时就产生了一个很诱人的念头：中途下车，卧轨自杀。这样至少可以不用再患得患失，胡思乱想。阻止我这样行动的原因是自爱自怜，以及由此而产生的对她的憎恨。我对他怀着一种古怪的感情，又是恨他，又是意识到自己的屈辱和他的胜利，可是我对她就只有刻骨的仇恨。我对自己说：'我不能光结果自己而让她留下。多少得让她吃点苦头，知道我是多么痛苦！'我每到一站都下去走走，以分散注意力。在一个站上，我看见有人在喝酒，就立刻去喝了些伏特加。我旁边有个犹太人，也在喝酒。我同他聊了起来。为了免得独自待在车厢里寂寞，我就跟着他走到三等车厢。那里烟雾腾腾，满地都是葵瓜子壳，十分肮脏。我坐在他旁边。他海阔天空地胡扯，讲了不少趣闻逸事。我听着他说，但不知他在说些什么，因为我在想心事。他发现这一点，要求我用心听他。我就站起来，回到头等车厢。我自言自语：'我得好好想一想，我所猜疑的是不是真有其事？我这么痛苦有没有道理？'我坐下来，想冷静考虑一下，可是办不到，我的头脑里又出现各种图景和幻象。我想起以前几次醋劲发作的情景，对自己说：'我有多少次这样痛苦过，可是到头来却什么事也没有。这次可能也是这样，多半就是这样，我会发现她在安安静静地睡觉。她醒来看见我,一定会很高兴。我从她的话语和眼神上看出,什么事也没有,这一切都是我在胡思乱想。哦,要是那样就好了!'接着另一个声音又对我说:'不,这种情况以前尽管常有,可这次不同了。'于是又胡思乱想起来。唉,这真是太折磨人了!要使一个青年消除对女色的迷恋,其实不必带他去参观性病医院,只要看看自己心灵里撕裂肝肠的魔鬼就行了!我认为我对她的身体享有全权,它是属于我的,但同时又觉得无法控制她的身体,它不属于我,她可以任意支配自己的身体,不管我有什么意见。可我不论对他还是对她都无可奈何。他就像管家万卡①那样,在上绞刑架前大唱其亲吻甜蜜的嘴唇的赞歌。他占了上风。对她我更没有办法。要是她没有干过那种事,只有干的欲望——我知道她有这种欲望——那就更糟。她还不如干了的好,这样我就知道了,不必再胡思乱想了。我不能说这是我的希望。我只希望她不要追求她可能追求的事。这简直是发疯!"

二十六

"在终点站前一站,列车员过来收票。我收拾好行李走到车门口的平台上。我意识到生死攸关的时刻临近了。心情更加激动。我身子发冷,下巴颏儿直打哆嗦,牙齿碰得咯咯响。我茫然跟着人群走出车站,雇了一辆马车回家。我从车上环顾着稀稀落落的行人、更夫、街灯和我的马车投下的忽前

---

① 万卡,俄罗斯民谣中的人物,他诱奸女主人并以此为荣,终被绞死。

忽后的阴影。我头脑里昏昏沉沉，什么也没想。走了半俄里路光景，我觉得脚冷，这才记起，我在火车上脱了毛袜，把它放到手提包里了。手提包在哪儿？在这儿吗？对啦，就在这儿。那么柳条箱在哪儿？我这才记起我把行李忘记得一干二净。我掏出行李票，觉得犯不着为这事回车站，就继续赶路。

"不论我现在怎样努力回忆，也想不起当时的心情。当时我在想些什么？我准备怎么样？现在一点也记不起来了。我只记得，我当时意识到即将发生我一生中一件非常可怕的重大事件。要发生那样的事件究竟是出于我的想象，还是出于我的预感，我不知道。也许是出了那件事以后，往事在我的记忆里都变得模糊了。我的马车来到家门口。时间已过子夜。门外还有几辆马车，显然看到房子里的灯光（我家大厅、会客室等窗子里都有灯光），还在等雇主。我弄不懂深更半夜我家窗子里怎么还有灯光，我怀着大难临头的感觉走到楼上，打了打铃。善良、勤劳而愚蠢的男仆叶戈尔开了门。在门厅里，我第一眼看到，衣帽架上许多衣服中间挂着一件男外套。照理我应该感到惊奇，可是并没有，仿佛我早就料到这一点了。我对自己说：'果然如此。'我问叶戈尔谁在这里，他说是特鲁哈切夫斯基。我问他还有什么人。他说：'没有别人了，老爷。'我记得他回答我的口气，仿佛要我放心，家里没有别的人。'哦，哦，没有别人了。'我自言自语。

"我又问他：'孩子们怎么样？'他回答说：'感谢老天爷，都挺好。他们早就睡了。'

"我喘不过气来，下巴颏儿不断哆嗦。我想：'这么说，事情并不像我所想象的那样：起初以为大祸临头，结果平安无事，一切如旧。这一回并非一切如旧。我胡思乱想，原以为只

是胡思乱想,哪里知道一切都真有其事。原来如此……'

"我差点儿放声痛哭,但这当儿魔鬼提醒我:'你先别哭,别太伤心,不然他们就会从容溜掉,你就弄不到罪证,只好怀疑一辈子,痛苦一辈子了。'我那种自怜自爱的情绪顿时消失,说来您不会相信我心里竟如释重负:我的痛苦这下子可以了结了,我可以惩罚她,摆脱她,出出这口窝囊气了。结果我真的出了气,可是我变成了一头野兽,一头狡猾残忍的野兽。

"叶戈尔向会客室走去,我就对他说:'你不用进去,不用进去!你赶快叫辆马车到车站,把我的行李取回来。喏,这是行李票。快去!'

"叶戈尔穿过走廊去拿大衣。我唯恐他惊动他们,就把他送到他的小房间,等他穿好大衣。从隔开一个房间的会客室里传来说话声和刀叉声。他们正在吃东西,没有听见门铃声。我想:'但愿他们此刻不要出来。'叶戈尔穿上羔皮领大衣走了。我等他走后锁上门。我想到只剩下我一个人,并且必须立刻动手,不禁不寒而栗。该怎么动手,我还不知道。我只知道:一切都完了,她犯罪已没有疑问,我要马上惩罚她,结束同她的关系。

"以前我还有点犹豫,对自己说:'也许根本没有那回事,也许是我弄错了。'现在可不同了。事情已无法挽回。她背着我深夜同他幽会!真是肆无忌惮。更可恶的是,她故意装得很大方,以此表示自己贞洁无罪。事情一清二楚,不容怀疑。我当时只担心他们溜掉,再要什么新的花招,使我得不到证据,无法惩罚他们。为了尽快把他们捉住,我踮着脚尖向他们所在的大厅走去,不走会客室,而通过走廊和育儿室。

"第一间育儿室里睡着几个男孩子。第二间育儿室里,保姆翻了个身,好像要醒了。我想象着,她要是知道这事会怎么样?我一想到这里,自怜自爱的情绪便油然而生,怎么也忍不住眼泪了。我踮着脚尖跑到走廊,免得惊醒孩子,然后走进书房,倒在沙发上,痛哭起来。

"我对自己说:'我是个正派人,我父母也是正派人,我一辈子都在追求幸福的家庭生活,我对妻子从来没有变过心……可她这五个孩子的母亲,却搂着乐师亲热,就因为他有两片红嘴唇!不,她不是人!她是一条母狗,一条下贱的母狗!她一直装作很疼孩子,可如今就在孩子们房间隔壁同人家幽会。还装模作样地给我写信!同时却无耻地投入人家的怀抱!可是我知道什么呢?这样的事也许早就发生过了。也许她早就跟仆人发生过关系,有了孩子还说是我的。我要是明天回来,她就会梳着漂亮的发式,摆动线条优美的身子,娇声娇气地迎接我。我又将看见她那富有魅力而含怨带恨的脸。这样,嫉妒的野兽将永远盘踞在我的心头,咬噬我的心。保姆会怎么想呢?还有叶戈尔?可怜的小丽莎,她有点懂事了。天哪,多么无耻!多么虚伪!还有我所熟悉的那种兽欲!'

"我想站起来,可是站不起来。我的心跳得那么厉害,使我站都站不住。哦,我要中风死了。是她要了我的命。她巴不得我死掉。怎么办,杀了她?不,这样太便宜她了,我决不让她这么舒服。嘿,我坐在这里受罪,他们却在那里吃吃喝喝,说说笑笑……不错,尽管她已不是个妙龄女郎,他也不会不喜欢她,因为她毕竟长得不难看,何况——这也是主要的原因——她没有病,不会损害他那宝贵的健康。我想起一星期前我把她推出书房、乱砸东西的情景,就暗自想:'我当时为什么不把她掐死?'我生动地回想当时的心境,不仅仅是回想,而是重温那种要动手打人、砸东西的情绪。我记得,当时我一心要动手,除此以外没有别的念头。我好像一头野兽或者一个面临危险的人,受到本能的支配,从容不迫而又不失时机地对准唯一的目标行动。"

二十七

"首先我脱下靴子,只穿着袜子走到靠墙的沙发旁,沙发上方挂着枪和匕首。我取下一把弯弯的大马士革匕首。那把匕首还没有用过,十分锋利。我把它从刀鞘里拔出来。刀鞘掉到沙发后面,我想:'回头我再把它捡起来,免得丢失。'这时我才脱去大衣,只穿着袜子往那里走去。

"我轻手轻脚地走到门口,猛一下拉开门。他们脸上的表情我至今还记得。我所以记得,因为我看了感到十分痛快。我就是希望看到这样的表情。我永远不会忘记他们一看见我,脸上现出的那种魂飞魄散的神色。他好像坐在桌子旁,一看见我或者听见我的声音,立刻跳起来,背靠在酒柜上。他脸上现出惊恐万状的神色。她脸上也一样,但还掺杂着别的表情。要是她脸上只有惊恐的神色,后来的事也许不至于发生。可是在她的脸上——至少在最初一刹那——还有恼恨的表情,仿佛人家破坏了他们谈情说爱的幸福。她现在唯一的愿望就是,人家别来打搅这幸福的时刻。不过,他们脸上这种表情只保留了一刹那工夫。接着他脸上的恐惧立刻变为疑问:他可不可以撒谎?要是可以,那就撒谎。要是不行,那就另作打算。究竟怎么办?他询问似的瞟了她一眼。她回看他的时候,我觉得她脸上的表情已由恼恨变成对他的担忧。

"我在门口站了一刹那,背后握着匕首。就在这时他微微一笑,并且用一种冷淡得可笑的语气说:'我们在练琴……'她也学着他的口气说:'真是没想到你来……'

"不等他们两人把话说完,我又产生了一星期前产生过的那种狂怒,我又渴望破坏、行凶和发狂,而且无法自制。

"他们两人的话都没有说完……发生了他所害怕的事,他们的话顿时被打断了。我猛地向她扑去,匕首仍藏在背后,免得他阻止我向她胸部扎去。我一开始就选定了那个部位。就在我向她扑去时,被他看见了。我万万没有料到他竟会抓住我的胳膊喊起来:'冷静一点,您这是怎么啦!来人哪!'

"我把胳膊挣脱出来,一声不吭地向他扑去。他的目光遇到我的目光。他的脸色顿时白得像纸,连嘴唇都白了,眼睛里闪出古怪的光芒。还有,我怎么也没料到,他突然钻到钢琴底下,从那儿逃到门口。我正要追过去,但左臂被抓住了。原来是她。我猛地一挣扎。她就更使劲地抓住我不放。这个意想不到的阻力、重量以及同她接触的嫌恶,对我无异于火上加油。我觉得我简直疯了,我的模样一定十分可怕,但我反而感到高兴。我使劲一甩。我的左臂和臂肘正好撞在她的脸上。她大叫一声,放开我的手。我想跑去追他,但想到我穿着袜子去追妻子的情人未免可笑,而我却希望人家觉得我可怕而不是可笑。我尽管怒火中烧,难以自制,但我还是注意会给人家留下什么印象,而且这种想法多少还支配着我的行动。我向她转过身去。她倒在榻上,一手捂住被我打伤的眼睛瞧着我。她脸上现出恐惧和仿佛看到仇人那样的憎恨神色,就像耗子笼打开时被逮住的耗子。至少我在她身上除了恐惧和对我的憎恨外看不到别的表情。这种恐惧和对我的憎恨正是由于爱上另一个人才产生的。再说，她当时要是不作声，我也许还能控制自己，不至于干出那样的事来。可是她忽然开口，并且抓住我握着匕首的手。

"她说：'你冷静冷静吧！你怎么啦？你要干什么？根本没有什么事，没有什么事……我起誓！'

"我本来也许还会犹豫一下，但她最后这两句话却使我得出相反的结论：他们有过事了。结论往往由情绪来决定，我当时的火气越来越大，就像音乐上的渐强①，不断上升。愤怒自有它的发展规律。

"'别撒谎，你这个贱货！'我怒喝一声，左手抓住她的胳膊，但被她挣脱了。当时我还没有动匕首。只用左手抓住她的喉咙，把她按倒，想掐死她。可她的脖子太粗……她用双手捉住我的手，想把我的手从她的喉咙上推开，我仿佛就在等她这样做，抓住匕首就往她左肋下方猛扎进去。

"据说，一个人在盛怒的时候往往不知道他在做什么。这是胡说。我什么都明白，一秒钟也没有糊涂。我的怒火烧得越旺，我的头脑越清楚，对自己的行动也越明白。每秒钟都知道自己在做什么。我不能说事先就知道我将做什么，但在我行动的一刹那，我知道自己在做什么，甚至稍微提前一点，仿佛这样可以让我回心转意，及时悬崖勒马。我知道匕首扎进她肋骨下面的地方。在我动手的一刹那，我知道我在做一件空前可怕的事，它的后果将是十分严重的。但这个念头只是像电光一样一闪而过，接着就是行动。行动倒是异常干净

---

① 原文是意大利语。

利落的。我记得当时感觉到,匕首在她的紧身衣之类的衣服上顶了一下,接着就捅到软的地方。她用双手抓住匕首,手被割破了,但没有能挡住匕首。后来,我在监狱里精神上发生了转变,常常回想那件事,反复思考我的行为。我记得在动手前一刹那,只有一刹那,我可怕地意识到我在杀人,杀一个手无寸铁的女人,杀我的妻子。这种情景现在想起来还心有余悸。我隐隐约约记得,我把匕首扎进去后,立刻拔出来,想补救我闯下的大祸。我呆若木鸡地站了一会儿,看是不是还能补救。这当儿,她跳起来喊道:'阿姨! 他把我杀啦!'

"保姆闻声赶到,站在门口。我还是一动不动地站着,不相信自己竟会干出这样的事来。这当儿血从她的紧身衣下涌出。我这才明白,事情已无法补救,而且不必补救,因为我就是要这么做,非这么做不可。直等到她扑通一声倒在地上,保姆哭喊着:'哎哟,天哪!'我这才丢下匕首,走出房间。

"我没看她,也没看妻子,对自己说:'不要激动,得考虑一下我该怎么办。'保姆哭着呼喊侍女。我穿过走廊,打发侍女到她们那里去,自己走进书房。'这下子我该怎么办?'我问自己,接着立刻有了主意,我进了书房,走到墙边,取下挂在上面的左轮手枪,察看了一下——里面装着子弹——把它放在桌上。然后从沙发后面捡起刀、鞘,在沙发上坐下。

"我这么坐了好一阵。我什么也没想,什么也回忆不起来。我听见外面一片忙乱声。我听见有人坐车来,接着又有人来。后来我看见叶戈尔提着我的柳条箱走进书房,仿佛这东西还有谁需要似的。

"我对叶戈尔说:'你没听说出事了? 你去告诉门房,叫他去报告警察局。'

"他没有答话就走了。我站起来插上门销,拿出香烟和火柴,抽起烟来。我还没有抽完一支烟,就感到昏昏欲睡。我睡了两小时光景,我记得,我在梦里跟她相处得很好,我们吵过架,但又和好了。还有一点小疙瘩,但后来又相处得很好。我被一阵敲门声惊醒。我迷迷糊糊地想:'警察来了。我好像杀了人。也许敲门的是她,根本没有发生过什么事。'这时敲门声又响了。我没有答话,心里在思考:到底有没有出事?对了,出事了。我想起匕首在她的紧身衣上顶了一下,然后捅了进去,我的脊梁上感到一阵寒战。我对自己说:'是的,出事了。如今轮到我来结果自己了。'嘴里虽然这样说,但我知道我是不会自杀的。然而我还是站起来,拿起手枪。说也奇怪,我记得以前有好多次到了自杀的边缘,那天在火车上甚至觉得那是轻而易举的事。我想自杀一定会使她大吃一惊。现在我不仅不能自杀,就连这样的念头都没有。我自问:'我为什么要这样做呢?'可是找不到答案。敲门声又响了。我想:'首先得弄明白敲门的是谁。要自杀反正有的是时间。'我放下手枪,用报纸盖住。我走到门边,拉开插销。原来是我的姨姐。她是个寡妇,心地善良,头脑简单。

"'瓦夏!这是怎么回事?'她说着,眼泪夺眶而出。

"'你要怎么样?'我粗暴地问。我明白根本没有必要、也没有理由对她粗声粗气,但我一时不知道该用什么语气。

"'瓦夏,她快死了!伊凡·费多罗维奇这么说。'伊凡·费多罗维奇是她的医生,她的医药顾问。

"'难道他在这儿吗?'我问,对她又是满腔怒火,'那又怎么样?'

"'瓦夏,你到她那儿去吧。哦,天哪,太可怕啦!'她说。

"'要不要去？'我问自己。接着立刻回答说去。我想，一个像我这样的丈夫杀了妻子，照例应该到她那儿去一下。我想：'既然有这样的规矩，那就得去。如果必要，反正有的是时间。'我这是指开枪自杀。接着就跟着她走去。我想：'这下子我又得来一番客套，装出一副哭脸，但我不会向他们屈服。'

"'等一下，'我对姨姐说，'不穿靴子不像话，至少我得穿上便鞋。'"

二十八

"说也奇怪，当我离开书房，走过一个个熟悉的房间时，我心里又产生了希望，但愿什么事也没有发生，可是医生那种讨厌的气味——碘仿啦，石碳酸啦——使我吃惊。哦，真的出事了。我从走廊里经过育儿室，看见小丽莎。她用惊惧的目光望着我。我甚至觉得我们的五个孩子都在这里，个个都望着我。我走到门口，侍女从里面替我开了门，就走出去了。首先映入我眼帘的是椅子上她那件血迹斑斑的浅灰色衣裳。在我们那张双人床上，就在我睡的那一边——那边比较容易上床——躺着我的妻子。她曲起双膝，仰天躺在床上，背后只垫着一个枕头，上衣解开了。伤口上盖着什么东西。房间里有一股浓烈的碘仿味。最使我吃惊的是她那青肿的脸、负伤的鼻子和眼圈。这是她想拉住我，被我的臂肘撞伤的。她身上已没有一点美感，什么都使我嫌恶。我在房门口站住。

"姨姐对我说：'去呀，到她那儿去！'

"我想：'对了，她大概要忏悔了。可我要不要饶恕她？

对了,她要死了,可以饶恕她。'我这样想,竭力显得宽宏大量。我走到她跟前,她好容易睁开眼睛——其中一只撞伤了——望着我,断断续续地勉强说:'你达到目的了,杀了……'尽管她脸上现出痛苦的弥留神色,但仍可看出我所熟悉的那种冰凉的兽性的仇恨。'孩子……我不会……给你的……不给,让姐姐带走……'

"至于我最关心的事,也就是她的犯罪,她的不贞,她似乎认为不值得一提。

"'好哇,瞧你干的好事。'她望着门口,抽抽搭搭地哭起来。门口站着她姐姐和孩子们。'是啊,瞧你干了什么。'

"我望望孩子们,望望她那青一块紫一块的脸,有生以来第一次忘记了自己,忘记了自己的权利和自尊心,第一次发现她也是个人。这会儿,我觉得那使我感到屈辱的事,我的全部醋劲,都是微不足道的,可我却犯了大罪,我真想伏在她的手上说:'原谅我吧!'可是我没有勇气。

"她闭着眼睛不作声,显然没有力气再说下去。然后她那破了相的脸收缩了,打颤。她无力地把我推开。

"她说:'这一切都是为了什么呀? 为了什么?'

"我说:'原谅我吧。'

"'原谅? 废话! ……只要不死就好了……'她喊道,抬起身来,一双疯狂的眼睛直勾勾地盯住我。'是啊,你达到目的了! ……我恨你! ……哎哟! 哎哟!'显然她在昏迷中心惊胆战,嚷道,'哼,你杀吧,杀吧,我不怕……把大家都杀了,把他也杀了。他走了,走了!'

"她一直说着胡话。她谁都不认得了。当天中午她死了。这以前,八点钟光景,我被带到警察局,又从警察局被带到监狱。我在那里待了十一个月,等待审判。在这期间,我反复考虑自己的问题,考虑自己的往事,这才清醒过来。我到第三天就清醒了。我在第三天被带到了那儿……"

波兹德内歇夫还想说些什么,但怎么也忍不住哭泣,有一会儿没说话。接着他勉强克制住感情,又说下去。

"直到我看到她躺在棺材里才清醒过来……"他重重地抽噎了一下,又急急地说下去,"直到我看到她那副死相,我才明白我干了什么。我明白是我,是我杀了她,由于我的行为,她这个生气蓬勃、有血有肉的人,如今变成了一具蜡黄、冰凉和僵硬的尸体,而且不论到哪里,不论用什么办法都永远无法补救了。谁没有经历过这样的事,谁就无法理解……呜!呜!呜!"他发出几声绝叫,静了下来。

我们默默地坐了好一阵。他坐在我对面,抽抽搭搭地哭泣着,浑身直打哆嗦,不再作声。

"唉,请别见怪……"

他背过身去,在座位上躺下来,盖上毯子。列车到达我要下车的那个站,已是早晨八点钟了。我走到他跟前,去同他告别。不知他是睡着了还是假装睡着,一动也不动。我用手碰碰他。他掀开毯子,显然没有睡着。

"再见!"我说着,伸出手去。

他也向我伸出手来,微微一笑,但笑得那么惨,连我看了都差一点哭出来。

"嗯,请别见怪!"波兹德内歇夫又说了一遍,来结束他的故事。

舞 会 之 后

"你们说,人自己无法分清什么是好,什么是坏,问题全在于环境,是环境摆布人。可我认为问题全在于机遇。好哇,就拿我自己经历的一件事来说吧……"

我们谈到,一个人要做到完美无缺,先得改变生活的环境。这时,受大家尊敬的伊凡·华西里耶维奇就说了上面这段话。其实谁也没有说过人自己无法分清什么是好,什么是坏,但伊凡·华西里耶维奇有个习惯,总喜欢解释自己在谈话中产生的想法,顺便讲讲他生活里的一些事。他讲得一来劲,往往忘记为什么要讲这些事,而且总是讲得很诚恳,很真实。

这次也是如此。

"就拿我自己的事来说吧。我这辈子这样过而不是那样过,并非由于环境,完全是由于别的原因。"

"由于什么原因?"我们问。

"这事说来话长。要让你们明白,不是三言两语讲得清的。"

"噢,那您就给我们讲一讲吧。"

伊凡·华西里耶维奇想了想,摇摇头说:"是啊,一个晚上,或者说一个早晨,就使我这辈子的生活变了样。"

"到底出了什么事?"

"是这么一回事：我那时正热恋着一位姑娘。我恋爱过好多次，但要数这次爱得最热烈。事情早就过去了，如今她的几个女儿也都已出嫁了。她叫……华莲卡……"伊凡·华西里耶维奇说出她的名字，"直到五十岁还是个极其出色的美人。不过，在她年轻的时候，在她十八岁的时候，就更迷人了：修长、苗条、秀丽、端庄——实在是端庄。她总是微微昂起头，身子挺得笔直，仿佛只能保持这样的姿态。这种姿态配上美丽的脸蛋和苗条的身材——她并不丰满，甚至可以说有点瘦削——就使她显得仪态万方。要不是从她的嘴唇，从她那双亮晶晶的迷人的眼睛，从她那青春洋溢的可爱的全身，都流露出亲切而永远快乐的微笑，恐怕没有人敢接近她。"

"伊凡·华西里耶维奇讲起来真是绘声绘色，生动极了。"

"再绘声绘色也无法使你们想象她是个怎样的美人。但问题不在这里。我要讲的是四十年代的事。当时我在一所外省大学念书。那所大学里没有任何小组①，也不谈任何理论——我不知道这是好事还是坏事。我们都很年轻，过着青年人特有的生活：念书，作乐。我当时是个快乐活泼的小伙子，家里又有钱。我有一匹烈性的遛蹄马，常常陪小姐们上山滑雪（当时溜冰还没流行），跟同学一起饮酒（当时我们只喝香槟，没有钱就什么也不喝，可不像现在这样喝伏特加）作乐。不过，我的主要兴趣是参加晚会和舞会。我舞跳得很好，人也长得不难看。"

"得了，您也别太谦虚了，"在座的一位女士插嘴说，"我

① 小组，指十九世纪俄国大学生成立的各种小组，探讨哲学和文学问题。

们早就从银版照相上看到过您了。您不但不难看,而且还是个美男子呢。"

"美男子就美男子吧,问题不在这里。问题是,正当我跟她热恋的时候,在谢肉节最后一天,我参加了本城首席贵族家的一次舞会。他是位和蔼可亲的老头儿,十分有钱,又很好客,还是宫廷侍从官。他的夫人同样心地善良,待人亲切。她穿着深咖啡色丝绒连衣裙,戴着钻石头饰,袒露着她那衰老虚胖的白肩膀和胸脯,就像画像上的伊丽莎白女皇①那样。这次舞会非常精彩:富丽堂皇的舞厅,有音乐池座,一个酷爱音乐的地主的农奴乐队演奏着音乐,还有丰盛的菜肴和满溢的香槟。虽然我也喜欢香槟,但那天没有喝,因为我就是不喝酒也在爱情里沉醉了。不过,舞我跳得很多,跳得都快累倒了:一会儿卡德里尔舞,一会儿华尔兹,一会儿波尔卡,自然总是尽可能跟华莲卡一起跳。她穿着雪白的连衣裙,束着玫瑰红腰带,手戴长达瘦小臂肘的白羊皮手套,脚穿白缎便鞋。跳玛祖卡舞的时候,有人抢在我前头。那个可恶之至的工程师阿尼西莫夫一见她进来,就请她跳舞。我至今还不能原谅他。我那天上理发店买手套②来晚了一步。结果玛祖卡舞我没有跟华莲卡跳,而跟一位德国小姐跳——我以前也向她献过殷勤。不过那天晚上我担心对华莲卡很不礼貌:我没有跟她说过一句话,没有瞧过她一眼,我只看见那穿白衣裳、束红腰带的苗条身影,只看见那有两个小酒窝的绯红脸蛋和那双妩媚可爱的眼睛。其实不光是我,不论男的还是女的,人人都在欣

---

① 伊丽莎白女皇,即伊丽莎白·彼得罗夫娜,俄国女皇,一七四一至一七六二年在位。

② 当时俄国理发店兼卖手套、领带之类的东西。

赏她,尽管她使所有在场的女人都黯然失色。谁也忍不住不欣赏她啊。

"照规矩,玛祖卡我不是跟她跳的,而实际上我一直在跟她跳。她穿过整个舞厅,落落大方地向我走来。我不待她邀请,就连忙站起来。她嫣然一笑,以酬谢我的机灵。我们两个男舞伴①被带到她跟前,她没有猜中我的代号②,只得把手伸给另一个男人。她耸耸瘦小的肩膀,向我微微一笑,表示歉意和慰问。玛祖卡中间插进华尔兹,我就跟她跳了好多圈。她跳得上气不接下气,但还是笑眯眯地对我说:'再来一次。'我就一次又一次地同她跳,但一点也没有感觉到自己的身体。"

"嘿,怎么会不感到身体?您搂住她的腰,一定会感觉到自己的身体和她的身体。"一个客人说。

伊凡·华西里耶维奇顿时脸涨得通红,气冲冲地喝道:"哼,你们现在这些年轻人哪,你们心目中只有一个肉体。我们那个时候可不同,我爱她爱得越热烈,就越不注意她的肉体。如今你们只看到大腿、脚踝和别的什么,你们恨不得把所爱的女人脱个精光。可我就像优秀作家阿尔封斯·卡尔③说的那样,我的爱人永远穿着青铜衣服。我们不是把人家的衣服脱光,而是像挪亚的好儿子④那样把赤裸的身子遮起来。哼,算了吧,反正你们不会懂的……"

"别理他。后来怎么样?"我们中间有人说。

①　两个男舞伴,指两个同时邀她跳舞的男人。
②　代号,由每个男舞伴自定,两个人同时由第三者介绍给一个女舞伴,请她猜代号,被猜中的就可以跟她跳舞。
③　阿尔封斯·卡尔(1808—1890),法国作家。
④　典出《旧约·创世记》第九章:挪亚有一次喝醉酒,光着身子睡着了,他的儿子闪和雅弗就给他盖上衣服。

"好。我就这样多半跟她跳，也没注意时间是怎么过去的。乐师们都已筋疲力尽——舞会快到结束时总是这样的——反复演奏着同一支玛祖卡舞曲，客厅里的老先生和老太太都已离开牌桌，等着吃晚饭，男仆们端着饭菜来回奔走。时间已是半夜两点多了，必须抓紧利用最后几分钟时间。我又一次选定了她。我们在舞厅里都转了百来次了。

"'吃过晚饭还跟我跳卡德里尔舞吗？'我领她入席时问。

"'当然，只要家里不叫我回去。'她含笑说。

"'我不放你走。'我说。

"'把扇子还给我。'她说。

"'我舍不得还。'我说着把那把普通的白羽毛扇子还给她。

"'那就给您这个，省得您舍不得。'她从扇子上拔下一根羽毛送给我，说。

"我接过羽毛，只能用目光来表示我的喜悦和感激。我不仅觉得快乐和满足，也感到幸福和陶醉。我心里充满善良的感情，我不是原来的我，而是一个只能行善、不知有恶的圣人。我把羽毛藏进手套里，呆呆地站在她旁边，再也离不开她。

"'您瞧，他们在请爸爸跳舞呢。'她对我说，指指她那个体格魁伟、戴银色上校肩章的父亲。他跟女主人和另外几位太太站在门口。

"'华莲卡，过来！'戴钻石头饰、祖露着伊丽莎白女皇式肩膀的女主人大声叫道。

"华莲卡向门口走去，我跟在她后面。

"'好姑娘，劝您爸爸跟您跳一次吧。喂，彼得·符拉迪斯拉维奇,请!'女主人对上校说。

"华莲卡的父亲是个体格魁梧、相貌端庄的老人。他容光焕发,脸色红润,留着两撇尼古拉一世式鬈曲的银白小胡子和跟小胡子连成一片的银白络腮胡子,两边鬓发向前梳。他那明亮的眼睛和嘴唇也像女儿一样流露出亲切愉快的微笑。他仪表堂堂,宽阔的胸脯像军人那样高高隆起,胸前挂着几枚勋章。他的肩膀强壮结实,两腿匀称修长。他是个尼古拉一世时代典型的军事长官。

"我们走到门口,老上校嘴里说他对跳舞早已荒疏,但还是笑眯眯地把左手伸到腰部,解下佩剑,把它交给一个殷勤的年轻人,右手戴上麂皮手套。'一切都得照规矩办。'他含笑说,抓住女儿的手,侧过身来等待着音乐的拍子。

"等玛祖卡舞曲一开始,他就敏捷地用一只脚跺了跺,再伸出另一只脚,魁伟的身子时而轻盈平稳,时而用靴子重重地跺了跺,两脚相碰,兴奋地在舞厅里旋转起来。华莲卡的优美身影在他的周围飘翔着,及时收缩和迈开她那穿着白缎鞋小脚的步子,轻巧得没有一点声音。舞厅里人人注视着这对舞伴的每个动作。我呢,不仅欣赏他们的舞姿,简直感到心醉神迷。我特别喜欢他那双被裤脚带绷紧的上等牛皮靴。那不是时髦的尖头靴,而是老式平跟方头靴。这双靴子显然是部队靴匠做的。我想:'为了把女儿打扮得漂漂亮亮带进交际场,他就不买时髦的靴子而穿部队制的靴子。'我这样想着,对这双方头靴也就更有好感了。他的舞技原来一定很出色,如今人发胖了,虽然很想跳各种快速的优美步子,但两腿弹性不足。不过他还是麻利地跳了两圈。他敏捷地分开两腿又合拢,然后单膝跪下,他的身子显得有点笨重,钩住了女儿的裙子,但女儿笑眯眯地理好裙子,又轻盈地绕着他跳了一圈。这时在场的人都热烈鼓掌。他有点费力地站起来,温柔而亲热地用双手抱住女儿的头,吻了吻她的前额,然后把她领到我跟前,以为我要跟她跳舞。我说,这会儿我不是她的舞伴。

"'噢,那也没关系,现在您就跟她跳吧。'他和蔼可亲地微笑着,把佩剑插到武装带里。

"瓶里的水只要倒出一滴,里面的水就会咕嘟咕嘟地冲出来,同样,我心里对华莲卡的爱也使我身上蕴藏着的全部爱一股脑儿倾泻出来。我就用我全部的爱拥抱着整个世界。我爱那戴着头饰、袒露着伊丽莎白式胸脯的女主人,我爱她的丈夫、我爱她的客人、她的仆人,甚至爱那个对我板着脸的工程师阿尼西莫夫。对于她的父亲,连同他日常穿的皮靴和像他女儿一样亲切的微笑,我则充满了一种热烈而温柔的感情。

"玛祖卡舞结束了,主人夫妇请客人入席,但老上校说他明天得早起,谢绝参加,接着就向主人告辞。我担心他会把女儿带走,幸亏她跟她母亲都留了下来。

"晚饭后,我跟她跳了她刚才答应跟我跳的卡德里尔舞。尽管我已感到无比幸福,可是我的幸福感还在不断地增长。我们只字不提爱情。我没有问她,也没有问我自己,她爱不爱我。只要我爱她,这就足够了。我担心的只是,别让人家破坏我的幸福。

"我回到家里,脱下衣服,打算睡觉,可是发觉根本没法睡。我手里拿着那片从她扇子上拔下的羽毛和她的一只手套。这只手套是我扶她母亲和她上车时,她送给我的。我望着这两样东西,不用闭上眼睛,就清清楚楚地看见了她:一会儿,她在挑选舞伴时猜我的代号,用亲切的声音问:'是不是

"骄傲"？呃?'说着快乐地伸给我一只手；一会儿，她在餐桌上一小口一小口地呷着香槟，亲热地瞧着我。不过在我头脑里浮现的多半是她跟父亲跳舞的情景，她身子轻盈地在父亲周围打转，得意扬扬地瞧着赞赏的观众。我对这父女俩不禁都产生了亲切的感情。

"当时我跟后来故世的哥哥住在一起。我哥哥不喜欢社交活动，从不参加舞会。他正在准备考副博士，过着极其严肃的生活。那天他已睡了。我瞧瞧他那埋在枕头里、半被法兰绒毯子遮住的脑袋，不禁怜惜起他来了。我对他不能分享我所体会的幸福感到惋惜。服侍我们的农奴彼得鲁施卡擎着蜡烛出来迎接我。他要帮我脱衣服，可我叫他回去休息。我看到他那睡眼惺忪的模样和蓬乱的头发，心里很同情他。我踮着脚走进自己屋里，竭力不弄出声音，在床上坐下来。哦，我太幸福了，我没法睡。再说，我在炉子烧得很旺的屋里感到闷热，就没脱衣服，悄悄地走到前厅，穿上外套，打开大门，走到街上。

"我四点多钟离开舞会，回到家里又坐了一会儿，大约有两个小时，所以我出门的时候，天已经亮了。那是在谢肉节，天气多雾，路上积雪渐渐融化，屋檐上滴着水。老上校住在城郊，靠近田野，田野的一头是所游乐场，另一头是女子中学。我穿过冷清的胡同来到大街上。我在大街上遇到一些行人，还有在薄雪地上运送木柴的雪橇。马匹套着光滑的车轭，有节奏地摇摆着湿漉漉的脑袋；车夫身披蓑衣，脚穿肥大的皮靴，在运货雪橇旁啪嗒啪嗒地走着；街两边的房屋在雾中显得格外高大——这一切在我看来都特别亲切，特别有意思。

"我来到他们家所在的田野上，看见游乐场附近有一大团黑糊糊的东西，还听到从那里传来的笛声和鼓声。我的心情一直很轻松愉快,耳边老是萦回着玛祖卡舞曲。但这会儿听到的却是另一种音乐,又粗野,又刺耳。

"'这是怎么回事?'我边想边沿着田野中被车马轧平的光滑道路往那里走去。我走了百来步,透过一片迷雾看出那里有许多黑糊糊的人影。显然是一群士兵。'准是在上操。'我想,同时跟一个身穿油腻短皮袄和围裙、手里拿着一样东西走在前头的铁匠一起,往那里走去。穿黑军服的士兵分两行面对面持枪立正,一动不动。鼓手和吹笛子的站在他们背后,反复奏出粗野刺耳的旋律。

"'他们这是在干什么呀?'我问站在身边的铁匠。

"'对一个鞑靼逃兵执行夹棍刑。'铁匠望着士兵行列的尽头,愤愤地说。

"我也往那边望去,看见两行士兵中间有一样可怕的东西在向我逼近。原来是一个光着上身的人,两手分别被捆在两支步枪上,两个士兵握住枪的一端押着他走。旁边有一个穿军大衣、戴军帽、身材魁梧的人,我觉得有点面熟。犯人浑身痉挛,两脚沙沙地踩着融雪,身上挨着雨点般从两边打来的棍子,跟跟跄跄地向我走来,一会儿身子向后倒,于是两个用枪押着他的军士就把他往前推,一会儿身子向前栽,于是军士便把他往后拉,不让他栽倒。那个身材魁梧的军官步伐稳健,大摇大摆地紧紧跟在后面。原来就是那个脸色红润、留着银白色小胡子和络腮胡子的上校,华莲卡的父亲。

"犯人每挨一下棍子,仿佛很惊讶似的,把他那痛苦得起皱的脸转向棍子落下的那一边,露出雪白的牙齿,反复说着同一句话。直到他走得很近了,我才听清那句话。他不是在说,而是在呜咽:'好兄弟,行行好吧!好兄弟,行行好吧!'可是好兄弟并没有行行好。当这一伙人走到我跟前时,我看见对面一个士兵断然向前迈出一步,呼的一声挥动棍子,狠狠打在鞑靼人的背上。鞑靼人身子向前猛冲了一下,但被军士拉住。从另一边又打来同样的一棍,接着又是这边一棍那边一棍。上校在旁边走着,一会儿望望自己脚下,一会儿瞧瞧罪犯。他吸了一口气,鼓起两颊,噘着嘴唇,慢慢把气吐出来。当这伙人走到我旁边时,我从两行士兵中间瞥了一眼犯人的脊背。这是一块色彩斑驳、血肉模糊的奇形怪状的东西,我简直无法相信这是人的身体。

"'哦,天哪!'铁匠在我旁边说。

"这伙人渐渐远去,两边的夹棍仍不断落在浑身抽搐、步履踉跄的犯人身上,鼓声和笛声仍响个不停,身材魁梧、相貌堂堂的上校仍步伐稳健地在犯人旁边走着。突然,上校停住脚步,接着快步走到一个士兵跟前。

"'你这不是在敷衍塞责吗?哼,我要让你知道敷衍塞责的后果。'我听见他愤怒的吆喝声。

"我看见他举起戴麂皮手套的手,猛地给那被吓坏的个儿矮小、力气不大的士兵一个耳光,以惩罚他没有使劲往那鞑靼人紫红的脊背上打棍子。

"'拿几根新棍子来!'他一面叫,一面向四周环顾着,终于看见了我。他装作不认识我,恶狠狠、气冲冲地皱起眉头,迅速地转过脸去。我觉得羞愧难当,眼睛不知往哪里瞧才好,仿佛我犯了见不得人的大罪,被人揭穿了。我垂下眼睛,慌忙跑回家去。一路上我的耳朵里忽而响起鼓声和笛声,忽而传来'好兄弟,行行好吧!'忽而听到上校严厉的怒吼声:'你这不是在敷衍塞责吗?'我心里产生了一种近似恶心的感觉,不得不几次停下脚步。我觉得那个惊心动魄的场面在我内心造成的极度恐怖统统就要呕出来。我不记得我是怎样回家和躺下的。可是一闭上眼睛，我又听到和看到那一切，于是连忙爬了起来。

"'他显然懂得一个我不懂得的道理，'我想到上校，'要是我也懂得他所懂得的那个道理，我就能理解我所看到的一切，也就不会觉得痛苦了。'但不管我怎样苦苦思索，还是无法懂得上校所懂得的道理。直到晚上我才睡着，而且是在朋友家喝得烂醉以后。

"哦，你们以为我当时就明确这是一桩坏事吗？根本没有。我当时想：'既然他们干得那么认真，并且人人都认为必要，可见他们一定懂得一个我所不懂的道理。'我竭力想弄个明白。可是不管我怎样努力，都是徒然。就因为弄不明白，我无法进军界服务，当差也没有当成，我这人就像你们看到的那样，成了个废物。"

"嘿，我们可知道您是个怎样的废物，"我们中间有个人说，"还不如说：要是没有您，这世界还会产生多少废物。"

"得了，这可是十足的胡说。"伊凡·华西里耶维奇十分恼恨地说。

"那么爱情呢？"我们问。

"爱情吗？爱情从那天起就一落千丈。当她像原来那样含笑沉思的时候，我立刻想起那天广场上的上校，心里就觉得别扭和不快。我跟她见面的次数越来越少。爱情也就这样消失了。天下就有这样的事，它会彻底改变一个人的生活，改变他生活的方向。可你们还说……"他就这样结束了他的话。

一九〇三年八月二十日于雅斯纳雅·波良纳

哈吉穆拉特

我穿过田野回家。那正是仲夏时节。草地已经割过,黑麦刚开镰收割。

这是个繁花似锦、五彩缤纷的季节:有红、白、粉红三种颜色的芬芳扑鼻的毛茸茸的三叶草花;有肆无忌惮地到处乱生的雏菊;有浓香刺鼻的白花黄蕊的"爱不爱"花[①];有吐出阵阵蜜香的黄色山芥花;有亭亭玉立、样子像郁金香的紫吊钟和白吊钟;有爬藤的豌豆花;有黄色、红色、粉红和紫色的整齐的山萝卜花;有略带粉红茸毛、清香爽人的车前草;有在朝阳下呈碧蓝色而到傍晚变成浅蓝带红的矢车菊;还有带杏仁味的娇弱易凋的菟丝子花。

我采了一大束野花回家,忽然发现沟里有一朵红得可爱的盛开的牛蒡花——在我们那里叫"鞑靼人"。割草的人遇到这种花,总是避开它,要是无意中割断了,就把它从草堆里剔除,免得刺手。但我却想把这朵牛蒡花摘下来,插在花束中间。我跳到沟里,把一只钻到花蕊里泰然睡觉的山马蜂赶走,动手折花。可是很不好办;且不说花梗周围都是刺,把我裹手

---

① "爱不爱"花,一种甘菊花。俄国少女常拿它来算爱情的命运,方法是把一片片花瓣扯下来,扯一片,说一声"爱",再扯一片,说一声"不爱",到一朵花扯完时看最后一瓣说的是什么。

的手绢刺破,它还那么韧,使我不得不一层一层扯断纤维,同它搏斗了五分钟才把它折断。最后,我把这朵花折下来,但花梗已被揉烂,花也不像原来那样鲜艳了。再说,这朵花太粗犷,夹在娇嫩的野花中间显得很不调和。我后悔把一朵好花白白糟蹋了,它原来长得可美啦。最后我把它扔了。"不过,它的生命力是多么强啊,"我回忆刚才折花所费的劲,想着,"它曾多么顽强地保卫自己的生命,并且付出了多大的代价!"

回家的路得穿过刚翻耕过的黑土休闲地。我沿着尘土飞扬的黑土路爬坡走去。这片土地是地主家的,面积很大,因而道路两边和前面斜坡上除了犁过而还没耙平的休闲地外,什么也看不见。地犁得很好,整个田野上没有一棵植物,没有一根小草,只见一片乌黑。"唉,人类真是一种破坏成性的残酷动物,为了维持自己的生命不惜消灭各种动物和植物。"我一面想,一面在这片精光的黑色田野上搜寻有生命的东西。在我的前面,在路的右边,有一棵灌木。我走近去,才认出这棵灌木又是"鞑靼人",也就是我刚才采下而又抛弃的那种花。

这棵"鞑靼人"有三个枝杈。其中一枝已断,残枝像砍断的胳膊那样突出着。另外两枝各开着一朵花。这两朵花原是红的,如今已变成黑色。一枝花梗断了,断枝上耷拉着一朵沾着泥巴的花;另一枝花梗虽也沾了黑泥,但仍向上挺立着。看样子,这棵"鞑靼人"被车轮轧过,后来又挺立起来,因此有点歪斜,但毕竟挺立起来了。好像从它身上撕下一块肉,取出一个内脏,砍掉一条胳膊,挖去一只眼睛,但它还是站起来了,不肯向消灭它周围兄弟的人屈服。

"多么顽强啊!"我想,"人类战胜了一切,消灭了亿万棵草木,但这一棵始终没有屈服。"

我不由得想起了一个古老的高加索故事,其中一部分是我亲眼目睹的,一部分是从目击者那里听来的,一部分是我想象出来的。现在我就根据回忆和想象编成下面这个故事。

一

这事发生在一八五一年年底。

十一月里一个寒冷的黄昏,哈吉穆拉特骑马走进没有归化的车臣人山村马赫凯特。村子里弥漫着好闻的牛粪的烟味。

清真寺宣礼楼的歌声刚沉静下来,在含有牛粪烟味的清新的山区空气中,可以听见散放在山村一排排泥屋间的牛羊的叫声,男人争吵的粗哑声音,以及泉水边妇女和儿童的笑语声。

哈吉穆拉特是沙米里①手下战功卓著的副帅。每次出行他总是打着自己的旗号,由几十名骑术高明的穆里德②前呼后拥。这一次,他戴着风帽和斗篷,斗篷底下竖着一支步枪。他随身只带一名穆里德,尽量避人耳目,他那双灵活的黑眼睛仔细察看着一路上遇到的居民。

哈吉穆拉特来到山村中央,不走通向广场的大街,而向左拐进一条小巷子。他走到山坡巷子第二座泥屋旁,向四下里

① 沙米里(1791—1871),高加索信奉伊斯兰教的少数民族的首领,曾发动"圣战"反对信奉东正教的俄国,得到土耳其等国的支持。
② 穆里德,阿拉伯文的音译,意为"希望者""寻道者",伊斯兰教苏非派教团的修道者。

张望了一下,这才站住。屋檐下不见一个人影,但在平屋顶上新近用黏土泥过的烟囱后面却躺着一个人,他身上盖着一件光板皮袄。哈吉穆拉特用鞭子柄戳戳睡着的人,得地弹了一下舌头。从光板皮袄下钻出来一个老人,头戴睡帽,身穿油光光的破棉袄。老人的眼睛没有睫毛,红肿湿润。他不住地眨眼,想把眼睛睁开。哈吉穆拉特照例说了一句"谢梁,阿列孔"①,就拉开风帽,把脸露出来。

"谢梁,阿列孔。"老头子一认出哈吉穆拉特,就张开没有牙齿的嘴含笑说。他把两脚伸进烟囱旁边那双木跟便鞋里,用两条干瘦的腿站起来,他穿好鞋,不慌不忙地把手伸到皱巴巴的光板皮袄里,脸朝外顺着靠在屋顶上的梯子爬下来。老头子一边穿衣服,一边下梯子。他那细脖子上的黑皮肤打皱,脑袋不断地摇晃,没有牙齿的嘴念念有词。他下到地上,殷勤地接过哈吉穆拉特的马缰和右边的马镫。可是哈吉穆拉特身边矫捷的穆里德迅速跳下马来,推开老头子,把马牵过来。

哈吉穆拉特下了马,微瘸着腿走到屋檐下。一个十五六岁的男孩从门里跑出来,他那双像乌梅子一样黑的亮晶晶的眼睛惊奇地打量着来客。

"快到清真寺去把你爹叫来。"老头子吩咐他说,接着抢先跑到哈吉穆拉特前头,替他打开咯咯响的土屋门。哈吉穆拉特一进去,就有一个穿黄衬衫、红棉袄和蓝裤子的中年瘦女人拿着坐垫从里屋走出来。

"欢迎光临!"她说着,弯下腰把坐垫放在外屋墙边让客人坐。

---

① "谢梁,阿列孔",突厥语的音译,意为"你好"。

"祝你的孩子个个身体健康!"哈吉穆拉特回答,同时把斗篷、步枪和马刀取下来交给老头子。

老头子小心翼翼地把枪和刀挂在主人的武器旁边。武器两旁的两个大铜盆在雪白的墙上闪闪发亮。

哈吉穆拉特拉好挂在背后的手枪,走到女人送来的坐垫跟前,理了理契尔克斯外套的衣襟,坐下来。老头子在他对面跪着坐在自己的光脚后跟上,闭上眼睛,手心向上举起双手。哈吉穆拉特也这样做。然后他们俩一起念祷文,用双手抹抹脸,抹到胡子尖又合起掌来。

"聂哈巴尔?"哈吉穆拉特问老头子,意思是,"有什么消息?"

"哈巴尔约克(没有消息)。"老头子那双没有生气的红肿眼睛没看着哈吉穆拉特的脸,而瞧着他的胸膛。"我住在养蜂场,今天刚回来瞧瞧儿子。我儿子可能知道些什么的。"

哈吉穆拉特懂得老头子不愿讲他所知道而哈吉穆拉特急需知道的事,就微微点了点头,不再问什么。

"什么好消息也没有,"老头子说,"只有一个消息,就是兔子都在开会,商量怎样把老鹰撵走。老鹰呢,还是今天抓这个,明天抓那个。上礼拜俄罗斯狗在米契茨基村放火烧掉干草,真想把他们的脸都撕破。"老头子用沙哑的声音恶狠狠地说。

哈吉穆拉特的穆里德走进来,轻轻地在泥地上迈着强健的腿,也像哈吉穆拉特那样取下斗篷、步枪和马刀,把它们挂到哈吉穆拉特挂武器的钉子上。身上只留下短剑和手枪。

"他是谁?"老头子指指来客,问哈吉穆拉特。

"我的穆里德。他叫艾达尔。"哈吉穆拉特说。

"噢,好的。"老头子说,指指哈吉穆拉特身边的毡毯让他坐下。

艾达尔坐下来,盘起腿,用他那双好看的羊眼睛默默注视着说话的老头子。老头子讲到他们的勇士上礼拜捉到两个俄国兵:一个被当场打死,另一个被送到维金诺村沙米里那儿。哈吉穆拉特心不在焉地听着,不时望望门,细听外面的动静。屋檐下传来脚步声,门吱嘎一声,主人走了进来。

主人名叫萨多,四十岁光景,留着山羊胡子,长鼻梁,眼睛也像那个男孩子一样乌黑,但没有那样亮。孩子跟着父亲跑进屋子,在门口坐下。主人在门口脱下木鞋,把皮板磨光的旧皮帽推到黑发蓬乱的后脑勺上,立刻就在哈吉穆拉特对面跪着坐下来。

萨多也像老头子一样闭上眼睛,手心向上举起双手,念了祷文,又用双手抹抹脸,这才开始说话。他说沙米里下令逮捕哈吉穆拉特,不论活捉或者打死,一律有赏,沙米里的差人昨天才出发。老百姓不敢违抗沙米里,因此要哈吉穆拉特多加小心。

"在我家里,"萨多说,"只要我活一天,就一天没有人敢碰我的朋友。可是在野外怎么样?那就得当心了。"

哈吉穆拉特用心听着,赞同地点点头。等萨多说完,他就说:"好。现在得派人送封信给俄国人。我的穆里德可以去,但要有个向导。"

"我派我弟弟巴塔去,"萨多说,"你去叫巴塔来。"他对儿子说。

男孩子像弹簧一样霍地跳起来,敏捷地迈开两腿,摆动双手,跑出屋子。大约过了十分钟,他带着一个皮肤黝黑、青筋毕露的短腿车臣人回来,车臣人身穿一件袖口破了的黄色旧契尔克斯外套,脚蹬一双靴筒宽大的黑靴。哈吉穆拉特同他打了个招呼,开门见山地问:"你能把我的穆里德带到俄国人那里去吗?"

"能,"巴塔立即高兴地说,"什么都能。除了我,没有一个车臣人能过去。换了别人,嘴里满口答应,结果却什么也办不到。可我能办到。"

"好,"哈吉穆拉特说,"完成这差事你可以得到三卢布。"他伸出三个手指说。

巴塔点点头表示明白,又添加说,钱他并不稀罕,但他尊敬哈吉穆拉特,愿为他效劳。山里人全知道哈吉穆拉特怎样狠狠地打击过俄国猪……

"很好,"哈吉穆拉特说,"绳是长的好,话是短的好。"

"好,那我就不多说了。"巴塔说。

"在阿尔贡河转弯的地方,峭壁对面的树林里有一块空地,那里放着两堆干草。你知道吗?"

"知道。"

"我有三名骑兵在那儿等我。"哈吉穆拉特说。

"阿耶①!"巴塔点点头说。

"你去问问汗马戈玛。汗马戈玛知道该怎么办,该说什么。把他带到俄国长官伏隆卓夫公爵那里去。你能行吗?"

"能行。"

"把他带去,再带回来,行吗?"

"行。"

---

① 阿耶,突厥语的音译,意为"是"。

"你把他带去，再回到树林里。我在那里等你。"

"遵命。"巴塔说着站起来，两手贴住胸口，出去了。

"还得派个人到盖希村去。"巴塔走后，哈吉穆拉特对主人说。"盖希村有这么一件事——"他握住外套上的子弹囊正要说话，忽然看见两个女人走进来，就放下手，停住话头。

一个是萨多的妻子，就是那个放坐垫的中年瘦女人。另一个是身穿肥大红色灯笼裤和绿色短棉袄、整个胸前都缀满银币的半大女孩。她那瘦脊背上拖着一条又粗又硬的乌黑小辫，辫梢上系着一个银卢布。在她那年轻而竭力装得严肃的脸上，一双眼睛像她父亲和哥哥一样，黑得像乌梅子，闪闪发亮。她没看一眼客人，但知道有客人在。

萨多的妻子端来一张矮矮的小圆桌，上面放着茶、饺子、油煎饼、干酪、玉米饼（一种很薄的馍馍）和蜂蜜。女孩端来铜盆、水壶和手巾。

女人们穿着红色平底软鞋在屋子里走动，把端来的东西放在客人们面前。这当儿萨多和哈吉穆拉特都没有作声。艾达尔用他那双羊眼睛望着盘坐的腿，身子一动不动，好像一座雕像。直到女人们走了，她们轻轻的脚步声完全听不见时，艾达尔才舒了口气，而哈吉穆拉特则从子弹囊里取出一颗子弹，又从子弹底下拿出一个纸卷儿。

"把这交给我的孩子。"哈吉穆拉特指指卷起来的字条说。

"回信送到哪里？"萨多问。

"交给你，你再送给我。"

"遵命。"萨多说，把字条塞到外套子弹囊里。然后拿起水壶，把铜盆推到哈吉穆拉特面前。哈吉穆拉特把袖子卷到臂肘上,露出肌肉发达的白手臂,两手伸到萨多从壶里倒出来的冰凉清澈的水流下。哈吉穆拉特用一块干净的粗手巾擦干手,挪动身子吃东西。艾达尔也这样做。客人们吃东西的时候,萨多坐在他们对面,再三感谢哈吉穆拉特的光临。坐在门口的男孩用乌黑发亮的眼睛盯住哈吉穆拉特,脸上现出笑容,似乎表示赞同父亲的话。

哈吉穆拉特虽然将近两天没吃东西,此刻却只吃了一点儿馍馍和干酪,又从短剑下取出一把小刀,挖了点蜜,抹在馍馍上。

"我们的蜜不错。今年的蜜超过往年:又多又好。"老头子说,看到哈吉穆拉特吃他的蜜,显然很高兴。

"谢谢。"哈吉穆拉特说,从饭桌旁走开。

艾达尔还想吃,但也只好像他的穆尔西德①那样离开饭桌,拿起铜盆和水壶递给哈吉穆拉特。

萨多懂得,他接待哈吉穆拉特是冒着生命危险的,因为自从沙米里同哈吉穆拉特决裂后,就通告全体车臣居民,凡收留哈吉穆拉特的将处极刑。他懂得,山村居民随时都会知道哈吉穆拉特住在他家里,会要他把哈吉穆拉特交出去。但这事不仅没有使萨多担心,反而使他高兴。萨多认为保护这位朋友是义不容辞的,即使要他献出生命也在所不惜。他为自己的行为感到高兴和自豪。

"你住在我家里,只要我的脑袋还在肩上,就没有人敢动你一根毫毛。"他一再对哈吉穆拉特说。

哈吉穆拉特仔细瞧瞧他那双炯炯有神的眼睛,明白他说

---

① 穆尔西德,阿拉伯语的音译,意为"引路人",指伊斯兰教的宗教导师。

的是实话,就严肃地说:"祝你幸福,长寿!"

萨多默默地把一只手按在胸口上,对这种祝愿表示感激。

萨多关上板窗,点着壁炉里的干树枝,走出客房时心情特别兴奋。他走进泥屋里家眷住的屋子。女人们还没有睡,正谈论着在客房里过夜的危险客人。

二

那天晚上,在离哈吉穆拉特住宿的山村十五俄里的伏兹德维任斯克要塞里,有三个士兵和一名军士从要塞出发,到哈赫基林斯克门去。士兵们身穿短皮大衣,头戴毛皮高帽,肩上挎着卷拢的军大衣,脚蹬高过膝盖的大皮靴,完全是一副当年高加索士兵的装束。士兵们扛着枪,先顺着大路走了五百来步,然后离开大路,踏着飒飒响的枯叶,向右走了二十步光景,在一棵黑暗中看得出树干折断的法国梧桐旁站住。潜伏哨通常都设在这个地方。

士兵们在树林里走着的时候,明亮的星星仿佛在树梢上奔跑,此刻停住了,逗留在光秃的树枝中间闪闪发光。

"谢天谢地,这儿倒干燥。"军士潘诺夫说着,从肩上摘下上了刺刀的步枪,铿锵响着把它靠在树干上。三个士兵也照他的样办。

"本来带着的,怎么没有了!"潘诺夫生气地嘀咕着,"不是忘了带来,就是在路上丢了。"

"你找什么呀?"一个士兵声音洪亮地问。

"找烟斗,鬼知道丢到哪儿去了!"

"烟管在吗?"洪亮的声音又问。

"烟管,这不是。"

"就在地上抽行吗?"

"那怎么行!"

"好办,我们一下子就能弄好。"

潜伏哨是禁止抽烟的,但这个潜伏哨简直不像潜伏哨,倒像个前沿岗哨,他们的任务是防止山民像以前那样,悄悄把大炮推到这儿来,向要塞射击。潘诺夫认为不必禁烟,就答应那个快乐的士兵的建议。快乐的士兵从口袋里掏出一把小刀,动手挖地。他挖了一个小坑,把它弄得很平整,把烟管插在坑里,再把烟草放进去,压实。这样烟管就搞好了。划着一根火柴,刹那间照亮了趴在地上的士兵颧骨突出的脸庞。烟管吱吱地响起来,潘诺夫闻到了马合烟的香味。

"弄好了吗?"他站起来问。

"当然弄好了。"

"嗨,阿福杰耶夫这家伙真精灵! 淘气鬼! 让我来试试。"

阿福杰耶夫退到一旁,给潘诺夫让出地方,同时从嘴里吐出一团烟。

士兵们过好烟瘾,聊了起来。

"听说连长又动用了公款。看来又输钱了。"一个士兵懒洋洋地说。

"他会还的。"潘诺夫说。

"当然,他是个好军官。"阿福杰耶夫附和说。

"哼,好军官,好军官,"那个开头谈话的人不以为然地说,"照我看,咱们的连该同他谈一谈,要是拿过,就该说出来,拿过多少,几时归还。"

"连里决定该怎么办就怎么办吧。"潘诺夫推开烟管说。

"不错,部队是个大集体。"阿福杰耶夫肯定说。

"你瞧,燕麦得买,皮靴开春前得补,处处需要花钱,可他竟自己拿去花了……"满腹牢骚的士兵说。

"我说,随便连里决定好了,"潘诺夫又说了一遍,"他借了还,还了借,也不止一次了。"

当时在高加索,每个连都自己选人管理财务。每个连按每人六个半卢布的数目向国库领取款子,一切都自给自足:种白菜,割草,买自备马车,并拥有可以夸耀的精壮好马。连部的钱放在箱子里,钥匙由连长掌管,因此常发生连长从箱子里挪用公款的事。现在就发生了这样的情况,士兵们谈的也是这件事。神情忧郁的士兵尼基丁要连长公布账目,而潘诺夫和阿福杰耶夫则认为没有必要。

尼基丁接着潘诺夫抽了烟。他把军大衣铺在地上,坐下来,身子靠着树干。士兵们不再说话。只听得风高高地在树梢上空吹拂。突然,在这不断的轻微风声中传来豺狼的号叫、哭泣和狞笑声。

"你听,那些可恶的畜生在号叫。"阿福杰耶夫说。

"它们这是在笑你呀,笑你的脸长歪了。"第四个士兵用尖细的乌克兰腔说。

接着又万籁俱寂,只有风吹动树枝,时而把星星遮住,时而让它们豁露出来。

"你说,安东内奇,"快乐的阿福杰耶夫忽然问潘诺夫,"你有没有感到过烦闷?"

"烦闷什么?"潘诺夫不乐意地回答。

"我有时闷得要命,闷得连自己都不知道该怎么办才好。"

"咳，瞧你这人！"潘诺夫说。

"我有时闷得慌，就把钱喝个精光。我心里那个闷哪，那个闷哪，简直受不了。我就想，让我喝个痛快吧。"

"可有时越喝越闷哪。"

"这种情况是有的。但有什么办法呢？"

"你到底为什么事那么闷哪？"

"我吗？我想家呀！"

"你家里日子过得富裕吗？"

"富裕算不上，但日子还过得去。过得挺不错。"

于是阿福杰耶夫又跟潘诺夫讲那讲过好多遍的故事。

"老实说，我是自愿替哥哥当兵的，"阿福杰耶夫道，"他一家有五口人！我呢，结婚没多久。妈妈求我代替哥哥。我想，我没问题！他们将来会记住我的好处的。我就去见东家。我们东家倒是个好人，他说：'好小子！去吧。'这样我就替哥哥来当兵了。"

"噢，这是好事啊。"潘诺夫说。

"不瞒你说，安东内奇，如今可闷得慌。想到我为什么要替哥哥来当兵，心里就格外烦恼。人家说，他在那里享福，你在这里受罪。我越想心里越窝囊。真是罪过，真的。"

阿福杰耶夫沉默了一会儿。

"咱们再抽一管烟怎么样？"阿福杰耶夫问。

"行，你来弄！"

不过士兵们没抽成烟。阿福杰耶夫刚站起来，弄好烟管，就听出风声中有人在走路。潘诺夫拿起枪，踢踢尼基丁。尼基丁站起来，从地上捡起军大衣。还有一个士兵邦达连科也站了起来。

"弟兄们,我做了这样一个梦……"

阿福杰耶夫对邦达连科嘘了一声,于是士兵们都屏息细听。有几个人没穿靴子的轻柔脚步声越来越近了。黑暗中,越来越清楚地听得树叶和枯枝被踩得嚓嚓发响。接着就听见车臣人喉音很重的说话声。士兵们不但听到说话声,而且从树木缝里看见两个黑影。一个矮一点,一个高一点。当黑影走到士兵们跟前时,潘诺夫手握步枪,同两个伙伴突然蹿到大路上。

"什么人?"他喝道。

"车臣老百姓。"那个矮一点的人说。这人就是巴塔。"没有带枪,没有带刀,"他一面说,一面做着手势,"要见见公爵。"

高个子默默地站在伙伴旁边。他也没有带武器。

"是密探,他要见团长。"潘诺夫对伙伴解释说。

"有要事见伏隆卓夫公爵,十万火急。"巴塔说。

"行,行,我们带你去。"潘诺夫说。"怎么样,你同邦达连科领他们去吧?"他对阿福杰耶夫说,"交给值班的,就回来。可得留点儿神,在后面押着他们走。这些秃鬼可机灵了。"

"这玩意儿是干什么的?"阿福杰耶夫端着刺刀做了一个刺杀的姿势,"这么一下,管叫他回老家去。"

"把他捅死了,他还有什么用,"邦达连科说,"喂,开步走!"

等两个士兵和密探的脚步声听不见,潘诺夫便和尼基丁回到原来的地方。

"他们晚上出来搞什么鬼!"尼基丁说。

"总是有事啰，"潘诺夫说，"天凉了。"他说着，打开军大衣穿上，靠着树坐下。

过了两小时，阿福杰耶夫和邦达连科回来了。

"怎么样，交掉了吗?"潘诺夫问。

"交掉了。团长他们还没有睡呢。我们就一直带到他那里。哦，那两个秃头倒挺不错，"阿福杰耶夫说，"真的，我同他们谈得可好了。"

"我就知道，你要同他们谈话。"尼基丁不高兴地说。

"说真的，同俄国人一模一样。一个成了家。我问他:'玛鲁施卡，巴尔?'①他说:'巴尔。'我问他:'巴仑楚克，巴尔?'②我问他多不多，他说有一双。我们就这样谈得挺对劲。这两个家伙满不错。"

"是啊，是不错，"尼基丁说，"你要是单独遇到他，他就会把你的五脏六腑都挖出来。"

"看来天快亮了。"潘诺夫说。

"是啊，星星暗淡了。"阿福杰耶夫坐下来说。

士兵们又都安静下来。

三

兵营和士兵宿舍的窗子早就黑了，但要塞里那座最好的房子仍灯光通明。这座房子住着库林斯基团团长，总司令的儿子，宫廷侍从武官谢苗·伏隆卓夫公爵。伏隆卓夫同他的

---

① 突厥语音译，意为:"妻子有没有?"

② 突厥语音译，意为:"孩子有没有?"

夫人,彼得堡著名美人玛丽雅住在一起,他们过着这高加索小要塞里从没见过的豪华生活。伏隆卓夫,特别是他的夫人,还认为他们在这里过的是俭朴的生活,十分清苦;而当地居民看到这种异常奢华的生活,都大为惊讶。

这会儿正好是午夜十二点钟。整个大客厅铺满地毯,挂着厚窗帘,主人和客人正围着一张绿呢牌桌打牌,桌上点着四支蜡烛。打牌人中有一个长脸膛、浅色头发的上校,佩着绣有宫廷侍从武官缩写花体字母和带穗子的肩章,他就是主人伏隆卓夫。他的搭档是一个彼得堡大学毕业生,他面容忧郁,头发蓬乱,最近受伏隆卓夫公爵夫人聘请,来担任她前夫小儿子的家庭教师。他们的对手是两个军官:一个是宽脸、面色红润、从近卫军调来的连长波尔多拉茨基;另一个是相貌好看、表情冷峻、身板笔挺的团副官。公爵夫人玛丽雅是个大眼睛、黑眉毛、身材高大的美人。她坐在波尔多拉茨基旁边,看他的牌。她的裙子触着他的两腿。她说的话,她的眼神、微笑,她的一举一动,她身上的香水,这一切都使他心醉神迷。他只感觉到她在身边,别的什么也不知道。因此他接二连三地打错牌,越来越使他的搭档生气。

"咳,怎么可以这样打! 你又把王牌糟蹋了!"副官看到波尔多拉茨基打出一张王牌,涨红脸说。

波尔多拉茨基如梦初醒,莫名其妙地睁大一双距离很宽的善良的黑眼睛望着生气的副官。

"您就原谅他吧!"玛丽雅含笑说,"您瞧,我不是对您说过了吗?"她接着对波尔多拉茨基说。

"可您说的根本不是那么一回事。"波尔多拉茨基笑着说。

"难道不是吗？"她说着，也微微一笑。她回报的一笑使波尔多拉茨基心花怒放，情绪激动。他的脸涨得通红，抓起牌来要洗。

"不该你洗。"副官恶狠狠地说，用他那戴宝石戒指的白净的手急急地发牌，仿佛想尽快把牌甩掉。

这时，公爵的侍从走进客厅，报告说值日官有请。

"诸位请原谅，"伏隆卓夫带着英语腔说，"玛丽雅，你来替我打吧。"

"你们同意吗？"公爵夫人问，敏捷地站起来，挺直她那高大的身子，把丝绸衣服弄得窸窣作响，脸上洋溢着幸福女人光彩焕发的笑容。

"我一向好说话。"副官说，看到对面坐着一点不会打牌的公爵夫人，心里很高兴。波尔多拉茨基只是微微一笑，把两手一摊。

公爵回到客厅的时候，一局快打完了。他走进来，心情特别愉快。

"你们知道我有个什么建议吗？"

"什么建议？"

"让我们来喝一杯香槟。"

"这事我随时都可以奉陪。"波尔多拉茨基说。

"好啊，这事挺有意思。"副官说。

"华西里！拿酒来！"公爵说。

"叫你有什么事？"玛丽雅问。

"值日官来了，还有一个人同来。"

"谁？什么事？"玛丽雅连忙问。

"我不能告诉你们。"伏隆卓夫耸耸肩膀说。

"不能告诉我们，"玛丽雅跟着说，"以后我们会知道的。"

香槟送来了。每个客人喝了一杯，牌局结束，算清账，大家纷纷告辞。

"明天轮到你们的连队伐木吗?"公爵问波尔多拉茨基。

"是我的连队。什么事?"

"那么我们明天见。"公爵含笑说。

"那太好了。"波尔多拉茨基说，并没有十分听懂伏隆卓夫对他说的话，一心只惦记着他马上可以握握玛丽雅又白又大的手。

玛丽雅照例不仅紧紧地握了握而且使劲抖了抖波尔多拉茨基的手。她再次提起他打错牌——用红方块开牌，并向他微微一笑。波尔多拉茨基觉得这是一种令人心醉的意味深长的微笑。

波尔多拉茨基走回家去，心情特别兴奋。这种兴奋的心情，只有习惯于上流社会社交活动而又在军队里过了几个月独身生活的人，一旦遇到从前接触过的女人，特别是像伏隆卓夫公爵夫人那样迷人的女人，才能理解。

他走到他跟一位同事合住的宿舍，推推门，可是门闩上了。他敲了敲，还是没有人开。他大发雷霆，用脚和马刀敲门。门里传来了脚步声。波尔多拉茨基的农奴华维洛打开门闩。

"干吗把门闩上? 蠢货!"

"不闩怎么行呢，阿列克赛·符拉基米尔……"

"又喝醉了! 我叫你知道怎么行……"

波尔多拉茨基要揍华维洛，但又住手了。

"咳,去你的吧。把蜡烛点上。"

"我这就点。"

华维洛确实喝了点酒,是在司务长命名日的筵席上喝的。他回到家里,拿自己的身世同司务长伊凡·玛凯伊奇的身世做了比较。伊凡·玛凯伊奇收入可观,结过婚,希望明年退伍。华维洛从小被提上来,就是说侍候老爷们,如今已是四十开外的人了,可是还没有结婚,跟着荒唐的老爷在部队里混日子。老爷人挺不错,很少打骂,可这是种什么生活啊!"老爷答应从高加索回去后就给我自由。可我得了自由能往哪儿去呢。日子过得简直像畜生!"华维洛想。他困得要命,生怕有人进来偷东西,就把门闩上睡觉。

波尔多拉茨基走进房间,房间里还睡着他的同事吉洪诺夫。

"怎么样,输了?"吉洪诺夫醒来了,说。

"没有输,赢了十七卢布,还喝了一瓶克里歌牌香槟酒。"

"玛丽雅也看到了?"

"玛丽雅也看到了。"波尔多拉茨基重复说。

"都快起床了,"吉洪诺夫说,"六点钟得出发。"

"华维洛,"波尔多拉茨基嚷道,"注意啦,明天早晨五点钟叫醒我。"

"您要打人的,怎么敢叫醒您哪。"

"我要你叫就叫。听见吗?"

"是,老爷。"

华维洛拿起靴子和衣服出去了。

波尔多拉茨基上床睡觉,他含笑点着一支烟,把蜡烛吹灭。在黑暗中他看见玛丽雅笑盈盈的脸。

伏隆卓夫夫妇也没有很快入睡。客人们走后,玛丽雅走到丈夫跟前,声色俱厉地说:"哼,你老实对我说,是怎么一回事?"

"哦,亲爱的……"

"什么亲爱的不亲爱的! 当然又是密探,对不对?"

"是的,可我还是不能告诉你。"

"不能吗? 好,那让我来告诉你!"

"你?"

"是哈吉穆拉特,对不对?"公爵夫人说,她听说同哈吉穆拉特谈判已有几天了。她猜想来找她丈夫的是哈吉穆拉特本人。

伏隆卓夫不能否认这件事,但使妻子失望的是,刚才来的不是哈吉穆拉特本人,而是哈吉穆拉特的密探。密探来通报,哈吉穆拉特明天将到指定伐木的地方来投诚。

小伏隆卓夫夫妇在要塞中长期过着单调的生活,这消息当然使他们高兴。他们谈论着,要是他父亲知道这消息,会多么高兴。夫妇俩一直谈到两点多钟才睡觉。

四

哈吉穆拉特为了摆脱沙米里派来追击他的穆里德,一连三夜没睡觉。这会儿,萨多向他道过晚安走后,他就立刻睡着了。他没有脱衣服,一手支着头,臂肘陷进主人为他准备的红色羽绒枕头里。离他不远的墙边睡着艾达尔。艾达尔仰卧着,宽宽地伸开年轻强壮的四肢,他那穿着白色契尔克斯外套、佩黑色子弹囊的发达胸脯看起来比斜靠在枕头上剃得发青的脑袋还高。他那生着一片茸毛的嘴唇像孩子般噘起,忽而张开,忽而闭拢。他也像哈吉穆拉特一样和衣而睡,腰里插着手枪和短剑。壁炉里的树枝已烧光,炉壁上还亮着一盏夜明灯。

午夜时分,客房的门吱地响了一声,哈吉穆拉特霍地爬起来,一手抓住手枪。萨多轻轻地踩着泥地走进来。

"什么事?"哈吉穆拉特精神饱满地问,仿佛根本没有睡觉。

"你得考虑一下,"萨多蹲在哈吉穆拉特面前,说,"有个女人从屋顶上看见你来了,告诉了丈夫,现在弄得全村都知道了。刚才有个女街坊来找我老婆,说老头子们聚集在清真寺旁,想把你拦住。"

"那我们得走了。"哈吉穆拉特说。

"马都准备好了。"萨多说,急急地走出屋子。

"艾达尔。"哈吉穆拉特低声唤道。艾达尔听见自己的名字,主要是听见他的穆尔西德的声音,伸开强壮的两腿,一跃而起,把皮帽扶扶正。哈吉穆拉特带上武器,披上斗篷。艾达尔也照着做。两人默默地从屋子里走到廊檐下。黑眼睛的男孩牵出马来,坚硬的街道上一响起嘚嘚的马蹄声,隔壁屋里就有人探出头来。另外有个人穿着木底鞋,向山上清真寺跑去。

天上没有月亮,漆黑的夜空中闪烁着几颗星星。可以看见一排排泥屋顶的轮廓,以及耸立在高岗上、比其他建筑物庞大的带塔楼的清真寺。从清真寺那里传来喧闹的人声。

哈吉穆拉特迅速地带上枪,一只脚伸进狭小的马镫,悄没声儿地翻身骑上马,坐在高高的马鞍上。

"真主保佑你!"他对主人说,右脚习惯地找寻另一个马镫,又用鞭子轻轻触了一下牵马的孩子,要他让开。那孩子让到一旁,马仿佛自己知道该怎么办,健步跑出小巷,来到街上。艾达尔骑马跟在后面。萨多穿着皮袍,迅速地摆动两手,跟着他们在狭窄的街上忽左忽右地跑着。村口出现一个移动的影子,穿过大路,接着又是一个。

"站住!骑马的是谁?站住!"有个人喊道。接着就有几个人拦住去路。

哈吉穆拉特不仅没有停下,而且从腰里拔出手枪,加快速度,向拦路的人们直冲过去。路上的人群散开来。哈吉穆拉特头也不回,飞快地沿着大路跑下坡。艾达尔跟在他后面奔驰。他们后面响起两声枪声,两颗子弹从空中呼啸而过,却没有伤着哈吉穆拉特,也没有伤着艾达尔。哈吉穆拉特继续用这样的速度奔驰。他跑了三百来步,勒住微喘的马,倾听有什么动静。前面,一股湍急的流水哗哗地向坡下奔腾。后面村子里,公鸡的啼声此起彼落。除了这些声音,还听见哈吉穆拉特身后越来越近的马蹄声和人声。哈吉穆拉特催动马匹,仍旧不快不慢地行进着。

后面的人很快地追上了哈吉穆拉特。总共有二十名左右骑马的人,都是山村的居民。他们想拦住哈吉穆拉特,至少做做要拦阻他的样子,以便在沙米里面前撇清自己。当他们逼近到彼此在黑暗中看得见的时候,哈吉穆拉特就勒住马,放下缰绳,左手熟练地解开枪套,右手拉出步枪。艾达尔也照他的样子做。

"干什么?"哈吉穆拉特喝道,"想捉拿我吗?那就来吧!"他说着举起枪,山民们站住了。

哈吉穆拉特手里握着枪,向洼地走去。骑马的人不敢接近,远远地跟在他后面。哈吉穆拉特走到洼地另一边,追击他的人向他呼喊,让他听到他们的话。哈吉穆拉特放了一枪作为回答,继续纵马前进。等他再勒住马停下来,已听不见后面的追击声和鸡啼声,只有树林里汩汩的流水声和猫头鹰的啼叫声听得更清楚了。一片黑压压的树林近在眼前。那就是他的穆里德等着他的地方。哈吉穆拉特走近树林,勒住马,深深地吸了一口气,吹了声口哨,停了停,侧耳倾听。过了一会儿,树林里也传出同样的口哨。哈吉穆拉特离开大路,向树林里驰去。他走了百来步,通过树枝的隙缝看到一堆篝火、坐在火旁的人影,以及一匹半截身子被火光照亮的拴住脚的马。

篝火旁坐着的人群中有一个连忙站起来,向哈吉穆拉特走去,接过缰绳和马镫。这是哈吉穆拉特的奶兄弟阿瓦尔人[①]哈涅斐。他掌管着哈吉穆拉特的产业。

"把火灭了。"哈吉穆拉特说,跳下马。人们把篝火撒开,踩灭燃烧的树枝。

"巴塔来过吗?"哈吉穆拉特问,往铺在地上的斗篷走去。

"来过。早就跟汗马戈玛走了。"

"他们走的是哪条路?"

"这一条。"哈涅斐回答,指着同哈吉穆拉特来的路相反的方向。

"好。"哈吉穆拉特说,摘下步枪,装上子弹。"得留神,有人在追我。"他对那个踩灭火的人说。

这是个车臣人,叫甘泽洛。甘泽洛走到斗篷旁,拿起上面

---

① 阿瓦尔人,达格斯坦的一个少数民族。

带套子的枪,默默地走到哈吉穆拉特刚才下马的树林边上。艾达尔下了马,把哈吉穆拉特的马也牵在手里,高高地拉紧两匹马的头,把它们拴在树上。然后像甘泽洛那样扛起枪,走到树林旷地的另一边。篝火熄灭了,树林不像原来那样黑,天上的星星已暗淡无光。

哈吉穆拉特望望星星,看见北斗星已升到中天,估计早已过了半夜,是行宵礼①的时候了。他问哈涅斐要了水壶(总是放在褡裢里随身带着),披了斗篷,向水边走去。

哈吉穆拉特脱去鞋袜,盥洗完毕,赤脚走到斗篷上,然后跪坐在腿肚上,用手指塞住耳朵,闭上眼睛,面朝东念了规定的祷文。

祷告完毕,他回到原地,那里放着一副褡裢。他在斗篷上坐下,两臂支着膝盖,垂下头,沉思起来。

哈吉穆拉特一贯相信自己的好运。他不论想做什么事,总是充满信心。事实上他也总能成功。在他那充满狂风暴雨的战斗生涯中,情况往往是这样,难得有例外。因此他相信这一次也是如此。他想象着怎样带领伏隆卓夫拨给他的军队去打沙米里,把他活捉,向他报仇雪恨;俄罗斯沙皇将怎样赏赐他,他不仅又可以统治阿瓦利亚②,而且将统治他所征服的车臣。他带着这样的幻想渐渐睡去。

他梦见他带着他的勇士,唱着歌,喊着"哈吉穆拉特来了"向沙米里冲去,活捉他和他的妻妾,还听见他的妻妾放声痛哭。他醒来了。原来《拉·伊里亚哈》的歌声、"哈吉穆拉

---

① 按伊斯兰教规定,每日礼拜五次,分别在晨、晌、晡、昏、宵五个时间举行,称作晨礼、晌礼、晡礼、昏礼、宵礼。

② 阿瓦利亚,十四世纪达格斯坦的一个汗国。

特来了"的喊声,以及沙米里妻妾的哭声,都是豺狼的号叫和悲泣。哈吉穆拉特抬起头来,穿过树林望望渐渐发白的东方,向坐得离他较远的一个穆里德打听汗马戈玛的消息。哈吉穆拉特听说汗马戈玛还没有回来,立刻又打起盹来。

汗马戈玛同巴塔一起出使归来,他们快乐的声音把哈吉穆拉特吵醒了。汗马戈玛立刻在哈吉穆拉特身边坐下,向他汇报俄国兵怎样遇见他们,领他们去见公爵殿下,他怎样同公爵本人谈话,公爵表示很高兴,答应早晨在米契克河畔沙林斯克俄国人伐木的地方同他们见面。巴塔不时打断同伴的话,补充些细节。

哈吉穆拉特详详细细询问,伏隆卓夫对哈吉穆拉特投诚俄国人究竟说了些什么。汗马戈玛和巴塔异口同声地说,公爵将把哈吉穆拉特奉为上宾,热情款待。哈吉穆拉特还问清了道路。哈吉穆拉特听汗马戈玛说,他熟悉道路,能把他一直领到那地方。哈吉穆拉特就拿出钱来,给了答应过巴塔的三卢布。他还吩咐手下人从褡裢里拿出他的镶金武器和带缠头巾的皮帽,叫穆里德们擦干净,好让他体体面面去见俄国人。等他们擦亮武器,收拾好马鞍、马具和马匹,星星已经熄灭,天光大亮,黎明前的微风吹拂着。

五

大清早,天还没有亮,波尔多拉茨基就率领两连人,带着斧头,走了十俄里路,来到恰赫基林斯克门外,拉开散兵线,天一亮就动手伐木。八时以前,篝火里的湿树枝烧得发出哔哔剥剥和咝咝的响声,冒出的芬芳烟气同迷雾混合在一起,冉冉上升。伐木的士兵原先五步之外就互相看不见,只能听见彼此的说话声,这会儿连篝火和塞满树木的林间道路都看得清了。太阳一会儿像个明亮的圆球出现在雾中,一会儿又隐没不见了。在离开道路稍远的林间旷地上,有几个人坐在军鼓上,其中有波尔多拉茨基、吉洪诺夫连长、两个三连的军官,以及因决斗而被贬谪的近卫重骑兵军官,波尔多拉茨基在贵胄军官学校的同学傅烈泽男爵。军鼓周围满地都是包冷菜的纸、烟蒂和空酒瓶。军官们喝着伏特加和黑啤酒,吃着点心。鼓手正在开第八瓶酒。波尔多拉茨基虽然没有睡够,情绪却特别好,显得很快乐。每当他同士兵和伙伴面临可能发生的危险时,总是这样的。

几位军官正在热烈地谈论着最新消息:斯列普卓夫将军①的阵亡。听到这个噩耗,谁也没有注意生命的重要时刻——生命的终结和回归自然,而只看到一个剽悍的军官手持马刀向山民冲击砍杀的英勇气概。

尽管人人——特别是参加过战斗的军官——知道,当时高加索战争中根本没有发生过常常为人所想象和描写的拼大刀的肉搏战(即使有,也只有用马刀砍和刺刀捅逃兵罢了)。这种向壁虚构的肉搏战被军官们信以为真,并使他们心安理得地感到自豪和快乐。他们怀着这样的心情,有的英姿勃勃,有的态度谦逊,但都坐在鼓上抽烟,喝酒,谈笑,根本没顾到随时可能降临到他们头上的死神,就像降临斯列普卓夫头上那样。果然,正当他们谈得起劲的时候,道路左边响起了步枪动人心魄的尖叫声,一颗子弹从雾蒙蒙的空中呼啸而过,啪的一

---

① 斯列普卓夫(1815—1851),哥萨克团团长,在同沙米里作战时阵亡。

声打在树干上。士兵们就用几个重浊的步枪声来回答敌人的射击。

"嗨!"波尔多拉茨基欢天喜地地嚷道。"这是他们在向散兵线开枪!喂,柯斯嘉老弟,"他对傅烈泽说,"你的运气来了。快回连里去,我们安排安排,好好干他一家伙!打个漂亮仗。"

被贬谪的男爵一跃而起,拔脚往那烟雾弥漫的地方跑去。他的连就在那里。士兵给波尔多拉茨基牵来一匹卡巴尔丁种枣红马。他骑上马,整好队伍,领着他们朝开枪的散兵线冲去。散兵线就在一道光秃秃的山沟前面的树林边上。风吹着树林,不仅看得见山沟,而且看得见山沟的那一边。

波尔多拉茨基接近散兵线的时候,太阳已经从迷雾里豁露出来。在山沟那一边,在大约二百米外的另一座小树林边上,有几个骑马的人。这是追击哈吉穆拉特的车臣人。他们想看看他怎样跑到俄国人那边去。其中一个向散兵线开枪。散兵线里有几个士兵向他还击。车臣人往后退,射击停止了。但这时波尔多拉茨基带着一连人开过来,他命令开枪。口令一发出,整条散兵线就响起惊心动魄的密集的枪声,同时升起了一片随风飘散的轻烟。士兵们对这种游戏很感兴趣,匆匆装上子弹,一枪一枪地射击起来。车臣人显然发觉挑衅,便策马前进,连续对俄国兵开了几枪。其中有一枪打伤了一名俄国兵,那就是担任暗哨的阿福杰耶夫。同伴们向他走去。他仰卧在地上,两手按着腹部的伤口,有节奏地翻滚着身子。

"他刚要上子弹,我听见啪的一声,"同他结成对子的士兵说,"我一看,他把枪扔了。"

阿福杰耶夫也是波尔多拉茨基连里的士兵。波尔多拉茨基看见一群士兵聚在一起,骑马跑到他们跟前。

"怎么,老弟,挂彩了?"他问,"伤在哪里?"

阿福杰耶夫没有回答。

"他刚要上子弹,大人,"同阿福杰耶夫结成对子的士兵说,"我听见啪的一声,一看,他把枪扔了。"

"啧,啧!"波尔多拉茨基弹了两下舌头,"怎么样,阿福杰耶夫,疼不疼?"

"不疼,可是不能走路。给我一点酒喝,大人!"

在高加索,士兵们喝的其实不是伏特加,而是酒精。潘诺夫严厉地皱紧眉头,递给阿福杰耶夫一壶盖酒精。阿福杰耶夫喝了一口,随即把壶盖推开了。

"我喝不下,"他说,"你自己喝吧。"

潘诺夫把酒精喝光。阿福杰耶夫试着站起来,但又趴了下去。伙伴们铺开军大衣,把阿福杰耶夫放在上面。

"大人,上校来了。"上士对波尔多拉茨基说。

"好吧,你来照顾他。"波尔多拉茨基说,挥了挥鞭子,飞快地向伏隆卓夫驰去。

伏隆卓夫骑着他那匹英国纯种枣红马,后面跟着团副官、一名哥萨克兵和一个车臣翻译。

"你们这里出了什么事?"他问波尔多拉茨基。

"刚才来了一股匪徒,向散兵线袭击。"波尔多拉茨基回答。

"哼! 都是你惹出来的。"

"不是我惹出来的,公爵,"波尔多拉茨基笑着回答说,"是他们自己窜过来的。"

"听说有个士兵负伤了,是吗?"

"是啊,很可惜。是个好兵。"

"伤得重吗?"

"看样子很重,伤了肚子。"

"你知道我到哪儿去吗?"伏隆卓夫问。

"不知道。"

"真的猜不着吗?"

"猜不着。"

"哈吉穆拉特出来了,他马上就要跟我们见面。"

"不可能!"

"昨天他的密探来过,"伏隆卓夫勉强忍住得意的微笑,说,"现在他大概在沙林斯克林中草地上等我;你把散兵线拉到那里,然后到我这里来。"

"是。"波尔多拉茨基把手举到皮帽边上敬了个礼,说,接着就回到自己的连队。他亲自带领散兵线往右走,同时命令上士把一部分人带到左边去。伤员由四个士兵抬到要塞里。

波尔多拉茨基刚要回伏隆卓夫那儿去,忽然看见后面有几个人骑马追上来。波尔多拉茨基站住等他们。

为首的那人相貌堂堂,骑一匹白鬃骏马,身穿白色契尔克斯外套,头戴连头巾的皮高帽,带着镶金武器。他就是哈吉穆拉特。他骑马来到波尔多拉茨基面前,对他说了几句鞑靼话。波尔多拉茨基扬起双眉,摊开两手表示不懂,微微一笑。哈吉穆拉特也报以微笑。他的笑容天真无邪,使波尔多拉茨基感到惊讶。波尔多拉茨基怎么也没有料到,这个令人胆战心惊的山民原来是这么个模样。他原以为哈吉穆拉特一定是个阴沉冷峻的异族人,但此刻出现在他面前的却是个笑眯眯和蔼可亲的人,好像是个老朋友,而不是陌生人。他身上只有一个特点,就是那双距离很宽的眼睛镇定沉着而又富有洞察力地打量着人家的眼睛。

哈吉穆拉特的随从有四个。其中有昨晚去见伏隆卓夫的汗马戈玛。汗马戈玛脸膛又红又圆,眼睛凹陷,乌黑发亮,浑身洋溢着生气。还有一个,五短身材,毛发浓密,两道眉毛连在一起。这是掌管哈吉穆拉特全部财产的道利达①人哈涅斐。他牵着一匹名种马,马身上驮着胀鼓鼓的褡裢。其他两个随从尤其引人注目:一个是年轻的美男子,腰身细得像女人,肩膀却宽得出奇,亚麻色胡子刚刚长出来,一双眼睛像山羊,他就是艾达尔。另一个是独眼龙,没有眉毛,也没有睫毛,深褐色的大胡子剪得整整齐齐,脸上横过鼻梁有一道伤疤,他就是车臣人甘泽洛。

波尔多拉茨基把出现在大路上的伏隆卓夫指给哈吉穆拉特看。哈吉穆拉特向他驰去,跑到他跟前,把右手按在胸口上,说了几句鞑靼话,停下来,车臣翻译道:"他说'我现在归顺俄罗斯沙皇陛下',他说'我愿为他效劳',他说'我早有这个愿望,只是沙米里不答应'。"

伏隆卓夫听完翻译的话,向哈吉穆拉特伸出一只戴麂皮手套的手。哈吉穆拉特瞧了瞧这只手,迟疑了一下,接着就紧紧地把它握住,又说了些什么,忽而望望翻译,忽而望望伏隆卓夫。

"他说,他哪儿也不去,就愿意到你这儿来,因为你是总督的儿子。他非常尊敬你。"翻译说。

伏隆卓夫点点头表示感谢。哈吉穆拉特指着自己的随

---

① 道利达,克里木的古称。

从,又说了些什么。

"他说,这些人是他的穆里德,他们像他一样愿为俄国人效劳。"

伏隆卓夫对他们扫视了一遍,也向他们点点头。

眼睛凹陷、眼珠乌黑的快乐的汗马戈玛也点点头,一定也对伏隆卓夫说了些可笑的话,因为那个毛发浓密的阿瓦尔人露出洁白的牙齿微微笑着。头发深褐色的甘泽洛只对伏隆卓夫闪了闪他那只发红的独眼,又凝视着他那匹马的耳朵。

当伏隆卓夫和哈吉穆拉特在随从的簇拥下返回要塞的时候,从散兵线上下来的士兵们聚成一堆,纷纷议论着。

"他杀了多少人,魔鬼,如今还待他这么好。"一个士兵说。

"那个当然。他是沙米里手下的第一号大将。如今可……"

"谁都知道是名好骑手。"

"可是那个红头发,红头发,斜着眼睛看人,就像头野兽。"

"咳,准是条走狗。"

大家都特别注意红头发。

在离大路较近的地方,伐木的士兵纷纷跑出来看热闹。一个军官向他们吆喝,却被伏隆卓夫制止了。

"让他们看看他们的老朋友。你知道他是谁吗?"伏隆卓夫带着英语腔慢慢地问旁边的一个士兵。

"不知道,大人。"

"哈吉穆拉特,听说过吗?"

"怎么没听说过,大人,我们打过他好多次了。"

"是啊,我们吃过他不少亏。"

"是,大人。"一个士兵回答,他为能同长官说话感到很荣幸。

哈吉穆拉特知道大家在说他,眼睛里闪耀着快乐的微笑。伏隆卓夫满心欢喜地回到了要塞。

六

伏隆卓夫很得意,因为不是别人,而是他诱降了实力仅次于沙米里的俄罗斯敌人。只有一件事令人不快:伏兹德维任斯克地区司令是梅勒-扎科密尔斯基,按正规手续,这事得通过他。伏隆卓夫却没向他汇报,自己直接处理,这样就可能引起麻烦。想到这一点,伏隆卓夫有点扫兴。

到家后,伏隆卓夫把哈吉穆拉特的穆里德们交给副官去招待,自己把哈吉穆拉特领到私邸。

伏隆卓夫公爵夫人服饰华丽,满面春风,同她那个漂亮的鬈发的六岁儿子在客厅里接待哈吉穆拉特。哈吉穆拉特双手按住胸口,神情庄重地通过翻译说,他认为他是公爵的朋友,因为公爵邀请他到家里来,对他来说朋友的一家人也像朋友本人一样尊贵。哈吉穆拉特的仪表和风度都使公爵夫人喜欢。当公爵夫人把她那又大又白的手伸给他的时候,他的脸唰地红了。这使她更加喜欢他。她请他坐下,问他喝不喝咖啡,并吩咐仆人端咖啡来。哈吉穆拉特谢绝了仆人端来的咖啡。他略懂俄语,但不会说。当他没听懂的时候,他就微微一笑。公爵夫人也跟波尔多拉茨基一样,很喜欢他的微笑。她那个满头鬈发、眼睛灵活的儿子——妈妈叫他布尔卡——一直盯住哈吉穆拉特,因为他听人说过他是一个了不起的军人。

伏隆卓夫把哈吉穆拉特留在家里请夫人招待,自己到办公室给上司写报告,陈述哈吉穆拉特来降的经过。伏隆卓夫写完给格罗兹尼左翼长官柯兹洛夫斯基将军的报告,又给父亲写了一封信,写完赶快回家,唯恐夫人生气,因为他把一个可怕的陌生人留给她招待,而且要不亢不卑。不过他的忧虑是多余的。哈吉穆拉特坐在安乐椅里,把伏隆卓夫的儿子布尔卡抱在膝上。他侧着头,留神听着翻译转达满面春风的伏隆卓夫夫人的话。公爵夫人对他说,他要是把朋友夸奖的东西都送人,那他很快就会变成亚当①了……

哈吉穆拉特看见公爵进来,就把布尔卡从膝上放下,布尔卡因此很不高兴。哈吉穆拉特站起来,脸上的神态由活泼戏谑变得严肃庄重。他等伏隆卓夫坐下后才坐下。接着继续谈话。他回答公爵夫人的话说,按照他们的规矩,凡是朋友喜欢的东西,都应该送给朋友。

"你的儿子是我的朋友。"他用俄语说,同时抚摸着又爬到他膝上的布尔卡的鬈发。

"你带来的这个绿林好汉真好玩,"公爵夫人用法语对丈夫说,"布尔卡喜欢他的短剑,他就把短剑送给他。"

布尔卡拿出短剑给继父看。

"这是件贵重的东西。"公爵夫人说。

"得找个机会给他回礼。"伏隆卓夫说。

哈吉穆拉特垂下眼睛,坐着,摸摸孩子的鬈发,说:"是个

----

① 亚当,《圣经》中人类的始祖,这里指一无所有的人。

骑手,是个骑手。"

"是把好剑,漂亮!"伏隆卓夫把镶花的纯钢短剑抽出半截,说,"谢谢您!"

"你问问他,我能帮他什么忙。"伏隆卓夫对翻译说。

翻译把话转达了。哈吉穆拉特立刻回答说,他什么也不需要,但他要求把他带到一个清静的地方,好让他祷告。伏隆卓夫叫来侍仆,吩咐他满足哈吉穆拉特的要求。

当哈吉穆拉特单独留在拨给他的房间时,他的神情顿时变了:那种时而殷勤时而庄重的愉快表情已经云消雾散,脸上现出忧心忡忡的神色。

伏隆卓夫对他的招待远远出乎他的意料。但招待越好,哈吉穆拉特对伏隆卓夫和军官们越不信任。他担心人家会把他逮捕,钉上脚镣手铐,充军到西伯利亚,或者干脆把他杀掉,因此怀有戒心。

他问走到他屋里来的艾达尔,穆里德们被安置在哪里,马拴在什么地方,他们的武器有没有被没收。

艾达尔报告说,马都在公爵的马厩里,人被请到板棚里去,武器仍带在他们身上,翻译还招待他们吃喝。

哈吉穆拉特疑虑地摇摇头,脱掉上衣做祷告。等祷告完毕,他吩咐取来银柄短剑,穿好衣服,系上腰带,盘腿坐在榻上,等待着处置。

四点多钟,他被叫到公爵屋里吃饭。

吃饭时,哈吉穆拉特什么也没吃,只吃了一点抓饭,那是他从公爵夫人刚拿过的地方拿一点来放在自己盘子里的。

"他怕我们毒死他,"公爵夫人对丈夫说,"我什么地方拿,他也什么地方拿。"接着她又通过翻译问哈吉穆拉特,他今天什么时候还要做祷告。哈吉穆拉特举起五个手指，又指指太阳。

"那么快到了。"

伏隆卓夫掏出报时怀表，按了按按钮。表报了四点一刻。哈吉穆拉特听到这响声，显出惊讶的样子。他要求再按响一次，并看看表。

"这不是个机会吗？把表送给他吧。"公爵夫人对丈夫说。

伏隆卓夫立刻把表送给哈吉穆拉特。哈吉穆拉特一只手按在胸口上表示感谢，把表收下。他几次按下按钮，听着响声，赞赏地摇摇头。

饭后，仆人报告公爵，梅勒-扎科密尔斯基的副官来见。

副官向公爵传达，将军得知哈吉穆拉特投诚很不高兴，因为没有及时向他报告。他要求立刻把哈吉穆拉特送到他那里。伏隆卓夫说，他会执行将军的命令。他又通过翻译把将军的要求传达给哈吉穆拉特，并请他一起到梅勒那儿去。

公爵夫人弄清副官的来意，知道她丈夫和将军之间可能闹别扭。她不管丈夫的再三劝阻，打算陪丈夫和哈吉穆拉特一起去见将军。

"你最好不要去。这是我的事，跟你不相干。"

"你总不能阻止我去拜访将军夫人吧。"

"你可以改日再去。"

"我想今天去。"

伏隆卓夫无可奈何，只得同意。于是三人一起出发。

他们一进去，梅勒板着脸，彬彬有礼地把伏隆卓夫夫人送到妻子那里，又吩咐副官把哈吉穆拉特带到客厅，没有他的命令不能让他离开。

"请。"他推开书房门,对伏隆卓夫说,让公爵走在前头。

他走进书房,在公爵面前站住,也没有让他坐下,说:"我是这里的军事长官,不论同敌人做什么谈判都要通过我。哈吉穆拉特来投诚,你为什么不向我报告?"

"因为有个密探来找我,说哈吉穆拉特愿意向我投降。"伏隆卓夫回答,激动得脸色发白。他预料盛怒的将军会有粗暴的举动,自己也受到将军怒气的影响。

"我问你,为什么不向我报告?"

"我打算向您男爵报告,可是……"

"我不是您的男爵,我是您的上司。"

于是男爵长期来蕴藏着的怒火一下子爆发了。他把早就郁积在心头的怨气尽情发泄出来。

"我为皇上效忠了二十七年,可不是为了让那些初出茅庐的人利用裙带关系在我面前管他们不该管的事。"

"阁下!我请您不要说这种不公正的话。"伏隆卓夫打断他的话说。

"我说的是实话,我不让……"将军更加激动地说。

这当儿,伏隆卓夫夫人衣衫窸窣响着走进来,跟在她后面的是个儿不高、服饰朴素的将军夫人。

"哦,别说啦,男爵。西蒙并不想让您不愉快。"伏隆卓夫夫人说。

"公爵夫人,我说的不是这事……"

"得了,我们最好还是别谈这事。常言道:尖锐的争论也比婉转的吵嘴强。我是说……"她笑起来。

怒气冲天的将军被美人销魂的微笑征服了。他的小胡子下掠过一丝笑意。

"我承认我做得有点不对，"伏隆卓夫说，"不过……"

"嗯，我的性子也急了点。"梅勒说着，主动同公爵握了握手。

他们讲和了，决定暂时把哈吉穆拉特留在梅勒这里，以后再把他送到左翼长官那里去。

哈吉穆拉特坐在隔壁屋里，虽听不懂他们的话，但懂得他需要懂得的事：他们是在为他的事争论，他脱离沙米里对俄国人来说是件大事，因此只要不把他充军或者杀掉，他可以向他们提许多要求。此外，他还看出，梅勒-扎科密尔斯基虽然是长官，却没有他的部下伏隆卓夫那么大的势力，重要的是伏隆卓夫，而不是梅勒-扎科密尔斯基。因此，当梅勒-扎科密尔斯基把哈吉穆拉特叫来，对他进行盘问的时候，哈吉穆拉特态度傲慢而庄重，声称他下山来是要为白人沙皇效忠，一切情况他只向总督即梯弗利斯的总司令老伏隆卓夫公爵报告。

七

负伤的阿福杰耶夫被送往要塞门外用木板搭成的临时医院，安放在普通病房的一张空床上。病房里有四个病人：一个是发高烧、在床上辗转呻吟的伤寒病人；另一个患疟疾，脸色苍白，眼圈发青，不断打哈欠，等待着发病；还有两个是三星期前袭击时受的伤：一个伤在手上，此刻站在病房里；另一个伤在肩膀，此刻坐在床上。除了伤寒病人外，大家都围在阿福杰耶夫周围，向抬他来的人打听情况。

"有时候，子弹像豌豆一般撒过来，倒没有事，这次总共才放了五枪……"一个抬担架的人说。

"人各有命!"

"哎哟。"阿福杰耶夫被放到床上时,忍着痛,大声叫道。等他被放到床上后,他皱着眉头,不再呻吟,只是两脚不停地抖动。他两手按着伤口,眼睛一动不动地盯着前方。

医生来了,吩咐把伤员的身子翻过来,看子弹有没有从背后穿出。

"这是什么?"医生指指背上和臀部十字形伤痕问。

"这是老疤,大人。"阿福杰耶夫哼哼着说。

其实这是他喝酒花掉公款受体罚的伤痕。

阿福杰耶夫又被翻过身来。医生用探针在他肚子里掏了好一阵,掏到了子弹,但是取不出来。医生在伤口上涂上膏药,包扎好,便走了。在掏伤口和扎绷带的时候,阿福杰耶夫咬紧牙关闭上眼睛躺着。等医生走后,他睁开眼睛,惊奇地向四下里扫了一眼。他的眼光投向别的伤员和医士,但他仿佛没有看见他们,而看到一种使他十分惊讶的东西。

阿福杰耶夫的伙伴潘诺夫和谢廖根来了。阿福杰耶夫仍旧那么躺着,眼睛惊讶地瞪着前方。他好久没认出自己的伙伴,尽管眼睛直望着他们。

"彼得,你有什么话要对家里说吗?"潘诺夫问。

阿福杰耶夫没有回答,虽然直瞪着潘诺夫的脸。

"我说,你有什么事要对家里说吗?"潘诺夫又问,碰碰他那冰凉的大手。

阿福杰耶夫似乎醒了。

"啊,安东内奇来了!"

"是啊,我来了。你要给家里捎个信吗?谢廖根愿意帮你写。"

"谢廖根，"阿福杰耶夫费力地把眼光移到谢廖根身上，"你写吗？你就这么写吧：'你的儿子彼得要死了。'我很羡慕哥哥。我现在对你讲。我现在很高兴。让他活下来。上帝保佑，我很高兴。你就这么写吧。"

他说完这几句话，眼睛盯住潘诺夫，沉默了好一阵。

"喂，烟斗找到了吗？"他忽然问。

潘诺夫摇摇头，没有回答。

"烟斗，烟斗，找到了没有？"阿福杰耶夫反复问。

"找到了，在口袋里。"

"噢。现在把蜡烛给我，我要死了。"阿福杰耶夫说。

这时波尔多拉茨基走来看自己的弟兄。

"怎么样，老弟，不舒服吗？"他说。

阿福杰耶夫闭上眼睛，摇摇头。他那颧骨凸出的脸苍白而严峻。他什么也没有回答，只向潘诺夫重复说了一遍："给我蜡烛。我要死了。"

人家把蜡烛递到他手里，他的手指已不能弯曲，别人就把蜡烛插在他的手指缝里，帮他扶着。波尔多拉茨基走了。他走后五分钟，医士把耳朵贴在阿福杰耶夫的心口，接着说，他死了。

关于阿福杰耶夫的死讯，在寄往梯弗利斯的战报中是这么写的："十一月二十三日库林斯克团两个连从要塞出发砍伐树林树木。中午大股山民袭击伐木士兵。散兵线后撤。这时二连用刺刀冲杀并击溃山民。是役轻伤二人，阵亡一人。山民伤亡近百人。"

八

彼得·阿福杰耶夫在医院里去世那一天,他的老父亲、嫂嫂(他是代哥哥当兵的)和侄女在寒冷的打谷场上打燕麦。前一天下过一场大雪,早晨天冷得厉害。鸡啼三遍,老头子就醒了。通过结着冰花的玻璃窗看见明亮的月光。他下了炕,穿上鞋和皮大衣,戴上皮帽,到谷仓里去。老头子在那里干了两小时活,才回到屋里,叫醒儿子和娘儿们。当娘儿们和姑娘来到谷仓的时候,打谷场已打扫得干干净净,松软的白雪地上插着一柄木锨,旁边倒竖着一把扫帚,燕麦束分列两行,麦穗对麦穗,像一根绳子似的笔直摆在干净的打谷场上。每个人都拿起一把连枷开始打麦,有节奏地发出三个响声。老头子用一把沉甸甸的连枷使劲打麦,把禾秆打碎,姑娘均匀地打着禾头,儿媳妇翻着麦束。

月亮落下去了,天色蒙蒙发亮。当大儿子阿基姆穿着短大衣,戴着皮帽,来到干活的人们跟前时,他们已经打完一行了。

"你干吗偷懒?"父亲停下来,挂着连枷,大声斥责道。

"要收拾马呀。"

"要收拾马,"父亲嘲弄地说,"你老娘会收拾的。拿把连枷去。吃得好肥呀,酒鬼!"

"又不是喝你的酒!"儿子嘟囔着。

"什么?"老头子皱起眉头,停了一下,威吓说。

儿子默默地拿起一把连枷,这样就有四把连枷在一起拍打,"啪嗒,啪嗒,啪嗒……啪嗒",在三下拍打之后,接着就是老头子那把重连枷的拍打声。

"你瞧,他的脖子肥得简直像大老爷。可我瘦得连裤子都系不住了。"老头子说,停了一下,但为了不失去节奏,他把连枷打了个空转。

禾束打完了,娘儿们把麦秆耙走。

"彼得真傻,替你去打仗。你去打仗,倒可以打掉你那股懒劲儿,在家里,他一个抵得上五个你这样的人。"

"得了,爸爸。"儿媳妇扔掉捆麦禾的绳子说。

"哼,白白养活了你们六口,能干活的一个都没有。彼得以前干活,一个顶两个,可不像……"

一个老太婆穿着用毛带子紧紧捆住的新树皮鞋,飒飒地踩着院子里积雪上的小径走来。男人们把没有扬过的麦子耙成一堆,娘儿们和姑娘正在打扫。

"总管来过了,要大家去给老爷运砖头,"老太婆说,"我做饭去了。你们去一下吧。"

"好的。你去把花马套上,拉回去,"老头子对阿基姆说,"当心点,别像上次那样给我惹麻烦。要记住彼得的好处。"

"他在家的时候,你照样骂他,"阿基姆顶了一句,"他不在,你就在我身上出气。"

"那是你自己招的,"母亲也生气地说,"本来就不该让彼得替你去。"

"哼,算了吧!"儿子说。

"也只好算了。面粉都被你喝酒喝光了,还说算了呢。"

"跑掉的都是大鱼,人一走就值钱了。"儿媳妇说。大家把连枷放下,回家去。

父子不和由来已久,还是从彼得当兵时开始的。老头子觉得他是拿鹳鹰去换布谷鸟。不错,当时老头子认为没有孩子的应当去替有家小的当兵。阿基姆有四个孩子,彼得一个也没有,但彼得干活像他爹:灵活,麻利,有劲,勤劳,主要是勤快。他一直不停地干活。他走在路上,要是看见人家在干活,总是像他老子一样,立刻上去帮忙:或是割上两垄麦,或是帮助装车,或是伐木,或是打柴。老头子疼他,但无可奈何。当兵等于送死。儿子当兵等于女儿出嫁,泼出去的水再也收不回来,想念也没有用,徒然使人伤心。老头子只偶尔刺刺长子,像今天这样想起小儿子来。做母亲的常常惦着小儿子,她要老头子寄点钱给彼得有一年多了。可是老头子总是不吭声。

阿福杰耶夫家有钱,老头子手里藏了点钱,但他说什么也不肯动用积蓄。这会儿,老太婆听见他提到小儿子,就决定再次央求他,等燕麦卖掉后寄点钱给儿子,哪怕一卢布也好。等大儿子和儿媳妇到老爷地里去服劳役,只剩下老两口时,老太婆就劝丈夫从卖燕麦的钱里寄一卢布给彼得。他们讲定后,就从扬过的燕麦中装了十二石①,用木针密密缝住麻袋口,装上三辆雪橇。老太婆交给老头子一封信。这封信是诵经士照她的口述写的。老头子答应进城后在信封里放一卢布,按彼得的通讯处寄去。

老头子穿上新皮袄和长袍,脚上包了干净的白羊毛包脚布,拿了信,把它放在钱包里,祷告过上帝,坐上前面那辆雪橇到城里去。后面一辆雪橇上坐着小孙子。到了城里,老头子叫客店老板给他读了读信,他用心听着,不断地点头。

---

① 石,指俄石,俄国计量单位,1 俄石合 209.91 升。

母亲写给彼得的信,首先是向他祝福,其次是一家人向彼得问好,接着告诉他教父的死讯,还有阿克西尼雅(彼得的妻子)"不愿跟我们一起过,自己出去谋生。听说,她日子过得很好,很本分"。然后提到自己寄给他的一卢布。最后,这个苦命老太婆含着眼泪叫诵经士逐字逐句地写上:

"还有,我的好孩子,我的心肝宝贝小彼得,我想念你,想念得眼泪都流干了。我的百看不厌的小太阳,你把我做娘的撇给谁啦……"说到这里老太婆号啕大哭起来,说道:"就这样行啦。"

信里尽管这么写着,可是彼得命里注定得不到妻子离家出走的消息,收不到那一卢布,也看不到母亲最后的几句话。这封信连钱一起退了回来,并且附来一个通知,说彼得"为了保卫沙皇、祖国和东正教"阵亡了。部队司书就是这样写的。

老太婆接到这个通知后,放声痛哭,一直哭到干活的时候。第一个礼拜天,她上教堂,把圣饼"分给好人,以悼念神的奴仆彼得"。

彼得的妻子阿克西尼雅得知"只一起过了一年的心爱的丈夫"死了,也大哭一场。她可怜丈夫,也可怜自己被毁的一生。她边哭边诉"彼得的淡褐色鬈发,他对她的爱情,和她跟孤儿万卡的苦命"。接着她又伤心地谴责"彼得怜悯他的哥哥,却不怜悯她这个到处流浪的苦命女人"。

其实阿克西尼雅听到彼得的死讯从心里感到高兴。她跟地主的一个管家同居又怀孕了,如今谁也不能骂她,管家可以正式娶她——他向她求爱时说过这样的话。

九

米哈伊尔·伏隆卓夫是俄国大使的儿子,在英国受的教育,在当时俄国高级官员中,他是一个少有的具备西欧教养的人,功名心极重,对下属和蔼可亲,对上司八面玲珑,像个宫廷官员。他的生活离不开权力,也离不开对皇上的忠诚。他拥有各种高级官衔和勋章,自认为是个干练的军人,甚至在克拉斯诺城下打败拿破仑的就是他。一八五一年他已年过古稀,但仍精神矍铄,步履矫健,主要是头脑灵活,思路清楚,因此能保持权力,不断扩大声誉。他出身豪富,自己名下和夫人勃拉尼茨卡雅伯爵小姐名下都拥有大量产业,而且身为总督又有巨额年俸。他把大部分家产用来建筑克里木南岸的宫殿和花园。

一八五一年十二月七日傍晚,有辆特快三驾马车来到梯弗利斯伏隆卓夫官邸门口。车上下来一个风尘仆仆的军官。他从科兹洛夫斯基将军那儿带来哈吉穆拉特投诚俄国的消息。他活动活动两腿,不经守卫通报就直接跑进总督府宽敞的前厅。这时正好下午六点钟,伏隆卓夫刚要入席,仆人报告来了个信使。伏隆卓夫立刻接见他,因此吃饭迟到了几分钟。三十来个客人,有的坐在公爵夫人旁边,有的三三两两站在窗前。伏隆卓夫一走进客厅,客人就纷纷起立,转过脸来对着他。伏隆卓夫穿着日常穿的不戴肩章的黑军服,只佩了肩章带,脖子上挂一枚白十字勋章。他那刮得光光的狐狸脸露出愉快的微笑。他眯细眼睛扫视客厅里的客人。

伏隆卓夫步履轻捷地走进客厅,因为迟到向女士们道歉,又跟男客们打招呼，然后走到格鲁吉亚王妃玛娜娜·奥尔别略尼——一个高大的四十五岁东方美人——跟前，向她伸出一只手，陪她入席。伏隆卓夫公爵夫人主动把手递给一个红头发、留鬃毛般小胡子的将军。格鲁吉亚王爷则把手伸给公爵夫人的女友舒阿晓尔伯爵夫人。安德烈夫斯基医生、副官和其他人，有的伴着贵夫人，有的单身，都跟着那三对人走去。身穿长袍、长袜和皮鞋的男仆挪动椅子让主人和客人在餐桌旁坐下。领班男仆神情庄重，从银钵里分送着热气腾腾的汤。

伏隆卓夫坐在长桌中央。对面坐着伏隆卓夫公爵夫人和将军。他的右边是他的女伴——美人奥尔别略尼，左边是身材苗条、头发乌黑、双颊绯红的格鲁吉亚郡主，她打扮得光艳照人，脸上一直挂着微笑。

"太妙了，亲爱的朋友，"公爵夫人问信使带来什么消息，伏隆卓夫这样回答，"西蒙这下子可交好运了。"

于是他就大声讲了一个惊人的消息：沙米里手下威名远扬、骁勇善战的哈吉穆拉特投诚俄国，一两天内将来到梯弗利斯。其实这事对他不是什么新闻，因为早就在谈判了。

全体座上客，包括坐在长桌尽头低声谈笑的青年、副官和下级官吏，都肃然静听。

"将军，您有没有遇见过这位哈吉穆拉特？"等公爵停下的时候，公爵夫人问身旁红头发、硬胡子的将军。

"遇见过不止一次，公爵夫人。"

接着将军就讲到一八四三年山民攻占格尔格别里村后，哈吉穆拉特怎样袭击巴谢克将军的部队，并且当着他们的面几乎把佐洛土兴上校打死。

伏隆卓夫笑眯眯地听着将军的话，看到他谈兴很浓，显然很得意。突然，伏隆卓夫的脸色变得冷漠而颓丧。

将军讲得津津有味，还讲到他跟哈吉穆拉特的另一次相遇。

"就是他，"将军说，"大人，您还记得吧？就是他伏击了去解围的运送干粮部队。"

"在什么地方？"伏隆卓夫眯细眼睛，反问。

原来这位勇敢的将军所说的"解围"是指不幸的达尔果远征①。那次远征，要不是新增援的部队去解了围，真的会全军覆没，指挥官伏隆卓夫公爵的性命也就难保。大家都知道，伏隆卓夫所指挥的达尔果远征，伤亡惨重，丢了好几门大炮，是个耻辱。因此，要是有人当着伏隆卓夫的面谈到这次远征，那就只能根据伏隆卓夫给沙皇的奏章来谈，说这次远征是俄国军队的光辉战绩。要是用"解围"这样的字眼，那就根本谈不到光辉战绩，而是毁灭无数生灵的大错。在场的人都懂得这一点，但有的装作没有注意将军这话的含义，有的担心会发生什么事，有的含笑相互递着眼色。

只有留小胡子的红头发将军一人没有察觉大家的神色，讲得兴致勃勃，若无其事地回答说："在解围的路上，大人。"

将军一谈到这个心爱的话题，就讲起"这个哈吉穆拉特怎样巧妙地把俄国军队切成两段，要不是被我们解围——他仿佛特别喜欢'解围'这两个字——就会全军覆没，因为……"

将军没来得及把话说完，因为玛娜娜·奥尔别略尼看出情况不妙，连忙把他的话打断，问他梯弗利斯的住处是不是舒

---

① 达尔果远征，指一八四五年伏隆卓夫领导的战斗，以摧毁沙米里在北达格斯坦的达尔果要塞为目的，结果要塞被占领，但俄国损失达三万余人。

适。将军感到有点奇怪，就扫视了一下在座的人，看到自己的副官一直盯住他的目光，这才恍然大悟。他没有答复公爵夫人的话，只皱起眉头，默默地吃起盘子里的精美食物来，但他既没有咀嚼，也没有注意食物的形状和滋味，就囫囵吞到肚子里。

大家都觉得有点尴尬，但这种尴尬的局面被格鲁吉亚王爷巧妙地打破了。这位王爷人很愚蠢，却是个高明的马屁精和宫廷宠臣，此刻坐在伏隆卓夫公爵夫人旁边。他装得若无其事，大声讲着哈吉穆拉特劫走麦赫图林汗国①阿赫梅特汗遗孀的事：

"他夜里闯进村庄，抓了他要抓的人，然后带着他的人马跑了。"

"为什么他一定要这个女人呢？"公爵夫人问。

"哈吉穆拉特同她丈夫有仇，到处追踪他，但直到阿赫梅特汗去世都没有遇见他，所以就向寡妇复仇。"

公爵夫人把这段话用法语译给她那个坐在格鲁吉亚王爷旁边的老友舒阿晓尔伯爵夫人听。

"太可怕了！"伯爵夫人闭上眼睛，摇摇头说。

"哦，不是的，"伏隆卓夫笑着说，"我听说他像骑士那样彬彬有礼地对待那个女俘，后来又把她放了。"

"是的，人家用钱把她赎出去了。"

"不错，但他的行为毕竟很高尚。"

公爵这句话给后来讲哈吉穆拉特的事定了调子。廷臣们看出，越是夸大哈吉穆拉特的作用，伏隆卓夫公爵就越得意。

---

① 麦赫图林汗国，在达格斯坦山地。

"这人真是一身是胆。可是个了不起的人物。"

"可不是,一八四九那年,他在大白天闯进铁米尔汗舒拉城,把店铺洗劫一空。"

一个坐在末座的亚美尼亚客人当时正好在铁米尔汗舒拉城,就把哈吉穆拉特这段军功详细讲了一遍。

总之,吃饭时自始至终就是讲哈吉穆拉特的故事。大家争先恐后地赞扬他的勇敢、聪明和慷慨。有人讲到他曾下令杀死二十六个俘虏,但这事也得到了辩护:

"那有什么办法!打仗总归是打仗。"

"确实是个人才!"

"他要是生在欧洲,说不定又是一个拿破仑。"愚蠢而擅长拍马的格鲁吉亚王爷说。

他知道,一提起拿破仑,伏隆卓夫公爵就高兴,因为他挂上白十字勋章,全是因为战胜了拿破仑。

"是啊,即使成不了拿破仑,到底也是个剽悍的骑兵将军。"伏隆卓夫说。

"不是拿破仑,也是缪拉特①。"

"他的名字就叫哈吉穆拉特嘛。"

"哈吉穆拉特一走,沙米里也就完蛋了。"有人说。

"他们觉得现在(所谓'现在'指的就是伏隆卓夫在的时候)他们支持不住了。"另一个人说。

"这都亏了您哪。"玛娜娜·奥尔别略尼说。

伏隆卓夫公爵竭力缓和四面八方向他涌来的阿谀奉承的浪潮,但这毕竟使他高兴。他心情愉快地搀着他的女伴离开

---

① 缪拉特(1767—1815),法国元帅,拿破仑的妹夫。

饭桌往客厅走去。

饭后喝咖啡的时候，公爵对每个人都很亲切。他走到留小胡子的红头发将军跟前，竭力让他看到，他并没有发觉将军的窘态。

公爵跟所有的客人周旋一番后，坐下来打牌。他只会打老式牌——龙勃勒。陪公爵一起打牌的有格鲁吉亚王爷，亚美尼亚将军（他是跟公爵的侍仆学会打龙勃勒的），再有就是权势显赫的安德烈夫斯基医生。

伏隆卓夫把印有亚历山大一世肖像的金鼻烟壶放在一边，打开一盒光滑的精美纸牌，正想发牌，这时意大利侍仆乔凡尼用银托盘托着一封信进来。

"又来了一个信使，大人。"

伏隆卓夫丢下牌，道歉了一声，拆开信来读。

信是儿子写的。他详细叙述哈吉穆拉特投诚的经过和他同梅勒-扎科密尔斯基的冲突。

公爵夫人走过来，问儿子信里讲了些什么。

"还是那一套。他同要塞司令闹意见。那是西蒙不对。不过，收场好，事情也就好了。①"他说着把信递给夫人，接着转过身来请等着打牌的客人们拿牌。

打完一圈牌，伏隆卓夫按照他心情特别愉快时的习惯，打开鼻烟壶，用他那白净而老得发皱的手捏了一撮法国鼻烟塞到鼻子里。

---

① 原文为英语。

十

第二天,哈吉穆拉特来到伏隆卓夫公爵的官邸,这时客厅里已挤满了人。在座的有:昨天来过的留硬胡子的将军——他今天全副武装,挂满勋章,前来辞行;一个因侵占公粮可能吃官司的团长;一个受安德烈夫斯基医生庇护的亚美尼亚富商——他享有酒类专卖权,现在正在为续订合同奔走;一个身穿孝服的阵亡军官的未亡人——她不是来请领抚恤金,就是要求让孩子公费读书;一个身穿讲究的格鲁吉亚民族服装的破产格鲁吉亚王爷——他在为自己张罗一块废弃的教堂领地;一个手拿一大卷征服高加索新方案的监督;一个只为向家人夸耀他到过公爵官邸而特地跑来的汗。

大家都在等候接见。一个淡黄头发的英俊青年副官把来访者一个个领到公爵办公室里。

当哈吉穆拉特瘸着腿快步走进客厅的时候,一双双眼睛都转过来看着他。他听见每个角落里都有人低声提到他的名字。

哈吉穆拉特穿着白色契尔克斯外套,里面穿深咖啡棉袄,领子上有精细的银丝绣花。他打着黑裹腿,脚上穿着一双像手套一样裹紧的黑色平底鞋。他的光头上戴着高皮帽,缠着头巾——就是为了这块头巾他曾被阿赫梅特汗告密而被克留盖瑙①将军逮捕,也是为了这块头巾他投奔了沙米里。哈吉穆拉特在客厅的镶木地板上快步走着,由于一条腿比另一条

---

① 克留盖瑙(1791—1851),驻高加索的俄国将军,曾参加达尔果远征。

腿短些,走起路来有点瘸,他那瘦长的身子也有点摇摆。他那两只距离很宽的眼睛自若地瞧着前方,仿佛谁也没有看见。

相貌英俊的副官打了个招呼,请哈吉穆拉特坐下,自己去向公爵通报。不过哈吉穆拉特没有坐下,一只手按住短剑,伸出一条腿,仍旧站在那里,轻蔑地环顾着在场的人。

翻译官塔拉哈诺夫公爵走到哈吉穆拉特跟前,同他说话。哈吉穆拉特不大乐意地简单回答了两句。这时来控告监督的库梅克王爷从办公室里出来。副官就招呼哈吉穆拉特,把他带到办公室门口,让他进去。

伏隆卓夫站在桌旁接待哈吉穆拉特。总司令那张苍老白净的脸已不像昨天那样笑容可掬,而是严厉而庄重。

哈吉穆拉特走进里面有一张大办公桌和挂着绿色软百叶的高大窗子的大办公室,把他那双黝黑的不大的手放在白色契尔克斯外套衣襟交叉的地方,垂下眼睛,从容不迫地用他那口熟练的库梅克方言清晰而恭敬地说:"我诚心归顺伟大的沙皇和阁下。我起誓愿为沙皇效劳,直至流尽最后一滴血。我希望在反对我的仇人也是你们的仇人沙米里的战争中效劳。"

伏隆卓夫听完翻译官的话,看了看哈吉穆拉特。哈吉穆拉特也瞧了一眼伏隆卓夫。

两人的视线一接触,彼此就说出了许多无法用语言表达的话,同翻译官所翻译的话截然不同。他们不用言语,却相互表达了真实的思想。伏隆卓夫的眼睛说,他对哈吉穆拉特的话一句也不信,他知道哈吉穆拉特是全俄罗斯的敌人,今后还是敌人,他现在来投降是出于无奈。哈吉穆拉特也懂得这一层,但还是表示了自己的忠心。哈吉穆拉特的眼睛则在说:这个老头子应该想的不是战争而是自己的死亡,别看他活到这一把年纪,人可是狡猾得很,对他得留点儿神。伏隆卓夫也懂得这一层,但还是对哈吉穆拉特说了些为打胜仗非说不可的话。

"你告诉他,"伏隆卓夫对翻译官说(他对年轻的翻译官说话总是不客气地用"你"),"我们的皇上又仁慈又强大,经过我的请求,我想皇上会宽恕他,接受他的效忠的。你翻译给他听了吗?"他盯着哈吉穆拉特,问。"在没有获得皇上恩典之前由我负责招待,使他在我们这里可以过得愉快。"

哈吉穆拉特再次两手按在胸前,兴奋地说着什么。

翻译官转达说,哈吉穆拉特一八三九年统治阿瓦利亚的时候,他曾效忠俄国人,要不是他的仇敌阿赫梅特汗想陷害他,在克留盖瑙将军面前诬陷他,他是绝不会叛变的。

"我知道,我知道。"伏隆卓夫说(就算他知道,也早已忘记了),"这事我知道。"他说着坐下来,同时给哈吉穆拉特指指靠壁放着的软榻。但哈吉穆拉特没有坐下,只耸耸强壮的肩膀,表示在这样的大人物面前他不敢坐。

"阿赫梅特汗也好,沙米里也好,他们都是我的敌人,"他转身又对翻译官说,"告诉公爵,阿赫梅特汗死了,我没法向他复仇,但沙米里还活着,我不向他复仇,死不瞑目。"他皱紧眉头,咬紧牙关说。

"是的,是的,"伏隆卓夫若无其事地说,"那么,他要怎样向沙米里复仇呢?"他对翻译官说,"告诉他,他可以坐下。"

哈吉穆拉特还是谢绝坐下。问他为什么来投诚,他回答说,要帮助俄国人消灭沙米里。

"很好,很好,"伏隆卓夫说,"那么他想怎么办呢?坐吧,坐吧……"

哈吉穆拉特坐下来说，要是给他军队，派他到列兹庚一线去，他保证能把达格斯坦全体居民发动起来，沙米里就守不住了。

"这很好，这事行，"伏隆卓夫说，"让我想一想。"

翻译官把伏隆卓夫的话翻译给哈吉穆拉特听。哈吉穆拉特沉思起来。

"你告诉总督，"他又说，"我的家眷还在我的敌人手里。我的家眷不下山，我的手脚被捆着，我就无法出力。我要是出面打他，他就会杀害我的妻子，杀害我的母亲，杀害我的孩子。只要公爵能拿俘虏去同他们交换，救出我的家眷，那么不是我死，就是他亡。"

"很好，很好，"伏隆卓夫说，"让我们考虑考虑。现在让他到参谋长那儿去一下，详细讲讲他的处境、打算和愿望。"

哈吉穆拉特跟伏隆卓夫的第一次会见就这样结束了。

当天晚上，在装潢得具有东方风味的新剧院里正在上演意大利歌剧。伏隆卓夫坐在包厢里，池座里出现了缠头巾瘸腿的哈吉穆拉特，很引人注目。他在伏隆卓夫副官洛利斯-梅里科夫的陪同下走进来，在第一排坐下。哈吉穆拉特带着东方穆斯林特有的庄重神态，不仅没有露出惊讶的神色，而且显得十分冷淡。看完第一幕，他就站起来，若无其事地向观众扫了一眼，走出去，引起全场的注意。

第二天星期一，伏隆卓夫家照例举行晚会。宽敞的大厅灯火辉煌，隐蔽在冬花园里的乐队正在奏乐。袒胸露臂的青年妇女和中年妇女在军装笔挺的男人怀抱里旋舞着。食品柜上，酒瓶和食物堆积如山，身穿红色燕尾服、长袜和皮鞋的仆人倒着香槟,给太太们分送糖果。总督夫人虽已上了年纪,也半裸着身子,满面春风地在客人们中间周旋,通过翻译官对哈吉穆拉特说几句亲切的话,而哈吉穆拉特仍像昨天在戏院里那样冷冷地环顾着来宾。在女主人之后,又有几个袒胸露臂的女人走近哈吉穆拉特,恬不知耻地站在他面前,并且提出同一个问题:他是不是喜欢他所看到的景象。伏隆卓夫佩着金肩章和穗带,颈上挂着白十字勋章和绶带,也走到他面前,问了同样的话,显然相信哈吉穆拉特不可能不喜欢他所看到的景象。哈吉穆拉特也像回答所有的人那样回答伏隆卓夫:他们那里没有这样的风气,但没说这种景象好不好。

哈吉穆拉特在舞会上也很想跟伏隆卓夫谈谈赎取家眷的事,但伏隆卓夫装作没有听见,走开了。洛利斯-梅里科夫事后对哈吉穆拉特说,这种场合不宜谈公事。

钟打了十一下,哈吉穆拉特对了对小伏隆卓夫公爵送给他的那只表。他问洛利斯-梅里科夫可不可以走。洛利斯-梅里科夫说可以走,但最好再留一会儿。虽然如此,哈吉穆拉特并没有留下,坐上供他使用的敞篷马车,到指定让他下榻的地方去了。

十一

哈吉穆拉特来到梯弗利斯的第五天,总督的副官洛利斯-梅里科夫奉总司令命令来找他。

"我这颗脑袋和这双手都乐意为总督效劳,"哈吉穆拉特低下头,双手按在胸前,现出他常有的外交家表情说,"你吩咐好了。"他亲切地瞧着洛利斯-梅里科夫的眼睛说。

洛利斯-梅里科夫在桌旁安乐椅上坐下。哈吉穆拉特在他对面的矮榻上落座,两手支着膝盖,侧耳倾听洛利斯-梅里科夫对他说的话。洛利斯-梅里科夫操一口流利的鞑靼话,说公爵虽然知道哈吉穆拉特以前的事,但想从他本人嘴里听听他的全部身世。

"你讲给我听,"洛利斯-梅里科夫说,"我记下来,然后译成俄语,再由公爵奏闻皇上。"

哈吉穆拉特沉默了一会儿(他不仅从不打断人家的话,而且总是看对方还有什么话要说),然后抬起头来,把皮帽往后一抖,用孩子般天真的神态微微一笑——这种微笑迷惑过小伏隆卓夫夫人。

"这行。"他说,想到皇上要了解他的身世,显然很得意。

"你(鞑靼话里没有'您'字)从头讲给我听,不用急。"洛利斯-梅里科夫说着,从口袋里掏出笔记本。

"这行,只是要讲的东西很多,很多。有许多事可讲。"哈吉穆拉特说。

"一天讲不完,改天再讲。"洛利斯-梅里科夫说。

"从头讲起吗?"

"对,从头讲起:在哪里出生,在哪里住过。"

哈吉穆拉特垂下头,一动不动地坐了好一阵,然后拿起榻旁一根小棍,从鞘里抽出一把锋利得像剃刀的镶金象牙柄小钢刀。他一面削棍子一面讲:

"写吧:我出生在采里梅斯,这是一个小村庄,照我们山里人的说法,就像驴头一样大。"他开始说,"离我们村庄不远,大约两个射程的地方是洪泽赫,汗们就住在那里。我家跟他们家关系很密切。我妈妈奶过老阿布农察尔汗,因此我跟汗他们的关系也很密切。汗弟兄三个：一个是我哥哥奥斯曼的奶兄弟阿布农察尔汗，一个是我的奶兄弟乌马汗，还有最小的一个叫布拉奇汗，就是被沙米里从悬崖上扔下去的那一个。那是后来的事。我十五岁那年，村里来了些穆里德。他们用木刀砍着石头，嘴里嚷着：'穆斯林们，快来参加圣战！'车臣人都投奔穆里德，阿瓦尔人也纷纷投奔他们。我当时住在宫里。我是汗的兄弟，要做什么就做什么，慢慢变得富裕起来。我有马匹，有武器，有金钱。日子过得无忧无虑，自由自在。这样的日子一直过到加集穆拉①被害，干泽特②继承他的位子。干泽特派使者对汗们说，他们要是不参加圣战，他就要把洪泽赫夷为平地。这事得好好考虑一下。汗都怕俄国人，怕参加圣战，可敦③就派我和她的次子乌马汗到梯弗利斯去求俄国长官帮助对付干泽特。当时俄国长官是罗森男爵。他没有接见我，也没有接见乌马汗。他叫人传话说会帮助我们的，可是到头来什么事也没有做。只有他们的军官常到我们那儿，跟乌马汗一起打牌。他们把他灌醉，又把他带到坏地方去。他赌得倾家荡产。他这人身体强壮得像头公牛，勇敢得像头狮子，可是意志薄弱得像水。要不是我把他带走，他准会把最后几匹马和武器都输掉的。从梯弗利斯回来，我的想法改变了。我劝说可敦和年轻的汗参加圣战。"

"想法为什么改变了？"洛利斯-梅里科夫问，"是不是不喜欢俄罗斯人了？"

<hr>

① 加集穆拉(1785—1832)，车臣区和达格斯坦区首任教长，沙米里的老师。

② 干泽特(1789—1834)，加集穆拉的继承人。

③ 可敦，汗的妻子的称呼。

哈吉穆拉特沉默了一下。

"是的,不喜欢,"他闭上眼睛,断然说,"还有一件事促使我参加圣战。"

"什么事呀?"

"在采里梅斯城下,我和汗跟三个穆里德发生冲突:两个穆里德逃走了,第三个被我用手枪打死。我走到他跟前,想取下他的武器。他还没有死。他对我瞧了瞧,说:'你把我打死了,我不在乎。可你是个穆斯林,年富力强,你应该参加圣战。这是真主的旨意。'"

"那么你参加了吗?"

"没有参加,但开始考虑。"哈吉穆拉特说,继续讲他的往事,"干泽特逼近洪泽赫的时候,我们派了几个老头儿去见他,表示我们同意参加圣战,但要他派一个有学问的人来说明,该怎么办。干泽特把老头儿们的胡子刮光,鼻子穿通,在鼻子下挂了几个烧饼,把他们打发回来。老头儿们回来说,干泽特准备让一位谢赫①来教我们进行圣战,但要可敦把幼子送到他那里当人质。可敦相信了,就把布拉奇汗送到他那里。干泽特款待布拉奇汗,又派人来叫两个哥哥也到他那里去。他叫人传话说,他愿意效忠汗们,就像他父亲当年效忠汗们的父亲那样。可敦也像一切当家的妇道人家那样,又懦弱,又愚蠢,又鲁莽。再派两个儿子去她有点顾虑,结果只派了乌马汗一个去。我就跟乌马汗一起去。穆里德在一里开外的地方迎接我们,围着我们唱歌,鸣枪,表演马术。我们到的时候,干泽特从帐篷里出来,走到乌马汗的马镫前,像迎接汗那样迎接

---

① 谢赫,伊斯兰教社团负责人、学者或教师的尊称。

672

他。他说：'我以前不曾对你们家做过什么坏事，如今也不想做。只要你们不来害我，不来妨碍我带领人马进行圣战就行了。我同我的所有军队将为你们效劳，就像我父亲为你们的父亲效劳那样。让我住在你们家里，我将给你们当参谋，但不会干涉你们的事。'乌马汗口才很差，他不知道说什么好，没有吭声。我就说，如果是这样，那就让干泽特到洪泽赫去。可敦和汗将恭恭敬敬地接待他。可是没有让我把话说完。这是我第一次同沙米里发生冲突。他当时就在伊玛目①旁边。他对我说：'人家不是问你，是问汗。'我住了口，干泽特就把乌马汗领到帐篷里。后来干泽特把我也叫了去，吩咐我带着他的使者到洪泽赫。我去了。他的使者就劝可敦让长子也到干泽特那里去。我看出其中有诈，就叫可敦不要再放儿子去。可是女人头脑里的智慧就像鸡蛋里的毛发那样少。可敦不信其中有诈，吩咐儿子动身。长子阿布农察尔却不愿去。于是可敦就说：'看样子，你害怕了。'她像一只蜜蜂，知道什么地方能蜇疼他。阿布农察尔冒火了，不再跟她说什么，就吩咐备马。我同他一起去。干泽特接待我们，比接待乌马汗更热情。他亲自骑马到两个射程外的山下迎接。他后面跟着扬旗的骑兵，唱着《真主之外无真主》，鸣枪，表演马术。我们来到营地，干泽特就把汗领到帐篷里。我和马匹留在外面。我在山脚下，只听得干泽特的帐篷里响起了枪声。我向帐篷跑去。乌马汗已经趴在血泊里，阿布农察尔正在同穆里德格斗。他的半边脸被劈掉，耷拉着。他一只手按住脸，另一只手用短剑砍杀走近他的每一个人。我亲眼看见他砍死干泽特的弟弟，

---

① 伊玛目，伊斯兰教的清真寺教长，或政教首领。

正向另一个人砍去，可是这当儿穆里德向他开枪，他就倒下了。"

哈吉穆拉特停住了。他那张黝黑的脸涨得紫红，眼睛充血。

"我感到害怕，就跑掉了。"

"真的吗？"洛利斯-梅里科夫说，"我还以为你从来没有害怕过呢。"

"这以后就没有害怕过。从那时起，我常常想到这场耻辱。一想起来，就什么也不怕了。"

十二

"就讲到这里吧，该祷告了。"哈吉穆拉特说，从契尔克斯外套的胸袋里掏出伏隆卓夫送的自鸣表，小心翼翼地按下按钮，侧着头，忍住孩子般天真的微笑倾听着。表报了十二点一刻。

"朋友伏隆卓夫的礼物，"他微笑着说，"他是个好人。"

"是啊，是个好人，"洛利斯-梅里科夫说，"表也挺好。那么你去祷告吧，我等一会儿。"

"雅克西①，好的。"哈吉穆拉特说着，往卧室走去。

剩下洛利斯-梅里科夫一个人。他把哈吉穆拉特讲的要点都记在笔记本上，然后点着一支烟，在屋里来回踱步。洛利斯-梅里科夫走到卧室对面的门口，听见里面有人用鞑靼话起劲地谈论着什么事。他猜想是哈吉穆拉特的穆里德们，就

---

① 雅克西，突厥语音译，意为"好的"。

走了进来。

屋里有一股山民特有的酸涩毛皮味儿。在靠近窗口的地上铺着一件斗篷,红头发的独眼龙甘泽洛身穿一件油腻的破短袄,坐在斗篷上编马笼头。他用他那沙哑的嗓子谈得很起劲,但洛利斯-梅里科夫一进去,他就立刻住了嘴,也没理他,继续干他手里的活儿。他的对面站着乐天的汗马戈玛。汗马戈玛露出雪白的牙齿,闪动没有睫毛的黑眼睛,老是重复着一句话。美男子艾达尔袖筒卷得高高的,露出强壮的胳膊,正在擦挂在钉子上的马鞍肚带。哈吉穆拉特的主要助手和总管哈涅斐不在屋子里。他在厨房里做饭。

"你们在争论什么呀?"洛利斯-梅里科夫同汗马戈玛打了个招呼,问。

"他老是夸奖沙米里,"汗马戈玛一面同洛利斯握手,一面说,"他说沙米里是个大人物。又有学问,又神圣,又会马术。"

"他既然离开他了,怎么还夸奖他呢?"

"离是离开了,但还是夸奖他。"汗马戈玛露出牙齿,闪亮眼睛,说。

"那么,你也认为他神圣吗?"洛利斯-梅里科夫问。

"他要是不神圣,老百姓也不会听他了。"甘泽洛连忙说。

"神圣的不是沙米里,而是孟苏尔,"汗马戈玛说,"孟苏尔是个真正的圣人。他当伊玛目的时候,老百姓是另一个样子。他巡视村庄,老百姓都出来迎接他,吻他契尔克斯外套的衣襟,向他忏悔罪孽,发誓不做坏事。老人们说,那时人们都过得很圣洁:不抽烟,不喝酒,不漏祈祷,做了什么对不起人的事就彼此宽恕,连血仇都宽恕。那时人们拾到财物,就挂在杆子上,竖在路边招领。那时连真主也赐福给老百姓,可不像现在这样。"汗马戈玛说。

"现在山里人也不喝酒不抽烟哪。"甘泽洛说。

"你的沙米里是个'拉莫佬'。"汗马戈玛说,向洛利斯－梅里科夫挤挤眼。

"拉莫佬"是对山民的贬称。

"山民是拉莫佬。但山里也住着山鹰。"甘泽洛回答。

"好小子!驳得妙。"汗马戈玛露出牙齿说,很欣赏对方的巧妙回答。

他看见洛利斯－梅里科夫手里的银烟盒,向他要了一支烟。洛利斯－梅里科夫说,他们是不准抽烟的。他就用一只眼睛眨了眨,向哈吉穆拉特的卧室摆摆头说,只要不让他看见,可以抽一支。他马上就抽起来,但烟不往肚里吸,而是笨拙地噘着鲜红的嘴唇往外吐。

"这样不好。"甘泽洛严厉地说着走出屋子。汗马戈玛对他也眨眨眼,一边抽烟,一边问洛利斯－梅里科夫哪里能买到绸短褂和白皮帽。

"怎么,你有那么多钱吗?"

"有,有的是钱。"汗马戈玛眨眨眼睛,回答。

"你问问他,哪儿来的钱。"艾达尔把他漂亮的笑脸转过来对着洛利斯,说。

"赢来的。"汗马戈玛赶快说。他讲起昨天他在梯弗利斯逛大街,遇见一堆人,有俄国勤务兵和亚美尼亚人,正在赌硬币的正反面。赌注很大:三个金币和许多银币。汗马戈玛立刻懂得他们的赌法,就哐啷哐啷地弄响口袋里的铜币,走进圈子,说他把所有的钱都押上。

"怎么都押上？难道你有那么多钱？"洛利斯－梅里科夫问。

"我一共只有十二戈比。"汗马戈玛露出牙齿说。

"你要是输了呢？"

"还有这个。"

汗马戈玛指指手枪。

"怎么，把手枪也输给人家？"

"为什么要输给人家？我会逃跑的，要是有人阻拦，我就打死他。这不就完了。"

"那么，你要是赢了呢？"

"对啦，我把所有的钱都收起来，撒腿就跑。"

洛利斯－梅里科夫很了解汗马戈玛和艾达尔。汗马戈玛是个乐天派，贪杯若命，精力过剩，不知道往哪里发泄才好。他头脑简单，一味寻欢作乐，常常拿自己的生命和别人的生命打赌，由于赌博，他今天可以投奔俄罗斯人，也由于赌博，他明天可以倒向沙米里。艾达尔这个人也是好理解的。他对他的穆尔西德忠心耿耿，为人镇定沉着，坚强刚毅，洛利斯－梅里科夫觉得只有红头发甘泽洛难以理解。洛利斯－梅里科夫看出，这个人不仅忠于沙米里，而且对所有的俄罗斯人都怀着无法克制的反感、蔑视、厌恶和憎恨。所以洛利斯－梅里科夫无法理解他为什么投奔俄罗斯人。洛利斯－梅里科夫心中不免起了疑虑，几个高级官员也有同样的疑虑，他们怀疑哈吉穆拉特的投诚和他跟沙米里对立是一场骗局，他来是要窥探俄罗斯人的虚实，然后跑回山里，进而攻打俄罗斯的薄弱环节。而甘泽洛的为人就肯定了这种猜测。"他们那些人，包括哈吉穆拉特在内，都善于隐藏自己的意图，"洛利斯－梅里科夫想，

"但他隐藏不住他的仇恨。"

洛利斯-梅里科夫想同甘泽洛聊聊。他问他在这里是不是感到烦闷。甘泽洛没有放下手里的活,用独眼斜睨着洛利斯-梅里科夫,声音嘶哑地断断续续说:"不,不烦闷。"

他回答别的问题也是这样。

洛利斯-梅里科夫在卫兵室的时候,哈吉穆拉特的第四个穆里德阿瓦尔人哈涅斐走了进来。哈涅斐脸上和脖子上都毛发蓬松,高高隆起的胸膛上厚厚地长着青苔般的茸毛。这是一个头脑简单、身体强壮的干活家伙,整天忙忙碌碌,像艾达尔一样对主人赤胆忠心。

他走进卫兵室取大米,洛利斯-梅里科夫留住他,问他从哪里来,跟随哈吉穆拉特是不是好久了。

"五年,"哈涅斐回答洛利斯-梅里科夫说,"我和他是同村。我父亲杀死了他的舅舅,他们就想杀我,"他说,从两道连在一起的粗眉毛下镇定地瞅着洛利斯-梅里科夫,"我就请他认我做兄弟。"

"认做兄弟,什么意思?"

"我两个月不剃头,不剪指甲,走到他们那里。他们带我到他的母亲巴基玛特那里。巴基玛特给我奶吃,我就成了他的奶兄弟。"

隔壁屋里传来哈吉穆拉特的声音。艾达尔立刻听出主人在召唤。他擦干净手,大踏步往客厅走去。

"他叫你去。"艾达尔回来说。

洛利斯-梅里科夫又给了乐天的汗马戈玛一支烟,往客厅走去。

十三

洛利斯-梅里科夫走进客厅的时候,哈吉穆拉特高兴地迎着他走来。

"怎么样,讲下去吗?"他在榻上坐下,说。

"当然,讲下去,"洛利斯-梅里科夫说。"我刚才到你的卫兵那里去,同他们谈了谈。他们中间有一个快乐的小伙子。"洛利斯-梅里科夫补充说。

"是的,那是汗马戈玛,是个快活人。"哈吉穆拉特说。

"我倒喜欢年轻漂亮的那一个。"

"哦,那是艾达尔,年纪轻,像铁一样结实。"

他们沉默了一会儿。

"那么讲下去吗?"

"好的,好的。"

"我刚才讲了,几个汗是怎样被杀害的。是的,他们被杀害了,干泽特就进入洪泽赫,在汗的宫殿里登上了宝座,"哈吉穆拉特讲道,"可敦还留在那里。干泽特把她召来。可敦就责骂他。干泽特向他的穆里德阿谢杰尔使了个眼色,阿谢杰尔就从后面击倒可敦,把她杀了。"

"他究竟为什么要杀她?"洛利斯-梅里科夫问。

"他们是一不做二不休,所谓斩草除根,灭掉整个家族。沙米里把最小的一个杀死,从悬崖上扔下去。整个阿瓦利亚都被干泽特征服了,只有我和哥哥不愿屈服。我们要为汗们讨还血债。我们假装屈服,心里却想着怎样向他讨还血债。我们同祖父商量,决定等他从宫里出来的时候,设埋伏刺死他。没想到有人偷听了我们的谈话,向干泽特告了密,他就把祖父叫去。他说:'你得注意,要是你的孙儿真的阴谋反对我,我就把你和他们都吊到一个绞刑架上。我是奉真主的旨意行事,谁也不能拦阻我。去吧,记住我的话。'祖父回家告诉了我们。这样,我们就决定不再等待,节日第一天就在清真寺起事。伙伴们拒绝参加,只剩下我跟哥哥两个。我们每人带着两支手枪,披上斗篷,直奔清真寺。干泽特带着三十名穆里德走进清真寺。他们的刀都出了鞘。走在干泽特旁边的是他心爱的穆里德阿谢杰尔,也就是砍掉可敦脑袋的那个家伙。他一看见我们,喝令我们脱掉斗篷,同时走到我面前。我手里拿着短剑,就把他杀了,接着向干泽特扑去。但奥斯曼哥哥已向他开了枪。干泽特没有死,拿着短剑向哥哥扑来,但被我先下手刺中了脑袋。穆里德有三十人,可我们只有两个。他们杀死了奥斯曼哥哥,我突围出来,跳窗跑了。老百姓知道干泽特被刺,都起来了,穆里德跑了,没有跑的都被杀死。"

哈吉穆拉特停了停,沉重地叹了一口气。

"这本来是件好事,"他讲下去,"后来却被糟蹋了。沙米里接替干泽特的位子。他派使者来,要我跟他一起打俄罗斯人。我要是拒绝的话,他威胁要把洪泽赫夷为平地,并把我杀死。我就回答说,我不到他那里去,也不让他到我这里来。"

"为什么你不到他那里去呢?"洛利斯-梅里科夫问。

哈吉穆拉特皱起眉头,没有立刻回答。

"办不到。沙米里欠了奥斯曼哥哥和阿布农察尔汗的血债。我没有到他那里去。罗森将军给了我军官头衔,命令我当阿瓦利亚长官。本来可以太平无事,可是罗森先委任卡齐库梅赫的马戈梅特-米尔沙汗,后来又委派阿赫梅特汗来管理阿瓦利亚。阿赫梅特汗恨我,他想让儿子娶可敦的女儿萨尔塔聂特。可敦不肯把女儿嫁给他,他就以为是我在作梗。他恨我,派他的卫兵来杀我,可是我逃走了。于是他就在克留盖瑠将军面前说我的坏话,说我不让阿瓦尔人向俄罗斯兵提供柴火。他还对克留盖瑠将军说我缠头巾,就是这个东西,"哈吉穆拉特指指他皮帽上的头巾说,"还说这就是表示我对沙米里的忠心。将军不信他的话,没有拿我怎么样。但将军去梯弗利斯后,阿赫梅特就自作主张:他带了一连士兵逮捕我,把我戴上锁链,拴在大炮上。就这样把我拘留了六天六夜。第七天,他们打开锁链,把我押解到铁米尔汗舒拉城。由四十名荷枪实弹的士兵押解。他们把我的两手捆住,还命令,要是我逃跑,就把我打死。这一点我是知道的。我们快到莫克索赫的时候,山路狭隘,右边是五十来丈①的峭壁。我离开士兵向峭壁边缘走去。一个士兵想拦住我,可我往峭壁下一跳,把那个士兵也拉了下去。士兵摔死了,我却活下来。肋骨、脑袋、胳膊、腿都摔坏了。我想爬,可是爬不动。我的头发晕,人就昏过去了。等我苏醒过来,发现浑身是血。一个牧人看到我,叫了人来,把我抬到村子里。肋骨、脑袋都长好了,腿也长好了,就是一条腿短了一点。"

哈吉穆拉特说着伸出他那条弯曲的腿。

"走路倒没有什么问题,"他说,"老百姓知道了,都来看我。我复原后,就搬到采尔梅斯庄。阿瓦利亚人又要我去管理他们,"哈吉穆拉特镇定而自豪地说,"我同意了。"

哈吉穆拉特敏捷地站起来,从褡裢里取出一个公文包,抽

---

① 丈,指俄丈,俄国计量单位,1俄丈合2.134米。

出两封发黄的信,递给洛利斯－梅里科夫。信是克留盖瑙将军写的。洛利斯－梅里科夫看了一遍。第一封信是这样写的:

　　　　哈吉穆拉特准尉! 你以前在我这里服务,我对你满意,把你看作好人。前不久,阿赫梅特汗少将向我报告,说你是个叛徒,说你缠头巾,说你同沙米里有联系,说你教唆老百姓不听俄罗斯长官的话。我命令逮捕你,并解到我这里来,你又跑了。我不知道这样好不好,因为不知道你是不是犯了罪。现在听我说:你要是对伟大的沙皇问心无愧,你要是没有一点罪,那就到我这儿来。你谁也不用怕,我是你的保护人。汗不会对你怎么样的,他是我的部下,所以你不用害怕。

接下去克留盖瑙说他从不食言,大公无私,再次规劝哈吉穆拉特到他那里去。

洛利斯－梅里科夫读完第一封信,哈吉穆拉特又掏出另一封信来,但他没有把信递到洛利斯－梅里科夫手里,而讲了他是怎样答复第一封信的。

"我给他回信说,我缠了头巾,但不是为了沙米里,而是为了拯救灵魂。沙米里那里我不愿去,也不能去,因为我的父亲、兄弟和亲戚都死在他手里,但我也不能投奔俄罗斯人,因为他们侮辱了我。那天我在洪泽赫被捆,有个无赖竟朝我身上撒尿。那人一天不死,我就一天不能到你那里去。不过,主要是我怕阿赫梅特汗那个骗子手。于是将军就给我送来了这封信。"哈吉穆拉特说着把另一张发黄的信纸递给洛利斯－梅里科夫。

"你答复了我的信,谢谢,"洛利斯–梅里科夫念道,"你说,你不怕回来,但有个异教徒侮辱了你,使你不能回来。我可以向你保证,俄国法律是公正的,你将亲眼看到那个侮辱你的人受到惩罚。我已下令调查这件事。听我说,哈吉穆拉特,我对你不满是有理由的,因为你不信任我,不信任我的真诚,但我原谅你,因为我知道山民都生性多疑。你要是问心无愧,你缠头巾只是为了拯救灵魂,那你就没有过错,你可以大胆正视俄国政府和我的眼睛;我保证,那个侮辱你的人,定将受到惩罚,你的财产定将如数归还。你将看见和懂得俄国法律是怎样的。再说,俄国人对事情有自己的看法,即使你受无赖的侮辱,你在他们眼里也不会丧失威信。我还亲自答应吉穆林村①人缠头巾,并且公正地看待他们的行为。因此,我再说一遍,你不必有所顾虑,你随我派去的人一起到我这里来,他对我是忠实的,他不是你的敌人的奴仆,而是受政府特别器重的人的朋友。"

接下去克留盖瑙再次劝说哈吉穆拉特投奔俄国人。

"这话我不信,"洛利斯–梅里科夫念完信,哈吉穆拉特说,"所以我没有到克留盖瑙那儿去。我主要是要向阿赫梅特汗报仇,而这事我不能假手于俄罗斯人。这时候,阿赫梅特汗包围了采尔梅斯,想活捉我,或者把我打死。我的人马太少,我打不过他。就在这时,沙米里派使者送信给我。他答应帮助我打退阿赫梅特汗,把他杀死,让我统治整个阿瓦利亚。我考虑再三,最后投奔沙米里。从此以后我就不停地跟俄罗斯人打仗。"

---

① 吉穆林村,在阿瓦利亚,是沙米里的家乡。

于是哈吉穆拉特就讲了他的全部战功。他的战功多极了,洛利斯-梅里科夫知道一部分。他每次出征和进攻都异常神速,无比勇猛,使人吃惊,而且总是旗开得胜。

"我同沙米里从来没有交情。"哈吉穆拉特讲完自己的身世,"但他怕我,同时又需要我。有一次有人问我,除了沙米里,谁可以当伊玛目?我说,谁的刀快,谁就是伊玛目。这话传到沙米里耳朵里,他就想除掉我。他把我派到塔巴萨伦①去。我到了那里,夺来一千只羊和三百匹马。但他说我做得不对,免去我副帅的职务,下令把所有的钱都交给他。我送了他一千金卢布。他派他的穆里德来没收我的全部财产。他要我去见他,我知道他想杀我,没有去。他派人来捉拿我。我逃走了,投奔伏隆卓夫。可我没有把家眷带来。母亲、老婆、儿子都在他那里。你告诉总司令,我家眷一天在那里,我就一天无法行动。"

"我去告诉他。"洛利斯-梅里科夫说。

"劳驾想想办法。我的一切都属于你,费神在公爵面前美言几句。我的手脚被捆着,绳子一头牵在沙米里手里。"

哈吉穆拉特用这句话结束了对洛利斯-梅里科夫的叙述。

十四

十二月二十日,伏隆卓夫给陆军大臣契尔内舍夫写了一封信。信是用法文写的。

---

① 塔巴萨伦,在达格斯坦南部。

上班邮车我没有给您去信，仁慈的公爵，因正考虑如何处理哈吉穆拉特之事，再者，最近两三天贱体略感不适。我在上信中已禀告大人哈吉穆拉特到达此地一事。他于八日到达梯弗利斯，次日我即和他见面，并同他谈了八九天，考虑他今后能为我们做些什么，尤其是现在我们该拿他怎么办，因为他对他家眷的命运极为关切。他说得十分坦率，只要他的家眷尚在沙米里手中，他就无法行动，无法为我们效劳，以报答我们对他的款待和宽大。他的亲人情况不明，使他坐立不安，六神无主。我派去陪伴他的人明确对我说，他通宵失眠，饮食不进，一直祷告，只要求带几名哥萨克骑马兜风——这是他多年来唯一的嗜好和运动。他天天来向我打听，他的家眷有无消息，他还要求我将各线归我们管辖的所有俘虏集中起来，作为向沙米里交换他家眷的条件，而且他还可添上一些钱财。为这件事有人愿意给他出钱。他一再对我说，救救我的家眷，然后给我机会为您效劳（他认为最好是在列兹庚一线），要是我不能在一个月之内为您立大功，您可以任意处分我。

我答复他说，我认为这一情况无可非议，假如他的家眷留在山上，不带到此处充当人质，此间将会有许多人不信任他。我对他说，我将尽力收集我边境上的俘虏，但按照我们的规矩，我们无权给他凑足他所缺的赎金，我也许能找到别的办法帮助他。我还坦率地告诉他我的一个想法：沙米里绝不会把他的家眷交还他，但可能直接向他宣布，他完全饶恕他，恢复他的一切职务，同时又威胁他，他要是不回来，就杀害他的母亲、妻子和六个孩子。我问他，他能不能老实告诉我，要是沙米里这样向他宣布，他将怎么办。哈吉穆拉特仰望天空，举起双手对我说，一切都在真主手里，但他决不会投入敌人怀抱，因为他断定沙米里绝不会饶恕他，因此他是活不长的。至于会不会杀害他家眷这一点，他认为沙米里不敢轻举妄动：第一，沙米里不愿使他的对手横下心，变得更加危险；第二，达格斯坦有许多有影响的人物会劝阻他这样做。最后他再三对我说，不管真主的旨意怎样，他现在想的只是如何赎出他的家眷。他恳求我看在真主分上帮助他，让他回到车臣近郊，到了那里，他在征得我们长官同意后，可同家眷取得联系，经常了解他们的情况，研究搭救他们的方法。他说，在这一部分敌人统治的地区，有许多人，其中包括几个州长，和他多少有点交情。在我们的协助下，他很容易在归顺俄罗斯或保持中立的居民中建立联系，而这对达到他朝思暮想的目的十分有利。一旦达到这一目的，他即可安心，并可为我们出力，获得我们的信任。他要求再把他派到格罗兹尼，并给他二三十名骁勇的哥萨克卫兵，如此既可抵抗敌人的袭击，又可说明他的意图的真诚。

仁慈的公爵，不瞒您说，这一切都使我感到为难，因为不论怎么做，我都责任重大。完全信任他，那是极不慎重的。假如想防止他逃跑，我们就得将他囚禁起来，但我认为这样做既不公正，又不策略。假如采取这种措施，消息将很快传遍整个达格斯坦。这对我们极其不利，因为这样一来，凡是多少准备公开反对沙米里的人（这样的人为数很多），以及关心这个被迫向我们投诚的骁勇善战而又精明强干的伊玛目助手在我们这里情况的人，都将改变主意。假如我们像对待俘虏那样对待哈吉穆拉特，那么他叛变沙米里而给我们带来的全部好处将化为乌有。

因此，除了现在这样行动，我别无他法。不过，万一哈吉穆拉特想逃走，我将铸成大错而受人指摘。处理这种棘手的公事，要不担风险，顺顺当当，即使不是不可能，也是极其困难的。但既然只有这一条路可走，那就得走下去，不管前途如何。

仁慈的公爵，请您将此事奏闻皇帝陛下，我的处置如能获得圣上首肯，我将感到幸福。上述情况我已另行告知扎瓦朵夫斯基和柯兹洛夫斯基两将军。让柯兹洛夫斯基同哈吉穆拉特直接联系。我曾警告哈吉穆拉特，不得柯兹洛夫斯基将军同意，不准有任何行动，也不准去任何地方。我对他宣布，他能在我们卫兵护送下一起出去走走，对我们来说更好，不然沙米里就会诬蔑我们将哈吉穆拉特囚禁起来。同时我又取得哈吉穆拉特的许诺，从此不到伏兹德维任斯克去，因为我的儿子——哈吉穆拉特先向他投诚，后来又将他看作自己的朋友——并非该地区长官，他去可能引起误会。再说，伏兹德维任斯克离人口众多、敌视我们的地区太近，他若要同他的亲信取得联系，格罗兹尼要方便得多。

除了二十名精选的哥萨克——哈吉穆拉特要求他们寸步不离——之外，我又派洛利斯-梅里科夫骑兵大尉陪他前去。洛利斯-梅里科夫是个精明能干、足智多谋的军官，通鞑靼语，甚为了解哈吉穆拉特的为人，哈吉穆拉特也完全信任他。哈吉穆拉特来此处十天,跟因公来到此地的苏申斯克中校衔县长塔尔哈诺夫公爵同住一屋。塔尔哈诺夫公爵为人极其稳重,我完全信任他。他也取得了哈吉穆拉特的信任。由于他懂鞑靼语,通过他的翻译,我们讨论了一些微妙的秘密问题。

我同塔尔哈诺夫商量过哈吉穆拉特的事,他完全同意我的意见:或者照现在的方式办理,或者将哈吉穆拉特囚禁起来,并严加看守——因为如果不是客客气气待他,就不容易管住他——或者干脆把他送到国外。但后两种办法不仅将抵消由于哈吉穆拉特和沙米里龃龉而产生的全部利益,而且将冲淡山民对沙米里政权不断增长的不满和反抗情绪。塔尔哈诺夫公爵对我说,他认为哈吉穆拉特是诚实的,而且哈吉穆拉特深信,沙米里永远不会饶恕他,即使答应过对他宽大,最后仍将处死他。塔尔哈诺夫在同哈吉穆拉特交往中唯一担心的事是,哈吉穆拉特对宗教的笃信,他本人也不讳言,沙米里可能从这方面去感化他。不过,正如我在前面说过的那样,沙米里绝不能使哈吉穆拉特相信,他不会要他的性命,不是立即处死,就是等他回去后过一些时候。

仁慈的公爵,以上就是我要向阁下禀告的这一事件的始末。

十五

这份报告是十二月二十四日从梯弗利斯送出的。一八五二年新年前夕,信使一路上赶坏十匹马,把十名车夫抽得皮破血流,才将报告送到当时的陆军大臣契尔内舍夫公爵手里。

一八五二年元旦,契尔内舍夫向尼古拉皇帝呈递公事,其中就有伏隆卓夫的这份报告。

契尔内舍夫不喜欢伏隆卓夫,因为伏隆卓夫颇有名气,深孚众望,因为他拥有大量财富,因为他出身贵族,而契尔内舍夫只是个暴发户,主要则是因为皇上对伏隆卓夫特别垂青。所以契尔内舍夫一有机会就竭力诋毁伏隆卓夫。在上次有关高加索的报告里,契尔内舍夫陈述由于伏隆卓夫的疏忽,高加索有一支不大的部队受山民袭击,几乎全军覆没,引起尼古拉对伏隆卓夫的不满。现在契尔内舍夫又力图从不利方面参伏隆卓夫一本,告他在处理哈吉穆拉特问题上出了纰漏。他向皇上暗示,伏隆卓夫一贯庇护甚至姑息当地土著而损害俄国利益,他把哈吉穆拉特留在高加索是很不明智的。他还暗示,哈吉穆拉特多半只是为了窥探我方防御工事而诈降,因此最好把他送到俄罗斯中部,等到将他的家眷从山里救出,证实他对我们确实忠心耿耿,才能使用他。

不过,契尔内舍夫的计划没有成功,只因为元旦那天尼古拉心情不佳,不肯采纳任何人的任何建议,再说他也不愿接受契尔内舍夫提出的建议。尼古拉不喜欢契尔内舍夫而勉强让他留在这个位置上,只因为当时还没有找到合适的人选来代替他。尼古拉知道他在十二月党人案件中竭力陷害查哈尔·契尔内舍夫①,妄图侵占他的财产,因此认为他是个大浑蛋。这样,由于尼古拉心情不佳,哈吉穆拉特就留在高加索。要是契尔内舍夫换个时候将此事奏闻皇上,哈吉穆拉特的命运也

① 查哈尔·契尔内舍夫(1796—1862),十二月党人。

许不会发生后来那样的变化。

九点半钟,在零下二十摄氏度的寒雾中,契尔内舍夫那个头戴蓝丝绒尖顶帽的大胡子胖车夫坐在同尼古拉一世一样的小雪橇驭座上,将雪橇赶到冬宫门口,对他的朋友——陀尔戈鲁基公爵的车夫亲切地点头致意。这个朋友早已让主人下了雪橇,停在冬宫门口,把缰绳塞到臃肿的大棉裤下,拼命搓着冻僵的双手。

契尔内舍夫身穿毛茸茸的灰色海龙皮领外套,头上照规矩戴一顶插雉毛的三角帽。他掀掉熊皮毯,小心地把他那双没穿套鞋(他以从来不穿套鞋自豪)的冻僵的腿从雪橇里挪出来,碰响马刺,从地毯上走进门房毕恭毕敬地给他打开的门里。契尔内舍夫在前厅把外套扔给急急跑来的老侍仆,走到镜子前,小心翼翼地连鬈曲假发一起摘下帽子。他照了照镜子,用那双衰老的手熟练地卷了卷鬈发和额发,整了整十字勋章、肩带和巨大的带绣花字母的肩章,这才软弱无力地迈动他那两条不听使唤的老腿,踏着铺地毯的坡度平缓的楼梯上楼。

契尔内舍夫经过一排整齐的谄媚地向他鞠躬的内侍,走进客厅。值日官是个新任命的侍从武官,身穿金光闪闪的崭新军服,佩戴着崭新的肩带和肩章,脸色红润鲜嫩,蓄着小胡子,鬈发梳得像尼古拉一世那样。他站起来迎接契尔内舍夫。陆军副大臣华西里·陀尔戈鲁基公爵,神情呆滞,留着同尼古拉一世一样的络腮胡子、小胡子和鬈角,也站起来迎接契尔内舍夫,向他问好。

"皇帝呢?"契尔内舍夫问侍从武官,眼睛瞟瞟办公室的门。

"陛下刚回来。"侍从武官说,显然对自己悦耳的声音感到很得意。他轻悄而平稳地——平稳得就是头上顶一满杯水都不会溢出来——走到无声地打开的门前，整个神态都表示对他将要进去的地方怀着无限崇敬，接着在门后消失了。

这当儿，陀尔戈鲁基打开公事包，查看了一下里面的公文。

契尔内舍夫呢，皱紧眉头，踱来踱去，活动活动两腿，考虑着应该奏闻皇帝的事。办公室的门大开，里面走出一个容光更加焕发、态度更加威严的侍从武官。他做手势请大臣和副大臣进去觐见皇上。这当儿，契尔内舍夫正站在办公室门口。

冬宫遭到大火后早已整修一新，但尼古拉皇帝仍住在楼上。他接见大臣和高级官员、听取报告的办公室是一个有四面大窗的高大房间。正面墙上挂着亚历山大一世的巨幅画像。在窗与窗之间放着两张办公桌。靠墙放着几把椅子，房间中央有一张巨大的写字台，桌子后面放着尼古拉的安乐椅，前面有几把椅子，是为被接见的人预备的。

尼古拉穿一件没有肩章、只带肩章标志的黑礼服，大肚子勒得紧紧的庞大身躯仰靠在安乐椅上，死气沉沉的眼睛茫然眍着进来的人。他的脸又长又白，前额宽大突出，梳得光光的鬓发巧妙地同假发连在一起，盖住他的秃顶。今天他的神情特别阴冷和呆滞。他的眼睛一向浑浊无光，今天更加黯淡无神；紧闭的嘴唇上留着两撇往上翘的胡子；新剃的肥胖双颊长着灌肠般的络腮胡子，被高高的领子托住；下巴颏也被高领子顶住——这一切使他的脸增添了一种烦恼甚至愤怒的神色。这种情绪是由疲劳造成的，而疲劳的原因则是他昨晚参加了假面舞会。当时他照例戴着饰有鸟形徽的近卫重骑兵头盔，穿过向他挤来又怯生生地让开的大量扬扬自得的人群，遇到了上次假面舞会上遇到过的那个戴假面具的女人。这个女人雪白的皮肤、优美的身材和娇滴滴的声音唤起了他那老年的情欲。她上次躲开他，答应下次舞会再同他见面。昨天在假面舞会上，她走到他跟前，他就不再放过她了。他把她领到专为这个目的设立的单间，他可以同他的女伴单独留在那里。尼古拉默默地走到单间门口，环视了一下，眼睛搜寻着内侍，可是没有找到。尼古拉皱起眉头，推开单间的门，让女伴走在前面。

"里面有人。"假面女人站住，说。单间里真的有人。在丝绒沙发上，一个枪骑兵军官和一个年轻漂亮、金发鬈曲、身穿化装斗篷和摘下假面具的女郎依偎在一起。金发女郎一见尼古拉皇帝挺直身子、怒气冲冲的模样，慌忙戴上假面具；枪骑兵军官吓得呆若木鸡，坐在沙发上一动不动，眼睛盯住尼古拉一世。

尼古拉虽已看惯人们在他面前惶恐的神色，他还是喜欢看这种表情。他有时故意说几句亲切的话，使他们更加惶恐不安。现在他又这样做了。

"哦，老弟，你比我年轻，"他对吓得目瞪口呆的军官说，"可以把位置让给我。"

军官连忙站起来，脸上一阵红一阵白，弯着腰，戴上面具，默默地走出单间。尼古拉跟他的女伴就单独留在那里。

戴面具的女伴是个二十岁的美丽姑娘，天真烂漫，是个瑞典籍家庭女教师的女儿。这个姑娘对尼古拉说，她从小看到照片，就爱上他和崇拜他，决心要获得他的垂青。如今目的已经达到，她再不需要什么了。这位姑娘被带到尼古拉通常同女人幽会的地方，尼古拉在那里同她消磨了一个多小时。

那天晚上,尼古拉回到自己的寝宫,躺在又窄又硬的床上(他以睡这种床自豪),盖上他的大氅(他自认为这件大氅像拿破仑帽子一样闻名天下,还常常这样对人说),久久不能入睡。他忽而想起那姑娘白嫩脸上又惊又喜的神态,忽而想起他的老情妇聂丽多娃健美的肩膀,并且拿她们两人做着比较。至于已婚男人不该再过放荡生活,这一层他可连想都没有想过。要是有人为这种事谴责他,他还会感到奇怪。不过,他虽然自信他的行为没有什么不对,内心却有一种不愉快的波动。为了消除这种烦恼,他就想着一件常常能使他平静的事:他是一个多么伟大的人物。

他虽然很晚才入睡,早晨仍像平时一样七点多钟起床。他照常盥洗,用冰块擦擦他那肥大的身子,祷告过上帝,嘴里念着从小念惯的祷文:"圣母""我信仰""我们在天上的父",心里根本没意识到这些祷文的含义。接着他穿上外套,戴上制帽,从边门走到滨河街。

在滨河街中心,他遇见一个身穿制服、头戴制帽、身材像他一样高大的法学院学生。尼古拉皇帝一看见法学院——他因那里流行自由思想而不喜欢这个学校——制服,就皱起眉头,但那个学生的高大身材、笔挺的立正姿势和臂肘突出敬礼的模样稍稍减轻了他的不满情绪。

"你叫什么名字?"他问。

"波洛萨托夫,皇帝陛下!"

"好样的!"

那学生一直举手敬礼,站在那里。尼古拉站住了。

"你愿意服役吗?"

"不,皇帝陛下。"

"蠢货!"尼古拉转过身,向前走去,大声念着首先溜到嘴边的字眼。"柯佩文!柯佩文!"他把昨天那个姑娘的名字念了几遍。"可恨,可恨。"他根本没有意识到他在说些什么,只是用说话来克制自己的感情。"是啊,俄国要是没有我,会成为什么样子。"他感到愤恨的情绪又袭上心来,自言自语着,"不仅俄国,整个欧洲要是没有我,会成什么样子!"他想到他的内弟普鲁士国王,想到他的懦弱昏庸,摇了摇头。

他回到冬宫门前,看见叶莲娜·巴甫洛夫娜的马车。她带了一个穿红制服的侍从来到萨尔蒂科夫大门口。叶莲娜·巴甫洛夫娜在他的心目中是废物的化身。这些废物不仅空谈什么科学和诗歌,而且议论政治,还认为他们实行自治会比他尼古拉统治他们好。他知道,不管他怎样压制他们,他们还是会浮起来,浮到上面来。他想起了不久前去世的弟弟米哈伊尔·巴甫洛维奇。他感到一阵悔恨和悲伤。他闷闷不乐地皱起眉头,嗫嗫地随口念着滑到嘴边的话。直到他走进冬宫,才不再自言自语。他走进自己的宫里,对镜梳理络腮胡子、鬓发和额上的假发,捻了捻小胡子,一直往听取报告的办公室进去。

他首先接见契尔内舍夫。契尔内舍夫从尼古拉的脸色主要是眼神看出,他今天心绪不佳。他知道他昨天的风流韵事,懂得他为什么心绪不佳。尼古拉冷冷地同契尔内舍夫打过招呼,请他坐下,又用那双死气沉沉的眼睛盯住他。

契尔内舍夫启奏的第一件事是军需官贪污案;接着是调动军队到普鲁士边境问题;然后是年终赏金获得者的补充名单;再有是伏隆卓夫关于哈吉穆拉特投诚的报告;最后是医学院学生谋刺教授案。

尼古拉默默地闭紧嘴唇,用他那无名指上戴着金戒指的白净大手翻阅着文件,听着贪污案始末,眼睛一直盯住契尔内舍夫的前额和额发。

尼古拉相信,没有一个官吏不贪污。他知道现在必须惩办那些军需官,罚他们去当兵,但这样做并不能制止新任军需官也贪污。官吏天生爱贪污,他的职责就是惩办他们。尽管这种事使他厌烦,他还是认真履行职责。

"看来,在我们俄国只有一个人廉洁。"他说。

契尔内舍夫立刻明白,俄国唯一廉洁的人就是他尼古拉本人。他赞同地微微一笑。

"我看是这样的,陛下。"他说。

"不用说了,我来批示。"尼古拉拿起公文,把它放在桌子左边,说。

接着,契尔内舍夫报告发奖和军队调动的事。尼古拉看了看名单,划掉几个名字,然后断然命令调两个师到普鲁士边境。

尼古拉怎么也不能原谅一八四八年颁布宪法的普鲁士国王,因为,尽管他在信里和口头上对内弟表现得很亲热,他认为普鲁士边境必须驻兵以防万一。这支军队还有一个用处:一旦普鲁士人民起来暴动(尼古拉看到到处都在准备暴动),就可以出兵保卫内弟的王位,就像他上次出兵对抗匈牙利人保卫奥地利那样。边境上有了这支军队,他对普鲁士国王进忠告就更有分量和意义了。

"是啊,俄国要是没有我会变成什么样子。"他又想。

"喂,还有什么?"他说。

"有个使者从高加索来。"契尔内舍夫说,接着就报告伏隆卓夫信中关于哈吉穆拉特投诚的事。

"原来是这么回事，"尼古拉说，"倒是个良好的开端。"

"陛下手订的计划显然开始见效了。"契尔内舍夫说。

这种对他雄才大略的赞扬，尼古拉听了特别高兴，因为尽管他以雄才大略自豪，内心却意识到，他并没有这方面的才能。不过，现在他很想多听听这样的谀辞。

"你对这件事怎么看?"他问。

"我的看法是，如果早就遵照陛下的计划，逐步向前推进，即使慢一点也行，砍伐树木，烧毁粮食，那么高加索早就被征服了。哈吉穆拉特的投诚，我看也全靠这种形势。他明白他们撑不住了。"

"说得对。"尼古拉说。

在敌人境内砍伐树木，烧毁粮食、逐步推进的计划，其实是叶尔莫洛夫和维里亚米诺夫两将军的计划，同尼古拉的计划正好相反。按照尼古拉的计划，必须一举占领沙米里的地盘，捣毁他的匪窟，并为此进行了伤亡惨重的一八四五年达尔果远征。虽然如此，尼古拉还是把砍伐树木、烧毁粮食、逐步推进的计划算作自己的计划。按理说，要人家相信砍伐树木、烧毁粮食、逐步推进的计划是他的，他必须掩盖真相，那就是他曾经坚持截然相反的一八四五年军事行动。但他对这件事并不讳言，而且以一八四五年的远征和逐步推进计划自豪，尽管这两个计划是完全对立的。周围的人经常露骨地奉承他，使他看不见自己的矛盾，使他的言行违反实际、违反逻辑，甚至违反常识。不管他的命令是多么错误、矛盾和荒谬，他还是相信他的一切命令都是正确、公正和协调的，只因为这些命令都是他下的。

在高加索事件之后,契尔内舍夫报告了外科医学院学生一案,尼古拉就是这样做出决定的。

事情是这样的:一个青年学生两次考试不及格,他考第三次,主考教授还是没让他及格。这个神经质的学生认为不公平,一气之下便抓起桌上削鹅毛笔的小刀向教授扑去,使教授受了几处轻伤。

"他姓什么?"尼古拉问。

"波日卓夫斯基。"

"是波兰人吧?"

"原籍波兰,信天主教。"契尔内舍夫回答。

尼古拉皱起眉头。

他对波兰人经常实行暴政。为了解释这种暴政,他必须相信,波兰人都是坏蛋。尼古拉认为他们都是坏蛋,因此痛恨他们,越对他们实行暴政,越痛恨他们。

"等一会儿。"他说着,闭上眼睛,垂下头。

契尔内舍夫不止一次听尼古拉说过这句话,所以知道当他在决定重大问题时,只要聚精会神地沉默几秒钟,就会灵机一动,做出十分正确的决定,仿佛内心有个声音会告诉他应该怎么办。此刻他正在考虑,怎样通过这个学生的事激发自己对波兰人的愤恨。结果内心的声音暗示他做出如下的决定。他拿起报告,在空白的地方批道:"应处死刑。但感谢上帝,我们这里没有死刑。我也不愿破例。带他在千人行列中走十二次①。尼古拉。"他用他那难看的粗大花体字母签了名。

----

① 在千人行列中走十二次,旧俄酷刑,被罚的人要经过一千人的行列,每人往他身上狠抽一鞭子。

尼古拉知道,一万两千下鞭子无疑是一种致人死命的重刑,而且极其残酷,因为要打死一个身强力壮的人,五千鞭就足够了。但他喜欢做一个无比残酷的人,而想到我们这里没有死刑,又感到很得意。

他批完大学生案,把报告推给契尔内舍夫。

"好了,"他说,"你看吧。"

契尔内舍夫看了一遍,低下头,表示对这一英明的决定不胜钦佩。

"再把全体学生领到操场上,让他们看看行刑。"尼古拉补充说。

"这对他们有好处。我要消灭这种革命情绪,连根消灭掉。"他想。

"是。"契尔内舍夫说,停了停,整整额发,回到高加索报告上来。

"怎样答复伏隆卓夫,您有什么指示?"

"坚持我的政策:在车臣地区烧毁住房,烧毁粮食,不断对他们进行袭击。"尼古拉说。

"哈吉穆拉特的事,您有什么吩咐?"契尔内舍夫问。

"伏隆卓夫信里不是说要在高加索利用他吗?"

"这是不是有点冒险?"契尔内舍夫避开尼古拉的目光,说,"我怕伏隆卓夫过分信任他。"

"那你看应该怎么办?"尼古拉发现契尔内舍夫把伏隆卓夫的计划往坏里想,出其不意地问。

"我想还是把他送到俄国后方稳当。"

"你这样想,"尼古拉嘲笑说,"可我不这样想,我同意伏隆卓夫的计划。你就这样答复他吧。"

"遵旨。"契尔内舍夫说,站起来鞠躬告辞。

陀尔戈鲁基也鞠躬告辞。在禀奏过程中,他只就调动军队问题回答了尼古拉几句话。

在契尔内舍夫之后,尼古拉接见了前来辞行的西部边区总督比比科夫。他赞同比比科夫镇压不愿改信正教的农民的反抗,下令对不服从的一律军法从事。这就是说,判处他们"通过行列"。此外,他还命令把一名报馆编辑送去当兵,因为他刊登了几千名国家农民①被划归皇室领地当农奴的消息。

"我这样做,因为我认为这是必要的,"他说,"我不许任何人议论此事。"

比比科夫当然懂得这样处理合并派②教徒十分残酷,把当时仅有的自由农民改为皇室农奴也是完全不合理的。但他不能表示异议。不同意尼古拉的命令,就会使他丧失四十年惨淡经营所获得的煊赫地位和所享的特权。他只好驯顺地低下花白的头,表示准备忠实执行那残酷、狂暴和无理的圣旨。

比比科夫走后,尼古拉觉得自己圆满履行了职责,伸了个懒腰,看看表,走去更衣,准备出门。他穿上带肩章、勋章和绶带的军服,走进客厅。那里已有一百多个穿军服的男人和袒胸露臂的盛装女人按照各自的身份排列着,战战兢兢地等着他出来。

他眼神死气沉沉,高高鼓起从上到下绷紧的肚子,挺起胸膛,向等待着他的人们走去。他发觉所有的眼睛都露出诚惶

---

① 国家农民,指耕种国家土地的自由农民。
② 合并派,根据一四三九年佛罗伦萨会议,正教和天主教教会实行合并。合并后的教会称合并派。

诚恐和卑躬屈节的神色，就装得更加威严。他看到一张张熟识的脸，记起那是什么人，停下脚步，有时说几句俄语，有时说几句法语，同时用没有生气的冰凉目光死盯住他们，听他们对他说些什么。

尼古拉接受他们的请安后就去教堂。

上帝通过他的仆人（神父）也像世俗的人那样，颂扬尼古拉，并向他致敬。尼古拉对于这种致敬和颂扬虽已厌倦，但还是心安理得地接受了。这是理所当然的，因为全世界的和平幸福都系在他一人身上。这一切已使他厌倦，不过他仍不放弃造福世界的努力。当午祷结束，身穿华美法衣、头发梳得精光的助祭高呼"万岁"，唱诗班悦耳地同声附和时，尼古拉回过头来，看到双肩丰腴的聂丽多娃站在窗旁，就以庇祖她的眼光拿她同昨天的姑娘做着比较。

午祷后，他走到皇后那里，在家里待了几分钟，同孩子、皇后说说笑笑。接着，穿过爱尔米塔日宫来到御前大臣伏尔康斯基那里，顺便托他从自己的特种用款中每年拨一笔养老金给昨天那个姑娘的母亲。然后从他那里出来，去做例行的散步。

那天午餐是在庞贝厅①举行的，参加午餐的除了两个小皇子外，还邀请了李文男爵、尔席夫斯基伯爵、陀尔果鲁基、普鲁士公使和普鲁士国王的侍从武官。

普鲁士公使和李文男爵利用等待皇帝和皇后驾到的空余，就最近从波兰接到的令人不安的消息做了一番意义深长的谈话。

---

① 庞贝厅，冬宫里的一个大厅，其建筑和设备都依照古罗马的庞贝城。

"波兰和高加索是俄国的两个伤口。这两个地方每处至少得驻十万人。"李文说。

公使听了这话,假装很吃惊。

"您是说波兰吗?"

"是啊,这是梅特涅的一步狠棋,弄得我们很为难……"

他们谈到这里,皇后抖动着脑袋,脸上挂着没有表情的微笑走进来。她后面跟着尼古拉。

吃饭时,尼古拉讲到哈吉穆拉特的投诚,还讲到由于他的伐木围困政策奏效,高加索战争不久可望结束。

普鲁士公使和侍从武官交换了个眼色,今天早晨他们还谈到尼古拉以战略大家自居是个不幸的毛病。这会儿却大大称赞这个计划,认为它再次证明尼古拉是个伟大的战略天才。

饭后尼古拉去看芭蕾舞演出。几百个穿三角裤的裸体女人表演了进军舞。其中一个特别撒娇地瞟了他一眼。尼古拉把芭蕾舞导演叫来,向他致谢,并吩咐人赏给他一只钻石戒指。

第二天,契尔内舍夫前来启奏时,尼古拉重申对伏隆卓夫的命令,要他趁哈吉穆拉特前来投诚的时机,加紧骚扰车臣地区,收拢哨兵包围圈。

契尔内舍夫遵照圣旨写信给伏隆卓夫。于是另一使者又赶坏了几匹马,打伤了几个车夫的脸,向梯弗利斯驰去。

十六

为了执行尼古拉皇帝这一命令,一八五二年一月对车臣区进行了袭击。

担任袭击的部队由四营步兵、两百名哥萨克和八门大炮组成。纵队走的是大路。纵队两边，穿高筒皮靴和短皮大衣、戴高筒皮帽的猎骑兵，扛着枪，挎着子弹带，组成连续不断的散兵线，在山谷里忽上忽下地行进着。队伍在敌人的地区行军，照例竭力保持安静。只有大炮经过沟渠时发出铿锵的声音，或是不懂得命令的拉炮车的马偶尔发出嘶鸣声和响鼻声；有时愤怒的长官看到散兵线拉得太长，走得离纵队太近或太远，就用压低的沙哑嗓子叱责部下。只有一次，一只白肚子、白屁股、灰脊背的母山羊和一只同样颜色的双角弯向背部的公山羊突然从散兵线和纵队之间的小树丛里蹿出来，打破了寂静。这两头受惊的漂亮动物，前腿一收，飞快地向纵队跑去。它们离纵队很近，有几个士兵又喊又笑地跑去追赶，想用刺刀捅它们，但山羊转身冲过散兵线，被几条军犬追逐着，像飞鸟一般往山上跑去。

冬天还没有过去，太阳却已升得很高。到了中午，一早出发的队伍已走了十俄里光景，大家感到有点热。阳光十分强烈，刺刀和大炮铜皮上的反光刺得人眼睛发痛。

后面是部队刚涉过的湍急清溪，前面是耕地和草地，还有不深的山沟，再前面是长满树木的神秘的黑色群山，群山之后有突出的悬崖，而在高高的地平线上，则是永远美丽动人、永远变幻莫测、像钻石一样闪闪发亮的雪山。

走在第五连前面的，是不久前才从近卫军调来的身穿黑制服、头戴高皮帽、肩挎马刀的高个子英俊军官布特勒。他身强力壮，对生活充满乐观情绪，勇敢地蔑视死亡的危险。他渴望行动，并意识到自己参与了一个由统一意志领导的伟大事业。今天是布特勒第二次上战场，他高兴地想到他们马上就要遭到射击,他不仅不会在飞来的炮弹下低头,不仅不会理睬子弹的呼啸,并且会像上次那样高高昂起头,眼睛含笑环顾同伴和士兵,若无其事地谈些毫不相干的事。

部队离开大道,转入人迹罕至的玉米茬地间的小路。当他们接近树林时,突然一颗炮弹带着不祥的啸声不知从哪里飞来,落在路旁玉米地上辎重车中间,把玉米地的泥土炸得飞溅开来。

"开始了!"布特勒快乐地笑着对旁边的同伴说。

果然,炮弹爆炸后,树林里出现了黑压压一伙打着旗号的骑马车臣人。在这伙人中间有一面大绿旗,视力很好的连司务长告诉近视的布特勒,那肯定是沙米里本人。这伙人走下山,来到右边最近一个山谷的高处,又往下走。身材矮小的将军穿着厚厚的黑制服,戴一顶白羔皮高帽,骑一匹遛蹄马,跑到布特勒一连人跟前,命令布特勒从右边迎击骑马的车臣人。布特勒迅速地把他的连调往指定的方向,但还没有跑下山谷,就听见背后接连响起两声大炮的轰鸣。他回头一看:两团灰蓝色的浓烟正从两尊大炮上升起来,顺着山谷扩散。那伙车臣人显然没想到有炮兵,就往后撤。布特勒的连开枪追击山民,整个谷地都充满了火药味。只有从谷地高处可以看见山民一面还击追逐他们的哥萨克,一面急急忙忙地后退。部队继续追击山民,看得见第二个山谷的斜坡上散布着山民的村庄。

布特勒带着连队紧随着哥萨克骑兵,进入那个山村。村子里一个居民也没有。士兵们奉命烧毁粮食、干草和土屋。整个村子弥漫着刺鼻的浓烟,士兵们在浓烟中窜来窜去,从土屋里拖出找到的东西,主要是捕捉和射击山民没有带走的母鸡。军官们在离浓烟远一点的地方坐着吃早饭,喝酒。司务长用木板端来蜂房蜜。这里听不见车臣人的动静。午后不久,接到撤退的命令。各连队在村后排成纵队,布特勒担任后卫。纵队一开拔,车臣人就出现了。他们追踪部队,在后面开枪。

部队来到开阔地,山民落在后面。布特勒手下没有一人受伤。他回来时,一路上心情愉快,精神振奋。

部队涉过早晨走过的山溪,排列在玉米地和草地上,各连歌手纷纷走到队列前唱起歌来。没有风,空气清新明净,百里外的雪山仿佛近在咫尺。歌声一停,就听见均匀的脚步声和大炮的铿锵声,好像歌曲的引子和间奏。布特勒的五连唱着一个士官生为颂扬团队而作的歌,歌曲用了舞曲调子和"猎骑兵,猎骑兵,了不起,了不起!"的副歌。

布特勒骑马跟他的顶头上司彼得罗夫少校并排走着。他同彼得罗夫住在一起,对他自己从近卫军调到高加索来感到说不尽的高兴。他调到高加索来的主要原因是,他在彼得堡打牌输了钱,弄得身无分文。他担心留在近卫军里戒不了赌,而又没有钱可输。这一切如今都已过去,他开始过另一种生活,一种生气勃勃的美好生活。他忘记了自己的破产和未偿还的债务。而高加索,战争,士兵,军官,喜欢喝酒、作战勇敢而心地善良的彼得罗夫少校——这一切在他看来都十分美好。他有时简直不相信,他不是在彼得堡,不是在烟雾腾腾的屋子里"折角",押注,痛恨庄家,并感到室闷得头痛,而是在这迷人的地方,同高加索好汉们待在一起。

"猎骑兵,猎骑兵,了不起,了不起!"他的歌手们唱着。他的马按照音乐节奏轻快地迈着步子。连队那头灰色长毛军犬特列索尔卡好像长官,摇动尾巴,专心致志地在连队前跑着。布特勒感到神清气爽,心里平静而快乐。战争在他看来只是面临危险和死亡,但因此可以赢得奖赏,获得本地伙伴和俄罗斯朋友的敬意。而战争的另一面:官兵和山民的伤亡,说也奇怪,他根本没有想到。他甚至不自觉地避免看到伤亡,以保持战争的诗意。今天也是这样,我方有三人阵亡,十二人负伤。他从一具仰面躺着的尸体旁边走过,只斜眼瞟了瞟一只姿势古怪的白蜡般的手和头上暗红色的斑点,就不再看他。在他看来,山民也只是些必须加以防御的骑手罢了。

"看到吗,老弟,"在唱歌间歇的时候少校说,"这里可不像你们彼得堡那样的大马路,可以向右看齐,向左看齐,起步走。从这里回家可得费点劲了。回到家里,我的玛莉亚会给我们包子吃,还有美味的菜汤。这才叫生活!你说是不是?喂!唱一个《朝霞升起来》!"他命令歌手们唱他心爱的歌。

少校跟司务长的女儿玛莉亚结了婚,生活在一起。玛莉亚是个淡黄头发的漂亮女人,满脸雀斑,今年三十岁,没有孩子。不管她过去怎样,现在她是少校的忠实伴侣。她像保姆一样照顾他,而这正是少校所需要的,因为他常常喝得烂醉如泥。

他们回到要塞,一切都不出少校所料。玛莉亚请他和布特勒以及两个军官吃了一顿丰盛美味的午餐。少校大吃大喝,喝得连话都说不出来了,只好回到自己屋里去睡觉。布特勒也筋疲力尽,但心情愉快。他多喝了几杯契希尔,也回到屋里,一脱下衣服,一只手枕着漂亮的鬈发,立刻睡着了,既没有做梦,也没有醒过。

十七

遭到袭击而被破坏的山村就是哈吉穆拉特投奔俄罗斯人前夕住宿过的地方。

萨多——哈吉穆拉特在他那里歇过几天——在俄罗斯人逼近山村的时候，带着家眷上了山。后来萨多回到山村，发现他的泥屋已倒塌，屋顶塌了下来，门和走廊的柱子都被焚毁，屋里十分肮脏。他那个眼睛闪闪发亮的漂亮儿子不久前还兴高采烈地望着哈吉穆拉特，现在已经死了，尸体用一匹盖着斗篷的马驮到清真寺。他背部被刺刀捅穿。那个上次服侍过哈吉穆拉特的端庄女人，此刻穿一件胸前撕破的衬衫，露出衰老下垂的乳房，披头散发站在儿子尸体前面，抓得满脸是血，不停地号啕大哭。萨多拿着鹤嘴锄和铁铲带着一家人去给儿子挖坟。老爷爷坐在倒塌的土屋墙边，手里削着一根小棒，眼睛直勾勾地瞧着前方。他刚从养蜂场回来。那儿的两堆干草被烧掉了；老头儿亲手种植、已经成活的几棵杏树和樱桃树被折断并烧焦了，主要是蜂箱和蜜蜂都被烧得一干二净。家家传出女人的哭声，广场上又运来两具尸体，也是一片哭声。小孩子和母亲一起号啕大哭。饥饿的牲口找不到东西吃，也在号叫。大孩子不再玩耍，而用惊慌的目光瞧着大人。

泉水被弄脏了，显然是有意不让人饮用。清真寺也被弄得很脏。毛拉和他们的弟子正在里面打扫。

上了年纪的户主们聚集在广场上，蹲在地上讨论他们的处境。谁也没有提到对俄罗斯人的憎恨。车臣人，不论老少，对俄罗斯人绝不仅仅是一般的憎恨。这不是憎恨，他们认为俄罗斯人不是人而是狗,并且对俄罗斯人疯狂的残酷感到深恶痛绝和难以理解,恨不得像消灭老鼠、毒蜘蛛和豺狼那样把他们灭掉。这种感情非常自然,就像自卫的本能一样。

摆在居民面前的只有两条路:或者留在本乡,以惊人的毅力重建惨淡经营而毁于一旦的家业,但可能再次遭到破坏;或者违反伊斯兰教教规,违反痛恨和蔑视俄罗斯人的感情,向他们屈服。

老人们做了祷告,一致决定派使者到沙米里那里求援,并立刻动手重建家园。

十八

袭击后的第三天,布特勒从后门走到街上,时间已不早了。他想在早点前散散步,呼吸呼吸新鲜空气,然后照例跟彼得罗夫一起用早点。太阳已从山后升起,街右边阳光照耀下的白色土屋非常刺眼,但从左边看去,远方覆盖着树林的郁郁葱葱的高山和从山峡口中露出的酷似白云的连绵雪山却使人感到赏心悦目。

布特勒望着群山,深深吸着新鲜空气,庆幸他还活着,活在这个美好的世界上。还有使他高兴的是,昨天在战斗中,在进攻时,特别是在充满激烈战斗的撤退中,他干得很漂亮;还有值得高兴的是回忆昨天行军回来的情况,当时和彼得罗夫同居的玛莉亚招待他们吃喝,她对所有的人都和蔼可亲,而对他尤其亲热。玛莉亚留着一条粗辫子,肩膀丰满,胸部高高隆起,满是雀斑的和善的脸笑盈盈的,不由得把布特勒这个身强力壮的单身汉迷住了。他甚至认为她有意于他。不过他认为,如果这样,就会对不起忠厚老实的朋友,因此对玛莉亚始终以礼相待。这一点,他对自己很满意。此刻他正在想这件事。

前面大街上灰沙飞扬,传来马匹急促的蹄声,仿佛有几个人疾驰而来,把他的思绪打断。他抬起头,看见街尾有一群人骑马走来。约莫有二十个哥萨克,其中有两个人领头:一个身穿白色契尔克斯外套,头戴高皮帽,缠着头巾;另一个是俄国军官,黑脸膛,鹰钩鼻,身穿青色契尔克斯外套,衣服上和武器上有许多银饰。那个缠头巾的人骑的是一匹脑袋很小、眼睛好看的赤兔马;那军官骑的是一匹高大的卡拉巴克骏马。布特勒一向喜欢骏马,顿时被这匹马的雄姿所吸引。他停住脚步,想打听这些人是谁。那个军官对布特勒说:“这是不是军事长官的公馆?”他用生硬的不标准的俄国话问(说明他不是个真正的俄国人),同时用鞭子指指伊凡·马特维耶维奇的房子。

“正是。”布特勒说。

“这是什么人?”布特勒问,走到军官紧跟前,以目示意那个缠头巾的人。

“他是哈吉穆拉特。他到这里来,要住在军事长官的公馆里。”

布特勒知道哈吉穆拉特,也知道他向俄国人投诚的事,但怎么也没有料到会在这个小小的要塞里看到他。

哈吉穆拉特友好地望着他。

“你好,柯施科尔德①。”布特勒用新学会的鞑靼语招

———————

① 柯施科尔德,突厥语音译,“问好”的意思。

呼说。

"萨乌布尔。"哈吉穆拉特点点头回答。他骑马来到布特勒跟前,伸出手,两个手指上挂着马鞭。

"你是长官吗?"他问。

"不,长官在那里,我去叫他。"布特勒对军官说,走上台阶,推开门。

不过,玛莉亚所说的"正门"却关着。布特勒敲敲门,没有人答应,他就绕到后门。他喊他的勤务兵,没有人答应,两个勤务兵一个也没有找到。他走进厨房。玛莉亚包着头巾,脸涨得通红,卷起袖子,露出白白胖胖的手臂,把那像她手臂一样白的擀好的面切成包子皮。

"勤务兵都到哪儿去了?"布特勒问。

"都灌酒去了,"玛莉亚说,"您有什么事?"

"把大门打开;你们家门外有一大批山民。哈吉穆拉特来了。"

"您真会开玩笑。"玛莉亚笑着说。

"我没有开玩笑。是真的。他们都在门口等待。"

"真有这种事吗?"玛莉亚问。

"我跟您开玩笑做什么。您去看看,他们都站在门口呢。"

"真是想不到,"玛莉亚放下衣袖,摸摸粗辫子上的发针,说,"那我去把彼得罗夫叫醒。"

"不,我自己去。你啊,邦达连科,去开门。"布特勒说。

"嗯,那也好。"玛莉亚说,又动手干活。

彼得罗夫听说哈吉穆拉特来到,一点也不感到奇怪,因为早就听说哈吉穆拉特在格罗兹尼。他从床上坐起来,点着一支烟，开始穿衣服，同时大声咳嗽，埋怨上级给他送来"这个鬼东西"。他穿好衣服，叫勤务兵拿"药"来。勤务兵知道所谓"药"就是伏特加，给他拿了来。

"没有比这东西更糟糕的了，"他喝着伏特加，吃着黑面包，发牢骚说，"昨天喝了点契希尔，到现在还头痛。嗯，全准备好了。"他说完走进客厅。布特勒已把哈吉穆拉特和陪同的军官领到那里。

陪同哈吉穆拉特的军官把左翼长官的命令交给彼得罗夫。命令指示他接待哈吉穆拉特，允许他通过密探同山民接触，但绝不许他离开要塞，除非有哥萨克陪同。

彼得罗夫读了公文，对哈吉穆拉特注视了一会儿，又仔细琢磨起文件来。他这样一会儿看公文，一会儿看来客，看了几次，这才盯住哈吉穆拉特说："雅克西，培克，雅克西。让他住下来好了。你告诉他，我奉命不允许他出去。上级命令都是神圣的，不能违抗。你看我们把他安顿在哪儿，布特勒？安顿在办公室里行吗？"

布特勒还没来得及回答，玛莉亚从厨房里出来，站在门口，对彼得罗夫说："为什么要安顿到办公室里去？就安顿在这里好了。我们把客房和储藏室交给他们使用。至少能看住他们。"她说，瞧了一眼哈吉穆拉特，同他的目光相遇，慌忙转过脸去。

"我看玛莉亚说得对。"布特勒说。

"喂，喂，走吧，这儿没有娘儿们的事。"彼得罗夫说。

在谈话过程中，哈吉穆拉特一直手按短剑柄坐着，露出一丝冷笑。他说，他住哪里都行。他只要做一件事，也是总司令允许的，那就是同山民接触，因此他希望放他们来见他。彼得罗夫说这事可以办到。他请布特勒招待客人,给他们吃喝,为他们收拾房间,自己到办公室去签发必要的文件,下达必要的指示。

哈吉穆拉特对待他这位新相识的态度一开始就很鲜明。对彼得罗夫,哈吉穆拉特初次见面就感到厌恶和轻蔑,在他面前总是显得很傲慢。玛莉亚给他做菜送饭,他特别喜欢她。他喜欢她的朴实和富有异国情调的美,而她对他的迷恋也不知不觉感染了他。他竭力不去看她,不同她说话,但眼睛总是情不自禁地瞧着她,并且注意她的一举一动。

他一见布特勒,就对他产生好感,高兴跟他谈话,而且谈得很多。他询问布特勒的生活,告诉他自己的情况,把密探带来的关于他家眷的情况讲给他听,甚至同他商量他该怎么办。

密探给他送来的消息都不好。他在要塞里待了四天。他们找过他两次,两次带来的都是坏消息。

十九

哈吉穆拉特投奔俄国人不久,他的家眷就被送到维杰诺村监禁起来,等待沙米里的决定。女眷——巴蒂玛特老婆子、哈吉穆拉特的两个妻子和她们生的五个小孩被软禁在百人长拉希德家里;哈吉穆拉特的儿子,十八岁的小伙子尤素福被关在监牢里,而所谓监牢就是两米多深的大坑,里面还有另外四名罪犯,同他一样等待着自己命运的判决。

判决还没有下来,因为沙米里不在家,他出兵打俄国人去了。

一八五二年一月六日,沙米里在同俄国人作战后回到维杰诺村。俄国人认为这一仗打垮了沙米里，逼他逃回维杰诺村；沙米里和全体穆里德却认为他们获得了胜利，把俄国人赶跑了。在这次战役中，沙米里亲自用步枪射击，抽出马刀策马冲向俄国人（这在他是很难得的），但跟随他的穆里德把他拦住。其中两个穆里德在沙米里旁边当场被打死。

中午，沙米里回到驻地，一群穆里德在他周围表演马术，用步枪和手枪射击，嘴里不停地唱着《真主之外无真主》。

维杰诺是个大山村。全体居民都站在街上和屋顶上迎接他们的首领，也用步枪和手枪射击，以庆祝他们的胜利。沙米里骑着阿拉伯高头大白马，走近家门时快乐地挥动缰绳。马具非常简单，没有金银饰品，只有一根中间有沟的红色皮马勒、一副金属杯状马镫和从鞍子下面露出来的红色垫褥。这位伊玛目身穿衣领和袖子露出黑皮毛的棕色呢面外套，细长的腰上束着一根挂短剑的黑皮带。头戴饰着黑穗子的平顶高皮帽，缠着白头巾，头巾梢儿垂在颈后。脚上穿绿色平底软鞋，小腿上打着普通细线缝边的黑裹腿。

伊玛目身上没有一样辉煌的金银饰物，但他身材挺拔魁伟，衣着朴素无华，在一群服装和武器都镶金带银的穆里德的簇拥下显得威严庄重。给人民以这样的印象，正是他所希望的，也是他能够办到的。他脸色苍白，留着剪得整整齐齐的褐色大胡子，一双小眼睛经常眯缝着，脸像化石一般，一动不动，毫无表情。他经过山村，感到有几千双眼睛在望着他，但他对谁也不瞧一眼。哈吉穆拉特的两个妻子和孩子也跟居民们一起到游廊上观看伊玛目的到来。只有哈吉穆拉特的母亲巴蒂玛特老婆子没有出来。她像平时一样披散着一头白发，两只长长的胳膊抱住瘦削的膝盖，坐在土屋的地上。她眨动一双目光刺人的黑眼睛,望着壁炉里快要熄灭的树枝。她同她的儿子一样,一向憎恨沙米里,如今恨得更加厉害,因此不愿看见他。

哈吉穆拉特的儿子也没有看到沙米里的凯旋。他在又黑又臭的土坑里只听见枪声和歌声,感到特别难受,就像一般生气蓬勃而丧失自由的青年那样。他坐在臭气熏天的土坑里,眼前只看到几个同囚的人。他们身体肮脏,形容憔悴,遭遇不幸,却又往往相互仇视。面对着这些人,他不禁十分羡慕那些享受着新鲜空气、阳光和自由并在首领周围骑着骏马驰骋、射击和齐声高唱《真主之外无真主》的人。

沙米里穿过山村,走进一座大院子。这座院子通到沙米里的里院。两个武装的列兹金人在第一座院子的大门口迎接他。院子里挤满了人,有因事从远方来的,有来请愿的,有被沙米里召来听候审判和发落的。沙米里一进来,院子里的人都站起来,双手贴在胸前,向伊玛目致敬。有几个人跪下来,直到沙米里从大门穿过院子走进里门。沙米里知道,在等候他的人中间有许多讨厌的人和许多要求照顾的乏味的来访者,但他仍板着脸从他们身旁经过,走进里院,在官邸大门左首的游廊旁下马。

这次出征十分劳累。这种劳累与其说是体力上的,不如说是精神上的,因为沙米里尽管在口头上宣扬出征的胜利,其实他心中明白是失败的:许多车臣人的村庄被焚毁和破坏,头脑简单的车臣人动摇善变,那些接近俄罗斯人的已准备投降——这一切都叫人难受,必须考虑对策,但沙米里此刻什么也不愿做,什么也不愿想。他只有一个愿望:在他最宠爱的妻子,眼睛乌黑、手脚麻利的十八岁吉斯金姑娘阿米涅特身边享受家庭的温暖,得到休息和抚爱。

现在阿米涅特就在那堵隔开内室和男人住房的墙壁后面(沙米里相信,此刻阿米涅特和其他几个妻室正在门缝里张望着),但他既看不见她,也不能到她那儿去,不能在羽绒床褥上躺一会儿休息休息。首先他得去做此刻无心去做的晌礼,因为作为宗教领袖非履行这种教规不可,何况对他本人来说,祷告就像每天吃饭一样不可缺少。于是他只好去沐浴和祈祷。做完祷告,又召见等候他的人。

第一个进来的是他的岳父和老师杰马尔·爱丁。杰马尔·爱丁是一个体格魁梧的老人,须发雪白,脸色红润,相貌堂堂。他向真主做了祷告,接着询问沙米里出征的经过,还讲了沙米里不在时山里发生的事。

杰马尔·爱丁讲了报复杀亲仇、盗窃牲口和违反教规吸烟喝酒等各种案件后,又讲到哈吉穆拉特曾派人来,要把家眷接到俄国人那里去,但这事被察觉了,他的家眷被送到维杰诺幽禁起来,等候伊玛目处理。旁边的客厅里聚集着几个老人,准备讨论这些案件。杰马尔·爱丁建议沙米里今天就放他们回家,因为他们等他已有三天了。

沙米里在自己屋里吃了午饭——午饭是由他不喜欢的那个尖鼻子、黑头发、面目可憎的大夫人扎依德送来的——就到客厅里去。

六个老人组成他的谋士会议。这些老人,有的胡子雪白,有的胡子花白,有的胡子火红,有的缠头巾,有的不缠头巾,有的戴着高顶皮帽,穿着新的短袄和契尔克斯外套,腰里束着挂短剑的皮带,站起来迎接他。沙米里比他们所有的人都高出一头。他们个个像他一样,举起双手,手掌朝上,闭上眼睛,念着祷词,然后两手擦脸直擦到胡子,再双手合十。做完以后,大家都坐下来,沙米里坐在中央较高的坐垫上,开始讨论案件。

被控罪犯一律按伊斯兰教规判决:两个犯盗窃罪的被判剁掉一只手,一个杀人犯被判杀头,三个人获得赦免。然后讨论主要案件:就车臣人归降俄国一事商量对策。为了防止这种归降,杰马尔·爱丁拟了如下告示:

> 愿万能的真主赐给你们永世平安。得悉俄罗斯人对你们实行招安政策,号召你们归降。你们不要相信他们,不要归降,要忍耐。只要你们能做到,今生不得善报,来生也必得善报。想一想俄罗斯人以前怎样没收你们的武器。一八〇四年要是真主不开导你们,你们早就被拉去当兵,你们手里拿的将不是短剑而是刺刀,你们的妻子将不能穿裤子,还要被人斥骂。回顾往事可以推测未来。宁可与俄罗斯人作对到死,也不能与异教徒共存。忍耐一下吧,我将带《古兰经》和马刀到你们那里去,率领你们去反对俄罗斯人。我现在严令你们:不仅不许怀有归降俄罗斯人的打算,而且不能有这样的念头。

沙米里赞同这告示,签了字,决定把它分发到各地。

这些事处理完毕后就讨论哈吉穆拉特的事。对沙米里来说,这事非同寻常。他要是有了哈吉穆拉特,以哈吉穆拉特的机灵、大胆和勇敢,车臣地区就不会出现现在这样的局面。这一层他嘴里不说,心里可是明白的。最好能同哈吉穆拉特讲和,让他再为自己效劳;这一点要是办不到,那也绝不能让他去帮俄罗斯人的忙。因此无论如何要把他召来,召来后再把他干掉。办法是或者派一个人到梯弗利斯就地刺死他,或者把他弄到这里来杀掉。要达到这个目的,唯一的手段就是利用他的家眷,主要是他的儿子。沙米里知道,哈吉穆拉特最疼他的儿子,因此必须利用他儿子来行事。

谋士们商量这件事时,沙米里闭目不语。

谋士们知道,这表示他在倾听先知的声音,指示他现在该怎么办。沙米里严肃地沉默了五分钟,睁开眼睛,但眯缝得更细,说:"把哈吉穆拉特的儿子给我带来。"

"他就在这里。"杰马尔·爱丁说。

果然,哈吉穆拉特的儿子尤素福已站在大门外等候传讯。他形容枯槁苍白,衣衫褴褛发臭,但体格和面貌仍很俊美,一双目光灼人的黑眼睛活像他的祖母。

尤素福对沙米里没有他父亲的那种敌意。他不知道往事,即使知道也没有亲身经历过,因此弄不懂父亲为什么那样固执地同沙米里为敌。他唯一的愿望就是,身为首领之子,继续在洪泽赫过吃喝玩乐的生活,因此觉得根本没有必要同沙米里作对。他同父亲相反,特别喜欢沙米里,也像一般山民那样狂热地崇拜他。此刻他怀着敬畏首领的心情走进客厅,在门口站住,遇到沙米里眯缝着眼睛射出的咄咄逼人的目光。他站了一会儿,然后走到沙米里跟前,吻了吻他那手指很长的白净的大手。

"你是哈吉穆拉特的儿子吗?"

"我是,伊玛目。"

"你知道你爹干了些什么事吗?"

"我知道,伊玛目,我为这事感到遗憾。"

"你会写字吗?"

"我准备将来当个毛拉①。"

"那么好,你写封信给你父亲,他要是在拜兰节②前回到这里来,我就原谅他,一切待遇照旧。他要是仍留在俄罗斯人那里,那么,"沙米里恶狠狠地皱起眉头,"我将把你的奶奶、你的母亲送到各村去当奴婢,并砍掉你的脑袋。"

尤素福脸上的肌肉一动不动,他低下头表示明白沙米里的话。

"你就这样去写,写好了交给我的信使。"

沙米里沉默了一下,对尤素福看了一会儿。

"你写信告诉他,我可怜你,不杀你,但要把你的眼睛挖掉,就像我对待一切叛徒那样。你去吧。"

尤素福在沙米里面前勉强保持镇定。他一被带出客厅,就向押送他的人扑去,从他的剑鞘里拔出短剑企图自杀,但被人抓住双手捆起来,带回牢坑。

那天晚上,沙米里行完昏礼,天色已黑,他穿上白皮袍,穿过垣墙,走进后院,往阿米涅特的屋子走去。阿米涅特不在。她在沙米里几个大夫人那里。于是沙米里就悄悄地站在门口等,竭力不让人瞧见。阿米涅特因为沙米里没有送给她绸料子,却送给了扎依杰特,正在生他的气。她看见他出来,又走进她的屋里找她,她就有意不回自己屋里去。她在扎依杰特房门口站了好一会儿,望着那白忽忽的人影在她屋里一会儿进一会儿出,不禁自个儿哧哧笑了起来。沙米里白白等了她

---

① 毛拉,伊斯兰教学者的尊称。
② 拜兰节,伊斯兰教的大节。

半天,回到自己屋里已到了宵礼的时候。

二十

哈吉穆拉特已在要塞彼得罗夫家住了一个星期。玛莉亚同大胡子哈涅斐(哈吉穆拉特随身只带两个人:哈涅斐和艾达尔)吵过架,有一次把他从厨房里推出去,而为这事哈涅斐差点没把她杀死。尽管如此,玛莉亚对哈吉穆拉特却特别有好感,很尊敬他,同情他。现在她不再给哈吉穆拉特送饭,而把这事交托给艾达尔,但她一有机会就去看他,巴结他。她十分关心赎回他家眷一事的谈判,知道他家里有几个妻子儿女,多大年纪,每次密探来过之后,她总要打听谈判的结果。

布特勒在这一个星期里已同哈吉穆拉特成为好朋友。有时哈吉穆拉特到他屋里,有时布特勒到他屋里。有时他们通过翻译谈话,有时用他们自己的方法,打手势,但主要是用微笑。哈吉穆拉特显然很喜欢布特勒,这从艾达尔对布特勒的态度上看得出来。布特勒每次走进哈吉穆拉特屋里,艾达尔总是高兴地露出雪白的牙齿迎接,连忙放好垫子请他坐。要是布特勒佩着长剑,就替他解下。

布特勒同哈吉穆拉特的奶兄弟大胡子哈涅斐也搞熟了,两人谈得很投机。哈涅斐知道许多山歌,唱得挺好听。哈吉穆拉特为了让布特勒高兴,就命令哈涅斐唱他最喜爱的山歌。哈涅斐是个男高音,吐词清晰,唱起来特别有感情。有一首山歌哈吉穆拉特特别喜欢,它那悲壮的曲调也使布特勒感动。布特勒请翻译介绍歌词,并把它记下来。

这首歌是唱杀亲之仇的,也就是哈涅斐同哈吉穆拉特之间的事情。

歌词是这样的：

> 等我坟上的土干了,亲娘啊,你就会把我遗忘! 等我墓地上荒草萋萋,老爹啊,荒草就会埋没你的悲伤。姐姐的眼泪有一天会流干,她心里也有一天不再悲伤。

> 但在我的死仇没有报以前,我的大哥啊,你可不能把我忘记。我的二哥啊,在你没躺到我旁边以前,你也不能把我忘记。

> 子弹哪,你浑身发烫,带来死亡,但你难道不是我忠实的奴隶? 黑土啊,你将把我埋葬,但我的马蹄不是正踩在你身上? 死神哪,你浑身冰凉,但我是你的主人。土地将容纳我的躯体,天堂会接受我的灵魂。

哈吉穆拉特听这首歌时总是闭着眼睛。等到声音越来越低,歌曲快要结束时,哈吉穆拉特总是用生硬的俄语说:"这歌挺不错,意思挺明白。"

由于哈吉穆拉特的来到以及接近他和他的穆里德,布特勒听了这种颂扬山民剽悍性格的歌,格外感动。他给自己弄来契尔克斯外套、短袄和裹腿,自认为是个山民,过着同山民一样的生活。

哈吉穆拉特动身那天,彼得罗夫找了几个军官给他送行。哈吉穆拉特一身出门打扮,瘸着腿,快步走进屋里来的时候,有几个军官坐在茶桌旁——玛莉亚正在那里斟茶——有几个军官坐在摆着伏特加、契希尔和冷菜的另一张餐桌旁。

大家都站起来,一个个同他握手问好。彼得罗夫请他坐软榻,他道了谢,但坐到靠窗的椅子上。他进去时,屋里鸦雀无声,但这并没使他感到困惑。他留神地环顾一张张脸,然后若无其事地把目光停在桌上的茶炊和冷菜上。泼辣的军官彼得科夫斯基第一次看到哈吉穆拉特,就通过翻译问他是不是喜欢梯弗利斯。

"阿依雅。"他说。

"他说喜欢。"翻译回答。

"那么他最喜欢什么?"

哈吉穆拉特作了回答。

"他最喜欢看戏。"

"那么,总司令家的舞会他喜欢不喜欢?"

哈吉穆拉特皱起眉头。

"每个民族都有自己的风俗。我们那儿的妇女不兴那样穿戴。"他对玛莉亚瞧了一眼,说。

"怎么,他不喜欢吗?"

"我们那儿有一句谚语,"他对翻译说,"狗请驴吃肉,驴请狗吃草,两个都挨饿。"他微微一笑,"每个民族都有自己的好风俗。"

话没有再谈下去。有的军官在喝茶,有的在吃冷菜。哈吉穆拉特把给他沏的茶放在面前。

"你要什么? 奶油? 面包?"玛莉亚把吃的东西递给他,问道。

哈吉穆拉特点点头。

"那么,我们要分手了!"布特勒碰碰哈吉穆拉特的膝盖,说,"什么时候再见面?"

"再见,再见,"哈吉穆拉特笑着用俄语说,"你是个好朋友,好朋友。可是我得走了。"他说,向要去的方向摆摆头。

艾达尔肩上搭着一件很大的白色衣服，手拿马刀，出现在房门口。哈吉穆拉特向他招招手。艾达尔大踏步走到哈吉穆拉特跟前，把白斗篷和马刀交给他。哈吉穆拉特站起来，拿起斗篷把它扔到另一只手里，对翻译说了句什么，就把斗篷交给玛莉亚。翻译说："他说，你夸奖这斗篷，那就送给你。"

"干吗送我呀？"玛莉亚涨红了脸，说。

"应该这样。这是我们的规矩。"哈吉穆拉特说。

"哦，那谢谢您了，"玛莉亚收下斗篷，说，"但愿上帝保佑您救出儿子。好一个枪骑兵，"她添上说，"您翻译给他听，我祝他早日救出家眷。"

哈吉穆拉特瞧了玛莉亚一眼，赞许地点点头，然后从艾达尔手里接过马刀，送给彼得罗夫。彼得罗夫收下马刀，对翻译说："你告诉他，让他骑我那匹枣红骟马去，我没有别的东西可以送他。"

哈吉穆拉特举起手来摇摇，表示他什么也不需要，他也不接受那匹马，然后指指山和自己的心，向门口走去。大家都跟着他走去。留在屋里的军官拔出马刀，察看刀刃，断定这是真正的古尔德宝刀①。

布特勒跟哈吉穆拉特一起走到门前台阶上。这时发生了一件谁也没料到的事，要不是哈吉穆拉特生来机智、果断和灵敏，他的命差一点就给断送了。

库梅克人的塔施-吉楚村居民十分尊敬哈吉穆拉特，多次来要塞看望这位赫赫有名的副帅，而且在哈吉穆拉特离开前三天请他星期五到他们的清真寺去。居住在塔施-吉楚村

---

① 古尔德宝刀，高加索产的著名马刀。

的几个库梅克王爷却痛恨哈吉穆拉特,同他有杀亲之仇,得知这件事,就向人民宣布,不准哈吉穆拉特进清真寺。人民骚动起来,同王爷方面的人发生了械斗。俄国长官镇压了山民,并派人叫哈吉穆拉特不要进清真寺。哈吉穆拉特没有去,大家以为事情就此结束。

但就在哈吉穆拉特走上台阶准备上马时,库梅克王爷阿尔斯兰汗(他认识布特勒和彼得罗夫)骑马来到彼得罗夫家。

阿尔斯兰汗看见哈吉穆拉特,就拔出手枪对准他。但没等他开枪,哈吉穆拉特虽然腿瘸,却像猫一样敏捷地冲下台阶向阿尔斯兰汗扑去。阿尔斯兰汗开了枪,但没有打中。哈吉穆拉特跑到他跟前,一手抓住他的缰绳,一手拔出短剑,用鞑靼语大喝一声。

布特勒和艾达尔同时向敌人奔去,抓住他们的手。彼得罗夫听见枪声走出来。

"你这是怎么搞的,阿尔斯兰汗,竟在我家里干起这种勾当来!"他得知是怎么一回事后,说,"兄弟,这样不好。在野外可以听你们的便,但怎么能在我家里干这种杀人的事。"

阿尔斯兰汗个儿矮小,留着黑色小胡子,脸色苍白,浑身哆嗦,跳下马来,恶狠狠地瞪了哈吉穆拉特一眼,就跟彼得罗夫一起走进屋里。哈吉穆拉特回到马匹前,沉重地喘着气,微笑着。

"他为什么要杀他?"布特勒通过翻译问。

"他说,他们有这样的规矩,"翻译转达哈吉穆拉特的话,"阿尔斯兰汗应该向他报杀亲之仇,所以要杀他。"

"那么,万一阿尔斯兰汗在路上赶上他,那该怎么办?"布特勒问。

哈吉穆拉特微微一笑。

"那有什么,他要是把我杀了,那也是真主的意思。嗯,再见。"他又用俄语说,然后抓住马鬃,环视了一下所有来送行的人,又亲切地同玛莉亚对视了一眼。

"别了,大嫂,"他对她说,"谢谢你。"

"上帝保佑,上帝保佑您早日救出家眷。"玛莉亚说。

他不懂她的话,但知道她同情他,就向她点点头。

"记着,别忘记老朋友。"布特勒说。

"告诉他,我是他的忠实朋友,永远不会忘记他。"他通过翻译回答。他虽然瘸着一条腿,但一碰到马镫,就轻盈地翻身坐到高高的马鞍上。他整整马刀,习惯地摸摸手枪,以山民特有的威武姿态离开彼得罗夫家。哈涅斐和艾达尔也骑上马,亲切地跟主人和军官们告别,跟着他们的穆尔西德小跑着走了。

大家照例谈论着离去的人。

"真是条好汉!"

"他像狼一样扑向阿尔斯兰汗,脸色都变了。"

"他真会吹牛,准是个骗子手。"彼得罗科夫斯基说。

"上帝保佑,但愿俄国多些这样的骗子手。"玛莉亚忽然愤愤地插嘴说。"他在我们家住了一个星期,只看到他好的,没看到他坏的,"她说,"人又和气又聪明,又通情达理。"

"您怎么都知道呢?"

"我自然知道。"

"爱上他了,是吗?"彼得罗夫走进来说,"就是这么一回事。"

"是爱上他了。这关您什么事?明明是个好人,为什么还要说他坏话。他是鞑靼人,可是个好人。"

"对的,玛莉亚,"布特勒说,"您辩护得太好了。"

二十一

在车臣前线要塞,居民的生活依旧如故。后来,山民来骚扰过两次,几连步兵、哥萨克骑兵和民团出动镇压,但两次都没能制止山民的骚扰。山民出来活动,有一次在伏兹德维任斯克赶走八匹正在饮水的马,还打死了一个哥萨克。自从上次捣毁那个山村以来,没有再进行过袭击。巴略金斯基公爵新近被任命为左翼长官,他正在部署一次对车臣地区的大规模军事行动。

巴略金斯基公爵是皇太子的朋友,做过卡巴尔金斯基团团长,现任整个左翼的长官。他一到格罗兹尼要塞,就集结部队,继续执行契尔内舍夫写信转告伏隆卓夫的皇帝制订的计划。集结在伏兹德维任斯克的部队开到库林斯克阵地,然后驻扎在那里砍伐树林。

小伏隆卓夫住在一座豪华的呢绒帐篷里。他的妻子玛丽雅也常到营地来,并在那里过夜。巴略金斯基同玛丽雅的关系已成为公开秘密,她一到营地,夜间就得派密探放哨,弄得非宫廷军官和士兵都臭骂她。山民常常偷偷把大炮推近,向营地开炮。但炮弹多半都打不中,因此对这种射击没有采取什么措施。如今为了防止山民开炮使玛丽雅受惊,就派出几个密探。但为了不让这贵妇人受惊,天天晚上都得放哨,这使人感到委屈和厌恶,因此士兵们和挤不进上流社会的军官们就用难听的字眼臭骂玛丽雅。

布特勒利用休假也从自己的要塞来到这里,他想看望看望聚集在这里的贵胄军官学校的老同学和在库林斯克团同过事的副官和传令官。他到这儿的头几天心情一直很愉快。他在波尔多拉茨基的营帐里歇脚,遇到许多热烈欢迎他的熟人。他又去看望伏隆卓夫。他们在同一个团里服务过,所以有点熟。伏隆卓夫亲切地接待他,把他介绍给巴略金斯基公爵,还请他参加为前任左翼长官科兹洛夫斯基将军饯行的宴会。

　　宴会十分豪华。运来六座帐篷,扎成一排。尽帐篷的长度安排了餐桌,上面摆满食具和酒类。这里的一切都像彼得堡近卫军的生活。两点钟入席。餐桌中央一边坐着科兹洛夫斯基,另一边坐着巴略金斯基。科兹洛夫斯基右首坐着伏隆卓夫,左首坐着伏隆卓夫夫人。餐桌两边坐满卡巴尔金斯基和库林斯基两个团的军官,布特勒坐在波尔多拉茨基旁边,两人兴致勃勃地谈着话,同时跟邻座军官们一起喝酒。大家喝得有几分酒意,勤务兵就给每人斟上一杯香槟,波尔多拉茨基忧心忡忡地对布特勒说:"我们的'怎么样'①要丢脸了。"

　　"为什么?"

　　"因为他得致辞。可是他会致什么辞呢?"

　　"是啊,老弟,这可不像冒着枪弹冲锋那样容易啊。何况他旁边还坐着一位太太,还有那些宫廷大官。是啊,他那副模样真可怜。"两个军官低声议论着。

　　庄严的时刻终于到了。巴略金斯基站起来,举起酒杯,对科兹洛夫斯基说了几句话。等巴略金斯基说完,科兹洛夫斯基站起来,声音洪亮地说:"遵照皇帝陛下圣旨,我要离开你

---

　　① "怎么样",指科兹洛夫斯基,"怎么样"大概是他的口头禅。

们，同你们分手了，军官先生们，"他说，"但你们要把我看作始终跟你们在一起……先生们，你们都懂得那个真理：孤掌难鸣。因此，我在职时蒙受圣恩……我所获得的一切奖赏……一切荣誉……我的地位……都应该……绝对应该……"说到这里他的声音发抖了，"归功于你们……我感谢大家，我亲爱的朋友们！"他的脸皱得更厉害了。他抽噎起来，眼泪夺眶而出，"我从心底里向你们表示感谢……"

科兹洛夫斯基再也说不下去，站起来，拥抱走到他跟前的军官们。大家都十分激动。公爵夫人用手帕蒙住脸。巴略金斯基公爵扭歪着嘴，不断眨巴着眼睛。许多军官都流了泪。布特勒同科兹洛夫斯基虽然不熟，也忍不住掉下泪来。他很喜欢这种气氛。然后大家为巴略金斯基、为伏隆卓夫、为军官们、为士兵们干杯。客人们酒醉饭饱，个个心情愉快，沉醉于他们所特别喜爱的军人的狂欢中。

天气很好，阳光明媚，没有风，空气清新，使人精神振奋。四面八方都是哔剥响的篝火声和唱歌声。人人都像过节一样。布特勒怀着十分幸福和激动的心情回到波尔多拉茨基那里。军官们聚集在他那里，摆开牌桌，副官拿出一百卢布坐庄。布特勒两次从帐篷里出来，手握着裤袋里的钱包，最后还是忍不住，不管对自己和弟兄们许过不再赌博的诺言，又下起注来。

不到一小时，布特勒就满脸通红，浑身出汗，身上撒满了粉笔灰，双肘支在桌上，根据折角的纸牌计算着下的赌注。他输得太多了，因此怕算所欠的数目。他不算也知道，即使预支全部薪金，再拿马匹折价，也还不清他欠陌生副官的赌债。他还想赌下去，但副官板着脸，用他那双白净的手放下牌，计算粉笔记下的布特勒的欠账。布特勒窘态毕露地请求原谅，因为不能当场付清欠账，他说家里会给他送钱来。他说这些话的时候，发现大家都很同情他，人人都避开他的目光，连波尔多拉茨基也不例外。这是他在部队里的最后一个晚上。他想：他要是当初不赌钱，应邀到伏隆卓夫那里去，就太平无事了。可现在不仅不太平，而且是糟透了。

他跟同事和熟人告别回家。回到家里，躺下来睡觉，一睡就是十八个小时，好像一般赌输钱的人那样。玛莉亚从他向她要半个卢布给护送他的哥萨克酒钱，从他忧郁的神情和简短的回答上看出他输了钱，就责备彼得罗夫不该放他出去。

第二天，布特勒在十二点钟醒来。他意识到自己的处境，想再回到黑甜乡里去，但已办不到了。他得想办法偿还欠那个陌生人的四百七十卢布。一个办法是给哥哥去信，对自己的罪孽表示忏悔，请求他最后一次寄给他五百卢布，这笔钱可以从他们两人共有的磨坊上扣还。其次他又写信给一位吝啬的女亲戚，请求她借给他五百卢布，利息多少由她决定。最后他去找彼得罗夫，知道他有钱，或者不如说玛莉亚有钱，请他们借给他五百卢布。

"我倒是很愿意，"彼得罗夫说，"现在就可以给你，可是玛莉亚不会同意。她们这些娘儿们鬼知道是怎么一回事，都吝啬得要命。不过，总得想个办法，他妈的。随军食品商那个鬼东西不知有没有钱。"

不过，向随军食品商开口是没有必要的。因此布特勒只有一条路，就是向哥哥或者吝啬的女亲戚借钱。

二十二

哈吉穆拉特在车臣地区没有达到目的,回到梯弗利斯,天天去找伏隆卓夫。伏隆卓夫接见他,他就要求把俘虏的山民集合起来,拿他们去交换他的家眷。他再三说,不然他的手脚被捆着,他就不可能为俄罗斯人出力去消灭沙米里。伏隆卓夫总是含糊其词地答应尽力去办,但一再延宕,说是要等阿古京斯基将军来梯弗利斯,同他商量后再做决定。于是哈吉穆拉特就要求伏隆卓夫让他到外高加索奴赫镇小住,在那里同沙米里一帮人谈判家眷问题比较方便。再说,奴赫是个伊斯兰教小镇,那里有清真寺,在那里按伊斯兰教规祷告比较方便。伏隆卓夫把这事报告彼得堡,同时准许哈吉穆拉特去奴赫镇。

对伏隆卓夫,对彼得堡当局,以及对多数知道哈吉穆拉特历史的俄国人来说,这件事可能是高加索战争中的转折点,也可能只是一个有趣的插曲。对哈吉穆拉特来说,这可是他一生中一个可怕的转折点,特别是从近来的局势看。他从山上逃下来,一半是为了解救自己,一半是因为憎恨沙米里,尽管这次逃跑十分困难,他还是达到了目的。开头,他为自己的成功感到高兴,也确实考虑过攻打沙米里的计划。他原以为把家眷接出来很容易,实际上却比他想象的困难得多。沙米里逮捕他的家眷,把他的妻子关起来,并扬言要把他的女眷送到各村当奴婢,把他的儿子杀死或者挖去眼睛。现在哈吉穆拉特来到了奴赫,企图通过达格斯坦他的信徒,从沙米里手里智取或者夺回家眷。最近,一个密探来奴赫告诉他,忠于他的阿瓦尔人准备把他的家眷夺回来，一起投奔俄国人，但愿意参加的人太少，他们不敢在囚禁他家眷的维杰诺行动，一定要等他的家眷从维杰诺转移到别处时下手。他们答应在半路上动手。哈吉穆拉特要人转告他的朋友们，他答应悬赏三千卢布救他的家眷。

在奴赫，给了哈吉穆拉特一所五房的小住宅，离清真寺和汗的宫殿不远。同住的还有伴随他的几名军官、翻译和卫兵。哈吉穆拉特的生活就是等待和接见从山上回来的密探，他还被允许在奴赫郊区骑马散步。

四月八日，哈吉穆拉特散步归来，听说梯弗利斯来了一名官员。哈吉穆拉特很想知道官员给他带来了什么消息，但他没去找官员和监督，而先到自己屋里行晌礼。晌礼毕，他才走到充作客房和接待室的屋子。从梯弗利斯来的胖胖的五等文官基里洛夫带来了伏隆卓夫的口信，要哈吉穆拉特在十二日前到梯弗利斯同阿古金斯基见面。

"行。"哈吉穆拉特怒气冲冲地用鞑靼语说。

他不喜欢基里洛夫这个官僚。

"钱带来了吗？"

"带来了。"基里洛夫说。

"到今天一共两星期，"哈吉穆拉特说，先伸出十个手指，又伸出四个手指，"拿过来。"

"这就给你，"五等文官说，从旅行袋里掏出钱包，"他要钱做什么用？"他用俄语问监督，以为哈吉穆拉特听不懂，其实哈吉穆拉特是懂的。他怒气冲冲地瞪了基里洛夫一眼。基里洛夫取出钱，想同哈吉穆拉特谈谈，回去好向伏隆卓夫公爵交账。他就通过翻译问哈吉穆拉特是不是感到气闷。哈吉穆拉特轻蔑地瞟了一眼这个不带武器的矮胖文官,什么也没回答。翻译把他的问题又说了一遍。

"你对他说,我不想跟他说话。叫他把钱给我。"

哈吉穆拉特说完这话,又坐到桌旁准备数钱。

基里洛夫取出金卢布,叠成七柱,每柱十个金卢布(哈吉穆拉特每天应得五个金卢布),推到哈吉穆拉特面前。哈吉穆拉特把金币装进契尔克斯外套的衣袖里,站起身来,出其不意地往五等文官的秃头上拍了一巴掌,转身就走。五等文官跳起来,通过翻译说,哈吉穆拉特不该这样做,因为他是个上校。那个监督也这样附和说。但哈吉穆拉特点点头表示他明白,大步走了出来。

"对他这种人有什么办法,"监督说,"只要用短剑一捅就完了。同这种恶鬼无理可讲。我看他都快疯了。"

天刚黑,就有两个风帽直包到眉毛的密探从山上下来。监督把他们领到哈吉穆拉特屋里。一个是又黑又胖的塔夫林人,另一个是瘦老头。他们带来的消息使哈吉穆拉特感到不快。原来答应营救他家眷的朋友,如今都拒绝了,因为沙米里用各种酷刑威胁愿意帮助哈吉穆拉特的人。哈吉穆拉特听完密探的消息,两肘支在盘着的腿上,垂下戴皮帽的头,沉默了好一阵。他在思考,苦苦地思考。他知道这是最后一次思考,必须做出决定。哈吉穆拉特抬起头,拿出两个金卢布,给每个密探一个卢布,说:"你们去吧。"

"有什么回话吗?"

"回话要看真主的旨意。你们去吧。"

密探站起来走了,哈吉穆拉特双肘支在膝上,仍旧坐在地毯上。他这样坐着思索了好半天。

"怎么办？相信沙米里，回到他那里去吗?"哈吉穆拉特想。"这个老狐狸最会骗人。即使这次不骗人，也不能对这个红毛老骗子屈服。既然我已到了俄国人这里，他不会再相信我了。"哈吉穆拉特想。

接着他想到塔夫林流传的一个关于鹰的童话：一只鹰被人捉住，在人间住了一阵，然后回到山上伙伴那里。它回去时带着脚绊，脚绊上系着银铃。别的鹰都不肯接纳它。它们说："飞吧，飞到给你戴上银铃的地方去吧。我们这里没有银铃，也没有脚绊。"鹰不愿离开家乡，就留下来。但别的鹰都不肯接纳它，最后把它啄死了。

"他们也会这样把我啄死的。"哈吉穆拉特想。

"留在这里吗？为俄国沙皇去征服高加索，去获得名誉、地位和财富吗?"

"这也行。"他想，记起他跟伏隆卓夫的会晤和这位老公爵的甜言蜜语。

"可是得立刻做出决定，要不他会把我的家眷毁掉的。"

哈吉穆拉特通夜没有合眼，苦苦思索着。

二十三

直到子夜，他才做出决定。他决定逃到山里，同忠于他的阿瓦尔人潜入维杰诺，不是自己牺牲，就是把家眷救出来。以后，他带着家眷回俄国人这里来呢，还是带着他们去洪泽赫再跟沙米里决战，这一点哈吉穆拉特还没有拿定主意。他只知道，现在得离开俄国人到山里去。他立刻实行这个决定。他从枕头下拿出黑棉袄，往卫兵屋里走去。卫兵住的屋子隔着一条过道。哈吉穆拉特一走到门户敞开的过道,就感到月夜的露水沁人心脾,同时听到宅旁花园里夜莺的鸣啭。

哈吉穆拉特穿过过道,推开卫兵的房门。屋子里没有灯光,只有上弦月照着窗户。屋子的一旁放着一张桌子和两把椅子。四个卫兵都躺在地上铺着的地毯和斗篷上。哈涅斐在院子里同马匹一起睡。甘泽洛听见门声,爬起来,对哈吉穆拉特看了看,认出是他,又躺下。躺在旁边的艾达尔立刻跳起来,穿上棉袄,等待命令。库尔班和汗马戈玛都在睡觉。哈吉穆拉特把棉袄放在桌上,棉袄里有一样硬东西在桌面上碰了一下。这是缝在里面的金币。

"把这些也缝上。"哈吉穆拉特把今天领到的金币交给艾达尔,说。

艾达尔接过金币,立刻走到光亮的地方,从短剑鞘里拿出小刀,动手拆棉袄里子。甘泽洛起来盘腿坐着。

"甘泽洛,你带领弟兄们检查一下步枪、手枪,准备好弹药。明天我们要出远门。"哈吉穆拉特说。

"火药有,子弹也有,一切都会准备好的。"甘泽洛说,同时嘴里咕哝着什么。

甘泽洛明白哈吉穆拉特为什么要准备弹药。他一向有个愿望,而近来变得特别强烈,那就是尽可能多地消灭俄国狗,然后逃到山上去。现在他看到,哈吉穆拉特也想这么干,因此很高兴。

哈吉穆拉特走后,甘泽洛就把同伴们叫醒。四个卫兵通夜检查步枪、手枪、火门、燧石,换掉坏火药,在药池里装上新火药,把油布裹着的装有定量火药的子弹塞进子弹囊里,磨快马刀和短剑,又在刀刃上涂上油。

黎明以前,哈吉穆拉特又到过道里去取水洗脸。在过道里,听见夜莺叫得比晚上更响亮更频繁。卫兵屋里传出来均匀的磨刀声。哈吉穆拉特从桶里舀了水,回到自己房门口,听见穆里德屋里除了磨刀声,还有哈涅斐尖细的声音,他正在唱一支哈吉穆拉特所熟悉的歌。哈吉穆拉特停住脚步,听他唱。

　　这支歌唱的是骑手干泽特带领勇士从俄国人那里夺来一群白马。一位俄国公爵在捷列克河畔追上了他,大军像树林一样把他团团围住。然后唱到干泽特宰了几匹马,同他的弟兄们一起隐蔽在血淋淋的死马后面,同俄国人一直搏斗到枪里没有一颗子弹,腰里没有一把短剑,脉管里没有一滴鲜血。干泽特临死时看见空中的飞鸟,对它们大声说:"候鸟啊,飞到我们家里去,告诉我们的姊妹、母亲和纯洁的姑娘,我们都为圣战牺牲了。告诉她们,我们的尸体不会长眠在坟墓里,贪婪的狼群会把我们的尸骨拖散,啃个精光,乌鸦会啄食我们的眼睛。"

　　歌词就用这句话结束。最后几句悲凉的歌词一唱完,乐天的汗马戈玛就雄赳赳地高唱《真主之外无真主》,接着又尖声叫嚷。接着又是一片寂静,只听得花园里夜莺的鸣啭和啼叫以及门里时断时续的磨刀声。

　　哈吉穆拉特听得出神,没发觉水壶拿歪了,水都流出来。他摇摇头,走进自己屋里。

　　哈吉穆拉特行了晨礼,检查了武器,在床上坐下。再没有别的事可做了。要骑马,得先问过监督。但天还没有亮,监督还在睡觉。

　　哈涅斐唱的歌使他想起母亲编的一首歌。这首歌唱的是真人真事,当时哈吉穆拉特刚出世,那事是他母亲后来讲给他听的。

歌词是这样的：

"你的钢剑刺破我雪白的胸膛，我把我的小太阳紧抱，用我的热血把他洗净。伤口不用草药自然愈合，我不怕死亡，我的小骑手长大了也不会害怕。"

这首歌是专门为哈吉穆拉特的父亲编的，反映这样一段往事：哈吉穆拉特出世的时候，可敦正好生下第二个儿子乌马汗。可敦要哈吉穆拉特的母亲去奶她的长子阿布农察尔。但巴蒂玛特不愿抛下自己的儿子，拒绝了。哈吉穆拉特的父亲生气了，命令她去。巴蒂玛特再次拒绝，他就拔出短剑刺她，要不是人家把她拉开，他准会把她刺死。巴蒂玛特就这样把哈吉穆拉特奶大，还特地编了这首歌。

哈吉穆拉特想起他的母亲，当时她跟他并排睡在泥屋平顶上，身上盖着皮袄，她唱这首歌给他听，他常要求母亲让他看看胸口的伤疤。他的眼前栩栩如生地浮现出母亲的面貌，不像他最近离开她时那样满脸皱纹，一头白发，牙齿稀疏，而是年轻、漂亮、健壮。那时他已经五岁，身体相当沉，她用箩筐背着他翻山越岭到外祖父家去。

他想起了他那满脸皱纹、留着灰白大胡子的外祖父，他是个银匠，一直用青筋毕露的双手铸造银器，还逼他的外孙念祷词。他想起山脚下的喷泉，他常拉着母亲的裤子去汲水。他想起那条舔他脸的瘦狗，特别清楚地记得他跟母亲到棚屋里挤牛奶和煮牛奶，闻到那炊烟和酸牛奶的味儿。他想起母亲第一次给他剃头，怎样从挂在墙上的铜盆里看见自己发青的圆圆小脑袋。

哈吉穆拉特一回忆自己的童年，便想起了他的爱子尤素福。第一次是他亲自给他剃的头。如今尤素福已成了一个年轻英俊的骑手。他想起最后一次看到儿子的情景。这是他从采尔梅斯出走时的情景。儿子给他牵来马，要求送他一程。他全身武装，牵着自己的马。尤素福俊俏红润的脸和他那瘦长的个子（他比父亲高）洋溢着青春的豪气和生的欢乐。虽然年轻而却已很宽阔的肩膀，特别阔大的骨盆，细长的腰身，修长健壮的双臂，一举一动表现出来的力量、灵活和机警，这一切都使做父亲的高兴。他常常情不自禁地欣赏着儿子。

"不用送我了。如今家里只剩下你一个人。你得好好照顾母亲和祖母。"哈吉穆拉特说。

哈吉穆拉特还想起，尤素福得意地红着脸说，只要他活着，谁也不敢欺负母亲和奶奶，同时脸上露出勇敢和自豪的神气。尤素福还是骑上马，把父亲送到山溪那里。他从山溪那里回去，从此哈吉穆拉特就再没有看到过妻子、母亲和儿子。

就是这个儿子，沙米里要把他的眼睛挖掉！至于人家将怎样对付他的妻子，他简直连想也不敢想。

想到这里，哈吉穆拉特再也坐不住了。他霍地跳起来，瘸着腿迅速走到门口，打开门，叫了一声艾达尔。太阳还没有升起，但天已大亮。夜莺还在歌唱。

"你告诉监督，我想骑马出去逛逛，你们给我备马。"他说。

二十四

这个时期，布特勒的唯一安慰就是充分享受富有诗意的部队生活，这一点不仅表现在公务上，而且表现在私生活上。

他一副契尔克斯人打扮,卖弄马术,两次同波格丹诺维奇打埋伏,虽然两次都没有遇到一个敌人,也没有杀死过一个人。布特勒很珍重这种勇敢行为以及同著名勇士波格丹诺维奇的交情。他借了犹太人的高利贷,还清了赌债,其实只能把他的窘况暂时缓和一下。他竭力不去想到自己的窘况,除了部队生活的诗意外,还借酒浇愁。他喝得一天比一天多,精神一天比一天萎靡。如今他对玛莉亚来说已不是俊美的约瑟了。① 相反,他粗鲁地主动追求她,不料却遭到她的坚决拒绝。这使他感到十分羞愧。

四月底,要塞里来了一支部队,那是巴略金斯基用来进剿难以进入的车臣地区的。其中有卡巴尔金斯基团的两个连。按照高加索的习惯,驻扎在库林斯克的几个连殷勤招待了这两个连。士兵们被分配到各个兵营里,不仅吃到有米饭和牛肉的晚餐,还喝了伏特加。军官们被安顿在军官的营里,当地军官照例招待新来的军官。

最后大家开怀痛饮,狂欢作乐,还请歌手来唱歌助兴。彼得罗夫酒意十足,脸色由红转成灰白,拿椅子当马骑,拔出马刀,砍杀假想的敌人,忽而破口大骂,忽而呵呵大笑,忽而同人家拥抱,忽而一面跳舞一面唱他心爱的歌:“当年沙米里起来造反,嗒啦——啦——嗒嗒。”

布特勒也在座。在这里,他也竭力想找到部队生活的诗意,但他心底里很可怜彼得罗夫,而又无法制止他。布特勒觉得有几分酒意,就悄悄回家去。

一轮满月照着一座座白色的小屋和路上的石头。月光很

---

① 典出《旧约·创世记》第三十九章约瑟不受主人妻子诱惑的故事。

亮,路上的每块小石头、每根干草和每堆马粪都看得清清楚楚。布特勒快到家的时候,遇见玛莉亚。她包着头巾,把肩膀都遮住了。自从玛莉亚拒绝布特勒的追求以来,他感到羞愧,有意回避她。这会儿,布特勒喝了几杯酒,又在融融的月光下,心情很好,又想向她表示亲热。

"您上哪儿去?"布特勒问。

"去看看我那老头子。"玛莉亚和气地回答。她拒绝布特勒的追求完全是实实在在的,而且态度坚决,但他最近总是躲着她,这又使她不快。

"看他干什么,他会来的。"

"他会来吗?"

"他自己不会来,但人家会把他抬来的。"

"哦,这样可不好,"玛莉亚说,"那就不用去了?"

"是的,不用去了。我们还是回家吧。"

玛莉亚转过身,同布特勒并排走回去。月光十分明亮,照得人头上的亮光随着路边的阴影一起移动。布特勒瞧着这亮光,想对她说他依旧喜欢她,但不知怎样开口。而她却等着他开口。他们就这样默默地走回家,但这时拐角处闪出几个骑者,那是一个军官和几名随从。

"这个时候会有什么人走路哇?"玛莉亚说着,闪到路边。

月亮从背后照着骑马的人,直到他们走到旁边时,玛莉亚才认出他来。这是军官加米涅夫,以前跟彼得罗夫同过事,所以玛莉亚认识他。

"彼得·尼古拉耶维奇,这是您吗?"玛莉亚对他说。

"是我,"加米涅夫说,"哦,布特勒!您好!还没有睡吗?同玛莉亚一起溜达吗?当心彼得罗夫找您算账。他在哪里？"

"喏，您听，"玛莉亚指着有鼓声和歌声传来的方向，说，"他们又在灌酒作乐了。"

"怎么，是你们的人在灌酒作乐吗？"

"不，是从哈萨夫帐幕来的，现在正在吃饭呢。"

"哦，这倒是件好事。我还赶得上。我来找他只要一分钟就行。"

"怎么，有事吗？"布特勒问。

"有点小事。"

"是好事还是坏事？"

"要看对什么人！对我们是好事，对有些人可是坏事。"加米涅夫笑起来。

这时，他们来到了彼得罗夫家。

"契赫列夫！"加米涅夫对一个哥萨克喊道，"来一下！"

这个顿河哥萨克从队伍中骑马出来。他身穿普通的顿河军服和军大衣，脚穿靴子，鞍子后面放着个褡裢。

"喂，把那玩意儿拿出来。"加米涅夫跳下马，说。

哥萨克也跳下马，从褡裢里拿出一个装着东西的口袋。加米涅夫从哥萨克手里接过口袋，伸进一只手去。

"现在给你们看一样新鲜玩意儿，好吗？您不会害怕吧？"他问玛莉亚。

"有什么可怕的。"玛莉亚说。

"你们看，"加米涅夫说，从口袋里拿出一个人头，托在月光下，"你们认识吗？"

这是一个剃光的头：颅骨宽大突出，留着黑色的大胡子和剪短的小胡子，眼睛一只张一只闭，剃光的脑壳砍得血肉模糊,鼻孔里凝结着黑血。脖子上缠着一条血淋淋的手巾。尽管头上伤痕累累,发青的嘴唇上却现出孩子般善良的神气。

玛莉亚瞅了瞅,什么话也没有说,连忙转身往屋里走去。

布特勒无法把目光从这个可怕的人头上移开。这就是哈吉穆拉特的头,就是前不久跟他亲切交谈、共度黄昏的哈吉穆拉特的头。

"这是怎么回事? 是谁把他杀死的? 在什么地方杀的?"布特勒问。

"他想逃跑,被人捉住了。"加米涅夫说,把人头交给哥萨克,自己同布特勒往屋里走去。

"他死也死得像条好汉。"加米涅夫说。

"怎么会发生这样的事?"

"你等一下,等彼得罗夫来了,我原原本本讲给你们听。我就是为这事来的。要把他带到各个要塞和山村去示众。"

派人去找彼得罗夫。他喝得醉醺醺的,带着两个同样酒意十足的军官回来。他拥抱了加米涅夫。

"我把哈吉穆拉特的头给您带来了。"加米涅夫说。

"胡说,把他打死了?"

"是的,他想逃跑。"

"我说过,他这人靠不住。那么他在哪里? 头在哪里?让我看看。"

那个哥萨克被叫了来。他手里拿着装人头的口袋。彼得罗夫醉眼蒙眬地对它瞅了好一阵。

"他到底是条好汉,"彼得罗夫说,"让我吻吻他。"

"是啊,是条有胆魄的汉子。"一个军官说。

大家都看了一遍,又把人头交给哥萨克。哥萨克小心地把人头放回口袋,竭力让它轻一点着地。

"喂,加米涅夫,拿人头示众时,你要讲话吗?"一个军官问。

"来,让我吻吻他。他送过我一把马刀。"彼得罗夫大声说。

布特勒走到台阶上。玛莉亚坐在台阶第二级上。她瞧了瞧布特勒,立刻又生气地转过脸去。

"您这是怎么了,玛莉亚?"布特勒问。

"你们都是刽子手。我简直受不了。真的,都是刽子手。"她说着站起来。

"这种事谁都可能遇到的,"布特勒不知说什么才好,"战争嘛。"

"哼,战争!"玛莉亚叫道,"什么战争?一句话,都是刽子手。人死了就该埋到地里,可你们还要捉弄他。真的,都是刽子手。"她又说了一遍,走下台阶,从后门回家。

布特勒回到客厅,请加米涅夫详细讲讲事情的经过。

加米涅夫就讲了一遍。

事情是这样的。

二十五

他们准许哈吉穆拉特骑马到郊外散步,但必须有哥萨克兵护送。奴赫城里总共有五十名哥萨克,其中十名担任几个长官的警卫,其余的人负责值勤。要是按照命令每次派十名,那么隔天就要轮到一次。因此,第一天派十名值勤,以后每天派五名,并要哈吉穆拉特不要把所有的卫兵都带去,但四月二十五日那天哈吉穆拉特出去散步,却把所有五个卫兵都带走。哈吉穆拉特上马的时候,队长发现他把所有五名卫兵都带走,就对他说这样不行,但哈吉穆拉特仿佛没有听到,径自策马上路,队长也就没有坚持。带领哥萨克兵的是班长纳扎罗夫。他曾获乔治勋章,淡褐色头发剪成两个半圆,皮肤白里透红,是个身体十分强壮的小伙子。他出生于一个贫穷的旧教徒家庭,是长子,从小丧父,一直赡养着老母亲、三个妹妹和两个弟弟。

"留心点,纳扎罗夫,别放他们走远!"队长喊道。

"是,长官!"纳扎罗夫回答,接着踏上马镫,扶住肩后的枪,策动那匹高大温驯、钩鼻子的枣红骟马小跑起来。四名哥萨克兵骑马跟在后面:一个是费拉邦托夫,瘦长个儿,第一号小偷和挣钱能手,卖给甘泽洛火药的就是他;一个是超期服役的农民伊格纳托夫,他已上了年纪,但身强力壮,并以此自豪;一个是米施金,是个衰弱无力的小伙子,被大家所嘲笑;还有一个是彼得拉科夫,年纪很轻,头发淡黄,是个独子,总是很和气,乐呵呵的。

早晨有雾,到吃早饭时天气放晴了,太阳照耀着刚张开的树叶,照耀着幼嫩的青草,照耀着禾苗,也照耀着路左边水流湍急的河面的波纹。

哈吉穆拉特骑马一步步地走着,哥萨克兵和他的卫兵紧跟在后面。他们就这样缓缓地沿大路走出要塞。他们遇到几个头顶筐子的女人、赶辎重车的士兵和几辆吱嘎作响的牛车。哈吉穆拉特走了两俄里路后,策动他那匹卡巴尔达白马;他骑马大步走着,而他的卫兵就得策马快跑才能跟上他。哥萨克兵也这样急急地跑着。

"嘿,他骑的马真行,"费拉邦托夫说,"要是在他还没有归顺的时候,我早就把他放倒了。"

"是啊,老兄,这样的马在梯弗利斯要值三百卢布呢。"

"我的马能赶上他。"纳扎罗夫说。

"可不是,你能赶上他。"费拉邦托夫说。

哈吉穆拉特不断加快速度。

"喂,朋友,这样不行! 慢点儿!"纳扎罗夫一面追赶哈吉穆拉特,一面大声叫喊。

哈吉穆拉特回头瞧了瞧,什么话也没说,继续快步前进,没有减低速度。

"注意了,他们在打什么鬼主意,那些魔鬼,"伊格纳托夫说,"瞧他们把马打得多狠。"

他们这样往山上跑了一俄里路的样子。

"我说,这样不行!"纳扎罗夫又叫道。

哈吉穆拉特没有回答,也没有回顾,更加快速度,由快步改成大步跑。

"你胡闹,你逃不掉的!"纳扎罗夫大惊失色,吆喝道。

他鞭打那匹高大的枣红骟马,在马镫上欠身向前俯伏着,全速向哈吉穆拉特追去。

当纳扎罗夫整个身子同那匹骏马合成一体,在平坦的大路上追逐哈吉穆拉特的时候,天空那么明朗,空气那么新鲜,生命那么欢快地在他心里跃动,以致他根本没想到会发生什么不祥的、悲伤的或者可怕的事。他感到高兴的是,每一跃进都使他更加接近哈吉穆拉特。哈吉穆拉特从逼近他的哥萨克骏马的蹄声上听出,他快被哥萨克赶上了。他右手拿出手枪,左手轻勒胯下那匹热得发躁并听见后面蹄声的白马。

"对你说,这样不行!"纳扎罗夫差不多跟哈吉穆拉特并排了,一面喊,一面想抓住他的马缰。但不等他抓住缰绳,就响起了枪声。

"你这是干什么?"纳扎罗夫抓住胸口喊起来,"打他们,弟兄们!"他说着,身子摇晃了一下,伏在鞍子上。

然而,山民比哥萨克先拿出武器。他们用手枪射击哥萨克兵,并用马刀乱砍。纳扎罗夫挂在马脖子上,他那匹受惊的马在它同伴们的周围乱跑。伊格纳托夫的马倒下来,把他的一条腿压住。两个山民拔出马刀,骑在马上向他的脑袋和胳膊乱砍。彼得拉科夫刚要扑上去救同伴,但响起了两声枪响,一枪打中他的背,一枪打中他的腰,他觉得浑身火烧火燎,像个口袋似的一个跟头从马上栽下来。

米施金掉转马头,向要塞奔去。哈涅斐和汗马戈玛在后面直追,但他已跑远,山民没能追上他。

哈涅斐和汗马戈玛眼看追不上哥萨克兵,就回到自己人那里去。甘泽洛拔出伊格纳托夫的短剑,对纳扎罗夫又刺了几下,把他拉下马来。汗马戈玛从死人身上解下弹药囊。哈涅斐想牵走纳扎罗夫的马,但被哈吉穆拉特喝住,就顺着大路向前跑去。哈吉穆拉特的卫兵赶开彼得拉科夫的马,跟着他疾驰。塔楼鸣枪告警时,他们已来到离奴赫三俄里路的稻田里。

彼得拉科夫肚子被剖开,仰面躺在地上。他那年轻的脸冲着天空,他像一条鱼似的抽着气,渐渐死去。

"天哪,我的亲爹呀,瞧你们干了什么好事!"要塞长官得知哈吉穆拉特逃走,抱住头,嚷道。"真该砍你们的脑袋!把他放走了,你们这些强盗!"他听着米施金的报告,喊道。

四面八方都响起了警报。不仅所有当地的哥萨克兵都被派去捉拿逃犯，而且把归顺的山村民团都尽量集合起来。当局贴出布告，凡捉拿哈吉穆拉特归案的，不论死活，一律赏给一千卢布。哈吉穆拉特和同伴逃离哥萨克两小时后，就有两百多名骑兵随着监督出来搜索和捉拿逃犯。

　　哈吉穆拉特顺大路跑了几俄里路，勒住他那匹气喘吁吁、热汗淋漓、毛色发灰的白马。路右边远远地现出别拉尔奇克村的土屋和清真寺的尖塔，路左边是田野，田野尽头有一条河。虽然上山去的路在右边，哈吉穆拉特却拐进方向相反的左边，估计追兵一定往右边追捕他。他想离开道路涉过阿拉赞河，走到没有人守候的大路上，顺着大路走到树林那里，然后再渡过河，穿过树林上山。他这样打定主意，就向左拐。可是无法走到河边，因为必须穿过稻田，而稻田每逢春天总是灌满水，变成一片沼泽，马匹齐小腿陷进稻田里。哈吉穆拉特和他的卫兵左冲右突，想找个干燥些的地方，但他们所走的那块田地全灌满了水，而且被水浸透了。马匹像拔瓶塞那样咕叽咕叽地从泥浆里拔出腿来，沉重地喘着气，走几步停一停。

　　他们这样挣扎了好半天，天色黑下来了，还没走到河边。他们左面有一个灌木发青的小岛。哈吉穆拉特决定到灌木丛那里去，让疲惫的马休息一下，到夜间再走。

　　哈吉穆拉特和他的卫兵走进了灌木丛，下了马，绊上马腿，让它们吃草，自己就吃随身带来的面包和干酪。一钩新月起初悬在空中，接着落到山后，四下里就变得一片漆黑。奴赫的夜莺特别多。在这灌木丛里也有两只。哈吉穆拉特同他的人马走进灌木丛，发出飒飒的响声，夜莺不叫了。但等人声一静，夜莺又此起彼落地鸣啭起来。哈吉穆拉特用心细听，自然听到了夜莺的叫声。

夜莺的鸣啭使他想起昨晚打水时听到的那支关于干泽特的歌。如今他随时都会落到干泽特那样的境地。他突然觉得他准会落到这样的下场，不由得感到心情沉重。他摊开斗篷，做了祷告。刚做完祷告，就听见一片嘈杂声逼近灌木丛。这是许多马蹄走在泥沼里的声音。眼尖的汗马戈玛跑到灌木丛边。在昏暗中看见黑压压一大片骑兵和步兵向灌木丛逼近。哈涅斐从另一边也看到了这群人。这是县军事长官卡尔加诺夫带着民团赶来了。

"好吧，让我们像干泽特那样战斗吧！"哈吉穆拉特想。

卡尔加诺夫听到警报，就带上百名民团和哥萨克兵追赶哈吉穆拉特，但哪儿也没找到他，也没见到他的踪迹。卡尔加诺夫失望地回家去，但傍晚遇到一个鞑靼老头。卡尔加诺夫问老头有没有看见六个骑马的人。老头回答看见了。他看见六个骑马的人在稻田里打转，后来跑进他打柴的灌木丛去。卡尔加诺夫带了老头从原路回来，看见绊着腿的马，确定哈吉穆拉特就在这里，当夜就把灌木丛团团围住，想等天亮活捉或者打死哈吉穆拉特。

哈吉穆拉特知道被包围，就在灌木丛里找到一条旧沟渠，决定埋伏在里面，抵抗到弹尽力竭。他把这主意告诉伙伴们，并吩咐他们在沟渠上筑鹿砦。卫兵们立刻动手砍伐树枝，用短剑挖地做土垒。哈吉穆拉特同他们一起干。

天蒙蒙亮，民团的百人长就跑到灌木丛附近，大声喊话："喂！哈吉穆拉特！投降吧！我们人多，你们人少。"

回答他的是沟渠里的一团烟，步枪咔嚓一声，子弹打中民团的一匹马，马向后一颠就倒了下去。接着，灌木丛边上民团的枪响了,子弹嘘溜溜地叫着,打得树枝纷纷落在鹿砦上,但没有打中伏在鹿砦后面的人。只有甘泽洛那匹离群的马被打中。马头受了伤。马没有倒下,却挣断绊绳在灌木丛中乱窜,向别的马冲去,偎依在它们身上,并把鲜血洒在新出土的草上。哈吉穆拉特和他的卫兵只有当民团中有人跑出来时才开枪,而且难得打不中目标。民团里有三人受伤了。民团不仅没有向哈吉穆拉特和他的卫兵扑去,而且离他们越来越远,只偶尔从远处随便向他们开几枪。

这样持续了一个多小时。太阳升到半树高,哈吉穆拉特刚想上马,试图从河边突围,忽然听到大队人马的呐喊声。这是密赫图林区的加治阿加和他的部下。总共有两百人光景。加治阿加原是哈吉穆拉特的朋友,在山里一起生活过,后来投奔俄国人。跟他同来的还有阿赫梅特汗,那是哈吉穆拉特仇人的儿子。加治阿加也像卡尔加诺夫那样,先向哈吉穆拉特喊话,要他投降,但哈吉穆拉特也像第一次那样开枪回答。

"拼刀,弟兄们!"加治阿加拔出刀来喊道。于是就听见几百个人尖声叫着,向灌木丛冲去。

民团跑进灌木丛,鹿砦后面接二连三地响起枪声。三个团丁倒下了,进攻的人停了下来。灌木丛边上也响起了枪声。他们开着枪,同时越过一棵棵灌木,逐渐逼近鹿砦。有几个人冲过来,有几个人被哈吉穆拉特和他的卫兵打倒。哈吉穆拉特百发百中地打着枪,甘泽洛也几乎弹无虚发,每次看到打中目标,就尖声欢呼。库尔班坐在沟渠边上,嘴里唱着《真主之外无真主》,不慌不忙地射击着,但难得打中目标。艾达尔恨不得立刻拿短剑同敌人肉搏,激动得浑身直打哆嗦。他不断地随便开枪,不断地回头看看哈吉穆拉特,从鹿砦后面探出身子。毛发浓密的哈涅斐卷起袖子，在这里也执行着勤务兵的职务。他把哈吉穆拉特和库尔班递给他的枪装上弹药，使劲用铁通条把涂过油的子弹推进枪膛，把火药罐里的干火药撒到药池里。汗马戈玛不像别人那样坐在沟渠里，他从沟渠里跑到马匹旁边，把它们赶到安全些的地方，不断地尖声大叫，不用枪架，手拿步枪射击着。他最先受伤。子弹打中他的脖子，他坐在地上，一面吐血，一面咒骂。随后哈吉穆拉特也负伤了。子弹打穿他的肩膀。哈吉穆拉特从短褂里撕下一团棉花，塞住伤口，继续射击。

"冲上去跟他们拼刀。"艾达尔第三次这样说。

艾达尔从鹿砦后面探出身子，准备向敌人冲去，但就在这当儿，一颗子弹打中了他。他身子晃了晃，仰天倒下来，正好倒在哈吉穆拉特的一条腿上。哈吉穆拉特瞧了他一眼。艾达尔那双好看的羊眼睛木然不动地盯着哈吉穆拉特。他的上唇像孩子般翘起，嘴唇抽动着，合不拢。哈涅斐向被打死的艾达尔弯下腰，从他的契尔克斯外套上取下未用的弹药。哈吉穆拉特从他身下抽出脚，继续向敌人瞄准。库尔班一直唱着山歌，慢吞吞地装上子弹射击。

敌人尖声叫着，从一棵灌木跑到另一棵灌木，越来越逼近。又有一颗子弹打中哈吉穆拉特的左腰。他躺在沟渠里，又从短褂里撕下一团棉花把伤口塞住。腰部的伤是致命的，他觉得他要死了。往事像一幅幅图画异常迅速地在他头脑里交替出现。他忽而看见大力士阿布农察尔汗一只手托住被砍得挂下来的脸颊，一只手拿短剑向敌人扑去；忽而看见苍白虚弱、满脸奸相的老伏隆卓夫，还听见他那微弱的声音；忽而看见儿子尤素福，忽而看见妻子苏斐阿特，忽而看见他仇人沙米里苍白的脸、褐色的大胡子和眯缝的眼睛。

往事一幕幕在他头脑里掠过，但他对此已无动于衷：没有遗憾，没有仇恨，也没有愿望。这一切，同此刻在他身上发生的事相比，对他来说真是太渺小了。他那强壮的身体继续做着开了头的事。他拼着最后的力气从鹿砦后面站起来，用手枪射击一个冲过来的人，把他打中。那人倒下了。然后哈吉穆拉特从沟渠里爬出来，拿着短剑，瘸着腿向敌人冲去。几声枪声，他身子一晃就倒下了。几个团丁尖声欢呼着向倒下的身体冲去。但他们原以为死去的身体忽然动起来。那个血淋淋的光头先抬起来，接着躯体也抬起来，最后他抓住一棵树直立起来。他的模样煞是可怕，吓得冲过来的人都收住脚。忽然，他浑身打了个哆嗦，一跟跄离开那棵树，整个身子就像一株砍倒的牛蒡花，脸向下倒下来，再也不动了。

他一动不动，但还有感觉。加治阿加第一个跑到他跟前，拿一把大短剑向他的头扎去，他还以为有人拿锤子敲他的头，但他不知道这是谁干的，为什么要这样干。这是他头脑里最后的意识。以后就再也没有知觉了。敌人踩他，砍他，但他对这一切已毫无感觉。加治阿加一只脚踩住尸体的背，两刀就把头割下来。他唯恐鞋子沾上血，小心地把头踢开。鲜红的血从颈动脉涌出，黑色的血从头颅里直往外冒，洒在草地上。

卡尔加诺夫、加治阿加、阿赫梅特汗和全体民团，像猎人围着打死的野兽那样围着哈吉穆拉特和他的卫兵的尸体（哈涅斐、库尔班和甘泽洛被捆起来）。他们站在火药气弥漫的灌木丛里，快乐地说说笑笑，庆祝他们的胜利。

夜莺在射击的时候沉默了一阵，这时又鸣叫起来，先是近处的一只，然后远处的几只也跟着叫了。

对了,就是那朵在翻耕过的田野上被踩躏的牛蒡花使我想起了哈吉穆拉特的死。

一八九六至一九〇四年

"外国文学名著丛书"书目

第 一 辑

书　名	作　者	译　者
波斯人信札	〔法〕孟德斯鸠	罗大冈
伏尔泰小说选	〔法〕伏尔泰	傅　雷
红与黑	〔法〕司汤达	张冠尧
幻灭	〔法〕巴尔扎克	傅　雷
莫泊桑中短篇小说选	〔法〕莫泊桑	张英伦
文字生涯	〔法〕让-保尔·萨特	沈志明
局外人　鼠疫	〔法〕加缪	徐和瑾
契诃夫小说选	〔俄〕契诃夫	汝　龙
布宁中短篇小说选	〔俄〕布宁	陈　馥
一个人的遭遇	〔苏联〕肖洛霍夫	草　婴
少年维特的烦恼	〔德〕歌德	杨武能
德国，一个冬天的童话	〔德〕海涅	冯　至
绿衣亨利	〔瑞士〕戈特弗里德·凯勒	田德望
斯特林堡小说戏剧选	〔瑞典〕斯特林堡	李之义
城堡	〔奥地利〕卡夫卡	高年生

第 三 辑

埃斯库罗斯悲剧二种	〔古希腊〕埃斯库罗斯	罗念生
索福克勒斯悲剧二种	〔古希腊〕索福克勒斯	罗念生
欧里庇得斯悲剧二种	〔古希腊〕欧里庇得斯	罗念生
神曲	〔意大利〕但丁	田德望
西班牙流浪汉小说选	〔西班牙〕克维多　等	杨　绛　等
阿拉伯古代诗选	〔阿拉伯〕乌姆鲁勒·盖斯　等	仲跻昆
列王纪选	〔波斯〕菲尔多西	张鸿年
蕾莉与马杰农	〔波斯〕内扎米	卢　永
莎士比亚喜剧五种	〔英〕威廉·莎士比亚	方　平
鲁滨孙飘流记	〔英〕笛福	徐霞村

书 名	作 者	译 者
彭斯诗选	〔英〕彭斯	王佐良
艾凡赫	〔英〕沃尔特·司各特	项星耀
名利场	〔英〕萨克雷	杨 必
人性的枷锁	〔英〕威廉·萨默塞特·毛姆	叶 尊
儿子与情人	〔英〕D.H.劳伦斯	陈良廷 刘文澜
杰克·伦敦小说选	〔美〕杰克·伦敦	万 紫 等
了不起的盖茨比	〔美〕菲茨杰拉德	姚乃强
木工小史	〔法〕乔治·桑	齐 香
恶之花 巴黎的忧郁	〔法〕波德莱尔	钱春绮
萌芽	〔法〕左拉	黎 柯
前夜 父与子	〔俄〕屠格涅夫	丽 尼 巴 金
卡拉马佐夫兄弟	〔俄〕陀思妥耶夫斯基	耿济之
安娜·卡列宁娜	〔俄〕列夫·托尔斯泰	周 扬 谢素台
茨维塔耶娃诗选	〔俄〕茨维塔耶娃	刘文飞
德国诗选	〔德〕歌德 等	钱春绮
安徒生童话选	〔丹麦〕安徒生	叶君健
外祖母	〔捷〕鲍·聂姆佐娃	吴 琦
好兵帅克历险记	〔捷〕雅·哈谢克	星 灿
我是猫	〔日〕夏目漱石	阎小妹
罗生门	〔日〕芥川龙之介	文洁若

第 四 辑

一千零一夜		纳 训
培根随笔集	〔英〕培根	曹明伦
拜伦诗选	〔英〕拜伦	查良铮
黑暗的心 吉姆爷	〔英〕约瑟夫·康拉德	黄雨石 熊 蕾
福尔赛世家	〔英〕高尔斯华绥	周煦良

书　名	作　者	译　者
月亮与六便士	〔英〕威廉·萨默塞特·毛姆	谷启楠
萧伯纳戏剧三种	〔爱尔兰〕萧伯纳	潘家洵　等
红字　七个尖角顶的宅第	〔美〕纳撒尼尔·霍桑	胡允桓
汤姆叔叔的小屋	〔美〕斯陀夫人	王家湘
白鲸	〔美〕赫尔曼·梅尔维尔	成　时
马克·吐温中短篇小说选	〔美〕马克·吐温	叶冬心
老人与海	〔美〕欧内斯特·海明威	陈良廷　等
愤怒的葡萄	〔美〕斯坦贝克	胡仲持
蒙田随笔集	〔法〕蒙田	梁宗岱　黄建华
悲惨世界	〔法〕雨果	李　丹　方　于
九三年	〔法〕雨果	郑永慧
梅里美中短篇小说选	〔法〕梅里美	张冠尧
情感教育	〔法〕福楼拜	王文融
茶花女	〔法〕小仲马	王振孙
都德小说选	〔法〕都德	刘　方　陆秉慧
一生	〔法〕莫泊桑	盛澄华
普希金诗选	〔俄〕普希金	高　莽　等
莱蒙托夫诗选	〔俄〕莱蒙托夫	余　振　顾蕴璞
罗亭　贵族之家	〔俄〕屠格涅夫	陆　蠡　丽　尼
日瓦戈医生	〔苏联〕帕斯捷尔纳克	张秉衡
大师和玛格丽特	〔苏联〕布尔加科夫	钱　诚
茨威格中短篇小说选	〔奥地利〕斯·茨威格	张玉书　等
玩偶	〔波兰〕普鲁斯	张振辉
万叶集精选	〔日〕大伴家持	钱稻孙
人间失格	〔日〕太宰治	魏大海

5

第 五 辑